Für Andrea,

Nicole Seifert
14.11. 2012

Für Andréa

Auf unsere Freundschaft, luv.

Nicole Billeter

Blut für Geist
oder:
Genie überlebt, wenn alles andere
zu Staub zerfällt

Ein zweites Rätsel für Johann Zwicki und Cleophea Hefti.
Historischer Kriminalroman. Zürich, 1597

Eyn Kriminalroman/
in folgenden kapiteln eifrig vnnd getrewlich aufgezeichnet
vnnd auff die gemeine hochteütsche sprach mit sonderbarem
fleÿss zugerichtet//

DANKESWORTE

Familie und Freundschaft werden nicht ohne Grund seit ältesten Zeiten stets in wärmsten und melodiösesten Tönen besungen. Ich stelle mich gerne in diese Tradition, auch wenn ich nicht behaupten kann, diese Worte hier könnten ausreichen, meine tiefe Zuneigung zu meinem ehrenvollen wunderbaren Kreis von Familie und FreundInnen auch nur annähernd adäquat zu beschreiben.

Meine Lieben – dies ist für Euch:

**Dieses Rund verfügt über mehr Weisheit,
sprüht mehr Spiritualität als Johanns Visionen,
blitzt fröhlicher als Cleopheas Lachen
und
schützt effizienter als Salomons Rüstung.**

**Habt Dank!
Dieser Kreis ist *mein* Schutzzauber.**

1. Kapitel.

In dem ein Mensch auf seine Hinrichtung wartet.

SEINE AN DIE WAND GESCHMIEDETEN HÄNDE kratzten über die feuchte Wand des Wellenbergturms. Die Lindmag schlug in trägen Wellen an seinen Kerker. Lange würde er diese dunklen Geräusche nicht mehr ertragen müssen. Ebenso wenig wie das Jammern seiner Mitgefangenen oder die obszönen Witze der grobschlächtigen Wärter. Und auch nicht die scheussliche Gegenwart des blau-weiss gekleideten Scharfrichters. Er stöhnte tief und ohne Trost, seine gebrochenen Knochen schmerzten bei jedem Atemzug, die ausgekugelten Schultergelenke schrien vergeblich nach Linderung, seine blutig gequetschten Finger und Schienbeine zitterten und sandten Stösse von kaltheissem Feuer in seine Innereien. Dies alles würde er nicht mehr lange ertragen müssen.
Morgen würde er sterben.
Er wusste genau, was geschehen würde, schliesslich hatte er oft genug selbst bei Hinrichtungen zugesehen. Es war auch in seinem Verständnis jedes Mal eine Genugtuung gewesen, die Frevler sterben zu sehen. Schliesslich hatten sie sich gegen die Ordnung des Einzigen Gottes aufgelehnt und mussten dafür, in ein Sünderhemd gewickelt, öffentlich büssen. Ein guter Tod war der aufrechte Gang zur Richtstätte, die Vergebung gegenüber Richtern und Henker, der schnelle Tod ohne Tränen und Flüche. Solch eine Justiz war das Versprechen der herrlichen Gerechtigkeit, ein Zeichen, dass der reformierte Staat seine ernste Aufgabe mit Gottes Hilfe richtig und gut erfüllte. Der gerechte Tod der Verbrecher – sein eigener Tod – stellte die Ordnung wieder her.
Jedoch: er würde nicht so einfach gehen! Nein, er würde den Henker verfluchen. Er würde den ganzen langen Weg zum Galgen gotteslästerlich zetern und sich mit Händen und Füssen wehren. Die Zuschauer bespucken, Unheil heraufbeschwören. Seine letzte dunkle Macht gebrauchen.
Nein! Er würde sich nicht so einfach diesem Schicksal ergeben! Er nicht! Er war zu Höherem geboren, zu Besserem! Das konnte einfach nicht sein, dass er so abscheulich von der Welt musste. Es war unmöglich. Es würde nicht geschehen. Es war gegen Gottes Plan.
Bartholomäus von Owe verspürte nur Zorn gegenüber seinem Unheil, keine Angst vor dem morgigen Gang; er wusste von keinem Verzagen, trotzdem war an Schlaf nicht zu denken. Ab Morgen früh würde er noch lange genug schlafen können. Gegen jede echte Überzeugung kniete er so gut es eben ging hin und senkte den Kopf: «Herr, bitte gib mir einen schnellen Tod!»
Das war alles, worum er bitten würde. Kein langes Leiden auf dem Schafott. Voller Ahnung schauderte von Owe, auf Reisen hatte er schon zu oft Scharfrichter gesehen, die in

wilder Panik auf den armen Sünder eingehackt hatten, während Blut in alle Richtungen gespritzt war, das Opfer schrie, sich wehrte und unwürdig verreckte. Ein unwürdiges Sterben und ein schlechtes Omen für die Sache des Staates.

Bartholomäus rang sich mit heimlichen Schaudern ein schräges Lächeln ab: das Blut des todgeweihten Opfers wurde danach oft mit jenem des Henkers durchmischt. Denn in Erwartung des Gerechtigkeitsschauspiels mochten die Zuschauer es gar nicht, wenn der Scharfrichter stümperhaft arbeitete; schnell konnte der gerechte Zorn der Menge plötzlich zu Mitleid umschlagen, wenn ein Verbrecher – eine schöne Verbrecherin – übertrieben hart gemetzelt wurde. Schon mehr als einmal war es geschehen, dass der Nachrichter von der aufgebrachten Menschenmenge zerfetzt worden war und seinem letzten Opfer schnell ins ewige Vergessen folgte. Und ihm sprach nicht einmal ein Pfarrer salbungsvolle Worte im Namen des Staates und der Kirche zu, spendete keinen Trost für des Pfuschers Seele.

Ein schneller und sauberer Tod, auch wenn ihm nicht einmal das Schwert – sondern nur das Seil – gegönnt sein würde. Einen raschen Tod forderte Bartholomäus sich für sich. Er mochte unvermeidlich sein.

Gerecht würde er nicht sein.

Steif und vorsichtig bewegte er sich auf den Knien, seine gemarterten Glieder klagten und Bartholomäus von Owe seufzte nun laut. Ob seiner hinterhältigen Tat kam er nicht einmal in den Genuss der üblichen Vergünstigungen, die Höhergestellten im Kerker zugestanden wurden. Nein, für ihn gab es kein besseres Essen, keinen Besuch von Familie und Freunden, keine Zelle, die hoch genug war, um zu stehen. Er fristete sein nur noch kurzes Dasein wie der hinterstletzte Pöbel!

In von Owes mit Schmerzen dumpf gefülltem Kopf gab es schliesslich nur noch Platz für eine Frage: wie hatte das alles nur passieren können? Mit verzerrtem Grinsen dachte er an seine Mutter, die ihr einziges Kind immer ‹Engel› genannt hatte. Ebenso wie später die zahlreichen – nein, eher zahllosen! – Frauen, mit denen er gelegen hatte. Seine blonden Locken und das hinreissende Lächeln hatten ihm manche Tür und manches Herz geöffnet, ebenso seine Gestalt. Nicht eine einzige Narbe hatte seinen perfekten Körper verunstaltet, Seuchen und Krankheiten schienen vor ihm zurückzuschrecken. Nun, das mit den Wunden hatte sich geändert, seit er hier in Zürich gefoltert worden war. Aber schliesslich würde er seinen vormals atemberaubenden Körper für nichts weiter mehr brauchen, als um auf die Leiter in die Hanfschlinge zu treten.

    Ob er seine Opfer wieder treffen würde? Bartholomäus von Owe spitzte die Lippen, er hätte nichts dagegen, sie wieder zu sehen. Auch wenn sie ihn in diese Lage gebracht hatten. Er hatte mit ihnen … Nein, Korrektur: diese verderbten jungen Männer hatten ihn dazu gebracht, so bei ihnen zu liegen wie Gott es zwischen Mann und Frau vorgesehen hatte. Sie hatten ihn mit sündigen Blicken und aufregenden Worten dazu gebracht, vom richtigen Weg abzugehen. Sie hatten ihn förmlich gezwungen, mit ihnen zu sein. Von Owe schüttelte den Kopf, um die anregenden noch nachwirkenden Töne aus seinem Gehör zu bringen. Die verheissungsvollen Stimmen dieser kräftigen Männer mit der harten elastischen Haut, die schöpferischen Hände …

Von Owes Familie war bekannt und reich, sie hatte ein sehr gewichtiges Wort beim Zürcher Rat eingelegt und für sein Leben gebeten. Sie hatte Geld geboten. Aber der Rat, der über Bluttaten richtete, hatte bestimmt, dass die ausgehauchten Leben vierer Männer schwerer wogen als das Leben eines Sodomiters – auch wenn dieser aus einem Haus mit gutem Namen stammte.

‹Sodomiter›: daran störte sich Bartholomäus von Owe nun wirklich. Er hatte keinen widernatürlichen Verkehr mit anderen Männern. Niemals gehabt. Verstand denn niemand, dass er dazu gezwungen worden war?! Auch zu den Tötungen. Sie waren ganz einfach notwendig geworden. Niemand droht einem von Owe und kommt ungeschoren davon. Das gab es einfach nicht.

Von Owe war nun doch matt. Er hatte lange hartnäckig widerstanden – was dann natürlich strafverschärfend hinzugekommen war –, hatte die ersten Stufen der Marter durchgestanden. Das Zeigen und Erklären der Folterwerkzeuge, das erniedrigende Entblössen seines Körpers und das Anbringen der Daumenstöcke hatte er ohne ein Geständnis abzulegen über sich ergehen lassen. Auch das erste Anziehen der Daumen- und Beinschrauben hatte er ertragen, selbst als der Henker mit dem Hammer auf die Eisenplatten geschlagen hatte. Dann aber, als ihm durch das Aufziehen auf die Leiter mit Gewichten an den Füssen die Schultergelenke ausgekugelt worden waren, hatte er zu reden begonnen; zu schreien, um genau zu sein und als er wieder zu Atem gekommen war, da hatte er schlotternd, zitternd, von Grausamkeiten überwältigt, geredet. Dort, gestreckt auf der Leiter, war er gebrochen worden. Sämtliches an ihm war gebrochen worden. Er hatte alles zugegeben. Hatte noch ein paar Details hinzugeworfen, hatte alles so gesagt, wie er annahm, dass es gehört werden wollte. Solange er noch fähig gewesen war zu reden. Danach war ihm das Geschehen in dumpfe erbarmungsreiche Stille geflossen, während noch die Federn der Protokollanten hastig über das Papier gekratzt waren. Der Tod würde eine sanfte Ruhe sein. Bartholomäus von Owe sehnte sich nun danach. Dieser Abschied war schliesslich unvermeidlich.

Die schändliche Gefängniskammer lastete schwer. Die verbrochenen Glieder machten das Warten auch nicht gerade leichter. Bald würde die Stille zu ihm kommen. Bald.

Es war jenseits alles Ertragbaren.
Kein Gefühl mehr.
Nirgends.
Alle gratulierten ihm und schüttelten ihm die Hände, klopften auf seine Schultern.
Priesen den Herren, den Allmächtigen, der ihnen eines seiner Wunder zuteil werden liess.
Bartholomäus von Owe sass nur da. In einem Meer von Eis.
Nichts existierte.

※

Nur das Wissen, dass er stärker war als der Tod.

※

Sagen erzählten von solch ‹vnerhoerten wunder=zeichen›. Es hatte schon ähnliche Vorfälle dieser Art gegeben, von denen Erzählungen und Extraausgaben von Druckschriften berichteten. Heute war von Zürich her eine neue Kunde hinzugekommen: Bartholomäus von Owe konnte nicht gehenkt werden.
Nicht, dass man es nicht versucht hätte.
Dreimal.
Als er auch beim dritten Mal nicht starb, war es offensichtlich: Gott hielt seine schützende Hand über den Mann. Der ehemalige Verbrecher wurde freigelassen, seine Sünden waren getilgt. Als freier Mann ging er zurück in die liebende Christengemeinschaft.

2. Kapitel.

In dem Basel die Fasnacht herbeisehnt und Johann Zwicki, Cleophea Hefti und Salomon von Wyss Gewürze kaufen.

«Dazu hätte es uns nun wirklich nicht gebraucht.»
Cleophea war gereizt. Sie war seit Tagen mehr als giftig und das ziellose Herumtschalpen in der eisigkalten Januarluft trug so gar nicht zur Hebung ihrer Laune bei. Sie war es sich gewohnt, tätig zu sein, etwas anzupacken. Einfach nur herumzugehen und dort zu trinken, da zu schwatzen, drüben etwas zu kaufen, war auf die Dauer einfach nicht genug. Johann wiederum war es leid, ständig seine knapp zwei Jahre jüngere Cousine aufheitern zu müssen. Dies hätte erneut eine abenteuerliche Reise werden sollen, so eine wie sie beide im letzten Herbst unternommen hatten. Vom überschaubaren Glarnerland nach Zürich, in die fremde riesige Stadt mit ihrem Gewirr von Leuten, Lärm und Gestank. Und dann gleich weiter nach Basel. In eine weitere noch riesigere Stadt – angeblich sollte sie unfassbare 16'000 Einwohner haben – mit weiterem Gewirr, weiteren Leuten, weiterem Lärm und weiterem Gestank. Weihnachten hatten sie zum ersten Mal in ihrem Leben in der Fremde gefeiert. Es war besonders für Cleophea keine einfache Sache gewesen, als Katholikin wurde man in Basel genau so schräg angesehen wie in Zürich. Johann und Salomon, der arrogante Zürcher Zünfter, hatten das Fest zu Christi Geburt, das sich nun schon zum 1596-sten Mal wiederholt hatte, zusammen begehen können. In einer anständigen, einer reformierten Kirche.
Nun war das neue Jahr angebrochen und Cleophea hatte noch immer nichts erlebt, das den eiligen Hilferuf Salomon von Wyss' gerechtfertigt hätte.
«Er hat uns nur hergebeten, weil er keine Familie hat und keine Freunde. Nicht, dass Letzteres nicht sein eigener Fehler wäre. Er vergrault ja jeden. Müssen wir herumhocken und warten, bis der Herr sich bequemt, uns an seinem Geheimnis teilhaben zu lassen?»
«Salomon hatte in seinem Brief ja nicht geschrieben, dass wir ein weiteres geheimnisvolles Rätsel zusammen lösen sollen. Das habe ich dir jetzt schon zweitausendundneunmal gesagt. Wir haben das einfach angenommen. Hör endlich auf herumzuklönen!»
Johann Zwicki wusste nicht, ob er diese neue Art Cleopheas verstand: letzten Herbst war sie noch töricht in Salomon verliebt gewesen. Hals über Kopf hatte sie sich blamiert und Johann hatte alle Kräfte aufwenden müssen, sie vor einem Fehltritt, der sie nicht nur ihre eigene Ehre, sondern auch die Ehre der ganzen Familie gekostet hätte, zu bewahren. Als Cousin war er schliesslich ihr Familienvorsteher, ersetzte den allmächtigen und allverantwortlichen Hausvater, solange sie zu zweit auf der Reise waren. Ihre Frauenehre, die alleine von sittlichem Verhalten abhing, durfte nicht geschändet werden, es stand ihr nicht einmal

frei, sie freiwillig abzugeben. Es war undenkbar. Was sie begehrte – begehrt hatte … richtig? – war unerhört. Denn eine Verbindung zwischen einer Tochter von Söldnern und einem Zünfterssohn aus Zürich war ungehörig. Zweifellos.

Anlässlich ihrer zweiten Reise nun, zu der sie von Salomon aufgefordert worden waren und die sie für ein paar Wochen in die angesehene Universitätsstadt Basel geführt hatte, erwarteten die beiden jungen Glarner, eine ähnliche Situation vorzufinden wie zuvor. Diese Erwartungen waren jedoch enttäuscht worden.

«Dann haben wir Salomon halt nur geholfen, ein paar Gewürze einzukaufen. Ist doch nichts verloren, schliesslich wurden wir für unser Mitherumgehen belohnt wie Landesvögte. Natürlich hätte er Muskat, Ingwer, Pfeffer und Salz auch in Zürich kaufen können. Oder bei einem Händler, der sowieso nach basell reiste, bestellen. Item. Es war schlicht unser Fehler, dass wir dachten, er bräuchte uns, um etwas Aufregenderes als einen Einkauf zu tätigen.»

Fast hätte sich Johann bekreuzigt – aber als Reformierter durfte er das ja nicht mehr. Trotzdem: es war schwierig, sich davon abzuhalten, eine schützende Geste auszuführen und Gott um Vergebung zu bitten, weil man schamlos log. Denn … ja, so war das nun einmal: Johann war mindestens genau so enttäuscht wie Cleophea. Auch er hatte mit grosser Selbstverständlichkeit gehofft, einen Mord aufzuklären, eine Erpressung, Lug und Trug. Seine Schlauheit beweisen, mit seiner Intelligenz glänzen, seinen Mann stehen. Gott vergebe ihm die Sünde der Eitelkeit!

Ein Rätsel lösen. So wie vor ein paar wenigen Wochen in Zürich. Salomons Brief hatte drängend genug getönt: ‹Ich benötige Deine Hilfe. Komm zurück – bitte.› Eine betonte unübersehbare Bitte aus des kaltschnäuzigen Zünfters Feder, das war eine unerhörte Sache, sicherlich wert, dass man ihm ohne zu zögern zu Hilfe eilte. … Und nicht länger im entbehrungsreichen Glarnerland verweilen musste, wo trister Alltag in engen Familienbanden das Leben ausmachte. Kontrollen der Älteren, die vollkommene Anpassung und Unauffälligkeit forderten. Gerade Letzteres fiel Johann immer schwerer. Wie konnte er nicht aus den dumpfen Reihen der grauen Vorfahren treten? Wie lange noch konnte er ständig verbergen, was er wollte? Dies wurde zunehmend schwieriger und nicht nur seine hellsichtige Cousine sah es nun. Es begann, allen aufzufallen. Seinem jähzornigen Vater …

In Zürich war es einfacher: niemand kannte sie. Dort konnten sie sogar etwas leisten, das mehr war als harte körperliche Arbeit – welche Johann zwar nicht ungern verrichtete, die auf die Dauer in ihrer notwendigen Eintönigkeit jedoch ganz grau im Kopf machte. Sie war ihm unendlich traurig und dunkel auf der Seele gelegen, die Heimkehr nach Mullis. Jetzt, da er gesehen hatte, was die grosse Welt auch noch zu bieten hatte. Da war der Hilferuf Salomons ein gerne gesehenes Zeichen des Himmels gewesen! Johann wäre ihm bis ins wilde Schottland gefolgt.

Lautlos seufzte der junge Glarner und betrachtete seine Cousine, die in ihrem Herbergszimmer, auf weiche Kissen gebettet in dem Basler Gasthaus sass, wo sie schon seit vielen Tagen logierten, selbstverständlich auf der linksrheinischen, der besseren Seite: in Grossbasel. Salomon von Wyss nächtigte nur in den vornehmsten Häusern. Und da Johann Zwicki und Cleophea Hefti seine Gäste waren, kamen auch sie zu dem luxuriösen Vergnügen.

Cleopheas Sinnieren durchbrach die Stille: «Als Salomons Schwester Aurelia vor drei Jahren offenbar so unerwartet starb, war er hier in Basell, auch noch, als seine Nichte Regina gleich hinterher starb. Und dann wieder als der Rest seiner Familie starb. Das sind doch Mysterien genug, da kann man ja wohl erwarten, dass er nach uns ruft, damit wir diese Geschichte wieder aufrollen. Ist ja logisch. Und dann gehen wir retour nach Zürich und sammeln Beweise für die Schuld an diesen Toden. Aurelias Ehemann hat die gewichtigsten Gründe, sich über ein vorzeitiges Ableben seiner Frau zu freuen.»

«Nicht so schnell! Nur weil Mathis Hirzel von Salomon ständig beschuldigt wird, ist noch nicht sicher, ob der seine Frau, seine Tochter und die restliche Familie Salomons ermordet hat. Warum muss ich das immer und immer wieder sagen?», Johann war es müde, ständig die Unlogik der Mordthese Salomons aufzulisten.

«Item», Cleophea ahmte Johanns übliches Füllwort nach, das goutierte der überhaupt nicht. Bei ihr klang es so, als würde er versuchen, gelehrter zu klingen als er war. Rasch, als hätte sie seine Überlegungen und die Verdunklung seines Gemüts erahnt – auch das so eine unglaublich überflüssige Sache: immer schien sie seine Gedanken zu lesen –, fuhr Johanns Cousine weiter: «Morgen geht's Richtung Zürich. Das ist gut so.»

Der letzte Satz kam ziemlich zerdrückt aus ihrem Mund, Johann beschloss, dies zu überhören, betont rechtschaffen entgegnete er: «Ja, morgen geht's nach Zürich zurück und dann werden wir uns gleich wieder nach Hause aufmachen. Es gibt keinen Grund, meine Winterarbeiten in Mullis zu vernachlässigen. Oder jene bei dir in Näfels. Unsere Familien brauchen uns und wir schwelgen im Luxus. Das kann ja nicht richtig sein.»

Johanns puritanisches Gewissen drückte ihm schon seit Tagen auf den Magen, er beneidete – bei Christi Leiden!, eine weitere Sünde! – Cleopheas erdige Überzeugung, dass man annehmen sollte, solange etwas zur Verfügung stand. Diese simple Einstellung kam daher, dass sie noch immer dem Katholizismus frönte.

Im Protestantismus war das ganz anders.

Im Protestantismus war nichts einfach.

※

«Also komm. Wir gehen zum Nachtessen.» Johann erhob sich, zog seine Cousine von der gepolsterten Bank und führte sie hinunter in den Essraum der Gaststätte. Salomon hatte das Gastgeberangebot der Zünfter zu Safran nicht angenommen, in ihrem Zunfthaus zu nächtigen wie es Brauch war. Er mochte niemandem etwas schuldig sein. Er wollte frei sein und praktischerweise besass er das nötige Geld für diesen Luxus im Überfluss.

Die Zunft zu Safran: ja, sie hiess gleich wie in Zürich, die Basler Zunft der Händler, Apotheker, Abenteurer, Samtweber, Buchdrucker, Handschuhlismer, Bürstenbinder und so weiter. Offenbar – so lernten die zwei aus der Innereidgenossenschaft – wurden Zünfte nach dem jeweils Speziellsten benannt: in alten Zeiten soll die Händlervereinigung «Zum Pfeffer» genannt worden sein; dies galt ebenso für ihr Gesellschaftshaus, das früher anscheinend «Zum Ingwer» geheissen hatte. Während Begegnungen mit Basler Zünftern hatte sich Salomon vorwiegend für Gespräche mit Gewürzhändlern, die ‹wurtzkrämer› genannt wurden, interessiert. Sein höflicher Begleiter hatte sich mit den anderen unterhalten und Cleophea hatte wie immer mit allen und jedem geredet. Sie machte keine Ständeunterschiede; ihre offene Neugier regte jeden Redefluss zum reissenden Strom an. Sie hatte wie immer am meisten erfahren.

Man lernte so viel auf Reisen, es war einfach verblüffend. So fand Cleophea heraus, dass auch in der stolzen Basler Stadt mit Geld alles erworben werden konnte. Die Basler hatten hier sogar die Reformation erstanden. Nun, jedenfalls hatte sich Basel unter der nicht geringen Mithilfe der Zünfte 1585 vom Bischof losgekauft. 200'000 Gulden hatte man für diese Freiheit bezahlt. Und die Safranzünfter nahmen sich sogar eines der leerstehenden Gotteshäuser – die Kapelle des Heiligen Andreas – als Lagerhalle. Ob sie Gott nicht doch damit erzürnt hatten? Eine Pestwelle hatte vor nicht allzu langer Zeit angeblich 8'000 Baslern das Leben gekostet. Gleich viel wie die ganze Stadt Zürich momentan in ihren Mauern beherbergte, das hiesse, dass bei einem solchen Gottesurteil heute die gesamte Stadt Zürich auf einen Schlag aussterben würde! Was für ungeheure Missetaten mussten die Basler folglich begangen haben, um so eine deutliche Strafe Gottes verdient gehabt zu haben. Cleophea hoffte, dass sie nun ihren Frieden mit dem Höchsten gemacht hatten, kräftig gesühnt; sonst war es hier nicht sicher!

※

Lautes Geschwätz, Krachen von umgeworfenen Kegeln und Geklirr von Geschirr klangen aus dem Gastraum, als die Glarner Hand in Hand eintraten; hier vermischten sich Rauch- und Essensgerüche zu nebelartigen Schwaden, zu einer engdrückenden Hitze. Johann stählte sich für das Gerede, er hob das ungenügend rasierte Kinn an und breitete die mageren eckigen Schultern etwas aus. Schon dröhnte sein Kopf: an das Zürichdeutsche hatte er sich schon etwas gewöhnt, schliesslich sprach Salomon ja dieses hässliche, zackige, rasante Idiom, das wie Peitschenhiebe in den Ohren knallte und völlig unvergleichbar mit dem melodiösen Glarner Dialekt war, der sich harmonisch, singend verbreitete. Baseldeutsch war gerade noch eine Spur hässlicher als das Zürcher Zungengeknatter, die Betonungen lagen alle quer, die Rs rollten sich spitz in den Kehlen der Einheimischen und die vielen hellen Äs hinterliessen in Johanns Gehör sicherlich Narben.

Johann trat also mit gequälten Vorahnungen in den Raum, das Kinn gereckt, mit Überwindung mitten in die Stube, denn es konnte schon nicht angehen, dass er sich den Wänden entlang drückte wie ein misshandelter Hund. Cleophea hinter sich herziehend, hielt er ihre Hand fest in der seinen. Um ihr Mut zu machen. ... Oder war es anders herum?

Insbesondere an einem Ort wie diesem, in einem auswärtigen Gasthaus voller Fremden war es für Johann stets wie schmerzhaftes Gehen durch Brennnesselfelder; ständig wurden derbe, ja anzügliche Worte in seine Gegenwart geworfen und er wusste nichts damit anzufangen. Die stämmigen Weiber zogen ihn ob seiner schmalen Statur auf, konnten sich furchtbar lustig über seine knochigen breiten Schultern machen und über seine kurz geschnittenen strohblonden Zaushaare. Sie machten sich lustig, ja. Aber Johann hatte das diffuse Gefühl, sie wollten etwas ganz anderes von ihm. Er hatte nicht den kleinsten Schimmer, was. Warum sie nur auf seine graublauen Augen, seine gerade Nase, seine kantigen Lippen, sein prominentes Kinn zu sprechen kamen? Was für Worte waren das überhaupt?

Seit dem letzten Herbst trug er – das immerhin wusste er – gutstädtische Kleidung, von Salomon gespendet, nachdem seine alte den verheerenden Kampf gegen die Klosterfrau nicht überstanden hatte. Dieses Kultivierte verlieh Johann etwas Sicherheit, das Übermass an Stoff, die edlen Materialien, die sorgfältige Farbabstimmung: all dies machte ihn zu einem Mann von Welt. Grosse Teile seines Inneren jedoch standen noch immer tief in Glarner Bergspalten. Johann verstand einfach nicht, wie man sich hier zu benehmen hatte. In der Gegenwart von Frauen. Sie waren ein Geheimnis. Weswegen mochten sie an den pelzbesetzten Ärmeln seines blaugrauen Wamses, an seinem fast weissen Hemd herumzupfen und dabei mit den Verschnürungen ihrer Mieder spielen? Gleichzeitig kicherten sie, zeigten einfach nicht jene Achtung, die ihm gebührte. Hier in den abgebrühten Basler Gefilden verhalf dem jungen Glarner nicht einmal die frische rote Messernarbe zu Respekt, obwohl sie sich in einem kühnen Bogen vom Auge bis unter den Mundwinkel schwang.

Die vermaledeiten Basler hatten ihn der Narbe wegen sogar noch aufgezogen: er wäre doch etwas früh mit der Fasnacht, obwohl das Treiben kurz vor der Türe stehe. Hier war diese Fasnacht offenbar ein Fest, das die Basler mit besonderer Leidenschaft genossen, sich mit Stumpf und Stil hineinwarfen, keinen Stein des Anstosses auf dem anderen liessen. Kein Wunder, wurde es von der Obrigkeit regelmässig verboten. Es war ja ganz offensichtlich, dass dieses aufrührerische, ungeordnete, ungestüme Vergnügen eine Sünde war – bei den entblössenden Tänzen und eben solchen Sprüchen wurde die Regierung gerne unter dem Deckmantel der närrischen Freiheit entlarvt. Das konnte nicht hingenommen werden. Seit 1546 das erste generelle Fasnachtsverbot erlassen worden war, folgten immer neue und würden auch stets folgen. Johann vermutete, dass dieses Verbot genauso wirksam war wie jenes, das den Zürchern Saufen, Spielen und Fluchen verbot.

Der schüchterne Glarner war froh, endlich Salomon in einer exponierten Ecke zu entdecken, inmitten von Spielkarten und Geplapper. Seltsamerweise musste der kaltlächelnde Zürcher nie Anzüglichkeiten ausweichen, obwohl er doch so wunderschön war: so hatte ihn jedenfalls Cleophea bezeichnet. Salomon wurde zwar stets genau betrachtet, aber unflätige Neckereien blieben aus, dazu war die Panzerung des Zürchers zu deutlich, dafür war die unbeherrschte Überheblichkeit, die jederzeit schmerzhaft explodieren konnte, zu offensichtlich.

Erleichtert aufseufzend, den Blicken zu entgehen, glitt Johann nun rasch neben Salomon auf die Bank und überliess Cleophea den Platz vis-à-vis. Der Zürcher liess das Handgelenk einer jungen Frau mit locker geschnürtem Mieder los, worauf diese die losen Haare aufreizend über die Schultern zurückwarf und mit wogenden Hüften wegging, den Rockzipfel wieder aus dem Gürtel ziehend; er schwang nun wieder bis zum Boden, ihre Beine verhüllten sich wieder vor sehnsüchtigen Augen. Cleophea blieb stehen, so lange die andere Frau in Blickweite war, offenbar unbeteiligt; sie gönnte der anderen keinen Blick, war ausserordentlich gelangweilt. Endlich setzte sie sich demonstrativ ihrem Cousin gegenüber, vermied Salomons Gegenwart. Und seine Augen, die einen langen Moment forschend auf ihr ruhten. «Feiern wir unseren erfolgreichen Geschäftsabschluss! Diese Qualität des Basler Gewürzes ist wirklich unübertroffen. Meine alten Geschäftsbeziehungen wieder aufleben zu lassen, war eine gute Idee.», Salomon war guter Dinge und heilfroh, die dunkelste Jahreszeit überwunden zu haben. Die zwölf Tage nach Weihnachten gehörten bekanntlich zu den unheilschwangersten des Jahreslaufs, diese Zeit bis zum sechsten Januar war gefährlich. Allerhand konnte da passieren, weil die Wände zu anderen Welten durchlässiger waren, weil Dämonen einfacher eindringen konnten. Nie war es ganz sicher, ob nicht dieses Mal die Dunkelheit gewinnen und der Winter ewig bleiben würde. Jedoch … nicht nur vor diesen zwölf Tagen Schwärze hatte sich Salomon gefürchtet. Sondern vor der ganzen langen, kalten, einsamen Winterzeit an und für sich. In seltener Hellsichtigkeit hatte er gerade noch rechtzeitig vor dem Winter wieder nach den zwei Glarnern gerufen und sie mit jenem gelockt, von dem er wusste, dass sie es annehmen mussten: eine Reise. Eine Reise weg aus dem schmalen Glarnerland; Salomon hatte geahnt, dass vor allem Johann die Freiheit zu schätzen begonnen hatte. Deswegen war Salomon für einmal nicht allein, zum ersten Mal seit Jahren sah er keinem einsamen Winter entgegen.

Für einmal nicht allein.

Nicht verlassen.

Die Seele nicht dem Tod nahe.

«Hab Dank, es war sehr grosszügig von dir, uns an deiner Geschäftsreise teilhaben zu lassen. Basell ist eine faszinierende Stadt und ich habe einiges über den Gewürzhandel gelernt.» Höflich hob Johann den dickwandigen Glaskelch mit dem viel zu warmen Rotwein und trank auf Salomons Gesundheit, während Cleophea die zwei so deutlich wie möglich ignorierte und sich im Esssaal umsah, mit ihren roten Zöpfen spielte, mit dem Fuss wippte. Dieses Verhalten trug sie immer zur Schau, seit sie sich wieder in Salomons Umkreis befand. Den Zünfter schien das nicht weiter zu stören. Bitterer noch: er schien es noch nicht einmal wahrzunehmen.

Aber während die zwei Glarner mit der Wirtshausfrau über das Nachtessen zu diskutieren begannen, betrachtete Salomon Cleophea unter den strubbligen Zipfeln seiner schwarzen Haare hervor. Obwohl sie nun regelmässig genug zu Essen bekam – dafür sorgte er schon – war sie schmaler, als es gut für sie war. Sie war klein gewachsen und mit ihren bald 16 Jahren erwachsen genug, kräftig und biegsam wie Haselzweige; ihre grünen Augen waren ständig in Bewegung und verrieten ein reges, man möchte sagen: ungebührliches, Interesse an allem und jedem, ihre Sommersprossen hüpften in den besten aller Zeiten fröhlich zusammen mit ihrer aufgestellten zu lauten Stimme und hin und wieder liessen ihre gar lang geratenen Eckzähne eine Wildheit durchscheinen, die angenehm beängstigend war. Ihre hexenroten Locken, die sie so gut wie möglich in der ziemlich neuen Zopfmode zu bändigen versuchte, faszinierten Salomon mehr als nötig. Manchmal war er versucht, spielerisch daran zu zupfen, liess sich dann aber doch niemals zu einer so kindischen Geste hinreissen.

Versonnen sah er nun zu, wie sie lautstark und unverschämt fordernd mit der Wirtin stritt, um nicht schon wieder die ständig gleichen Bohnen essen zu müssen. Spinat! Das war es, was sie wollte. Gleich heute, hier und jetzt. Sie würde ihn bekommen. Johann sass derweil dabei und griff nur ein, wenn der Anstand es dringend erforderte. Ihm war es egal, was er ass, Hauptsache, es gab Nahrung. Spinat mochte er nicht, aber über diese Kleinigkeit würde er hinwegsehen; besser dieses grüne Gelampe als gar nichts.

Was er hingegen satt hatte, war dieses langweilige Abenteuer, das ständige Warten, die enttäuschten Hoffnungen. Hatte es gründlich satt, zwischen allen Stühlen zu sitzen, ständig Frieden zwischen seinen Mitreisenden zu stiften. Dazu noch das Gewusel und Gedränge der Stadt zu ertragen, wofür er ganz bestimmt nicht geschaffen war. Bei aller Neuheit, er brauchte etwas anderes. Cleophea mochte die Stadt lieben, sie sagte, sie fühle Freiheit bei den vielen Menschen. Zwischen Menschen, innerhalb von Mauern und Türmen. Wie sollte das funktionieren? Er jedenfalls würde sich morgen Früh wieder aufmachen müssen, sich für ein paar lange, unbeobachtete, stille, gleichmässige Momente verabschieden. Er würde aus den Stadtmauern gehen müssen und laufen, so weit es ging. Ins dicht verschneite Erdige, hin zu einem Wald, zu einem Bach, zu Felsen und Gestrüpp. Hin zu dem, was nicht künstlich, nicht von Menschenhand geschaffen, nicht … kompliziert! war. Irritiert sog Johann die beengende stickige Hitze des Gasthofes ein und sehnte sich mit blitzendem, geradezu schmerzhaftem Erkennen nach reinem Schneeduft. Sogar nach grauschweren Wolken, die zäh in den Ritzen, Klippen und Ecken der Glarner Bergen hockten. Nach reissendem Wind, der einen in die Ohren biss. Nach starken festen Bäumen, die von Gezeiten umstürmt stoisch wurzelten, sich bogen und wanden, standhaft standen. Nach tiefen, sinnigen Wässern, dunklen Tümpeln, moosigen, dichten Sümpfen …

Ach! Johanns Lippen begannen zu zucken, als er sich inbrünstig nach Mutter Erdes Schoss sehnte. Sein Blick verkroch sich, stahl sich aus der Gegenwart davon, er wandte die Aufmerksamkeit aus dem rauchigen Raum, hinein in die frische Losgelöstheit des Sattgrünen, des Reichbraunen. Er verlor sich.

❦

Auch das noch. Das war nun unumgänglich gewesen. Johann hatte geahnt, dass dies auch heute Nacht passieren würde. Ergeben stellte er sich breitbeinig neben Salomon, nah, um Verbundenheit zu zeigen, aber weit genug, um die nötige Bewegungs- und Kampffreiheit zu gewährleisten. Als er demonstrativ sein Messer ein Stück aus der Scheide zog, schob er Cleophea hinter seinen Rücken in Sicherheit. Ihnen gegenüber bauten sich drei grobschlächtige Basler auf und sie schäumten vor Wut. Johann und Salomon würden nicht die geringste Chance gegen diese Kerle haben, das wusste Johann. Schon hoffte er auf ein Eingreifen des Wirtes, dem es nicht gleichgültig sein konnte, seine Gaststube verwüstet zu bekommen. Niemand aber bewegte sich, um den sich abzeichnenden Kampf abzubrechen. Regungslos kalt stand Salomon im Raum, seine Provokation gegen den Nachbarstisch hatte die zunehmend angespannte Situation eskalieren lassen. Er hatte die Basler beleidigt, deutlich. Überdeutlich. Diese liessen sich selbstverständlich keine Verspottungen eines schnöseligen Zürchers so einfach gefallen, ihre baslerische Ehre verlangte Genugtuung. Nie war man um eine Ausrede verlegen, einem impertinenten Zürcher die Faust kräftig aufs Auge zu knallen. Zürcher Blut floss gewiss etwas weibischer. Herabwürdigende Schimpfworte, so einfalls- wie fantasiereich, flogen hin und her, man zeigte Muskeln und Waffen, stiess sich gegen die Schulter und plusterte sich mächtig auf. Die Explosion stand unmittelbar bevor, als …

Als Salomon von Wyss nicht seinen Degen, sondern seinen prallen Lederbeutel am Gürtel zückte, ein paar Schillinge – mehrere Tageslöhne eines Meisters – in die Runde warf; und der Streit starb einen schnellen Tod.

Nach Vorkommnissen wie diesen verstand Johann immer besser, warum der enttäuschte Zürcher die Menschen so sehr verachtete. Sie waren so simpel zu berechnen – im wahrsten Sinn des Wortes. Sie liessen sich ihre Ehre kaufen. Sie würden sich ihre Seele kaufen lassen. Allerdings: Salomon hatte niemals Hunger gelitten, er hatte niemals keine schützenden Hausmauern um seinen Körper gehabt, hatte niemals auf der Strasse nächtigen müssen, war niemals krank und schwach auf die Güte anderer angewiesen gewesen. Er konnte nicht wissen, dass Menschen einfach alles tun, um ihre Grundbedürfnisse sicherzustellen. Johann hatte schon oft versucht, dies Salomon zu erklären. Aber die Meinung des Zürcher Gerichtsschreibers stand fest: die Menschen sind widerwärtig, billig, niederträchtig.

3. Kapitel.

In dem Blut sich zu Meeren ausdehnt.

NACH EINER BESCHWERLICHEN EINTÖNIGEN REISE wieder in Zürich angekommen, trat Salomon in sein Haus – ins «Störchli», zwischen Rathaus und Constaffel-Zunfthaus «Zum Rüden» auf der mehrbesseren Seite des Flusses Lindmag gelegen – und wusste, dass hier etwas vollkommen falsch war. Langsam und stetig, vorsichtig sog er den unheilverkündenden Geruch ein, nahm eine schreckensbeladene Witterung auf. Seine Nackenhaare sträubten sich und stachelige Schauer liefen in Widerhakenwellen über seinen Rücken, seine Muskeln spannten sich wie auf der Jagd, während er geräuschlos kampfentschlossen seinen Degen zog. Ohne einen Ton, bestimmt, bedeutete er Cleophea und Johann mit der offenen Hand, sich nicht zu bewegen. Sofort erstarrten die beiden und verharrten auf der Schwelle des Hauses. Kein Geräusch drang zu ihnen, aber es war überdeutlich, wie Unheilvolles auf sie zuschwappte.
«Blut.»
Leise machte Johann klar, was sie alle nun mit schauerlicher Gewissheit rochen.
«Viel Blut.»
Cleopheas Zunge schien aufzuschwellen, der metallische Geruch trieb ihr den Schweiss in die geballten Handflächen; welche grässliche Gefahr mochte sich ihnen in den Weg stellen? Sie verblieb in völliger Bewegungslosigkeit, atmete flach, lautlos. Horchte auf mögliche Gefahrenquellen, suchte mit den Blicken nach Verstecken, nach Waffen.
Nachdem Johann und Salomon sich einen verständnisreichen Blick zugeworfen hatten, traten sie vollends ins Haus und bewegten sich einander gegenüber den Wänden entlang vom Eingangsbereich Richtung Treppe. Dies war schwierig, denn die farbigen Wandbehänge durften nicht bewegt werden, alles musste unhörbar für mögliche Angreifer vor sich gehen. Als Johann feststellte, dass sich Cleophea derweil Richtung Küche schlich, war sie schon zu weit weg, um sie zurückzurufen, sie aus der Gefahrenzone zu befehlen. Lautlos bewegte Johann die Lippen zu einem wütenden, nicht wenig gotteslästerlichen Fluch und folgte Salomon mit mehr Ablenkung im Kopf als in der Situation sicher war.
Die beiden Männer warfen ihre Blicke in jedes Zimmer, Degen und Messer stets bereit erhoben. Jedes schreiendlaute Knarren von Holzböden oder -treppenstufen verwandelte ihre Innereien in schlotterndes Kies. Schweiss bildete sich trotz der Kälte an den Schläfen, in den Nacken, ihre Anspannung stand kurz vor dem Zerreissen.
Aber im Haus blieb es still. Totenstill.
Das letzte ununtersuchte Zimmer war Salomons Schlafkammer. Johann und Salomon lehnten sich je auf einer Seite der Tür an die Wand, sie atmeten tief ein, fassten beide die

Griffe ihrer Waffen fester. Ihre Blicke begegneten sich, mit einem Nicken drückte Salomon, voll unerlöster Spannung, die Klinke hinunter und warf die Tür mit Heftigkeit auf.
Ein erstickender Laut an seiner Seite drückte haargenau aus, was Salomon fühlte.
Grauen.
Johann presste sich mit Gewalt die rechte Handfläche auf Mund und Nase und glaubte den Bildern nicht, die sich in seine weit aufgerissenen Augen warfen.
Selbst im Halbdunkeln war offensichtlich, was das Zimmer bot.
Blut.
Ein Meer von Blut.
Es tränkte das Bett.
Es glänzte matt auf dem Fussboden.
Es zog groteske Streifen über die Holzwände, verdunkelte die Butzenscheiben, selbst an der Zimmerdecke klebten dicke Tropfen in fürchterlicher Erstarrung.

※

Ohne ein Wort zog Salomon die Türe wieder ins Schloss, sie standen beide wieder im Gang vor der Kammer und versuchten, das Unfassbare zu fassen.
«Da ist Blut», meinte Salomon dumm. Es klang, als wäre seine Stimme vor langer Zeit gestorben. Johanns Antwort war genauso einfältig und seine Worte klangen ebenfalls wie aus einem ellentiefen feuchten Grab: «Sehr viel Blut.»
Beide schluckten krampfhaft und ohne grossen Erfolg.
«Hast du eine Leiche gesehen?»
«Nein.»
«Es muss eine Leiche geben.»
«Verlust einer solchen Menge Blut führt zum Tod.»
«Wir werden den Körper suchen müssen.»
«Vater unser, der Du bist im Himmel, vergib uns unsere Schuld!» Kraftlos, halb panisch stützte sich Johann mit beiden Händen an die Wand neben der unheilvollen Tür, liess den Kopf tief dazwischen hängen und betete ein kurzes Gebet für den toten Sünder, dessen Blut Salomons Schlafstube verunreinigte, und er betete für sich, für seine unsterbliche, seine dumme, eitle, übermütige Seele. Und ganz schlicht darum, dass in Zukunft seine Wünsche einfach nicht mehr in Erfüllung gehen sollten.
Denn schon einmal hatte er sich etwas gewünscht, das dann wahr geworden war. Auf grausame Art und Weise. Warum nur war er so verblödet, sich ein weiteres Abenteuer zu wünschen, eines in der Art wie jenes mit der verschwundenen Nonne? Das hatte er nun davon. Hier hatte er es also. Ein weiteres Rätsel.

Und jemand war gestorben.
Seiner Wünsche wegen.
Seinetwegen.

※

Als Cleophea zu ihnen trat, sah Johann ihr in die Augen und ersparte sie ihr nicht, die Wahrheit: «Im Zimmer ist Blut. Zu viel Blut. Wir müssen den Körper finden.»
Mit einem nicht unterdrückbaren Schaudern sah die kleine Glarnerin fragend zu Salomon hinüber. Durch ein Kopfnicken und abwehrendes Schliessen der Augen bestätigte dieser ihr Ungefragtes. Seine Hände ballten sich in zielloser Wut zu schmerzhaften Fäusten. Seine Gedanken suchten verzweifelt Halt. Zorniger Atem erstickte ihn.
Er hatte es geahnt! Der Tod war wieder einmal um sein Heim gestrichen. Einmal mehr hatte er sich ein Opfer in Salomons Haus geholt. Von Wyss' Familie existierte nicht mehr, aber daran schien sich der Todesengel nicht zu stören, Hauptsache war für ihn offenbar eine vollkommen unerklärliche Rache an den von Wyssens. Salomon schluckte weiterhin unwirksam, räusperte sich, benetzte die trockenen Lippen und kämpfte umsonst gegen die schleichende Vergiftung. Sie manifestierte sich im bösartigen Blutgeruch. In der Gegenwart der dumpfen Gewalt, im fassungslosen Tod. Diese bösartige Beschmutzung in dem geheiligten Bezirk, der sein Heim war. Sein Hab und Gut, seine Friedenszone! Das war unverzeihlich! Dafür gab es keine Vergebung. Dunkel blitzende Hitze zürnte durch Salomons Eingeweide, eine dämonische Krankheit schüttelte ihn.
Aber wie stets brachte ihm sein gottungefälliger Stolz die nötige Kraft, sich gegenüber der zähschwarzen Bodenlosigkeit zu behaupten.
Kampfbereit hob Salomon nun das Kinn und streckte trotzig seinen Rücken zu einer harten Geraden, platzierte breitbeinig seine Stiefel fest auf den Boden. Denn bei aller Erstickung: dieses Mal drehte er dem Tod eine lange Nase! Er triumphierte über das nächtliche Grau, über die echolose Hoffnungslosigkeit. Nicht vergeblich hatte er die Glarner wieder zu sich gerufen. Als hätte er es geahnt. Nein, er hatte es gewusst! Die zwei beschützten ihn auf eine seltsame Weise. Für einmal teilte jemand sein Haus, nachdem der Tod es heimgesucht hatte. Jemand lebte mit ihm weiter. Er war nicht allein. Und er war entschlossen, es nie mehr zu sein. Schon länger war sie am Horizont erschienen wie die heftig ersehnte Frühlingssonne: die Wärme einer Gefährtin. Das Glück einer selbstverständlichen Verbindung. Die Leidenschaft des Teilens.
Entschlossen drehte von Wyss sich auf dem Stiefelabsatz um und energisch schob er seine zwei Besucher vor sich her die Treppe hinunter auf die Strasse, vor das Haus. Er hatte seine

Pflicht als Gast- und Schutzfreund zu erfüllen, er würde die Gefahr beseitigen. Ein für alle Mal.

Um die Ecke wartete noch immer geduldig der dick eingemummte Fuhrmann mit seinem Karren voller Gepäck. Salomon bezahlte ihn grosszügig wie stets und schichtete die Reisebeutel an seine Hausmauer. Weg von den sich nähernden Schneeflocken, vom halb erstarrten Dreck des Vorplatzes.

«Wir lassen einen Arzt kommen. Der soll sich das ansehen. Damit wir herausfinden können, was da passiert ist. Ich werde nicht in dieses Zimmer zurückkehren. Wartet hier!»

Erleichtert spürten Johann und Cleophea die lebendige Kälte, sogen für einmal gerne den seeigen Geruch von Fischen ein, der ständig über diesem Teil des Platzes hing. Schliesslich stand das Haus Salomons gleich beim Markt der Fischer. Brav verharrten die zwei im züngelnden Wind, der vom Zürichsee kommend bissiges Eis pustete und begann, nassen Schnee in die Gassen zu werfen. Sie drückten sich an die Hausmauer und zogen die Mäntel enger um sich. Tapfer widerstand Johann dem überwältigenden Zwang, aus der Enge der Stadt zu laufen, dorthin, wo es ihn so heftig hinzog: zum Wald! Zum Wald! Alles in ihm drängte ihn fort, aus den trutzigen Stadtmauern, weg von Unheil und Bluterstickem. Hin zur weissen Reinheit. Aber es war unmöglich, unmöglich, er hatte einen Befehl erhalten, er würde das geschändete Haus beschützen und seine Cousine, die reglos neben ihm stand, den weiten Mantelkragen bis über die Ohren hochgezogen, ihr Gesicht, ihre verdunkelten grünen Augen verdeckend. Ihr grosszügig geschnittener Radmantel reichte bis zu den Knöcheln und wickelte sie in einigermassen sichere Wärme. Johanns Schaube hingegen bedeckte gerade knapp seine mageren Schienbeine in den fadenscheinigen Strümpfen und er fror erbärmlich; dieses Mäntelchen enger um sich zu raffen, war ein Ding der Vergeblichkeit. Seine knielangen schiefergrauen Hosen, die schon feuchten Strümpfe und halb hohen Stiefel mit durchlässigen Nähten boten keinen Schutz gegen das Winterwetter. Johann begann auf der Stelle zu treten, um etwas Wärme in den Körper zu bekommen.

Als sie Salomon wieder um die Ecke kommen sahen, atmeten sie erleichtert dichte Wölkchen in die klirrende Luft. Für kurze Zeit, denn dem Zünfter folgten zwei der seltsamsten Gestalten, denen Johann je über den Weg gelaufen war, eine grandiose Leistung, denn das Glarnerland ist bekanntlich voll von Originalen. Mit grösster Mühe schlug er die Augen nieder, als das merkwürdige Paar ankam und von Salomon vorgestellt wurde. Johann bekam nicht viel von der Höflichkeit mit, er versuchte nur mit allen Kräften, nicht zu starren. In ungewöhnlicher Weise teilte Cleophea für einmal sein Schweigen, sie wagte nicht, Johann anzusehen und er mied ebenfalls ihre Blicke, als sie hinter Salomon und den anderen zwei ins «Störchli» traten.

Das bizarre Gespann machte sich unverzüglich auf, die Verwüstung in Salomons Schlafstube zu untersuchen. Derweil begaben sich Salomon und die zwei jungen Glarner in die Küche, wo der Gastgeber mühevoll das Herdfeuer schürte und gedankenverloren begann, eine Mahlzeit für die Gäste zuzubereiten. Beim Kochen vergass er alles. Er kochte gerne. Er kochte fürs Leben. Ganz auf das Gegenwärtige konzentriert, horchte er nicht auf die Schritte und leisen Stimmen im Haus.

Während die kalte Feuerstelle wieder belebt wurde, begann von Wyss, die Lebensmittel auszupacken, die er beim Heimkommen rasch im Kaufhaus erstanden hatte. Befriedigt klopfte er die Schweinefleischblätze flach, legte Schinkentranchen darauf, gab zerbröselten Zimt und kleinstgewürfelten Ingwer dazu und rollte die ganze Köstlichkeit zu Fleischvögeln. Das Feuer war nun stark genug, er stellte eine der zahlreichen eisenstieligen Kupferpfannen auf, gab Wein hinein, Salz und legte die Rouladen in die Flüssigkeit, um sie garzuschmoren. Ganz selbstverständlich tischte Cleophea die Tafel im zentralen Zimmer auf, während Johann den riesigen grünen Kachelofen einheizte. Beide versuchten, die Anwesenheit der zwei seltsamen Männer im Haus zu überhören und den Blutgeruch zu ignorieren.

<hr>

Beim Essen, bei den wenigen kleinen Bisschen, die ihm nicht im Hals steckenblieben, traute sich Johann endlich, den Medicus und seinen Helfer genauer zu betrachten. Vor allem, weil Salomon die zwei befragte und sie deswegen des Mullisers Starren nicht bemerken würden. Es schoss Johann durch den Kopf, dass die zwei sich allerdings Aufsehenerregen gewöhnt sein müssten. Schliesslich waren sie ein wunderliches Duo und so war das noch ausgesprochen höflich gedacht.

Der Arzt war nicht derselbe, der Johanns Wunden im letzten Herbst behandelt hatte. Die zwei Finger der linken Hand, die Johann im Kampf glatt abgetrennt worden waren, bereiteten ihm nach wie vor Schmerzen, so seltsam dies klang. Wie konnte etwas, das nicht existierte, schmerzen? Zusätzlich hatte Johann damals einen tiefen Dolchschnitt an der Wange zu erdulden gehabt, der schwärend in eine juckende gezackte Narbe übergegangen war. Und doch: er hatte Glück gehabt. Alles in allem. Er hatte kein nennenswertes Wundfieber erleiden müssen und an der verunstalteten Hand blieben ihm noch Daumen, Zeige- und Mittelfinger zum Greifen. Ein fester, bis in den Unterarm hinauf reichender, geschnürter Lederhandschuh schützte die empfindlichen Fingerstümpfe. Beide Verletzungen hatten ihm endlich jenes verwegen männliche Aussehen gegeben, das er sich so sehnlichst und so törichtst gewünscht hatte. Sündiger Narr, der er war.

Dieser Arzt hier war also nicht jener stattliche Alte, der burschikos an Johanns Gesicht und Fingern herumgedoktert hatte. Dieser hier wirkte agil und wendig. Und ganz lässig warf er mit lateinischen Phrasen um sich, seine Sprache war gespickt mit ‹hic et nuncs›, ‹a prioris› oder ‹de factos›, er musste ein ganz Gelehrter sein. Nichts davon wurde von Cleophea oder Johann verstanden, aber sie beide waren auch gar nicht angesprochen – der Arzt redete ausschliesslich mit dem Zünfter – und sie waren auch recht abgelenkt von den äusserlichen Erscheinungen des Medicus' und seines Begleiters.

Das Gesicht des Arztes unter den viel zu langen braunroten Haaren lief zu einem merkwürdig schmalen Kinn aus, das überflüssigerweise noch mit einem spitz zugeschnittenen Bart geschmückt war, so dass er fast einem Fuchs glich. Die dunkelbraunen Knopfaugen verstärkten diesen Eindruck; des Arztes schmale Hände und grazile Finger mit den zugespitzten Nägeln taten ihr Übriges für den besorgniserregenden Anblick. Auf seine Kleidung hingegen schien der Arzt nicht grosse Sorgfalt zu verwenden; in der warmen Stube begann sich ein von ihm ausgehender müffeliger Geruch auszubreiten.
Johann unterdrückte mit Mühe ein Schaudern und wandte endlich den Blick zum Helfer des Medicus'. Wenn dieser sich nicht hin und wieder bewegt und manchmal auch ein Wort gesprochen hätte, wäre Johann überzeugt gewesen, dass dies eine tote Seele war. Es ging keinerlei Wärme von diesem Menschen aus, hohle Dumpfheit verschluckte alles um ihn herum, ein lebloser Kreis umschloss ihn. Hätte Johann den Menschen auf einem Gemälde erblickt, wäre er vermutlich versucht gewesen, ihn schön zu nennen. Der Helfer war offensichtlich gesund, stattlich gebaut, recht gross gewachsen und er trug seine goldenen Locken über den engelsgleichen blauen Augen mit erhabener Grazie. Seine auserlesene Kleidung war von betonter Schlichtheit, ein strenger Anzug von dunkelstem Blau lenkte den Blick sofort auf sein verstörend attraktives Antlitz.
Johann rutschte diskret näher an Cleophea heran, als der Mann, der als Bartholomäus von Owe vorgestellt worden war, ihm einen Blick zuwarf und daraufhin nicht mehr von ihm liess. Johanns graublaue Augen fielen in jene anderen blauen und erbarmungslose Leere langte verzehrend nach seinem Herz. Der junge Glarner versank in die hoffnungslose Düsternis dieses unfrohen Blickes und vernahm von weit her einen Hilfeschrei. Die Verzweiflung seiner eigenen Seele. Kälte umfror sein Innerstes und Johann begann zu beben. Der Blickkontakt zu jenem Bartholomäus war höchst gefährlich, unerklärlich tödlich. Sünde und Schwärze wanden sich hinterhältig auf Johann zu. Seine Seele verlor ihren sicheren Weg, ihr strahlendes Licht. Ihr ewiges Leben.
Hastig sprang Cleophea auf, achtete nicht auf den Weinsee, den ihr umgeschlagenes, unersetzliches Kristallglas auf dem Tisch nun zu bilden begann, hart fasste sie Johanns

Oberarm und riss ihn energisch hoch; sie warf ein ‹wir schauen in der Küche nach, ob es noch etwas Wein gibt› in den Raum und flüchtete resolut, Johann oder seinen Schatten vor sich herschiebend. In der Küche drückte sie ihn entschlossen auf einen Schemel und betrachtete ihn mit gründlicher ernster Genauigkeit, die rotnarbigen Hände auf die Hüften gestützt. Erschrocken stellte sie fest, dass er aussah wie damals, als ihm die grausigen Wunden zugefügt worden waren. Völlig erstarrt sass er da und als sie ihm prüfend zart über die Wange strich, fühlte sie die feuchte Klammheit seiner Haut; er war von der Welt weggeflohen. Jede verbleibende Kraft wurde aufgewendet, um sein Kostbarstes zu schützen.

Ernstlich besorgt beugte sich Cleophea über ihn, legte ihre mitfühlende Hand schützend auf seine hohe bleiche Stirne und schloss in heilender Konzentration die Augen. Mit konstanter Ruhe zwang sie seine Herzenswärme zurück, beschwor seine Seelengüte, rief die Hilfe des Glarner Heiligen Sankt Fridolin an. Als sie endlich die Lider aufschlug, hatte sich die blutlose bodenlose Dunkelheit etwas aus Johanns Miene verzogen. Dennoch klang seine sonst so angenehm warme Stimme jetzt wie dürre knickende Ästchen im Sturm.

«Er ist der Teufel. Er muss Satan sein», flüsterte er heiser, «seine Augen kommen geradewegs aus der Hölle.»

Kaum je zuvor hatte Cleophea Johann in solch verstörter Angst gesehen; hilflos, hilfreich schlang sie ihre mit Gänsehaut überzogenen Arme um seinen dünnen Nacken und zog ihn vollkommen an sich, selbstsicher bereit, ihn gar vor der ganzen Welt zu beschützen. Ungewöhnlicherweise legte Johann nun seine Arme um ihre Taille und drückte sich an sie. Legte den Kopf an ihre Brust und beruhigte sich an ihrem steten sicheren Herzschlag und an ihrer lebendigen Wärme. Das Böse war gebannt, widerwillig kroch es von ihm weg.

Johann konnte seine Sinne beruhigen und er begann wieder nachzudenken. Diese starken Eindrücke, diese Art von Visionen waren ihm neu. Nicht gänzlich neu. Nur wieder neu entdeckt. Er hatte als Kind vielfach von kommenden Ereignissen geträumt, Stimmen und Gefühle wahrgenommen, die niemand sonst bemerkte. Er war dumm genug gewesen, diese Absonderlichkeiten verlauten zu lassen. Seine Eltern hatten ihn dafür bestraft. Hart. Verängstigt: niemand darf in Gottes Plan schauen; wer das kann, ist ganz sicherlich ein Zauberer! Dies gab es nicht in der Zwicki-Familie.

Daraufhin hatte der junge Johann diese Wahrnehmungen vergessen, sogar die Art der Wahrnehmungen. Bis vor ein paar Monaten ihn diese Visionen im Rätsel um die Nonne wieder heimgesucht hatten. Es war, als hätte die damalige Reise aus der Enge der Heimat Teile von ihm befreit, als hätten diese Gaben – dieser Fluch ... – sich in der Fremde endlich wieder Geltung verschaffen können. Seit dem Herbst sah und hörte Johann wieder mehr als nötig, fühlte, was unter der Oberfläche vor sich ging. Nahm seine Welt als Zusammensetzung von verschiedenen Ebenen wahr. Jede einzelne erzählte eine weitere Geschichte, jede verkomplizierte die sichtbare Realität. Jede nagte an ihm, stellte ihre Forderung an ihn. Wie konnte er diesem allem gerecht werden? Warum liess ihn Gott eine solch schwere Bürde tragen?

Johanns Inneres krampfte sich verängstigt zusammen, legte sich hilfesuchend um jenen unzerstörbaren Kristall, der in seiner Brust schwebte. Wild prickelte Johanns Kopfhaut, samtene Kraft riss in seinen Händen, ruhiges Licht klopfte in seinem Herzen. Er schmiegte Kopf und Oberkörper womöglich noch enger an seine Cousine, klemmte die geballten Hände fest unter seine Achseln, um sie am Zittern zu hindern. Liess sich halten. Liess sich für einmal von aussen beschützen.

Auch wenn übersinnliche Hilfestellungen der widerborstigen Klosterfrau ihm das letzte Mal die Lösung des Rätsels gebracht hatten, so hiess das doch nicht, dass er nun weiterhin solche Ahnungen spüren wollte. Er war doch kein Zauberer, er konnte doch einfach nicht mehr sehen, als wirklich da war. Das alles wollte er nicht. Seine bisherige Welt entglitt ihm. Er war mit dem letzten Abenteuer schon weit genug von der sicheren gleichmässigen Heimat entfernt worden. Und das hatte so nichts mit Zürich zu tun. Nichts mit einer Reise auf einem Karren weg aus dem innereidgenössischen Mullis. Nun begann er gar, sich durch seine Sinneseindrücke vom Rest der Menschheit zu entfernen. Das durfte nicht sein. Er drückte sich enger an die Vertrautheit Cleopheas.

«Glaubt ihr nicht, dass es unhöflich ist, Gäste so lange warten zu lassen?» Salomons Stimme war leidenschaftlich kalt, als er die Küche betrat. Mit aufflammender Wut sah er, wie sich die zwei Glarner nur zögernd und widerstrebend voneinander lösten. Aus einer vertrauten, innigen, schützenden Umarmung. Salomon schob den Kiefer vor und zischte unleidig: «Los jetzt, macht endlich, dass ihr in die Stube zurückkommt!»

Etwas verlegen und verwirrt ob des offensichtlichen Zorns seines Gastgebers griff Johann nach dem Weinkrug und ging sich wappnend vor ihm her, zurück in den unheilvollen Raum.

4. Kapitel.

In dem ein guteidgenössischer Kompromiss gefunden wird.

DIE VERWIRRUNG WUCHS nicht unwesentlich, als die Kachelofenstube leer war, erstaunt wandte sich Johann zu Salomon um: «Wo sind denn der Arzt und sein Helfer?»
«Nachdem ihr ungehobelt lange weggeblieben seid, haben sie sich entschlossen zu gehen. Schliesslich haben sie uns ja vieles berichtet.»
Sein Adamsapfel schien zu schwellen und Verlegenheit schoss in wilder Röte in seinen Kopf, als Johann vergeblich schluckte. Salomon hob seine altbekannte überhebliche Augenbraue bis in die hohe Stirn und zog seinen linken Mundwinkel zur Verstärkung der Arroganz verächtlich hoch. «Du hast nicht die leiseste Ahnung, was gesprochen wurde, nicht wahr?»
Sich ergebend schüttelte Johann verneinend den Kopf, er mochte nicht darauf hinweisen, dass er schon eigentlich eine gute Ahnung bekommen hatte, aber keine, die sich konkret auf das Gespräch in der Stube bezog.
«Beulenpest! Warum habe ich euch überhaupt hier? Ihr seid nutzlos. Zu nichts kann man euch gebrauchen. Ihr lastet ...»
«Das reicht! Halt den Mund! Wenn wir dir nicht passen, warum hast du uns hierher gelockt? Warum hast du uns nach basell geschleppt? Um ein paar Gewürze zu posten? Bestimmt nicht! Du brauchst uns. Wofür, weiss ich nicht, aber mach uns nur keine Vorwürfe, dass wir hier sind. Es geschah auf deinen ausdrücklichen Wunsch!»
Cleophea stand herrisch im Zimmer, die geballten Hände in die Hüften gestemmt, bleich vor Wut, rote Flecken explodierten auf ihren Wangen. Es war das erste Mal, dass sie Salomon wieder mit langen Sätzen ansprach, seine Gegenwart vollkommen widerspiegelte, ihm tatsächlich begegnete. In der Verteidigung Johanns ging sie über sämtliche Brücken und fackelte diese dann auch noch hinter sich ab. Jetzt starrte sie dem hoffnungslos vergeblich Angebeteten gerade in die makellos blauen Augen und forderte ihn hitzig heraus: «Warum sind wir nach Basell gegangen? Was willst du von uns? Du bist reich genug. Du bist bekannt genug. Es gibt keinen logischen Grund, warum du unsere Hilfe benötigst. Bei allen Heiligen: warum sind wir hier?!»
Salomon verbiss seine Zähne in der Unterlippe, niemals würde er zugeben, dass er die zwei lebendigen wahrhaftigen Hinterwäldler brauchte, um ... Brauchte! Wie? Brauchte? Er doch nicht. Nicht er. Sicherlich nicht. Energisch schüttelte er den Kopf, um die Gedanken wie lästige Regentropfen von sich abzuschütteln, reckte das Kinn und begegnete Cleopheas grünblitzenden Blick ebenso gerade. «Ich habe für eure Zeit bezahlt. Das tue ich noch. Also

wirst du keine überflüssigen Fragen stellen, sondern dich benehmen. Auch wenn's dir schwer fällt. Ich habe jetzt endgültig …»

«Wir sind keine stumpfsinnigen Dienstboten! Weisst du, was du mit deinem Geld machen kannst? Du kannst es mit beiden Fäusten nehmen und es dir in …»

Weiter kam sie zu ihrem Verdruss nicht, denn Johann hatte sie energisch an sich herangezogen, härter als nötig, verschloss ihr den freizügigen Mund mit der Linken und liess damit den ungebührlichen Vorschlag zur Verwendung von Salomons Geld offen im Raum stehen.

«Dann gibt es nur etwas zu fragen: wann sollen wir gehen?» Kalt formulierte Johann seine Drohung, weil er wusste, dass er den grösser gewachsenen und breiter gebauten Salomon jederzeit mit dem Wissen um dessen Einsamkeit in die Ecke drängen konnte. Eines musste er dem Gerichtsschreiber jedoch lassen: sein Denken war blitzschnell. Von Wyss hatte sofort ein weiteres Argument – ausser der eigenen unaussprechbaren Sehnsucht nach jener bestimmten Gesellschaft – parat, warum die Glarner bei ihm bleiben mussten.

«Hier in diesem Haus ist offensichtlich ein Mord passiert. Die Obrigkeit wird euer Weggehen nicht einfach hinnehmen, ihr werdet hier bleiben müssen, um für eventuelle Fragen zur Verfügung zu stehen. Alles andere ist verdächtig.»

Konzentriert kniff Johann die Augen zusammen und versuchte zu erahnen, ob dies der Wahrheit entsprach. Würde das Zürcher Regiment sie vernehmen wollen, ihre Zeugenaussagen brauchen, um das hier verübte Verbrechen einzuschätzen? Würde es eine Untersuchung anstrengen, wenn es doch keine Leiche gab? Leider kannte sich der Glarner mit Räten und Gerichten nicht aus, da hatte sein Gastgeber als Gerichtsschreiber einen weiten Vorsprung. Seine Kiefermuskeln spannten sich und mit schmalen Lippen akzeptierte Johann diese Erklärung durch ein herrisches ungnädiges Kopfnicken.

… Und vielleicht machte sich in seinem schwachen Inneren auch ein wenig Freude breit, angesichts der Tatsache, ein weiteres Rätsel knacken zu können und sich ein weiteres Mal zu bewähren. Wie war das noch mit der Gefahr von erfüllten Wünschen gewesen …? Johann konnte sich beim besten Willen nicht erinnern … Beim allerbesten Willen!

«Es gibt im Haus nirgends einen Toten. Die Blutmenge allerdings stammt gemäss Arzt von mindestens einem Erwachsenen. Vielleicht von mehreren. Keine Chance, dass er oder sie dies überlebt haben.»

Um des Friedens willen war Salomon kooperativ genug, das Gespräch mit den beiden eigentümlichen Kreaturen kurz für seine Gäste zusammenzufassen. Er hatte natürlich sehr wohl bemerkt, wie grotesk der blonde Bartholomäus Johanns Sinne gefesselt hatte, hatte die panische Angst in Johanns Miene gelesen. Mit solchem Schnickschnack konnte er nichts anfangen, er gründete seine Welt auf den Tatsachen. Harten Realitäten. Fühlen und Ahnen überliess er Zauberern, ausserdem den Frauen und Hexen. … Wenn es denn einen Unterschied zwischen den beiden gäbe!

«In meinem Haus ist ein Mord passiert. Unter meinem Dach. Ich werde nicht zulassen, dass der Mörder unbestraft davonkommt. Niemand missbraucht mein Heim für einen Mord! Wer es wagt, sich an meinem Haus zu vergreifen, wird Schlimmes erleben. Und ihr werdet mir beim Finden des Bösewichts helfen. Schliesslich seid ihr ja dabei gewesen.»

Johann legte den Kopf im Denken etwas schräg und betrachtete seinen Gastgeber, den er gerne Freund genannt hätte, gründlich, als sähe er ihn zum ersten Mal. Wie er stets zu hören bekam, war der Mann ausgesprochen gutaussehend. Johann konnte das unverunstaltete Gesicht, die ebenmässige Nase und die tiefblauen Augen sehen. Seine schwarzen Haare, die unruhig in eine hohe Stirn zipfelten, das breite Kinn und die starken Lippen waren scheinbar unwiderstehlich, ebenso seine schlanken Finger, deren einziger Makel die ständige schwarze Färbung durch das Schreiben war – er tunkte die Feder zu tief in die Tinte ein. Die hoch gewachsene gerade Gestalt und die reiche Kleidung mussten für Frauen ebenfalls als unbestreitbare Vorteile gelten. Schön? Nun, reich mit Sicherheit. Das war ja eigentlich dasselbe.

Des Zünfters Aufforderung zur Hilfe bei der Rätsellösung um das Blut im Schlafzimmer war gerade anmassend genug. Jedoch – Gott möge es dem sündigen Glarner verzeihen! – hier war sie einfach, Johanns unbescheidene unpuritanische Lust, etwas Grundsätzliches als eigenständige Person zu vollbringen, sich als Individuum zu beweisen. Er wandte sich an Cleophea, die hoch gereckt neben Salomon stand, begegnete ihrem Blick. Würde er, um ihren Stolz zu bewahren, vorgeben müssen, gegen seinen Willen überzeugt zu werden? Sie hob den linken Mundwinkel zu einem freien Lächeln, zwinkerte ihm zu und ihre Sommersprossen tanzten. Dann zog Cleophea Gleichmütigkeit über ihr Gesicht, wandte sich Salomon zu und legte dramatische Betonung in ihre Aussage. «Wie du willst. Wir werden nichts gegen deine Obrigkeit unternehmen. Wenn wir hier bleiben müssen, dann werden wir das akzeptieren. Solltest du denken, dass wir dir bei der Beseitigung der Schändung des Hauses helfen, dann hast du dich allerdings getäuscht. Es bräuchte einiges an intelligenter Überredungskraft, uns von einem soliden Grund zu überzeugen, warum wir uns schon wieder in Gefahr bringen sollten. Für dich. Vielleicht bittest du uns höflich darum. Demütig. Bist du dazu fähig?»

Als sich Salomons kalte Wut in den Raum schlängelte, schüttelte Johann leise den Kopf: hier wurden zu viele Spiele gespielt, zu viele Streitereien forderten zum ständigen Kampf. Und was schlimmer war: Cleophea und er selber wurden Experten, was dieses wertlose Kräftemessen anbelangte. Das städtische Umfeld färbte definitiv zu schnell und zu gründlich auf sie ab. Er konnte sich kaum mehr erinnern, dass er einmal gedacht haben könnte, die Wege seien alle gerade und offensichtlich. Mochte er es? Er wusste es nicht. Aber momentan war dagegen nichts zu unternehmen.

5. Kapitel.

In dem Mathis Hirzels Wams zerstört wird.

VERBISSEN VERSUCHTE SALOMON, Gelassenheit in sich zu atmen: dieses Weibsstück machte ihn einfach verrückt. Vor wenigen Wochen noch war es noch deutlich gewesen, wie sehr sie seine Gegenwart schätzte, ihn gar begehrte. Niemals hätte sie ihm damals widersprochen, hätte alle seine Aussagen als Evangelium genommen. Der eitle Zünfter hatte lange genug gelernt, sich solche Zuneigungen zu bewahren, von und mit ihnen zu leben. Dann, kurz vor Ende des ersten Rätsels, hatte die geradlinige Frau enttäuscht sein Haus verlassen und war ihm gegenüber seitdem nicht mehr dieselbe Person. Während der Reise nach Basel, während des Aufenthaltes dort hatte sie kaum je ein Wort mit ihm gewechselt, war ihm eher ungeduldig und scharf begegnet, hatte seine Verfehlungen hervorgehoben. War gar spöttisch gewesen. Dabei war sie stets einer offenen Auseinandersetzung aus dem Weg gegangen, hatte es vermieden, ein einziges direktes Wort an ihn zu richten.

Er wusste nicht, was er angestellt hatte, ihr Verhalten war vollkommen grundlos, weiblich-wankelmütig halt. Das kannte man ja. Unbegreiflich war hingegen, dass er es ändern wollte. Denn das Empfinden war beängstigend, für einmal die Gefühle einer Frau gewinnen zu wollen, sich anstrengen zu müssen. Salomon fand das ganz und gar unwürdig. Es war noch niemals vorgefallen. Und jetzt stand dieser wilde Fratz gar in voller Kleinheit in seiner Stube und forderte ihn scharf heraus. Er musste schlau agieren. Es war selbstverständlich überhaupt nicht der Fall, dass er sie um jeden Preis in seiner Nähe haben wollte – Gott bewahre! –, natürlich ging es vielmehr um dieses Blut in seinem heiligen Heim, das an seiner Ehre rüttelte. Nur mit Hilfe von Johanns beim letzten Rätsel bewiesener Schlauheit konnte die gegenwärtige Aufgabe bewältigt werden, da würde Salomon auch unausweichlich Cleopheas Gegenwart akzeptieren müssen. Denn Johann liess seine Cousine nicht aus seinem schützenden Blick. So war das. Nicht anders. Es gab ganz bestimmt keinen anderen Grund für Salomons Wunsch, die anregende Frau weiterhin in seiner Nähe haben zu wollen.

Mitten im Gedankengang fand von Wyss ein weiteres Argument: «Ihr schuldet mir doch einiges, ich habe euch bei einer Sache geholfen, die eure Familie betraf, nun helft ihr mir. So wird das gehandhabt. Ihr habt Schulden bei mir. Seid froh, wenn eure Zinsen …»

Wieder unterbrach ihn die Göre: «Schulden? Wenn du uns beim letzten Mal nicht so vieles verschwiegen hättest, dann hätten wir die Sache innerhalb von zwei Tagen aufgeklärt. Unverletzt. Johann hätte noch alle seine Finger. Du hast uns in die Falle laufen lassen.»

«Falle? Beulenpest! Du bist ja sonnenstichig! Ich habe euch nichts verschwiegen, ich …»

«Und überhaupt: ich habe dein Leben gerettet. Vielleicht erinnerst du dich an den Mordanschlag auf dich? Da war ein Seil um deinen Hals gezogen oder etwa nicht? Du schuldest mir dein Leben! Wie hoch bezifferst du es?»

«Das mag sein, aber du hast mich den anderen Schlägern ausgeliefert, um deine eigene Haut zu retten. Wir sind quitt. Es gehört sich …»

«Es ging nicht darum, meine Haut zu retten, ich war noch niemals feige! Niemals! Ich habe es für Johann …»

Ein leises, unüberhörbar demonstratives Hüsteln brachte die zwei dazu, sich gegen die Tür zu wenden. Dort stand, gebieterisch und vollkommen selbsteingenommen Mathis Hirzel, Salomons unseliger Schwager. Der Hausbesitzer explodierte nun endgültig: «Du wagst es, schon wieder in dieses Haus zu kommen?! Du musst vollkommen wahnsinnig sein!»

Salomons ungläubige Worte kippten vom Schrillen in gebrochene Stille, seine Stimme versagte ihren Dienst. Mit der den Zürchern eigenen Hochnäsigkeit schritt der gross gewachsene Hirzel vollends ins Zimmer und sah sich betont gelassen um, die honigbraunen Augen verkniffen. Einen Augenblick lang erkannte Cleophea ihn nicht wieder: natürlich war seine farbige, vor Pelz und Seide strotzende Kleidung imposant wie immer und der glattrasierte dunkelhaarige Zünfter blickte an seiner stattlichen Adlernase entlang hinunter auf den Pöbel. Sonst schien er jedoch mächtig verändert, jedoch kam Cleophea nicht darauf, woran das lag und es blieb auch keine Zeit, das tiefschürfend zu analysieren. Denn die Spannung im Raum erreichte einen Höhepunkt, als sich Hirzel in Pose warf um zu sprechen.

Salomon sprang ihm an die Gurgel.

Es brauchte vier entschlossene Hände, um ihn von seinem stoisch stehenden Schwager loszukrallen; das prächtige graugrüne Seidenwams Mathis' riss über der Brust auf, gab die Sicht auf ein blütenrein weisses Unter-Hemd frei. Nicht ein Wort kam über die spöttisch geschwungenen Lippen Hirzels, lässig hakte er die Daumen in den schön gearbeiteten breiten Ledergürtel, der seine schlanke Taille umschlang. Verächtlich, als sähe er eine besonders grosse Laus betrachtete er seinen blindwütigen Schwager. Dieser entwand sich grob den Griffen Johanns und Cleopheas, während er hastig versuchte, sich zu entsinnen, wo er bei der Rückkehr seinen Degen hingelegt hatte. Vor seinen Augen schwamm roter Nebel, Geräusche existierten nicht mehr, sein Blut toste in unbändiger Lust durch ihn. Nur Vergeltung zählte.

Mathis Hirzel hatte Salomons Familie ermordet, einen Verwandten nach dem andern, hatte jeden von Wyss bis auf einen in des Todes Arme gestossen. Hinterhältig. Gerissen. Kaltblütig. Salomon war sich ganz sicher.

Ah, da war er: nur ein langer Dolch, aber der würde reichen. Oh, ja: der würde reichen! Fest ballte Salomon seine Faust um das todbringende Eisen. Und wandte sich um. Jetzt stand ihm nur noch eines im Weg.
Johann.
«Zur Seite!»
Salomons Stimme war nicht mehr als ein heiseres Wolfsknurren, er zitterte voller angestauter Sehnsucht, endlich seine Revanche zu nehmen: «Geh zur Seite oder stirb!»
«Nein.»
Salomon starrte seinen Gast an.
Worauf Johann glaubte, seine Position verdeutlichen zu müssen: «Ich meinte: weder noch.» Ruhig erwiderte der junge Kerl den flackernden Blick von Wyss' und wich nicht vom Fleck, seine standhaften Augen bannten den Zünfter auf die Stelle. Salomon musste heftig blinzeln, um die Fassung zu bewahren, dies war noch nie vorgekommen. Noch niemals hatte es jemand gewagt, sich seinem entfesselten Zorn zu stellen. Sich den unbeschreiblichen Konsequenzen zu stellen.
Genüsslich packte nun Mathis Hirzel die Gelegenheit, seinen Auftritt nun so richtig zu betonen, weiterhin schweigend winkte er die zwei Stadtknechte heran, die im Dunkel des Korridors gewartet hatten. Selbst in zerrissenem Kleid sah er noch herrschaftlich aus, als er das Kinn in triumphierender Geste hoch hob. Seine Stimme schnitt kaltschnäuzig das kräftemessende Ringen zwischen Salomon und Johann ab. «Von Wyss: anscheinend wurde dein Bett blutdurchtränkt vorgefunden. Dafür wirst du dich rechtfertigen müssen. Bindet ihn. Hart. Führt ihn ab! In den Wellenbergturm mit ihm.»
Die nächsten paar Augenblicke waren ein einziges Durcheinander von ungläubigem Starren, heiserem Rufen und widerständischem Stolz. Salomon von Wyss ging nicht ohne Aufsehen mit den Stadtknechten. Und er hinterliess seinen Gästen ein leeres Haus, so wie auch die Gewissheit, dass die Verhältnisse schnell unglaublich kompliziert geworden waren. Hilflos liessen sich die zwei Glarner auf die heimelige Kachelofenbank niederfallen und Johann fiel nichts speziell Geistreiches ein, als das Beste der Situation: «Nun denn. Jetzt weisst du wenigstens, warum wir Salomon helfen sollten, dieses Geheimnis zu lüften.»

6. Kapitel.

In dem Johann nicht aus der Stadt flüchten kann.

«ALS ERSTES MÜSSEN WIR uns genau anschauen, was dort in dem Zimmer passiert ist. Dann gehen wir zum Zürcher Rat der Zweihundert und überzeugen ihn, dass Salomon unschuldig ist. Das Blut kann unmöglich schon seit sechs Wochen in dem Zimmer trocknen, sonst würde es nicht mehr so stark riechen. Da wir mit Salomon während diesen sechs Wochen unterwegs waren, weit weg, ist es unmöglich, dass er den Mord begangen hat. Das können wir bezeugen, das können wir beweisen. Ist doch schon einmal einfach.»
Johann konnte seiner cleveren Cousine nur zustimmen: «Übersichtlich. Wenn Salomon nicht der Schuldige ist, dann muss jemand hier eingebrochen sein, jemanden zu Tode gebracht haben und Mathis benachrichtigt haben.»
«Nein, das Letzte muss nicht zwangsläufig stimmen, der Medicus und sein Helfer könnten von dem Blut berichtet haben. Ohne dass sie gleich die Täter sein müssten. Allerdings: was könnten sie sich davon versprochen haben? Es war ja klar, dass wir gerade erst von einer längeren Reise zurückgekommen sind. Wir konnten den Mord gar nicht begangen haben, das müssen sie doch gesehen haben. Warum sollten wir – wären wir schuldig – uns auch die Mühe nehmen, einen Arzt kommen zu lassen? Der würde ja Zeuge unseres Verbrechens. Ausserdem hätten wir blutverschmiert sein müssen. Wo hätten wir die Leiche versteckt? Genau: wie frisch war das Blut eigentlich?»
In der Erinnerung an den Geruch verstopfte sauerbitterer Schleim Johanns Hals; aber er bemühte sich, mit Worten ein klares Bild für Cleophea zu malen. Denn niemals würde er es gestatten, dass sie dieses grauenhafte Szenario in Wirklichkeit mit eigenen Augen sehen würde.
«Blut war überall, vor allem das Bett war damit vollgesogen. Sämtliche Lagen des Bettinhalts, die Sergen, die Barchenttücher, die Kissen, alles dunkel vor Blut. Der Boden schwamm förmlich im Blut. Und dieser riesige Fleck an der Wand …» Schaudernd fuhr Johann fort: «Das Blut muss aus dem Menschen vom Bett aus hoch gespritzt sein, denn dicke Tropfen waren an der Zimmerdecke sichtbar und an den Wänden ist es heruntergeflossen. Besonders an der Wand beim Kopfteil des Bettes. Und es floss auf dem Boden. Viel, viel Blut. Es war … es ist nicht mehr gänzlich frisch. Schon gestockt, es tropfte nicht mehr. Es war nicht mehr frischrot. Aber doch noch frisch genug, dass wir es riechen konnten.»
Warum konnte er den lästigen Kloss in der Kehle nicht loswerden? Er konnte schlucken, wie er wollte, dieses unmögliche Hindernis war einfach nicht zu beseitigen. Entsprechend

belegt klang seine Stimme, als er weitersprach. «Was schätze ich? Ich denke, was immer dort geschah, es fand diese Nacht oder heute Früh statt.»

Etwas bleich geworden, wandte sich Cleophea dem sicheren Boden des praktischen Vorgehens zu: «Wir werden unseren Fuhrmann ausfindig machen müssen, damit er dem Rat sagt, dass Salomon bei uns war, als wir durch das Niederdorftor fuhren. Er soll als Zeuge vortreten, ich glaube, er ist glaubwürdig genug. Sein Ruf ist untadelig, das hat Salomon sicher verifiziert, bevor wir mit ihm gefahren sind. Und immerhin ist er Zürcher, das gilt bei einem Zürcher Richter mehr, als die Aussagen von uns, den Auswärtigen. Gehen wir.»

«Verschwende deine Gedanken nicht an Salomon. Der weiss sich schon zu helfen, da braucht es keine Zeugen. Von Wyss kennt alle Leute der Regierung des Zunftstaates, schliesslich wird er selber als Zünfter eines Tages dazu gehören. Natürlich wird er den Ratsmitgliedern klarmachen, dass er nicht der Täter sein kann. Dazu benötigt er nicht einmal das Zeugnis eines Zürcher Fuhrmanns. Du weisst doch, wie das läuft. Ein Mächtiger ist immer im Vorteil: sein Wort wiegt schwerer, ihm wird geglaubt.»

Mit einer Hand wedelte er Cleopheas Sorgen um den Zünfter weg, während sie in ihrer üblichen Weise am Daumennagel nagte und laut überlegte: «Mathis Hirzel ist sehr prompt erschienen. Die zwei fürchterlichen Gestalten – ich meine: der Arzt und sein Gehilfe müssen geradewegs zu ihm gegangen sein. Ob sie um die Fehde wissen, die zwischen Hirzel und von Wyss herrscht? Ich verstehe einfach nicht, warum sie das taten. Das ist doch absurd. Wir verdächtigen sie doch sofort.» Erkenntnis kam über Cleophea: «Sie fürchten unsere Aussage nicht. Sie fürchten sich überhaupt nicht davor, dass wir genau diese Verbindung herstellen. Aber warum? Warum?» Etwas leiser setzte sie hinzu: «Das finde ich beängstigend. Wie können sie so sicher sein, dass wir sie damit nicht konfrontieren? Haben sie etwas gegen Salomon in der Hand? Können sie ihn zum Schweigen verurteilen?»

Johann bekam nichts von den stimmigen Gedankengängen seiner Cousine mit, bei ihren Worten ‹Arzt und sein Gehilfe› war ihm schon flau im Magen geworden. Energisch verweigerte Johann sich seiner Erinnerung, die ihn zu den toten, getöteten Augen von Bartholomäus ziehen wollte. Es gab momentan genug Grausiges, auch ohne diesen Blick. Beklommen versuchte Johann, wieder an die Oberfläche zu kommen, wieder zu atmen.

<hr>

Taten mussten ihm helfen, sie halfen ihm immer. Deshalb würde Johann als erstes in Salomons Zimmer gehen und dort sauber machen. Wilde Schauer rannen über seinen Körper, als er an diese Aufgabe dachte. Aber es gab keinen anderen Weg. Salomon würde es ihm niemals verzeihen, wenn jemand Fremdes zur Reinigung in sein Haus gelassen würde. Schon jetzt erschöpft richtete sich Johann steif auf, befahl seiner Cousine am öffentlichen Brunnen Wasser zu holen, in der Küche das Feuer hochzuschüren und Wasser zu wärmen, während er nach Lumpen und anderem Putzgerät suchen würde.

Zu seinem Schutz nahm der Glarner einen vielarmigen Kerzenleuchter mit, der ihm Helligkeit bringen sollte, wo keine war. Das Zimmer schien zu wimmern, als Johann die Tür kampfbereit öffnete. Er leuchtete voraus, sog keuchend Atem ein und setzte dann einen Fuss in den unheimlichen Raum. Sein abergläubisches Zittern unterdrückend, ging er tapfer noch einen Schritt. Gestocktes Blut quoll zäh unter seinen Stiefelsohlen hervor. Johanns Zähne brachen fast unter der Belastung des Zusammenbeissens, unheilige Furcht machte seinen Körper steif, in seinem Augeninneren zuckten helle Blitze wie Hilfeschreie. Schnell ging sein Atem, zu schnell. Und das liess seinen Kopf leicht werden. Zu leicht.
Eine Liste!
Johann war ein grosser Verehrer von übersichtlichen Aufstellungen jeglicher Art. Er würde seine ängstliche Seele und seinen feigen Magen überlisten. Genau: über-Listen! Beinahe kicherte der junge Glarner in das grausige Zimmer. Mit Ordnung war dem Chaos beizukommen. Schön eines nach dem anderen betrachten, einordnen. Den Blickwinkel verengen. Die unbezwingbare Grösse in kleine Teilchen brechen. Dann war das schaurige Ganze nicht mehr eine solch bösartige Ausgeburt der Hölle.
Gezwungen bedächtig sah Johann sich um und in seinem Kopf begann er zu notieren: Die Fenster waren geschlossen. Das meiste Blut musste mit einem heftigen Knall an die Wand hinter dem Bettkopf explodiert sein, das sah man am Flecken mit den ausgefransten Ecken, den wilden Spritzern. Jetzt, da er nun selber in dem ehemaligen Lebenssaft eines Menschen stand, bemerkte Johann, dass es gar nicht so einfach war, keine Spuren auf dem Boden zu hinterlassen. Und doch fehlte eine Leiche. Sie musste ja irgendwie entfernt worden sein.
War da ein Zauber tätig?
Mit den Gedanken fest an die Auflistung gepresst, ging Johann in die Hocke und besah sich die Oberfläche der dunkelbraunroten Tunke. Sie war nichts weiter als ehemalige Flüssigkeit, durch Gottes Willen steif geworden. Sie barg nichts Schreckliches in sich, war einfach nur dunkelroter Saft. Mit Bestimmtheit hielt Johann sich an diesem Gedanken fest. Sein Blick schweifte erneut über diesen erstarrten See. Dort drüben vor dem Bett war die Fläche unterbrochen. Johann besah sich die Störung genau, senkte den Kopf noch etwas weiter, parallel zum Boden. Trotz allen Schutzgebeten griff nun Eiseskälte in seinen Unterleib.
Das war ein Fussabdruck. Kein Schuhabdruck. Ein Fuss. Jemand war barfuss in dem Blut gestanden. In das Blut getreten. Ein klarer Abdruck, er stammte nicht von jemanden, der wie ein Schwein blutete und sein Leben verspritzen sieht, taumelt, sich wehrt. Diese Abdrücke dort waren eindeutig, jeder Zeh war klar umrissen, deutlich zu erkennen. Der Mensch war still im Blut gestanden. Wie kaltblütig musste man sein, im Blut eines anderen Menschen zu waten?

Nein, nein, nicht daran denken, sich keine Vorstellung machen. Nur aufnehmen, was ist. Vorsichtig durch den Mund atmen. Johann liess seine Augen weiterwandern, er entdeckte eine weitere Neuheit. Auch sie machte ihn nicht froh. Wie mit spitzen Hacken versehen versenkte sich die Erkenntnis in seinem Kopf. Unter der noch träge glänzenden matschigen Fläche von neu vergossenem Blut lagen weitere! Weitere Flächen von Blut. Ränder von anderen Brauntönen, die eingerissen und bröcklig waren, bewiesen dem ungläubig Sehenden genau dies: hier waren mehrere Tode zustande gekommen. In mehreren Wellen war Blut auf den Boden gekommen. Über viele Tage hinweg.

Vor dieser neuen schauerlichen Gewissheit verschlossen sich nun Johanns Augen, sie wollten nichts mehr erkennen. Für Salomon hatte Johann schon einen Vorschlag bereit, einen sehr guten Vorschlag: am besten, man würde das Haus abbrennen. Was hier an Bosheit getrieben worden war, war nicht mehr gutzumachen. Kein Weihrauch, keine Predigt, kein Lesen aus der Bibel konnte diesen Raum je wieder heil machen.

Nach langen Augenblicken des konzentrierten Atmens, öffnete Johann die Augen wieder und seufzte ergeben, er erhob sich. Blickte sich nach möglichem Neuen um, aber es fiel ihm nichts mehr weiter auf. Es war ja auch genug. Jetzt mussten die Taten folgen. Entschlossen griff Johann nach dem ledernen Eimer voll eisigem Wasser und begann, das nach Metall riechende Mattflüssige aufzuwischen. Ein Wisch. Auswringen. Ein Wisch. Auswringen. Ein Wisch. Auswringen. Ein Wisch. Auswringen. Eins nach dem anderen. Und nun das Darunterliegende einweichen. Und aufwischen. Und auswringen.

Es dauerte lange. Sehr lange und es brauchte Unmengen Wasser, die Cleophea flink in tropfenden Eimern herbeitrug – bis an den obersten Treppentritt, näher liess Johann sie nicht kommen – und stetig am Brunnen des Fischmarkts schöpfen ging. Auch sie richtete ihre Aufmerksamkeit auf die Kleinigkeiten des Tuns, nicht auf die Bedeutung. Sie zählte die Stufen, nahm die Farben der Wandbehänge in sich auf, betrachtete die Tür, lächelte den wenigen Menschen, denen sie draussen begegnete, zu, merkte sich deren Kleidung, fühlte die Härte des Brunnenseils, besah das Wasser, das in den Ledereimer floss. In Zürich hatte sie schnell gelernt, dass die öffentlichen Brunnen mit einem in den Stadtfarben Blau-weiss gefärbten Fähnchen weit herum sichtbar gekennzeichnet waren, andere waren der Öffentlichkeit verboten, waren private Röhren- oder Sodbrunnen.

Johann arbeitete fleissig, stetig, konstant. Zum Schluss zerkleinerte er grimmig mit seinem Messer noch die Tücher, Kissen und Decken, ja sogar die kostbaren Säcke, die als Matratze dienten und stopfte alles gnadenlos in den Ofen. Keine heisse Buchenaschenlauge wäre kräftig genug, um dieser üblen Art von Schmutz beizukommen, kein Einweichen würde lange genug dauern können. Salomon konnte es sich leisten, neue Bettauflagen zu kaufen, diese hier mussten dem reinigenden Feuer übergeben werden. So wäre das Besudelte wenigstens noch zu etwas Gutem nütze: Wärme wurde immer gebraucht.

Johann schloss die Tür zu jenem Zimmer fest hinter sich. Selbst bei geöffnetem Fenster war der Todesgeruch in der Stube nicht wegzubekommen, ebenfalls weigerten sich einige dunkle Flecken störrisch, von den Holzpaneelen zu verschwinden.

Die Reinigung hatte den grössten Teil der Nacht gedauert. Als Johann aus dem Haus trat, war noch nirgends ein heller Streifen am Himmelsrand zu sehen, noch keine Kirchenglocke hatte den Beginn des neuen Arbeitstages angekündigt, zum ersten Morgengebet gemahnt. Jetzt herrschte jene unentschiedene Zeit des Tages, die weder Tag noch Nacht war; jene geheimnisvolle Dauer ‹zwischen Feür und Liecht›, wie man es nannte. In diesem speziellen Zeitraum zwischen Nichtmehr und Nochnicht nahmen Johanns Instinkte ihn in die Hand und er, er liess ihnen Auslauf.

Um die unverdauten Schrecken loszuwerden, rannte der junge Mulliser nachtblind los, hastete stolpernd durch die Münstergasse, hielt so lange inne, um seine Handflächen innig an die Feste des Grossmünsters zu legen und für einen Augenblick in einem Gebet zu verharren, nur wenig getröstet stürmte er weiter, die ruppigsteile Kÿlchgass hinauf bis zum Lindentor, wo der Zöllner wohnte, dort bog er rechts ab und lief wie ein eingesperrtes Tier der inneren Stadtmauer entlang, sich in der Dunkelheit immer mit der linken Hand an den dicken Quadern orientierend, die den Lederhandschuh ankratzten; beim nächsten Turm, dem imposanten Geissturm, musste er zwangsläufig umkehren, wollte er nicht im Hirschengraben landen, beinahe hätte er vor bekümmerter Unlust laut geschrien, geschrien wie das eingesperrte Wild im Stadtgraben. Johann hetzte den Weg zurück, an der vermaledeiten Mauer entlang, bis zum Lindenturm, kehrte wieder um, kehrte um und kehrte wieder um, jagte hinauf und ab, vorwärts und zurück. Als würde er es nicht sehen. Als könnte er es nicht begreifen. Als wollte er es nicht bemerken. Heute Nacht würde er nicht mehr im Wald Schutz suchen können, heute würde er sich nicht in dem, was er liebte verkriechen, konnte sich nicht im Schoss von Mutter Natur vergraben. Wie ein verwundetes Tier schrie er zum Himmel.

Hilfe. Ach, käme ihm doch jemand zu Hilfe!

Aber nein, sein Flehen verhallte ungehört. Weder Menschen noch Gott erbarmten sich Seiner. Tränen der Angst und der Wut hinterliessen keine Spuren im Schnee. Alles war trostlos, er war allein. Heute Nacht würde er den grausamen Absonderungen der zahllosen Blutschichten allein ausgeliefert sein.

Schliesslich, erschöpft, zurück in Salomons entehrtem Daheim setzte sich Johann aufs Geratewohl hin und liess sich sofort in die vergessenschenkende Dunkelheit fallen. So sass er schlafend auf der obersten Treppenstufe, als die Haustür sich leise öffnete, ein Schatten die ersten Stufen herantappte, bis er den zusammengefalteten Glarner erspähte. Die Gestalt schlich geräuschlos weiter die Treppen hoch, bis sie den Burschen hätte berühren können, sie streckte die Hand zielgerichtet nach dem Hals des Glarners aus.

Johann schrak zusammen und sprang kampfbereit, obwohl verschlafen, auf, als er die Gegenwart der anderen Person wahrnahm. Beim Erkennen wunderte es ihn nicht besonders, die arrogante Gestalt Salomons zu erblicken. Steif senkte er die erhobenen Fäuste.

«Du bist also wieder hier. Ich habe dein Zimmer so gut es ging gesäubert. Du musst allerdings neue Decken und Kissen kaufen.»

«Das Putzen hättest du unterlassen können. Ich werde sowieso aus diesem Haus ausziehen. Sollen andere mit den rachesüchtigen Dämonen hier fertig werden.» Die Nacht hatte Salomon in seinem Beschluss bestärkt: «Je länger je mehr scheinen hier Dinge vorzugehen, an denen ich nicht teilhaben will. Ich will hier nicht weiter wohnen. Obwohl das Haus seit Generationen in meiner Familie war. Es gibt ja nicht einmal mehr die Familie. Nein, ich bin niemandem etwas schuldig, hier werde ich nicht weiter wohnen.»

Es war die altbekannte Maske, die Johann den Blick auf Salomon verweigerte. Nachdenklich atmete er still tief ein und entschied sich gegen eine genaue Befragung des Zünfters. Salomon war in seine erstarrte einsame Wut zurückgegangen. Kälter als die eisigste Gletscherspalte und tiefer als der dunkelste Bergsee.

«Das war ja klar, dass sie dich gleich wieder freilassen. Ihr Reichen habt es schon gut. Bestimmt musstest du nicht einmal im Wellenbergturm sitzen.», Cleophea konnte es nicht lassen, von Wyss zu stechen; keine Rede mehr von den sorgenvollen Gedanken, die sie sich in der schlaflosen Nacht gemacht hatte. Salomon hatte eine passende Antwort auf die Stichelei bereit: «Selbstverständlich nicht. Ich bin Zünfter, ich bin Gerichtsschreiber. Mein Ehrenwort ist mehr wert als sämtliche Verbrecher im Wellenberg zusammen. Ich habe im rathuss übernachtet.»

Ihr leidenschaftliches Blickeduell wurde von Johanns ruhig gesprochenen Worten unterbrochen: «Ich will zu Bartholomäus von Owe.»

Ohne weitere Erklärung verliess er das Haus. Nach kurzer Überlegung rannte ihm Salomon nach, stiess andere Zürcher rücksichtslos weg, bahnte sich hart seinen Weg und bekam am oberen Ende der engen Ankengasse Johann am Schaubenende zu fassen.

«Lass das sein! Du weisst nicht, wer er ist. Ich hingegen schon. Du hast sehr gute Gründe gehabt, warum du ihn in der Stube vermieden hast. Warum du – bei Gottes Herz! – Angst vor ihm gehabt hast. Lass es sein. Wenn du unbedingt musst, dann kannst du noch zu ihm gehen, wenn du weitere Informationen hast. Aber nicht so. Nicht unvorbereitet. Nicht ohne Schutz.» Und aus Johann unersichtlichen Gründen fragte Salomon nun irgendwie bedeutsam nach: «Was genau willst du bei ihm … von ihm?»

Stur schwieg Johann, ging stierennackig in eine Richtung.

Die falsche.

Er verirrte sich immer in Zürich – die Stadt war aber auch unübersichtlich – und fragte schliesslich den erstbesten Zürcher nach dem Medicus, dessen Name ihm entfallen war und nach Bartholomäus von Owe. Der angesprochene klapprigdünne Geselle mit der Hasenscharte betrachtete Johann mit schiefen Blicken und wies ihm dann mit klaren Gesten den Weg Richtung Spital zum Heiligen Geist im alten Predigerkloster. Weiterhin entschlossen lief Johann wieder los, stellte aber mit rasch in Kopf und Fäuste steigender Hitze fest, dass Salomon ihn dezidiert und unnötig hart am Oberarm gepackt hielt.

«Hör mir doch zu, beim durchlöcherten Zwingli! Bartholomäus von Owe hat einen schlechten Ruf. Einen sehr, sehr schlechten. Besonders, wenn es um andere Männer geht. Junge Männer. Junge Männer, so wie du.»

Johann schüttelte abwehrend den Kopf und wand seinen rechten Arm vergebens in der Umklammerung des Zünfters, spannte die Muskeln, rüttelte und riss an seinem Arm, stemmte sich schliesslich mit dem ganzen Körper gegen von Wyss. «Lass mich! Lass mich los! Ich muss zu ihm.»

Es platzte Salomons Geduld und er schrie: «Kannst du's nicht verstehen?! Der Mann hat die Stumme Sünde begangen!»

Unwissend versuchte Johann nach wie vor, sich zu befreien, etwas weniger heftig, wollte nicht auf die Worte achten, musste aber doch nachdenken. Was mochte das sein: eine stumme Sünde? Es gab Wurzelsünden, Todsünden, lässliche Sünden. Aber stumme? Waren nicht Trägheit oder Völlerei sowieso stumm? So ins Nichtverstehen versunken wehrte er sich nur noch aus Gewohnheit gegen den unnachgiebigen Griff Salomons. Der Zünfter wurde auf Grund der nachlassenden Aufmerksamkeit nur noch wütender: «Beulenpest! Muss ich es dir aufschreiben?! Der Mann ist ein Sodomiter!»

Dieses Wort nun hatte einen erkenntnisspendenden Effekt auf Johann, kraftlos liess er seinen Arm fallen und seine Füsse vergassen ihren Weg. Rasche Gedankenfolgen flatterten wild durch seinen Kopf, gefangen von furchtsamer Abscheu.

«Er … er mag Männer, ahm, so wie er Frauen mögen müsste?»

«So ist es, mein Freund. Er beschläft Männer.»

Unter diesen allzu deutlichen Worten Salomons krümmte sich Johann förmlich; sie würden bestimmt Gottes Zorn heraufbeschwören. Denn die Heilige Schrift sagte ganz klar aus, dass diese Sünde eine Widernatürlichkeit gegen Gott war. Er hatte Mann und Frau geschaffen, da war es unmöglich, dass zwei Männer sich vereinigten. Puritanische Empörung fasste nach Johann, aber trotzdem traf er eine Entscheidung, die wichtiger war als seine Scheu vor dem eigentümlichen Menschen; er breitete die Schultern aus, um seine männliche Entschiedenheit zu verdeutlichen: «Das ist mir einerlei. Ich werde ihn zu dem Mord befragen.»
«Du wirst nicht alleine in seine Nähe gehen! Verstanden?!»
Mit einem Mal fand sich Salomon in der Rolle des Hausvaters wieder, bisher hatte er ähnliche Instruktionen aus Johanns Mund gehört, sie waren stets an Cleophea gerichtet gewesen. Trotzdem hielt er seinen Befehl aufrecht. «Allein gehst du mir nicht zu Bartholomäus von Owe.»
Und überlegen wie Cleophea in solchen Situationen lächelte Johann dem Befehlsgeber verschlagen zu: «Dann musst du eben mitkommen.»

7. Kapitel.

In dem sich Zürichs Almosenordnung offenbart.

WOLLTE SALOMON SEINE GASTGEBERPFLICHT ERFÜLLEN, blieb ihm nur übrig, Johanns Wunsch zu respektieren und ihn zu dem gefährlichen Mann zu begleiten. Unter Umständen konnte er dabei auch gleich seinen Namen von dem Blut im Schlafzimmer reinwaschen. Er musste diese Sache auflösen. Ihn plagte im Gegensatz zu seinem jungen Gast keine zwinglianische Scheu, noch Angst vor der sündigen Lust am Neuen, hingegen frönte er damit seinen persönlichen Grundsünden: dem Zorn, dem Stolz. Wer es wagte, sein Heim zu beschmutzen, der musste schmerzhaft spüren, wie er seines Lebens nicht mehr froh wurde! Mit Leichtigkeit würde Salomon eine weitere Fehde anzetteln, das Objekt seines Zorns nicht mehr ruhig schlafen lassen. Und wenn von Owe dazu beitragen konnte, dieses Objekt für Salomon zu identifizieren, dann würde der ihn eben aufsuchen.

Wie nicht anders zu erwarten, tauchten nun ebenfalls die roten Zöpfe Cleopheas hinter ihnen auf, die sie nicht unter der weissen Haube der Verheirateten versteckte. Sie war noch ledig, das durfte ruhig jeder bemerken. Johann reagierte nicht im Geringsten erstaunt auf das Erscheinen seiner Cousine, Salomon allerdings hatte sich noch immer nicht daran gewöhnt, dass die zwei Cousins beängstigend in Einklang zu sein schienen. Lasen die sich eigentlich gegenseitig in den Gedanken? Bei Innerschweizern war alles möglich, sie mochten zwar nicht mehr alle katholisch sein, aber etwas Seltsames lauerte noch in ihnen. Es mochte an den hohen Bergen liegen, an den engen Tälern. Jedenfalls besassen sie Köpfe hart wie Granit und Ideen stur wie Gletscherschnee, waren zäh wie Flachs. Diese seine Besucher waren prächtige Exemplare dieser Auffassung Salomons. Bis auf die häufigen Zankereien, die aber niemals ernsthaft ihre gegenseitige Loyalität in Frage stellten, verhielten sich die zwei so unterschiedlichen Glarner stets einträchtig. Es war absolut selbstverständlich, dem jeweils anderen uneingeschränkten Schutz zu gewähren. Jederzeit. Sogar, wenn es hiess, die eigenen Anliegen zu opfern.

Salomon kämpfte noch mit diesem Konzept. Vertrauen in diesem Ausmass konnte tödlich sein, diese Art Zuneigung barg tiefe Gefahren. Der Zünfter wusste nur zu genau, wie viel es kostete, sich auf jemanden so absolut und vollkommen mit der letzten Faser der Seele zu verlassen – nur, um dann eines Tages festzustellen, dass man alleine dastand, das Vertrauen in blutige Stücke gerissen. Die Seele zerfetzt, todesnah verwundet. Er würde es nicht noch einmal riskieren.

Cleophea begann wie üblich gleich zu berichten und wandte sich dabei ausschliesslich an Johann. «Ich möchte den Arzt sehen. Dieser Cuonrad Himmel hat bestimmt Interessantes zu berichten. Ich weiss natürlich von Grossmutter Lisette vieles über die Heilkunde, aber hier ist es sicher anders. Die Stadt hat ja so viele Möglichkeiten, es ist wunderlich. Er ist einer der drei freischaffenden Ärzte in Zürych, vielleicht wird er gar eines Tages Stadtarzt. Ich werde ihn fragen. Und vielleicht hat er sogar in Padua studiert! Das wäre ja besonders interessant. Angeblich befindet sich die beste medizinische Universität in Padua, weisst du, wo das ist? Pa-du-aa, die beste Universität, das sagte auf jeden Fall einmal jemand. Wer war das noch gewesen? Vermutlich der Arzt vom Herbst. Ich hatte ihn schliesslich befragt. Musste natürlich sichergehen, dass er sich anständig um dich kümmert. Medizin, Padua. Nun, basells Universität wäre auch schon berühmt genug. Aber Basel mögen wir hier in Zürych nicht. Basel ist überheblich. Dazu hat es keinen Grund. In zürych ist das ganz anders. Wen behandelt er hier wohl? Ich bin furchtbar gespannt.»

«Hier sind wir», brummig schnitt von Wyss Cleopheas sprudelnde Überlegungen ab und hätte sich über eine – irgendeine – Reaktion gefreut. Diese Genugtuung gab Cleophea ihm nicht, sie ignorierte ihn lau.

Sie traten ein und sahen sich in dem grossen Spitalhof erst einmal um. Salomon berichtete so viel er konnte über den Ort. Ein riesiger Pflegeort, so ungeheuer gross, dass die zwei Glarner aus dem Staunen nicht mehr herauskamen.

Im Zürcher Spital zum Heiligen Geist wurde in christlicher Barmherzigkeit arbeitsunfähigen Bürgern ein keusches und frommes Leben unter Aufsicht ermöglicht. Ach ja, und der Spital war dazu da, Kranke zu pflegen. Diese zu Pflegenden, zu Beaufsichtigenden, zu Verwaltenden zeigten sich oftmals verstockt resistent gegenüber dem Wort Gottes, davon waren Obrigkeit und Seelsorger überzeugt. Im «Oberhaus» und in dem 1580 wegen Platzmangels angebauten weiteren Gebäude – dem «Prestenhaus», so genannt, weil dort die Gebrechlichen beherbergt wurden – herrschte eisern puritanischer Geist. Hier wurden Kranke gepflegt, Undisziplinierte gebändigt. Man versuchte, staatlich der Unbill des Lebens zu begegnen. In einem der Gebäude – in der «Neuen Sammlung», die 1551 in der Predigerhofstatt gebaut worden war – brachte man jene unter, die «nit by Guoter vernunft» waren, «in irene Haubt vnnd verstand verwirt», «nit recht by sinnen». Sie waren die Unangenehmsten, diese Melancholischen, Irrsinnigen, Tobsüchtigen. Es nützte wenig, dass man sie in einem tiefen Kellerloch angekettet hielt, meist tobten und wüteten sie so laut, dass sie die anderen mit ihrem blasphemischen Gekreische belästigten. Man konnte sie nicht heilen, aber hier wurden sie verwahrt und diszipliniert. Das war alles, was man von einer anständigen christlichen Gesellschaft erwarten konnte.

Im hinteren Teil des Spitals konnte man Kinder hören, die mit ihren Fesseln klapperten. Weil sie, aus verwahrlosten Familien stammend, ein unverzeihliches Verbrechen – wie

Brotklauen am Markt – begangen hatten, wurden sie dazu verurteilt, angekettet im Spital zum Heiligen Geist zu warten, bis sie alt genug waren, ein ehrbares Handwerk zu lernen. Der Gnade der zürcherischen Herren überstellt.

Der Spital kümmerte sich also nicht nur um Kranke, aber auch. Immer waren ja Seuchen zu verzeichnen, in solch schlimmen Zeiten musste der Staat sich um die Siechen kümmern: Gebete zur Besänftigung von Gottes Zorn und Pflegepersonal mussten organisiert werden. In den wütenden Pestjahren der Sechzigerjahre waren tausende Zürcher der geisselnden Seuche zum Opfer gefallen. Seit Menschengedenken wiederholten sich diese Pestjahre etwa jede Generation. Die Leute taten, was sie konnten, dem entgegenzutreten. Aber man musste sich jedes Mal mit dem Einfachsten begnügen: Begräbnisse. Während einer solchen Pestwelle war sogar der damals noch klösterliche Prediger-Mönchsgarten in einen Friedhof umgewandelt worden, um die vielen Opfer begraben zu können.

Der Medicus hatte ein Zimmer im oberen Teil des ehemaligen Klosters und empfing gerne Besucher, besonders wenn sie so attraktiv und jung waren, wie diese vor Leben strotzende Rothaarige. Wie abgemacht hatte sich Cleophea an Cuonrad Himmel gewandt und würde ihn beschäftigen, so dass der Helfer des Arztes für eine Befragung durch Salomon und Johann frei wäre. Dabei würde sie auch ihren unstillbaren Wissenshunger etwas besänftigen.

Mit mulmigem Gefühl traten von Wyss und Johann in die grosszügige hell beleuchtete Kammer ein, in welcher der engelslockige Mann sass und in einem der ungemein wertvollen Bücher las. Johann konnte in dem für ihn kopfstehenden Folio die Zeichnungen von ausgeweideten Menschen sehen. Er versuchte, daraus keine voreiligen Schlüsse zu ziehen. Der Sodomiter – Johann bemühte sich nicht, ihn als etwas anderes zu sehen, schliesslich brachte er mit seinen Taten den Zorn Gottes über die Welt – betrachtete ihn aufmerksam und fragte dann mit seltsam heiserer Stimme: «Interessierst du dich für Anatomie?»
Johann hatte keine Ahnung, was der Mann ihn gefragt hatte, und hob hilflos die Schultern, worauf Salomon für ihn einsprang, während er sich unaufgefordert setzte und Johann auf den Stuhl neben sich hinunterzog: «Zuerst einmal interessieren wir uns noch immer für das Blut in meinen Haus. Deswegen sind wir hier. Ich wurde sehr prompt, nachdem ihr mein Heim verlassen habt, in Gewahrsam genommen. Wegen Mordes. Warum seid ihr zu Mathis Hirzel gegangen und habt von dem Blut berichtet?»
Unbeeindruckt und überaus sorgfältig schloss Bartholomäus von Owe das kostbare Buch mit den detaillierten Körperzeichnungen und wandte sich nun seinen Besuchern zu. Er überlegte lange. Zu lange; Salomon mochte nicht warten. Wenn er etwas fragte, dann gab

man ihm am besten schnellstens eine Antwort. Sonst konnte es passieren, dass die Zeit für Salomons Gegenüber auf andere Weise sehr lange und sehr unangenehm wurde. Der Zünfter fletschte die Zähne und präsentierte sich in einer Weise, von der er wusste, dass sie stets Eindruck machte.

Es war höchst irritierend, dass sein jetziges Vis-à-vis nicht in der normalen Art reagierte. Ruhig und ohne Hast überlegte Bartholomäus weiter, gedankenverloren zupfte er dabei an einem dunkelvioletten Seidentuch, das seinen Hals umschwebte. Johanns Augen folgten dieser Geste und er stellte mit Bestürzung fest, dass der Hals des Sodomiters unter dem Tuch von rotblauen Striemen durchpflügt war. Der blonde Mann begegnete Johanns Blick und lächelte ausdruckslos, zog das Gewebe noch etwas weiter nach unten: «Das Henkersseil. Es hinterlässt einigermassen hässliche Streifen beim Hängen, findest du nicht?» Das blanke Entsetzen Johanns schien er zu geniessen, denn er fuhr heiser fort: «Die Stimme wird auch etwas unmelodiös.»

Ganz gegen seinen Willen starrte Johann den Mann mit den toten Augen nun gebannt an. Es war wahr: die Stimme von Bartholomäus war rau und kratzte in kranker Weise über die Töne, oft klangen die Worte wie über eine grobgezackte Feile gezogen.

«Du bist gehängt worden?»

Das war grauenhaft. Unvorstellbar.

Es war eine der entwürdigendsten ehrenlosesten Hinrichtungsarten überhaupt, denn hatte nicht der verräterische Judas gehangen? Jener, der Jesus, dem gottgesandten Erlöser, einen qualvollen Tod bereitet hatte, indem er ihn feige verriet. Dieser Mann hier musste Grässliches verbrochen haben, dass er zu dieser Strafe verurteilt worden war. Aber er hatte die Hinrichtung überlebt. Was hatte das zu bedeuten? Wessen mochte er sich schuldig gemacht haben? Nun, immerhin war er ein Sodomiter, er hatte die natürliche Ordnung der Welt gestört, als er so mit Männern …

Johann widerstand nur knapp dem Impuls, sich kleiner und unscheinbarer zu machen, um dem Mann gegenüber keine falschen Gedanken einzugeben. Jetzt lächelte dieser Johann sogar noch etwas breiter an und betonte jedes Wort: «Aber sicher, sie hatten sogar einen tauneuen Strick dafür genommen.» Schlauheit blitzte aus seinen Augen, er fuhr fort, den versteinerten Jungen zu quälen: «Du kennst meine Geschichte nicht? Da stammst du sicher nicht von Zürich. Jeder hier kennt meine Geschichte. Gott hält seine Hand über mich.»

Vollkommen entspannt griff er hinter sich, ohne den Blick von Johann zu wenden, und legte ein Blatt Papier auf den Schreibtisch, schob es Johann hin. Dieser sah, dass unter einem Bild ein Text stand, versuchte, schnell zu erfassen, worum es ging. Aber ein schneller Leser war er zu seinem Leidwesen nicht. Herrisch übernahm Salomon wiederum die Gesprächsführung und konzentrierte sich darauf, was ihm wichtig war. «Wir sind nicht hier, um über dein Glück zu reden, sondern über die Gründe, warum ihr mit der Geschichte vom Blut in meinem Haus zu Hirzel gegangen seid.»

«Glück? Mit Glück hat die Sache doch nichts zu tun. Gottvater selber hat seine schützende Hand über mich gehalten. Er hat allen gezeigt, dass ich an dem Verbrechen, das mir zur Last gelegt worden ist, nicht schuldig bin. Aber das einzusehen, dafür ist das zürcherische Regiment natürlich zu dumm. Um dies zu verstehen, sind die Zünfter zu einfältig.»

Salomon zog deutlich zweifelnd die linke Augenbraue hoch, ging aber nicht weiter auf die Aussage Bartholomäus' ein. Es war essentiell, die Kontrolle über das Gespräch zu behalten, Macht drückte sich in der unbedingten Akzeptanz der aufgezwungenen Themenwahl durch den Schwächeren aus.

«Warum hast du mich ausgerechnet bei Hirzel angeschwärzt?»

«Davon weiss ich nichts.»

Nun hatte Salomon aber genug von der Widerspenstigkeit seines Gegenübers, er griff nach seinem Geldbeutel und klimperte bedeutungsvoll mit dessen Inhalt.

«Kaufen kannst du mich nicht. Ich interessiere mich nicht für Geld.»

Irritiert über diese Aussage runzelte Salomon die Stirne, bei Gottes Schweiss!, wenn jemand weder käuflich war, noch bedroht werden konnte, dann gingen ihm die Ideen aus. Selbstverständlich fand Johann den Zugang: «Du bist jemand, der dem Tod begegnet ist, du kennst ihn: was, glaubst du, ist in Salomons Haus geschehen?»

Johann war sich sicher, dass der selbstgefällige Mann, der einen Probegang durch die Hölle gemacht haben musste, auf diese Frage eine Antwort hatte und sie gerne den Unwissenden zuteil werden liess. Von Wyss mit seinem Stolz hatte übersehen, dass jemand anderes Stolz ebenso benützt werden konnte. Der Glarner wurde nicht enttäuscht, dafür mit einem glänzenden Blick voll unbegreiflicher Zuneigung bedacht: «Ah! Jemand, der weiss, was wirklich wichtig ist. Ja, ich bin mit dem Tod bekannt. Und ich sage dir gerne: in jenem Zimmer hat der Tod mit Freuden gehaust.»

«Der Tod ist also jemand, der gerne Leiden sieht?»

Bartholomäus' Stirne kräuselte sich irritiert, der Verbrecher wirkte auf unerklärliche Weise wütend und Johann wusste, dass er Grund und Ziel dieser Wut war. Weswegen, das konnte er beim besten Willen nicht durchschauen. Hart stiess Bartholomäus hervor: «Nein, der Tod sieht eben gerade nicht gerne Leiden! Er steht am Ende davon. Hast du verstanden? Da in dem Raum waren Schmerzen und eine lange Qual, die er endlich beenden konnte. Der Tod hat mit den Menschen Erbarmen, er schindet sie nicht. Er erlöst sie. So wie Christus am Kreuz. Verstehst du? Es ist ganz einfach.»

Johann versuchte, den Gedankengängen zu folgen und herauszufischen, was für seine eigene Suche wirklich relevant war. «Dann gab es da eine Leiche?»

«Mit absoluter Sicherheit.»

«Nur eine?»

«Das ist nicht wichtig. Der Tod hat sich geholt, was zu holen war. Er ist zufrieden.»

«Nun, ich bin es nicht.»

Damit fing sich Johann einen Blick ein, der ihm durch Knochen und Mark ging; sein Gegenüber hatte sich nicht gerührt, aber nun schien er Gift zu verströmen, jegliches Wohlwollen verpuffte in scharfem Rauch. Bartholomäus' verunstaltete Stimme marterte kratzige Töne: «Wie kannst du es wagen, an den Grössten Herren von allen zu tasten?»

«Falls du den Tod meinst, er ist nicht die mächtigste Kraft. Es gab jemanden, der hat ihn besiegt. Hast du die Bibel gelesen? Der Sohn unseres Gottes hat den Tod besiegt.»

Bartholomäus sah den jungen Glarner nachdenklich an und ein Gedanke formte sich in seinem Innern. Ein unschöner: «Du bist ein Ungläubiger, nicht wahr?»

Heftig zuckte Johann zusammen und begriff nun nicht mehr, wohin das Gespräch plötzlich geschwenkt war. Eine schlimme Beleidigung, er war doch kein Heide! Heftig wehrte er sich gegen die Unterstellung: «Keineswegs! Ich glaube, dass unser Gott der einzige Gott ist und dass sein Sohn am Kreuz für unsere Sünden gestorben und von den Toten auferstanden ist.»

«Nein, nein! Du bist tatsächlich ein Ungläubiger. Geh mir aus den Augen, du Pfnurpf. Du verstehst nichts. Geh jetzt!»

Es blieb Salomon und Johann nichts weiter übrig, als sich von dem seltsamen Mann zu verabschieden. Als sie im Korridor standen, murmelte Johann: «Pfnurpf?», worauf Salomons Stimme wieder lächelte, als er erklärte, dass damit ein kleiner Mensch, ein Knirps, gemeint sei.

Sie machten sich auf die Suche nach Cleophea. Fanden sie vor dem Gebäude, im Gespräch einer verschlissenen Bettlergestalt zugewandt. Dabei lehnte sie an einen riesigen kalten Breitopf. Dieser Mushafen mit seinem Hafer-, Gersten-, Gemüsebrei war für alle Bürger Zürichs gedacht, die beweisen konnten, dass sie arm genug für staatliche Zuwendung waren. Am Verhungern. Nach dem Morgengeläut durften sie sich hier eine warme Mahlzeit abholen, die anständigen Zürcher Armen. Für Trinker, Kupplerinnen, Spieler und Huren galt das selbstverständlich nicht. Mit ihrem sündhaften Lebenswandel hatten sie ihre Armut ja geradezu herausgefordert, ihre Bedürftigkeit war selbstverschuldet. Nur schickliches Verhungern wurde in Zürich unterstützt. Auch Bettelgesindel aus anderen Orten wurde weggejagt, für dieses hatte Zwinglis Wirkstätte keinen Platz. Jede Gemeinschaft sollte sich gefälligst selber um ihren Abschaum kümmern.

Während sie eines der haarigen Schweine, das sich im Hof tummelte, aus dem Weg schob, begann Cleophea mit Johann über die würdelose, geizige, so parteiische Art der reformierten Armenfürsorge zu diskutieren. Als sie jedoch mit ihrer normalen Hellsichtigkeit feststellte, dass ihr Cousin in dumpfe Melancholie verfallen war, schwieg sie dazu und fragte sanft: «Was ist, sammelt sich zu viel schwarze Galle in deinem Körper?»

Sie wusste genau, wie diese Körpersäfte miteinander spielten: befanden sie sich nicht im Gleichgewicht, dann konnte der Mensch in seiner Ganzheit auch nicht ausgeglichen sein. Und hier sah es ganz so aus, als ob der zähe dunkle Gallensaft Johanns sonst so pures Gemüt niederdrückte. Eine Erkrankung der Milz, schweres Geblüt und überflüssige Galle signalisierten bekanntlich Melancholie. Menschen mit dieser Krankheit waren für Anfechtungen des Teufels empfänglicher. Johanns Niedergedrücktheit war nur ein kurzes Zeichen von Schwachheit, kein steter Zustand, wie Cleophea wusste und was sie ausserordentlich beruhigte.

Jetzt nahm sie die klamme Hand ihres Cousins in die ihre und ging nahe an ihn geschmiegt durch die laute Stadt. Für Salomon war diese Angelegenheit mit Johanns Melancholie so klar wie die dunkle Seite des Mondes. Jetzt schlenderte er betont unbeteiligt hinter den zwei en her. Er gehörte ja nicht dazu. Er gehörte zu niemandem.

Johann war sich nicht sicher, warum sich seine Seele so anfühlte, als sei ihm ein ganzes Feld Dinkel verhagelt worden. Zugegebenerweise hatte er noch niemals mit einem Sodomiter gesprochen. Das alleine war schon eine unheimlich sündige Sache. Und dann dessen leblose Augen. Seine erstaunliche Erfahrung mit dem Tod. Er hatte von jenem gesprochen wie von einem guten Bekannten. Hastig drehte sich Johann zu Salomon um: «Dieses Papier mit Bartholomäus' Geschichte. Hast du es mitgenommen?»

Der Zürcher zog das Flugblatt aus den Tiefen seines weiten, heute smaragdenen Mantels und nickte triumphierend. Johann griff danach und hastete zu Salomons Zuhause, den Druck an seine Brust pressend. Was gab es Belebenderes, als die wahre Erzählung eines Sodomiters am Galgen?

8. Kapitel.

In dem die Geschichte einer vergeblichen Vollstreckung beschrieben wird.

IM «STÖRCHLI» ANGEKOMMEN, machte sich Salomon wie üblich auf, in der Küche ein wunderbares Essen zuzubereiten, bald roch es vielversprechend nach Kabis und fetten Würsten. Ausserdem nach Bratäpfeln. So öde Salomons Haus oft auch wirkte, es roch darin immer gut. Johann setzte sich mit Cleophea in die Stube mit dem grün gekachelten Ofen und beugte er sich über das ominöse Blatt. Die beschriebenen Erlebnisse Bartholomäus' hatten nicht zwangsläufig mit dem Blut in Salomons Bett zu tun, aber immerhin hatte der blonde Verbrecher Erfahrungen mit dem Tod und die konnten unter Umständen noch wichtig werden. Johann begann, den Informationsdruck laut vorzulesen. Für Cleophea ärgerlich langsam; dafür deutlich, damit sie die ganze Erzählung mitbekam, so wie es diese Handzettel auch vorsahen. Sie hätte selber auch lesen können – nun, ein wenig. Gerade genug für eine katholische Frau. Sie war jedoch Meisterin im Kombinieren von Aussagen, die durch Bilder ergänzt wurden. Mühelos konnte sie so meist erkennen, worum es im Grossen und Ganzen ging. Dennoch war ihr Lesegestammel noch viel langsamer und unsicherer als jenes Johanns. Deswegen war sie nun ärgerlich, dass es auch bei ihm nicht so schnell von den Lippen ging.

Tief holte der junge Glarner Atem:
> «Wahrhaffter und glaubwuerdiger Bericht eines erschroecklichen wun-der=zeichens / die wunderbarliche Geschicht von Bartholomaeus von Owe / so von menglich gesehen und gehoert ist worden / selbiger hat vier menner schmaehlich gemordet / dieser vnerhoerten suende wegen ist er vom ehrwuerdigen blutgerichte zu zürych zum Tode verurteilt worden / vnnd er sollte durch den Strang des henkers vom leben zum Tod gebracht werden / dabei entrann er dreimal mit GOTTes Hilfe dem tode / vnnd er wurde durch diesen Hoechsten Beweis des GOTTesurteils von allen Suenden befreit / vnnd von der allerchristlichen gemeinschafft wyder aufgenommen//»

Johann schöpfte vernehmbar Luft: «Phuuf, und das ist nur die Überschrift. Ziemlich umständlich, findest du nicht?»

Cleophea zog nachdenklich den Mund schief und knabberte aufgeregt an ihrem Daumennagel, nicht im Mindesten schockiert; das Wichtigste hatte sie schon erfasst: «Das ist ja unglaublich. Er konnte nicht gehenkt werden.»

Zürich hatte wirklich einiges an Unterhaltung zu bieten!

«Nun, ich finde es eher unglaublich, dass er vier Männer ermordet hat.»

«Aber Gott hat bewiesen, dass diese Verbrechen nicht von Bartholomäus begangen worden sind. Sonst hätte er ihn nicht vor dem Tode errettet.» Salomon war ins Zimmer getreten und sprach sich für einmal für die Gegenwart Gottes aus. Cleophea betrachtete ihn misstrauisch: «Was ist denn mit dir los? Bist du plötzlich von Gottes Guten Plänen überzeugt?»

Von Wyss war nicht gerade das, was man reinen Gewissens eine starke Stütze des zürcherischen Reformismus nennen konnte. Seit der – dessen war er sich sicher – Ermordung seiner gesamten Familie war von Wyss nicht mehr richtig tiefgreifend von der erfüllenden, erlösenden, wohlwollenden Christenheilsgeschichte überzeugt. Nur widerwillig folgte er dem, was doch alle Welt als den richtigen Pfad erkannt hatte: dem christlichen Glauben und seinen ewiglichen Herrlichkeiten. ‹Du solt Gottes namen nit vergeblich führen!›; jenes Zweite Gebot schien für ihn kein Hindernis zu sein, Gottes Namen häufig zu freveln. In Zürich wurden mehr Menschen als anderswo wegen Blasphemie hingerichtet, aber an dem störte sich Salomon nicht. Die gemeinsamen Erlebnisse mit Salomon hatten den Glarnern eines deutlich veranschaulicht: dieser folgte der christlichen Lehre, wenn es wirklich unumgänglich war.
Er ging sonntags zur Kirche.
Meistens.
Nun, häufig.
Hin und wieder.
Gerade verdeutlichten die hochgezogene Braue und das spöttische Lächeln, dass Salomon die kleine Glarnerin als ziemlich naiv ansah und er musste seinen Standpunkt debattieren. «Habe ich etwas von guten Plänen gesagt? Ich habe noch nicht einmal gesagt, dass diese Tat Gottes richtig war.»
Die beiden Glarner zuckten heftig zusammen und Cleophea bekreuzigte sich ob der Gotteslästerung hastig etliche Male. Salomon betrachtete sie zynisch und schüttelte den Kopf, als wäre sie ein verlorenes Lamm vor dem grauen Wolfsrachen. Seinem Rachen.
«Seid nicht ängstlich, ihr glaubt ja an Ihn. Da kann euch nichts passieren. Und schliesslich hat Er Seine Hand über euch gehalten. Mehr als einmal schon.»
Entschlossen wechselte Johann das Thema: «Keine theologischen Diskussionen. Ich denke, da steckt noch mehr dahinter. Schliesslich ist der Helfer des Medicus' einer, der Männer … nun, eben.»
Gerade noch rechtzeitig stockte er, ihm wurde unmittelbar bewusst, dass Cleophea nichts von der Stummen Sünde Bartholomäus' wusste. Er würde es ihr nicht sagen. Sie würde bestimmt nicht wissen, was er meinte, dann würde er es ihr erklären müssen – Schreck über Schrecken! – und auf Grund der grausigen Sünde geriete sie in Verwirrung. So viel Wissen war ihr einfach nicht zuzumuten. Weiber sind bekanntermassen schwach, sie müssen von Männern in allem beschützt werden. … Vielleicht würde er ja eines Tages tatsächlich eine Frau treffen, auf die das auch wirklich zutraf.

Selbstverständlich forschte seine Cousine nun ob seines allzu offensichtlichen Zögerns weiter: «‹Männer, nun, eben› was?»

Johann schwieg standhaft – ein wahrhaftiger Märtyrer seiner Aufgabe –, Salomons Augen jedoch blitzten schelmisch auf, als er begann, von Owes Taten in legalistischem Deutsch aufzuzählen: «Er tut ‹vnchristenliche und vnnathürliche werche›, er hat ‹geflorentzt›, er ‹volbrachte schadtliche vnnatürliche kätzereÿ›. Sonst noch Fragen?»

Cleopheas Miene zeigte lediglich, dass sie nichts verstand. Ketzerei – Abfall vom christlichen Glauben, das war deutlich genug, Ketzerei war auch unnatürlich genug, denn sie wandte sich gegen den wahren, den einzigen Gott. Aber florenzen? Hm?

«Er kommt aus Florenz? Aus Italien?», schloss sie deshalb scharf, was mochte seine Ketzerei dann sein? Italienisch zu reden? Florentinische Kleider zu tragen? Welche Sünde konnte das verdeutlichen? Salomon lachte dröhnend auf. Dies war ein absolut spassiger Moment, er würde sich lange daran erinnern. Mit einem Schlag wurde er wieder ernst und sagte ganz einfach und bestimmt: «Er hat mit Männern körperlich Umgang.»

Salomon scheute sich nicht, der Glarnerin Wissen zuzumuten, während Johann sich innerlich krümmte. Er selbst konnte ja kaum fassen, dass er einem Solchen gegenübergesessen war und sogar mit ihm gesprochen hatte. Dieser hatte ihn mit deutlichem Interesse betrachtet. Es war das erste Mal, dass Johann einen Mann gesehen hatte, der Männer … item, hm. In den Tälern von Glarus kam so etwas niemals vor, niemals.

Sogar Cleophea war für einmal erstaunt sprachlos und betrachtete das Papier in Johanns Hand, als ob dieses über jene gegen jegliches göttliche Gebot gerichtete Sache mehr zu berichten hätte. Wie man wusste, beschwor eine solche Praktik den Zorn Gottes herauf, mochte Erdbeben, Seuchen und Kriege auslösen. Ausserdem übten diese Taten Hochverrat am alttestamentarisch verordneten Fortpflanzungsplan: ‹Seid fruchtbar und mehret euch und füllet die Erde!› Tatsächlich: reine Ketzerei.

«Lies endlich weiter», Salomon kannte den Inhalt des Informationsdrucks, aber wollte hören, wie Johann die Geschichte fortspann. Dieser versuchte, so schnell wie möglich, den Text durchzulesen, um eventuell einige Passagen auslassen zu können, damit Cleopheas Seelenfrieden nicht noch mehr gestört werden würde. Leider hatte er aber eben die Fähigkeit des Schnelllesens nicht, so dass die Geschichte schlussendlich unzensuriert über seine Lippen holperte.

※

Nachdem die ganze Sage offengelegt war, konnte sich Johann immerhin soweit beruhigen, als dass nirgends schwarz auf weiss von Bartholomäus' bestimmter Ketzerei berichtet wurde. Offensichtlich hatten die Druckherausgeber entschieden, die Sünde tatsächlich stumm sein zu lassen. Immerhin wurde klar, warum Bartholomäus von Owe zum Strang verurteilt worden war: Gift.

Seine Verbrechen waren so unglaublich feige und heimtückisch gewesen, da hatte nur der Tod durch den Strick am Ende stehen können. Gift wurde als Waffe dermassen gefürchtet, dass man in Zürich sogar eine Urkunde des Obervogtes vorweisen musste, wollte man Gift legal erwerben. Selbstverständlich gab es daneben unzählige bequemere Wege, sich todbringende Elixiere mischen zu lassen. Tatsächlich wäre es auch Johann ein Leichtes gewesen, einen solchen Trank aus Gottes unergründlicher Natur zu brauen.

Ein Giftmord war eine hinterhältige, streng geahndete Schändlichkeit. Ein Mensch, der sich solch schmachvoller Verbrechen schuldig gemacht hatte, konnte nur vom Scharfrichter von der Leiter am Galgen gestossen werden. Wenn der Sünder Glück hatte, brach sein Genick in einem Mal, wenn er Pech hatte, erdrosselte die Schlinge ihn langsam und qualvoll. Danach wurde ihm kein Grab in geweihter Erde gegönnt, aus dem er dereinst am Jüngsten Tag auferstehen können würde. Nein, sein Körper wurde so lange am Galgen hängen gelassen, den Rabenboten des Teufels zum Frass überlassen, bis das Fleisch zerhackt, verfault, die Knochen ausgebleicht waren. Dann erst, nachdem dieser verabscheuungswürdige Leib so weit wie möglich von Wind und Luft vernichtet worden war, würden seine allerletzten Überreste verbrannt und in ein Gewässer verstreut – so dass alle Elemente den Sünder vernichtet hätten.

Man stelle sich vor! Sogar der unehrliche Scharfrichter, jener Mensch, der auf der untersten Stufe der Gesellschaft stand, trug bei dieser Arbeit Handschuhe, damit keine böse Kräfte vom Verbrecher auf ihn übergingen. Die beiden Leitern, auf denen Henker und Verbrecher stehen würden, mussten nach vollzogener Strafe verbrannt werden. So wurde ein Übergreifen der abgrundtief gottlosen Schlechtigkeit des Verbrechers auf die Ehre der Gesellschaft verhindert. So wurde die Ordnung wiederhergestellt, Gott versöhnt, die Gesellschaft befriedet.

Diese Art der Bestrafung entehrte auch nach dem Tod der menschlichen Hülle, die Unehre fiel sogar noch auf die Familie zurück. Eine solche alle Schande darlegende Strafe löschte nicht nur Körper, sondern auch Namen aus – getilgt aus dem Gedächtnis der Menschheit, gestrichen aus Gottes Buch des Lebens. Keine Erlösung, keine Wiederauferstehung.

Es war die allerhärteste Strafe, die sich die Christen ausdenken konnten.

Und Bartholomäus von Owe hatte diesen Gang in den vermeintlichen Tod dreimal getan. Dreimal hatte man ihm ein Seil um den Hals geschlungen, die Leiter unter seinen Füssen weggestossen und ihn schwingen lassen. Dreimal war der Tod desinteressiert an ihm vorübergegangen. Johann schauderte es; was mochte in einem Menschen vor sich gehen, der dreimal vollkommen überzeugt war, dem grossen geheimnisvollen Jen-Seits zu begegnen? Dreimal. Und der dann trotzdem weiterhin auf der Erde wandeln muss. Gottvater musste diesen Besagten tatsächlich aus guten Gründen am Leben erhalten haben, eine solche Begebenheit trug alle Zeichen von himmlischer Einsprache. Das verstand Johann nun. Er war überzeugt, dass Bartholomäus von Owe das genau so sah. Was mochte jener mit dieser Gewissheit machen?

Beunruhigt strich Johann mit dem rechten Zeigefinger über seinen Reisebeutel, den er stets am Gürtel trug, und damit auch über die Allermannsharnischwurzel, die seit alters her Schutz vor Bösem gewährte. Seit sie ihm Trost und Schirm gebracht hatte – seit seinem letzten Abenteuer – stellte er sicher, dass er sie ständig am Körper trug. Zusammen mit seinem innigen Glauben an Gottes Wundergüte bildete sie einen effizienten Harnisch gegen die Widrigkeiten des Reisens.

Ruhig wandte der junge Mulliser seinen Blick auf Salomon; dieser hatte sämtliche schutzbringenden Zeichen aus seinem Haus entfernt, nicht einmal über den Schwellen zu den Schlafzimmern, bekanntermassen die gefährdetsten Orte des Hauses, waren Christkreuze auszumachen. Der Glarner begegnete den kalten Augen des Zünfters, der ihn verächtlich ansah, als hätte er in Johanns Überlegungen hineingehört. Überheblich hob er die Nase in die Höhe und liess durchblicken, dass er sich vor nichts und niemandem fürchtete. Schon lange nicht mehr. Schliesslich hatte er nichts mehr zu verlieren.

Johann vollführte bedächtig vertrauensvoll eine ruhige runde Geste zu seinem Herzen hin und empfand für Salomon mehr Mitleid, als vermutlich angebracht war.

9. Kapitel.

In dem ein altes Grauen Cleophea heimsucht.

EIN WEITERER DUNKLER ENDJANUARMORGEN brach an, die Kälte legte sich in die dicken Steinmauern des von Wyss'schen Hauses. Von den Tagesglocken der Stadtkirchen geweckt, hüpfte Cleophea hastig über den eisigen Fussboden in die Küche. Noch immer vermisste sie in der Nacht jeweils ihre Geschwister, die mit ihr das Bett geteilt hatten, auch wenn Käthi ständig seufzte im Schlaf, aber die vier anderen wärmten so schön. Hier in Zürich, so allein in der Schlafstatt, fühlte sich Cleophea vor allem in der Nacht sehr einsam, es war unnatürlich, so allein zu sein. Sobald jedoch der Tag angebrochen war, verflüchtigte sich das Gefühl und Cleophea war wieder guten Mutes und froh, keinen ständig überwachenden Blicken ausgesetzt zu sein.

Jetzt ging sie also in die Küche und holte den Wasserkrug, der neben dem ledernen Eimer stand, den jedes Zürcher Haus besitzen musste. Dieser Ledereimer diente dazu, das eigene Haus zu schützen, sollte eines der Umgebung brennen. Die Bewohner wären dann aufgefordert, das eigene Dach mit nassen Tüchern zu belegen, um es vor Funken und damit vor einem Übergreifen des Feuers zu schützen. Die unheilvollen Gefahren eines lodernden Feuers in den engen Stadtgassen war ein stets wach gehaltenes Beispiel so wie jene Katastrophe von 1469, als In Gassen 24 Häuser eingeäschert worden waren. Cleophea hatte während eines grossen Krachs mit von Wyss gelernt, dass eben jener Ledereimer niemals leer sein durfte. Wer hätte in einer Feuersbrunst noch Zeit übrig, am Brunnen Wasser zu holen? Panik würde ohnehin herrschen. Eine weitere noch ältere Geschichte war geeignet, allen einen gehörigen Schrecken zur Zerstörungskraft des Feuers einzujagen. Wie Cleophea erzählt worden war, wusste noch jeder Zürcher Bürger – die Glarnerin fragte sich manchmal, wie man sich an Geschehnisse von vor 300 Jahren erinnern können sollte – welch grauenhafte Stunden 1313 geherrscht hatten, als das gesamte Quartier um den Rennweg bis hinunter zum Rathaus niedergebrannt war. Eigentlich kein Wunder, bei dieser Unglücksjahreszahl!

So war nun zwar dieser Feuereimer brav voll Wasser, aber der Frischwasserkrug leer. Cleophea trat in die morgendämmerige Frische vor das Haus, dabei begegnete sie sogar noch dem stämmigen Brunnenmeister, der sich – für einmal nicht hustend und spuckend – noch auf dem Abschluss seines allnächtlichen Kontrollganges befand. Weitere Zürcher waren ebenfalls schon unterwegs, um mit ihrem Tageswerk zu beginnen. Mehrere Menschen kreuzten den Weg der Glarnerin, sie grüsste freundlich und nur ein winziger Teil ihres Geistes nahm wahr, dass kein einziger ihrer Grüsse erwidert wurde.

Am öffentlichen Brunnen angekommen hielt Cleophea bibbernd vor Kälte ihr Gefäss unter die Wasserleitung. Heftig wurde sie angerempelt, so dass sie beinahe den Krug fallen liess, empört wandte sie sich an den Grobian, verstummte jedoch augenblicklich, als sie in das harte Gesicht eines riesigen Gesellen mit wildem Blick sah. Vorsichtig, stumm trat sie zurück und liess ihn erst seine Tanse füllen, dabei starrte der Kerl sie ununterbrochen an. Nicht einschätzend, nicht anzüglich. So als warte er nur darauf, dass sie … was? … tat. Gefahr witternd, senkte Cleophea die Augen und nahm grossen Abstand von ihm. Es war kein Zufall, dass er sie beim Weggehen mit Wasser besprizte, aber Cleophea blieb still. Er gewärtigte eine provokante Reaktion, das war offensichtlich, diese Falle liess sie jedoch nicht um sich zuschnappen. Zitternd vor Kälte und vor nicht abflachender Angst stieg nun Cleophea zum Brunnenrand, füllte ihr Wassergefäss bis zum Rand und lief schnell zurück in Salomons Heim. Dort entfachte sie das Herdfeuer in der Küche und fütterte den stolzen Kachelofen in der Stube. Sie gab sich Mühe, die unerklärliche Begegnung am Brunnen zu vergessen und hoffte, dass die Männer im Haus sich bald zeigen würden, während sie begann, schlotternd und zähneklappernd, den Frühstücksbrei zuzubereiten.

Salomon würde sicherlich wütend werden, aber sie wollte nicht nur Gast spielen. Sie war es gewohnt, sich auch als Besucherin nützlich zu machen. Wenn auch Salomon die Küche als sein alleiniges Herrschaftsgebiet betrachtete, so war sie doch in der Lage, einfaches Mus herzustellen. Dafür gebrauchte sie von Wyss' im Winter so kostbare Milch und war ob des unverschämten Luxus' nicht einmal zerknirscht. Statt Honig gab sie Salz ins Mus, aber es fiel ihr nicht auf, sie konnte sich beim besten Willen nicht erklären, warum sie so unruhig war, warum ihre Haut sich in kleinen Fitzelchen aufzurollen schien, der Atem hastig ging.

Plötzlich wurde sie auf ein ungewöhnliches Rummeln und Klopfen aufmerksam, das sich vor dem Hauseingang sammelte. Da wusste sie es! Sie wollte zu schreien beginnen, die Gefahr, nun war sie da, war jäh hochgekocht. Warum waren ihre Männer nicht zur Stelle?! Verzweifelt griff sie nach einem Schürhaken und lief Richtung Tür, um das Haus zu schützen. Aber schon drängte sich eine bedrohliche Menschenmenge über die Schwelle, füllte den Raum, erdrückte die Glarnerin. Mit einem Mal war der Eingangsbereich von schweren Leibern erfüllt, die mächtige Hitze und unerträglichen Druck ausübten. Man griff nach ihr, fasste nach ihrem Körper. Versetzte ihr Schläge, riss ihre Kleider in Fetzen, spuckte sie an, riss an ihren Haaren. Giftige Schimpfworte aus dem Nichts prasselten auf die erschrockene Glarnerin ein und geballte Fäuste hämmerten auf sie ein. Der Raum wurde eng und enger, hilflos klapperte der Schürhaken zu Boden, Cleophea versuchte, sich an die schützende Wand zu flüchten, aber da standen Menschen hinter ihr, vor ihr, neben ihr. Nahe, sie atmeten sie an, packten sie fest, schüttelten die Fäuste und zischten Flüche. Die angespannte, böse Menschenwand würde nur eine weitere Bewegung brauchen und sie würde über der jungen Frau zusammenstürzen, sie begraben, ersticken, vernichten.

Cleophea konnte nicht schreien, konnte einfach nicht um Hilfe rufen, sie war stocksteif vor Entsetzen und Erinnerung. Schon einmal als Kind hatte sie eine solch ungezügelte Menschenmenge erlebt; diese hatte in einem Wutsturm den ganzen Besitz ihrer Grossmutter vernichtet, hatte das ungebührliche und ungewöhnliche Leben der Verrückten Lisette zunichte gemacht. Schlechte Wetter waren über Näfels gekommen und das Wort der Wetterhexe hatte ein schnelles Ziel gefunden. Die kleine Cleophea hatte der Rache der Leute unter einem Baumwurzelwerk hervor, um ihr Leben fürchtend, zugesehen. Wie eine klamme hässliche Schlammlawine wälzte diese brutale Gewalt alles nieder, was sich ihr in den Weg stellte. Menschenmengen erfüllten Cleophea mit bodenloser Angst, besonders wenn sie in Bewegung waren.

Der Block im «Störchli» geriet womöglich noch mehr in Erregung und wogte immer heftiger und als er sie schüttelte, sie umschloss, sie erwürgte, verblieb Cleophea in Stummheit und sie liess sich kratzen, bespucken, schlagen, herumstossen und beschimpfen. Zu spät und unüberzeugt versuchte sie, Gesicht und Kopf zu schützen, schlang unwillkürlich die Arme um sich. Sie wand sich, wollte sich zusammenkauern, zusammenrollen, sich verkriechen, aber sie konnte nur hilflos fühlen, wie die Bedrängnis sich in schnellen Wellen ausbreitete. Was am Brunnen angefangen hatte, sollte hier vollendet werden. Ihr verwundeter Körper wurde gedrückt von den dunklen Schatten, von der Gefahr, die sie presste und auffrass, sie ins Nichts tauchte, giftig zischte, hässlich Blut leckte. Es wurde laut und lauter, ein allerletzter kleiner Funke fehlte noch. Bald würde Blut fliessen. Cleopheas Blut.

Eine sirrende Explosion riss grelles Schweigen in den Raum. Die Menschenmenge wich widerwillig zurück, als Salomon kreideweiss am oberen Treppenrand stand, ein weiteres Messer wurfbereit in der Hand. Er brauchte nicht einmal die Stimme zu heben, noch ein Wort zu sagen. Hasserfüllt wies er auf die Tür, legte seine Waffe wieder an, worauf sich die Menschenmasse augenblicklich aus dem Haus verflüchtigte wie ein schimmerndes Gespenst, eine böse Wiedergängerin.

※

Die Stille war ohrenbetäubend.

Endlich kam Johann um die Ecke gerannt, im blossen Hemd, barfuss, das Messer drohend in der Faust. Äusserlich ruhig stieg Salomon die Treppe hinunter, während Johann sich an ihm vorbeidrückte und den Eingangsbereich besetzte, zu spät, viel zu spät, den Zugang des Hauses sicherte. Wütend wegen seiner Nutzlosigkeit wandte er sich um. Salomon stand nah bei Cleophea, hielt sie fest umschlungen. Als er Johanns Blick sah, trat er zwar einen Schritt zurück, beliess seinen Arm aber um ihre Schulter gelegt; Johann trat zu den beiden. Besorgt umfassten die Männer Cleophea, sie stand noch immer am selben Ort und war

vollkommen versteift. Stumpf abwesend. Verstörtheit kennzeichnete sie wie eine Brandmarkung, wirre Haare hingen ihr ins Gesicht, einige Teile ihrer Kleidung waren zerfetzt und rote Kratzer liefen ihr über Arme und Gesicht, dunkle Flecken begannen, auf ihrer Haut aufzuleuchten. Ihre grünen Augen hatten sich hinter einen trüben Schleier verkrochen. Vorsichtig nahm Johann sie an der Hand und führte sie sanft ins warm werdende Zimmer, wo er sie auf eine Bank setzte. Er würde sie in Kamillenumschläge wickeln müssen, er würde ihr einen Trank mit Baldrian verabreichen. Erst jedoch musste er sicher sein, dass ihre Seele wieder Boden fand. Während Johann seiner Cousine beruhigende Worte einflösste, trat auch Salomon ins Zimmer, er schluckte schwer und vernehmlich laut.
Neues Unheil bahnte sich an. Von ihm gingen wellenartig unsichtbare Stösse aus, krankhaft, giftig. Unerlöst.
Besorgt und verwirrt sah Johann nun zum Zürcher hin, bisher hatte Salomon, wenn er in Gefahr war, stets auf seine eiserne Rüstung der Arroganz zurückgegriffen. Jetzt aber schien diese Larve Risse zu bekommen. Schlimme Risse. Sie jagten Johann Angst ein.
«Was ist geschehen?»
Johann wiegte seinen erstarrten Schützling, der noch nicht einmal weinte, sondern sich nur willenlos bewegen liess wie eine hölzerne Spielzeugfrau. Er sah zu Salomon auf. Insistierte, als keine Antwort laut wurde, das ungefasste Wesen Salomons machte ihm Angst: «Was ist los? Wer waren die Leute im Eingang? Was ist passiert?»
Wiederum schluckte Salomon mehrmals, die Luft, die er mühsam einatmete, schien mit eisernen Spitzen versehen, er blinzelte verzweifelt. Schwarzes Gift umgriff ihn mit hässlichem Lachen und höhnisch blickte ihm die grausame Heimsuchung in die Augen: ha! Hab ich dich erwischt!
Es war geschehen. Die Vernichtung hatte ihn eingeholt. Schon wieder. Schon wieder! Seine Augen wollten zufallen, seine Seele wollte sich nur noch hinlegen und bis zum Anbruch des Jüngsten Tages im Vergessen schlafen.
Er hatte so unglaublich viele Kräfte aufgewendet, um aufrecht zu gehen. Aufrecht zu stehen. Er hatte jeden Tropfen Arroganz herbeigeredet, um dieses sein Leben zu gestalten. Er hatte mächtige Energien organisiert, die ihm helfen sollten. Helfen, nicht zu zerbrechen. Helfen, nicht zu sterben.
Alles vergebens. Es hatte ihn zur Strecke gebracht.
Er hatte sich geirrt: er hatte doch noch etwas zu verlieren gehabt.
Heute war es ihm genommen worden.
Johanns verstümmelte Hand umfasste Salomons Handgelenk, schüttelte es: «Salomon! Was ist geschehen? Antworte mir!»
Wortlos streckte ihm Salomon einen Fetzen Papier zu, aber Johann achtete nicht darauf.
«Salomon! Schau mich an! Was ist passiert?»

«Sie haben Franz von Assisi gekreuzigt.»

Der Raum wurde finsterer, Johanns Geist weigerte sich standhaft, diese Nachricht aufzunehmen. Erst als Schmerzen seine Hand anfrassen, stellte er fest, dass er seine Finger so heftig in die Bankkante gekrallt hatte, dass das Holz fast brach.

Natürlich hatte er sich an die schwarze Katze mit den beigeroten Sprenkeln gewöhnt, die in Salomons Heim mit selbstverständlichem Stolz ein- und ausging. Sie war Herrin im Haus. Sollte Salomon lieben können – diese Katze liebte er, sie hatte Salomons Schwester gehört. Jetzt war sie getötet worden. Auf grausame Weise und Johann war sich sicher: als Warnung gegenüber Salomon. Hastig, geradezu gierig konzentrierte sich Johann aufs Atmen, versuchte, nicht in Panik zu geraten. Aber die Empfindungen Cleopheas und Salomons waren zu stark, wurden durch den körperlichen Kontakt, den er mit beiden hatte, vervielfacht, so dass er selber für einen langen Moment die Fassung verlor. Er fluchte markdurchdringend, schäumend, dämonisch. Abscheulich frevlerisch, verbrecherisch gotteslästerlich. Ausser sich zählte Johann jeden blasphemischen Schwur auf, den er jemals in seinem Leben gehört hatte.

Es waren zahlreiche. Er war nicht umsonst mit Söldnern verwandt.

※

Es erleichterte. Zornig strömte Leben zu Johann zurück. Oh nein, er würde nicht aufgeben! Niemals. Seinen Mitbewohnern sanfte Worte zumurmelnd machte er sich auf den Weg, Franz von Assisi zu erlösen. Vorsichtig, sich stählend öffnete er die Haustüre und stand Aug' in trübem Auge mit der toten Katze. Ein tiefer Kehlenschnitt hatte ihr Leben beendet, danach – so hoffte Johann jedenfalls – war sie an allen vier Pfoten an die von Wyss'sche Haustür genagelt worden. Johann bedachte nicht, dass nur ein Schinder, eben der Wasenmeister, ein totes Tier behandeln durfte. Denn dieses hier war kein totes Tier. Dies war Franz von Assisi.

Johann zog die Nägel und hob das arme tote Geschöpf sanft von der Tür, seine Ärmel mit Blut besudelnd. Bei seiner Tätigkeit beggenete er zahlreichen Blicken von der Strasse her, er warf sie stolzstarrig zurück, zog den Kopf nicht ein, versteckte sein wütendes Tun nicht. Er hoffte geradezu auf einen Angriff, er ersehnte eine blutbefreiende Auseinandersetzung. Er würde es ihnen zeigen! Seine Cousine anzugreifen, seinen Gastgeber zu entblössen, das war unverzeihbar, wie konnten sie es wagen! Eine Rauferei, um Ehre und Ansehen wiederherzustellen, wäre ihm sehr willkommen gewesen. Er war sicher, dass er gegenwärtig selbst Goliath besiegen würde. Spürten dies auch die Zürcher? Stumm wandten sie ihre Blicke ab. Ebenso stumm bezwang Johann die Gaffer mit seinem kraftvollen Willen und sein Messer blieb in der Scheide am Gürtel stecken. Wenn die Situation nicht so verzweifelt gewesen wäre, der junge Glarner hätte fast gelächelt: er lernte offensichtlich viel von Salomon. Es war tatsächlich am einfachsten, die eigene Unsicherheit und Trauer unter einer Maske der Überheblichkeit zu verstecken. Im besten Fall machte man damit sogar noch Eindruck. Johann starrte die Zürcher nieder.

Mit einem grossen Guss Wasser wusch Johann das Blut Franz von Assisis von Tür und Wand – wann würde es wieder aufhören, dieses Reinigen von Blut und Verderben? – und warf daraufhin den die Pforte zu Salomons Heim entschlossen hinter sich zu. Er stellte die Sicherheit des Hauskreises wieder her.

In der Küche holte er zwei Becher warmen Wassers, in das er helfende Kräuter warf, Cleophea hatte einige Grundkräuter eingekauft, denn Salomon hatte ausser Korianderöl keine heilenden Wirkstoffe daheim gehabt. Nicht einmal alles heilende Kamille war vorhanden gewesen; leichtsinnig.

Seine zwei Getränke balancierend trat nun Johann wieder in die Stube zu den zwei anderen. Salomon hatte Cleophea mehrere Pelze um den Leib geschlungen und ihre Füsse auf einem Fusswärmekistchen platziert. Über ihre schmutzige Wangen liefen nun, von ihrem Augenwasser gezogen, einige helle Streifen. Salomon fügte seinem dunklen kostbaren Holztisch mit dem Dolch tiefe Wunden zu, aber in dem ständigen Hacken lag keine Errettung. Entschlossen trat Johann zu Salomon hin und griff sich fest dessen Waffe, stabilisierte den kranken Rhythmus und reichte ihm den Tonbecher.

«Trink!»

Er schob den zweiten Heiltee zu Cleophea hin: «Und du auch! Es wird besser, ich verspreche es. Hörst du? Ich verspreche es. Ich werde nicht zulassen, dass dir Böses geschieht. Cleo. Hörst du mir zu? Es war immer so. Es wird immer so bleiben. Cleo! Du glaubst mir doch. Nicht wahr?»

Sie lächelte ihr blassestes Lächeln und beruhigte Johanns Seele ein ganz klein wenig. Stille legte sich in den Raum, sie wurde erfüllt von den hilfeerflehenden geflüsterten Anrufungen Cleopheas an ihre Heiligen. Allmählich ahnte Johann, wie sich etwas unerlöste Ruhe unter die aufgewühlten Emotionen mischte. Die Augen seiner Mitbewohner klärten sich unerheblich auf.

⚜

«Sie betrachten mich als ehrlos.» Salomons sonst so angenehm dunkle Stimme holperte über die Worte, er glaubte, daran zu ersticken. Wie viel musste er noch ertragen? Was hatte er nur getan? Wem hatte er es angetan?

«Die Gemeinschaft, sie stösst mich aus. Ich gehöre nicht mehr dazu. Die Leute da, sie haben es deutlich gemacht, sie wollen mich nicht mehr. Sie haben meinen Gast und mein Heim angegriffen, sie betrachten mich als ehrlos.»

Heftig zuckende Schauder liefen über Johanns Arme und sein Rückengrad schien unter der Last dieser Worte brechen zu müssen. Von der Gemeinschaft als ehrlos angesehen zu werden, war gleichbedeutend mit Tod. Besass man keine Ehre, genoss man nicht den Schutz der Gemeinschaft. Man war vogelfrei, für jedermann zur straflosen Hetze entblösst. Hastig versteckte Johann seine Hände, die an ein totes Tier getastet hatten, auch er hatte eine Tat begangen, die ehrlos machen konnte. Rasch schob er diesen Gedanken weg.

Dass Salomon von Wyss nicht mehr gerne in Zürich gesehen wurde, hatte sich nun gewaltsam daran festgemacht, dass ein offener Angriff auf sein Heiligstes vorgenommen war: auf das Haus, das ein geschützter Friedensbereich war. Dieser Überfall der Menschenmenge überschritt jedes Tabu, es zeigte, wie empört die Leute des Quartiers waren. Sie hatten Salomons Türschwelle in böser Absicht überschritten, einen Gast, der unter seinem Schutz stand, in dessen Hause angegriffen. Sie hatten seinen Besitz – seine Katze – zerstört. Sie markierten das Haus als schutzlos, kennzeichneten damit Salomon als Freiwild. Gerade so gut hätte der Gerichtsschreiber ein Zeichen auf die Stirn eingebrannt bekommen können.

Johann setzte sich schnurgerade hin und mit einem tiefen Atemzug übernahm er Führung und Verantwortung: «Dein blutbespritztes Zimmer? Sie werfen dir den Mord vor?»

Salomons Kinn deutete als Antwort auf den Zettel hin, der zerknüllt auf dem Tisch lag und katzenblutbesudelt war. Johann brauchte nicht zu lesen, was darauf stand, es war so klar wie frisches Quellwasser im Frühling.

Jetzt legte er so viel Sicherheit in seine Worte, wie er an die Auferstehung nach dem Tod glaubte. Vollkommene Sicherheit: «Und wir werden ihnen beweisen, dass du damit nichts zu tun hast. Wir werden den richtigen Mörder fassen und ihnen präsentieren. Dann müssen sie deine Ehre wieder anerkennen.»

Cleophea und Salomon schüttelten den Kopf in völliger hilfloser Übereinstimmung. Beide waren fassungslos und wollten nur noch eins: aufgeben. Flüchten.

Johann hatte auf diese resignierte Geste nur ein einziges Wort parat: «Niemals!»

10. Kapitel.

In dem üble Gerüchte mit ihrer Verbreitung wachsen.

ALS ERSTES MUSSTE DIE LEICHE gefunden werden. Jener Körper, dessen Blut in Salomons Haus vergossen worden war. Das frischeste Blut. Der Mensch, der er gewesen war. Kannte Johann seinen Namen, dann konnte er herausfinden, wer ihm den Tod gewünscht haben mochte. Damit würde die Grund-Tat erklärt und der Mörder entlarvt. Daraufhin musste Johann das darunter liegende Blut in Betracht ziehen. Stand es in Zusammenhang mit dem frischen? Rätsel mussten in kleine Stückchen aufgebrochen werden, damit die ersten Schritte genommen werden konnten. Man musste nur den Anfang finden, für den Beginn der Suche gab es mehrere folgerichtige Vorgänge ... Johann konnte sich nur gerade nicht darauf besinnen. Ermattet schloss er die Augen, legte den Kopf in den Nacken und gab sich dem Studieren hin. Noch schwappte sprachlose Erschöpfung von Cleophea und Salomon zu ihm, so dass er sich entschloss, auf deren Gedächtnisleistung zurückzugreifen und sie damit abzulenken. Taten halfen Johann. Sie würden auch seinen zwei Schützlingen helfen.

«Also, ihr zwei. Hört mir zu! Wir müssen vorweg klären, wer da zuerst gestorben ist. Um das ältere Blut kümmern wir uns später. Bestimmt hängen diese zwei Sachen zusammen. Salomon, wer kann in dein Haus? Du musst es doch verschlossen haben; hast du jemanden während deiner Abwesenheit mit der Aufsicht darüber betraut? Salomon, hör mir zu!»

Der Angesprochene schüttelte mit sichtbarer Mühe seine schwergewichtigen Gedanken ab und wandte sich Johann zu, sogar so etwas wie ein Lächeln erschien auf seinem Gesicht: «Natürlich habe ich das Haus beim Gehen abgeschlossen, das weisst du doch. Ihr habt ja noch die Nacht vor der Reise bei mir verbracht. Und die Nachbarn schauen immer, wer so herumgeht. Das ist ja das Gute an der Gemeinschaft. Durch die Aufsicht wird Schutz gewährt.»

Nur nicht daran denken, dass diese Gemeinschaft für ihn keinen Platz mehr hatte. Nur die Gedanken am Rätsel belassen, sorgfältig atmen. Johanns beruhigende Stimme half Salomon: «Dann werde ich bei den Nachbarn nachfragen, was in deinem Haus los war. Wen würdest du dafür empfehlen?»

Salomon wedelte verächtlich mit der Hand und murmelte: «Jeder ist so schlecht wie der andere.»

«Dann werde ich also alle befragen. Pass du auf Cleophea auf, sie ist noch nicht wieder ganz bei sich.»

Mit diesem anmassenden Befehl verliess Johann das Haus, trat auf die Strasse und sah sich umsichtig um. Die Menschen verstoben nicht gerade bei seinem Anblick, aber die Stimmung schien auch nicht gerade freundlich. Er liess sich nicht einschüchtern. Vielleicht liess sich mit seinem – unterdessen – ungehörigen Ruf sogar noch etwas anfangen. Angst konnte das Öl sein, Feuer zu entfachen. In diesem Fall das Feuer der Mitteilungsfreude.

Aus dem ersten Haus wurde Johann gleich handgreiflich wieder entfernt – item, es war ja auch kein gutes Omen, in einem Haus beginnen zu wollen, das «Henne» hiess, die Bewohner waren offensichtlich so ängstlich wie Hühner. Johann rieb sich den Ellenbogen, um den sich der eiserne Griff einer riesigen Handwerkerfaust geballt hatte. Die Haustür des zweiten Hauses wurde einen Spalt breit geöffnet, dann bei seinem Anblick wieder zugeschlagen. Johann knurrte die geschlossene Tür mit entblössten Zähnen an, hieb in für ihn untypischer Manier seine Faust an das unschuldige Holz. Daraufhin kniff er die Lippen zu einer entschlossenen Linie zusammen und hämmerte so beherrscht wie möglich an die Tür des nächsten Nachbarhauses. Aufgeben, das gab es nicht. Johann war nichts weniger als bis in die letzte Faser seines Daseins stur.

Nach einer heftigen Abwehrung auch im nächsten Wohnhaus schien Johann das Haus «Zur Kerzen» vielversprechend. Der Eingang wies zum Rüdenplatz hin. Natürlich befand sich hier auf der Traufseite neben der Haustüre auch das Hauszeichen. Es war das Bildnis der besagten Kerze, die imposant in Stein gehauen anzeigte, welches Haus man vor sich hatte. Über die ganze Höhe der drei Stockwerke prangte ein Erker. Ein weiterer fachmännisch gebauter, prächtig gestalteter Erker zierte das Gebäude zur Lindmag hin. Johann traute den Bewohnern des Kerzenhauses keine Abweisung zu. Er sollte Recht behalten.
Eine sommersprossige dünne Magd liess ihn ein, freundlich sogar, nachdem er die Hausglocke geläutet hatte. Er folgte ihr über die atemberaubende Wendeltreppe aus Stein, die offenbar alle drei Stockwerke miteinander verband – eine solche Steinmetzmeisterleistung hatte Johann seines Lebtags noch nicht gesehen.
Im ersten Stock hiess ihn die Magd, sich an den Tisch zu setzen, während sie die Besitzerin des Hauses holen würde. Es war zweifelsohne die schönste Stube des Hauses, um Besucher zu beeindrucken. Johann sah aus dem Erker auf den Platz vor dem Haus. Er wandte sich um und sein Blick fiel auf eines der Wappen, die unter dem Erkerfenster gegen die bewegte Lindmag gemalt waren, er stutzte. Da lag ein roter Hirsch auf grüner Wiese unter einem Zelt und blauem Himmel … Wo hatte er das Wappen schon einmal gesehen? Es wollte ihm nicht einfallen, es war bedeutsam, wichtig. Er konnte sich einfach nicht erinnern, ärgerlich! … Eine Ahnung von dunkelbraunen Wellen …? Dieses gelassene elegant liegende Tier unter dem schützenden Dach des vornehmen Zeltes … Die Erinnerung wollte nicht gehorchen, das war unerfreulich, aber Johann würde das Bild nicht vergessen. Im richtigen Augenblick würde ihm der Zusammenhang wieder einfallen.

Er sah sich weiter um. Die Stube wurde von einem alten Ofen gewärmt. Er war nicht kompliziert verziert wie Salomons Kachelofen, sah aus wie ein Kamin, in den einige nach innen gebogene Kacheln eingemauert waren. Sie gaben durch die grössere Oberfläche mehr Wärme ab. Eine vernünftige Sache.

Die verglasten Fenster waren mit farbenfrohen Spielereien verziert, einige Wandbehänge hielten die Wärme zusammen, spendeten nebenbei noch etwas farbige Freundlichkeit. Tisch, Bank und Stühle waren ordentlich gezimmerte, stabile Gegenstände. In der Ecke stand ein Spinnrad. Das Haus gehörte einer Witwe. Eine der wenigen Witwen, die offensichtlich das Glück hatte, nach dem Tod des Mannes nicht in Armut und Abhängigkeit geraten zu sein.

⁂

Eine gross gewachsene Frau mit einer raffiniert verschlungenen Zopfaufstecktracht trat ins Zimmer. Ihr Rücken war etwas gebeugt und die Finger ziemlich verkrümmt, aber sonst schien ihr das Alter nicht allzu schwerlastige Beschwerden zu verursachen. Sie war ganz in schwarz gekleidet, ihre Haube über den mondänen Zöpfen war von schlichter Art. Aber am grossen dicht gefälteten Kragen aus kostbarer Spitze konnte ihr Reichtum erahnt werden. Ebenso an der Art der Stoffe ihrer Kleidung, wenn man ein Auge dafür hatte.

Vorsichtig lächelnd erhob sich Johann. Seine verstümmelte Linke im schützenden Lederhandschuh versteckte er zunächst hinter dem Rücken. Die Frau wies ihn mit der offenen Hand an, wieder Platz zu nehmen, streifte dabei mit einem Blick die Narbe seines Gesichts, verhielt sich aber gleichbleibend freundlich. Der zurückhaltende Glarner setzte sich auf den äussersten Rand der Bank.

Nachdem die Magd einen Krug und zwei üppig verzierte Trinkgläser hereingebracht hatte, verschwand sie diskret und die Hausherrin schenkte Wein ein. Johann fühlte sich ob der demonstrativen Gastfreundlichkeit zunehmend zuversichtlich, er atmete leichter. Und er wartete weiterhin höflich ab, angesprochen zu werden. Die Witwe enttäuschte ihn nicht.

«Mein Name ist Eva Durysch. Wie kann ich Euch helfen?»

Fast liess Johann das edle dünnwandige Glas fallen, er war noch kaum je geihrzt worden! Die vornehme Witwe betrachtete ihn als Herren, mindestens als gleichwertigen Menschen. Vor Verlegenheit – eine alte Unannehmlichkeit, an der Johann vielfach litt – fiel seine Zunge über die ersten paar Worte: «I-ich … m-m-mein Name ist Johann Zwicki von mmh. Mullis. Ahm. I-ich … danke für Eure Gastfreundschaft. Habt Dank.»

«Besonders nach den Vorkommnissen von heute im und um das von Wyss'sche Haus.»

«Da habt Ihr Recht.»

Keineswegs erstaunt, dass sich die Neuigkeit über den Tumult schon weitergetragen worden war, sass Johann ergeben da. Die Dame – sie war zweifelsohne eine absolute Dame! – betrachtete ihren Gast offen und meinte dann ruhig: «Ich halte nichts von den Gerüchten, dass Salomon von Wyss mehrere Menschen in seinem Schlafzimmer abgeschlachtet haben soll.»

Item, so hatten sich auch Details vom blutgetränkten Zimmer verbreitet. Johanns Ergebenheit wurde an den Rändern etwas brüchig. «Ist es das, was die Menschen glauben? Mehrere Morde? Und Salomon darin verstrickt?»

Die Witwe nickte, offenbar weder erstaunt noch entsetzt. Alles war noch viel schlimmer, als Johann angenommen hatte. Vielschichtig und gehässig waren die Untertöne dieser üblen Nachrede. Blut. Blut im Schlafzimmer. Mord und Verderbtheit. Johann nahm die Information nachdenklich an.

«Vielleicht, edle Dame, fragt Ihr Euch, warum ich hier bin.» Auf ein zustimmendes Nicken seines Gegenübers hin, fuhr er fort: «Da Ihr so freundlich seid, mir Gastrecht zu gewähren, werde ich Euch sagen, dass es leider tatsächlich so ist, dass eines von Salomons Zimmern in Blut schwamm, als wir von einer ausgedehnten Reise nach Basell zurückgekommen sind. Das Blut aber war frisch, es ist unmöglich, dass von Wyss an dessen Vergiessen Schuld trägt.»

Selbstverständlich liess Johann alle weiteren Implikationen aus; warum von anderen Blutschichten erzählen? Das machte die Aussage zu kompliziert. Mit frischem Blut konnte man besser argumentieren, denn es gab Salomon Schutz: er konnte es nicht zum Fliessen gebracht haben. Er war auf Reisen gewesen. Die Witwe lächelte ob Johanns deutlichem Hinweis auf die Unschuld seines Gastgebers: «Es ist nicht nötig, dass Ihr Salomon verteidigt. Ich kenne ihn schon, seit seine Mutter ihn auf den Armen trug. Niemals war Bosheit in ihm. Arroganz: ja, bestimmt. Stolz: auf jeden Fall. Und nicht zu wenig. Aber er verletzt Menschen nicht. Nicht mit Messern.»

Dieser Einschätzung wollte Johann zustimmen, auch wenn er fand, dass sie etwas gar grosszügig war. Dennoch fasste er noch mehr Vertrauen zu dieser Person. «Wir wollen das rätselhafte Geheimnis lösen und Salomons guten Ruf wiederherstellen. Deswegen haben wir uns folgende Überlegungen gemacht: der Mord muss in der Nacht, als wir auf der Reise waren oder in der Früh vor unserer Rückkehr geschehen sein. Es gibt keine Leiche, wir wissen nicht, wer das Opfer war. Deswegen möchte ich gerne von Euch wissen, ob Ihr zu den genannten Zeiten irgendetwas Verdächtiges bemerkt habt. Jemanden, der ums Haus geschlichen ist. Es ist noch vollkommen unklar, wie Opfer und Täter in das Haus gekommen sind. Von Wyss gibt seine Schlüssel niemals aus der Hand. Bestimmt wisst Ihr, dass er nicht viel Wert auf Freundschaft legt. Es gibt also niemanden, der Zutritt zu seinem Haus hat, ausser ihm.»

«Ich glaube im Gegenteil, dass Salomon sogar sehr viel von Freundschaft hält. Gerade deswegen hat er so wenig Freunde. Er ist nicht vertrauensselig oder gar freigiebig mit Zuneigung. Nach allem, was passiert ist, scheint mir das auch kein grosses Wunder. Diese Fehden mit Hirzel und Jakob Räyss sprechen für sich. Er macht sich mit Unbeherrschtheit schnell Feinde. Mächtige Feinde. Einmal wird er sich damit schneiden. Wir alle wissen, dass Stolz eine schlimme Sünde ist.»

Johann blinzelte einige Male irritiert. Wie viele Fehden hatte Salomon noch am Laufen? Gab es da noch Weiteres zu bedenken? Die Dame sprach weiter, unterbrach sein Sinnieren: «Ihr zwei seid die ersten und einzigen Besucher, seit seine Schwester, seine Nichte, sein Vater und zahlreiche Zürcher Cousins den Tod gefunden haben. Ich bin überzeugt, dass er euch als seine Freunde betrachtet. Als seine einzigen Freunde.»

Aus irgendeinem Grund begann unangenehme Röte in Johanns Wangen zu steigen. Als Freund von Salomon von Wyss betrachtet zu werden, war eine grosse Ehre. Wann waren zwei hinterwäldlerische Bauerntrampel wie Cleophea und er schon als Freunde von vornehmen Zürcher Zünftern angenommen worden?

Witwe Durysch sprach ohne seine Verlegenheit zu bemerken weiter: «Und weil ich weiss, dass Salomon trotz seiner möglicherweise berechtigten Überheblichkeit mehr Ehre im Leib hat, als jeder andere in diesem Quartier, werde ich ihm in jeder Art behilflich sein. Lasst mich nachdenken, ob ich mich an Leute erinnere, die nicht um das von Wyss'sche Haus sein durften.»

Ins versprochene Nachdenken versinkend schwieg Witwe Durysch, schliesslich öffnete sie die etwas getrübten Augen und stand mühsam auf. Johann sprang auf, ihr zu helfen. Sie akzeptierte sein Stützen und ging zur Tür. Sie rief in den Gang nach der Magd, die praktisch unverzüglich erschien.

«Anna, was sagt das Gesinde über die Geschehnisse im ‹Haus zum Störchli›?»

So ganz unberührt von den Gerüchten wie ihre Herrin war die aschblonde Magd nicht, sie warf Johann einen schätzenden Blick zu, antwortete der Witwe aber brav. Und ehrlich, soweit Johann das beurteilen konnte.

«Man sagt, das Haus sei … nicht gerade verhext, aber doch vom Bösen berührt. Der Junker von Wyss ist ja seltsam. Er ist immer alleine. Über seine Familie war Unglück gekommen. Das muss auch ihn getroffen haben. Es sei viel Blut in seinem Haus. Er muss gemordet haben.»

Ob dieser einfachen Akzeptanz von Gerüchten explodierte Johann, er wandte sich brennendheiss an die junge Dienstbotin: «Wie kannst du das glauben? Hast du es miterlebt? Hast du Salomon mit einem bluttriefenden Messer gefunden? Hast du die Leichen gesehen?»

Die Hand der Witwe an seinem Ellenbogen mochte ihn zur Vorsicht mahnen, aber er konnte nicht aufhören, die junge Frau anzuschreien. Endlich, endlich hatte seine hilflose

Wut ein Ziel gefunden: «Salomon war mit uns in Basell, er kann den Mord gar nicht begangen haben. Es gibt keine Leiche! Glaubst du, wir hätten nicht in aller Heimlichkeit das Blut und die Leiche verschwinden lassen, hätten wir etwas verbrochen?! Warum wären wir wohl so blöd, einen Medicus zu holen? Geh sofort zu deinen blödsinnigen Gesindefreunden und sag das ihnen!»

«Meister Zwicki! Lasst das. Es hat keinen Zweck. So werdet Ihr nicht weiterkommen.»

Die ruhige Stimme der Witwe Durysch brachte Johann wenn nicht zur Vernunft, so doch zum Verstummen. Wütend funkelte er weiterhin die Magd an und musste sich alle Mühe geben, seinen Arm nicht rüde aus dem Griff der Witwe zu befreien.

«Sag uns, Anna, warum hat man sein Haus angegriffen?»

Mit einem verängstigten Blick auf Johann antwortete die Magd auf die Frage der Meisterin: «Man sagt, dass von Wyss das Viertel verderben wird mit seiner Bosheit. Seine Ehre ist beschmutzt.»

Sie unterbrach sich, als Johann Anstalten machte, in ihre Richtung zu springen. Sein Arm befand sich jedoch zu seinem Leidwesen immer noch im erstaunlich eisernen Griff der Witwe.

«Weiter, Anna. Meister Zwicki wird dir nichts antun. Er ist nur etwas durcheinander.»

«Von Wyss zieht das Unglück an. Deswegen kann man ihn nicht weiter dulden. Das hier ist ein ehrenhaftes Viertel.»

«Und es gibt niemanden, der momentan für ihn einsteht. Nicht wahr? Niemand, der wichtig wäre. Er steht alleine da. Ideal, jetzt kann man alte Rechnungen begleichen. Ja?!»

Nicht einmal seine Stellung als Zünfter schützte Salomon vor Verleumdung, auch seine Ehre musste stets wieder aufs Neue gesichert, beschützt, ausbalanciert werden. Wie alle wussten, musste Ehre stetig durch Taten, Worte, Benehmen bewiesen werden: Ehre war ein erschütterliches Ding.

In der Kerzenhausstube wurde Johann anstelle seines Freundes von zorniger Hilflosigkeit gepackt. Auf eine auffordernde Geste ihrer Arbeitgeberin fuhr Anna mit ihren Ausführungen tapfer fort, sie hob sogar noch etwas das Kinn in Johanns Richtung: «Es heisst, er steht im Bund mit Bartholomäus von Owe. Man sagt, dass die zwei einen üblen Bund miteinander eingegangen sind.»

Die junge Frau errötete, so dass ihre Sommersprossen beinahe verschwanden: was immer ‹man› ihr gesagt hatte, es war nichts Schickliches. Es mochten die Worte ‹Ketzerei› und ‹Sodomie› gefallen sein. Dies war genug, um das Gerücht noch interessanter zu machen; die Aufgabe Salomons schwieriger. Johann verstand die Gedankengänge der Menschen nur zu gut: «Ich verstehe: Salomon von Wyss war nie verheiratet. Er ist nicht Pate von Bürger- oder Zunftmeisterkindern. Er geht kaum zur Kirche. Das kann nur heissen, dass er mit

Gottvater nichts zu tun haben will. Und dass er ausserdem schlechten Umgang mit anderen Männern hat.»

Bei seinen Schlussfolgerungen überkam Johann Hoffnungslosigkeit. Das war einfach zu viel. Wie konnte er diesen Vermutungen begegnen? Salomon hatte sich diese Situation selber eingebrockt. Aber Johann wusste mit tiefster absoluter Sicherheit, dass Salomon weder die Stumme Sünde beging, noch dass er böser Zauberei verfallen war oder sie gar ausübte. Dafür war er zu nüchtern. Und er mochte Frauen zu offenkundig. Er war zweifelsohne weder Zauberer, noch Hexer oder Sodomiter. Erschöpft wandte Johann sich an Anna: «Was bräuchte es, um euch zu überzeugen, dass das alles nicht wahr ist?»

Annas Blick war hilflos, sie zuckte die Schultern, wer mochte sich schon einem Gerücht entgegenstellen?

«Keine blasse Ahnung, ja? Nun, ich werde euren verblödeten Zürchern beweisen, dass nichts davon wahr ist. Nichts! Ich werde ein öffentliches Geständnis des Mörders gewinnen und euch allen zeigen, dass ihr Salomon zu Unrecht verdächtigt.»

Johann neigte vor der Witwe den Kopf und verabschiedete sich: «Habt Dank für Euer zuvorkommendes Gastrecht. Angesichts der Umstände kann ich kaum sagen, wie sehr ich diese Geste wertschätze.»

«Meister Zwicki. Wartet. Warum kommt ihr nicht am Sonntag nach der Kirche mit Salomon zum Mittagessen? Und mit Eurer Cousine. Bis dann werde ich mehr in Erfahrung gebracht und auch mein Gedächtnis durchforscht haben, wer sich um das Haus geschlichen haben könnte.»

Mit Mühe schluckte Johann den Kloss Rührung und nickte so herrschaftlich wie nur möglich: «Witwe Durysch. Meinen tiefsten Dank. Wir werden gerne kommen. Bis Sonntag also.»

Beim Hinausgehen warf er der Magd noch einen scharfen Blick zu, den sie zwar zurückhaltend aber nicht ängstlich zurückwarf. Gegen seinen Willen musste Johann lächeln, dieses Gebaren kannte er zur Genüge von seiner Cousine. Anna mochte blöd genug sein, auf Gerüchte zu hören, aber leicht einzuschüchtern war sie nicht. Nicht von einem mageren Glarner.

11. Kapitel.

In dem Mathis Hirzel unter Verdacht gerät.

FALLS DER JUNGE GLARNER von sämtlichen Sünden befallen sein sollte, Treulosigkeit konnte man ihm nun nicht anlasten. Natürlich mochte man Sturheit zu seiner Basiseigenschaft zählen – keine der lässlichen Sünden gemäss den Theologen, da hatte Johann nochmals Glück gehabt. Um Salomon zu Hilfe zu kommen, benötigte er keinen Treueeid; die Tatsache, dass ihm als Gast unter dessen Dach Schutz gewährt wurde, war für ihn bindend genug, sich jetzt der Sache des Zünfters anzunehmen. Und seine Schuld zurückzuzahlen.

Für Salomon wiederum zählte im Moment nur dieses: er würde den Grausamkeiten nicht schutzlos ausgeliefert sein, nicht dieses Mal. Nicht wie damals, als er kaum älter als Johann jetzt seine gesamte Familie hatte zu Grabe tragen müssen. Seit dieser Zeit durchschnitt ihn ein schwärender Riss und teilte ihn in zwei verkrüppelte Seelenteile; lediglich arroganter Stolz hielt ihn aufrecht, hatte ihn zu herrschaftlichem Stein erstarren lassen. Kein Wort des Dankes kam ihm über die Lippen, als Johann nun ganz selbstverständlich, ja, ohne weiter nachzudenken, das Ruder übernahm, damit das Dreier-Schiff durch die tückischen Wellen fand.

«Es gibt keinen anderen Ausweg. Wir müssen unbedingt beweisen – öffentlich beweisen –, dass du absolut unschuldig bist. Und zwar an den Toden wie auch an möglicher anderer Gottlosigkeit in vielfältiger Art, die Bestimmtes beinhalten mag.»

Unbefriedigt überdachte Johann seine Aussage und fuhr dann mutig weiter: es gab nichts, was er weniger mochte, als unvollständige Sätze und halbe Bedeutungen: «Ich meine: unschuldig an den Verbrechen, die man dir insgeheim vorwerfen mag. Ich meine natürlich nicht unschuldig im theologischen Sinne … oder in einem anderen …»

Das Grinsen des Zürchers war anzüglich geworden, Johanns puritanische Empfindsamkeit liess ihn verstummen, sein Mund klappte prüde zu. In Ordnung, dann würde man halt für ein Mal die Aussagen nicht vollkommen klar formulieren.

Wie schon so oft zuvor sassen die zwei Glarner und der zürcherische Gerichtsschreiber in der Stube Salomons, gewärmt vom grünen Kachelofen und von kostbarem Strassburger Wein. Auch wenn derzeit weder Salomon noch Cleophea dem Schutz des Hauses noch trauten. Beide würden ihre Messer nun stets bei sich tragen, selbst in der Schlafstatt. Und beide waren wild entschlossen, jedem, der sie in Zukunft ein bisschen schief ansehen würde, so viel Schaden wie möglich zuzufügen.

Die drei schoben klägliche Reste der gelben Safranküchlein und des zimtsüssen Apfelmuses auf den Tellern herum, fingerten an ihren Kristallgläsern. Viel war von dem Essen nicht übrig, denn insbesondere Johann und Cleophea hatten in ihrem bisherigen Leben nichts anderes als Entbehrung gekannt. Bevor sie letzten Herbst in Salomons reiches Haus und unter seine Grosszügigkeit gekommen waren, hatten sie ständig bitteren Hunger gelitten; normalen Hunger so wie die meisten Menschen. Schliesslich waren die Zeiten ausgesprochen hart, die Winter eisiglange und schwerwiegenddüster, des Öfteren lag noch bis weit in den Frühling Schnee, der Felder und gar Rebberge vernichtete. Die Gletscher wuchsen in beängstigendem Masse weit in die Täler hinein. Die Ernten fielen in den überwiegend nassen Wettern äusserst mager aus, kaum war genug Getreide da, um alle zu ernähren. Selbst wenn die Bevölkerung regelmässig von Pest- und Blatternzügen reduziert wurde, war nie genug da. Selbst wenn nur gerade einmal jedes zweite Kind seine Konfirmation erlebte.

Endlich blickte Salomon von seinem Teller auf und verknotete seine Hände in der neumodischen Serviette. Angestrengt dachte er nach, sichtbar; sein Blick fiel auf Cleophea. Sie erwiderte das stumme Zwiegespräch, liess ihn zu einer Schlussfolgerung kommen, worauf Salomon endlich Johanns Vorschlag kommentierte: «Du hast Recht. Ich werde etwas unternehmen müssen. Ich hatte überlegt, für immer nach Basell zu ziehen. Aber ich bin gerne in Zürych. Ich werde mich nicht vertreiben lassen.»
Heftig stiess er den angehaltenen Atem aus: «In Ordnung. Dann sind wir also wieder dabei, ein Rätsel zu entwirren. Nur, dieses Mal ist es mein Rätsel, nicht eures wie im Herbst.»
Johann fiel ein und zerstörte nicht gern Hoffnungen: «Es ist leider mehr als nur ein Mord passiert. Da oben gab es viele Schichten Blut, einiges davon alt. Das kann nicht nur von einem Menschen stammen. Selbst wenn jemand länger hier gequält worden sein sollte. Das geht einfach nicht. Aber das wird zu kompliziert, ich schlage vor, mit dem neuesten zu beginnen. Das wird wohl nur ein Tod eines Menschen sein. Das reicht ja auch.»
Johanns Gedanken schweiften ab, hin zu Salomon. Er war offensichtliches Ziel dieser blutigen Attacke, welche Erklärungen mochte es für diese Zielgerichtetheit geben?
«Vielleicht hat sich ja jemand hier selbst das Leben genommen? Eine Frau hat sich aus Gram, dass du sie verschmäht hast, hier entleibt und schiebt dir so die Schuld daran zu.»
Dröhnend, unangebracht gutgelaunt brach Salomon in Gelächter aus: «Danke für die Aufheiterung, mein komischer Freund. Das ist ein ziemlich ungemütlicher Gedanke.»
In Johanns Empfinden überflüssiger Weise zwinkerte der schöne Zünfter Cleophea zu und fuhr kopfschüttelnd fort: «Aber nein, ich habe keine arme Maid verführt, sie benutzt und ihr das Herz gebrochen. So ein Verhalten ist ehrlos, wie du sehr gut weisst. So etwas tue ich nicht. Nein, nein, das Blut muss von einem Mord stammen. Schliesslich entfernten die Mörder die Leiche.»

Da gab eine leicht errötete, aber des Denkens nicht unfähige Cleophea etwas Weiteres zu bedenken: «Was, wenn es weder Mord noch Selbstmord war? Was, wenn all dieses Blut gar nicht von einem Menschen stammt und diese Sache zu genau diesem Zweck angeleiert wurde, der sich daraus ergeben hat? Verleumdung und Hass gegen Salomon. Man könnte gut Blut von einem Tier hierher bringen und es grosszügig verschütten, an die Wände klatschen, auf dem Bett verteilen. Wie sollten wir einen Unterschied feststellen? Blut ist Blut, rot, sonst nichts.»

Die beiden Männer betrachteten ihre rothaarige junge Begleiterin mit Achtung. Darauf waren sie nicht gekommen.

«Das ist ein paar Überlegungen wert! Also: jemand drang hier ein, verwüstete Salomons Schlafzimmer, überschwemmte es mit Tierblut und forderte damit heraus, dass sich die Stimmung Zürichs endgültig gegen ihn wandte. Das war ja nicht besonders schwierig. Salomon hatte es bereits vorher geschafft, sich mit allen zu verkrachen. Sein Lebensstil ist aussergewöhnlich genug. Seine Familiengeschichte ist es ebenfalls. Zudem sind alle tot, der Sippenschutz dahin. Was man seinem Vater an Achtung entgegengebracht haben mag, ist nicht lang über seinen Tod hinweg lebendig geblieben. Salomons eigene Lebensart ist für die Gemeinschaft nicht nachvollziehbar. Mit seinem widerständischen, wohl seltsamen Verhalten könnte er gut und gerne eine ernsthafte Gefahr darstellen. Sein befremdendes Dasein könnte Gottes Zorn herausfordern, damit Krankheiten und Unglücksfälle provozieren und die Gemeinschaft ins Elend stürzen.»

Schon während des überlegenden Redens nickte Johann nachdenklich – überhörte Salomons gemurmelte «Jetzt ist's aber genug!» – und fuhr fort: «Das klingt durchaus überzeugend. Aber eine solch krumme Arbeit muss aufwendig und waghalsig sein: Blut im Abstand von mehreren Tagen in das Haus zu bringen, kann nicht unbeobachtet vor sich gegangen sein. Falls es sich so zugetragen hat, müssen wir wissen, wer will, dass du aus dem Weg geräumt wirst, Salomon. Entweder durch ein Gerichtsverfahren oder noch viel besser durch Verleumdung. Wer hat die Möglichkeit für diesen Aufwand und wer hat Interesse an einem solchen Wagnis? Wer ist dafür mutig oder verzweifelt, gemein, rachwillig genug?»

«Mathis Hirzel.»

Sowohl Johann wie auch Cleophea hätten alles Wertvolle gewettet, dass die erste Antwort Salomons die Nennung des Namens seines Schwagers sein würde.

«Natürlich», Johann war nicht überzeugt, aber er spielte vorläufig mit: «Lasst uns das durchdenken.»

Wie so oft übernahm Cleophea seinen Gedankenfaden und spann ihn für Salomon weiter: «Also. Du bist überzeugt, dass dein Schwager die Schuld am Tod deiner Schwester und ihrer Tochter trägt.»

«Und an meinem Vater. Und an den Vettern Jakob, Ueli und Hanns.»

Leise seufzend fuhr Cleophea ergeben fort: «Herrgott! Er hat also deine Familie ins Grab gebracht. Vor etlicher Zeit, vor drei Jahren, um genau zu sein. Warum verleumdet er dich erst jetzt? Warum dich nicht einfach töten? Warum hat er so lange gewartet?» Sie wollte nicht grausam sein, aber es blieb nichts weiter übrig: «Was hat er von all den Toden?»

«Er ist einfach nur böse.»

«Schliessen wir dieses vorerst einmal aus. Es ist zu schlicht. Ausserdem habe ich ihn kennen gelernt, er fühlt sich nicht durch und durch schlecht an. Für so viele Morde aber müsste es handfeste Gründe geben. Sonst könnte er ja einfach irgendjemanden abschlachten, da braucht er sich nicht an seiner Familie zu vergreifen, was ihn unverzüglich in Verdacht bringt. Unbekannte zu ermorden hat er augenscheinlich nicht getan. Er müsste also etwas durch den Tod deiner Familie zu gewinnen gehabt haben. Erbt er?»

Salomon schüttelte verneinend den Kopf, verzog grimmig das Gesicht: «Damals nicht und heute auch nicht. Das werde ich verhindern. Von der Familie habe ich alles geerbt. Sollte ich heute sterben, wird das Geld an … andere Leute gehen. Dafür habe ich schon gesorgt.»

Johann richtete seine Aufmerksam auf das Stocken in Salomons Rede, aber bevor er danach fragen konnte, fuhr Cleophea fort: «Wenn er nicht vollkommen den Geist verloren hat, dann ist es eher unwahrscheinlich, dass Hirzel für diese Morde verantwortlich ist und dafür, was dir jetzt passiert. Ich bin überzeugt, dass jemand, der geradeaus tötet, nicht plötzlich den Stil ändert und sich auf ausgeklügelte Verleumdung verlegt. Sollten wir also davon ausgehen, Hirzel hätte deine Familie ermordet, dann kann er nichts mit der Verleumdung zu tun haben. Sollte er diese Verleumdung ausgearbeitet haben, dann hat er wohl nichts mit den Toden in deiner Familie zu tun.»

Salomons Reaktion war alles andere als gelassen, warnend ballte er die Faust Richtung der Näfelserin. Sie senkte kampferprobt den Kopf und enthüllte ihre zu langen Reisszähne in einer ebenso drohenden Grimasse, ihre Augen versprühten Gift; sie sah umso gefährlicher aus, weil ihr Gesicht mit blauen Flecken und roten Kratzern übersäht war. Johann sprang wie üblich ein, das Blickegetümmel zu besänftigen.

«Die Überlegungen Cleopheas sind logisch. Man könnte immer noch einzelne Punkte relativieren. Lass uns noch weiter denken.»

Es schien unmöglich, die zwei voneinander loszureissen, ihre Blicke waren starr aneinandergekettet, so wandte Johann das einzige Mittel an, womit er Salomons Aufmerksamkeit erlangen konnte: «Ich habe noch Hunger.»

Auf diese dreiste Lüge hin fuhr Salomon herum, wie von einer glühenden Folterzange gerissen, und rief entsetzt: «Unmöglich! Dann musst du noch schwarzes Mus essen!»

Der Gastgeber rannte auf und davon, in seiner Küche gedörrte Zwetschgen und Äpfel zu schneiden, im Wein aufzukochen, das Weichgekochte dann mit harten Brotbröseln zu

verfestigen und mit Zimt und Zucker zu versüssen. Schelmisch zwinkerte Johann unterdessen in der Stube seiner Cousine zu, worauf sie ihn wissend anlächelte und sanft meinte: «Das war unglaublich hinterhältig. Aber du wirst deiner gerechten Strafe nicht entgehen: du wirst mindestens zwei Teller voll davon essen müssen.»
Sie lachte laut, als Johann erbleichte.

12. Kapitel.

In dem Cleophea eine erste Spur findet und Johann der seinen nicht folgt.

DIE BUSSE WAR MEHR, als Johanns Magen vertragen konnte. Er glaubte zu sehen, wie sein Bauch sich wölbte wie jener eines vollgefressenen Reichen. Das Denken fiel ihm zwar schwer, aber auf die auffordernden Blicke seiner Mitbewohner hin legte er matt den Löffel weg und fuhr langsam fort, erneut das Rätsel in fassbare Portionen aufzubrechen.
«Hier stehen wir also. Es reduziert sich vorerst einmal darauf, die letzte Leiche zu finden – überhaupt eine Leiche zu finden. Dann wissen wir, ob es einen Mord oder nur eine Verleumdung gegeben hat. Wo deponiert man in der Stadt Leichen?»
Ob der leichtfertigen Frage bekreuzigte sich Cleophea und sie murmelte ein kurzes Gebet zum Schutz verstorbener Seelen. Sowohl Johann wie auch Salomon betrachteten sie abfällig: was diese Katholischen immer für ein Theater machen mussten! Das würde ihnen in ihrer Reformiertheit nicht passieren.

Salomon war gleich ins reformierte Umfeld hinein geboren worden, während Johann als kleines Kind die Konversion seines Vaters mitgemacht hatte. Der katholische Zweig der Zwickis, der in Näfels wohnen blieb, hatte den Abfall von Johann dem Älteren mit Entsetzen, Empörung, Abwehr wahrgenommen. 1590 hatte dieser seine kleine Familie gepackt und war demonstrativ ins Nachbardorf Mullis gezogen, um zu verdeutlichen, dass er mit der alten Lebens- und Glaubensweise brach. Er wusste sich und die Seinen im neuen Glauben sicher. Diese weittragende Entscheidung lag gerade einmal sieben Jahre zurück, der Riss durch die Sippschaft jedoch war noch so blutig wie eh und je. Bestimmt würde dieses misstrauische Zerwürfnis noch 400 Jahre lang anhalten.
Johann war glücklich, diesen Zwistigkeiten für den Moment entkommen zu sein, er biss sich um einiges lieber an seinem Abenteuer in der grossen Stadt fest: «Item: wo findet man in Zürich Leichen, die niemandem gehören?»
«Wieso gehst du davon aus, dass der hier Gemordete jemand war, der unbekannt und unvermisst ist?»
«Guter Einwand, Salomon. Also: wir werden herumfragen, wer vermisst wird und ob er eine Verbindung mit dir hat.»
«Uff. Das wird kompliziert.» Theatralisch wischte sich Cleophea unsichtbaren Schweiss von ihrer Stirne mit den blaugrünen Beulen: «In dieser riesigen Stadt mit 8'500 Einwohnern ist es sicher unglaublich schwierig herauszufinden, wer vermisst wird. Und wer tot ist. Ausserdem hat Salomon sicher die meisten davon einmal vertäubt.»
«Nicht kompliziert», der Zürcher kannte sich selbstverständlich aus und ignorierte die weibliche Stichelei: «Alle Tode werden sorgfältig in Sterberegistern aufgeführt.»

«Aber», Johann schüttelte den Kopf, «aber diese Leiche wird doch kaum jemand dem Zürcher Regiment melden. Wie willst du erklären, dass du da so rein zufällig einen blutleeren Körper hast? ‹Hoppla, Meister Todeslistenführer, dieser Mensch hier ist mir dummerweise ausgeblutet. Blödes Missgeschick. Bitte schreibt ihn in Eure Sterbeliste.› Wohl eher nicht.»

Salomons widerwilliges Lächeln zeigte sogar etwas wie Wärme; leichtherzigem Humor begegnete er selten, er war auch nicht fähig, ihn zu produzieren. Dies bedauerte er sehr und er genoss die aufblitzende Leichtigkeit seines jungen Freundes. Ein weiterer Grund, dem freundlichen Glarner Gast im Falle des eigenen Ablebens das gesamte von Wyss'sche Vermögen zu hinterlassen.

«Ihr zwei könnt einem wirklich auf die Seele drücken. Wo habt ihr nur so geschliffen zu denken gelernt? Es muss der Zürcher Einfluss sein. Bestimmt hat die Stadt eure Sinne geschärft.»

Cleophea verdrehte die Augen und versuchte ihrem Gedanken zu entkommen, der irgendwie aus ihrem warmen Innern zu kommen schien. ‹Du hast nicht die geringste Ahnung, welche Sinne du in mir geschärft hast.› Vergeblich verliebt seufzte sie, laut genug, um Johann auf sich aufmerksam zu machen. Der lieferte Salomon hastig eine Antwort, bevor dieser sich seinen weiblichen Gast zu nahe betrachtete und unerwünschte anzügliche Schlüsse zog. Er dozierte: «In gewisser Hinsicht hat sich unsere Aufmerksamkeit neu orientiert. Wir haben gelernt, auf Lücken in Aussagen zu achten, auf bestimmte Wortwahlen, was bisher eher unwichtig war. Anders als beim Heuen oder bei der Stallarbeit, im täglichen Handwerk. Die Geschichte mit der Nonne wider Willen hat uns einiges Neues gelehrt.» Selbstsicher breitete Johann seine Schultern aus und hob das Kinn: «An diese neu erworbenen Fähigkeiten werden wir anknüpfen, lasst uns also keine Zeit verlieren. Wir, Cleophea und ich, gehen aus und fragen nach Personen, die verschwunden sind. Cleophea wird die Marktfrauen aushorchen. Ich kümmere mich um die Männer in Winkelwirtschaften und berechtigten Gasthäusern. Wenn wir Glück haben, wissen noch nicht zu viele Leute von unserer Verbindung mit dir. Andernfalls würden sie sicher nicht mit uns sprechen wollen.»

Ausgesprochen gescheit, der Plan, noch um einiges vielschichtiger, als Johann wortreich von sich gegeben hatte. Die aufgezeigte Vorgehensweise würde Cleophea von Salomon fernhalten und die beiden Glarner wiederum würden sich als hilfreich erweisen: dem Zünfter ihre Gastschuld zurückbezahlen. Und Salomon war weg von den Strassen, wo nur Schlechtes passieren konnte. Dabei dachte Johann nicht einmal so sehr an von Wyss' Sicherheit, sondern an die Unversehrtheit aller anderen. Alles in allem: ein ausgesprochen sinniger Plan. Das musste Johann bei aller Bescheidenheit zugeben, er klopfte sich in Gedanken auf die Schulter. Seine zwei Mitbewohner betrachteten ihn mit stoischer Gelassenheit und mit etwas wenig Dankbarkeit, wie es Johann dünkte. Für einmal liess er es ihnen durchgehen.

Cleophea zog ihren dunklen Rundmantel an – ein gerne angenommenes Geschenk eines söldnerischen Onkels, aus fremden Kriegslanden nach Hause gebracht, zweifellos einem Unglückseligen geraubt, gefleddert. Damit konnte sie ihr notbehelfsmässig geflicktes, abgeschabtes, fleckiges Kleid mit dem eckigen Ausschnitt über dem alten Hemd verstecken. Dieses stets getragene Kleidungsstück wurde zunehmend enger an den Hüften und über der Brust, es spannte auch an den Oberarmen. Cleophea wuchs aus dem von einer Cousine geerbten Gewand heraus, ihre gesunde Lebensweise in Zürich und ihr fortschreitendes Wachstum würden bald keinen Platz mehr in dem mattgrünen Stoff finden. Von Salomon hatte sie vor wenigen Wochen ein wunderbares, weiches, kostbares, blaugrünes Oberkleid und ein blütenreines Unter-Hemd erhalten. Beim Heiligen Fridolin!: ein gutsitzendes Gewand!
Sie hatte es niemals mehr getragen. Es war unmöglich. Denn der von Wyss'sche Junker hatte ihr überdeutlich ihren Platz in der Gemeinschaft gezeigt – sie war und blieb eine katholische Söldnertochter aus einem engen Tal, er war und blieb ein reicher mächtiger Zünfterssohn, dem alle Tore der Welt offenstanden –, er hatte damit ihre Hoffnungen versenkt, ihre Seele mit brutalen Fäusten in kleinste Fetzelchen zerbröselt. Hatte ihrer Verliebtheit ein Ende gesetzt.
Dies musste Cleophea auf jeden Fall glauben. Das ausgelassene Herzklopfen bei seinem blossen Anblick, die Kapriolen ihres Innersten beim Klang seiner Stimme waren unwesentliche Details. Unwesentlich.
Ganz bestimmt.

⚜

Ihre Aufgabe führte Cleophea an die Marktgasse, wo – nicht weiter erstaunlich – Marktstände standen. Mit den handfesten Händlerinnen kam sie leicht ins Gespräch, sie wusste, wie sie da zu reden hatte. Die erste, deren Hühner etwas mager aussahen, wusste nichts von verschwundenen Personen, aber sie wusste mit Bestimmtheit, dass ihre Eier die besten von ganz Zürich samt Landschaft waren. Cleophea lächelte höflich und kaufte der listigen Geschäftsfrau ein paar ab. Salomons Geld war schliesslich unerschöpflich und morgen Früh musste es Spiegeleier geben – «Stierenaugen» wie Salomon sie nannte. Cleophea gab sein Geld ohne schlechtes Gewissen handvollweise aus.
Das zweite Marktweib, das vielerlei Gemüse anbot, vermisste sehr wohl jemanden. Ihr Knecht war nicht wiedergekommen, gestern Nacht. Er war wohl in eine der bekannten Zuotrinketen der Zürcher gefallen und fand jetzt den Weg nicht mehr aus der Belämme-

rung. Es war deutlich, dass den Knecht einiges Unschönes erwartete, sollte er zu seiner Meisterfrau zurückkehren.

Cleophea schlenderte von Stand zu Frau und von Händler zu Magd. Sie überquerte sogar ein weiteres Mal den glitzernden Fischmarkt, der sich so nahe an Salomons Heim ausbreitete – Cleophea hasste Fische, sie betrachtete sie als verzauberte Würmer. Ausgesprochen hässlich, dabei nicht wohlschmeckend und eben so wenig sättigend, auch bei stetem Hunger hatte sie jeweils daheim wenig davon gegessen. Es war irgendwie nicht richtig, etwas zu essen, dass aus so dunklen feuchten Tiefen kam. Da konnte sie sogar ignorieren, dass der Heiland ein Fischer gewesen war – ein Menschenfischer, wie allgemein bekannt war. Die Glarnerin war froh, wurden am Fischmarkt keine Menschen vermisst.

Als nächstes sprach sie Handwerker an, die am Lindmagufer ihren Tätigkeiten nachgingen, sie fragte Metzger, Küfer, Färber, Gerber. Sie alle hatten keine Zeit, lange mit der Auswärtigen zu sprechen, solange die nichts kaufte. Jungen Männern, die ihre Fragen zum Anlass nahmen, sie zu anderen Abenteuern beschwatzen zu wollen, kehrte sie jeweils ziemlich rasch den Rücken zu. Das war nicht der richtige Zeitpunkt um zu schäkern, obwohl sie das Spiel gerne mochte.

Jene blaulippigen Frauen, die auf den Waschflössen in der Lindmag hastig ihre vorher in heisser Lauge eingeweichten Waschstücke spülten, liessen sich ebenfalls nicht lange von der Arbeit abhalten, dafür war es zu kalt; sie rieten der neugierigen Rothaarigen jedoch, im Waschhaus beim Rennwegtor nachzufragen. Sie selber waren beschäftigt, miteinander zu schwatzen, lenkten sich von der eisigen Luft und dem ebensolchen Wasser ab, so dass sie keine Fragen bezüglich Vermissten beantworten mochten.

Aber Cleophea liess sich nicht entmutigen, so sperberte sie auch noch in einzelne Handwerksbetriebe, die in Buden, Kellern und unter Lauben untergebracht waren. Aber lediglich der Schüssler wurde ausgesprochen gesprächig, als die unverheiratete junge Rothaarige bei ihm anklopfte; aber nicht so, dass er seine Arbeit – das Herstellen von hölzernen Schüsseln und Tellern – gänzlich aus den Augen verloren hätte. Immerhin: man konnte an der Drehbank sitzen, ein Holzstück drehen und gleichzeitig mit einer Frau karisieren.

Für die junge Glarnerin ergab sich trotzdem nicht ausgesprochen viel an Informationen über Verschwundene. Natürlich befanden sich ein paar Menschen nicht, wo sie sollten, aber wie mochte sie herausfinden, ob denen etwas Böses zugestossen war? Konnte Cleophea es wagen, in ein paar Tagen nochmals nach den Fehlenden zu fragen? Sie würde es mit Johann und Salomon besprechen.

Zur gleichen Zeit drückte sich Johann flach an die Wand einer düsteren Winkelwirtschaft und versuchte möglichst, nicht zu atmen. Ein finsterer Geselle bedrohte ihn. Finster und hässlich wie die Nacht. Johann empfand galligsten Ekel und wich zurück, nicht so sehr vor Gefahr, sondern eher noch vor Widerwillen, seine Augen mit der Abscheulichkeit zu beschmutzen.

«Was int'ressierst Du'n dich für Verschwunne?», knurrte der abstossende Kerl schwerverständlich. Und ohne dem Fragenden eine Chance zur Antwort zu geben, nuschelte er fort: «Davon weischi nix. Un' es wär' besser, wenn'u au' nix davon wiss'n tä'st. Kann g'fährlich sein.»

Ohne Vorwarnung schlug er zu, erstaunlich behende, erstaunlich flink, quer über den Tisch. Kelche knallten auf die Tischfläche, Wein floss wie Blut. Die Faust hinterliess in Johanns Nase ein knackendes Geräusch. Verspätet riss der Glarner die Hände hoch und fing immerhin den zweiten Faustschlag ab, aber schon griff sich der scharfe Zürcher Johanns Wams mit beiden Händen und zog ihn zu sich über die Tischplatte herüber. Das Gesicht ganz nahe.

«Wennu kein' Ärger willst, 'n fragst nich' weiter!»

Zur Unterstützung der Worte schüttelte der knorrige Mann Johann kräftig und spuckte ihm ins Gesicht. Als Johann nach dem Messer am Gürtel fummelte, drehte die hässliche Kröte sich weg, vollführte die Drehung aber nicht nur halb, sondern wandte sich in einer raschen Kreisbewegung wieder zum jungen Glarner um und verpasste diesem eine schmerzhafte Ohrfeige. Johanns Kopf pulsierte dröhnend, als er mit der rechten Kopfseite an die harte Holzwand krachte, er liess den Dolch stecken und tauchte, weiteres Unheil vorausahnend, unter den Tisch.

Der seltsam schnelle, seltsam angeschlagen wirkende Mann war verschwunden, als Johann wieder über die Tischkante luchste. Er begegnete lediglich wahlweise amüsierten oder angewiderten Blicken von anständigen Zürcher Bürgern. Die sich jedoch nicht die Mühe nahmen, Spielkarten hinzulegen oder Gläser abzustellen, um dem Angeschlagenen zu Hilfe zu kommen. Zu alltäglich, Schlägereien.

Zu wenig Blut, dieses Mal.

⋰⋱

Verwirrt atmete der junge Suchende tief ein, wischte sich eigenen Schweiss, eigenes Blut und fremde Spucke vom Gesicht und zog sein Wams gerade. Als wäre er unberührt, stolzierte er aus der Gasthaustür an die feuchte Eisesluft. Dort erst tastete er nach seiner Nase und rüttelte ein wenig an ihr. Sie wirkte ungebrochen. Johann legte seinen heissen Kopf in den Nacken, liess das Blut in den Rachen laufen und spuckte hin und wieder roten Blutschleim in den unschuldigen Schnee. In der Kälte des Winters begann die Hitze seines Kopfes rasch zu verglühen und sein Geist rannte jener einmaligen Erkenntnis nach, die ein kleiner Teil seiner Aufmerksamkeit während der Begegnung erfasst hatte.

Bei Gottes fünf Wunden! Er konnte sich nicht erinnern. Aber er wusste, dass er einen Fadenanfang gefunden hatte. Oder hatte er einen Betrunkenen einfach am falschen Tag, zur falschen Stunde erwischt?

Hart hieb sich Johann mit der flachen Hand an die Stirn und brachte damit seine Nase erneut zum Bluten. Während er sie mit einer Hand voll Schnee abwischte und den Knick des Nasenrückens kühlte, verfluchte er seine tauben Sinne. Er hatte nicht daran gedacht, dem Betrunkenen zu folgen! Wie einfach wäre das gewesen, er hätte dessen Zufluchtsort, seinen Auftraggeber, einen Namen gefunden. ...

Vorausgesetzt, dieser Betrunkene war nicht selber der Bösewicht, der Salomons Bett mit Blut durchnässt hatte. Aber nein, dieser Kerl war wacklig auf den Beinen gewesen, sein Gesicht war irgendwie zerfurcht und verknotet gewesen. Er hatte nicht besonders schlau gewirkt. Er hätte wohl kaum einen verleumderischen Aufstand in Salomons Rüdenquartier herbeiführen können.

Nachdenklich kehrte Johann zum Zünfterhaus zurück. Zum allerersten Mal musste er sich nicht nach dem Weg erkundigen und er verlief sich noch nicht einmal auf dem Weg zurück «Zum Störchli». Dies nahm er als gutes Omen und hoffte, dass das Haus nicht allzu sehr von den Kümmernissen Cleopheas und Salomons erfüllt war.

Er war stark. Manchmal jedoch hatte er auch genug von Schmerz und Kummer. Aber dann wiederum: das Leben war nun einmal ein einziges Jammertal. Es war so gestaltet, dass man die himmlischen Freuden nach dem Tod besser zu schätzen wusste. Eine absolut einsichtige Sache. Denn der Liebende Gott durfte seine Geschöpfe nicht aus einfacher Freude an der Qual plagen. Das ständig mühende Leid lag einfach an der schieren Sündhaftigkeit der Menschen an und für sich.

Als um acht Uhr des Grossen Münsters Betglocke mahnend erklang, trat Johann in Salomons Haus.

13. Kapitel.

In dem ein ganz neuer Befehlston angeschlagen wird.

FÜR EINMAL KAM NUR eine fleischlose Pastete auf den Tisch, sie war an den Rändern angebrannt und ungewürzt. Salomons Kummer musste ablenkend gross sein, er legte keinerlei Achtung in die Zubereitung seiner Speisen. Der Gastgeber selber verhielt sich wie ein alter Mann, dessen junge Frau zusammen mit den Kindern an der Pest gestorben war.
Seine bedrückende Niedergeschlagenheit verdeutlichte Cleophea, wie mit ihnen umgesprungen worden war, dass die Zürcher Gemeinschaft sie verachtete, ja hasste. Nachdem sie sich, von der Befragung zunächst aufgestellt, auf den Heimweg gemacht hatte, war sie ausgerechnet jenem Mann begegnet, der sie am Brunnen so derb gestossen hatte und damit war ihre erniedrigende Begegnung mit der Menschenmeute in Salomons Haus wieder aufgelebt. Die Kratzer an ihren Armen brannten plötzlich erneut wie heisses Öl, jetzt in der Stube hielt sich die junge Glarnerin nur noch krampfhaft aufrecht. Gerade so. Johann konnte spüren, wie viel Kraft es sie kostete. Aber ums Verderben hätte sie nicht zugegeben, wie sehr sie die brutale Menschenmenge verstört hatte. Johann atmete Kraft. Er entzündete Salomons kostbare Wachskerzen, setzte sie in vielarmige Leuchter. Seine Gesten und sein Geist sandten Wellen von Wärme und Sicherheit in den Raum. Er tat alles, was in seiner Macht stand, seine Schützlinge zu beruhigen. Er nahm seine Rolle als Hirtenhund ernst.
Festhalten, festhalten am Rätsel. Wieder einmal hielt ein Unheil die drei zusammen. Und jeden aufrecht. Johann wandte dies als Sinngebung an, sobald er gewahr worden war, dass es dieses Knobeln am scheinbar Unlösbaren war, das Elan in ihrer aller Leben brachte.
«Helft mir», meinte er unvermittelt zu seiner Cousine und seinem Gastgeber: «Ich komme nicht weiter. Ich habe euch von der Begegnung im Wirtshaus erzählt. Was haltet ihr davon?»
«Scheint mir keine normale Auseinandersetzung mit einem Betrunkenen gewesen zu sein. Irgendetwas ist da seltsam.» Salomon rieb die stets tintenverschmierten Finger der Rechten über das reine Tischtuch. Glättete unsichtbare Falten. «Irgendetwas geht da nicht auf.» Er schloss die Augen in Konzentration: «Für einen Betrunkenen hat er dir ganz schön präzise eins ausgewischt. Zwei, um korrekt zu sein. Du hast dich nicht gewehrt, die Schläge nicht abgewehrt. Du warst zu langsam.»
Hitzig fuhr Johann auf. Wütend, dass seine männliche Kampfkraft in Frage gestellt wurde. «Er war schnell! Und es kam völlig unerwartet. Es gab keine Vorwarnung, keine Beleidigung, kein sichtbares Drohzeichen. Er haute einfach drauflos. Völlig ehrlos!» Beim Aussprechen dieser Worte blinzelte Johann, verwirrt und die Erkenntnis kam wieder zurück zu ihm: «Er war schnell! Viel zu schnell für einen Betrunkenen. Und was mehr! Er roch nicht

nach einem Betrunkenen. Als sein Gesicht nur wenige Fingerbreit von meinem entfernt war, da roch ich nichts. Keinen abgestandenen sauren Alkohol! Was heisst das?»
Die Freude, etwas Wesentliches entdeckt zu haben, wich erneuter Verwirrung.
«Das beweist, dass der Mann wohl genau verstanden hat, was du suchst. Es heisst, dass er Teil der Geschichte ist.» Cleophea war rasch im Nachvollziehen und ebenso rasch in ihrem Urteil. Letzteres blieb meistens sehr lange unbeugsam. Wenn es überhaupt je in Frage gestellt wurde.
«Ich treffe zufälligerweise gleich den einen Mann, der das Verbrechen hier im Haus begangen hat? Ich finde in wenigen Augenblicken sofort den Täter? Und dies im allerersten Wirtshaus, in das ich gehe. Und dies nach einer einzigen vage formulierten Frage? Scheint mir zu einfach.»
«Ach! Das ist ja wieder typisch für euch, ihr Reformierten! Immer müsst ihr's kompliziert haben! Warum sollte die Lösung nicht einfach und schnell sein? Meistens wird ein Mord vom offensichtlichsten Täter begangen. Gewöhnlich braucht man nicht einmal eine lange Befragung durch Marter. Ehemann bringt Ehefrau um. Frau bringt uneheliches Kind um. Strassenräuber bringt Pfeffersack um. Einfach, klar, übersichtlich.»
«Ich bitte dich! Ein Kerl, der sich in einer dunklen Wirtshausecke herumdrückt, hat ein derart tückisches Verbrechen wie dieses begangen? Wohl eher nicht. Der armselige Lump soll sich hier eingeschlichen, ein bis zwei Menschen abgestochen und eine Verleumdung angezettelt haben? Das glaubst du ja wohl selbst nicht.»
«Vielleicht war er ja nur ein Handlanger von jemandem, der nicht nur schlauer, sondern auch verschlagener ist. Jemand, der sich seine Finger nicht schmutzig macht und so umsichtig ist, einen anderen für seine Taten hängen zu lassen. Ein Zürcher Zünfter.»
Salomon war wieder einmal dort angelangt, wo seine Gedanken seit drei Jahren verweilten. Johann seufzte ergeben und hielt höflich seine Augen davon ab, sich schutzsuchend gegen den Himmel zu verdrehen. Er redete wie mit einem langsamen Kind, als er sich an den Junker wandte: «In Ordnung. Du meinst also, Hirzel stecke dahinter. Das überrascht mich nicht.»
Johann war unglaublich zurückhaltend, er erwähnte nicht, dass er langsam Nase und Ohren voll hatte von den unbewiesenen – den unbeweisbaren – Vorwürfen gegen Salomons Schwager. Sanft wandte er sich an den Gerichtsschreiber, aber seine Cousine kam ihm zuvor. Sie war nicht dezent, sie war nicht massvoll, keineswegs milde.
Sie spuckte wie eine besessene Katze: «Jetzt reicht's mir aber! Komm uns nicht ständig mit diesen alten Geschichten! Ja, ja! Ich weiss, es ist schlimm. Es ist grauenhaft, es ist unerträglich. Aber entweder beweist du uns endlich schlüssig, dass deine Vorwürfe gegen Hirzel auf Tatsachen beruhen oder du lässt uns ab sofort damit in Ruhe. Nein!»

Sie befreite ihren Arm aus Johanns ungenügend festen Griff und erstickte hitzig seinen Einspruch, seine beabsichtigte Dämpfung: «Nein, beim Heiligen Fridli. Er soll es hören. Es regt mich auf, dein Herumklönen, deine Verbitterung. Soll ich dir aufzählen, wer es alles schlechter als du getroffen hat? Ach! Die! Ganze! Welt! Jeder hat jemanden zu beklagen, ganze Familien werden ständig begraben und meist nach qualvollem monatelangem Hunger, wochenlangem Siechen. Und es bleibt den Sterbenden nur das Wissen, dass sie ihre Liebsten hinterlassen mit demselben Hunger, in denselben Krankheiten. Du kannst dich immerhin in deinem grossen goldenen Haus verstecken. Hinter deinen so heldenhaften Sagen von diesem Nibelung.»

«Du wagst es, ein Leid gegen ein anderes aufzuwiegen? Absurd! Ignorant! Dies zeigt nur, was für ein blöder Bauerntrampel du bist! Was für ein widerliches Anhängsel von verkommenen Söldnern. Was macht meinen Schmerz belangloser? Mein Geld? Meine Macht? Glaubst du nicht, ich würde lieber hungern, lieber frieren, auf Almosen anderer angewiesen sein, nur um noch einmal, ein einziges Mal mit meiner Schwester reden zu können? Um noch einmal das Lachen meiner Nichte zu hören? Das Poltern meines Vaters?»

«Ja, sicher», Cleopheas Lachen war höhnisch und ihre grünen Augen schossen verachtende Giftpfeile auf den schönen Zürcher. Es war jener berühmte Schierlingsblick, den Cleopheas Mutter so hervorragend praktizierte; offenbar hatte die Tochter ihn geerbt. «Sicher! Bis du merkst, dass Ingwer, Safran und Muskatnuss nicht in den Töpfen der Armenfütterung verteilt werden.»

Salomon war sich nicht zu schade, der Frau Gleiches mit Gleichem zu vergelten. Längst gab es keine Schutzzonen mehr, die unverwüstet waren.

«Nur weil du mich nicht haben kannst, brauchst du mich nicht zu beleidigen.»

⁂

‹Ich halt's nicht aus. Das halte ich einfach nicht aus. Es geht nicht. Ich kann nicht funktionieren in dieser Umgebung.› Johanns Gedanken griffen sich seine Seele und liessen sie nicht mehr los, geistiges Gift floss in seine Glieder, dumpfer Schwermut verstopfte seine Leichtigkeit. Gerade, als eine unwillkommene belastende Vision sich in seinen Kopf vorarbeitete, schüttelte er sich wie ein grosser Hund nach einem Bad in den schlammigen Untiefen der Lindmag. Wut hob ihn aus dem auf ewig freudlosen Matsch der schwarzen Galle. Feuer befreite ihn: «Ruhe! Jetzt habe ich aber genug! Hier sind meine Regeln. Ihr beide werdet euch an sie halten! Sie sind absolut. Nicht verhandelbar. Wir werden das Rätsel lösen. Wir widmen uns dem ganz nüchtern und ohne zu schreien. Wir werden gut zusammenarbeiten. Wenn alles erklärt ist, werden wir zwei ins Glarnerland zurückkehren und Salomon wird in Zürich weiterhin Gerichtsschreiber sein. Wir werden niemals mehr miteinander Kontakt aufnehmen. Dies ist unser letztes gemeinsames Abenteuer. Fertig.»

Ob es Erleichterung war? Hilflosigkeit? Unausgesprochener Widerspruch? Auf alle Fälle kehrte etwas Ruhe in den Raum zurück. Cleophea liess sich ins dumpfe Gleichgültige zurückfallen. Salomon in die klanglose Stille.

Johann war mit sich zufrieden. Wonnevoll konnte er sich an seine neue Rolle gewöhnen: an die des Feldherren. Er würde den zweien nun immer befehlen, was zu tun wäre. Das war sehr übersichtlich. Und weitere Gedanken zur Zukunft, so wie er sie formuliert hatte, würde er sich später machen. Es gab da noch zahlreiche Auswege, denn das Gute am Befehlshaber war ja, dass er sich nicht an die eigenen Instruktionen halten musste. Dies hatte Johann oft von seinen reislaufenden Verwandten gehört, so schienen die Regeln zu sein.

«Also: wir sind uns einig, dass der angeblich Betrunkene nicht betrunken war und dass er genau wusste, was ich wissen wollte. Ich muss ihn suchen. Ich muss wissen, wer er ist, was er weiss. Vorerst: wir gehen schlafen. Morgen nach dem Kirchgang sind wir bei der Witwe Durysch eingeladen. Danach sehen wir weiter.»

Ohne Widerspruch – ohne Worte – gingen alle drei zu Bett. Und es lag vielleicht auch an dem winterlichen harten Wind, der krachend an die Fenster prallte und die Zimmer steif vor Kälte werden liess, die kein Kirschensteinsack der Welt je erwärmen mochte, dass keiner gut schlief.

14. Kapitel.

In dem kirchlich gezeigt wird, was nicht angebracht ist.

DAS GROSSMÜNSTER an einem kalten Wintersonntagmorgen. Ganz Zürich auf den Beinen, meist in schwarz gehüllt – um anzuzeigen, dass Religion nichts Leichtfertiges an sich hat und schon gar nichts Freudiges. Dieser Tag musste ganz dem Herrn gehören, im demütigen Andenken an seine Schaffenskraft und seine guten Werke. Um das auch jedem klar darzulegen, dass man sich für den Morgengottesdienst in die Kirche zu begeben hatte, war die Obrigkeit so hilfreich, die Stadttore während dieser Zeit zu schliessen, um niemandem den blasphemischen Fehler zu erlauben, Zürich zu verlassen. Am Sonntag durfte kein Untertan arbeiten, niemand durfte einfach so herumspazieren, womöglich gemütlich herumstehen, Geschichten und Gerüchte erzählen oder gar die Andachtszeit dazu nutzen, andere zu einem Kartenspiel zu treffen.

Aber Menschen blieben Menschen, auch beim puritanischen Kirchgang. Eva und Adam. Ach, es musste doch gezeigt werden, was man besass, wen man kannte. Es war nur vernünftig, sich diese Ansammlung von praktisch ganz Zürich nicht entgehen zu lassen. Wann fand man sonst schon eine ganze Schar Freunde, Verschwägerte, Kunden auf einen Haufen? Natürlich gab es da diese Weisungen des zürcherischen Regiments, die regelmässig gedruckt, angeschlagen und von der Kanzel herab verlesen wurden. Sie befassten sich mit Tanz (sehr unchristlich), Geldspiel (äusserst unchristlich), Mode: Hosen im geschlitzten Stil (überaus unchristlich) oder Kindererziehung (Schlitteln, Springen von den Mühlrädern in die Lindmag, Johlen und so weiter waren zu unterlassen). Selbstverständlich gehörte zu den verbotenen Verhaltensweisen auch reden, schlafen oder Geschäfte machen während der sonntäglichen Predigt. Die Unermüdlichkeit dieser Verbotsveranlassungen zeugte nicht nur von der besonderen Strenge der Zürcher Obrigkeit, sondern vom störrischen Unwillen der Untertanen, diese zu beachten.

Davon war auf jeden Fall Salomon überzeugt. Wenn er nicht gerade mit seinen kleinen Gedanken beschäftigt war, dann konnte er sich darüber grossartig amüsieren. Diesen Morgen allerdings versuchte er, gegen sein Kopfweh anzukommen, seine Unterarme und Hände schmerzten ebenso reissend, es war ein altbekanntes Leiden. Er hatte im Schlaf die Zähne so heftig gegeneinander gebissen, dass sein Kopf sich verzog und zerrte. Von Bettgenossinnen war ihm schon oft gesagt worden, wie dämonisch seine Zähne in der Nacht knirschten und wie gewaltsam er die verkrampften Hände fest an den Oberkörper presste. Kein Wunder, dass sie sich nun wie hartes Eisen anfühlten, er hatte sie am Morgen kaum aufbrechen können. Und er fand – einmal mehr – keinen Trost in den salbungsvollen Worten des höchsten Zürcher Seelenhirten.

Selbst als der Tuchscherer Jacob Hottinger vor versammelter Gemeinde von der Kanzel herab wegen gotteslästerlicher Aussagen Abbitte leisten musste, machte Salomon das nicht froh. Kaum hörte er auf die dümmlich gestotterten, kaum hörbaren Worte des Sünders. So, dann hatte er im Suff halt den Teufel angerufen und einer seiner momentanen Konkurrenten war prompt in eine eisige Pfütze gefallen. Na, und? Reiner Zufall. Kein Grund, das Männchen der Kirchgemeinde zum Frass vorzuwerfen. Salomons Überzeugung war steinkalt und wurde von keinem Funken Glauben gewärmt.

Es zeigte sich immer wieder, dass jene aus dem Inneren der Eidgenossenschaft die Sache mit der Religion besonders ernst nahmen. Für Johann gab es keine Ablenkung, er horchte mit Inbrunst auf die Wahrheiten der biblischen Worte. Fast schien es Salomon, als sei extra für ihn das Grossmünster von allen farbigen Ablenkungen gereinigt worden. Mit der Reformation war das Grosse Münster völlig ausgeräumt worden, gesäubert sozusagen von allem Katholischen, jedes Bildwerk hatte weichen müssen. Steingrau gestaltete sich nun das Innere des Kirchenraumes, nichts zog die Aufmerksamkeit von den gesprochenen Botschaften Gottes ab.

Salomon war peinlich berührt, wenn Johann sich allsonntäglich mit brennender Intensität den Predigten des obersten Zürcher Pfarrers, der «Antistes» genannt wurde, widmete, kein Auge von ihm liess. Die Lippen in stummer Übereinstimmung bewegte, verzückte Blicke warf, die Hände faltete und innig ans Herz legte. Auch wenn das heute mit seiner blaurot leuchtenden Nase etwas deplatziert wirkte.

Dass die Predigt in Deutsch gehalten wurde, war eindeutig ein Pluspunkt. Johann konnte sich noch schwach erinnern, dass er als Kind immer schrecklich gerne gewusst hätte, was der Priester mit seinen lateinischen Mahnungen meinte. Niemand hatte es ihm jemals sagen können. Nachdem sein Vater sich für den reformierten Glauben entschieden hatte, glaubte er, seinem Ältesten einflössen zu müssen, dass der Priester jeweils die Einkaufsliste seines Haushalts vorlas. Angesichts seines Vaters ernster Miene war sich Johann lange nicht sicher gewesen, ob es sich dabei um einen Scherz handelte.

Die verständlichen Worte dieses Pfarrers gingen in Johanns Brust auf und er fühlte sich Sonntag auf Sonntag nach dem Gottes-Dienst randvoll erfüllt. Seit wiederum der Zürcher Pfarrer gemerkt hatte, dass da jemand unaufgefordert auf seine Predigt achtete, wanderten seine Blicke immer häufiger zum Glarner. Johann fühlte sich dadurch sündigerweise nicht wenig geschmeichelt und genoss das spezielle Zwiegespräch. Und wenn der Pfarrer wieder einmal verärgert einhalten musste, weil ein Hund zu laut bellte, dann nickte ihm Johann aufmunternd zu und die erhebenden Worte begannen wieder.

Da Salomon die anderen Zürcher prinzipiell mied – nicht erst, seit seine Nachbarn den heiligen Bereich seiner Wohnung vergewaltigt hatten –, dauerte es nicht lange, bis er und Johann wieder in seinem Haus waren. Sie holten Cleophea ab, die sich so schön wie möglich für den Besuch bei der vornehmen Zürcherin gemacht hatte – eine nicht einfache Sache, angesichts der Tatsache, dass sie nur dieses einzige Kleid besass. Aber Eitelkeit war sowieso für Reiche reserviert, deswegen studierte Cleophea auch nicht lange an diesen Mängeln herum. Sie band sich aber eine ziemlich weisse Schürze um und putzte alle Flecken von den Ärmeln. Um die Rocksäume kümmerte sie sich nicht: kaum im Schneedreck der Strasse, würden die sowieso wieder schmutzig.

Die Haustür der «Kerzen» wurde von derselben Magd geöffnet, die Johann mit ihrer Gerüchtegläubigkeit verärgert hatte. Deswegen warf er Anna einen scharfen Blick zu, sie reckte das Kinn trotzig und begegnete seinen Augen genauso energisch. Danach blinzelte sie zu Salomon hinüber und Johann ärgerte sich, dass sich ihre Gesichtsfarbe nun plötzlich etwas gegen das Rote neigte. Natürlich, der war schön, was war denn da schon dabei? Dies hatte Salomon sich nicht erarbeiten müssen, es war ein Gottesgeschenk. Nichts weniger – aber auch nicht mehr! Seinen unchristlichen Ärger hinunterschluckend, beeilte sich Johann, seine Cousine ins Haus zu ziehen. Er war nur ein ganz kleines bisschen grob.

Die Witwe Durysch war wieder in schlichtes Schwarz gewandet, sie bat die Gäste an ihren Tisch und sofort wurde das reichhaltige Essen hineingetragen. Cleophea hatte mit untrüglichem Gespür sogleich bemerkt, dass die vornehme Zürcherin sie nicht beachten würde, nicht einen Blick hatte sie auf Cleopheas kampfgezeichnetes Gesicht geworfen, abgelenkt von Wichtigeren. Von Männern. Die Witwe hatte sich sofort ausschliesslich an Johann und Salomon gewandt. Cleophea war sich eine solche Behandlung nicht gewöhnt – ihre roten Haare und die grünen Augen, zusammen mit ihrem vorwitzigen Benehmen reichten in der Regel dafür aus, die Leute auf sie aufmerksam zu machen. Eine Weile versank sie in beleidigtem Schweigen, aber da fanden ihre Gedanken schon einen neuen Weg: sie würde als unbeobachtete Beobachterin agieren. Sie würde sich einfach zurücklehnen und später zur Lösung beitragen, wenn ihr Wunderliches, Unlogisches, Bemerkenswertes aufgefallen sein mochte. Schliesslich war sie nicht zum Vergnügen hier und die Mahlzeit war zwar wohlschmeckend, jedoch lange nicht so prächtig und exquisit wie jeweils Salomons Essen.

«Nun, Salomon, ich muss Euch leider sagen, dass unsere Nachbarn entschlossen sind, Euch aus dem Weg zu räumen.»

Auf Salomons grimmiges Nicken und arrogante Handbewegung hin, fuhr die Witwe fort: «Ob Gesinde oder Herren, keiner würde für Euch in die Bresche springen. Ich glaube,

Meister Zwicki hatte die einzig mögliche Lösung schon vor Augen: Ihr müsst beweisen, dass Ihr unschuldig seid. Danach werdet Ihr vielleicht wieder geduldet werden.»

Sie senkte züchtig wie ein wohlerzogenes Mädchen die Augen und erwartete eine Antwort vom Gerichtsschreiber.

«Vielleicht mag ich ja die Gemeinschaft nicht mehr dulden.»

Seine Stimme klang verstockt, Kälte klirrte in seinem Blick.

«Nun, Gerichtsschreiber ...»

Die Witwe verstummte erschrocken, als Salomon in unfrohes Gelächter ausbrach. «Nein, nein. Diesen Titel darf ich nicht mehr führen. Ich bin keiner der Gerichtsschreiber mehr.» Und auf die erstaunten Mienen der Glarner hin, bestätigte er: «Nein, ich bin nicht mehr Gerichtsschreiber. Offenbar ist meine Anwesenheit der staatlichen Wahrheitsfindung nicht zuträglich. Mein ganzes Dasein eine Zumutung.»

Verächtlich kniff er den Mund auf einen schmalen Strich zusammen und liess die Augenlider halb zufallen. ‹Dies macht mir doch überhaupt nichts aus›, sagte seine Miene. Cleophea senkte den Blick, um nicht so genau sehen zu müssen, wie verzweifelt sich Salomon an diese Maskerade klammerte.

«Nun, wie auch immer», hastig überging Johann die Last der Worte, «wir suchen trotzdem noch einen Mörder. Witwe Durysch: was habt Ihr erfahren? Gab es jemanden, der um Salomons Haus schlich?»

«Da gab es ... Gestalten. Eine Beschreibung kann ich euch nicht geben. Ich glaube, böse Wesen trieben sich da herum.»

Sie flüsterte die letzten Worte, erschrocken, ängstlich, diese Erscheinungen nicht durch ihre Anrufung zu reizen. Im Raum wurde es still, niemand traute sich, etwas zu sagen. Bis Cleophea verächtlich ihren Mund verzog und das Schweigen tötete: «Ach, bei Gottes Augen. Das ist doch unmöglich. Das Blut war echt, dann müssen die Mörder menschlich gewesen sein.»

Mit ihrer vorlauten Art hatte sie es sich endgültig mit der Witwe verscherzt: «Ihr Katholischen! Nie glaubt ihr das Richtige!»

«Witwe Durysch. Entschuldigt, ich stimme meiner Cousine zu. Verfolgen wir ihre Idee weiter, zunächst einfach als Denkübung, Ihr versteht?» Johann trat einmal mehr als Vermittler auf. «Wenn Ihr diese Wesen, Geister, Wiedergänger, Wasauchimmer beschreiben müsstet, wie würdet Ihr das tun?»

«Sie waren ... irgendwie an den Boden gedrückt. Sie flossen mehr, als dass sie gingen. Deswegen dachte man auch, dass sie aus dem nahen Wasser gekommen sein mochten. Nicht gross ...»

Johanns Unterbrechung war rüde, verletzte jede Höflichkeit: «Was meint Ihr mit ‹man›? Wer ist ‹man›?»

Augenscheinlich mochte es die Witwe gar nicht, unterbrochen oder hinterfragt zu werden, ihre Antwort war verkniffen, die Stimme kälter. Dahin war die ehrergiebige Anrede: «Warum fragst du nicht Anna? Sie scheint es zu wissen.»
Beinahe hätte Cleophea gekichert: die Dame wurde sehr unkultiviert, wenn es darum ging, die Aufmerksamkeit von Männern mit jemand anderem zu teilen. Und sei es nur mit einer niederen Hausmagd.
Nach dem Ruf ihrer Meisterin kam Anna still herein, auf die Frage der Witwe reagierte sie ängstlich. «Nicht, dass ich es euch nicht sagen will. Aber man soll böse Geschöpfe nicht aus nichtigen Gründen verärgern.»
Johanns Geduld verabschiedete sich rasant; wenn Anna in der Nähe war, konnte er sich nicht beherrschen: «Hör mal! Ich gebe dir mein Wort darauf, dass an den Wesen nichts Übernatürliches war. Wenn du dich dazu durchringen könntest, sie mir zu beschreiben, werde ich dir gleich klarmachen, wer diese Menschen waren.»
Er betonte das zweitletzte Wort, um Zweifeln keinen Raum zu geben.
«Nun gut. Dann erklärt mir, wie es geht, dass Menschen», sie betonte das Wort mit ebensoviel Nachdruck, aber spöttischer, «kleiner als Kinder sind. Erklärt mir, warum ich kein Gehen gesehen habe. Die Umhänge flossen über den Boden.»
«Es war Nacht?»
«Ja, es war dunkel.»
«Wie nahe standest du bei den Menschen?»
«Ich sah sie aus dem Fenster meiner Kammer im obersten Stock. Ich bin sicher, ich habe diese Wesen gesehen. Genau so. Der Mond schien hell.»
Ergeben seufzte Johann, auf diese Weise würde er nicht weiterkommen: «Also gut, vergessen wir die Details der Gestalten. Welche Nacht war es, als du sie beobachtet hast?»
«Bevor ihr zurückgekehrt seid. Es war allgemein bekannt, dass Gerichtsschreiber von Wyss erst gegen Ende des Januars zurückkehren würde, gerade rechtzeitig zu Lichtmess. Er handelt ja mit …»
Gerade rechtzeitig fiel es Anna noch ein, dass besagter Zünfter sich auch mit im Raum aufhielt. Errötend hielt sie inne.
«Womit handle ich?», fragte der ruhig. So ruhig, dass Anna den Mut aufbrachte, darauf zu antworten: «Man sagt, dass Ihr mit Schlangengift, Pilzen und Quecksilber handelt. Das alles braucht Ihr für Rituale. Tollkirsche, Bilsenkraut und Steckapfel stellt Ihr anderen für ihre Salben zur Verfügung … Hexensalben.»
«Bei Gottes Augenlicht!», Salomon vergrub sein Gesicht in beiden Händen, schüttelte kraftlos den Kopf. Diesen Verleumdungen war einfach nicht beizukommen. Aber was würde es helfen, der Magd erklären zu wollen, dass er weder Alchimist war, der mit Quecksilber seinen Stein der Weisen gefunden zu haben glaubte, noch ein Hexer, der aus

Kinderknochenmehl, Menschenfett, Steckapfel und Tollkirsche eine Salbe herzustellen vermochte, die anderen Hexen das Fliegen durch die Lüfte ermöglichte?

«Item!», rief Johann und lenkte Annas Aufmerksamkeit auf sich. «Wurde im Haus Licht sichtbar?» Und als die Magd nickte, lächelte er süffisant und fragte unschuldigböse: «Warum sollten Geister Licht benötigen?»

15. Kapitel.

In dem Details des Rätsels grotesk deutlich werden.

AUF DEM KURZEN NACHHAUSEWEG unter den niederen Arkadebogen berichtete Cleophea den zwei Männern, was sie entdeckt hatte. Nicht wahrgenommen von der Witwe war sie nach dem Essen, während das übliche Durcheinander des Abtischens und Kerzenwechselns ausgebrochen war, in die Tiefen des herrlichen Hauses geschlichen. Johann hatte gerade mit Anna gestritten und deswegen auch kurz nichts von Cleopheas Verschwinden bemerkt. Lediglich Salomons aufmerksamen Blicken war nicht entgangen, wie die freche Rothaarige aus der Stubentür geglitten war. Nun war Cleophea ziemlich aufgeregt: «Was habe ich eine Etage höher gefunden? Was? Na: ein schauerliches Zeichen!»
«Was für ein Zeichen?»
«Ein Wappen. Ich kannte es nicht, aber eine grüne Schlange wand sich darum herum, dazu zeigten eine Sanduhr und ein Totenschädel deutlich auf, dass es da um Tod geht. Warum lässt die Witwe so düstere Bilder an ihre Wände malen?»
«Schade», meinte Salomon seufzend, offenbar wusste er mehr: «Ich dachte schon, wir wären einer Lösung näher. Aber das, was du da gesehen hast, ist nichts weiter als ein memento mori.»
«Memento was?»
«Memento mori. Diese speziellen Malereien sind dazu da, einen daran zu erinnern, dass man sterblich ist. Der Tod stets sehr nahe, allgegenwärtig. Selbst in einem reichen Haus. Die Uhr zeigt, wie rasch der Sand des Lebens verrinnt und der Totenkopf … na ja, ist ja klar, wofür der steht. Das sieht man oft in solch schmucken Häusern.»
Mit einer verächtlichen Schnute zeigte nun Cleophea an, was sie davon hielt. Diese reichen Leute! Anstatt sich Bilder vom Tod malen zu lassen, sollten sie lieber einmal tagtäglich im Feld krampfen und dabei versuchen, nicht Hungers zu sterben. Bilder vom Tod als Erinnerung an den Tod!, schwachsinnig, so etwas!

❦

In Salomons Stube zurückgekehrt, führten Johanns Gedankenfolgen schon weiter: «Totenköpfe, verwachsene Torkelnde in Winkelwirtschaften, die etwas über unser Geheimnis wissen; Gestalten, die ums Haus fliessen; Katzen die gekreuzigt werden; ein Sünder, der nicht gehenkt werden kann. Es scheint mir, dieses Abenteuer wird ein klein bisschen grotesker als das letzte.»

Und Johann war so gar nicht traurig darüber. Wenn ihn sein puritanisches Gewissen nicht im Griff hatte, dann regten diese Ansammlung von Unförmigem, Widersprüchlichem, Gefährlichem ihn an. Als Antwort grummelte Salomon unleidig vor sich hin und drehte eine Schreibfeder in der Hand, so dass sie schwarze Tintenspritzer an seinen Fingern hinterliess. Machtvolles Eisen schien den ehemaligen Gerichtsschreiber zu stützen, stolz schob er das Kinn vor, seine Augen blitzten belebt: er hasste Heuchler, er hasste die Zürcher, ach, er hasste die Menschheit. Aber diese hassende, zugleich liebende Verbindung bedauerte er nicht mehr, voll unerklärlicher Kraft gestossen, wusste er gewiss, dass er trotzig allen zeigen wollte, dass er kein Mörder war, keine unseligen Rituale durchführte. Zur Akzeptanz war er gekommen: niemand wollte ihn, deswegen wollte er auch niemanden. Er würde nicht nach Anerkennung lechzen. Er war sich selbst genug, er hatte seine Bücher, seine Küche, seine Gewürze. Er würde sich ein neues Leben aufbauen, in Basel. Er hasste Zürich.

«Verw... Warum gebrauchst du dieses Wort?», Salomon war plötzlich stutzig geworden, nachdem Johanns Worte in ihn gedrungen waren.

«Wie, was?»

«‹Verwachsen›, das hast du noch nie gesagt.»

«Doch, bestimmt. Ich sagte doch, dass der Kerl im Wirtshaus seltsam war.»

Seufzend schüttelte Salomon übergeduldig den Kopf: «Seltsam und verwachsen sind doch zwei ganz unterschiedliche Sachen, oder? Wie genau verwachsen?»

Johann zuckte die Schultern, wie sollte er dies beschreiben? Hilflos fächerte er die Hände aus, versuchte, die Figur in die Luft wiederzugeben.

«Er stand so irgendwie unsicher auf den Beinen ... wenn ich es mir recht überlege, dann war er auch im Sitzen wacklig. Deshalb dachte ich ja immer, er sei betrunken. Und dann die Aussprache: er öffnete den Mund nicht richtig, nuschelte, ständig floss ihm Speichel übers Kinn. Sein Gesicht sah aus wie ein alter Baumstamm, verstehst du? Ahm, er ... er, ach ich weiss nicht. Er war einfach falsch. Ich habe ja schon vieles gesehen: Verletzungen, Verstümmelungen von Krieg und Unfall, Verfall durch Krankheit. Er glich keinem von diesen. ... He! Einer wie er müsste doch einfach zu finden sein. Kreuz und Hagel! Könnte ich ihn doch nur zeichnen. Kennst du jemanden, der zeichnen kann, ich könnte ihm beschreiben, was ich gesehen habe.»

Salomon schüttelte den Kopf und fand die Idee auch völlig absurd: ein Bild eines Menschen malen, damit durch die Strassen gehen und Menschen nach ihm fragen? Vollkommen abwegig, die Idee. Natürlich, bekannt war das Rufen vom Rathaus, wenn ein Angeschuldigter namentlich bekannt war und gesucht wurde. Selbstverständlich wurde so ein Übeltäter bald aufgegriffen, denn immer wurde auch für die Ergreifung eine Belohnung versprochen.

So ging das natürlich, aber mit Zeichnungen? Er fand eine andere Möglichkeit: «Der Medicus müsste da helfen können.»

Schrecken verstopfte Johanns Kehle, als er daran dachte, schon wieder in den Predigerspital zu gehen und womöglich von Owe zu begegnen. Abwehrend hob er die verstümmelte Linke, sein Gesicht, seine Seele vor unbekannten Gefahren zu schützen, aber Salomons Entschluss bestand: «Cleophea können wir ja kaum schicken, oder? Das willst du doch nicht.»

⁂

Johanns Glück schien ihm wohlmeinend zuzulächeln: als sie über den Predigerhof voller Bettler, Abgeurteilten, Verstümmelten, Nicht-Gesellschaftstüchtigen, Kranken und Arbeitsunfähigen gingen, trafen sie den blonden engelhaften von Owe nicht an. Johann hastete schnell durch den Spital, auf der Suche nach der sicheren Stube Cuonrad Himmels; Salomon beeilte sich, weil er Kranke, Sieche verabscheute. Schwäche! Wer hat Geduld für so etwas?!

Der Medicus war äusserst erfreut, schon wieder von dem bekannten von Wyss besucht zu werden, hoffentlich bemerkte dies auch seine Umgebung. Als Arzt hatte er schon an und für sich genug Ansehen, aber stets von einem Zünfter um Rat gefragt zu werden, das war noch besser. Mit hastigen Tippelschrittchen lief er vor den unerwarteten Besuchern her, um sie in seine Studierstube zu führen, mit noch hastigeren Lippen plapperte er Lateinischheiten – «Salvos sies und du natürlich auch, Innerschweizer, was für ein schöner Tag, nicht? Etwas kalt, aber es gibt ein Feuer in meiner Kammer, Deo gratias.» – und verbeugte sich während des Gehens ständig in Richtung von Wyss. Durch kerkerartige kantige Gänge und über glitschige Stufen kamen sie endlich in der Studierkammer an, Johann seufzte erleichtert auf, er hatte stets befürchtet, der Arzt würde sich noch auf die Knie werfen, sich kriechend fortbewegen und dabei Salomons Sohlen küssen.

Jetzt wies Cuonrad Himmel den Gästen zwei grob gezimmerte Stühle auf der einen Seite seines gewichtigen voll beladenen Tisches an und setzte sich dahinter. Amüsiert hob Salomon die linke Augenbraue: der kleine Arzt musste drei Kissen auf seinen Stuhl schichten, damit er anständig über den Tisch hinweg sehen konnte.

Der Arzt schien von Wyss' Amüsement falsch zu deuten, er breitete vergnügt die Arme aus, wies auf zahllose Bücher und Traktate. Offenbar nahm er an, Salomon hätte deren Titelbilder gesehen oder Titelüberschriften gelesen: «Du interessierst dich für Frauenanliegen?»

Verschreckt schüttelte Salomon den Kopf, nein, nein, keineswegs. Frauen sollten unter sich bleiben, sie waren zum Arbeiten und zum Vergnügenbereiten da. Sonst sollten sie ihre

Sachen für sich behalten. Ihre losen Mundwerke, üppigen Formen, monatlichen Blutsachen, kecken Augenaufschläge …

«Und wie ich sehe, dass dich Frauenanliegen interessieren! In infitium, deine Neugierde ist unbegrenzt. Bist du verheiratet? Vater? Nein? Nolens volens, solltest du alles wissen, was Frauen anbelangt. Da ist die medizinische Seite – und die andere. Die andere, denn wie man schon in alten Zeiten sagte: Si vis amari, ama! Wenn du geliebt werden willst, liebe! Über kurz oder lang, du wirst sicher einmal mit einer näher bekannt werden. Männer sollten pater familias werden. Frauen sind wunderbare Wesen, sie sind geheimnisvoll, ihre Körper sind voller Wunder. Davon weisst du sicher zu wenig. Ergo kommst du zu mir. Frauen!»

Zu Salomons monströsem Entsetzen setzte sich der Arzt jetzt richtig bequem auf seinen unstabilen Kissen hin und begann mit etwas, was nichts anderes als ein langer Vortrag sein konnte: «A priori können Frauen …»

«Jaja, sicher. Wir sind aber nicht wegen Frauen hier. Bedeutenderes ruft nach uns.»

Unwirsch fuhr der Arzt weiter, verärgert, weil man ihn so rüde von einem seiner Lieblingsthemen abzubringen versuchte: «Frauen sind von Natur aus …»

Schon wieder fiel ihm dieser fläzige Zürcher ins Wort: «Medicus, ich bitte dich! Es handelt sich bei unserem Thema um weit Dringenderes. Lebenswichtigeres.»

«Willst du sagen, dass du Wissen verschmähst? Aber nur so steigt man zu den Sternen! Sic itur ad astra! Willst du sagen, dass Frauenleiden nicht wichtig sind? Dass die Wunder der Empfängnis und der Geburt nicht von Bedeutung sind? Indignum!»

Salomon versuchte es mit ruhiger Vernunft: «Nein, das ist keine Schmach. Hör zu, Medicus. Wir sind hier wegen eines Mannes, der womöglich sehr krank ist.»

«Aha! Von Krankheiten weiss ich alles. Auch wenn gegen den Tod noch kein Kraut gewachsen ist: Contra vim mortis non est medicamen in hortis.»

Ein weiterer Vortrag bahnte sich an.

«Besonders zu beachten ist da die Pestilentia, die in der Eydgnosschafft letztmals anno Christi 1564 wütete. Hier ist irgendwo die Verordnung des Zürcher Rates, der abwehrende Massnahmen befahl. Eine gescheite Sache, sie nützte fast etwas. Wo ist nur dieses Pergament?»

Der Arzt wühlte auf dem Tisch, dessen Belegung bedrohlich zu wanken begann. Der Verursacher schenkte dem keine Beachtung, mit einem sorgfältigen Zupfen, das versierte Routine verriet, fasste er aus einer Beige nach dem Gesuchten.

«Ah, hier. Die Zürcher Pestilentia-Vorsorge. De facto erfindungsreich: erkrankten Personen wurde der Verkehr mit Gesunden untersagt und sie mussten zu Hause bleiben. Denn wie wir alle wissen: mitten im Leben sind wir vom Tod umfangen – media in vita in morte sumus. Die Betroffenen durften ein ganzes Jahr lang nichts aus ihrem Haushalt verkaufen.

Bei Todesfällen durften die Frauen nicht einmal totenklagen. Und als Krankenpersonal mussten allmosengenössige Frauen dienen. Eo ipso …»

Dem scharfsinnigen Arzt entging nicht, dass seine beiden Besucher mehr als teilnahmslos waren. Beleidigt strich er sich über seinen spitzen Bart und betonte dabei die nadelscharfen Fingernägel an den langen Fingern. Eben diese holten jetzt ein weiteres Büchlein von einem Packen von Papieren und Pergamenten. Auf Grund der plötzlichen Verlagerung von Gewichten wackelten die Ansammlungen und als der kleine Cuonrad Himmel nach dem einen Bündel griff, glitten andere von weiteren Stapeln und brachten die Uringläser, Bücher, Klappmesser, Abhandlungen, Schwämme, Scheren, Kupferdrähte und Zangen in Bewegung. Mit viel geübter Souveränität beruhigte der fuchsartige Medicus sein Chaos und fasste erneut nach dem kleinen Buch. Wenn die Pest ungenügend spannend war, das Thema der Frauen musste die zwei ihm gegenüber doch einfach faszinieren! Das Büchlein war ein Druck, den er, fast um Verständnis bittend, Johann unter die Nase hielt. Höflich wie dieser nun einmal war, begann er, laut den Titel zu lesen: «Ditz biechlin sagt wie sich die schwangern frawen halten süllen von der gepurt in der gepurt und nach der gepurt.»

Er schielte auf das Titelbild, in dem ein Mann in altmodischem Aufzug und langem Bart mit einer ebenso seltsam gewandeten Frau im Gespräch war. Ungeheuerlich: sie redete mit grossen Gesten zu ihm, während er zuhörte. Zuhörte! Einer Frau. Ein höchst unerwartetes Bild. Johann war es gewohnt, dass Bilder von der Macht der Männer sprachen, dieses hier war bestimmt ein ketzerisches Buch. Es verdrehte Gottes Ordnung der Geschlechter!

«Um gleich in medias res zu gehen: das Original wurde von Ortolffus geschrieben, dem berühmten Arzt; er hat während all seinen helfenden Jahren in continuo Aufzeichnungen gemacht. Das Wissen ist jetzt – ach! – bestimmt 100 Jahre alt. Deo gratia hat es überlebt, ich habe es in einer alten Truhe des Klosters gefunden. Stellt euch vor … Oder hier: eine andere Studie, anno Christi 1502 von Froschauer, dem Drucker der Zwinglibibel selbst gedruckt! Es ist herausragend, verfasst nach allen Regeln der Kunst. Lege artis, wie wir zu sagen pflegen oder wenn ihr wollt: in optima forma.» Dieses Mal las er selber vor, weil Johann doch ein wenig langsam war: «Ein gut artznei die hie nach stet das frawen vnd mann an geet.»

Geschäftig hielt er das Traktat hoch und öffnete den Mund um weiterzufahren.

«Meister Cuonrad!»

Salomons Stimme hatte diesen ganz bestimmten Schnitt, der Gesinde zittern und Junker aufhorchen liess. Auch beim Medicus schien das zu nützen, er verstummte, auch wenn er deutlich zu merken gab, dass er diese grobe Unterbrechung nicht goutierte.

«Meister Cuonrad! Tempus fugit! Uns rennt die Zeit davon und wir sind aus einem bestimmten Grund hier. Er hat nicht das Geringste mit Frauen zu tun. Wenn du sie auch für das Zentrum der Welt halten magst, ich tue das nicht und jetzt will ich endlich eine Antwort auf meine Fragen. Kein Wort! Jetzt spreche ich. Hör mir also genau zu: wir suchen deformierte Menschen, Menschen, die gefährlich sind. Johann hier hat einen von ihnen getroffen, dessen Gesicht war mit Wülsten überzogen, er sprach kaum verständlich, sein Temperament war unausgeglichen. Dann sollen sich da in meinem Quartier Leute herumtreiben, die kaum grösser als Kinder sind und die bereits beträchtlichen Schaden angerichtet haben.»

«Ach!», mischte sich der Arzt ein. Freudig, eine Lücke zu finden, lehnte er sich zurück und entblösste seine gelb-schwarzen Zähne in einem befriedigenden Lächeln. «Ach, du meinst die Schäden, die du erlitten hast. Ah! Hier kommen wir also zum Nerv der ganzen Sache, ich empfehle, alles mit Gleichmut zu nehmen. Du packst alles ganz falsch an, plus virium quam ingenii – du machst alles mehr mit Kraft als mit Begabung. Diese Schäden hast du dir selbst zuzuschreiben. Die wird niemand anders für dich tragen. Offenbar war es dieses Mal genug.»

«Man bringt mich in einen ungehörigen Zusammenhang mit deinem Helfer. Meine Ehre wurde besudelt. Das hast du zu verantworten! Ist es nicht so? Ihr habt das Gerücht meines blutigen Zimmers weiterverbreitet!»

Wenn der Arzt jetzt den idiotischen Lateinerspruch vom Gerücht, das mit der Ausbreitung wächst, loslassen würde, würde Blut fliessen müssen. Arztblut. Besagter Arzt schien diese Gedanken aufzuschnappen, ‹fama crescit eundo› blieb ungesagt.

Trotzdem wuchs Salomons Anspannung, seine Geduldsgrenze war erreicht, er hatte seinen hochmütigen Kopf nicht durchsetzen können, deswegen wirkte er jetzt wie eine überdehnte Bogensehne. Hier aber verlor Salomon nicht die Beherrschung, er wusste, dass damit nichts zu holen war; er musste seine Haltung bewahren und dem Medicus verdeutlichen, was ein richtiger Zünfter war. Er senkte den Kopf wie zu Kampf, sprach absichtlich leise, damit sich der Arzt vorbeugen musste, um ihn zu verstehen: «Nun, Arzt, ich werde dies nicht hinnehmen. Ich werde aus dieser Geschichte schneeweiss, unbefleckt herauskommen. Oder wie der Lateiner zu sagen pflegt», Salomon zog die Augenbraue hoch, um anzuzeigen, wie sehr er gekünstelte Gelehrtheit verachtete, «Audaces fortuna iuvat – dem Tapferen hilft das Glück! Ich verspreche dir das Folgende: Ich werde stolzer und grösser aus dieser Sache heraustreten. Du jedoch und dein unseliger Helfer, ihr solltet euch in Acht nehmen. Ich verstehe keinen Spass. Nicht, wenn es um meine Ehre geht. Fragt Mathis Hirzel, wie lange ich eine Fehde weitertragen kann. Und fragt Jakob Räyss, wer die Fehden gegen mich gewinnt. Immer ich. Nur ich. Da mache ich meinem Namen alle Ehre. Du weisst doch, wie der biblische Salomon seine Nachfolge von König David sicherte.» Er flüsterte und schaffte es dabei, dass seine Worte so leise knisterten wie das offene Feuer in der Kammer, sie waren nicht weniger wild, keineswegs ungefährlicher: «König Salomon brachte alle um, die ihm im Weg standen. Seine Brüder, ehemalige Gefolgsleute, alle, die ihm gefährlich

werden konnten. Und nur deswegen stand seine Herrschaft schliesslich auf legitimem Grund. Das war, bevor er ‹der Weise› genannt wurde. Bevor er mit all seinen Nachbarländern in Frieden lebte und bevor er diesen gigantischen Tempel für Gott bauen liess. Merke dir das gut! Seine Herrschaft beruhte auf Mord, Gott missbilligte das offenbar nicht. In unseren heutigen christlichen Zeiten sollte man sich doch vermehrt auf die Bibel besinnen, also: gib gut Acht! Sei keiner, der mir als Verlierer gegenübersteht! Vae vicis!»
Herrschaftlich griff sich Salomon sein Barett, stand betont langsam auf und beugte sich über den vollbeladenen Tisch, dicht zum kleinen Medicus hin.
«Ich gewinne immer. Sei von jetzt an stets auf der Hut. Ich vergesse niemals ein Unrecht, das mir jemand angetan hat. Niemals. Eher wird der Papst reformiert.»

※

Johann glitt vor Salomon aus dem Zimmer und jener zog die Türe mit kräftiger Verdeutlichung hinter sich zu. Sie traten beide auf den Spitalhof und von dort auf die Strasse. Dort endlich ging Salomon hoch.
«Möge das Fieber ihn anfallen, dass er daran verrecke! Sollen sieben Teufel ihn zerreissen!», verwünschte er den Medicus, unbeherrscht zitternd vor Wut. Eben noch das Ebenbild von Zurückhaltung und kaltem Stolz, schüttelte ihn nun die dämonische Faust des Zorns. Und als ihn ein hilfreicher Passant an Krücken der frevlerischen Verwünschung wegen mit dem Willisauer Blutwunder ermahnte, schlug Salomon diesen fast nieder. Nur dem eiligen Eingreifen Johanns war es zu verdanken, dass der einbeinige Zürcher ohne blaue Flecken von dannen hasten konnte.
Johann zog den Entfesselten mit sich fort, um das Leben weiterer Zürcher zu schonen. An seiner Seite spuckte Salomon praktisch Feuer und seine Leidenschaft suchte sich ein neues Opfer. Um in genau diese Falle zu tappen, war Johann zu schlau: sein eigener Vater brannte ständig vor Jähzorn, die Flamme loderte stets nur ganz knapp unter der Oberfläche, kaum verhohlen; jedes nichtigste Vergehen konnte sie zu einer riesigen und schmerzhaften Explosion entfachen. Zeitig hatte Johann gelernt, seinem Vater aus dem Weg zu gehen, wollte er gewaltige Prügel vermeiden. Salomon kannte er unterdessen schon so gut, dass er wusste, welches Wasser er in das gefährliche Feuer zu giessen hatte: er gab sich impertinent. Und er lenkte ab.
«Nun, das Fluchen scheint ja nicht gerade zu nützen und wenn ich mich recht erinnere, dann hatten die Willisauer auch nichts davon, nicht wahr?» Auf Salomons Knurren hin fuhr er lästigfröhlich weiter: «Du hast die Geschichte noch nicht gehört? Ein Jammer. Warte, ich bekomme sie gewiss noch zusammen. Item: drei Kartenspieler sassen also in Willisau zusammen und als einer verlor, fluchte er gegen Gott, warf sogar das Messer nach ihm.»

Er machte eine Geste, als würde er etwas in die Höhe schleudern.
«Daraufhin fielen drei Blutstropfen vom Himmel – oder waren es fünf? Ist ja unwichtig – und der Teufel holte den Spieler. Seine Kumpane starben bald darauf einen hässlichen Tod. Klingt nach Gottes Rache.»
«Was weisst du denn davon? Du innereidgenössischer Wicht! Lass mich zufrieden! Mit dir kann man nicht einmal in Ruhe zornig sein! Das ... das kann nicht gesund sein. Bestimmt sammeln sich jetzt die falschen Säfte am falschen Ort meines Körpers und vergiften mich.»
Salomon warf listige Blicke nach Johann, um zu sehen, ob nun seine Waffe ihre Wunde im Gegenüber gefunden hatte. Johanns protestantisches Gewissen war solch ein bodenloser Schwachpunkt des Glarners.
Nun aber, mitten im Streit, wurden Salomons Augen unversehens glasig, abgelenkt von einer neuen Erkenntnis: «Mich sollte man an den Pranger stellen, so blöd wie ich bin!»
Das wiederum brachte Johanns Verteidigungstirade zum unmittelbaren Verstummen: «Erzähl mir mehr von deiner Blödheit!»
Nicht einmal diese Stichelei mochte Salomon von der freudigen Eingebung abbringen: «Wir hätten unsere Zeit nicht mit dem aufdringlichen Frauen-Arzt zu vergeuden brauchen. Ich weiss, wo wir etwas über quere Gestalten erfahren! Im alten Zunfthaus der Bader und Scherer.»

Höchst rätselhaft, Johann vermochte den Gedankengängen nicht zu folgen, aber Salomon war nicht gewillt, länger zu reden. Ruppig schlängelte er sich zwischen ungezählten Zürchern durch und erntete deswegen Kopfschütteln und gegenseitige Rempelei. Johann hastete hinter dem Zünfter her, dessen breite Schultern als Deckung und Führung nehmend. In wenig Dutzend Schritten gelangten sie zum «Zunfthaus zur Schmiden», an der Kreuzung Rindermarkt-Marktgasse gelegen.
Ebenfalls unbesorgt um die Aufregung, die er verursachte, drückte sich Salomon durch die Männer dort und kam in eine Stube im zweiten Stock. Hier breitete er die Arme aus und meinte stolz wie ein Entdecker: «Verstanden?»
Erst einmal atmete Johann ein, bedächtig. Was gab es hier zu sehen? Keineswegs mochte er sich gegenüber Salomon eine Blösse geben. Aus ehr- und achtungserhaltenden Respektsgründen war es wichtig, klug und umsichtig zu erscheinen. Was Johann im Normalfall auf natürliche Weise auch war, aber in Salomons Nähe schien er dies beweisen zu müssen. So fragte er zunächst nichts, sah sich um. Die Stubenwände wirkten alltäglich genug, deswegen glitt Johanns Blick von den getäferten Wänden weg, über Stühle und Tische; dann schliesslich hoch an die Holzdecke. Malereien, Schnitzereien. Nichts Besonderes. ...
Nichts Besonderes? Konzentriert kniff Johann nun das linke Auge zu, um schärfer zu sehen. Die dunkelgrün gestrichene Decke war in Felder eingeteilt, zwischen denen einzelne Kästen ausgemalt waren. In diesen Bildkäfigen tummelten sich die unmöglichsten Gestal-

ten. Ein Mann mit unzähligen Augen; ein Mensch ohne Kopf, das Gesicht im Brustkorb; ein Bärtiger, dessen Beine zu einem einzigen grossen Bein zusammengewachsen war; ein Mann, dessen Ohren rot bis zu den Knien hingen; ein weiterer Nackter, an dessen Oberkörper insgesamt sechs Arme angewachsen waren. Angewidert verzog Johann den Mund und rümpfte die Nase. Bäh! Bei allem Ekel, seine Logik funktionierte: «Und was zeigt uns dies? Geschöpfe vom Ende der Welt, das haben wir alle schon gesehen. Bärtige Frauen, Kind mit Hundskopf, Kalb mit Flügeln. Das ist nichts Aussergewöhnliches. Warum sind wir hier?»
Aber bevor Salomon sein Wissen preisgeben konnte, verbeugte sich ein Zünfter geflissentlich vor ihnen und begann gleich von der wundersamen Deckenverzierung zu schwärmen: «Ja, ja. Für die haben wir von der Schmidenzunft kräftig bluten müssen. Vor fast vierzig Jahren haben wir den weltbekannten Hans Küng von Rapperswil gewinnen können, dies hier für uns zu machen. Er und sein Sohn haben prächtige Arbeit geleistet, nicht wahr? Da hat es sich gar gelohnt, dass wir eine schmerzhafte Busse haben zahlen müssen. Schliesslich haben wir keinen einheimischen Zünfter mit der Arbeit beauftragt. Das tat weh. Ja, ja. Was führt dich hierher, von Wyss? Wir sind geschmeich…»
Des servile Grinsen verschwand von des Zünfters Gesicht, als Salomon ihm etwas zuzischte, das Johann nicht verstand. Es tat allerdings seine Wirkung: der Schmiedezünfter verkniff seinen Mund vor Wut und entfernte sich mit hämmernden Schritten. Salomon tat, als wären sie nie unterbrochen worden: «Siehst du's denn nicht? Das sind doch genau solche Wesen, wie die Magd von Witwe Durysch beschrieben hat.»
«Also, der Kerl mit dem einen Bein fällt schon einmal weg: der fliesst sicher nicht, der hüpft.»
Mit seiner ungebührlichen Genauigkeit löste Johann einen weiteren Wutanfall Salomons aus. Dieser konnte nur ahnen, wie bitterkalter Dampf aus seinen Ohren stieg, er gab sich alle Mühe, nicht die Fassung zu verlieren, setzte seine eisige Maske auf und zerschnitt durch sein herablassendes Lächeln mit scharfer erbarmungsloser Präzision jedes Leben. Als Antwort auf diese Geste ballte sich Johanns Hand wie von selbst zur Faust.
Harmonisch war ihre Bekanntschaft nicht gerade. Schon die erste Begegnung des Glarners mit dem arroganten Zünfter hatte unter gehässigen Umständen stattgefunden: beide waren sich wutschnaubend, herausfordernd gegenüber gestanden. Damals hatte Johann das letzte Wort gehabt, seine Ehre gewahrt. Auch dieses Mal würde es so sein, aber dieses Mal würde der junge Glarner zusätzlich den Schlag durch Salomons Degen vermeiden. Jetzt verhöhnte er Salomons Wut mit einer weiteren Beobachtung, als er auf das Bildnis eines Mannes ohne Kopf deutete: «Wie sollte der Typ mit dem Gesicht auf der Brust auch unter einem Mantel hervor schauen können? Ausserdem wissen wir alle, dass diese … ahm … Menschen in weit entfernten Ländern wohnen. Wären sie hier, hätten sie so viel Aufsehen erweckt, dass

wir bestimmt schon davon gehört hätten. Hier brauchen wir uns nicht länger aufzuhalten. Das bringt uns nicht weiter.»

«Was, wenn ich weiss, wo solche ‹ahm-Menschen› zu finden sind?»

Kreuz und Hagel, dieses Mal würde es nichts werden mit dem hervorragenden letzten Wort, Salomon gönnte seinem Gast diese Genugtuung nicht. Amüsiert über die Überlegenheit liess der Zünfter seine Zähne glitzerten und setzte zu einer Erklärung an.

Er kam nicht weit, da sich überfallartig von hinten Arme um ihn schlangen. Ein Kampf aber erübrigte sich, denn als Salomon sah, wer ihn da so ungebührlich umfing, erschien etwas Ähnliches wie ein Strahlen auf seinen Zügen: «Die geschäftstüchtige Magdalena! Wie schön, dich zu sehen.»

Enthusiastisch schüttelte Salomon die kräftigen Hände einer Frau in züchtigem, aber nicht schlichtem Zürcher Aufzug. Viele Stoffbahnen waren für ihre Kleidung verbraucht worden, die Zierrate waren alle aus reichsten Edelmetallen, die Haut der Frau sichtbar gepflegt und weich. Johann schätzte, dass sie reich war wie der kürzlich verstorbene Caspar Thomann von der Weggenzunft, der als reichster Zürcher der Zeit gegolten hatte. Der hatte offenbar über ein Vermögen von 40'000 Gulden verfügt – riesige Landteile der Zürcher Landschaft bekam man für weniger: das gesamte Herrschaftsgebiet Wädenswil am linken Zürichseeufer hatte nur gerade 20'000 gekostet. Sagenhaft.

Anton Frymann trat zu seiner Frau und sah weniger erfreut aus, Salomon zu begegnen. Aber wie ein guter Christ ertrug er die Demütigung, so wie er seit Jahr und Tag die Eskapaden seiner Frau ertrug. Er hüstelte zunächst diskret und legte dann so viel Kraft wie möglich in seine Stimme. Es war wenig. Aber sein Weib hörte ihn sofort: «Ach, Anton, Anton. Der Husten klingt ziemlich schlimm. Wir sollten noch etwas Stoff für einen neuen Umhang kaufen, in dem dünnen Huddel kannst du nicht weiter herumgehen. Zu deinem Taufjahrestag hast du einen neuen verdient.»

Johanns Augebrauen trafen auf den hohen Haaransatz in der Stirn, so weit musste er die Augen aufreissen; er hatte seiner Lebtage noch keinen so luxuriösen Mantel gesehen wie diesen. Er war von geschmeidigem Erdbraun, dick und mollig, dabei glatt und glänzend, offenbar aus Atlas, dem sündigteuren Satin. Die Säume zierten farbige Seidenbänder und Ornamente aus Taft. Ein wuchtiger Kragen lief über die stattliche Brust und den fassartigen Oberkörper des Kaufmanns. Von den pummeligen Händen war nur wenig zu sehen, breite lange Ärmel verdeckten sie. Überschwänglich viel Stoff war für dieses kostbare Stück verbraucht worden. Lediglich Pelz fehlte, das war das einzige Manko, das Johann erkennen konnte, sonst war die Kleidung herausstechend. Und diese nannte die Frau ‹dünnen Huddel›? Man hätte sie nicht geschäftstüchtig, sondern verrückt nennen sollen.

Neben seinen Überlegungen nahm Johann deutlich wahr, dass der umsichtige Frymann es vermied, Salomon die Hand zu geben. Ein Konventionsbruch, der Johanns Gastgeber kalt lächeln liess; die Verachtung hinter gesenkten Augenlidern versteckend. Im letzten Augenblick jedoch, als er sich wieder der Frau zuwandte, warf Salomon Frymann einen Blick zu, der den zur Eissäule erstarren lassen konnte.

Magdalena Frymann hingegen fühlte sich in Salomons Gegenwart sichtlich wohl. Und zwar nicht in der Art, wie viele der jungen Frauen ohne Haube der Unverheirateten. Sie kokettierte nicht mit Salomon, sie schaute ihm direkt in die Augen, senkte den Blick nicht; sie berührte ihn auch oft, aber eher wie eine fürsorgliche Tante ihren Neffen. Überhaupt verströmte sie eine Atmosphäre von Geborgenheit und Überschwang. Wie eine Henne breitete sie ihre Flügel über den unglücklichen Junker. Nicht, dass dieser es zuliess, sie sehen zu lassen, welche Schanden sich über ihn häuften. Johann wurde unverzüglich in den Kreis der Küken aufgenommen, nachdem Magdalena dessen schmale Gestalt, seine ungelenken Schultern und die hässliche Narbe in Augenschein genommen hatte.

«Kinderchen,» – tatsächlich, sie traute sich, den überheblichen Zünfter so zu nennen! Johanns Ohren fielen fast vom Kopf – «Kinderchen, unser Zusammentreffen muss gefeiert werden. Aber nicht hier im Zunfthaus der dösigen Schmiede und Glockengiesser. Wir werden uns in die einzig anständige Zunftstube begeben: unsere! Kommt!»

Widerspruchslos folgten die drei Männer der stattlichen Frau, deren Finger auf der Strasse begannen, ständig Münzen für Bettler hervorzubringen. Die Armen, Schwachen kamen dann auch in Scharen, aber es gab kein Gedränge, keine bösen Worte. Es war klar: keiner von ihnen müsste ohne Haller, dem kleinsten Zürcher Geldstück, weggehen. Im «Zunfthaus zum Saffran» – dem Gesellschaftshaus der Kaufleute – angekommen, breitete die Frau sich aus, man machte ihr auf natürliche Weise Platz.

Unvermittelt sahen Johanns innere Augen seine Gevatterin Lisette. Auch ihr hatte man Platz gemacht, früher einmal mit Ehrfurcht, nun mit abweisender Angst. Als Kräuterfrau hatte sie lange ihre Dienste geleistet, aber dann waren böse Wetter übers Tal gekommen, Kühe krank geworden und das Wort «Hexerei» hatte die Runde gemacht. Die Verrückte Lisette war geflüchtet und erst vor kurzem wieder in Erscheinung getreten, nicht mehr aufmüpfig und kraftvoll, sondern verfallen und matt. Nur Lisettes Enkelin Cleophea hatte sie danach noch versorgt, unterstützt von Johann. Wehmütig bat Johann jetzt darum, dass diese machtvolle Frau hier nicht dasselbe Schicksal erleiden müsste. Aber dann ... nein: ihre Stärke kam nicht von ungehörigem Wissen, sondern von recht zwinglianischem Geld. Dieses würde niemals auf dem Scheiterhaufen enden.

Jetzt sah er sich im «Saffran» um und sah zum ersten Mal, dass man sich auch hier für die Fasnacht bereit machte. Schon hingen Verkleidungen herum, Masken wurden liebevoll entstaubt und ausgebessert. Wie in Basel war auch hier das Fest verboten. Vor vielen Jahren schon hatte die Regierung bestimmt, dass Fasnacht nicht gefeiert werden durfte, schliesslich sei sie heidnischen Ursprungs, die Reformatoren hatten die Verbote gar noch verschärft. Sogar der unwissende Johann erkannte daran deren Angst vor der Kraft der Untertanen. Denn diese machten sich nur zu gern lustig über die Obrigkeiten, in den Tagen der Fasnacht wurden die Verhältnisse umgestürzt und die Oberen unter dem Schutz der Komik angegriffen, lächerlich gemacht. Unter eben jener Maske des Festes wurde heftig Spott getrieben, deswegen kannte die Führung auch nur eine Lösung für das besagte Problem: man untersagte ganz einfach die Vermummung, «butzen- und böggenwerch» wurden verboten. Ebenso wurde das ungeziemende «Küechlireichen» verboten, das männliche Herumgehen und nach Süssigkeiten-Betteln, bevorzugterweise bei reichen und/oder schönen Töchtern. Verbote, Gebote: sie konnten die Unbändigkeit nicht zügeln. Auch in diesem Jahr würden ausserhalb der Stadt hohe Fasnachtsfeuer in der Landschaft leidenschaftlich lodern.

«Safran! Was für ein erhebendes Gewürz. Es zeigt mit seiner Goldfarbe nicht nur den Reichtum der Verkäuferin an, es hilft auch gegen das Antoniusfeuer! Und», Magdalena Frymann flüsterte verschwörerisch, «man kann es für Liebeszauber verwenden. Safran ist ein hervorragendes Geschäft! Wir werden nächsten Frühling wieder eine Ladung erhalten, so Gott will, natürlich. Aber Salomon, berichte von dir. Was treibt ihr bei den Schmiden? Wer ist dein ruhiger Freund? Unser letztes Halbjahr war die reinste Tortur, all diese Reisen. Immerzu muss man seinen Angestellten auf die Finger schauen und Kontakte neu knüpfen. Was hast du im letzten Jahr so getrieben? Hast du dir endlich ein Weib genommen? Was ist mit den Regierungsgeschäften? Los, erzähl schon!»
Gewöhnlich war es nicht einfach, die Frau zu täuschen, aber Salomon schien es zu gelingen. Dadurch war er eben ein richtiger Zürcher: er parlierte leichtzüngig, ohne etwas zu sagen. Johanns Schamgefühl drücke ihm mehr als einmal dicke Röte in die Wangen und er konnte sich des Eindrucks nicht erwehren, dass die Frau Frymann das genau bemerkte. Aber vielleicht täuschte er sich da oder war sie zu höflich, um Salomon in Verlegenheit zu bringen? Jedenfalls horchte sie seinen inhaltslosen Lügen mit der allergrössten Aufmerksam- und Ernsthaftigkeit.
Als das kostbare fetttriefende Essen aufgetragen wurde, erhaschte Johann einen Blick auf Salomon, der sich unauffällig über die Augen wischte, die Augenbrauen in traurige Faltenbogen gelegt, er verbiss die Zähne an der Unterlippe. Johanns Mitgefühl verknotete ihm den Magen, als er seinem Gastgeber aufmunternd zunickte. Abweisend verkniff dieser daraufhin die Lippen zu einem dünnen Strich und hob seine Nase in die Luft. Was brauchte er Trost oder Verständnis?!

Nichts entging der erfolgreichen Kauffrau. Sie nahm an, dass der Junker seine Gründe hatte, beredt nichts zu sagen. Nun, denn: wie er wünschte. Sie würde alles trotzdem erfahren und das schnell. Wenn nichts anderes, dann hatte er doch ihre Sorge und ihre Neugierde geweckt mit seinem banalen Ablenkungsversuch.

«Ist deine Fehde mit Mathis Hirzel vorüber?»

Salomon wies die Frage mit einem stummen Kopfschütteln ab und sie begann – einmal mehr, wie Johann sofort an der störrischen Miene Salomons ablas – mit einem belehrenden Sermon. «Also wirklich, du als Mitglied des Gerichtes müsstest es doch am besten wissen. Ich kann nicht begreifen, warum du so stur bist. Und so ungezügelt. Fehden nützen der Gemeinschaft doch nichts. Jeder Richter ist doch bemüht, ein Urteil zu finden, das Fehden vermeidet, das versöhnt. Blutrache ist ja auch seit Jahren schon verboten. Deswegen ist jeder Zürcher Richter ein Schlichter. Aber nein, du gehst ja nicht vor Gericht mit deiner alten Mordgeschichte. Du trittst einfach brachial eine Fehde los und kümmerst dich nicht um eine ‹gütliche vnnd freuntliche einung›, so wie der weise Richtspruch besagt. Wo ist denn die Weisheit, die dein Name dir vorgibt?»

«Dazu komme ich, wenn ich alt bin», grinste Salomon. «Der biblische Salomon hat auch einige Anläufe gebraucht, bis er weise und sanft wurde. Ausserdem: mein Vater hiess nicht David. Ich werde also nicht biblisch sein müssen.»

Mit einer ungeduldigen Handbewegung wischte er kommende Argumente der Kauffrau weg und ging seinerseits dazu über, die Frau zu verhören. Wusste sie von verschwundenen Menschen? Seine Erkundigung kam Magdalena Frymann seltsam vor: «Hat das mit deiner Gerichtsschreiberei zu tun?»

«Natürlich.»

«Eine unverfrorene infame Lüge!», mischte sich der bis anhin stumme Anton Frymann ein, sein Dreifachkinn zitterte vor Empörung. «Er ist gar nicht mehr Gerichtsschreiber und vollkommen entehrt. Wir dürfen uns nicht mit ihm blicken lassen.»

Salomons Degen war schon gezogen, sobald der Mann das dritte Wort hervorgestossen hatte. Sowohl Johann als auch Magdalena griffen über die Tischplatte, hängten sich an Salomons Schwertarm.

«Das reicht! Kein Blutvergiessen.»

Aber Salomon hatte nun genug. Wild sprang er auf, sah sich in der Stube um; begegnete jemand unglücklicherweise seinem Blick, hieb er den Degen auf den jeweiligen Tisch, zerschlug Geschirr und vergoss so manch schönen elsässischen Wein. Krüge, Becher und Kerzenhalter fielen um, Ton zersprang, Zinnteller flogen und Holzsplitter stoben. Johann war nicht flink genug, jedes Unheil zu verhindern, stets war er einen Schritt zu spät. Der Schaden wurde angerichtet.

Die Zürcher waren raue Burschen, keiner wich je einem Kampf aus, erst schlagen, dann fragen. Aber diese stille zerstörerische Wut brachte sogar die gewaltgewohnten Gäste des Zunftshauses, die tatkräftigen Zünfter zunächst in Bedrängnis.

※

Alles kam zum Stillstand, als Salomons Bewegung aufgefangen wurde. Cleophea umfasste seine Handgelenke, zwang sie nach unten. Der Teufel allein wusste, wie sie ihren Cousin und ihren Gastgeber gefunden hatte. Sie hatte versprochen gehabt, am Markt wieder nach Verschwundenen zu fragen und dann brav im «Störchli» auf die Männer zu warten. Sie hatte sich nicht brav benommen. Was für eine schockierende Neuigkeit.
Johann grinste schief, nickte seiner Schutzbefohlenen zu und fasste dann Salomons Oberarm in einem kräftigen Griff. Cleophea band Salomons Beutel vom Gürtel, entnahm ihm eine Handvoll Münzen, die sie nonchalant in die Runde warf, als täte sie nie etwas anderes, dann griff sie sich Salomons anderen Arm und führte ihn bestimmt aus dem Saffran.
«Nun gut, haben wir also unsere männliche Ehre verteidigt. Tüchtig, tüchtig. Ich für meinen Teil halte ja eher viel von Wortgefechten, aber wenn's mit dem Degen auch geht ... Es könnte nun allerdings sein, dass dein Benehmen deine Ehre noch mehr in Frage stellt.»
Cleophea hielt selten eine Predigt – schon, weil sie katholisch war –, aber manchmal konnte sie es sich nicht verkneifen und dann erstaunte sie die Männer mit ihren unkonventionellen Ansichten. Ketzerischen gar. Völlig unnötig war es, dass ihre Worte noch oft etwas Wahres in sich bargen. Äusserst unangenehm.
Jedoch war es damit auch doppelt befriedigend, mit ihr zu streiten. Mit heimlicher Wonne war Salomon das aufgefallen. Er liebte es, seine Klingen mit jemandem zu kreuzen, der ihm ebenbürtig war. Und dies war die zähe Glarnerin mit Sicherheit.
Mit Härte erklärte ihr Salomon nun das Wesen der Städter: «Bestimmt nicht. Die Zürcher bewundern jeden, der für sich einsteht und kräftig herumpoltert. Es darf schon mal was zu Bruch gehen, nur verletzt soll niemand werden. Raufsüchtig sind die bestimmt und wenn jemand ihnen den Meister zeigt, dann kuschen sie. Und überhaupt: ich will ja gar nicht dazu gehören.»
Mit Verve spuckte Salomon aus, er konnte den doppelgesichtigen Frymann nicht ausstehen. Stets war er krank, stets trieb er seine Machtspielchen hinter dem Rücken seiner Frau. Seiner dummen, dummen Frau, die sonst alles schlau anging, aber nicht sah, was für einen hinterlistigen Blutegel sie nährte.
«Kein Wunder ist sein Tauftag der 25. Januar. Jener Tag, an dem Saulus zum Paulus wurde. Kann nur ein schlechtes Omen sein. Verwandlung vom Hasser zum Liebenden? Wer's glaubt.»

Die zwei Glarner, die hinter Salomon hergingen, grinsten sich an, nein, an einem 25. Januar würden sie ihre Kinder auch nicht taufen lassen.

Salomon hielt inne, um den Schlüssel zu seinem Haus aus dem Beutel zu ziehen und war nur wenig erstaunt, dass die Tür von Magdalena Frymann verdeckt wurde.
«Meisterin Frymann, was für eine unerwartete Freude, Euch so schnell wieder zu sehen.» Mit einer zu tiefen Verbeugung trat er einen Schritt von der geöffneten Tür zurück und liess die Frauen vorgehen: «Was verschafft mir die Ehre Eures Besuches? Setzt Euch doch, welchen Wein mögt ihr kredenzen? Wohl bedacht, dass ich mein Siedfleisch zum Ziehen schon auf dem Ofen habe. Wie kann ich …»
«Salomon. Das ist genug. Ich will wissen, was es mit deiner Ehrlosigkeit auf sich hat.»
Der Gastgeber wurde etwas fahler, sonst hielt er sich im Zaum: «Was geht dich das an, wie es mir geht? Bist du nur hier, um mich zu beleidigen, dann ist es einfacher, du gehst gleich wieder. Mit Frauen lasse ich mich nicht ein.»
«Das habe ich anders gehört», murmelte Johann, aber sein Kommentar erwies sich auch nicht gerade als besonders hilfreich, wie ein kehliges Knurren von Salomon ihm verdeutlichte. Der Mulliser zeigte die waffenlosen Hände zum Beweis der Friedfertigkeit und lächelte entschuldigend. Salomon wandte sich wieder Magdalena zu: «Warum bist du hier?»
«Ich habe beschlossen, dass ich wissen will, was da vor sich geht. Vorher gehe ich nicht weg. Erzähle mir alles und ich werde schon selbst urteilen, ob ich dich dann beleidigen will.»
Mit übertriebener Deutlichkeit setzte Magdalena sich hin, legte Pelz und Umhang ab und machte es sich so gemütlich, als würde sie sich auf eine lange Geschichte einlassen wollen. Stumm betrachtete Salomon sie und rang mit einer Entscheidung. Cleophea nahm sie ihm ab, als sie begann, von ihren Abenteuern zu erzählen. Darüber vergass Salomon zunächst sein Siedfleisch, dachte nicht daran, dass er noch eine Sauce mit ordentlich Mehl und Schmalz herzustellen hatte. Und als er sich, weil alle eine Pause zum Überlegen brauchten, schliesslich ans Fertigzubereiten machte, vergass er beinahe, den in der Sauce schwimmenden Fleischbrocken ordentlich mit Ingwer, Pfeffer und Safran zu würzen.
Es wurde ein langer Nachmittag, der erst lange nach dem Läuten der Grossmünster Feuerglocke beendet wurde.

16. Kapitel.

In dem eine Fehde ein für alle Mal angepackt wird.

SIE VERSPRACH NICHTS. Dennoch fühlte sich Salomon leichtsinnig getröstet, als Magdalena Frymann aus dem Haus ging, von Johann mit der Laterne begleitet, schliesslich geht eine reiche Kauffrau nicht so schutzlos durch die finstern Gassen Zürichs.
«Wie viele Menschen verschwinden also in Zürich so grob geschätzt?»
Cleophea überlegte und meinte dann: «Das ist nicht einfach auszurechnen. Ich war nochmals bei den Marktfrauen. Immer gibt es Knechte oder Mägde, welche die Gelegenheit nützen, in der Stadt zu verschwinden. Aber das sind ganz wenige, was sollen sie auch anfangen, so ganz allein in der Stadt? Es ist doch gut, einen Platz bei einer Meisterin zu haben; selbst wenn die einen schlecht behandelt, so hat man doch zu essen. Das sagte auf jeden Fall eine der Mägde, die ich ausfragen konnte, solange die Meisterin mit ihrem Nachbarn schäkerte. Was für ein Auskommen gibt es hier schon, wenn man ausgerissen ist? Kein Haushalt, der ehrenvoll ist, würde jemanden anstellen, der nicht ordentlich an Martini den vorigen Dienst verlassen hat. Eine Meisterin sagte mir, sie suche sich das Gesinde nur noch aus, nachdem sie die Sterne habe lesen lassen. Was sie damit wohl gemeint hat?»
«Du musst doch wissen, dass es Leute gibt, die denken, dass die Sterne beim Zeitpunkt unserer Geburt unser ganzes Leben aufzeigen und leiten.»
«Das tut mir jetzt aber leid: wenn bei uns jeweils Geburten anstanden, waren wir damit beschäftigt, die Frau am Leben zu erhalten. Und wenn's irgendwie möglich war, das Kind auch. Da blieb keine Zeit, in die Sternen zu stieren.»
Cleophea schüttelte den Kopf, was den Männern immer so einfiel, seelenruhig den Himmel zu studieren, während die Frau auf dem Gebärstuhl schreit und sich windet. Seltsam.
«Ich glaube natürlich schon, dass Himmelszeichen nicht vergeblich sind: Gott sendet uns Zeichen seines Unwillens und damit die Möglichkeit umzukehren, Busse zu tun. Jeder Pestzug will uns zeigen, wie verderbt wir sind und uns auf den richtigen christlichen Weg zurückführen.»
Die junge Glarnerin ignorierte das herablassende Kopfschütteln von Salomon, der schon lange aufgehört hatte, an die angebliche Güte Gottes zu glauben.
«Aber bei einer Geburt passiert zu viel, da können sich die Sterne nicht auch noch kümmern. Und überhaupt, warum soll dann jedes zweite Kind gleich sterben? Da schauen die Sterne wohl nicht so gut hin.»
Verschwörerisch lehnte sich Salomon vor und flüsterte: «Es gibt aber auch andere Zeichen des Himmels: Kometen. Die bekanntlich leuchtende Ausdünstungen der Erde sind. Oder noch unheilvollere Zeichen: erst vor ein paar Jahren – am achten Tag des Aprils 1571 – sah

man am Morgen vor der Predigt zwei Regenbogen: einer normal, einer darüber, verkehrt herum, wie zwei Halbmonde, gespiegelt. Kurz darauf starb einer der Zürcher Bürgermeister und im Mai erfolgte eine grosse Teuerung.»

Als er die Erzählung beendet hatte, wippte der Zünfter ernst mit den Augenbrauen, während Cleophea versuchte zu ergründen, warum er diese Geschichte erzählte, ob sie wahr war und ob er selbst daran glaubte. Sie entschied sich, die Erzählung zu umgehen: «Und was sagen die Regenbogen über unsere Suche? Wir kommen wieder einmal nicht weiter. Habt ihr die unfassbaren Gestalten gefunden?»

«Da sind wir verschiedener Meinung, dein störrischer Cousin und ich. Ich glaube, alles beginnt und endet am Predigerspital des Heiligen Geistes und letztlich vielleicht auch bei Meister Cuonrad. Johann mag nicht glauben, dass diese Wesen, die um unser Haus geschlichen sind, solche verwachsenen Gestalten sind. Dabei hatte er ja mit einem zu tun gehabt, da im Wirtshaus, als er eins auf die Nase bekommen hat.»

«Alle Missgestalteten sind also an dem Verbrechen beteiligt. Warum sollten sie an deinem Haus interessiert sein? Warum sollten sie jemanden umbringen? Warum sollten sie eine Verleumdung anzetteln?»

«Vielleicht trinken sie ja Blut. Nein, das war nur ein Spass, keine Sorge. Sie sind Werkzeuge. Von jemandem, der schlauer ist als sie. Bestimmt sind sie nicht sehr helle, da können sie einfach geführt werden.»

«Also, Cuonrad Himmel will dich schlecht machen und dir schaden. Warum?»

«Ich weiss es nicht.»

«Nun, mein Freund, dann überlegst du dir einmal gründlich, wen du verärgert hast. So sehr, dass er dich aus Zürich entfernen will. Und bitte!», Cleophea verschlang bittend ihre von den roten Brandwunden verkrümmten Hände, «bitte komm mir nicht schon wieder mit deinem Schwager.»

«Ich bin sicher, Mathis zögert nicht ein ‹Vater-unser› lang, meinen Namen zu beschmutzen. Auch wenn ich der Bruder seiner Frau bin. War.»

Cleophea erkannte Besessenheit, wenn sie sie sah. Jetzt war die Zeit höchst reif, dieser zu begegnen. Sie fasste ihren Entschluss rasch wie immer. Wie immer würde sie davon nicht abzubringen sein.

«Also gut, wir lösen diese Sache ein für alle Mal. Ob das mit dem Blut in deinem Zimmer zu tun hat oder nicht. So gehen wir das an.»

Und in hastigen Worten skizzierte Cleophea dem jungen Zünfter, wie sie beide seinen Schwager überführen würden. Hastig, weil sie wusste, wie gefährlich ihr Plan sein konnte, wie wenig vereinbar ebenfalls mit ihrer weiblichen Ehre. Hätte Johann von ihrem Vorhaben gewusst, er hätte es ihr kategorisch verboten; Salomon hingegen war verzweifelt und egozentrisch genug: er würde sie das Risiko eingehen lassen. Cleophea verkaufte ihm die

Lösung als einfaches Handeln, das keinerlei Gefahren barg und das allerletzte Hoffnung war, die Tode seiner Familie zu klären. In der Begeisterung des Moments versprach ihr Salomon, sie dürfe ihr waghalsiges Unternehmen ausführen, ja, er bat sie gar noch darum. Cleophea war ausserordentlich zufrieden mit sich. Abenteuerlustig strömte Leben durch ihren Körper, Begeisterung machte sie kribbelig und sie brach auf, ihre wenigen Habseligkeiten zu packen.

17. Kapitel.

In dem der Plan Cleopheas erfolgreich ist.

«Du hast was?!»
«Jetzt reg dich doch nicht so auf. Das ist eine ganz einfache Sache.»
«Ich soll mich nicht aufregen? I-ich s-soll mich nicht-t …? B-b-bist du von Sinnen? Du hast meine Cousine ohne Begleitung und Schutz zum hinterhältigen Mörder Mathis Hirzel gesandt und wirst sie dort nächtigen lassen? Du weisst doch, dass Mathis allen Grund hat, Cleophea zu hassen: sie hat im letzten Herbst sein Familiengeheimnis gelüftet. Ausserdem bist du überzeugt, dass er deine Familie mordete. Was ist mit ihrer Sicherheit? Was mit ihrer Ehre?! Bist du vollkommen irrsinnig?»
Johanns Stimme überschlug sich, mit beiden Fäusten riss er am Hemdkragen Salomons, während rote Kreise sich vor seinen Augen drehten. Das konnte nicht wahr sein. Das musste ein grausamer Scherz sein. Er träumte. In seinen Ohren läuteten Alarmglocken Sturm.
Aber es war wahr: Cleophea war offenbar zu Mathis Hirzels Haus gegangen und hatte behauptet, sich vor Salomon in Sicherheit bringen zu müssen – was angesichts ihrer blaugrünen Beulen im Gesicht glaubwürdig scheinen musste –, daraufhin war sie bestimmt ins Haus geladen worden und hatte sich unter den Schutz Hirzels begeben. So wie ihr Plan es vorgesehen haben mochte.
«Habe ich gesagt, dass sie alleine ging?» Salomons kalte, jedoch nicht völlig stabile Stimme wies den Mulliser zurecht. «Ich bin weder blöd noch ist mir Cleopheas Ehre gleichgültig. Sie hat selbstverständlich die Magd der Witwe Durysch mitgenommen.»
«Anna? Anna ging mit Cleophea?»
«Ja, kann sein, dass das ihr Name ist. Ist ja unbedeutend. Cleo ist nicht alleine. Und selbst wenn mein Schwager ein Mörder ist, in den Augen der Gesellschaft kann er es sich nicht leisten, eine junge Frau zu verführen, von verletzen ganz zu schweigen. Ausserdem: ich bin sicher, Cleophea kann sich wehren.»
Beschwichtigend lächelte Salomon – etwas verkrampft – und versuchte, die Spannung zu besänftigen, die auch ihn immer mehr in ihren raffinierten Schlingen zu erdrücken suchte. Er erreichte nichts; musste feststellen, dass alle Farbe aus dem narbigen Gesicht seines Gastes wich. Dieser riss weiterhin an Salomons kostbarem, reich gefälteltem, blühend weissem Kragen. Vergeblich, verzweifelt; und er machte alles deutlich, als er spuckte: «Ihre Ehre ist mehr wert als dein Unglück!»
Völlig ausser sich rannte Johann aus dem Haus, vergass sogar die obligatorische Laterne. Auf dem Weg zu dem Hirzel-Haus an der Kylchgasse wütete und zeterte er, so dass ihm die

Leute auswichen. Natürlich war es schon ordentlich dunkel, das mochte die Begegnung mit ihm noch furchterregender machen. Mit wütender Kraft hämmerte Johann an die Tür des Hauses «Zur niederen Linde». Angst und Wut krampften sich um seine Innereien. Das Haus blieb dunkel, nirgends ein Lebenszeichen. Johanns Angst geriet ausser Kontrolle. Alle Zurückhaltung und Schüchternheit vergessend, suchte er Hilfe im Nachbarhaus. Hier wurde ihm beschieden, dass der junge Hirzel vor wenigen Augenblicken weggegangen sei. Seine Begleiterinnen hatte man nicht erkannt, aber es hatte wohl eine ausgelassene Stimmung geherrscht. Cleopheas nutzloser Beschützer mochte so gar nicht darüber nachdenken, was dies bedeuten mochte. Wohin die Gesellschaft gegangen war, wusste niemand in der Nachbarschaft und so schlurfte Johann hängenden Kopfes wieder zu Salomons Haus zurück, entschlossen, ihm alle Schande zu sagen. Dabei hatte er dennoch Musse, sich auszudenken, was mit ihm selbst geschehen würde, wenn seine Achtlosigkeit bekannt würde. Es war simpel genug. Cleopheas Eltern würden ihn mit einem stumpfen Messer aufsäbeln und an den Eingeweiden an den nächsten Baum knüpfen.
Und seine Eltern würden darunter ein Feuer entzünden.

Salomon wartete auf seinen Gast und hörte sich dessen ausfällige Anschuldigungen fast demütig an, unterdessen war ihm auch klar geworden, dass er zu viel gewagt hatte. Dass er Cleophea Gefahren ausgesetzt hatte, die sie das Leben kosten konnten. War er denn nicht tief überzeugt, dass Mathis zu Morden fähig war? Was würde ein Mörder wohl als Erstes tun, um seine Taten zu verdecken? Was, wenn der Mörder Cleopheas Plan durchschauen würde? Allmählich wusste auch er um die Gefahr. Wohin mochte Mathis mit den zwei Frauen gegangen sein? Warum blieb er nicht Zuhause, beschützte sie und erzählte sein mörderisches Geheimnis wie geplant?
Es half nicht so recht, das Anklagen. Johanns Entsetzen blieb und nahm immer mehr Platz ein. Sein Herz schlug nicht mehr in seinem warmen ruhigen Rhythmus und seine Gedanken konnten sich einfach nicht beruhigen. Wortlos verliess er erneut das «Störchli» und ging suchend durch die schneegefrorenen Strassen Zürichs. Ergebnislos.

Er rannte gegen ein Hindernis. Nein, gegen einen Menschen. Noch fiel er in solchen Fällen in seine bäuerliche Erziehung zurück und entschuldigte sich. Gänzlich unzürcherisch. Aber jener, den er angerempelt hatte, griff nach seinem Handgelenk. In wilder Angst schlug nun Johann heftig um sich, fummelte seinen Dolch aus dem Gürtel und fuchtelte damit gegen die Dunkelheit, gegen den Menschenschatten, der vor ihm aufragte. Warum konnten sich die Zürcher auch nicht an das Gebot halten, draussen nach neun Uhr abends eine Laterne mit sich zu führen?

«Bei Gottes Güte! Ihr braucht Euch nicht zu bewaffnen. Ich bin es doch: Burkhard Leemann vom Grossmünster. Und Euch kenne ich auch. Ihr seid Salomon von Wyss' Gastfreund. Verzeiht, ich habe Euren Namen noch nicht erfahren.»

Johann blinzelte in die Nacht und versuchte, die Züge seines Gegenübers auszumachen, aber der falbe Mond bedeckte sich mit schweren Schneewolken. Der Glarner musste sich auf sein Gehör verlassen – und ja: dies war tatsächlich jene Stimme, die jeden Sonntag zu ihm sprach.

«Ich fühle mich geehrt, Euch kennen zu lernen, Herr Pfarrer, Antistes, … ahm, Meister Burkhard.»

Töricht streckte der Suchende die Rechte in die Dunkelheit. Aber der Pfarrer schien keine Schwierigkeiten zu haben, sie zu fassen, ohne Zögern schlang sich seine warme Hand um die Finger Johanns und drückte sie.

«Ihr seid alleine unterwegs?»

Sanft klangen die Worte durch die kalte Nacht, gerade wie ein Lichtstrahl im Dunkeln. So musste es sein, Johann verehrte das Wissen, die Gelehrtheit, das Alter. Er unterwarf sich gerne jenen, die Gott näher standen als er, unwillkürlich verbeugte er sich in der Nacht. Gegen diesen Jemand, der Gottes Pläne besser erspähte, sie besser studieren konnte, der die unvermeidlichen Fragen beantworten konnte. Völlige Ehrfurcht erfüllte Johann und machte ihn stumm. Der Pfarrer musste seine Frage wiederholen: «Ihr seid alleine unterwegs?»

«Ja.»

Johanns Schüchternheit wirkte sich beträchtlich auf seinen Wortschatz auf, er ärgerte sich über sich selbst.

«Nun, dann will ich Euch nicht weiter stören.»

«Eigentlich», rief Johann dem sich schon Weggewandten nach, «eigentlich würde ich mich freuen, wenn Ihr mir helfen könntet.»

«Aber natürlich.», wie es sich gehörte, bot der Pfarrer ohne nachzufragen seine Hilfe dar.

Johann geriet ins Stottern: «E-es g-geht also um-m dies-es: meine Cousine ist verschwunden. Heute besuchte sie – ich versichere Euch: zusammen mit einer Magd – Mathis Hirzel und nun sind sie weg. I-ich f-fürchte um ihr Wohlergehen.»

Die Stimme klang in der Dunkelheit erstaunt, als der Antistes sich versicherte, richtig gehört zu haben: «Sie ging zu Mathis Hirzel? Der Schwager von Wyss'? Der seit ewigen Zeiten mit Salomon in Fehde liegt?»

«Ja.»

«Hm. Nun, ich kann Euch nicht helfen, darüber weiss ich nichts. Aber wollen wir nicht in eine Schenke gehen und uns bei einem Glas Wein unterhalten? Vielleicht fällt uns etwas ein oder eines meiner Schäfchen weiss, wo die kleine Gesellschaft abgeblieben ist.»

«Gern.»

Johann schluckte und ging neben dem Pfarrer her, der ihn durch die dunklen Strassen lotste.

«Danke.»

«Keine Ursache.»

Das Wirtshaus, in das die beiden einkehrten, wurde «Zum Sternen» genannt. Dort lockerten die Bewohner der unmittelbaren Umgebung des Grossen Münsters ihren Abend auf, Burkhard Leemann war also ihr Pfarrer. Hier sollte man am ehesten etwas Sinnvolles erfahren; schliesslich wohnte auch Hirzel nur einen kräftigen Steinwurf vom Zwingli-Gotteshaus entfernt. Der «Sternen» schien gut geführt, jedoch mochte die freundliche Begrüssung durch den Schenkenwirt und alle Anwesenden auch auf den hohen Besuch des Grossmünsterpfarrers zurückzuführen sein. Spielwürfel rollten in Hemdsärmel und Mieder wurden zurechtgezupft, Haubenbändel verknotet, Finger lösten sich aus Fäusten, der Raum wurde unnatürlich still. Die Fussspitze eines speziell umsichtigen Gastes schob noch schnell eine Spielkarte mit dem Bild des Schellenkönigs unter den Tisch. Unter den niedergeschlagenen Wimpern hervor warf Johann dem Pfarrer einen Blick zu, um zu sehen, ob dieser diese spezielle Reaktion auf sein Kommen bemerkt hatte. Dessen feines Lächeln gab nichts preis, aber es dünkte den jungen Glarner, als ob der Antistes ganz genau wusste, wie die Menschen auf seine Amtsgewalt reagierten. Vermutlich lief es an jedem Ort, wo er erschien, genau so ab.

Fast dezent trat der gewaltig grosse und breite Sternenwirt an den wie von Geisterhand frei gewordenen Tisch, an den sie sich gesetzt hatten und fragte nach dem Begehren; nachdem die beiden Besucher ihre Wünsche vorgetragen hatten, warteten sie schweigend auf die Kelche mit Wein. Bald drehte Johann den seinen verlegen in den Händen und wurde gewahr, wie intensiv er betrachtet wurde. Selbst traute er sich nicht, genauer auf Burkhard Leemann, den man auch einfach «Lee» nannte, zu schauen.

Offenbar nahm dieser das Unwohlsein seines Gegenübers wahr und erfasste wohl, dass der junge Auswärtige Zeit brauchte, um sich an neue Menschen, neue Umgebungen zu gewöhnen. Er war freundlich genug, zu reden zu beginnen, um Gewöhnung zu gewähren. Der Antistes referierte über sein Grossmünster; er liebte seine Kirche und er konnte stundenlang darüber dozieren. Wie einer seiner Vorgänger – jener bekannte Johannes Jacob Wick, dessen Name dem Glarner Johann so gar nichts sagte – machte Lee Aufzeichnungen über die Besonderheiten, die mit dem Gotteshaus zu tun hatten. Und las gerne nach, was in früheren Zeiten so geschehen war. Ausführlich berichtete er von den Zeichen des Unwillens von Gott gegenüber Zürichs stolzestem Tempel. Vernichtende Unwetter zogen immer wieder über die Stadt und dem Herrn gefiel es, auch das Grossmünster nicht zu verschonen. Beispielsweise hatte ein wilder Wind 1534 Knopf und Stern vom Glockenturm geweht, ein Blitz hatte im Mai 1572 denselben Turm getroffen, worauf er bis zu den Mauerkronen abgebrannt war. Nur den Turmwärtern Victor Zevetz und Baschi Strum war es zu verdanken gewesen, dass das feuerheisse Unheil nicht weiter um sich gegriffen und die gesamte Stadt in Asche gelegt hatte. Aber schon vier Jahre später hatte ein weiterer Blitz in den Glockenturm eingeschlagen, ihn hatte auch das neu hinzugefügte Kupfer nicht geschützt. Ein Jahr zuvor hatte zudem ein Sturmwind den Dachreiter vom Münster gefegt. Das wurde wohl von Wetterhexen verschuldet! Wer sonst mochte dies auf dem Gewissen haben?

Allen metaphysischen Widrigkeiten zum Trotz war des Antistes' Gotteshaus das unangefochtene Zentrum der Zünfter-Stadt, gottesgefällig und herrschaftlich, Fixpunkt der Reformation. Voller Stolz berichtete Leemann nun von den bürgerlichen Feierlichkeiten, die seit Menschengedenken zweimal pro Jahr in seiner Kirche stattfanden. Der Schwur! Ach, der Schwur. Alle Bürger Zürichs waren dann jeweils zugegen, wenn der Neue Rat vereidigt wurde und sie leisteten bei dieser Gelegenheit den Treueeid gegenüber Bürgermeister, Rat und Zunftmeistern. Sie gelobten Treue und Gehorsam. So knöpfte man halbjährlich das Band von Untertanen und Obrigkeit neu. Denn auch die Obrigkeit gelobte, ihre Pflicht zu tun, zu schützen und Recht zu sprechen.

Johann nickte bei diesen Erzählungen höflich und vollendet abwesend, so dass der Pfarrer beschloss, in die Nähe des eigentlich wichtigen Themas zu kommen. Er nahm nur noch einen kleinen Umweg: «In meiner Kirche seid Ihr ein eifriger Zuhörer. Meine Predigten scheinen Euch zu gefallen.»

«Ja.» Heftig musste der Mulliser sich räuspern, er sollte der Höflichkeit Genüge tun: «Das stimmt.»

«Darf ich fragen, was Euch nach Zürich bringt? So weit weg von Eurer Heimat. Im Glarnerland, ja?»

Johann nickte und berichtete daraufhin stockend: «Wir ... angefangen hat alles, als wir nach einer verschwundenen Verwandten suchen mussten. Cleo und ich. Ich meine: meine Cousine und ich. Das war im letzten Herbst. Dabei sind wir Salomon begegnet und ... ahm. Nun ... item, nun hat er uns als Gäste eingeladen.»

«Tatsächlich.»

Diese trockene Feststellung, die Johann als ungläubigen Zweifel auffasste, brachte ihn dazu, seinen Gastgeber zu verteidigen: «Aber ja! Salomon ist ein guter Mensch. Das müsst Ihr mir einfach glauben. Vielleicht wirkt er nicht immer ... ahm ... zugänglich. Aber er hat uns bewiesen, dass wir uns jederzeit auf ihn verlassen können, seine Ehre ist ungetrübt. Was derzeit gegen ihn unternommen wird, ist nicht fair. Das müsst Ihr mir glauben. Es gibt keinen guten Grund, ihm an die Ehre zu wollen.»

«Tatsächlich.»

«Absolut! Er ist vollkommen unschuldig. Ich meine, er hat nichts von dem getan, was man ihm vorwerfen mag. Die Nachbarschaft ist einfach gemein. Er tut nichts, was wider die Gesetze Gottes steht.»

Bei der letzten Aussage musste Johann doch schnell überlegen, ob dies der Wahrheit entsprach. Verneinte Salomon nicht immer wieder selbst die Existenz Gottes? Hatte er mit dem Tod seiner Familie nicht aufgehört, an dessen Güte zu glauben? Er reagierte zynisch auf alle schutzbringenden und -suchenden Gesten und Worte, wandte sich überheblich gegen alle anderen, vertraute nur sich selbst. Gerade dies würde Johann dem Pfarrer nicht auf die Nase binden. Denn mit seiner Verhaltensweise begab sich von Wyss in den Kreis der Hauptsünde des Hochmuts: in seiner stolzen Einsamkeit verneinte er ja, dass er einfach, weil er Mensch war, göttliche Hilfe benötigte. Selbstherrliche Arroganz zeichnete den Gerichtsschreiber aus, aber soweit Johann dies mitbekommen hatte, war das eine allgemeine stadtzürcherische Angewohnheit, schon fast keine Besonderheit mehr.

«So überzeugend hat noch nie jemand für Salomon fürgesprochen, seit ich ihn kenne. Nun, vielleicht ist ‹kennen› ein zu tiefsinniges Wort. Der junge von Wyss erscheint nun ja nicht sehr regelmässig in meinen Predigten, sein Vater war da ganz anders, ebenso seine Schwester.»

«Das heisst nicht, dass er ungläubig ist. Das müsst Ihr mir glauben. Er ist beschäftigt und er … er … es heisst nicht, dass er nicht gläubig ist, wenn …»

«Es ist gut. Ihr braucht ihn nicht weiter zu verteidigen. Ich bin sicher, er ist so sündig, wie wir alle.»

Die einzig mögliche Antwort darauf war stummes Nicken, auch wenn Johann der Aussage nur bedingt zustimmen mochte. Der Glarner traute sich nicht aufzusehen und den leicht belustigten blauen Augen des Antistes' zu begegnen. Trotz seiner bestimmt 60 Jahre wirkte dieser wie ein Jüngling, kraftvoll, teilnehmend, voller Eifer. «Warum ging nun Eure Cousine zu Hirzel?»

Ohne zu zögern vertraute Johann dem Grossmünsterpfarrer die Wahrheit an, einen Teil der Geschichte, und wenn jener erstaunt war, dass jemand seine Zeit damit verbringen konnte, nach wiedergängerartigen Mördern und Verleumdern zu suchen, dann gab er davon keine Kenntnis.

Wenn das Gespräch gerade so gut lief, würde Johann es auch nicht versäumen, weitere Auskünfte zu erlangen: «Wenn Ihr gestattet, Antistes, eine Frage: Mathis Hirzel, ist er ein Gläubiger Eurer Kirche? Ich habe ihn sonntags jeweils nicht gesehen, aber es kann sein, dass Salomon mich absichtlich nicht in Mathis' Nähe bringen wollte. Kennt Ihr den Junker Mathis Hirzel näher? Seiner Familie gehört die Gerichtsherrschaft Wetzikon.»

«Mathis Hirzel besucht meine Kirche nicht.»

Zu blöd, ein verschwiegener Pfarrer, das hatte Johann noch gefehlt. Ob er anders zu der Information kommen konnte? Um sein Gegenüber möglicherweise aus der Reserve zu locken, begann er, seine Gedanken laut zu formulieren, seine Schlüsse über den wieder aufgekommenen Lärm des Gasthauses hinweg zu ziehen: «Aber Hirzel ist reformiert, das muss er sein. Bestimmt, denn sonst würde er in Zürichs Obrigkeit keinen Stand haben. Wisst Ihr, in welche Kirche er geht? Wir könnten dort nach ihm fragen, vielleicht weiss dieser Pfarrer etwas über das Verschw… Weggehen Mathis'.»

Unvermittelt sprang Johann die seltsame untrügliche Gewissheit an: Cleophea war wieder da, wo sie sein sollte. Seine Kopfhaut spannte und eine plötzliche Kraft zog über seinen Nacken. Hastig stiess er ‹Entschuldigt mich. Ich muss gehen› hervor, warf eine Münze auf den Tisch, schnappte sich sein Barett und seine Schaube und eilte aus der Tür, die bestürzten Fragen des Pfarrers ignorierend.

Nie konnte er sich erklären, warum seine Füsse den Weg fanden, der zu Cleophea führte. Zielsicher flitzte Johann durch die glatten dunklen Strassen und wusste mit einfacher Überzeugung, dass er Hirzel und die zwei jungen Frauen im Niedere-Linden-Haus antreffen würde.

Zutreffend. Er fand das Haus beleuchtet vor und zum ersten Mal, seit er auf dieser Erde weilte, benützte Johann Geld, um an eine gewünschte Information zu kommen – ein vollkommen überteuerter Weg, aber er war es wert. Eine aus dem Schlaf gerissene, jedoch neugierige Nachbarin beschied ihm, dass die rothaarige Fremde und ihre Magd im zweiten Zimmer von rechts im ersten Stock ihre Kammer hatten.

Johann warf ein paar Schneebälle an die kleinen Fenster jenes Zimmers, in dem Cleophea offenbar weilte. Als hätte sie auf ihn gewartet – undenkbar war es nicht –, öffneten sich die Fensterflügel fast unverzüglich und im fahlen Licht des Mondes erschien ihr gezöpfelter Rotschopf unter der Nachtmütze. Sie winkte ihrem Vetter von der ersten Etage hinunter zu und liess ihn gestikulierend wissen, dass alles in Ordnung war. Er befahl ihr mit strengen Gesten, am nächsten Tag nach Hause zu kommen. Erstaunlicherweise nickte sie ohne zu zögern ihr Einverständnis. War es dieses überraschend hastige Einlenken auf seine Anweisung oder hatte Johann tatsächlich Tränenspuren auf Cleopheas Wangen glitzern sehen? Ein Gefühl der ängstlichen Unsicherheit blieb in Johanns Magen sitzen.

Stumm betrachteten die zwei sich im beginnenden Schneefall und Johann wartete auf ein Zeichen seitens seiner Cousine. Sie schien zu überlegen. Dann nickte sie zweimal dezidiert und bekräftigend. Sie war nicht in unmittelbarer Gefahr, mit der offenen Hand wies sie ihren Beschützer weg, sanft und winkte noch einmal bestätigend, auffordernd.

Leichteren Herzens lief Johann federnd zum «Störchli» zurück, um die frostige Kälte zu vertreiben und bestimmt auch, weil er unendlich erleichtert war, seinen Schützling wiedergefunden zu haben und ihn in Sicherheit zu wissen.

18. Kapitel.

In dem Zürichs Antistes schrecklich erschüttert wird.

WAS WAR EIGENTLICH aus der alten, ganz angenehmen Gewohnheit des Schlafens geworden? Niemand schien ihr in dieser Nacht zu frönen. Als Johann ein weiteres Mal nach Hause kam, führten ihn mildes Kerzenlicht und gedämpfte Geräusche in die zentrale Stube. Die Arroganz Salomons hatte ihn trotz allem nicht so weit erkalten lassen, dass er sich keine Sorgen um seine Gäste gemacht hätte. Nichts weniger als seine Gastgeberehre stand zudem auf dem Spiel. Vertieft und zugleich abgelenkt blätterte er in seinem geliebten Buch mit den Sagen von Nibelung, liess sich halbherzig auf die Abenteuer der Ritter aus vergangenen Heldenzeiten ein und horchte auf Geräusche in seinem mächtigen, zu leeren Haus. Als endlich die Haustür zuklappte, atmete er auf: Johann würde niemals ohne substantielle Neuigkeiten nach Hause kommen. Er war ein Hirtenhund, liess seine Herde niemals alleine unbeschützt in der dunklen Nacht. Und jetzt war er zurück, um Salomon Meldung zu geben. Der Zünfter sah für ein Mal keinen Grund, unnötig Kräfte aufzuwenden, indem er sich gleichgültig gab: «Hast du sie gefunden?»
Er war selbst erstaunt zu hören, wie kleinlaut und besorgt seine Stimme klang. Johann befand es ebenfalls nicht der Mühe wert, etwas anderes als die Wahrheit zu berichten: er würde Salomon nicht für die Ängste, die er ausgestanden hatte, bestrafen: «Ja, sie ist unversehrt in Hirzels Haus. Ich habe sie gesehen. Es geht ihr gut und sie kommt morgen nach Hause.»
«Gott sei ewiger Dank!» Salomons rechte Hand legte sich ohne sein Zutun auf die Stelle, wo sein Herz schlug, in Erleichterung atmete er tief ein und schloss die Augen. Und zum ersten Mal seit undenkbaren Zeiten öffnete er sein Visier: «Ich habe mir solche Sorgen gemacht. Dieser blöde Plan. Ich hätte ihm niemals zustimmen dürfen. Cleophea ist für ihn nicht verantwortlich. Ich bin es ganz alleine. Es tut mir leid.»
«Pfff!», Salomons Gast verwarf die dargebrachte Entschuldigung grossmütig; schliesslich wog sein eigenes Versagen bleierner, Johann liess seiner Unzulänglichkeit, seiner Angst nun Raum, als er sie mit Wut öffentlich machte: «Ich ziehe ernsthaft in Erwägung, dem Plagegeist Prügel zu verabreichen. Warum kann sie sich unserer Herrschaft nicht unterwerfen, wie eine Frau es muss? Warum versucht sie ständig, sich unserem Schutz entziehen? Es wäre einiges einfacher, sie zu beschützen, wenn ich immer wüsste, wo sie ist. Ich werde anfangen, mich nach einem Ehemann für sie umzusehen, ich will sie nicht länger unter meinem Schutz haben. Soll sich ein anderer um sie kümmern. Soll sich doch ein anderer die Zähne ausbeissen.»
Beide wussten, dass Johann weder das Eine, noch das Andere in Tat umsetzen würde.

«Ach!», der bald 18-Jährige verwarf die Hände in komischer Verzweiflung: «Ich werde zu alt für diese Verantwortung!»

Erleichtert begannen die Männer zu lachen und teilten ein paar sonnige Momente. Als sie sich schliesslich in ihre jeweiligen Schlafkammern aufmachten, stolperte Johann über ein paar unbekannte junge Katzen, die ihm zwischen den Beinen herumrannten und sich ihm in freudiger Erwartung vor die Füsse warfen, sich in seine Halbstiefel verbeissen wollten. Auf Johanns fragende Geste hin meinte Salomon schlicht: «Ohne zahlreiche Katzen kann ich nicht richtig leben. Ein Haus ist einfach kein Daheim ohne sie. Heute habe ich einem Bauern vom Zürichberg sechs abgekauft. Stell dir vor: ich habe sogar für die schnurrenden Störenfriede bezahlt! Ich hoffe, wenigstens ein paar davon bleiben bei uns, ich füttere sie eigens mit Rahm. Bestechung ist stets der einfachste und sicherste Weg in Zürich.»

Mit diesen Worten griff er in die geschmeidige Meute, zog ein paar der Fellknäuel zu sich hoch an die Brust und nahm die miauend strampelnde Masse mit, um sich mit ihr das Bett zu wärmen.

Von der Seele gar nicht zu sprechen.

⚜

Bis in der Dämmerung die morgendliche Betglocke läutete, waren nur ein paar Momente vergangen, so kam es Johann jedenfalls vor, als er die Lider wieder aufschlug, die tiefgerutschte Nachtmütze von den Augen wegschob und sich aus dem Bett mühte. In Rekordzeit warf er sich in seine eisigkalten Kleider und hastete im Bemühten, schnell warm zu werden aus dem frostklirrenden Zimmer, verfolgt von drei bis fünf Katzen. Er versuchte, sie aus erzieherischen Gründen davon abzubringen, ihm in die Küche zu folgen. Vergeblich, denn von dort drang nicht nur der feine Duft von gebratenen Brotstückchen und Eiern, sondern auch die verlockende Stimme Salomons, der Schüsselchen um Teller auf den Boden stellte, um seinen Teil der kleinen Löwen mit Essen zu versorgen. Johann zweifelte keinen Moment daran, dass die sechs im Moment noch mageren Zürichbergkatzen es bald in der Nachbarschaft verbreitet haben würden, dass ein Vierbeiner ausgesprochen luxuriös beim Zünfter von Wyss lebte, etwas, das die drei schon Dagewesenen mit ihren runden Bäuchen zweifelsfrei bezeugen konnten.

  Es klopfte an die Haustüre, die beiden Männer sahen sich erstaunt an. Salomon hatte noch nie viel Besuch bekommen, noch viel weniger, seit er in der Nachbarschaft als entehrt galt. Cleophea würde nicht klopfen, sie würde einfach eintreten. Sie war hier stets willkommen.

«Es muss der Rahm sein, der lockt einfach alle Lebewesen an.»

Johann grinste schief auf Salomons lahmen Versuch hin, witzig zu sein. Es wäre unhöflich gewesen, seinem Gastgeber an die Tür zu folgen, aber er horchte auf Stimmen. Als er die besuchende erkannte, machte er sich hastig auf den Weg zum Eingang. Und nicht zu früh. Natürlich zog es Salomon wieder einmal vor, sich unerträglich zu geben und er hatte den Besucher beinahe schon wieder aus der Tür spediert.

«Salomon!» Johann klang schon ganz wie der Feldherr, der er sich entschlossen hatte, zu sein. «Lass sofort den Antistes eintreten. Er wird mit uns frühstücken. Na los!»

Salomon schien Meuterei in Betracht zu ziehen, liess dann aber Burkhard Leemann widerstrebend ein. Nicht zuvorkommend, schon gar nicht galant. Das schien er sich für junge Frauen aufzuheben. Johanns Rechte hatte die zögernde Hand des Pfarrers bereits in Empfang genommen und er zog den Unschlüssigen fast etwas gewaltsam ins Haus. Beim Hineinkommen streifte Lee die breite Gestalt Salomons, warf einen fast ängstlichen Blick auf den steinkalten Zünfter und Johann hätte beinahe besänftigend gemeint: ‹keine Angst, er beisst nicht›.

Die Gefühle des Pfarrers schienen auf seltsame Weise aufgewühlt und mit einem Mal bekam es Johann mit der Angst zu tun: «Antistes, Ihr bringt mir doch keine schlechten Nachrichten über meine Cousine?»

«Nein, nein», beeilte sich Lee zu sagen, «es ist nichts Spezielles geschehen. Ich wollte mich nur erkundigen, ob Eure Verwandte ohne Harm nach Hause gekommen ist.»

«Wärmen wir uns beim Kachelofen und stärken uns mit Frühstück, während wir auf sie warten. Es sollte nicht mehr lange dauern.»

Johann ging wie selbstverständlich voraus, Burkhard Leemann am Ellenbogen sachte führend, während Salomon sich brummig aufmachte, das Essen fertig zuzubereiten.

«Gibt es keine Magd, die kocht?», erkundigte sich der scheinbar verwöhnte Pfarrer, während er den Kopf dem entschwindenden Zünfter nachdrehte. Johann lächelte vor sich hin, offenbar hatte Lee keine Ahnung, in welch heiklen Sphären er sich befand. Salomons Leben unterschied sich derart von der normalen Lebensweise anderer, das war schon sehenswert. Es war schlichtweg skandalös.

«Nein, Salomon mag keine Angestellten», das war eine einigermassen freche Verzerrung der Wahrheit, die unverblümt so aussah, dass Salomon einfach kein Gesinde fand, das bereit war, in seinem Haus zu dienen. Sein Ruf war schlecht, seit das unbeugsame Unglück über die von Wyss'sche Familie gezogen war, niemand mochte den eigenen guten Namen mit dem seinen in Verbindung bringen. Da half alles Geld nicht. Salomon behauptete, gerne seinen eigenen Raum zu haben, ohne jemanden, der ständig alles über ihn wusste. Ein seltsames Konzept.

Johann kannte nichts anderes, als dass die ganze Sippe stets über alles informiert war und eingriff, wenn sie es wert, nützlich, schicklich befand. Das war zu oft. Johann hatte sich sehr früh angewöhnt, sein Verhalten konform anzupassen. Und trotzdem hatte er Mittel und Wege gefunden, sich unauffällig durchzusetzen. Auch ohne so ein Geschrei, wie es Cleophea jeweils veranstaltete. Die Reise nach Zürich hatte Johann endgültig die Augen geöffnet, wie weit die Welt auch sein konnte und wie spannend, sich die Menschen der Umgebung selbst aussuchen zu können. Jemand zu sein. Ein eigener Mensch zu sein. So waren sie endlich auch beim schwierigen Zünfter gestrandet, hatten seine Gastfreundschaft jener ihres Grossonkels vorgezogen. Ein ungeheuerlicher Vorgang, ein deutlicher Affront gegen den Verwandten. Aber die Glarner hatten sich beim eisigen von Wyss sicherer gefühlt als beim jovialen Gabriel Gallati.

Als aufgetragen war, nahm Lee sein Messer und Löffel vom Gürtel und liess es sich schmecken. Die beiden anderen beobachteten ihn dabei und hatten so gar keinen Appetit.

Beide atmeten hörbar aus, als die Haustür resolut ins Schloss fiel, mit breitem Grinsen sprang Salomon auf und eilte in den Eingang, seine freudige Stimme mischte sich mit dem sofortigen Bericht von Cleophea. Dankbar nahm Johann derweil einen weiteren tiefen Zug Luft und entspannte die hochgezogenen Schultern, lächelte vor sich hin. Der Antistes betrachtete ihn mit sonderbarem Blick, wirkte erstaunt über den heiteren Aufruhr, den die junge Frau verursachte, immerhin hatte sie fast einen Skandal heraufbeschworen.

Als Cleophea den Raum betrat, stand der Pfarrer höflich auf, bald allerdings verfinsterte sich seine Miene, als er feststellte, dass sie katholisch sein musste. Cleophea ihrerseits liess sich Zeit, den neuen Besucher in Salomons Haus zu betrachten. Kein Zweifel, er trug die Berufskleidung eines reformierten Pfarrers: schwarze hart geschnittene, betont einfache Kleidung aus rauem Leinenstoff; ein kleines Zipfelchen weisser Kragen zeigte an, dass in all dem Schwarz, das die Menschheit in ihrer ganzen Sünde kennzeichnete, auch winziges Weiss war: Ebenbild Gottes. Der Zürcher Pfarrer wirkte mit seinem steifen Äusseren streng und unnahbar, er war Respektsperson, er war Vermittler von Gottes Wort.

Allein, der Rest seines Äusseren verriet eine lebendigere, weniger strenge, vielleicht gar überschwängliche Wesensart. Seine graubraunen Haare wellten sich störrisch kreuz und quer auf dem Kopf, mochten sich wohl nicht brav in die vorgesehene Frisur schicken. Die Ohren standen leuchtend rot vom Kopf ab und die Nase schien mehrere Male gebrochen, auf jeden Fall verlief sie nicht gerade über dem geschwungenen Mund, der die vorstehenden Zähne nicht ganz bedecken konnte. Lächelnd senkte Cleophea den Kopf: sie hatte ihn erkannt. Er hätte noch so sehr ein giftigsteifer Calvin sein mögen, im Grunde seines Wesens war er ein lebensfrohes Energiebündel, das sich entschlossen hatte, puritanisch zu werden. Deswegen jedoch brauchte er sie aber schon gar nicht so durchdringend anzusehen, es half nichts: sie würde beim Wahren Glauben bleiben. Dem Glauben aller ihrer Vorfahren, dem ursprünglichen richtigen Glauben. Mit diesen Reformiertheiten konnte sie nichts anfangen. Sie mochte ihre Heiligen, sie mochte die Mutter Gottes, die farbigen Gottesdienste, den mystischen Weihrauch, den herrschaftlichen Nachfolger Petri in Rom. Und überhaupt: wer beginnt schon einfach so nach 1600 Jahren einfach eine neue Religion? Wofür hatten denn die Märtyrer gelitten? Unerhört. Diese Reform war ganz unnötig, ganz brutal. Nur ein Zürcher hatte sie sich ausdenken können.

Ihre beiden Männer wollten nun natürlich von Cleopheas Erlebnissen mit Hirzel hören. Sie zögerte, der Fremde hatte hier nichts zu suchen, er war nicht Teil ihrer Gemeinschaft, hatte somit kein Anrecht auf ihre Geheimnisse. Als Johann ihr versicherte, dass der über alles Bescheid wusste, und sie dezent wissen liess, dass er ihn vertrauenswürdig fand, zögerte sie dennoch. Das aufgetragene Frühstück war ihr eine willkommene Ausrede, sich gut zu überlegen, was sie berichten wollte. Denn es war ja durchaus möglich, dass hier ein Feind mithörte, was, wenn der Antistes mehr wusste, als er zugab? Zwar vertraute Johann ihm, aber Cleophea konnte sich dieses Mal nicht dazu bringen, auf sein Gespür zu vertrauen.
Beängstigende Verlorenheit zwängte sich in ihre Überlegungen: wenn sie nicht mehr blind auf ihren Cousin zählte, was würde dann geschehen? Sie stand ganz allein da. Mit gutem Grund, denn seit einiger Zeit stellte sie fest, dass er sich von ihr entfernte, dass Teile von ihm ihr fremd wurden. Zukunftsangst nagte an ihr, jetzt, als sie es wirklich erkannte. Unglücklich suchte sie Halt. Ihre Blicke trafen Salomons und sie erkannte, dass er die Zweifel gegenüber dem Pfarrer teilte. Fest betrachteten sie sich und Cleophea war zutiefst versucht, Salomons Seite zu wählen. Aber die bewährte Loyalität zu Johann … Sie brachte es nicht über sich, das vertraute Band zu zerschneiden.

※

Voller Gewissheit liess sie nun ihre neuste Erkenntnis mit dem ersten Satz in den Raum platzen: «Ich bin mir sicher, dass Hirzel Salomons Familie nicht umgebracht hat.»
Salomon knurrte starrsinnig, sie fuhr fort, ihn gegen seinen Willen zu überzeugen.
«Wirklich. Ich bin mir sicher, auch wenn ich es nicht beweisen kann. Genau so wie du nicht beweisen kannst, dass er schuldig ist. Es gibt jedoch zu viele Zeichen, die deutlich gegen Morde sprechen. Er trauert nach wie vor um seine Frau und sein Kind, dieses Gefühl ist echt. Er hat versucht, es vor mir zu verstecken.»
Eine überlegene Schnute ziehend, liess sie die Männer im Raum wissen, was sie davon hielt. Nach einem weiteren Blickkontakt mit Salomon fuhr sie fort: «In den drei Jahren hat er sich noch nicht mit einer neuen Frau verbunden. Das ist doch bedeutsam: drei Jahre, ein reicher Zünfter, jung und gesund. Und keine Frau. Er sagt, er kann nicht. Jede Frau vergleiche er mit Aurelia. Seine Familie drängt ihn, doch endlich eine neue Familie zu gründen,

damit der Name weiterlebt. Er zieht es erst langsam in Betracht, einfach damit seine Familie Ruhe hat. Er gibt auch zu, dass er auch gerne wieder eine Frau im Haus hätte.»

Johanns Blick verfinsterte sich, gerade hatte seine Cousine eine Nacht in des Junkers Haus verbracht und freizügig hatte der Hausherr über seinen Wunsch nach Heirat gesprochen. Das war gar nicht schicklich.

Glücklicherweise war Cleophea eine katholische Söldnertochter, da kam eine Verbindung mit einem Zürcher Zünfter kaum in Frage. Dennoch ... sie mochte im Sinn haben, dem harten Leben im kargen Glarner Tal zu entkommen. Würde sie jedes Mittel ergreifen, um dies wahr werden zu lassen? In diesen Überlegungen begegneten seine Augen Cleopheas spöttischem Blick – hatte sie seine Gedanken erraten? Gnädigerweise liess sie ihn dies jetzt nicht wissen, sie sprach weiter: «Er erzählte mir, wie er den Tod von Aurelia und seiner Tochter sieht. Sie starben an einem bösen Fieber. Mathis sagt, dass Aurelia nach der strengen Geburt von Regina nicht mehr kräftig wurde. Sie selbst scheint schon immer von feiner Konstitution gewesen zu sein, sanftmütig, gebrechlich. Stimmt das nicht?»

Salomon nickte mit verkniffenem Mund, sah zornig, widerwillig wie sein Lebenszweck sich in Rauch auflöste.

«Aurelia kränkelte auch schon lange vor dem fatalen Sturz auf der Treppe. Und nein: Mathis Hirzel war zu diesem Zeitpunkt nicht zu Hause, er kann sie nicht gestossen haben. Wir können das ja noch nachprüfen, aber ich bin schon jetzt sicher, dass er auch da die Wahrheit sagte. Bestimmt zehn Zünfter werden ihn gesehen haben, es war ein Tag von einem grossen Geschäftsabschluss, anschliessend traf man sich noch zu einem Taufumtrunk. Zweifellos werden die Beteiligten sich daran erinnern, ob Mathis da zugegen war, es war – mindestens im Nachhinein – ein denkwürdiger Tag. Aurelia also fiel die Treppe hinunter und ihre Innereien bekamen wohl einen Knick, sie starb unter fürchterlichen Schmerzen, nachdem ein Fieber gewütet hatte und sie vollkommen verzehrt hatte. Ihr Mann war stets an ihrer Seite, hatte alle Heilenden der Stadt an ihr Lager gerufen. Aber vergeblich. Sie starb. Ihre kleine Tochter bekam dasselbe Fieber und ging bald darauf ebenfalls von dieser Erde.» Cleophea holte tief Atem: «Salomon: sie starben eines natürlichen Todes. Wie so viele andere auch. Der Tod hat sie früher geholt als andere, aber es war ein normaler natürlicher Tod.»

«Und was ist mit meinem Vater? Und meinen Cousins?»

Trotz des vordergründigen Aufbäumens war Salomons Stimme bröcklig, er begehrte nicht mehr ernstlich auf. Niedergeschmettert resignierte er vor der Erkenntnis, dass sein Leben noch viel weniger Sinn hatte, als er es in seinen schrecklichsten Albträumen befürchtet hatte. Cleophea mochte ihm nicht noch mehr Schmerzen zufügen, sie zuckte still die Schultern und meinte sanft: «Ich denke nicht, dass Mathis sie ermordet hat. Weshalb auch?»

Und weil es nicht zu vermeiden war, schnitt sie auch noch das letzte Thema an, das drohend die Luft aus dem Raum drückte: «Das Blut in deinem Zimmer: ich glaube nicht, dass Hirzel es vergossen hat oder veranlasst hat, es zu vergiessen. Es gibt ganz einfach keinen guten Grund dafür. Er gewinnt dabei nichts: kein Geld, keine Ehre, keinen Frieden. Hirzel ist weder blutlüstern, noch einfältig, noch verrückt, noch sinnt er – erstaunlicherweise – auf Rache wegen deiner fehlgeleiteten Fehde. Ich kann mir keinen Grund mehr denken, weshalb er dich verleumden wollen sollte. Schliesslich erträgt er deinen irrigen Ehrenhandel schon seit drei Jahren ziemlich gelassen.»

※

Praktisch blutleer grinste Salomon verzerrt, es lag keine Heiterkeit in der Mimik. Am Grab seiner Familie war er unfähig gewesen zu denken, seine eigenen tierischen Klageschreie widerhallten noch jetzt in seinen Ohren. Die Verlorenheit der ersten Tage nach den Beerdigungen. Nur lichtloses Vergessenwollen und dumpfes Nichtakzeptierenkönnen. Totale Leere. Und schliesslich wie eine Erlösung die Kraft, als er zum Entschluss gekommen war, dass alles, alles Hirzels Schuld sein musste. Glücklich, voller Schneid hatte er sich in das männliche Konzept der Fehde gestürzt und sein Leben hatte wieder Sinn erhalten. Lang ersehnten Sinn. Solange Hirzel lebte, sollte er leiden. So wie er seiner Frau und seiner Tochter Leiden zugefügt hatte. So wie er Salomon hatte leiden lassen, weil er seine Familie umgebracht hatte, weil er ... Salomon alleine auf der Welt zurückliess, ihn in die Einsamkeit gestossen hatte. Diese Fehde gab guten Halt, sie strukturierte Gedanken und stützte Tagesläufe. Und jetzt: Schatten und Staub. Alles verloren. Vergebliches Mühen. Sinnloses Leben.

Selbstverständlich wurden alle gewahr, wie sich von Wyss der zähflüssigen, schwarzen, alles verschlingenden Galle ergab, und es gab nur einen Weg, ihn daraus zu lösen. Johann übernahm es, die Aussagen zu ihrem Rätsel auf den Punkt zu bringen und hilfreich weiterzutreiben. Energisch wandte er sich an seinen Gastgeber: «Item. So weit zu der Fehde. Sie kann sich selbst begraben. Wir schauen nach vorne. Salomon! Hör mir zu: wir schauen nach vorne. Da gibt es noch immer das Verbrechen, das in deinem Haus geschehen ist, noch immer suchen wir einen Körper. Eine nicht ruhende Seele. Noch immer müssen wir den Verdächtigungen der Nachbarschaft begegnen, deine Ehre wiederherstellen. Und das werden wir. Flüchten kommt nicht in Frage. Zu viel steht auf dem Spiel. Die angebliche Ehrlosigkeit trägst du immer mit dir.»
Salomon hatte noch genug Kraft, den ungeziemten Glarner Welpen anzuknurren: «Was bildest du dir ein? Denkst du, du kannst über mein Leben bestimmen? Ich entscheide schon selber, was ich tun und lassen werde. Ich kann schon selber auf mich ...»

Hier unterbrach der Grossmünsterpfarrer zum ersten Mal das Gespräch: «Meine Herren. Ich bitte Euch. Das ist kein Grund zum Streiten. Alles wird mit Gottes Hilfe gut. Er wachet über Euch, Er beschützet Euch, wie es geschrieben steht.»

Sehnsüchtig wandte Johann sich diesen guten Trostworten zu, liess Wärme um sein Herz fliessen und senkte in stillem Gebet voller Vertrauen den Kopf, deswegen sah er auch nicht, wie seine Cousine und ihr Gastgeber sich wissende Blicke zuwarfen, die von zweifelnder Einmütigkeit sprachen. Beide begannen, die Augen zu rollen und sich mit Gesten über den grossspurigen Pfarrer und den gutgläubigen Jüngling lustig zu machen. Einvernehmlich, vertraut. Cleopheas Herz hüpfte in Freudensprüngen, ihr Magen rollte in Purzelbäumen, zum ersten Mal seit langen Zeiten. Blut schoss ihr in die Wangen und ihre Hände zitterten, freudig. Überwältigt schlug sie die Augen nieder, um sie sofort wieder auf Salomon zu richten. Nichts durfte ihr von ihm entgehen. Er war einfach zu schön, er war einfach zu stattlich. Zu gleichgesinnt, zu reich, zu gut ... um wahr zu sein. Aber ihre verschupfte Verliebtheit achtete nicht auf Wenn und Aber. Cleophea wollte wieder glühen, ihn bewundern, ihn verehren. Ach! Es war einfach zu schön. Mochte es doch für ewig anhalten.

Salomon hingegen wandte sich von der einen Vertrautheit ab in die andere altgeübte, als der Pfarrer in salbungsvollen Worten weiterpredigte. Unvermittelt gleissend im kalten Zorn zischte er: «Beim erschossenen Zwingli! Das reicht. Ich gebe einen kleinen Haller, ob sich Gott um mich schert oder nicht. Lee, wenn du nicht mehr zu bieten hast, dann begrüsse ich es, deine Schaubenzipfel von hinten zu sehen.»

Empört schnappte Johann nach Luft, ebenso wie der Antistes, der es sich nicht gewohnt war, so rüde aus einem Zünfterhaus geworfen zu werden.

«Aber von Wyss, bedenket, dass Gott Euch beobachtet. Er hat Euch schon einmal eine Prüfung gesandt, die Ihr nicht bestanden habt. Verderbnis wartet Euer! Grauenvolle Höllenqualen, ewiges ...»

«Und wer bist du, dass du besser als ich verstehst, was Gottes Wille sei? Ist nicht die ganze Reformation dazu da, dass jeder selber im Buch Gottes nachlese, was geschrieben steht? Ich mache meine eigenen Geschäfte mit Gott.»

Der Pfarrer wurde bleich.

«Falls es ihn überhaupt gibt.»

Burkhard Leemann verlor für einen kurzen Moment das Bewusstsein, so schockiert war er noch niemals gewesen. Bis ins Innerste verstört sprang er von der Bank und rannte aus dem Haus des Ketzers. Ketzers!

Salomons Lachen verfolgte ihn bis auf die trübe Strasse, wo er schwitzend Halt machte. Es ward offenbart: um diesen Zünfter stand es noch viel schlimmer, als Lee befürchtet hatte. Er würde sich stärken müssen und dann würde er zurückkehren. Immer wieder. Er würde keines seiner Schafe dem Ewigen Verderben preisgeben. Unter seiner Herrschaft würde es

nicht passieren, dass ein Ketzer das Ewige Licht verpasste. Niemals! Und müsste er ihn dafür der staatlichen Folterung übergeben. Lieber die Seele als den Körper retten.
Uh, Ketzer! Lee floh nach Hause.

※

«Salomon!» Johann war empört: «Ich weiss ja, dass du deine eigene Obrigkeit nicht magst, dass du ums Verderben aufbegehren musst. Aber muss es gegen Gott sein? Gegen den höchsten Pfarrer? Denk doch ein bisschen nach. Schon stehst du am Rand der Ehrlosigkeit, musst du dich noch einem Ketzervorwurf stellen? Wie einfältig kannst du noch sein?»
«Ach, Beulenpest! Das ist mir doch egal. Komm du mir nicht auch noch mit einer Predigt, mir reichen die pathetischen Worte des Antistes'. Du brauchst nicht in dieselbe Bresche zu hauen. Lass mir meinen Spass, davon habe ich wenig genug.»
«Du verspielst dein ewiges Seelenheil. Das ist nicht spassig.»
«Komm, komm, mein strenger Freund. Lass uns zu Hirzel gehen.»
«Sicher nicht! Nicht schon wieder eine Streiterei, nicht schon wieder ein Kampf. Ich mag nicht ständig auf dich aufpassen. Schlag dich alleine!»
Gut gelaunt lachte Salomon aus vollem Hals. Erstaunlicherweise hatte ihn die Nachricht der vergeblichen Fehde schliesslich froh gestimmt. Er konnte es sich nicht erklären, aber er fühlte sich plötzlich so stark und befreit, als ob er es mit allen aufnehmen könnte. Mit dem Grossmünsterpfarrer. Mit seinem Schwager. Mit seinem jahrelangen Groll, der zu langen, vergangenen Pein. Grober als nötig klopfte er Johann auf die Schultern und stapfte heiter aus seinem Haus.

19. Kapitel.

In dem Salomon den Buss-Weg in die Kÿlchgass auf sich nimmt.

VOLL UNERKLÄRLICHER KRAFT, voll erstaunlicher Demut ging Salomon den Weg zu seinem Schwager. Dessen Haus befand sich am unteren Teil der Kirchgasse, die am oberen Ende durch eine Nebenpforte aus der Stadt führte. Der alte Lindenturm, der einst dort gestanden hatte, war 1581 abgerissen und durch ein Haus mit Toreingang ersetzt worden. Dieses wurde durch eine vorspringende Rundelle aus Stein flankiert: man hatte sich einer neuen Verteidigungstechnik angeschlossen. Weil es sich herausgestellt hatte, dass hohe Stadttürme zwar gute Aussichtsposten waren, aber den neuen Waffentechniken ein zu einfaches Ziel boten. Alt gestandene Türme wurden nun hin und wieder durch gedrungene kastellähnliche Bauten ersetzt; das Rennwegbollwerk war ein gutes Beispiel dafür.

Von Wyss mochte es, über alles informiert zu sein, er behielt jede Anekdote, jede Geschichte, jede Information in seinem weiten Gedächtnis. Und auch wenn er nichts von Waffengängen hielt – sie verdarben das Geschäft ... ausser natürlich man handelte mit Waffen –, so wusste er doch auch Bescheid über die neuesten Entwicklungen in diesem Bereich. Wie jeder gesunde Zürcher Bürger war er natürlich seit er 17 Jahre alt geworden war grundsätzlich wehrpflichtig. Jedoch seit 1585, als die Zürcher gegen Mühlhausen gezogen waren, schickte man nun meist Freiwillige zum Töten und Sterben. Salomon wünschte ihnen Glück, diese ledigen jungen Männer mochten gerne zur Elitetruppe Zürichs werden, sie besassen jetzt schon eine hervorragende Bewaffnung. Er selber war nicht sonderlich erpicht darauf, inmitten eines wilden Haufens einen anderen wilden Haufen in Blut zu tauchen. Selbstverständlich würde er jedoch Zürich stets verteidigen.

    Wegen seines schnellen Ganges geriet Salomon unter seiner prächtigen Kleidung ins Keuchen, die Kÿlchgasse war sehr steil; deswegen wagte sich ja kein Fuhrwerk da hoch. Das Hirzel'sche Haus lag im zentralsten Herzen der Stadt, im Schatten des Grossmünsters. Es war eine herrschaftliche Gegend, natürlich. Hohe Geistliche, vermögende Witwen, ehrenvolle Ritternachkommen und angesehene Stadtschreiber wohnten an der Gasse. Hirzels Haus war schmal, wirkte eingeklemmt zwischen den zwei grösseren nebenan; natürlich hiess es «niedere Linde», als kleine Schwester der «grossen Linde» als Nachbarin. Die kleinere Linde machte sich auch mit ihrem Eingang klein. Er bestand nur aus einer Türe und einem kleinen Fensterchen, dafür gab es im ersten Stock ein Dreifachfenster, das ein Kerker zierte. Salomon legte den Kopf in den Nacken, um zum Erker hinauf zu sehen, wie damals, als er noch jung gewesen war und täglich mit seinem Freund ... Knurrend seufzte er und betrachtete nostalgisch das dreistöckige Haus mit dem einfachen Satteldach. Er hieb nochmals an die Türe, sein erstes Klopfen war offenbar überhört worden.

Mathis Hirzel war nicht wenig böse, als er von seiner Magd erfuhr, dass ein gewisser von Wyss um Einlass bat. Das konnte ja nur der Eine sein. Und tatsächlich stand der vor seinem Haus. Wie konnte er es wagen? Mathis' Hakennase zitterte vor Empörung, entschlossen griff er nach seinem längsten Dolch, als er sich zum Hauseingang begab. Von Salomon war noch nie etwas Gutes zu erwarten gewesen – Mathis' Gedächtnis konnte schon nicht mehr fassen, dass sie zwei praktisch seit Geburt die treusten Freunde gewesen waren, so nahe, dass nichts natürlicher gewesen war, als dass Mathis Salomons Schwester zur Frau genommen und so mit Salomon auch äusserlich Verwandtschaft geschlossen hatte. Aber Aurelias Tod hatte einen undurchdringbaren Schatten über die zwei Zünfter gelegt, die Freundschaft war unter heftigen Wehestössen zu Staub zersplittert und noch immer sonderten die beissenden Wunden Eiter ab. Das freundschaftliche Vorher war vergessen worden. Die Vehemenz des Gefühls hatte ein anderes Gefäss gefunden.
Es hiess Hass.
Auf dem Weg zur Haustür – natürlich wurde Salomon der Zutritt ins Innere des Hauses verweigert – fragte sich Hirzel, ob er wohl ungestraft davonkäme, wenn er dem Zürcher Regiment berichten würde, er hätte den unsäglichen von Wyss erschlagen. Vermutlich würde er unverzüglich zum Bürgermeister befördert und der heutige Tag würde unter allseitigem Jubel als Gedenktag in den hiesigen Festtagskalender eingetragen.
«Ein Tag vor Mariae Lichtmess: der Tag der Befreiung von Salomon von Wyss», murmelte Mathis und erwärmte sich herzlich für den Gedanken.
Gestählt trat er vor die Haustüre. Jedoch, bevor er seinen Schwager genüsslich in klitzekleine Streifen filettieren konnte, hob dieser die – ach! – waffenlosen Hände auf die Höhe seiner Brust und begann gleich zu reden: «Ich bin hier, um mich zu entschuldigen. Ich bitte sogar um deine Vergebung. Ich habe erfahren, dass du meine Familie nicht ermordet hast. Das glaube ich Cleophea Hefti, sie hat mich von der Wahrheit überzeugt. Entschuldige.»
Verdattert kniff Hirzel die Augen zusammen. Was hatte er heute gefrühstückt? Ob ein paar Fasern Eisenhutknollen in den Brei geraten waren? Wurde seine Sehkraft schon so schlecht?
«Was planst du jetzt wieder?», grollte er misstrauisch. Er träumte bestimmt. Er musste einfach träumen, dies hier war unmöglich, undenkbar, höchst verwirrend.
«Nichts. Ich schwöre es beim Grab von Aurelia. Ich hatte eine Fehde begonnen, ohne sichere Beweise zu haben. Ich bitte um deine Vergebung.»
Hirzel schlug Salomon die Türe vor die Nase.
Nicht bildlich, sondern tatsächlich. Einige Tropfen Blut fielen in den weissen Schnee. Salomon rieb sich den pulsierenden Nasenrücken, autsch! Das schmerzte.
Das hatte er verdient. Und dies war wohl noch eine kleine Strafe. Die Sache war erledigt. Er würde keinen weiteren Gedanken daran verschwenden. Von Wyss war nicht wenig

erstaunt, wie erleichtert er sich fühlte. Selbstsicher grinste er, als er sich umwandte und durch einen weiteren starken Schneefall nach Hause ging; mit wärmender Ausgelassenheit hörte er seine Stiefel, die knarrende Geräusche im schneeharten Gassenbelag hervorriefen. Frei wie ein Kind blinzelte er in den grauüberzogenen Himmel und fing eine grosse Schneeflocke mit der Zunge auf. Selig beugte er sich zurück, breitete die Arme weit aus und schloss die Augen, spürte, wie der Schnee auf seinen Wangen, seinen Augenlidern, seinem Kinn schmolz. Auf unerklärliche Weise kehrten Kraft und Unbeugsamkeit zu ihm zurück. Er würde ganz und heil aus dieser Geschichte hervorgehen. Er würde das Glück zwingen. Er konnte nicht aufhören zu grinsen.

Auf dem Platz vor dem Grossen Münster wurde er grob am Oberarm gepackt und herumgerissen, Mathis Hirzel schrie ihm ins Gesicht: «Was soll das heissen, du bittest um Vergebung und lässt die Fehde sein?! Warum sollte ich dir plötzlich verzeihen, nachdem du jahrelang meinen Namen beschmutzt hast? Die übelsten Lügen über mich verbreitet hast. Meinen Seelenfrieden gestört? Mein Geschäftsleben fast zum Erliegen gebracht. Verhindert, dass eine Familie mir eine Frau zur Gattin gibt.»

«Aha, du suchst also doch nach einer neuen Frau. Es war nicht Trauer, die dich davon abgehalten hat, dich wieder zu verbinden.»

Es war einfach schwierig, aus alten Gewohnheiten herauszufinden, sofort frass sich der giftige Verdacht wieder in von Wyss' schmerzende Brust. Hatte sich Cleophea getäuscht? Ihn getäuscht?

Hirzel fand, dass er zu wenig Aufmerksamkeit von seinem sturen Schwager bekam, er schüttelte ihn grob an der Schulter und ignorierte die neugierigen Blicke der vorbeihuschenden Zürcher: «He, ich rede mit dir! Dir ist's nur wohl, wenn du mich hassen kannst, nicht wahr? Ich sollte dich wirklich weiterhin im Fegefeuer schmoren lassen. Bei Felix und Regula, lass mich zufrieden! Lass uns endlich in Frieden. Lass die Toten ruhen! Und dann werde ich vielleicht auch niemandem von dem warzigen Kerl erzählen.»

«Offenbar sollte ich ja keinen Grund haben, dich zu hassen, so berichtete … Warziger Kerl? Was für ein warziger Kerl?»

«Jetzt komm mir nicht unschuldig. Du weisst genau, von wem ich rede.»

«Tu' ich nicht!»

Salomon griff sich nun seinerseits des ehemaligen Freundes-Feindes Fäuste, die in seinen Kragen verkrallt waren und umschloss dessen Handgelenke in kräftiger Betonung: «Ich warne dich, ich frage nur noch einmal: Was für ein Warziger?»

Mit wütender Kraft befreite Hirzel seine Hände aus dem Griff Salomons und trat ein paar Schritte zurück, lockte ihn, liess ihn zu sich kommen. Er hatte die Oberhand, wie er bemerkte, während er sprach: «Na, jener, der sich bei dir einquartiert hat und der das Nachbarsmädchen … Du weisst tatsächlich nicht, wovon ich spreche. Ah! Namenlose Freude!»

Herzhaft lachte Hirzel und rieb sich die Hände in hastiger Genugtuung – und auch, weil ihm kalt war. Eine kurzsichtige Idee, in dieser Schweinekälte ohne alle Überkleider aus dem Haus zu rennen. Wut wärmte doch nicht so lange, wie Mathis angenommen hatte. Dabei hätte er es ja seinem Schwager abschauen können: der erhitzte sich seit drei Jahren an seinem unheiligen Zorn.

Hirzel schüttelte zerstreut den Kopf: aber nein, er hatte genug eigene Probleme ohne die Fehde mit Salomon. Diese hatte sehr wohl Schaden angerichtet. Schlimmer noch war dabei allerdings, dass die Leute deswegen genauer auf Mathis achteten. Zutiefst Grundsätzliches seines Lebens wurde deswegen erschwert; und er konnte doch keine Zeugen gebrauchen. Zu gefährlich! Zu viel stand auf dem Spiel. Und dies nicht nur für ihn. Niemand durfte davon wissen. Niemand, nur die Eingeweihten. Aber nicht nur seines mit allen Mitteln zu bewahrenden Geheimnisses wegen war Hirzel erleichtert darüber, dass sein Schwager sich endlich entschieden hatte, die Vergangenheit ruhen zu lassen. Mit den steten Verdächtigungen war sich Mathis selber nicht mehr sicher gewesen, ob er wirklich alles Menschenmögliche für die Rettung seiner Familie unternommen hatte. Die ständigen Zweifel hatten gemächlich, aber nicht untätig begonnen, an seinem Lebensinhalt zu kauen.

Salomon sah seinem Schwager an, dass er jetzt nichts preisgeben würde, also griff er ihn kurzerhand am ärmellosen Wams – besass der Kerl eigentlich keinen Umhang? – und schleppte ihn zum «Störchli». Er schob den Widerstrebenden durch die Haustüre und in die Kachelofenstube, wo er wusste, dass die zwei Glarner sitzen würden. Mit fast väterlichem Stolz stellte er fest, dass Johann beschäftigt war, sich im Lesen zu üben und Cleophea mehr oder weniger geduldig dabei zuhörte. Beide erhoben sich abwartend, als die beiden Zünfter in das Zimmer traten. Wachsam, denn sie waren sich schon einiges von den zweien gewöhnt. Stets musste nach einer Begegnung hinter ihnen her geräumt werden: Blut stillen, Scherben auflesen, Nachbarn beruhigen … Welches würde es heute sein?

Salomon drängte Mathis auf die Bank und sandte Cleophea mit einem Wink weg, um Wein zu holen. Salomons gute Laune nahm Johann mit Vorsicht auf, für einmal war etwas Gutes geschehen. Nachdem Cleophea die Gläser und ein paar Schnitten Weissbrot, Käse und ein grosszügiges Stück Butter aufgetischt hatte, wandte sich Salomon mit Nachdruck an den hakennasigen Zünfter.

«Also los, erzähle! Du hast mir gedroht, die Sache mit einem Warzigen publik zu machen. Was meinst du damit?»

Steif sass Hirzel in der ihm einst so vertrauten Stube, sein bolzengrader Rücken berührte die Banklehne nicht. Ebenso steif waren seine Worte, als er mit zickiger Stimme erwiderte:

«Ich folge für einmal einfach deiner Angabe, dass du davon nichts weisst. Warum sollte ich jedoch eine familiäre Angelegenheit vor zwei innereidgenössischen Wichten ausbreiten?»

«Weil sie mir seit fünf Monaten mehr Familie sind, als alle anderen, die je mit mir blutsverwandt waren. Erzähl!»

Hirzel kniff die Augen zusammen, als sähe er schlecht und meinte indigniert: «Nun, wenn du meinst. Seltsam, dass du davon nichts gewusst haben willst. Ich hatte immer angenommen, dass du … Ist ja gut, ich fahre fort. Item: während du in basell deine Geschäfte gemacht hast, wohnte hier ein Hans Gnepf. Er hinkte zwar nicht, wie das alte Wort ‹gnepfen› bedeutet, aber er war verschroben genug. Was man von seinem Gesicht sah, war warzig, haarig, abstossend. Er ist verunstaltet mit allem, was es gibt: Blatternnarben, Feuermale, Warzen.» Zu sich begann Mathis zu murmeln: «Feuermale, Narben … Hmhm? Höchst seltsam, was manche Menschen so befällt.»

Salomons Geduld verflüchtigte sich indiskret, das nahm Mathis wahr und kooperativ fuhr er mit seiner Beschreibung fort: «Gekleidet wie ein Gaukler. Er wohnte doch hier. Jeder wusste das. Wie kannst du nichts davon gewusst haben?»

«Warum lebte der Kerl in meinem Haus? Bist du dir sicher? Hast du ihn ins Haus gehen sehen?»

«Oft genug, um anzunehmen, dass er dein Gast war. Wenn auch ein widerwärtiger.»

Wie es seiner Angewohnheit entsprach, rümpfte Mathis die Nase und tupfte sich etwas Rosenessenz auf ein quadratisches Tuch, das er sich kurz unter die Nase hielt. Cleophea war sich daran offenbar schon gewohnt, aber Johann sah diese Geste zum ersten Mal und runzelte abgelenkt die Stirne. Anscheinend reagierte die kühn geschwungene Nase von Salomons Schwager heikler auf Gerüche. Auch auf solche, die sich lediglich in seiner Erinnerung ausbreiteten. Besagter Schwager schob das blütenreine Gewebe in sein Wams zurück und fuhr sich dann mit allen zehn Fingern durch seine braunen Stoppelhaare.

Jetzt erst stellte Johann fest, wie kurz Mathis' Haare geschoren waren, im Herbst waren sie ihm noch in langen Wellen über die Schultern gewogt. Die neueste Mode, damals. Was mochte den Schwager Salomons dazu bewogen haben, diesen Zeitgeschmack aufzugeben? Nicht nur sein wallendes Haar zu opfern, sondern auch seinen männlichen Bart? Diese Komplettrasur sah fast aus wie ein Zeichen der Trauer – oder der Scham. Warum diese offensichtliche Geste, dieses Zurschautragen von Demut? Dies passte so gar nicht in Johanns Erfahrungen mit Zürchern. So in Betrachtungen versunken, bekam der Glarner gerade noch die letzte Ausführung zu Gnepfs Anwesenheit in Salomons Haus mit.

«Kurz: alle Nachbarn, mit denen ich redete, schienen auch davon auszugehen, dass er geladener Gast im ‹Störchli› war.»

Jetzt brannte das Folterwerkzeug genug heiss unter Johanns Nägeln, dass er sich einmischte: «Hast du mit der Witwe des ‹Kerzen›-Hauses gesprochen? Eva Durysch ist ihr Name. Gleich nebenan, das Haus mit dem Erker.»

«Das Kerzenhaus? Nein, da habe ich nur die Magd getroffen, mit der Meisterin konnte ich nicht reden. Ich glaube, sie war verreist. Ich bin ihr nie begegnet. Eigentlich seltsam, da das Haus lange einem meiner Verwandten gehört hat. Peter Hirzel hat es 1559 erworben, als Tuchhändler verdiente er ja genug; er hat es nach seinem Tod seiner Tochter Barbara und ihrem Mann vermacht.»

Jetzt wusste Johann auch wieder, wieso ihm das Wappen mit dem Hirsch im Kerzen-Haus so bekannt vorgekommen war: es war natürlich das Wappen der Hirzels. Der gegenwärtig bei ihnen in der Stube Sitzende schweifte nicht länger ab, sondern kam zum Thema: «Also, da im Haus wohnt eine Witwe? Eva, ja? Ist sie sanft? Reich? Hat sie Kinder?»

Salomon wedelte die heiratsinteressierte Erkundigung ungeduldig weg und vertagte auch die Unsicherheit bezüglich dem Verhalten Eva Duryschs: «Der Warzenmann. Hans Gnepf. Hast du mit ihm gesprochen?»

Auf diese Frage hin schwieg Mathis lange. Zu lange für Cleopheas Geduldspanne: «Was habt ihr gesprochen? So rede endlich!»

«Salomon, du hast dir seltsame Gäste ins Haus geholt. Das ist mir schon gestern aufgefallen.» Er unterbrach sich und erkannte, dass ihm eine Falle gestellt worden war: «Die Kleine kam gestern gar nicht zu mir, weil sie Schutz vor dir benötigte. Sie hat spioniert. Habt ihr gefunden, was ihr gesucht habt?»

Salomons Grinsen war frech: «Nun, sie hat die Fehde beendet, das ist doch ein kostbares Verdienst. Findest du nicht?»

Etwas ganz anderes sagte da die Miene Mathis', er widersprach jedoch nicht, bekrittelte aber weiter: «Kann sich die Glarnerin denn nicht anständig benehmen? Sie redet mich frech an, sie unterbricht …»

«Rede!»

«In Ordnung, in Ordnung. Bei Clemens' Nase, was für eine Ungeduld. Nein, ich habe nicht mit Hans Gnepf, dem Gaukler, dem warzigen, der in deinem Haus wohnte, gesprochen. Aber der Pfister Michel drüben an der Schifflände, da im Haus ‹Roter Kopf› hat mir später erzählt, Gnepf habe sich ungebührlich benommen. Irgendetwas mit einem Mädchen. Die Sache ging bis vor den höchsten Pfarrer. Vor den .. wie heisst das noch? … Antistes. Man hat sich offenbar erzählt, dass der Gaukler das Mädchen zur Zauberei verführen wollte. Oder war es Hexerei? Nun, eines von beidem.»

Alle wussten natürlich, dass es nicht unerheblich schlimmer war, der Hexerei bezichtigt zu werden. Zauberei war dagegen vergleichsweise harmlos. Ein Zauber konnte ebenso gut sein, konnte heilen; im übleren Fall machte ein Zauberspruch krank, fügte

Schaden zu oder bedeutete gar den Tod. Das war ja unangenehm genug. Eine Hexe allerdings hatte sich vollkommen von Gott abgewandt, hatte einen Pakt mit dem Teufel geschlossen und für ihre Seele gab es keine Reinheit mehr, niemals Rettung. Deswegen mussten entlarvte Hexen auch verbrannt werden. Man konnte nur noch hoffen, dass sie ihre Seelen vor dem Tod wieder Gott nahe gebracht worden waren, dass sie von Herzen ehrlich und tief bereuten, dann galten ihre Hinrichtungen als gelungene Rehabilitation.

Salomon brachte das Gespräch wieder in Gang, er strich sich die Haare aus der Stirn: «Es wurde geglaubt, dass Gnepf Zauberei oder Hexerei beging? Hier im Haus? In meinem Haus?»

«Zwangsläufig. Er war schliesslich seltsam genug. Und als dann Bartholomäus von Owe ins ‹Störchli› kam, kaum warst du von deiner Reise zurück, da war die Sache natürlich klar. Auch wenn allgemein bekannt ist, dass von Owe Feindschaft gegenüber der Zürcher Gesellschaft hegt. Schliesslich hat sie ihn hingerichtet. Nun, fast.»

Salomons Stimme war ausdruckslos, als er nachfragte: «Was war klar, als von Owe zu mir kam? Erzähle mir die Geschichte in aller Ausführlichkeit.»

Worauf Hirzel begann, ihm diesen Sachverhalt wie einem blöden Kind an den Fingern abzuzählen: «Du hast einen unheimlichen Gast hier, der Zauberei begeht. Er lebt wie selbstverständlich unter deinem Dach. Er verführt junge Unschuldige. Ein stadtbekannter Sodomiter besucht dich sofort nach deiner Rückkehr. Dein Haus ist blutbesudelt. Deine Katze ist überwiegend schwarz. Man sieht dich erst regelmässig in der Kirche, seit der Glarner bei dir wohnt. Was, glaubst du wohl, bedeutet dies für die Gemeinschaft?»

«So klingt das tatsächlich unheimlich. Ich muss wohl ein Hexer sein.»

Mit einem Aufstöhnen bekreuzigte sich Cleophea und auch Johann wurde etwas bleicher. Ernst wandte er sich an Salomon: «Damit treibt man keine Scherze. Mathis, beantworte mir noch dies: warum fand es niemand seltsam, dass Salomon, der stets alleine gelebt hat, sein Haus einem Wildfremden zum Hüten überlassen haben soll?»

«Armer argloser Innerschweizer, es ist einfach so: die Leute glauben immer nur das Schlechteste von jedem.»

Diese schlichte Wahrheit brachte alle vier zum Seufzen. Tja, so war das. Jeder wusste das im Grunde. Es stimmte für Mullis, für Näfels, für Zürich und Basel. Vermutlich würde es sogar für Paryss in Franckrych gelten. Mit einem Kopfschütteln drehte Salomon sein leeres Weinglas. Und forschte weiter: «Warum hast du mir gedroht, von dem Warzigen zu erzählen, wenn jeder im Quartier über ihn Bescheid wusste?»

«Das stimmt, alle konnten dies wissen. Aber: nicht alle wussten, dass man bei Hans Gnepf Besuche gesehen hat, die so unheimlich waren, dass es eigentlich unaussprechlich ist. Angeblich …»

«... flossen sie über die Strasse», vollendeten die anderen Mathis' Satz, der daraufhin erstaunt die Augenbrauen hochzog und blinzelnd versuchte, die Mienen der drei zu lesen.

«Das wissen wir schon, danke vielmal», informierte ihn Salomon. «Das ist wirklich nichts Neues. Zu etwas anderem: nimmst du nun meine Entschuldigung an?»

Überrumpelt und auch ein wenig vor den Kopf gestossen zögerte Hirzel unentschlossen, bis Cleophea ihn sanft ansprach, dabei ihre Wimpern flattern liess: «Ich finde, die Fehde hat lange genug gedauert. Ein Friede zwischen euch wäre ein schönes Geschenk für mich.»

Salomon empfand die Luft als plötzlich unglaublich stickig, weil Mathis diesen Worten folgend sofort die Rechte zu ihm ausstreckte. Abwesend fasst er sie und die Männer bekräftigten das Ende ihres Zwistes. Kaum wusste sich Salomon zu erklären, warum er dabei so sauer war, jedenfalls konnte er danach seinen Schwager nicht rasch genug aus dem Haus komplimentieren. Er liess ihm gerade eben Zeit, sein Glas zu leeren, den Bissen Butterbrot zu schlucken und sich von Johann zu verabschieden. Als der Kerl an der Schwelle zögerte, versetzte ihm Salomon einen nicht gar so sanften Stoss zwischen die Schulterblätter, so dass jener auf die Strasse stolperte und beim Sichumwenden nur noch eine geschlossene Haustür vorfand.

Schon wurde sie wieder aufgerissen und Johann rannte Hirzel fast über den Haufen, entschuldigte sich mit unverständlichen Worten und hastete zum Haus nebenan, wo er ausgesprochen heftig an der Hausglockenkette riss, so dass der Klöppel fast aus der Glocke fiel. Als die Magd öffnete, schrie er schon; Mathis hob die Augenbrauen, was für ein lebendiger Haufen. Alles musste schnell, laut, deutlich sein. Bemerkenswert. Er schlenderte trotz der Kälte langsam in Augennähe der Auseinandersetzung, offenbar stritt Salomons Gastfreund mit der Magd, verlangte eine Erklärung, forderte, die Meisterin zu sehen. Sie gab ihm Widerworte, behauptete sich aufgeregt, verteidigte sich, erfolglos. Wütend drückte sich der Glarner an der Magd vorbei, stiess sie brutal gegen die geöffnete Haustüre.

Und nur der neugierige Mathis sah die Tränen, die ihr daraufhin von den Wangen tropften.

20. Kapitel.

In dem erste Lügen entblösst werden.

«IHR LÜGT MICH AN!»
«Das tue ich nicht.»
«Ich bitte Euch, beleidigt mich nicht noch mehr. Ich weiss, dass Ihr gar nicht hier ward, als sich die seltsamen Vorgänge in Salomons Haus ereigneten. Warum erfindet Ihr solche Geschichten? Was versprecht Ihr Euch davon?»
«Es war alles, wie ich es dir gesagt habe. Ich habe nicht gelogen. Du musst mir glauben.»
«Kommt mir nicht mit noch frecheren Lügen, Witwe! Ich weiss mit Bestimmtheit, dass Ihr damals nicht hier gewesen seid. Noch einmal: Warum erzählt Ihr solche Geschichten? Es musste Euch doch klar sein, dass diese eines Tages aufgedeckt würden.»
«Ich lüge nicht. Jeder, der das behauptet, soll sich vor Gericht verantworten. Ich werde ihn wegen Rufschädigung verklagen. Ich bin eine respektable Witwe. Mein Mann war Jacum Durysch, er stammte von Bravuogn, in den Bündner Bergen. Er war hart arbeitend, ein feiner Mann.»
«Was hat das mit allem zu tun?»
«Ich bin eine respektable Witwe. Niemals würde ich eine Sünde begehen.»
«Ihr sagt mir also, dass der Zünfter Mathis Hirzel lügt?»
«Hat er behauptet, dass meine Erzählungen unwahr sind?»
Johann griff sich in die strohblonden Haare, zog raufend daran, um sich zu versichern, dass er nicht träumte. Was für eine schleimige Gegnerin, was für eine unverfrorene Lügnerin. Sie wand sich aus jeder Falle, umging jede tückische Frage, würde niemals ein wahres Wort reden. Wo nur war die gutmütige souveräne Witwe geblieben? Er schüttelte den Kopf, hier würde er nichts Hilfreiches erfahren. Wütend fegte er aus der Kammer.
Im Eingang stiess er erneut auf Anna. Er fasste nach ihrem Oberarm, wollte sich entschuldigen. Sein Ausbruch war ganz ungerecht gewesen. Aber er brachte die richtigen Worte einfach nicht über die Lippen, senkte lediglich den Blick unter ihrem. Ihre Stimme war gefasst, als sie ihm das Reden abnahm: «Ich mache das sonst nie. Ich sage sonst nie etwas, das meine Meistersleute schlecht machen könnte. Aber die Witwe, ich glaube, etwas ist mit ihr. Das habe ich schon oft gedacht. Sie muss diese Sachen erzählen. Es ist … als würde sie jemand dazu drängen. Sie will den Menschen … den Männern gefallen. Sie erzählt, was die hören wollen. Sie erfüllt die Erwartungen. Und wenn sie nicht weiss, was sie sagen soll, erzählt sie … Geschichten.»
«Bitte! Das ist doch absurd.»

Wie? Lügen, um Männern zu gefallen? Aber Lügen war eine Sünde, Lügen wurden immer entdeckt, es war eine so offensichtlich dumme Verhaltensweise. Johann hielt inne, überlegte. Hatte nicht Cleophea erwähnt, dass sie selbst beim Sonntagsbesuch für die Gastgeberin kaum existiert hatte? ‹Sie hat nur Augen und Ohren für euch zwei gehabt›, so hatte seine flinke Cousine es formuliert.

«Sie will Männern um jeden Preis gefallen? Warum?»

Jetzt verdrehte sogar die bescheidene Anna die rotgeränderten Augen gegen den Himmel, tatsächlich: für einen schlauen Kerl war der mitunter unfassbar einfältig. Wenn er dies nicht wusste, dann würde sie sich nicht dazu herablassen, ihm die Weltläufe zu erklären. Sie drängte ihn sanft aus dem Haus.

Auf der kurzen Strecke zu seinem Gast-Haus wurde Johann von dicken Schneeflocken bedeckt, die er sich auf der Schwelle vom Hemd schüttelte. Zwei schwarz-weiss gefleckte Katzen kamen aus dem Dunkel des Eingangs geschossen, warfen sich auf seine Knöchel und Waden und verbissen sich spielerisch, aber schmerzvoll darin. Ungeduldig schüttelte Johann die einnehmenden Plagegeister ab und erreichte damit, dass eine weitere Katze auf ihn zustürmte. Bei Gottes grünen Augen!, jene Dreifarbige, die am liebsten an ihren Menschen hochkletterte. Schon hatte sie ihre Krallen in seine Beine geschlagen und hangelte sich entschlossen an ihm hoch, krallte sich auf seiner Schulter fest und setzte sich auf die prekär schaukelnde Stelle. Johann schlich sorgfältig in die Kachelofenstube.

⁕

«Eine weitere edle Dame, die erst grossmütig und überlegt erscheint und dann nichts weiter als eine hinterhältige Lügnerin ist.» Johann war etwas ernüchtert: schon einmal auf seiner Reise in die abenteuerliche Stadt hatte es sich herausgestellt, dass eine zunächst hilfreiche Frau ihn nicht weiterbrachte, sondern ihm nichts weiter als Lügenmärchen aufgetischt hatte, um sich selbst zu schützen.

«Die Frage ist, ob sie tatsächlich aus Geltungssucht lügt oder ob sich Finstereres dahinter verbirgt», Johann blickte seine beiden Mitsuchenden an. Sie erwiderten seinen fragenden Ausdruck mit ratlosem Schulterzucken. Cleophea knabberte an ihrem Daumennagel und meinte schliesslich: «Ich glaube, dass sie nur lügt, weil sie euch Männern beeindrucken will. Sie möchte so gern hilfreich sein, deswegen erfindet sie lieber irgendwelche Sagen, als euch ehrlich zu sagen, dass sie nichts weiss. Sie mag wohl lieber unentbehrlich scheinen. Und ich muss sagen, dies macht sie auf ausgesprochen clevere Art. Sie hat offenbar Weniges von Anna erfahren und sich Weiteres zusammengereimt. Eine gute Geschichte. Schlau.»

«Zu schlau?»

«Nein, ich glaube nicht. Sie selbst mag die fliessenden Gestalten nicht gesehen haben, aber Anna sah sie klar genug. Sie wiederum lügt nicht. Wer ist übrigens das Mädchen, das Hans Gnepf der Zauberei bezichtigt hat? Wo ist dieser Gnepf? Er sei wie ein Gaukler gekleidet gewesen, da müsste man ihn doch unter dem herumziehenden Volk finden, bei den Ausgestossenen. Er ist jener, den wir aufstöbern müssen. Ist er der einzige Bösewicht? Hat er gemordet? Salomons Bett besudelt? Auf wessen Befehl hat er sich hier eingeschlichen und Zaubereien begangen? Wenn wir ihn ausfindig gemacht haben, dann haben wir auch einen Mordgrund und die Leiche.»

Salomon besah sich seine Finger der rechten Hand, die kaum mehr Tintenflecken aufwiesen, so wie sonst immer. Er vermisste diese schwarzen Flecken. Diese reinen Hände machten ihm erst so richtig bewusst, dass er nicht mehr Gerichtsschreiber war. Was würde aus ihm werden? Natürlich hatte er genug Geld, um zu überleben. Aber was täte er während eines ganzen langen Tages? Widerstrebend löste er sich von seinen dunklen Überlegungen und wandte sich dem unmittelbar Wichtigen zu: seiner drohenden Ehrlosigkeit.

«Es ist einfach die falsche Zeit des Jahres, als Gaukler herumzufahren. Gnepf kann doch nirgends auftreten bei dieser Kälte. Die Leute würden niemals zusehen. Aber er kann sich wohl sein Geld verdienen, indem er bei Taufen aufspielt. Das wäre schon möglich. Aber wo würde er nächtigen?»

«Normalerweise eben auf der Strasse, aber nicht im Winter. Deswegen schleicht er sich auch in leerstehende Häuser ein. Hans Gnepf wird wohl kaum sein richtiger Name sein, aber seine Erscheinung mag ein paar Leuten aufgefallen sein.»

Johann wandte sich an Salomon, während er die kleine Katze sanft auf der Schulter festhielt, damit sie nicht hinunterfiel und sich nicht noch schmerzhafter in seinem Fleisch verkrallte: «Lohnt es sich, beim Pfister im ‹Roten Kopf› nachzufragen, Salomon? Er hat scheint's den warzigen Gaukler oft genug gesehen und mit ihm gesprochen.»

«Warum fragst du mich, ob es sich lohnt, mit ihm zu sprechen?»

«Weil es wichtig ist zu wissen, ob er mir hilft, wenn ich deinen Namen erwähne. Oder ob ich es lieber bleiben lasse, weil er mich sowieso von seinen Knechten verprügeln lässt, sobald dein Name fällt.»

«Ich glaube nicht, dass er mir besonders übelgesonnen ist.»

«Beim heiligen Sankt Fridolin! Das ist direkt ein Wunder!» Cleophea streckte die Arme in übertriebener Geste zum Himmel und rang die Hände. «Du hast es geschafft, einen ganzen Bewohner der Gegend nicht zu erzürnen?! Zeichen und Wunder!»

«Immerhin will ich Brot von ihm haben, da muss ich schon anständig mit ihm sein. Er bäckt das beste Brot weit und breit.»

Für einmal schaffte es Salomon, auf eine Herausforderung nicht mit glühender Wut oder beissender Arroganz zu reagieren. Es musste ihm besser gehen. Johann grinste vor sich hin.

«Dann ist das unsere nächste Aufgabe: ich werde den Pfister nach dem warzigen Gaukler fragen.»

Zu Cleopheas Verdruss riss ihr junger Cousin ein weiteres Mal die Initiative an sich und liess nicht mit sich diskutieren. Nicht, dass sie es nicht versuchte. Impertinent wies sie darauf hin, dass sie sich gut genug auskannte, um zum Bäcker zu gehen. Dass ihr Erscheinen unter Umständen sogar unschuldiger sein konnte als seine Fragerei, denn sie würde das übliche Sauerteigbrot kaufen und dann unauffälliger nachfragen können. Aber Johann liess keinen ihrer Einwände gelten – sturer Bock, der er war.

Erst aber musste ein anständiges Mittagessen verzehrt werden, darauf bestand Salomon und schon war er in der Küche verschwunden. Es gab stärkende und wärmende Würste mit reichlich vornehmem Weissbrot und Spinat – letzteren hatte Salomon gekocht, weil er wusste, dass Cleophea das grüne Schlabberzeug liebte. Eine Geste der … nun, sie war immerhin sein Gast, Gäste musste man gut behandeln. Das war Christenpflicht.

Während Johann ausging, um den Bäcker näher zu befragen, verschwand Cleophea ins Haus zu irgendwelchen Arbeiten. Salomon setzte sich derweil an den grossen Tisch und las in den Nibelungensagen. Gerade hatte Kriemhild die Königin Brünhild damit beleidigt, dass sie die Kirche vor jener betrat.

«Dâ huop sich grôzer haz: des wurden liehtiu ougen vil starke trüeb unde naz.»

«Da erhob sich grimmer Hass. Darob wurden lichte Augen trübe und nass», diese Stelle mochte Salomon, er las sie immer besonders laut. Es war eine ungünstige Situation, die Verderben in sich trug. Bestimmt. Der hochmütigen rachsüchtigen Gattin Sigfrieds und Etzels würde es schlecht ergehen …

Aber Salomons Gedanken schweiften ab und das nicht nur, weil er die Geschichte auswendig kannte. Mitten im Lesen brach er ab und schlug das Buch energisch zu. Mit neuen Ideen im Kopf machte er sich bereit, in den kalten Nachmittag hinauszugehen. Er würde jetzt gleich beim Verkaufslokal des nächsten Druckers vorbeigehen und dieses «Utopia» kaufen, das angeblich so aufregend sein sollte. Er nahm an, dass die Buchzensur es nicht verboten hatte, denn als katholisches Agitationswerk konnte man es ja wohl nicht bezeichnen.

Es schien sich um eine Geschichte zu handeln, über eine geheimnisvolle Welt, beschrieben von einem feinen Schriftsteller aus dem fernen England: das war genau das, was Salomon sich jetzt für sich vorstellte. Er war neugierig, denn der Ruf des Gelehrten war seit Jahren auch nach Europa gedrungen und er wusste schon einiges. Cleophea würde sich freuen zu hören, dass besagter Autor sich sehr für die Bildung von Frauen eingesetzt hatte; wie man vernahm, war seine älteste Tochter eine der gebildetsten Frauen Englands gewesen. Aber das Leben hatte eine bittere Lektion für den humorvollen Gelehrten gehabt, denn selbst wenn Thomas Morus Lordkanzler gewesen war, ein Vertrauter von König Heinrich VIII., so schützte ihn das doch nicht vor einem Tod auf dem Schafott. Denn tragischerweise war Morus einer jener gewesen, die sich der Reformation verweigert hatte. Das hatte er mit dem Leben bezahlt, sein König schien kein Dulder von Widerspruch gewesen zu sein, er nahm es nicht so einfach hin, dass der freche Untertan ihm den Suprematseid verweigerte. Hochverrat! Deshalb hatte vor etwa 60 Jahren ein Londoner Henkersbeil den gescheiten Kopf des Rebellen vom Rumpf getrennt. Aber trotz seiner Weigerung, vom katholischen Glauben zu lassen, war Morus ein hoch geschätzter Gelehrter gewesen, der auch Erasmus von Rotterdam beeindruckt hatte. Sein Buch über den versteckten Ort Utopia hatte neuartige Gedanken angestossen. Offenbar wurde in «Utopia» eine Insel mit idealen Lebensbedingungen beschrieben und Salomon fasste den Vorsatz, diese Insel zu finden. Einige Zeitgenossen meinten anscheinend, diese Insel sei nur Erfindung, aber Salomon musste es genauer wissen. Er war frei für Neues.

※

Der Bäcker war ein rotschwitzender stämmiger Kerl mit Händen so breit wie Schaufelblätter, er krampfte hart in seinem Haus an der Schifflände. Sein Kopf war so rot wie der Name seines Hauses es voraussagte; ob er sein Heim des Namens wegen gewählt hatte?
Gerade trug der Pfister sichtlich schwere Holzbretter, beladen mit Brotlaiben, von einem Ort zum andern, stapelte sie auf ein Ausstellungsgestell und pfiff ein wenig atemlos ein Lied. Johann hatte grosse Mühe, die Melodie zu erkennen, besonders genau nahm es der Mann mit der Musik nicht. Man konnte ohne weiteres behaupten, dass er sie geradezu quälte. Aber er selbst war fröhlich, seine glühenden Ohren unter dem Barett leuchteten mit den kugeligen Wangen um die Wette. Der Bäcker brach seine Pfeiferei ab und begann mit einer Bürgerin zu streiten, die glühende Kohlen von ihm erbettelte. Es war um einiges einfacher, damit Zuhause ein eigenes Feuer wieder zum Brennen zu bringen, als es mühsam selbst wieder zu entfachen. Dieser Bäcker hier jedoch hielt sich offenbar an das Gebot der Zürcher Regierung, keine glühende Kohlen weiterzugeben, weil dies brandgefährlich war. Auf jeden Fall hielt er sich so lange an das Gebot der Zürcher Regierung, bis die Frau ihm ein paar Geldstücke in die Hand gedrückt hatte …
Johann seufzte und lehnte sich noch etwas weiter in den Raum. In der Stube roch es nicht nur essensgut, es war angenehm heiss; Johann wärmte seine Vorderseite, hatte es nicht eilig, vom Bäcker wahrgenommen zu werden. Prustend liess der das bestechende Geldstück in einen Topf klimpern, richtete die Brote aus, rollte die hinunter geglittenen Hemdsärmel

hoch, wischte sich die Hände an der Schürze ab und wandte sich endlich Johann zu, der geduldig ins Fenster zur Backstube lehnte.

In Städten waren Handwerksbetriebe immer im Erdgeschoss anzutreffen, hier wurden die Produkte direkt verkauft, wenn sie nicht zum Markt getragen wurden. Bequem konnte man hier von der Strasse her einkaufen, über eine Öffnung hinweg, von der ein hölzerner Laden, der sich zum Käufer hin öffnete, hinuntergeklappt werden konnte und der damit als Verkaufstisch diente. Überaus praktisch, manches hatten diese Städter doch gut gemacht.

Endlich kam Johann dazu, seine Frage zu stellen und bekam auch gleich solide Auskunft: «Die Kleine der Morfs. Die hat er verführt. Zur Hexerei. Sonst nicht. Sie sagt, er könnte gar nicht. Du weisst schon. Kein richtiger Mann. Unfähig, der Kerl. Als Mann, sage ich. Aber als Zauberer ganz gut. Es wird gesagt, er könne den Teufel herbeirufen. Damit's ihrem Vater besser ginge. Guter Kerl, der Marx Morf, meine ich. Seit wenigen Jahren Bürger von Zürich. Schuhmacher, der Marx. Stammt vom Reich. Irgendwo da draussen.»

«Meister Jacob: ich würde gerne etwas über den Gaukler erfahren.»

«Gaukler? Wer? Der Gnepf? Nein, er war kein Gaukler.»

«Aber man sagte mir, du hättest gesagt, er wäre gekleidet wie ein Gaukler, in spanischen kurzen Pluderhosen und vielen Federn, auffälligem Hut und so weiter.»

«Stimmt.»

«Dann war er gekleidet wie ein Gaukler, war aber kein Gaukler.»

«Genau.»

«Gut, was genau hat er getragen? Wie hat er ausgesehen? Wie hat er gesprochen? Ich möchte alles wissen, was du mir sagen kannst.»

«Ich muss arbeiten.»

«Dann komm in Gottes Namen morgen zu einer Zutrinketen zu Salomon von Wyss. Er tischt eine grossmütige Tafel auf.»

«Nach dem Betglockengeläut bin ich da.» Damit wandte sich der lebenstüchtige Bäcker neuer Kundschaft zu. Johann fühlte sich verabschiedet und wandte sich zum Gehen. Vor dem Laden blieb er stehen, fasste einen der Vorbeieilenden am Ärmel und fragte nach Marx, dem Schuhmacher. Er wurde zu einem weiteren Haus gewiesen, aber bevor er anklopften konnte, wurde er von einer scheusslichen Stimme angesprochen. Er blickte in das engelhafte Gesicht von Bartholomäus von Owe und zog unwillkürlich den Kopf in den von Salomon geliehenen Pelzkragen zurück. Von Owe betrachtete den feingliedrigen Glarner, der sich nun auch noch das Barett über die Augen zog und sich augenscheinlich am liebsten ganz in eine der altmodischen Ritterrüstungen verkrochen hätte.

«Meinst du, dass Marx Schuhmacher dir etwas von der Hexerei seiner Tochter erzählt?»

«Woher weisst du, dass ich danach fragen wollte?»

«Ach, ich bin einfach gut informiert. Viel entgeht mir nicht.»

«Hast du mit der Hexerei zu tun? Kennst du Hans Gnepf?»
Sinnierend wiegte von Owe den Kopf – eine gespielte Geste? –: «Gnepf, Gnepf. Nein. Ich glaube nicht. Nie gehört, den Namen. Meister Marx wird dir kaum etwas erzählen, er ist ein alter Starrkopf.»
«Das werde ich selbst herausfinden.»
Steif richtete sich Johann auf und klopfte betont deutlich an die Tür. Er wurde freundlich eingelassen. Er wurde freundlich bewirtet.
Ihm wurde nichts gesagt. Wer spricht schon gerne über eine verhexte – vielleicht gar hexende – Tochter?

Als er wieder vor die Türe trat, lehnte von Owe an der Hausmauer und spielte mit einem Messer. Unüberrascht wandte er sich Johann zu und meinte entnervend selbstverständlich: «Ich hatte Recht. Du musst auf mich hören. Ich weiss alles.»
Johann war zur Höflichkeit erzogen worden, sein ganzes Leben lang war er zudem mit Schüchternheit geschlagen gewesen. Dieser Mann war definitiv unheimlich, seine Penetranz machte es Johann schwer zu atmen. Dennoch erwiderte er nichts, versuchte sich aus der Situation zu schlängeln.
«Ich muss jetzt gehen. Ich werde erwartet», murmelte er und wollte sich an von Owe vorbeizwängen.
«Bestimmt ist dein Gastgeber bereit, mir eine Mahlzeit zu gönnen. Er soll grosszügig sein, obwohl er Zünfter ist. Und es gibt ja viel zu berichten. Ich komme mit.»
Johanns Miene und Magen verzogen sich gequält, als der Mann selbstverständlich Schulter an Schulter mit ihm der Schifflände, dem Lindmagufer, entlang ging. Hatte nicht sein Erscheinen in Salomons Haus die Leute des Quartieres zu falschen Schlüssen kommen lassen? Johann versuchte, sein Schritttempo zu wechseln, entfernte sich immer wieder, aber er wurde den Schatten nicht los. Mit Bauchschmerzen kam er schliesslich beim «Störchli» an und sein Verfolger trat vor ihm über die Schwelle. Gerade wollte Johann «Besuch!» als Warnung in das Haus rufen, da war Bartholomäus schon in die Kachelofenstube gegangen und hatte sich gesetzt. Ruhig sah Cleophea von ihrer Näharbeit auf, betrachtete den Neuankömmling neugierig und kein bisschen eingeschüchtert. Wie keine brave Bürgertochter sprach sie den seltsamen Schönen an: «Was bringt dich hierher?»
Bartholomäus war es sich gewöhnt, dass Frauen ihn anstarrten – Männer auch; unterdessen. Nun, seit dem Prozess, seit es stadtbekannt geworden war, dass er Männer … dass Männer mit ihm die Stumme Sünde begangen hatten. Diese Rothaarige hier war gänzlich unbeeindruckt, weder sein Aussehen noch sein Ruf schienen ihr zuzusetzen. Abschätzig glitt ihr

geerbter Blick, mit der Macht zu versteinern über ihn, während sie nach Johanns Hand fasste und ihn auf die Bank neben sich zog. Bartholomäus' Blick fiel auf ihre Hand, die von netzartigen Narbengeweben überzogen war und rot gefärbt. Sein zweiter Blick nahm wahr, dass dies auch für die andere Hand zutraf.

«Ich habe mir fürchterlich die Hände verbrannt», informierte sie ihn selbstverständlich, gleichmütig. Bewegte dabei Hände und Finger dem Anschein nach locker vor seinen Augen und ignorierte den unterdessen bekannten Schmerz, der sich über ihre verkrümmten roten Fingerglieder zog.

«Das war im letzten Herbst, ich hatte noch Glück. Jemand wollte mich ganz verbrennen, aber so einfach geht das nicht, mich beseitigt man nicht so leicht. Jetzt ziehen die Feuernarben die Hände zusammen, ich muss sie stets in Bewegung halten und die Haut mit Öl einreiben, damit sie geschmeidig bleibt und sich nicht zusammenzieht. Die Hände sind recht empfindlich. Ich nähe viel, um die Hände in Übung zu behalten, spinnen wäre auch gut, aber Salomon hat dafür keine Verwendung.»

Sie verschwieg, wie sehr sie diese Tätigkeit hasste, das hatte sie schon seit jeher. Sie verschwieg ebenfalls, dass die Schmerzen viel heftiger waren, als sie so leutselig von sich gab – aber der Fremde sollte keine ihrer Schwächen erfahren –, und wie sehr sie in ihrem täglichen Tun behindert wurde. Tapfer nähte sie, versuchte zu nähen, aber mit diesen schmerzhaften Verletzungen war es fast ein Ding der Unmöglichkeit, die feine Nadel zu packen. Einige Gelenke hatten sich zusammengekrümmt und folgten keiner feinen Bewegung mehr. Aber Cleophea wollte nicht darauf achten, sie wollte ihre Hände gebrauchen, sie akzeptierte die Behinderung nicht. Jede körperliche Verkrüppelung machte einen verwundbarer in dieser grausamen Welt, es war sicherer und einfacher, wenn man jederzeit fähig war, sich seiner Selbst zu wehren.

Während die Glarnerin noch weitersprach, wandte von Owe seine Aufmerksamkeit auf Johanns verstümmeltes Gesicht und seine halbamputierte Linke. Bevor er selber gefoltert worden war, war sein Körper makellos gewesen. Mit gerümpfter Nase betrachtete er die zwei jungen Menschen, die schon so verunstaltet waren. Da half es auch nicht, dass dem Mulliser wenigstens die ganze rechte Hand mit den heiligen Schwurfingern geblieben war, sonst hätte man ihn für einen Verbrecher halten müssen. Vielerorts wurden Meineidigen zur Strafe für ihr Vergehen die drei Eidesfinger abgehackt, damit man sogleich erkennen konnte, welch falsche Schlange sich in der Gesellschaft versteckte.

Mit zunehmender Erleichterung nahm Johann zur Kenntnis, dass der Mann ihn und seine Cousine mit Abscheu betrachtete. Aber wenn der sich wirklich von Entstellten dermassen abgestossen fühlte, warum wohnte er dann auf dem Spitalgelände?

«Warum bist du mit Johann hierher gekommen?» Die forsche Innerschweizerin liess sich nicht von ihrem Weg abbringen, sie musste wissen, was vor sich ging.

«Er hat meine Hilfe nötig.»

Johanns Leib schauderte sichtbar und rückte näher zu Cleophea hin, sie legte ihre Hand auf die seine und starrte den Höllenmann vernichtend an: «Nein. Das hat er nicht. Er kommt sehr gut alleine zurecht. Und wenn er jemanden um Hilfe bitten würde, dann bestimmt nicht dich. Er sagt, du kommst aus der Hölle.»

Unerwarteterweise brach von Owe daraufhin in Gelächter aus: «Glaube mir: ich war dort.»

«Berichte!»

«Von meinem Höllengang?»

Schon war sie versucht, diese Frage zu bejahen, als Johann einfiel: «Was weisst du über die Hexerei hier im Haus? Was weisst du, das mir Schuhmacher Marx nicht sagen wollte?»

Bequem lehnte sich Bartholomäus im Stuhl zurück und verlangte nach Wein. Diesen holte ihm die junge Frau, während Johann bleich und verkrampft auf ihre Rückkehr wartete. Der einst Gehängte machte sich ein Spass daraus, sein Gegenüber zu quälen. Er fuhr sich mit dem Finger den Narben am Hals entlang und starrte direkt in Johanns Augen. Dieser nahm diese Herausforderung nicht an, sondern senkte den Blick auf die Tischplatte. Cleophea war wieder da – endlich! – und Bartholomäus trank genüsslich einen Schluck Wein aus dem Keller des Vertreters der verhassten Zünfterschicht.

«Was weisst du von den Hexereien?»

«Was alle wissen.»

«Ach, ich bitte dich. Hast du dich hierher eingeschlichen, nur um uns zu sagen, dass du nichts weisst? Wie vorhersehbar. Natürlich, was solltest du auch wissen? Es ist ja nicht so …»

«Du impertinenter Pfnurpf! Selbstverständlich weiss ich Bescheid! Dieser Gaukler hat Morfens Tochter zur Hexerei angestiftet. Ihr Vater ist krank, da wollte sie den Teufel anrufen. Dummes Weibsstück! Als ob man mit dem Teufel einen solchen Pakt schliessen könnte. Was hätte er davon, die Seele eines schwachen Weibes zu haben und einen Vater zu heilen? Dumm, dumm! Sie sollte dem Gaukler Geld bringen und dafür würde er sie zum Teufelstanz mitnehmen. Wozu braucht ein Teufel Geld?, frag' ich dich.

All der übliche Schund mit dem Teufelsbuhlschaft ging los und der Gaukler war so einfältig, es jedem erzählen zu wollen, der zuhörte. Dabei weiss ja jedes Kind, wie solche Hexenversammlungen vor sich gehen. Erste Begegnung mit dem Teufel, der wie immer in schwarzer Kleidung, als normaler freundlicher Kerl auftaucht. Er hilft der Frau in ihrem Kummer, sie muss dafür körperlich und seelisch von Gott lassen. Erste Buhlschaft. Danach enthüllt sich das wahre Wesen des Teufels, der jetzt roh ist und seine Teufelsfüsse sehen lässt, nun nennt er seinen wahren Namen: er ist Luzifer, Belzebub, Schwarzfuss, Geissbock, Teuerlein etcetera, etcetera. Mit dem Beischlaf ist der Pakt verbindlich, die neue Hexe gehört nun ganz dem Bösen Feind, partizipiert an seiner Macht. Mit dem stigma diabolicum – dem Teufelsmal – wird ihr Körper gezeichnet, sie ist jetzt als des Teufels gebrandmarkt. Dann der Hexensabbat: Einschmieren mit der bestimmten Salbe aus getöteten Kindern, Kot, Schierling, die zum Fliegen befähigt. Versammlung an einem geheimen Ort. Gelage und Hexentanz. Beischlaf mit dem Teufel – von hinten, wie du sicher weisst. Der Teufel macht bekanntlich alles verkehrt, er ist der Gegner der göttlichen Ordnung. Dabei fühlt die Frau keine Befriedigung, des Teufels Männlichkeit ist eiskalt. Man schwört Gott ab, verleugnet seine Werke, schändet Hostien etcetera, etcetera. Die Frau bekommt einen neuen Namen – die Taufe als Gottes Kind wird rückgängig gemacht. Dann werden natürlich Säuglinge aufgeschnitten, ihre Herzen verspeist. Und die Frau wird am frühen Morgen wieder abgeliefert, so wie die anderen Frauen des Hexensabbats, die sie natürlich nicht erkannt hat, obwohl alle aus Zürich stammen.

Selbstverständlich hält der Teufel seinen Pakt nicht, der Vater gesundet nicht; trotzdem beginnt die Frau auf seinen Befehl hin, die Nachbarschaft zu verhexen, Kinder werden krank, Ehemänner unfruchtbar, Hagel und Neid suchen die Gegend heim – der Vater wird trotzdem nicht gesund. Wer hätte das gedacht?!» Jetzt schöpfte Bartholomäus tief Atem und rief spöttisch aus: «Der Teufel hält seine Versprechen nicht!»

Er lachte schallend, Johann und Cleophea wichen umsichtig von ihm weg. Warum wusste der seltsame Mensch so genau Bescheid? Bartholomäus wurde zänkisch, als er bemerkte, dass die zwei vor ihm Angst hatten, er zischte: «Ja, jetzt wirst du bleich! Keine überklugen Bemerkungen mehr? So geht es zu und her in der Welt, du blöde Innerschweizerkuh!»

«Das reicht! Raus aus diesem Haus!» War Cleopheas Ehre involviert, gab es keine Höflichkeit für Johann, er stand gegen den Höllen-Mann auf. Das böse Funkeln in dessen Augen übersah er ganz und gar, wies ihm mit kräftiger Deutlichkeit die Tür.

«Willst du dich mit mir anlegen?» Von Owes Drohung war unüberhörbar. Mit der bemerkenswerten Leichtigkeit der getroffenen Entscheidung lächelte Johann abwesend und zeigte entschlossen auf den Hausausgang. Von Owe giftete feindselig: «Du willst dich tatsächlich mit mir anlegen. Das wagen wenige. Sei gewarnt: Ich …»

«Aus. Dem. Haus. Sofort!»

«Ich werde dich verfluchen, du hast keine ruhige Zeit mehr, das verspreche ich. So wie ich die glänzenden Söhne der zürcherischen Herrschaft verfluche. Hast du nicht gehört, dass ich Zürichs Richter und den Henker vor dem Hängen zur Rechenschaft ins Tal Josaphat vorgeladen habe? Vor Gottes höchsteigenes Gericht! Weil sie mir Unrecht taten, hätten sie mir nach drei Tagen in den Tod folgen müssen, aber ich starb nicht! Ich bin ja unschuldig gewesen und in jenem Tal, wo dereinst das Weltgericht stattfinden wird, wird mir Gerechtigkeit widerfahren. Ich habe den Tod besiegt, wie einfach wird da deine Vernichtung sein!

Wie einfach, deine Cousine zu zerstören. Dafür brauche ich die Hilfe des Teufels gar nicht, er war es schliesslich nicht, der mein Leben rettete. Denke an Jesaja 45, 6.»

Johann war weder in der Lage noch hatte er Musse, im Kopf nach der genannten Bibelstelle zu blättern, er reagierte instinktiv nur auf die Drohung gegenüber Cleophea: «Denk nicht einmal daran, ihr Leid zufügen zu wollen. Du würdest es bitter bereuen. Ich töte sogar Nonnen, wenn es um Cleopheas Schutz geht, hörst du? Ich habe es schon einmal getan. Ich würde es ohne zu zögern wieder tun. Geh endlich!»

Bartholomäus von Owe polterte aus dem Haus.

«Gott im Himmel! Das war ja vielleicht schlau. Gerade jenen Kerl zu erzürnen, der uns weiterhelfen kann. Ich bin ja vielleicht blöd.» Mit Verachtung wühlte sich Johann die Haare auf, aber zu seinem Erstaunen kam keine zustimmende Bemerkung von Cleophea. Sie sass etwas verdattert auf der Bank, überwältigt von der unheimlichen Beschimpfung des Gehängten und keineswegs überrascht von der heftigen Verteidigung Johanns. Sie bekreuzigte sich heilsuchend, murmelte die Glarner Heiligen nach Hilfe an und fand instinktiv jene Schutzworte, nach denen sie gesucht hatte: «Mutter Gottes, beschütze uns vor dem Bösen!»

Das Böse … Johanns bibelsicheres Gehirn funktionierte wieder, Jesaja fünfundvierzig-sechs … Eine äusserst verwirrende Stelle, sie erklärte das Böse. Jedoch. Das Böse war … Gott selber. Denn er selbst behauptete seine Allmacht gegenüber Jesaja, seinem Propheten: ‹Ich bin der HERR, und keiner sonst, der ich das Licht bilde und die Finsternis schaffe, der ich Heil wirke und Unheil schaffe, ich bin es, der HERR, der dies alles wirkt.›

Das war einfach alles zu viel, Johann raufte sich die schon verstrubbelten strohblonden Haare. Wie sollte er als kleiner Wurm es schaffen, diese schrecklichen Worte Gottes mit dem Bösen der Welt in Einklang zu bringen? An dieser Frage verzweifelten nicht nur Gelehrte und Pfarrer. Die einzig mögliche Erklärung für Verderbnis war doch nur das Vorhandensein des Teufels, des gefallenen Engels, der die Dunkelheit in die Welt brachte. Weitaus wichtiger war ihm die Drohung von Owes gegen Cleophea. Und dann war da noch seine Ungezügeltheit vor der Hinrichtung, deren Scheitern ihm Recht gab …

«Eine Ladung ins Tal Josaphat, diese Verfluchung des Henkers … er war sich schon ganz sicher, als Unschuldiger verurteilt geworden zu sein, warum sonst hätte er den Schindern Übles gewünscht? Er war fest davon überzeugt, unschuldig zu sein.»

Wieder fragte sich Johann, was diese Art Überzeugung mit einem Menschen machte. Er kam auch dieses Mal zu keinem eindeutigen Befund. Seine Gedanken jedoch wanderten schon weiter: «Und dazu dann noch ein Hexensabbat», es schauderte Johann bei den Vorstellungen. «Das Haus hier wurde als Ausgangspunkt für einen Hexensabbat verwendet. Gnepf wohnte hier, verführte die Marxens Tochter. Wir müssen den Pfarrer rufen. Er muss das Haus reinigen.»

Cleopheas verächtliche Stimme nahm ihm die Hoffnung wieder, als sie anmerkte: «Wie denn? Ihr vertrottelten Reformierten kennt ja das Weihwasser nicht mehr, bekanntlich das sicherste Mittel, bösen Mächten das Fürchten zu lehren. Aber ihr redet ja nur: Worte, Worte, Worte. Wie sollen wir damit die verderblichen Hinterlassenschaften in diesem Haus loswerden? Wie werden wir jemals wieder gut hier leben können?»

«Unser Glaube an das Gute ist stark genug. Wir benötigen kein Weihwasser.»

Mit aufgeklappten Mund wirbelten die zwei Innerschweizer zu Salomon von Wyss herum, der mit dieser erstaunlichen Aussage in die Kammer trat. Er grinste: «Besteht die Möglichkeit, dass Bartholomäus von Owe euch erschreckt hat? Der durchschaubare Idiot. Weil er die Zunftsherrschaft hasst, hasst er euch gleich mit. Aber macht euch keine Sorgen, solange wir drei zusammenhalten, geschieht uns nichts Böses. Das haben wir einige Male schon bewiesen.»

«‹Glaube an das Gute›?!»

«Ach, sei still! Das habe ich nur so dahergesagt.»

21. Kapitel.

In dem zum Zürcher Totentanz aufgespielt wird.

ERSCHÖPFT VON ALL DEN BEGEGNUNGEN sassen die drei in Salomons Stube, jeder beschäftigte sich so gut es ging. Cleophea nähte mit schmerzenden Händen weiter aus einem Reststoff, den sie Salomon abgeschwatzt hatte, etwas, das einmal ein Hemd für Johann werden sollte. Salomon warf Wollfäden für zahlreiche Katzenjungen aus, die daraufhin auf dem Boden herumrollten. Johann feuerte dem Kachelofen weiter ein und setzte sich dann auf die wärmende Ofenbank; versunken drehte er eine von Salomons zürcherischen Münzen, einen Taler, in seiner Linken, diese musste in Bewegung bleiben, sonst würden die Narben die Hand versteifen. Ausserdem konnte Johann sich nie genug über Geld wundern: daheim gab es davon nie genug. Dazu kam, dass das Meiste getauscht wurde, in einem kleinen Dorf wie Mullis machte das durchaus Sinn. Hier im grossstädtischen Zürich wurde alles mit Geld erledigt, das war schon ziemlich faszinierend. Es war, als hätte die Stadt unterirdische Grotten, in denen stets Gold lagerte. Diese Zürcher Taler, auf denen die Wappenhalterlöwen das schräg zweigeteilte blau-weisse Wappen unter Reichsapfel und Krone hielten, waren zudem auch gottgefällig und auf geradezu unzürcherische Weise demütig. Auf der einen Seite, da wo der doppelköpfige Reichsadler seine Schwingen breitete, stand auf jedem einzelnen Geldstück: DOMINE/CONSERVA/NOS/IN/PACE – Herrgott, bewahre uns den Frieden!, soviel Latein verstand selbst Johann. Dies war ein sinniger zutiefst guter Wunsch, sehr einsehbar. Mochte diese Friedenszeit den Zürchern – den Eidgenossen – für immer beschert sein! Mochten sie für alle Ewigkeit Kriege vermeiden.
Die besinnliche Stille konnte nicht dauern. Es klopfte dezidiert an die Haustür, Johann erhob sich, sie zu öffnen. Auf der Schwelle stand Magdalena Frymann, ein Geselle an ihrer Seite. Misstrauisch warf Johann einen schrägen Blick auf den Taler, den er noch in den Fingern hielt: war die tüchtige Kauffrau etwa dem Ruf des Geldes gefolgt?
«Darf ich eintreten?», fragte besagte Geschäftsfrau nun etwas ungeduldig.
«Aber selbstverständlich.»
Gerade wollte Johann den kräftigen Bediensteten einladen, mit ihm in der Küche etwas zu essen, als sie jenen schon wegsandte, in die kalte Dunkelheit des tiefen Winterabends. Johann nahm Magdalena den Mantel ab und stieg hinter ihr die Treppe hinauf. Als sie in die Stube trat, betrachtete Cleophea sie genau. Die verheiratete Frau verhüllte ihre Haare mit einem raffiniert geschlungenen Tuch und einer Haube in weiss. Nicht weniger als drei Halsketten zierten ihre Brust, lang liefen sie ihr um den Hals, silbern und matt glänzten Edelmetall und Perlen. Aus dem viereckigen Ausschnitt des Kleides schaute keck das

weisse Leinenhemd hervor. Das Kleid der stattlichen Frau nahm sich auf den ersten Blick bescheiden aus, einzig eine weiche schwarze Samtborde verzierte das dunkelgrüne schlichte Oberkleid, darüber hatte die Frau eine weisse leinene Schürze gebunden. An ihrem Gurt befanden sich wie üblich ein Beutel, ein Messer im Etui, ein Schlüsselbund und eine Riechflasche. Ihr Mann nannte dies abfällig «Alamoderei», dieses Sich-Kleiden nach der neuesten Mode, aber natürlich war er stolz auf seine füllige Frau mit dem kräftigen Busen und den ausladenden Hüften, die noch viel schöner wurde, wenn sie eben diese sündhaft neuen Moden mitmachen konnte. Denn die Werkstoffe zeugten natürlich überdeutlich von unerschöpflichen Reichtümern.

Nun setzte Magdalena sich hin und wartete auf Wein und die Kleinigkeit zu essen, die Salomon flink auftischte, der Raum füllte sich leicht mit dem der Kauffrau eigenen Duft, der sie stets umgab. Es war eine blumige Note, die Johann jedoch stets niesen liess, wenn er der Dame zu nahe kam. Nach ein paar höflichen Einleitungsgesprächelchen kam die gewandte Geschäfterin direkt zum Punkt: «Es gehen Gerüchte um.»
Salomon zog die linke Augenbraue hoch und tat erstaunt: «Was du nicht sagst! Etwa über mich? Man höre und staune.»
Seine Ironie wurde mit einem von Magdalenas scharfen Blicken bedacht, aber Salomon war unbeeindruckt, lächelte seinen Gast entwaffnend an. Sie meinte trotzdem weiter ernst: «Gerüchte. Dieses Mal nicht über dich. Nun, nicht nur über dich. Ich meine Gerüchte über Verschwundene.»
Jetzt horchten alle drei gespannt auf.
«Ha, jetzt habe ich eure Aufmerksamkeit! Ich habe mit meinen G…, den Geschäftspartnern meines Mannes gesprochen. Viele kommen seit vielen Wochen ungern nach Zürich. Wisst ihr, warum?»
«Sei nicht grausam. Erzähle es uns!»
«Wenn die Kaufleute wegfahren, fehlen ihnen die Gesellen.» Magdalena Frymann nickte selbstgefällig, ihre eigenen Worte bestätigend: «Ihnen kommt in Zürich das Gesinde abhanden. Überhaupt kommen auch Einheimische weg. Es häufen sich Klagen von Zünftern, sogar von einfachen Handwerkern.»
«Wie gut wird das Gesinde behandelt?», es schien Johann nicht unwesentlich, dem nachzugehen, aber die Kauffrau war da anderer Meinung: «Was für eine abstruse Frage.»
«Ich denke nicht: Zürich hat viel zu bieten und wenn man misshandelt wird …»
«Natürlich gehen die Meistersleute mit der Knechtschaft um wie alle. Denen geht es gut. Die sollen froh sein, ein Auskommen zu haben.»
Als Frage von geringfügiger Wichtigkeit wurde das Wohlbefinden Bediensteter abgetan.
Cleophea meldete sich mit einer Frage zu Wort: «Es kommen eindeutig Gesellen abhanden? Keine Mägde? Nur Männer?»

Mit gerunzelter Stirn suchte die Geschäftsfrau sich zu erinnern: «Ja, ich denke, ich hörte nur von Knechten, Gesellen.»

«Das ist nun wieder nicht weiter bemerkenswert. Stets kommen mehr Männer um. Das ist normal», meinte Salomon, der ehemalige Gerichtsschreiber klug. «Wir leben nun einmal das gefährlichere Leben.»

«Ich wollte nur sicher sein. Solche Details können sich manchmal als äusserst wichtig herausstellen.»

«Ja, ja. Schon gut. Weiter, zu Wichtigem.»

Während Cleophea Salomon noch böse Blicke zuwarf, fuhr Magdalena fort: «Das ist schon alles.»

Keiner der drei war damit zufrieden und es war Cleophea, die nachhakte: «Was ist die Gemeinsamkeit der Männer?»

«Gemeinsamkeit? Was für eine Gemeinsamkeit? Sie sind Gesellen. Sie kamen fort. Das ist alles.»

«Nun», Johann mischte sich in das Gespräch ein, unterstützte die Seite Cleopheas: «Ganz so unwichtig ist das nicht. Eine Gemeinsamkeit könnte uns zu einem Verdächtigen führen. Sicher verschwanden nur bestimmte Gesellen, sobald wir wissen, was sie vereint hat, kennen wir den Verbrecher.»

Johann fiel auf, dass er begonnen hatte, von den Gesellen zu reden, als wandelten sie nicht mehr auf Gottes schöner Erde. Er folgte diesen Gedanken weiter, indem er sie laut aussprach: «Wir gehen wohl davon aus, dass das zahlreiche Verschwinden mit unserem Blut hier zu tun hat. War das Verschwinden überhaupt zahlreich? Von wie viel Gesellen sprechen wir?»

«Ich habe von fünfen gehört. Zwei davon Brüder im Dienst desselben Zünfters. Ich weiss nicht, ob die Knechte der auswärtigen Kaufleute später wieder aufgetaucht sind.»

Cleophea fiel in diese Beschreibung ein: «Am Markt behauptete auch mindestens eine der Frauen, dass ihr der Knecht fehle. Sie nahm an, dass er zu heftig gebechert habe. Ich werde morgen nochmals nach ihr suchen, ich werde sowieso für den Besuch des Pfisters einkaufen müssen.»

«Der Hans Michel vom ‹Roten Kopf›?», fragte Magdalena Frymann nach und schimpfte auf das zustimmende Nicken Salomons los: «Der ist ja nun ganz und gar verkommen. Wisst ihr, dass er mehr als einmal hart bestraft wurde, weil er sein Brot mit Sand streckte? Der unehrliche Kerl hätte ins Halseisen am Fischmarkt gehört, damit alle hätten sehen können, was für ein Lump der ist. Dem Schelm könnt ihr nichts glauben.»

«Wir werden seine Geschichte anhören und dann selber weitersuchen. So machen wir das immer. Wir glauben nicht so einfach alles, was uns erzählt wird.»

Es mochte eine Warnung in Cleopheas Aussage gelegen haben, Magdalena hingegen schien dies nicht auf sich selber zu beziehen, sondern meinte nur abwesend: «Das ist gut, das empfiehlt sich immer. Ständig erzählen dir die Leute irgendwelche Geschichten. ‹Ich kann nicht bezahlen. Nächste Woche, be-stimmmmt!›, ‹meine Frau ist sooo krank, ich werde im Heumonat bezahlen›, ‹meine Kinder sind gerade aalllllle an der Pest gestorben, lasst mir etwas Zeit mit dem Bezahlen›. Und immer diese weinerlichen Stimmen. Abstossend!»

Magdalena bemerkte, dass die drei in der Stube sie mit grossen Augen besahen und unterbrach ihre Erinnerungen für die Erklärung: «So ist das als Geschäftsfrau. Ständig hat man Ärger mit den Leuten. Hin und wieder muss ich einfach jemanden übers Ohr hauen, damit das Gleichgewicht wieder hergestellt ist. Und weil jener so blöd ist, sich übers Ohr hauen zu lassen. Meist nehme ich dafür einen von basell, die arroganten Schnösel glauben, die Eydgnosschafft gehöre ihnen. Nur weil Erasmus dort wirkte, nur weil sie ein bisschen gelehrt sind. Bah! Aber hier ist der Versammlungsort der Tagsatzung, hier werden die gemeinsamen Geschäfte der Eydgnosschafft besprochen, wir sind der Vorort von allen Orten! Ha: eines Tages wird zürych Basell bei Weitem überstrahlen, alle werden neidisch, noch viel neidischer, auf unsere Stadt schauen! Da bin ich sicher. Wir sind einfach die Besten.»

«Dein Vertrauen in Ehren. Gib uns doch die Namen der Verschwundenen», auf das irritierte Stirnrunzeln der Kauffrau hin, seufzte Johann und fuhr fort: «Von den Meistersleuten, wenn du dich an die Gesellen nicht erinnern kannst. Dann können wir dort fortfahren.»

Während Salomon in einer Truhe nach Papier raschelte und Cleophea Tintenfass und Federkiel holte, versuchte Johann unbeholfen, Konversation zu machen: «Ist dein Mann heute nicht in Zürych? Er hätte dich doch sicher begleitet.»

«Er leidet an einem ganz üblen Fieber.»

«Was du nichts sagst», Salomons Bemerkung klang dumpf, vor allem, weil sich sein Kopf in der Truhe befand, aber jeder, der wollte, konnte die triefende Ironie dennoch deutlich genug hören. Johann wunderte sich über Salomons Ungezogenheit. Ein Fieber war schliesslich eine herbe Angelegenheit. Aber bevor er noch betroffen nachfragen konnte, stand Salomon mit einem Bündel Papier am Tisch und meinte todernst zu Magdalena: «Du meinst, er hat Fieber. War es nicht eher so ein Schütteln in der Kehle? Ein Zirpen in den Lungen? Ein Drehen des Magens? Ein Dröhnen im Skelett?»

«Nein, ein Fieber. Mein armer Mann ist ganz erhitzt, gerötete Wangen, glänzende Augen, böses Zeichen. Ich werde euch die Namen schnell sagen und dann muss ich rasch zu meinem Armen nach Hause. Ich hoffe nur, dass ihn nicht der Englische Schweiss trifft. Der Arme!»

Gesagt, getan. Magdalena hastete, von Salomon begleitet aus dem Haus, die beiden Zurückgebliebenen räumten die Tafel ab und hingen ihren Gedanken nach: endlich eine viel versprechende Fährte!

Nachdem Salomon wieder zurückgekehrt war, schmunzelte er amüsiert und liess sich gutgelaunt nieder, fasste nach seinem Glas und erzählte von den Gegebenheiten: «Der Arme Frymann hat ein Fieber. Man stelle sich vor. Ein richtiges Fieber. Gestern hatte er die Pest, letzte Woche Lepra, morgen wird er die Blattern haben, Keuchhusten, Ruhr, Fleckfieber. Vermutlich sogar die Kinderkrankheiten Kindsblotteren oder Rothsucht.»
Irritiert sahen sich Cleophea und Johann an, versuchten zu ergründen, was Salomon ihnen mitteilen wollte.
«Willst du damit sagen, Antons Schicksal sei ausserordentlich schwer?», obwohl Cleophea die Frage stellte, wusste sie auf Grund der gehässigen Ironie Salomons, dass das wohl so nicht richtig war. Bevor er antworten konnte, hatte sie eine neue Idee, wenn sie auch absurd war: «Nein, du willst damit sagen, Anton Frymann erfinde sich Krankheiten.»
«Erfinden? Der Kerl führt seinen ganz eigenen Totentanz auf! Dagegen ist jener von Meister Küng auf dem Grossmünsterfriedhof von 1581 ein fröhliches Tauffest.»
«Was sagst du da? Man sah einen Totentanz in Zürich?» Johann war fasziniert. In Zürich fanden sogar Totentänze statt. Cleophea bekreuzigte sich. Wie erwartet war Salomons Auskunft schnell, etwas aufgeblasener Stolz auf die Stadt schwang in seinen Worten mit: «Aber sicher. Zürych hat alles zu bieten. Irgendwo ist ein Druck dieser Totendingssache. Wartet, ich suche ihn.»
Und schon war Salomon ein weiteres Mal in seiner Truhe verschwunden; als er wieder auftauchte, schwenkte er ein Blatt Papier. Er legte es vor Johann und liess ihn lesen: er musste üben. Erst besah sich Johann das Bild: es zeigte rechts einen Mann mit Laterne, der zum Grossmünster links blickte, im Himmel funkelten Sterne: es war Nacht. Vor dem Grossmünster standen, lagen, bewegten sich Gestalten. Sie hatten zwar eine Form, aber waren ganz weiss, ohne Gesichter, Kleidung, Haare. Johann wandte sich dem Text zu.
«Und als Hans Heinrich Küng uff den kilchhoff kommen (dann es gar tunkel und ein latärnen bÿ im tragen) habe er am thurm einen tantz von wÿb und manns personen jung und alt gesehen, die all schnee wÿss.»
Es schauderte Johann: ein ganz und gar echter Tanz der Toten! Und während seine Gedanken ihre eigenen Wege gingen, überhörte er Salomons Stimme, die erklärte, dass dieser Totentanz vermutlich doch eher ein Scherz betrunkener Männer auf Kosten des leichtgläubigen Küngs gewesen sei und keineswegs ein Warnzeichen für die Pest, die wenig später in

Zürich und Umgebung wütete. Johanns Sinne schweiften derweil ohne sein Wollen zum gegenwärtigen Pfarrer des Grossmünsters. Ob jener längst vergessenen Toten begegnete? Ein Schaudern wurde zu einer Ahnung, die Johann aber mit Gewalt von sich wegdrängte.
Nein! Keine Ahnung, kein Fühlen, keine Vision! Nicht jetzt. Er war dankbar, dass Cleophea «Wir schweifen ab!» in den Raum plärrte: «Wann suchen wir nach den Verschwundenen?»
Salomon gähnte und reckte sich: «Heute Nacht bestimmt nicht mehr. Der Ofen wird schon lau. Ich denke, wir sollten ins Bett gehen. Es gibt genau drei Katzen pro Person. Also: es wird nicht geschummelt.»
«Wer ist denn derjenige mit dem Bestechungsrahm?»

22. Kapitel.

In dem jeglichem Pesthauch der Garaus gemacht wird.

HERRLICH: EINE LISTE! Verliebt drückte Johann das Blatt Papier an seine Brust und achtete fast nicht darauf, wie seine Cousine ihn zurechtwies: «Du verschmierst ja noch die Tinte. Lies endlich vor, damit ich mir meine Namen merken kann.»

Die drei waren übereingekommen, sich Magdalenas Namensaufzählung aufzuteilen und getrennt nach den vermissten Gesellen zu fragen. Salomon übernahm jenen Zünfter mit den zwei Brüdern, Cleophea den Gesellen der Marktfrau und einen Verschwundenen aus dem Chratzquartier, Johann die restlichen zwei Fehlenden.

«Bevor wir gehen», Cleopheas Stimme klang flehentlich, «lasst uns ein geheimes Wort abmachen, das wir verwenden, sollten wir uns Nachricht schicken.»

Die beiden Männer erkannten sofort den Grund für ihr Anliegen. Als sie das letzte Mal getrennt voneinander nach einer Rätsellösung in Zürich gesucht hatten, war die Strafe dafür hart gewesen. Johanns verstörende Narben zeugten davon. Salomon hatte das Glück gehabt, von Cleophea gerettet worden zu sein. Aber gleich daraufhin waren alle drei in eine tödliche Falle gelockt worden, weil man ihnen hatte weismachen können, dass der jeweils andere das wollte.

Salomon kicherte unvermutet kindisch und gab die Parole heraus: «Im Namen von Franz von Assisi.»

«Vermutlich bekommen wir was an die Rübe, wenn wir einen katholischen Heiligen anrufen, aber was soll's? Zu Ehren des Katers. Auf geht's.»

❦

Cleopheas Gemüsemarktfrau erinnerte sich nicht an sie. Das kam nicht häufig vor, aber wie immer machte Cleophea das Beste aus der Situation: sie gab sich als Freundin des gesuchten Knechts aus. Denn der war und blieb tatsächlich verschwunden. Seit jenem Tag, als Cleophea zum ersten Mal nach ihm gefragt hatte, gab es kein Lebenszeichen von ihm.

«Machst du dir keine Sorgen?»

«Nein, Hans weiss sich zu helfen.»

Diese gleichgültige Antwort entzündete Cleopheas Empörung und sie musste nachstichen: «Aber ich kenne ihn als gewissenhaft. Du hast ihn schlecht behandelt.»

«Sicher nicht! Hat er dir das erzählt? Das hat er behauptet? Oh, der Schelm! Wenn ich ihn zwischen die Finger bekomme.» Die Frau ballte ihre beachtlichen Fäuste und stemmte sie dann in die noch bemerkenswerteren Hüften. Sie funkelte Cleophea an: «Er lügt dich an. Er hat sowieso schon ein Liebchen. Bei uns im Dorf. Auf den Schelm kannst du dich nicht verlassen. Auf keinen Mann kann man sich verlassen. Alles Gauner, Nichtsnutze, Taugenichtse, Diebe.»

Sie zeterte noch, als ein nächster Kunde an den Stand kam, dieser hörte zwei Worte und verdrückte sich gleich wieder in die Menschenmenge. Cleophea jedoch lauschte geduldig, sie kannte sich mit verbitterten Weibern aus; hin und wieder gab sie Laute von sich, die man als tröstend interpretieren konnte und hing ihren eigenen Gedanken nach. Als es leiser wurde, richtete Cleophea ihre Aufmerksamkeit erneut auf die Gemüsefrau und mimte die Naive: «Er hat uns also verlassen, der Hans. Das sieht ihm wirklich nicht ähnlich. Er hatte ein Auskommen bei dir, er hatte mich. Hat er sich komisch benommen vor dem Weggehen? Mir selber ist nichts aufgefallen. Aber dann: ich habe auch nicht bemerkt, dass er schon eine Frau hatte. Ich bin nicht besonders schlau. Aber du hast sicher etwas bemerkt.»

Von den Behauptungen geschmeichelt, wurde die Gemüsefrau weich: «Er war gar nicht anders als sonst. Das schwöre ich bei meiner Ehre.»

«Was wollte er denn an dem Tag?»

«Er hat gesagt, er hole nur schnell ein Kraut. Ich weiss nicht mehr, was es war. Ich dachte, er wollte noch einige Kabisköpfe holen. Kohl ging uns nämlich aus.»

«Kabis … ein Kraut? Hm. In welche Richtung ist er gegangen?»

«Ich bin mir nicht sicher, die Zünftersfrau Escher vom Luchs wollte dringend gelbe Rüben. Den Escher vom Luchs gehört die Gerichtsherrschaft Uitikon und Sünikon, da passt man besser auf und bedient diese Leute gut. Jedenfalls, Hans ging irgendwo dahin.»

Während sie sich an eine nächste Kundin wandte, wedelte die Marktfrau mit der Rechten vage in zahlreiche Richtungen. Nicht hilfreich. Cleophea ging weg.

❦

Ein weiteres Mal sagte Cleophea sich die Liste auf, es gab noch einen Mann, den sie aufsuchen sollte. Der angeblich im Chratzquartier wohnte. Ein merkwürdiger Stadtteil. Er befand sich hinter dem Fraumünster, das Zürich so lange regiert hatte. Der Äbtissin hatte das ganze Stadtgebiet gehört, ihr Münster war der einzige Ort, der hatte Münzen prägen dürfen, die Kirche hatte die Reliquien der Stadtheiligen Felix und Regula beherbergt. Bis es dem ketzerischen Zwingli aufgefallen war, dass Ablasskäufe, Simonie und Reliquiengeschäfte gegen die Worte Gottes stehen müssten. Bei seinen Säuberungsaktionen vor gut zwei Generationen waren neben den kirchlichen Goldschätzen, den reichen Bildern, auch die abgeschlagenen Köpfe der Heiligen – die doch viele Jahrhunderte Wunder getan hatten! – verschwunden. Jene Häupter, die Regula und Felix von römischen Schergen abgeschlagen worden waren, am Platz, wo jetzt die Wasserkirche stand, und die sie 200 Schritte bergan getragen hatten. Dort, wo das Geschwisterpaar endlich sein Leben ausgehaucht hatte, waren die ersten Steine des Grossmünsters zusammengefügt worden. Jetzt war dieses Hauptfokuspunkt für alle Gläubigen, während das Fraumünster an Wichtigkeit verloren hatte, denn die kluge Äbtissin hatte die Herrschaft über die Stadt aufgegeben, um nicht von der Reformation überrollt zu werden. Besitzungen und Rechte des Klosters gehörten nun dem Rat von Zürich. Und Katharina von Zimmern heiratete einen Ritter.

Zwischen Fraumünster und Stadtmauer befand sich nun also dieser Stadtteil Chratz. Kein Mensch ging hier hin, wenn er ihn vermeiden konnte, jeder anständige Bürger war froh, wenn er dort nicht sein musste. Es war das Gebiet der Ausgestossenen, der Armen, des Gesindels. Cleophea kannte es von einer früheren Begegnung schon ein wenig. Es hatte sich nicht verändert: die Leute des Quartiers waren nach wie vor ärmlich, bettelten. Die Gegend war verkommen, es stank erbärmlich – das konnte Cleophea sogar in der Kälte feststellen, es bedeutete nichts Gutes. Hier hatte niemand Geld übrig, um die Abtritte mit Fallrohren zu versehen, wie es sonst üblich war.

Jetzt versuchte Cleophea, möglichst schnell etwas über den vermissten Knecht zu erfahren, allzu lange mochte auch sie nicht hier herumstehen, der von Salomon geliehene ziemlich kostbare Umhang konnte sie zu einem begehrten Ziel machen. Kurzerhand hielt sie ein paar Gassenkinder an, die trotz des Winters barfuss in löchrigen Schuhen unterwegs waren, die Kleider zerrissen und in vielen Schichten über die ausgezehrten Kerlchen geschlungen. Cleophea konnte es gut mit verlumpten Burschen, sie hatte eine Schwäche für Ausgestossene, Heruntergekommene, Verletzte, Verkrüppelte, Hilflose. Sie war immer jene, die für das Leben eines verformten Kälbchens bat. Trotzdem haute sie jetzt einem Zürcher Gassenjungen zünftig eines auf die Tatzen, als er sie unzüchtig anzufassen versuchte. Sie warf einen schärferen Blick auf die kleine Gesellschaft: das Rudel mochte sich aus etwa einem Dutzend Jungen zusammensetzen, wobei es auch ein paar langhaarige Gestalten gab, die Mädchen sein konnten. Sie trugen viele Lagen von kleiderähnlichen Fetzen, spektakuläre Kopfbedeckungen und allerlei Gerätschaften. Den meisten lief der Rotz über Oberlippe und Kinn und wurde nur mit dem Ärmel weggewischt, wenn er das Sprechen hinderte oder auf der Haut gefror. Zwei der Kerle waren bis zu den Ellenbogen hinauf patschnass, Cleophea vermutete, dass sie damit beschäftigt gewesen waren, Wasser aus einem nahen Brunnen zu schöpfen, um damit die Gasse zu besprengen. Dies ergab eine schöne Eisschicht, auf der geschlittert werden konnte. Und – wer weiss? – vielleicht diente sie auch dazu, Leute zum Stürzen zu bringen, um so an einen prallen Geldbeutel zu kommen.

❦

«Ich werde euch zu essen bringen, wenn ihr mir helft.»
«Erst Essen. Dann Hilfe.»
«Kein Gerede. Ich verspreche bei meiner Ehre, dass ich euch füttern werde.»
Die Gruppe drückte die Köpfe zusammen und beriet die Frage, noch hatte sich offenbar kein Führer herauskristallisiert. Cleophea tappte ungeduldig mit dem Fuss auf die Erde und bliess in die kalten Hände, rieb sich vorsichtig die schmerzenden Fingerglieder. Sie sah sich um, lauerten da noch Gestalten an dunklen Ecken? Als sie wieder angesprochen wurde, nahm sie sich Zeit, sich dem Sprechenden zuzuwenden, denn ein Gespräch konnte gut und gerne ein Ablenkungsmanöver sein, während dessen man ihr den Säckel vom Gürtel schnitt.
«He du! Ich sage: was wills'n wissen?»
Der Grösste der Gruppe hatte offenbar die Verhandlung übernommen, seine Augen liefen eitrig über und eine tiefe Hasenscharte schnitt von seinen Lippen links weg bis unter die Nase. Sein Atem rasselte gehörig.
«Ein Kaspar soll verschwunden sein. Kaspar der Langhaarige.»
Die Burschen begannen zu feixen und der Wortführer, dessen Aussprache schwer verständlich war, stellte klar: «Du suchst Kaspar den Langhaarigen? Der hat schon ein Weib. Das ist die, wo immer rote Röcke anhat.»
«Ich will ihn ja nicht heiraten. Ich kenne ihn nicht einmal. Ich will ihn nur etwas fragen. So wie ich euch etwas frage.»
Cleophea war es wirklich leid, dass man immer annahm, sie wüsste nicht, was sie in Erfahrung bringen wollte. Warum stellte man ständig in Frage, ob sie das Richtige sagte oder tat? Beinahe hätte sie dem frechen Fragenden eine Ohrfeige verteilt. Dies schien er zu erahnen, er gab hastig Antwort, nuschelnd: «Den hab'n wir gesehen.»
«Wann?»
«Am Sonntag.»
«Letzten Sonntag?»
«Ja, warum wills'n das wissen?»
Entschlossen drohte sie dem Hasenschartigen wegen seiner entwürdigenden Gegenfrage mit der offenen Hand und als er sich wegduckte, begann sie halblaut nachzudenken: «Letzten Sonntag, hm. Letzten Sonntag. Das heisst, er ist möglicherweise nicht verschwunden, die anderen sind schon länger weg. Andererseits könnte er das letzte Opfer sein …»
Diese Überlegungen führten zu nichts, schon wurde die Kindergaunergruppe unruhig, sah sich nach Spannenderem um, deswegen hob Cleophea nun wieder die Stimme: «Sagt mal, kann man ihn treffen? Ich würde ihn gerne etwas fragen.»
Jetzt aber hatten die Frechdachse genug und verlangten nach dem Essen. Das hatten sie sich verdient, Cleophea leerte alle von Salomon offerierten Münzen in ihre Hand und kaufte

alles Nötige für die Bande ein. Diese zerrte ihr die Hühnerpasteten aus der Hand und lief johlend davon.

Sinnierend machte sich Cleophea ihrerseits auf, schnellstmöglich die mindere Seite der Stadt zu verlassen und zu Salomons herrschaftlichem Haus zu gehen. Hastig, zum grünen Kachelofen, der nun nie mehr kalt zu werden schien.

※

Das «Störchli» lag verlassen da, von den kalten Wänden riefen Cleopheas Schritte ein Echo hervor. Angst jagte ihr über die Schultern. Hatte nicht Johann vor wenigen Wochen erst vergeblich auf sie gewartet, während ihr und Salomon Grausiges widerfahren war? Es würde sich doch nicht wiederholen? Es konnte nicht sein. Besorgt lief sie wieder aus dem Haus.

Wo sie auf Salomon und Johann stiess, die grimmig aussahen.

Am Tisch versorgt, berieten sich die drei. Man war des Rätsels Lösung etwas näher gekommen. Alle konnten berichten, dass tatsächlich Gesellen verschwunden waren. Sie waren allesamt abhanden gekommen, nachdem sie sich vollkommen alltäglich benommen hatten. Sie hatten ihre Meistersleute nicht willentlich verlassen.

Johann bestand darauf, dass sie eine schriftliche Aufzählung von jenen Richtungen und Gründen machten, welche die Gesellen vor ihrem Verschwinden angegeben hatten.

Wie es sich gehörte, begann Salomon mit seinem Bericht: «Die Brüder Ulrich und Hermann der Zünftersfamilie Holzhalb sind nicht gleichzeitig weggegangen. Einer ist für den Stall zuständig, der andere für alle anderen schweren Arbeiten. Er soll ein guter Zimmermann sein. Beide offenbar keine zierlichen Männer, sondern standhaft, währschaft. Ein bisschen einfältig, wie es berichtet wurde.»

«Von den Meistersleuten.», stellte Cleophea trocken fest.

«Natürlich.»

«Das muss nichts heissen. Die Meister mögen zwar mit dem Gesinde unter einem Dach wohnen, es mag zur erweiterten Familie gehören, dennoch muss es noch nicht wahr sein, wenn die Knechte und Mägde dumm genannt werden.»

«Item. Bitte fahre fort, Salomon», bat Johann und unterbrach den anbrechenden Streit.

«Kräftige Männer verschwinden nicht einfach so. Sie ziehen vielleicht in den Krieg, sie gehen vielleicht unter Räuber, aber sie verschwinden nicht einfach so. Diese beiden schon gar nicht, sie hingen sehr aneinander. Sie hatten gerade das Neujahr gefeiert, waren voll guter Pläne für anno Christi 1597.»

«Bei mir ist es dasselbe. Sie freuten sich auf die nahende Fasnacht», unterbrach Johann und fuhr fort: «Meine Gesellen heissen Päuli und Heiny. Sie sind beide untertags verschwun-

den, am gleichen Tag. Mitten von einer Arbeit weg. Päuli war am Holzhacken, Heiny wurde zum Weinkaufen geschickt. Nach beiden wurde gesucht, beide hatten Freunde, diese wussten nichts. Nirgends gab es Nachricht eines Streites oder Kampfes. Die zwei könnten geradewegs in ein für andere unsichtbares Loch gefallen sein. Es ist zum Haareausreissen.»
«Welche Gemeinsamkeiten gibt es hier? Der Knecht der Gemüsefrau ging vom Markt weg, Heiny ging zum Einkaufen. Wie steht es mit den Brüdern? Mussten sie auch zum Markt?»
«Möglich ist es, vielleicht benötigte Hermann, der Zimmermann, ein Werkzeug. Oder so.»
«Ist der Markt die Gemeinsamkeit?»
«Bei Gottes Marterleiden, das muss noch nichts bedeuten. Jeder ist ständig auf dem Markt, braucht etwas, kauft etwas. Und ebenso ist er unübersichtlich, man kann sich verlaufen, man kann seine Aufgabe anders erledigen, man kann sich ablenken.»
«Man kann angesprochen werden und mit dem Fremden mitgehen. Man denkt, weil man stark und wehrhaft ist, kann einem bei heiterhellem Tag nichts geschehen. Der Fremde ist freundlich, er lädt mich zu einer Stange Bier ein. Ich bin durstig, nie sage ich nein zu einem Geschenk. Die Zeiten sind hart, vielleicht gibt mir der Fremde etwas zu essen.»
Johann verlor sich in der Schilderung, musste laut denken, um eine Logik aufzubauen. Er kam ins Stocken, denn: «Wie schafft der Fremde es, mich zu überwältigen? Ich bin stark und gross – wenn auch vielleicht einfältig –, aber ich kann mich wehren. Ich bin vielleicht sogar in Begleitung meines Bruders, eines Freundes. Ich bin ihm doch wohl nicht in sein Haus gefolgt. Das ist zu gefährlich. … Ausser, ich würde den Mann kennen. Ich gehe aber doch nur mit einem Bekannten mit.»
Hier horchten alle drei auf. Es war tatsächlich so: auch am hellen Tag ging man höchstens mit jemandem, dessen Ruf man kannte, mit nach Hause.
«Es muss also jemand gefunden werden, der mit allen verschwundenen Knechten bekannt ist.»
«Oder einfach jemand, der bekannt ist. Stadtbekannt», Salomon war natürlich jener, der sich da am besten auskannte. «In der Stadt sind die Offiziellen sicher bekannt, Bürgermeister, Richter, Zunftsherren.»
«Aber als Knecht gehe ich nicht einfach mit einem Zunftherren nach Hause, es käme mir seltsam vor, lüde mich einer von ihnen ein. Wir sind nicht vom selben Stand.»
«Vielleicht ist er ein Freund meiner Meistersleute.»
«Aber nicht alle Knechte sind bei Zünftern im Dienst. Einer ist einer Gemüsefrau abhanden gekommen, einer einfachen Marktfrau von ausserhalb.»
«Dann muss es ein gemeinsamer Freund von allen fünf Verschwundenen sein.»
«Wartet mal: warum fünf? Sechs fehlen doch», Johann hatte den Überblick verloren, aber Cleophea sprang hilfreich ein: «Nein, es fehlen fünf. Das Brüderpaar Ulrich und Hermann

von den Holzhalbs, Päuli und Heiny und der Gemüsestand-Hans: fünf. Kaspar der Langhaarige aus dem Chratz wurde am Sonntag noch gesehen.»

«Ach, das ist interessant. Aber jemand dachte, dass er verschwunden war. So berichtete es auf jeden Fall Magdalena Frymann.» Daraufhin konnte Cleophea nur mit den Achseln zucken, fragend.

Salomon rieb sich die Hände, eine Idee formte sich in seinem Kopf: «Kommt. Wir gehen die Frymanns besuchen. Das wird ein Spass. Er kann mich nicht leiden, der Anton.» Er grinste bedeutsam und meinte dann unaufrichtig: «Ich kann mir gar nicht erklären, warum. Meine minimalen Spötteleien über seine eingebildeten Krankheiten sind so ganz und gar gut gemeint. Und wenn ich ihn zusammenstauche, weil er wieder einmal über die ausländischen Flüchtlinge, die bei uns Schutz suchen, herzieht, dann ist das doch freundlich spassig gemeint.»

Aufgestellt lief er aus der Stube, packte dabei seine Schaube, Cleophea und Johann nach sich ziehend; noch im Prozess des Sich-Anziehens verstrickt, fragte Cleophea in stetigem Bildungshunger nach: «Was für Flüchtlinge?»

«Hugenotten aus Frankreich und Evangelische aus Locarno oder Mailand, mein Vater kannte einen Georg von Ghese, der ging als Reformierter leichtsinnigerweise zurück ins katholische Mailand, dort wurde er auf dem Scheiterhaufen verbrannt. Die Gefahr für diese Flüchtlinge ist sehr echt, fassbar. Sie wollen nur ihren Glauben in Ruhe leben und ihre Geschäfte machen, ihretwegen wird die Eydgnossschafft nicht schlimmer. Aber immer muss der blöde Alte von Magdalena die Fremden schlecht machen, als kämen Verbrechen erst mit ihnen in die Stadt. Als würde wirklich alles besser, wenn sie wieder ausgeschafft würden. Lächerlich! Wir Zürcher sind schon verbrecherisch genug, da brauchen wir keine Hilfe von aussen. Ausserdem bringen die Flüchtlinge Neuheiten, wirtschaftlich gesehen. Seiden- und Tuchfabrikationen. Gänzlich neue Wirtschaftszweige. Das kann uns doch nur nützen. Der Frymann ist einfach ein übler, engstirniger, beschränkter, neidischer, geiziger Lump. Erbärmliche Kreatur!»

Jetzt eilte es plötzlich, unversehens konnte Salomon es nicht erwarten, Kaufmann Frymann zu belästigen.

⚜

Frymanns Haus lag zwischen Prediger und Grossmünster, auf der kleinen Anhöhe, die «Obere Zäune» geheissen wurde. Das Gebäude war riesig, nach dem restlichen Strassenzug zu urteilen, waren in früheren Zeiten nicht weniger als vier Häuser zu einem einzigen grossen zusammengefasst worden. Das Haus hiess «Zum Wyssen Bild», in katholischen Zeiten hatte eine kostbare Madonnenstatue dem Haus den Namen «Zum weissen Fräulein» gegeben, aber die reformierten Besitzer fanden, dass dies nicht mehr opportun war, auch wenn die oberitalienische Statue noch immer in der Fassade eingefasst war. Es war ganz klar, dass hier immenser Reichtum wohnte, der nur andeutungsweise versteckt wurde. Es war, als hätten die Frymanns das riesige Goldfass der Herren von Sargans, das der Sage nach im Walensee versunken war, gehoben. Aber das war ganz unmöglich, Cleophea wusste genau, dass der Schatz in der schattigen Tiefe vor den Felsen des Kerenzerbergs lag und man hätte ihn sehen können, wäre das Wasser nicht ständig durch den Wind getrübt. Dass dieses Gold nach Zürich gekommen sein konnte, war undenkbar: jedes Kind wusste, dass jenes Schatzfass ausserdem von Seeungeheuern behütet wurde.

Das Frymann'sche «Weisse Bild»-Haus barg auch in seinem Innern viel Wunderliches und dies war dem gegenwärtigen Besitzer zu verdanken, wie die beiden Glarner bald feststellten. Johann und Cleophea folgten Salomon in das Gebäude, dieser stieg achtlos die Treppe hoch in den ersten Stock, in die Stube der Kaufmannsleute. Johann hingegen musste schnell nach Atem ringen, als er sah, dass Eingangsbereich und Treppe mit langen Bahnen von Leinen ausgelegt waren. Wie kamen die Zürcher dazu, ihr Haus zu bekleiden? Waren die etwa noch züchtiger als er selber? Nicht einmal ihm wäre es in den Sinn gekommen, wegen nackten Bodenbelägen zu erröten. Von oben herab – von der letzten Treppenstufe – blickte Salomon zurück und bemerkte Johanns Zögern: «Das ist wegen des Atems der Pest. Anton versucht, mit dem Stoff den Pesthauch zu ersticken. Dämpfe, die aus dem Boden kommen und von der Strasse hereingeweht werden könnten.»
Wortlos hob Johann eine skeptische Augenbraue, diese Zürcher waren einfach allesamt Spinner!
Jedermann wusste doch, dass gegen Pest nur Baldrian oder Raute nützte.
In der Stube wurden auf grossen Eisentellern duftende Hölzer und Kräuter verbrannt, der Rauch kratzte Johann in der Kehle und liess seine Augen tränen. Kenntnisreich sah sich Cleophea um: dieses Heim hatte etwas von der Kräuterhütte ihrer Grossmutter, der Verrückten Lisette. Blüten und Blätter von Lungenkraut lagen trocknend auf einem Tuch: wie der Name sagte, halfen die Pflanzen gegen Lungenerkrankungen und Atembeschwerden. Obwohl hier eher der Rauch Letzteres erst verschuldete. Mit Staunen erkannte Cleophea weitere Heilpflanzen, der Raum hätte mit einer Apotheke konkurrieren können. Es lagen Misteln herum gegen Leberleiden, Eisenkraut gegen Dämonen und böse Geister, Silberdisteln gegen alle Arten von Seuchen, für Gewinnung von Kräften, Wegerich als Wundverband und gegen Geschwüre, Gicht und, Cleophea kicherte, für Liebeszauber und schliesslich – etwas irritierend – Beifuss, der hauptsächlich bei der Geburtshilfe Anwendung fand.
«Mit dem Rauch wird den zweitletzten Pestwolken der Garaus gemacht», versicherte Anton mit Befriedigung, während ein Hustenanfall ihn schüttelte, er legte die dicke Hand auf seine ausladende Brust und keuchte rasselnd. Danach deutete er auf seine enganliegende Klei-

dung aus Seide, Taft und Kamelott und fuhr mit wackliger Stimme fort: «Dies ist die letzte Bastion, an diesen faserlosen rutschigen Stoffen gleitet die Pest ab und dringt nicht in die Haut ein. Deswegen ertrage ich draussen auch lieber die verdammenswürdige Kälte, als dass ich Pelze zulassen würde: man weiss ja, dass sich darin die Pest verfangen kann. Nein, nein, dieses Risiko kann ich nicht eingehen.»

Jetzt winkte der leidende Mann die Besucher kraftlos in die Stube und hiess sie, sich zu setzen. Eine kindlichjunge Magd brachte Brot und Wein und verliess geräuschlos die Kammer, worauf Anton erbleichte: «Sie ist einfach ein Trampel. Ich sagte ihr doch, sie soll leise sein. Aber kann sie sich daran halten? Nein! Sie ist ein rücksichtsloser Bauernklotz. Man muss sie bestrafen. Ich, ich persönlich muss ihr zeigen, was richtig ist.»

Mit zitternder Patschhand hielt er seinen Kelch und bat Cleophea, ihm einzuschenken, es fehle ihm dafür die Kraft. Salomon lehnte sich in die Dunkelheit zurück, kein Kerzenschein beschien seine Züge, aber die beiden Glarner bekamen das Gefühl, dass er sich bei aller Verachtung für den schwachen Gastgeber köstlich amüsierte.

Johann seinerseits hatte ein gutes Gespür für Schwäche, erbarmungslos nützte er für die Lösung des Rätsels jene Antons aus, sie war gar zu offensichtlich: «Ihr tut mir wirklich leid, das Leben ist eine einzige Prüfung, nicht wahr?»

Mit einem zufriedenen Grunzen liess sich Anton in die sorgfältig gepolsterte Bank zurückplumpsen und betrachtete den Jungen mit Wohlgefallen: «Da hast du Recht. Die Luft allein ist gefährlich, Dämpfe strömen aus der Gasse hinein und verpesten die Räume.»

«Das muss an den Abtritten liegen», warf Salomon trocken ein.

«Scht, Ketzer! Nur weil ich so grauenhaft geschwächt bin, lasse ich dich überhaupt in dieses Haus.» Den zweiten Teil des Satzes dachte er nur still für sich: ‹Und weil meine Frau mich sonst häuten würde, erführe sie, dass ich dich vor der Tür habe abweisen lassen›.

«Grossmütigkeit steht jedem wohl zu Gesichte. Ihr seid ein edler und guter Mensch, ein wahrer Christ. Ich wünschte, ich könnte mehr von Euch lernen.»

«Jederzeit, mein Junge, jederzeit.»

«Vielleicht dürfte ich von Eurer Weisheit und Erfahrung profitieren und eine Frage stellen?»

Ein so höflicher junger Mann, Anton war sehr von dessen makellosen Manieren angetan. Solche Jungen fand man dieser Tage nicht mehr oft. Meist rannten sie mit ihren geschlitzten Hosen und farbigen Bändern herum, taten als wären sie die Herren. Hielten sich nicht mehr an die alten Weisen der Eidgenossen. Waren ruppig, lärmig, dreist und grob. Sprachen gar ausländische Sprachen, brachten fremde unheimliche Sitten mit und benahmen sich wie die letzten Rindviecher. Dieser magere Bursche hier, der war noch aus anderem Holz geschnitzt, er wusste noch, welcher Respekt Alten und Kränklichen gebührte. Dass die Rothaarige still dabeisass, war ebenfalls bemerkenswert. Offenbar hatte der Innerschweizer seiner Cousine anständiges Benehmen beigebracht. Richtig so, wo käme man denn hin, wenn die Frauen das Szepter übernähmen? Gottes Ordnung durfte nicht durcheinander gebracht werden. Er hatte den Mann als Haupt der Frau erkoren, das musste so bleiben.

«Meister Anton? Darf ich etwas fragen?»

«Hm? Ach, entschuldige, ein höllisches Ohrensausen macht mir gerade zu schaffen. Aber für dich werde ich versuchen, es zu unterdrücken. Beunruhigung wegen meines Urins: er war heute Morgen etwas wässrig und ziemlich gelblich … Bestimmt gar kein gutes Zeichen. Etwas muss ganz falsch sein.»

Leise, aber nicht so leise, dass es in der Stube überhört werden konnte, flüsterte Salomon Cleophea ins Ohr: «Gelblich und wässerig. Das ist ja grauenvoll. Ich muss seit meiner Geburt schwerstkrank sein!»

Der leidende Mann beschloss offenbar, diese erneute Provokation nicht zu beachten – so gut es ging mit seinem Ohrensummen – und sprach weiter mit Johann: «Frag nur so viel du willst.»

Gönnerhaft beugte sich Anton zum freundlichen Jungen hin, Johann stockte der Atem, nur seine Höflichkeit bewahrte ihn davor, mit Abscheu zurückzufahren. Später sollte ihn Salomon hämisch grinsend aufklären: «Es empfiehlt sich, möglichst weit weg von Frymann zu sitzen. Denn Anton hält nichts davon, sich mit Wasser und Seife zu waschen, er ist stolz darauf, seit Jahren kein Bad mehr genommen zu haben. Er sagt, jedermann wisse schliesslich, dass die Haut durch dieses Wasserteufelszeug weich werde und der Atmen der Pest leichter durch die Haut dringen könne. Da nütze sogar enge glitschige Kleidung nichts. Dabei», und jetzt würde Salomon Johann anzüglich zuzwinkern, «ist ein Besuch im öffentlichen Bad eine schöne Sache gewesen. Freizügige Mägde bieten dort ihre Dienste an und oft trifft man gelangweilte Bürgerinnen. Damit ist's jetzt in Zürich vorbei: es dürfen nur noch Verheiratete und nahe Verwandte zusammen in einem Zuber baden. Und überhaupt werden die Bäder nach und nach geschlossen. Dabei lief dort ein schwungvoller Handel mit Prostitution und Spielerei. Sehr amüsant.»

Nun brachte Johann seine Nase so schnell es ging vor dem stinkenden Mann in Sicherheit und meinte schwach und unerhört unaufrichtig: «Ihr seid überaus tapfer. Und grosszügig.»

Auf das kaum unterdrückte Prusten von beiden Seiten her, verteilte Johann unter dem Tisch Fusstritte an den Zünfter und – etwas sanfter – an seine Cousine. Er wandte seine Aufmerksamkeit an den Kaufmann: «Eure Frau berichtete, dass ein Knecht aus dem Chratzquartier verschwunden sein solle. Wir suchen nach ihm, vielleicht könnt Ihr uns behilflich sein. Kennt Ihr Kaspar den Langhaarigen?»

«Ja», seufzte Anton. «Er ist eine Plage, ein schrecklich lauter Kerl. So gross und kräftig und immer gesund.» Stöhnend griff er sich an den leidenden Kopf. «Er gibt mir Kopfweh. Ach, ja. Dass er verschwunden sein soll, hat mir meine Frau auch gesagt. Sie kann es gut mit dem Weib Kaspars. Weiss die Welt, warum. Dieser Pöbel ist so gar kein angemessener Umgang für meine Frau. In ihrer weiblichen Verwirrung bemitleidet sie diese Leute. Dass sie mit uns verwandt sind, ist nun wirklich kein Grund, nett zu ihnen zu sein.»
«Wie verwandt?»
«Meine Frau ist Gotte der Brut ... ähm: Kinder. Das Weib ist zänkisch, helfe Gott uns Männern! Wie war noch deren Name? Ach, dieses stechende reissende Kopfweh. Ach. Halsklopfen. Gott prüft mich schwer.»
«Und Ihr seid tapfer wie Hiob.»
Johann drohte seiner Cousine mit der Faust, dies war nun tatsächlich des Sarkasmus zu viel; umso erstaunter war er, als sich Anton mit Zuneigung an Cleophea wandte und meinte: «Du bist ein freundliches Kind. Ein gutes Kind. Es stimmt natürlich: genau so wie Hiob nehme ich meine Schicksale auf die Schultern. Mein Kreuz ist vielfach: die Dämpfe der Erde, die schwarze Galle im Körper, die Hexereien der Frauen, das kalte nasse Wetter, das sündige Tun der andern. Ach, ach. Nun ja, so ist das nun einmal. Kaspars Weib heisst Susann. Sie lebt im Chratz.»
«Dann werden wir Euch nicht weiter belästigen und verabschieden uns. Auf Wiedersehen.»
Johann konnte nicht schnell genug aus dem stickigen Raum kommen, entschlossen zog er seine hilflos vor sich hinlachenden Begleiter die Treppe hinunter und an die frischfeuchte Schneeluft.

23. Kapitel.

In dem über Zufälle und Gottes Fügung gestritten wird.

SUSANN WAR GÄNZLICH UNBEEINDRUCKT, dass ein Zünfter zu ihr in die Wohnung kam. Im Gegensatz zur Meisterin Frymann hingegen kam der hier mit leeren Händen. Normalerweise machte man ihr Geschenke; sagte nicht das Christentum, man solle gut zu den Minderbemittelten sein? Zum Trotz stellte sie nur den sauersten Wein auf und verdünnte ihn vorher noch mit dem eisigsten Brunnenwasser. Ein Kind auf der Hüfte tragend, einem weiteren eine Ohrfeige verteilend und weitere zwei mit Fuss und Ellenbogen wegstossend, gelangte sie an den schmutzigklebrigen Tisch, wo die drei Unwillkommenen sassen. Mürrisch blickte sie die Menschen an, als sie sich ihnen gegenüber hinsetzte. Cleophea sah sofort, dass die durch Lebenskampf, Armut und Entbehrung alte Frau erneut schwanger war, die dunklen Ringe unter den eingesunkenen Augäpfeln und die hohlen Wangen konnten auch von Hunger zeugen, aber die Art, wie die Frau sich bewegte, zeigte deutlich, dass sie dieses Jahr erneut eine Geburt durchzustehen haben würde. Einen Mund mehr zu füttern, falls der Säugling überlebte.

«Hab keine Zeit für blöde Fragen. Muss arbeiten. Die Bälger geben viel Arbeit.»
Susann wies auf die Kinder, die, in dreckige Hemden gehüllt, mehr oder weniger laut heulend, die Stube füllten. Der rothaarige Frauengast überhörte frech den Hinweis auf die fällige weibliche Gegenleistung, nach den Kindern zu sehen; Susann war giftig. Aber vorsichtig. Ein Zünfter konnte einem schon nützen, wer wusste schon, was dieser hier parat hatte? Er war überirdisch schön, könnte er jener sein, auf den sie gewartet hatte? Es gab nur einen Weg, das herauszufinden: «Warum seid ihr hier? Hat euch Frymann geschickt?»
«Nein», Johann zögerte: «Warum sollte er?»
«Geschäft ist Geschäft.» Weiteres berichtete die Frau nicht: «Also, was wollt ihr?»
«Wo ist dein Mann?»
«Wie soll ich das wissen?»
«Nun, ich dachte, es sei üblich, dass man weiss, wo der Angetraute ist.»
«‹Angetrauter›, botz Muggenschwanz, was für ein hochgeborenes Wort, ‹Angetrauter›!» Susann lachte humorlos, ihre schwarzen Zahnstummel zeigten sich im düsteren Licht der rauchigen Tranfunzel. Aus Erfahrung erschreckt, verzogen sich die Kinder in eine Ecke, wo das älteste schützend seine dünnen Ärmchen um seine weinenden Geschwister schlang.
«Dumme Kuh! Bin froh, wenn mir der Dieb nicht unter die Augen kommt. Seine Fäuste sind locker. Woher kommen schon meine blauen Flecken? Hab ihn länger nicht gesehen. Das ist gut.»
«Seit wann?»

«Beginn der Woche. Montag.»
«Du machst dir keine Sorgen.»
«Nee. Warum auch? Ich muss mir sowieso Geld selber besorgen, ich brauche ihn nicht. Aber der Kaspar, der kommt immer wieder. War bis jetzt noch immer so. Leider.»
«Was erledigte er, als er wegging?»
«Sein normales Handwerk.»
«Das da ist?»
«Hä? Was heisst denn das?»
«Was für einem Handwerk geht er nach?»
«Ich weiss nichts von nachgehen. Er hilft dort und da aus. Versäuft natürlich den ganzen Lohn. Den Lohn hätten wir dringend nötig. Wenn er nicht besoffen ist, schleppt er am Markt Kisten und Säcke.»
«Aha! Der Markt!» Der seltsame Besuch schien erfreut und verabschiedete sich. Susann blieb mit der schluchzenden Kindermeute zurück. Sie verteilte ein paar Knuffe und es wurde stiller. Besonders, als sie die älteren zwei aus dem Haus stiess, um sie zum Betteln zu schicken.

⁂

Salomon ging nachdenklich hinter seinen zwei Freunden her. Wie kam es, dass die geschäftstüchtige Kauffrau Frymann sich mit solchem Gesindel einliess? Wie konnte sie den verkommenen Lumpen Patin sein? Wie war das möglich? Bei diesen Überlegungen hörte er der Diskussion zu, die ein paar Ellen vor ihm geführt wurde, als Johann überzeugt meinte:
«Es ist also der Markt. Eindeutig.»
«Können wir uns wieder einmal darauf konzentrieren, was wir bisher herausgefunden haben?»
«In Salomons Haus gibt es Hexerei von Verwachsenen. Kräftige Kerle verschwinden. Alles klar?»
«Witzig, du Schlaukopf. Wie gehört das alles zusammen?»
«Vielleicht geht es um einen Hexensabbat. Dort geht ja alles verkehrt. Man mokiert sich über die Sakramente, hält falsche Hochzeiten, macht Taufen rückgängig; wilde … ahm … Zusammenkünfte zwischen Satan und den Frauen finden statt.»
Zu seinem Leidwesen wurde Johann wie üblich bei diesen Themen feuerrot im Gesicht, er hoffte, dass seine Cousine dies auf die Schneekälte des Wintertages schieben würde. Schnell sprach er weiter, um ihr keine Gelegenheit zu geben, die genaue Natur der genannten ‹Zusammenkünfte› zu erfragen.

«Man tanzt wild, trinkt Blut, macht aus Menschenkindern Flugsalbe und verleugnet die Gegenwart Gottes, gibt sich ganz in die Macht Satans.»

Hier wollte sich Salomon einmischen, musste aber erst einem Betrunkenen ausweichen, der ihm in den Weg schlitterte. Er wandte den Kopf und sah dem Schwankenden nach, dabei musste er grinsen. Der junge Bursche, offensichtlich ein Knecht, war keineswegs besoffen, er war es sich offenbar nur noch nicht gewohnt, mit der Tanse Wasser am Brunnen zu holen. Obwohl Wasserholen Dienstleuten oblag, wusste auch der Edelmann von Wyss aus eigener Erfahrung, wie tückisch es war, zum ersten Mal so eine Tanse am Rücken zu balancieren. Diese Holzgefässe vermochten etwa 30 Liter Wasser zu fassen, man trug sie am Rücken und vor dem Überschwappen des Wassers auf den Kopf war man durch das hochgezogene Rückenteil des Behälters geschützt. Dennoch war es eine wahre Kunst, die richtige Gangart zu finden, um das Wasser nicht in Bewegung zu bringen. Denn von dieser Bewegung wurde man bald fortgerissen und der Körper musste den Wellen folgen, nicht umgekehrt. Salomon wünschte dem Neuling stumm Glück bei seinem Gang und mischte sich nun endlich ins Gespräch der Glarner: «Hat nicht Bartholomäus von Owe gesagt, er sei mit dem Tod bekannt?»

«Er meinte sicher, dass er das Gehängtwerden überlebt hat.»

Johann hatte es in dessen Augen gelesen, für von Owe war Gevatter Tod eine reale Gestalt, eine Gestalt wie jene, die man auf Bildnissen von Totentänzen sah. ‹Der Tod und das Mädchen› war ein häufiges Motiv, ebenso der ‹Tod und der König›. Der Tod holt jeden, er ist gnadenlos und unparteiisch. Nur bei von Owe hatte der grausame Schnitter seine Sense wieder eingeholt. Warum nur?

Salomons Sticheln führte weiter: «Was, wenn er sich nicht damit begnügt? Was, wenn er sich mit dem Tod gleichsetzt?»

«Warum sollte er?», Cleophea war nicht überzeugt.

«Der Kerl ist doch vollkommen verrückt. Der glaubt doch, über allem Menschlichen zu stehen. Warum sollte er sich dann nicht einbilden, mit Morden durchzukommen? Das hat ja schon viermal geklappt.»

«Aber: Warum!?» Sinnlosigkeit war kein Richtwert, den Johann akzeptieren konnte. Aber Salomon hatte schon zu viel Sinnloses gesehen, alles war möglich. Er hatte erlebt, wie Lebensinhalte durch den Hauch eines einzigen Wortes verschwanden, er wunderte sich über nichts mehr: «Du hast doch mein Schlafzimmer gesehen, da hat der Wahn gewütet.»

Vor Johanns inneren Augen tauchte ein Bild auf, ein ungreifbares Bild von … selbstverständlicher Ruhe, präziser Konzentration. Er hob die Hand, um Salomon zum Verstummen zu bringen, damit er dem Gedanken nachfolgen konnte. Aber in seiner üblichen Überheblichkeit übersah Salomon Johanns Gebärde der Besinnung: «Der braucht nicht einmal ein Motiv, er will einfach seine Autorität bekunden. Mächtige wollen mehr Macht. Was glaubt ihr, wie viele ich davon ständig sehe? Unser letztes Abenteuer hat ja auch gezeigt, dass die Herrschenden sich nicht an Regeln halten müssen, gerade weil sie eben die Macht in Händen halten. Warum sollte es in diesem Fall anders sein?»

Jenes Unfassbare war weg, deswegen kehrte Johann wieder zum gegenwärtigen Gespräch zurück: «Ich kann mich aber nicht damit abfinden, dass von Owe morden soll ohne ersichtlichen Grund, aus reiner Willkür. Er begeht die Stumme Sünde – aber bisher mit jungen Männern, wenn das Flugblatt Recht hat. Um dein Haus sind aber krumme Gestalten gewesen. Die hat von Owe sicher nicht angefasst. Nicht so.»

«Vom Markt aber sind handfeste Kerle verschwunden. Kernig, männlich. Aber ohne mächtige Freunde. Gesinde.»

«Weiss man, wen von Owe ermordet hat? Ich meine, das letzte Mal, wofür er gehängt worden ist. Er würde sich sicher wieder dieselbe Art Opfer aussuchen. Wen hat von Owe das letzte Mal ermordet?»

Johann wandte sich mit dieser Frage an Cleophea, die sicherlich das ganze Flugblatt noch auswendig hersagen könnte. Sie erforschte nur kurz ihr Gedächtnis, dann verneinte sie die Frage: «Im Druck wurden keine Namen, Familien oder Stände genannt.»

Salomons selbstsichere Stimme schaffte Klarheit: «Das lässt sich durch die Gerichtsakten herausfinden. Ich kenne noch die Gerichtsleute, die dazu befragt werden können. So finde ich die Namen der Opfer heraus, dann können wir die Familien befragen. Ich wette, dass die Opfer alle kräftig waren und Knechte waren.»

«Ihr vergesst», warf Cleophea ein, «dass Gott selbst seine schützende Hand über von Owe hielt. Er hat ihn in letzter Instanz freigesprochen.»

«Daran glaube ich nicht.» Keinen wunderte es, dass Salomon dagegenhielt. Aber Cleophea musste widersprechen, vielleicht war seine Seele doch noch zu retten: «Es war Gottes Wille!»

«Es war Zufall.»

※

Salomon hatte vergeblich gekocht. Die drei warteten an diesem Abend umsonst auf den Pfister Hans Michel. Es wurde spät und später. Die Nachglocke des Fraumünsters kündete schon den offiziellen Wirtschaftsschluss an, Salomons Essen stand kalt auf dem Tisch und noch immer klopfte es nicht an die Haustür. Mit mulmigem Gefühl standen die zwei Männer schliesslich von der Tafel auf, mummelten sich in ihre Schauben und Pelze ein, griffen nach einer Laterne und traten in den eisigen Nachtwind. Sie liefen zügig der Lindmag entlang bis zur Schifflände, zum «Roten Kopf», wo der Bäcker lebte und wo sein Geschäft war.

Johann und Salomon waren nicht weiter erstaunt, als sie vor der Bäckerei einen grossen Menschenauflauf wahrnahmen. Töricht oder tapfer: Salomon hielt sich nicht zurück, voller Arroganz trat er in den bewegten Kreis seiner Nachbarn. Mitten in den Kreis. Beschienen von zahlreichen Laternen. Stets aufs Neue beeindruckt, besah sich Johann den durchgedrückten hoch aufgerichteten Rücken des Zünfters, die kalte Maske und er erzitterte fast selber ob der herrischen Stimme, als Salomon böse fauchte: «Berichtet mir sofort, was hier geschehen ist!»

Eingeschüchtert drückten sich die Zürcher zu einem Häufelchen zusammen, senkten die Augen und alle warteten stumm darauf, dass jemand das Wort nahm, sich exponierte. Sich ausserhalb der Meute verwundbar zeigte. So lange hatte Salomon nicht die Absicht zu warten, er zeigte herrisch mit dem Zeigfinger auf einen schmalen Alten, bohrte über die Distanz fast ein Loch in dessen Stirn; seine Stimme gletscherkalt: «Felix Schneider: berichte! Sofort!»

«Äh ... Salomon ... von Wyss ... es ... wir wissen nicht, was passiert ist. Meister Hans ist plötzlich erkrankt. Seine Frau hat ihn in den Spital bringen müssen. Zum Prediger. Man sagt ...» Der Mann nahm all seinen Mut zusammen, sah dem Zünfter aber nicht ins Gesicht, als er hastig fortfuhr. «Man sagt, dass er verhext worden ist.»

Als das letzte Wort dieses Satzes gefallen war, ging ein kollektiver Seufzer durch die Menge. Salomon spuckte angewidert aus, liess seine Zähne im Laternenlicht blitzen. Er stand aufrecht und breitbeinig im Menschenkreis, wandte den Blick nicht von dem Angesprochenen. Seine Rechte hatte er um den Degen geballt, gab keinen Augenblick lang die Kontrolle aus den Händen.

«Was plagt den Pfister?»

«Zünfter von Wyss, ich bitte Euch, ich habe vier unmündige Kinder zu Hause ...»

«Was interessieren mich deine Gören? Ich habe dich gefragt, welche Krankheit Hans Michel hat.»

«Aber, Meister Salomon, ich ... ich bitte Euch ...»

«Hast du Angst, ich könnte dich verhexen? Habt ihr alle Angst, ich könnte euch ein Leid antun?»

Mit einem unterdrückten Stöhnen wich der Menschenknäuel noch etwas weiter weg, Johann konnte in der Dunkelheit keine einzelnen Personen mehr ausmachen. Diese erschreckte Gruppe machte ihm Angst. Genau so eine hatte Cleophea angegriffen, sie war ein böser Feind, ein unfassbarer Gegner. Johanns Kiefer begann sich zu versteifen, in Erwartung einer bösen Begegnung stellte er die Laterne zu seinen Füssen und zog das Messer, allerdings wackelte die Klinge, sein Zittern wurde deutlich sichtbar. Vor lauter Angst wurde ihm beinahe schlecht.

Ganz anders schien es seinem Gastgeber zu ergehen. Der lachte kalt, so kalt, dass es sogar Johann einen Augenblick lang bis in den Magen fror. Das Gelächter verstummte abrupt: «Wollte ich euch Leid zufügen, hätte ich es schon lange getan. Ihr seid es aber nicht wert, verstanden?» Mit einem Mal schien es, als würde jede Selbstbeherrschung verloren gehen, als Salomon brüllte: «Ihr dummen Idioten! Ich kann nicht hexen! Wann geht das endlich in eure blöden Schädel?!»

Er wandte sich nicht um, entfernte sich rückwärts aus dem Kreis, von Johann begleitet. Auf dem Heimweg murmelte er müde: «Na, prächtig. Schon wieder einer, der von einer plötzlichen sehr tödlichen Krankheit befallen ist und der dazu noch mit meinem Namen verbunden ist. Und zufällig muss er in den Spital zu Meister Cuonrad. An dem Abend, an dem er in meinem Haus Gast sein sollte. Wie überaus zufällig, dieser Zufall.»

24. Kapitel.

In dem Salomon von Wyss in die Knie gezwungen wird.

DEZIDIERT SCHRITT SALOMON am nächsten Spätnachmittag zur Tat: er würde den Spital besuchen. Dieses Mal würde er das ganze Gebäude absuchen. Nach seltsamen Gestalten, nach dem kranken Bäcker, nach Sodomitern, nach allem, was unheilig und verquer war. Er hatte alles, was er zu seinem Schutz benötigte: Degen und Messer. Arroganz.

Ein Grossonkel hatte ihm einmal erzählt, wie das im Krieg so ist. Wenn das Signal ertönte, gegen den Gegner zu gehen. Gerüstet, entschlossen, voller Zorn und Angst: «Man vergisst einfach alles. Hat man vorher gezweifelt, jetzt ist dafür keine Zeit mehr. Man geht einfach mit den anderen mit. Und wenn das Gefecht beginnt, dann kämpft man. Es geht ums Leben. An Ruhm, Ehre und Beute denkt man nicht. Man geht einfach mit und tötet. Es ist ganz einfach.»

Genau so fühlte sich Salomon jetzt. Aufs Tödlichste entschlossen. Entschieden, die Erkenntnis zu zwingen. Es gab nichts zu verlieren, er würde dort keine Hindernisse treffen, die er nicht überwinden konnte. Er war stark genug. Es gab nichts zu fürchten, aber alles zu gewinnen.

Er trat in den Hof des Spitals, der wie üblich mit Leuten gefüllt war. Salomon warf keinen Blick auf die verlumpten Menschen, auf die abgemagerten Kinder, die verschlissenen Mütter, die zerfallenen Greise. Entschlossen stapfte er durch den tiefen Matschschnee des Hofes, niemand sprach ihn an. Das ehemalige Klostergebäude war stabil, für die Ewigkeit gebaut und abweisend. Salomon beeindruckte das nicht. Er klopfte nicht an. Die Tür leistete ihm keinen Widerstand, heftig schlug er sie auf.

Hier lauerte Seltsames. Salomon hielt mitten im Schritt inne und konzentrierte sich auf das Gebäude. Es war unnatürlich still in den Räumen, kalt und feucht. Nirgends ein Zeichen von Leben. Nirgends. Es würde nicht dauern: «Cuonrad Himmel!», schrie Salomon in die Stille hinein, «ich will dich sprechen. Sofort!»

Nichts rührte sich, Salomon schritt lärmend von einer Tür zur andern, riss jede auf, liess sie in den Angeln knallen, warf sie wieder ins Schloss. Es war nicht mehr still. Es war nicht mehr leer. Der Zünfter traf Gestalten. Gestalten … Ge… Er verweigerte den Bildern, die er sah, den Zutritt zu seinem Geist.

Blut wärmte sein Kinn, als es von den zerbissenen Lippen tropfte.

Salomon zwang sich, seine Umgebung zu filtern. Sah nur kalte Steine, klare Linien, beständige Formen. Das einstige Klostergebäude war zweistöckig, die Hauptgebäude waren um den ehemaligen Kreuzgang gelegen, an einer Seite stand noch die ehemalige Klosterkirche. Seit der Reformation gehörte der ganze Trakt dem Spital. Salomon hatte genügend von den Unsitten von katholischen Geistlichen gehört, um keinen Wimpernschlag lang den Verlust der mönchischen Lebensweise zu bedauern. Die Gebäude, die sie hatten bauen lassen, waren von guter Qualität, stabil, trutzig und von Dauer.

Die dicken Mauern hielten die Schreie der Insassen zurück.

Für einen Moment musste sich Salomon an eine der kalten Wände lehnen, er schloss die Augen und atmete mit dringlicher Bestimmtheit ein und aus. Schweissglänzend kämpfte er den fast unbezwingbaren Drang nieder, in wilder Flucht aus diesen Häusern zu rennen und niemals mehr anzuhalten. Einfach nur zu rennen, bis ans Ende der Welt.

«Keine! Keine kopflose Flucht», Salomon murmelte einen der Lieblingssätze des Söldner-Grossonkels und fühlte sich nicht getröstet.

Da lag das Zimmer Cuonrad Himmels, in dem er schon gesessen war, der Eingang unverschlossen. Salomon wischte sich das Blut von den Lippen, trat ein und schloss die Türe hinter sich. Fest. Die Stube war noch immer überfüllt, auf einem Gestell standen einige Uringläser, unzählbare Drucke lagen verstreut herum, undefinierbares Werkzeug harrte seiner Arbeit. Salomon beugte sich gerade über den Tisch, als hinter ihm die Türe aufging und der Medicus ihn freundlich ansprach: «Junker von Wyss, schön dich zu sehen, salve. Wie geht es dir?»

«Ich habe dich gerufen.»

«Wie geht es dir?»

Das irritierte Schweigen schien Meister Cuonrad nicht zu stören, aufmerksam liess er den Blick über den stattlichen Zünfter gleiten. Dieser griff wie von selbst nach dem Degen an seiner Seite und zog ihn. Der fuchsartige Arzt reagierte nicht auf die implizierte Drohung, er begann von diesem und jenem zu erzählen, während er Becher und Kannen auftischte und sie auf die prekären Stapel Papier und Pergament platzierte.

«Hat dir der Rundgang durchs Kloster gefallen? Es ist ein Ort des Schreckens, nicht? Alles horribile visu. Kein Wunder, befinden wir uns in einem ehemaligen Kloster, die Menschen wussten schon immer, dass Not beten lehrt. Adversae res admontent religionem. Aber im Grunde ist es ganz simpel, der sündige Mensch muss leiden, so ist das nun einmal. Hauptsache, wir erfreuen uns guter Gesundheit. Aber hast du die interessanten Bögen im Eingang gesehen? Die Predigerkirche kennst du ja, ein Schmuckstück. Das sind doch noch Augenfreuden.»

Er sprach, als hätte Salomon wie ein Reisender in fremden Landen eine Sehenswürdigkeit besehen, plauderte dahin wie an einer gemütlichen Zutrinketen mit Freunden. Als hätte er noch nie wirklich die Zustände vor seinen Augen gesehen. Als gehörten ... Gestalten wie diese da draussen zur Normalität. Salomon war betäubt.

«Lass mich hic et nunc erzählen, wie das Kloster zum Spital des Heiligen Geistes wurde. Das ist das alte Predigerkloster, es hat lange Dominikaner beheimatet, die in weissen gegürteten Gewändern und einem schwarzen Kapuzenmantel gingen, eine Tonsur vervollständigte ihre Tracht. Aber wie wir alle wissen, macht eine Kutte noch keinen Mönch – cucullus non facit monachum. Denn natürlich waren die 20 Brüder sittlich total verwahrlost, wie das ja so üblich war in diesen katholischen Klöstern, man braucht sich bei denen über gar nichts zu wundern – nil admirari. Der letzte Prior, Hans Schaffhauser, hat zweifellos wie seine Vorgänger seit Jahrhunderten das Klostergut verschleudert und einen unsittlichen Lebenswandel geführt. Nota bene: sogar der später geköpfte – aber doch ehrenhafte, denn er hat den Zünften ihre Macht verschafft – Bürgermeister Hans Waldmann hatte den Predigermönchen expressis verbis verboten, den Nonnen im Ötenbach und St. Verena die Beichte abzunehmen: zu unsittlich war sogar dieser Umgang! Allerdings waren sie auch die ersten, die sich in Zürich eine Wasserleitung gesichert haben, die klugen Burschen. Das Recht auf die Wassernutzung der Quelle ob des Hirschengrabens haben sie sich schon mit der Niederlassung gesichert. Der Wolfbach gleich vor der Haustür ist ja nicht allzu sauber, lieber eine klare Quelle, aqua caelestis – Regenwasser – ist ja etwas unzuverlässig, man sagte, früher seien die Sommer länger und heisser gewesen. Aber hier gibt's ja eben diese alte Wasserleitung, von 1240 anno Christi. Wie gesagt: sie wussten immer, wie sie sich einen Vorteil herausholen konnten. Und wir sind froh, dass der Spital seit der Reformation stets vergrössert worden ist. Und schliesslich werden alle Klöster in Zürich unterdessen besser genutzt, als dass verkommene Kreaturen auf den Knien darin herumrutschen. Im Augustinerkloster auf der anderen Lindmagseite hat das Almosenamt seinen Sitz und im Chor der Kirche hat man bekanntlich erst im letzten Jahr die Münzstätte einquartiert. So ist's doch vernünftig. Aber tempus fugit, die Zeit vergeht. Ich habe Besseres zu tun, als über die verderbten Mönche zu reden.»

Himmel nestelte mit einem Pergament herum und fuhr murmelnd fort: «Sie halfen dem benachbarten Spital nicht recht aus. Diese faulen Kerle! Primo loco kümmerten sie sich um sich selbst und um ihren Reichtum, nicht um andere. So durfte der Spital nur die Klosterkirche und den Friedhof benützen, geizige Schurken. Es geschah ihnen dann recht, dass der Konvent 1524 aufgelöst wurde. Die ruhmreiche Reformation hatte übernommen. Glanzvoll. Sic itur ad astra!»

Kalten Herzens ging Salomon zu einer Ecke, in der eine teure Wachskerze brannte, hob sie hoch und hielt sie mit ruhiger Selbstverständlichkeit an die Ecke eines Pergaments, das zuunterst unter einem Stapel lag. Er fing sofort Feuer.

«Was tust du da, du nutzloser Mensch?!», kreischte Cuonrad und schüttete in schnellem Reflex seinen Wein über die Flamme, die zischend erlöschte.
«Bist du nicht bei Trost?! Was soll das? Quid quaeris?»
«Was ich will?! Ich will, dass du mir zuhörst und keine blödsinnigen Geschichten erzählst. Was ist mit dem Pfister passiert?»
«Was für ein … ist ja gut! Lass die Kerze an ihrem Platz!»
Auf ein aufforderndes Augenbrauenheben Salomons hin gab der Medicus knapp Bescheid: «Er starb. Heute in der Früh. Heimtückisches Fieber. Gottes Wille. Deficit omne, quod nascitur.»
«Ich weiss selber, dass alles, was entsteht auch zu Grunde geht. Ich will aber mehr über den Bäcker wissen.»
«Ich weiss nichts. Geh!»
«Wer hat ihn betreut?»
«Ich selber! Ich habe keine Fehler begangen. Es war Gottes Wille, dass er starb. Seine Zeit war um. Ein Fieber.»
«Wer war bei ihm, als er starb?», noch immer suchte Salomon nach Hoffnungsfetzen.
«Eine Frau.»
«Seine Frau?»
«Nein.»
«Ihr Name!»
«Jungfrau Maria.»
«Du sollst nicht beten, du sollst mir ihren Namen sagen!»
«Das ist ihr Name. Sie heisst Maria. Und sie ist unverheiratet. Hilft hier aus. Oft hat sie Verwandte zu pflegen. Dann kann sie sich auch gleich um den Rest kümmern. Sie ist tüchtig. Wohnt hinter dem Frowenmünster bei ihrer verwitweten Mutter.»
Salomon verliess das Gebäude, er sah stur geradeaus, nicht ein einziges Mal streifte sein verschlossener Blick eine der Kreaturen, die seinen Weg kreuzten.

❦

Die marode Türe eines schäbigen Hauses im Schatten des Fraumünsters wurde ihm von einer älteren Weibsperson geöffnet, mit der das Leben nicht freundlich umgesprungen war. Sie war klein wie die meisten armen Leute, etwa 40 Jahre alt, fast alle Zähne fehlten ihr und tiefe Blatternnarben befleckten ihre Wangen, ein noch kleiner Kropf hockte an ihrem Hals. Sie trug die Haube einer Witwe, und die Kleider hatten schon bessere Zeiten gesehen. Etwa vor zehn Jahren, als sie noch neu gewesen waren.

«Ich komme, um mit Jungfrau Maria zu sprechen», Salomons Zeit war nicht zu vergeuden, er sah auch keinen Grund, sich Leuten anzupassen, um keinen Widerstand zu wecken. Er bekam immer, was er wollte. Auch hier wurde ihm stumm Platz gemacht, die graue Frau verschwand in einem düsteren Gang und eine dünnholzige Tür ging zur spärlich beheizten Stube auf. Diese war überfüllt mit Kindern und kleinen Nutztieren. Mit einer zackigen Handbewegung und einem eisigen Befehl fegte Salomon alle aus dem Raum, er blieb mit einer jungen Frau zurück. Einer bemerkenswerten Frau.

«Es war nicht freundlich von Euch, meine Geschwister und Neffen aus dem einzigen Raum zu weisen, der geheizt werden kann. Sie haben keine Kleider gegen den harten Winter.»

«Ich bin es nicht gewohnt, dass man mich zurechtweist wie ein Kind.»

«Das glaube ich. Die Tatsache bleibt allerdings bestehen.»

Ihre Aussagen waren nicht nur höchst anmassend, sondern auch verquer gestelzt. Trotzdem klangen sie seltsam normal aus dem Mund dieses wundersamen Geschöpfes. Unsichere Schauer begannen über des Zünfters Schultern zu rinnen, etwas wie eine Gänsehaut. Salomon wünschte, er hätte Johann bei sich. Dieser konnte durch Menschen hindurchsehen wie ein Zauberer. Dieses Menschenexemplar hier war höchst irritierend und Salomon wusste nicht, wie mit ihm umzugehen.

Die junge Frau war schmalgliedrig und unterernährt, ihr fadenscheiniges Kleidchen bot keinerlei Schutz. Armut schrie aus jedem dünnen Zwirn. Aber die Frau hielt sich edel aufrecht, sah ihm gerade, unbeeindruckt in die Augen. Mit den seltsamsten Augen, die er je gesehen hatte. Sie waren schwarz und sengten mit seelenruhiger Intensität Löcher in ihn; ihre ebenso schwarzen feinen Haare waren mit straffer Gewalt zu einem engen Knoten hochgebunden und machten das Gesicht dadurch noch spitzer und weisser. Unvermittelt fühlte sich Salomon an Heiligenbilder der Katholiken erinnert. Jetzt verstand er: diese Frau konnte man nicht anders als ‹Jungfrau Maria› nennen. Diese Erkenntnis trug nicht zur Entspannung Salomons bei. Achtsam fragte er sich, ob sie wohl Blut schwitzte oder in Verzückung beginnen würde, das nahe Ende der sündigen Menschheit zu offenbaren. Er war zutiefst verunsichert. Das mochte er gar nicht. Kopflose Flucht!, befahl ihm sein empfängliches Inneres. Gerade noch schaffte der stolze Zünfter es, ein paar wenige Worte herauszubeissen: «Du hast im Spital den Pfister Michel betreut. Ich will wissen, ob er noch etwas sprach, bevor er starb. Ich werde für diese Information bezahlen.»

«Warum setzt Ihr Euch nicht? Leider ist uns gerade der Wein ausgegangen, aber ich könnte einen Krug bei den Nachbarn holen.»

Mit unmittelbarer Sicherheit wusste Salomon, dass das niemals wahr sein konnte, verächtlich schnaubte er. Kein Nachbar, der nur die Hälfte seiner Sinne beisammen hatte, würde dieser Familie etwas ausleihen. Er würde es niemals mehr zurückbekommen. Zum ersten

Mal in seinem Leben fühlte sich Salomon ein kleines bisschen beschämt ob seines Reichtums, den er oft als Last empfunden hatte.
«Ich bitte dich, mach dir keine Umstände. Was weisst du über den Pfister?»
«Nichts. Es tut mir sehr leid.»
«Das macht doch nichts. Gott mit dir», Salomon flüchtete aus dem Haus. Er wusste es nun: Satan hatte manchmal die Gestalt einer Jungfrau.

«Ihr Reichen seid wirklich zu blöd! Warum hast du sie nicht zum Essen eingeladen? Sie leidet doch sicher Hunger. Dann hätte sie uns vielleicht auch etwas berichtet. Bestimmt weiss sie etwas. Jeder spricht, wenn er krank ist. Jeder! Und wenn es nur im Fieber ist. Sicher hat der Pfister Maria noch etwas gesagt. Du aber hast sie einfach sitzen lassen. Verstehst du denn gar nichts?», natürlich war es Cleophea, die Salomon zusammenstauchte, als wäre er ein dummer Tagelöhner.
«Sie ist unheimlich. Wahrscheinlich ist sie eine dieser Jungfrauen, die entrückt sind. Möglicherweise war sie ein Prophetenkind, das bei seiner Taufe schon zu predigen begann. Zweifellos spricht sie immer nur davon, wie sündig die Menschheit ist und was alles Übles auf uns zukommen wird. Krieg, Seuchen und Teuerung. Als ob das etwas Neues wäre! Ich will sie nicht sehen», murmelte er und verkroch sich in seinem Nibelungenbuch. Aber diese Jungfrau hier neben ihm liess sich nicht demütig von ihm abweisen, sie stand weiterhin glühend neben ihm und tappte zornig mit dem Fuss auf den Holzboden.
«Geh mir aus dem Licht, ich kann nicht lesen.»
«Nein.»
«Ich bitte dich, geh aus dem Licht.»
«Nein.»
«Darf ich an der ungemein spannenden Unterhaltung teilnehmen?», liess sich Johann, der gerade ins Zimmer getreten war, vernehmen.
«Nein», Salomon griff sich die Kerze und stolzierte in sein Schlafzimmer, um Nachtruhe zu suchen.

25. Kapitel.

In dem durch Gottes Wille Johanns Berufung unumstösslich wird.

ALS ER NACH EINER LANGEN NACHT – trotz Korianderöl ohne Schlaf – wieder in seiner geschützten Küche stand, hatte Salomon einen Entschluss gefasst. Beim üblichen morgendlichen Mus, bei den gewohnten Eierspeisen wandte er sich rau an Johann: «Die Jungfrau wird dir sicher mehr erzählen als mir. Du wirst sie befragen.»
«Werde ich das?»
Salomon verengte die Augen in einer Drohung, übte der Gast etwa Widerspruch? Das konnte nicht sein. «Ja, das wirst du. Sie spricht sicher mit dir, du hast eine ähnliche Art wie die Jungfrau.»
Auf Cleopheas nicht unterdrücktes Kichern versuchte Salomon, seine Aussage zu verdeutlichen: «Ich meine, sie ist eher schüchtern, sie hat mein Reichsein nicht gut vertragen. Sie muss ja nicht erschreckt werden.»
Die hellen Augen Johanns ruhten abwägend auf ihm, ein Lächeln spielte auf seinen Lippen und er holte gerade Atem, um etwas zu entgegnen, als Cleophea ihm ins ungesprochene Wort fiel und, ein weiteres Mal seine Gedanken übernehmend, auf den Punkt kam: «Was war gestern im Prediger los?»
Um nichts auf der Welt hätte Salomon darauf eine Antwort gegeben, sofort in Verteidigung erstarrend überhörte er die freche Frage der ungebührlichen Frau und wandte sich an Johann: «Also, wirst du gehen?»
«He! Ignorieren kannst du mich nicht!», warnte eine aufgebrachte Cleophea, worauf Salomon aufstand, sich mit einer angedeuteten Verbeugung galant an sie wandte und ihr trocken entgegnete: «Du kannst mir dabei zusehen.»
Er verschwand durch die Türe. Gerade rechtzeitig. Etwas Zerbrechliches knallte von der Stubenseite her an die Tür und zerklirrte schallend am Boden.

❧

Es gab kein Entkommen, die Bilder hetzten seine Augen, die Geräusche rumorten in seinen Innereien, die Gerüche frassen sich in seinem Kopf fest. Das Geschrei vom Markt, das ewige Rattern der Wasserschöpfräder, der elende Geruch ums Schlachthaus, das war alles zu viel. Zu viel für seine arme Seele. Mit einem Mal gab Salomon alle Herrschaftlichkeit preis. Er lief in zügigen Schritten der Lindmag entlang, kam an der von hohen Wellen umschwappten Wasserkirche, der Hinrichtungsstätte der Stadtheiligen Felix und Regula, vorbei. Er passierte die Grendelhütte, die einzige Pforte, durch die Schiffe in die Stadt

gelangen konnten. Er aber musste aus der Stadt hinaus! Schnell, schneller! Salomon bog links ab, weg von der Lindmag und rannte der Häuserreihe entlang, die an die innere Stadtmauer gebaut war, bis zum braun bemalten Oberdorftor mit seiner Schlaguhr über der spitzbogigen Durchfahrt, er eilte über die hölzerne Brücke des Hirschengrabens und liess auch Stadelhofen hinter sich. Lief weiter, weit weg. Nur weit weg. Ins Vergessen.
Jedoch – ach!: es gab kein Entkommen.
Schliesslich hielt Salomon hoffnungslos keuchend am Ufer des Zürichsees ein, stand versteinert da und blickte ohne Wahrnehmung ins aufpeitschende Wasser, hob die Augen Hilfe suchend in die graue Dunkelheit der Wolken. Täuschte er sich oder sah er tatsächlich Pferde und Löwen in der luftigen Höhe, die miteinander kämpften, sich gegenseitig angriffen und zerrissen? Sich in kleine Fetzen rissen. In klitzekleine blutige Fetzen. Aus denen Eiter, Blut und Tränen flossen und für ewig in verstümmelter Disharmonie verharrten.
Er stand alleine.
Johann trat neben ihn und legte in einer beschützenden Geste die Hand an seinen Oberarm, er atmete noch etwas schwer von der Jagd, sagte aber nichts. Zu Salomons eigenem Erstaunen – als Beweis seiner Schwäche! – brachte diese Gebärde ihm Frieden: «Du bist ein Heiler, nicht wahr?»
«Ja, ich glaube schon. Mit Gottes Hilfe.»
Hoffnungslos schloss Salomon die Augen und lächelte traurig vor sich hin: «Ja, vielleicht mit Gottes Hilfe. Du machst das gut.»
Still standen die zwei da, bis Johann schliesslich fragte: «Was fehlt dir?»
«Wir müssen nicht erst sterben und dann in die Hölle kommen.»
Salomon nahm das versucht unterdrückte Zusammenzucken Johanns wahr und wünschte sich unversehens, er wäre auch zu beeindrucken durch Worte. Nur durch Worte.
«Wir müssen nicht erst sterben, um in die Hölle zu kommen, es reicht, wenn man in den Spital geht.»
«Erzähle von dem, was du dort gesehen hast.»
«Es ist besser, das niemals auszusprechen und ruhen zu lassen.»
Johann liess etwas Zeit verstreichen, bevor er zu einer ruhigen Antwort ansetzte: «Ich glaube, du weisst sehr gut, dass böse Worte zu gigantischen Lasten erstarren und einen schmerzvoll fesseln, wenn sie nicht ausgesprochen werden. Nichts ruht.»
Aber ja, selbstverständlich erinnerte sich Salomon daran. Die Zeiten der Hoffnungslosigkeit, die einsamen Jahre, ohne Bewegung, ohne Freude, Licht oder Atem. Wie aber sollte er Hilfe annehmen? Das war undenkbar. Es machte schwach, es gab anderen Macht über einen. Das durfte nicht sein.
«Was hast du gesehen?»

Mit einer gequälten Grimasse begann Salomon, in die eisige Luft zu reden, er sprach mit dem klatschenden Seewasser, sprach mit den wütenden Winden, den unfassbaren bleiernen Wolken. Johann unterbrach ihn nicht ein einziges Mal.

«Der Spital zum Heiligen Geist. Eine Verschwendung des Namens. Nichts ist dort heilig. Und jeder Geist, der etwas auf sich hält, flieht, sobald er sieht, was da vor sich geht. Der Hof ist Schnee bedeckt, knietief. Er ist dort aufgewühlt, wo die Schweine nach Essen graben. In anderen Ecken hocken Menschen. Dicht beieinander. Ungeschützt. Ich glaube, es sind Menschen. Ich bin mir nicht sicher. Meistens Frauen mit Kindern. Gebrechliche. Verkrüppelte. Schwachsinnige. Greise. In jedem Alter. Mit kaum so etwas wie Kleidern auf dem Leib. Mager. Kalkweiss. Und still. Sie sind so still! Wie können sie still sein?! Warum begehren sie nicht auf? Es ist so schrecklich da. Und dann im Gebäude. Das Stroh der Zimmerböden wird nicht oft gewechselt. Es rottet vor sich hin. Flöhe, Wanzen, Ratten, Mäuse. Ja, es muss das Stroh sein. Ganz bestimmt. Es kann nicht sein, dass dies von den Menschen kommt. Was man an Lebewesen sieht, ist abgemagert, verstümmelt, verkrüppelt, blutig, eitrig, wund. Finger, halbe Ohren, Bottiche voller stinkenden Innereien, Kot, Eiter, verklebte Wunden, Schreie, Stöhnen, einige sind angekettet, an die Wände geschmiedet, sie schlagen sich den Hinterkopf an der Wand blutig, andere kämpfen um ein Stück grünes Brot, Geifer, Blut, Ausfluss, Urin, das Gebäude ist dumpf und hallt vor Elend und es ist kalt und nass und kalt und kalt, kalt, kalt und die Wände schliessen einen ein, fesseln, greifen nach deinem Herz, halten dich, krallen sich fest, niemand atmet, Rauch und Düsternis und Dreck und Getümmel und Verzweiflung und es ist niemand da, niemand, keine Hilfe, sie sind allein. Und ich. Gehe weiter. Es kann nicht sein. Es kann nicht. Es darf nicht sein. Ich. Gehe weiter. Ich. Kann ihnen nicht helfen. Man kann ihnen sowieso nicht helfen. Man weiss ja, dass das arbeitsscheue Gestalten sind. Sie sollen arbeiten. Armut ist ihre Strafe, das ist ihr Makel. Würden sie nur wollen, könnten sie schon ein Auskommen haben. Wenn sie sich nur wirklich anstrengen würden. Wenn sie. Wenn sie nur …» Salomons gequetschte Stimme brach, verlor sich in gequälter Stummheit. Sein erdrückter Atem, sein verzweifelter lautloser Hilfeschrei wurde vom heulenden Wind weggetragen. Schneeflocken schmolzen auf seinen Wangen, benetzten seine Augen.

Wie? Es schneite gar nicht. Wie konnte es nicht schneien? Alles war doch kalt. Alles war so grau.

Und es war Wärme an seiner linken Seite. Sein Gast, sein Freund stand bei ihm. Nahe.

Und es war Wärme in der Stimme des Heilers: «Und dann gibt es Menschen wie Maria. Sie geht in diese Hölle und hilft. Sie hat selber nichts. Und sie teilt es mit den Gebrechlichsten. Mit Selbstverständlichkeit. Mit Würde.»

«Das kann dann wohl nur die Jungfrau Maria.»

«Das ist dann wohl der Grund, warum sie angebetet wird.» Absichtlich verband nun Johann die biblische Gestalt mit der realen: «Sie ist heilig. Sie ist heil.»

Beginnende Erlösung breitete ihre Schwingen über sie, Salomon besah sich den Zürichsee. Die grauen Schaumkronen türmten sich weniger hoch. In selbstverständlicher Gewichtigkeit wogten die Wellen hin und her. Ungestört. Stetig. Ewig. Sollte etwa doch noch Licht existieren? Irgendwo, am Rande der Welt?

«Lass uns nach Hause gehen. Wir wärmen uns am Ofen. Ich werde euch ein Essen kochen.»

Mit einem freundlichen Lächeln wandte sich Johann an Salomon, er hielt seine Rechte offen über dessen Herz. Aus seiner Hand wuchs schützende Kraft, umschlang Salomon und brachte grosse Stille, sanfte Ruhe und freundliche Wärme. Salomon atmete stumm aufseufzend mit geschlossenen Augen ein und nahm einen neuen Geruch wahr: ja, er war sich nun sicher. Dies war der betörende Duft der Hoffnung.

«Du bist wahrlich ein grosser Heiler, ich danke dir.»

Stumm senkte Johann den Kopf in einer Geste der Annahme und Bescheidenheit.

«Lass uns nach Hause gehen.»

26. Kapitel.

In dem ein Richter zünftig ausmanövriert wird.

ER GING IHR NICHT aus dem Kopf, der kräftige langhaarige Kaspar, der mit seiner Grossfamilie in bitterer Armut lebte, seine stets schwangere Frau verprügelte, am Markt arbeitete und nach Aussage von Susann seit Montag nicht mehr gesehen worden war. Noch immer nähte Cleophea an Johanns Hemd herum, säumte den einen Ärmel und kam nicht weiter, ihre Narbenhände waren dafür einfach nicht mehr zu gebrauchen. Sie konnte die Falten nicht recht einhalten, ebenso wenig schaffte sie es, selbst die simplen Stiche regelmässig in den Stoff zu stechen. Jetzt zog sie den Faden wieder aus dem zerknüllten Stoff und begann von neuem, schlechtestgelaunt. Es lag doch einfach am dürftigen Licht; mit einem leisen Fluch gegen ein paar unschuldige Heilige lutschte Cleophea am linken Zeigfinger, der schon wieder durch die Nadel aufgespiesst worden war. Als hätte das vermaledeite Ding einen eigenen Willen. Dieser bestand darin, die Frau, welche die Nadel führte, zu quälen. Mit äusserster Willensanstrengung beherrscht legte Cleophea sich die Näharbeit in den Schoss, fädelte den Faden neu ein, traf daneben. Noch einmal. Und ein weiteres Mal. Mit wütendem Elan pfefferte sie nun den Stoff mitsamt Nadel und Faden in eine staubige Ecke. Sie kochte. Wer hatte bloss die Geduld für solch idiotische Pflichten? Kein Wunder, übergab man diese Art Arbeit immer den Frauen!

Gedankenverloren bog und spreizte sie ihre verbrannten Hände, strich über das rötliche Narbengewebe und dachte an die letzten Herbsttage, die sie im Kloster Vaar weiter unten am Lauf der Lindmag verbracht hatte. Unwillkürlich rümpfte sie die Nase, es war schon recht gewesen, versorgt gewesen zu sein, niemals Angst um den nächsten Tag gehabt, immer etwas zwischen die Zähne bekommen zu haben. Sie konnte sich glasklar an ihre erste Mahlzeit dort erinnern: ihr war dreimal geschöpft worden! Die unbekannten Düfte waren ihr himmlisch vorgekommen, eine solch überwältigende Harmonie von verschiedenen Aromen. Sie musste im Paradies gelandet sein, ohne zu sterben. Cleophea lächelte, als sie daran dachte, wie sehr sie von den Üppigkeiten überwältigt hingerissen gewesen war – sie waren natürlich nichts im Vergleich mit Salomons Küche, aber das hatte sie damals in ihren kühnsten Tagträumen nicht ahnen können.

Trotzdem. Die Schwestern hatten sehr genau darauf geachtet, ob sich die Glarnerin demütig verhielt. Stets überzeugt, dass die junge Frau Schande über sie bringen würde, stets bereit, Übles von ihr zu glauben. Fast noch unerträglicher als die Sippe zu Hause.

Cleophea hatte das Reisen mit Johann geschätzt; er war ihr vertrauter geworden als der eigene Bruder. Was würde aus ihnen zwei werden, wenn dieses Abenteuer vorbei war? Johann hatte befohlen, dass sie niemals mehr mit Zürich – mit Salomon – in Verbindung treten würden. Dass sie wieder ins Glarnerland zurückreisen, ihr altes Leben wieder aufnehmen würden. Mit scharfem Schnitt überkam Cleophea wilde schwarze Panik, als sie an das enge, dunkle Tal dachte, an die zahlreichen Tanten, die scharfen Augen, das bösartige Getuschel. An die langweilige, stumpfe, trübe Arbeit. Der Atem klemmte sich ihr ab, sie begann zu hecheln. Und ihr Herz zersprang. Verzweifelt, laut stöhnte sie auf. Sie sass in der Falle! Sie konnte doch nicht zurück! Was sollte sie dort?! Was war das für ein Leben?

Hier aber konnte sie auch nicht bleiben. Sie durfte nicht weiter forschen, ihr eigener Mensch sein, sich der Freundschaft Johanns und der ... Nähe Salomons erfreuen. Ihr ganzes künftiges Leben zeigte sich ihr in einer einzigen Gedankenlinie: arbeiten, Kinder gebären, sterben. Daneben nur dieses: Arbeit, Schmutz, Enge, Dumpfheit, Dunkelheit, Enge, Stummheit, Tonlosigkeit. Entsetzt presste sie ihre Faust in den Mund, um den Schrei zu unterdrücken. Sie musste weg. Flüchten. Hinaus in die Welt. Hektisch warf sie sich ihren Radmantel über die Schultern, zog eines von Salomons alten Baretts tief über die Ohren und floh.

Wie von fremder Hand geführt, kam sie ins Chratzquartier, suchte das Gassenrudel, mit dem sie schon verhandelt hatte. Ohne grosse Anstrengung fand sie den Knäuel von unterernährten Gestalten und lief dazu. Mit viel Gejohle umfasste sie die Gruppe und sie war angekommen. Für eine Weile. Für den Moment auf jeden Fall. Sie liess sich treiben, rannte, spielte und fluchte mit den Kerlen um die Wette. Sie vergass die Zeit, sie vergass Verpflichtungen und Enge.

<hr />

«Wo mag sie sein?»
Sinnierend stand Salomon in der Stube, ärgerte sich, dass sein Gast ausgegangen war, ohne die Kerzen zu löschen. Ein unverzeihlicher Fehler! Feuer konnte ganze Städte im Nu zerstören, Feuer durfte niemals unbeaufsichtigt gelassen werden. Ausserdem, wer erdreistete sich, eine Näharbeit einfach auf den Boden zu werfen? Stoff wuchs schliesslich nicht auf den Feldern, eine sündige Verschwendung. Während Salomon noch zornig in der Stube stand, das viertelfertige Hemd in den Händen, spürte Johann, wie in ihm unangenehme allesüberwältigende Angst aufkam.

«Glaubst du, ihr ist etwas passiert? Sie lässt doch nicht einfach alles so stehen und liegen. Da ist sicher etwas passiert.»

«Ach was! Hast du einmal ihre Schlafstube gesehen? Da liegt alles kreuz und quer. Kein Schlachtfeld kann grausiger, unordentlicher, chaotischer aussehen. Der ist es einfach verleidet, dein Hemd zu nähen.»

«Das sieht ihr gar nicht ähnlich.» Salomon zog lediglich seine linke Augenbraue hoch und Johann seufzte: «Du hast Recht, natürlich sieht es ihr ähnlich. Es gehört sich trotzdem nicht, dass sie alleine durch Zürich rennt.»
«Dagegen können wir im Moment nichts unternehmen.»
Johann seufzte müde. Er fühlte sich alt. Er fühlte sich leer und dunkel. Gerade noch hatte er die Schatten von Salomon genommen. Jetzt waren sie zu ihm gekrochen und rächten sich an ihm, weil er es gewagt hatte, sie anzutasten. Denn auch dies wusste Johann: Heilung forderte einen Preis. Heilung kostete ihn Kraft. Erschöpft bis auf die Innereien liess er sich auf eine Bank fallen und lehnte den Hinterkopf an die kalte Scheibe der Stube. Wie immer in kraftlosen Stunden sehnte er sich nach dem Wald. Er zog sich im Geiste Bilder von einem warmen Sommertag heran. Ein sonniger Tag unter einer Eiche, Geruch von kräftigender Erde, Töne von zwitscherndem Leben. Rascheln von zahllosen Blättern, immerwährend, stetig, undurchdringlich, geheimnisvoll und nährend.

Mit zunehmend schlechtem Gewissen nahm Salomon wahr, wie Johann bleich und krank auszusehen begann. Er zwinkerte irritiert: ein schlechtes Gewissen? Das war ja ganz etwas Neues. Bitter schnitt er eine Grimasse. Natürlich, er hatte es gewusst. Auch sein Neues Leben – wie er es seit einigen Tagen für sich nannte – forderte Gefälligkeiten ein. Mit der Aufgabe der Fehde, mit dem Eingeständnis, dass der Tod seiner Familie nichts weiter als absolute Sinnlosigkeit gewesen war, war ihm auch seine stützende Wut genommen worden. Haltlos, orientierungslos hatte er seinem Neuen Leben zunächst nichts entgegenzusetzen. Er schluckte, sandte die verwirrenden Gedanken von sich weg und wandte sich besorgt Johann zu. Mit Wucht packte ihn die Angst, als er glaubte, dass sein Gast nicht mehr atmete, er war so still! Äusserst bleich. Hastig legte Salomon die Hand auf Johanns Stirn und war fast beruhigt, als er spürte, dass sie etwas zu heiss war. Johann schlug die Augen auf und lächelte mager: «Ich bin in Ordnung. Nur ein kleines bisschen …»
Ohne den Satz zu vollenden, liess er sich zur Seite gleiten und schlief fest auf der schmalen Bank ein. Fürsorglich legte Salomon einen seiner dicken Pelze über den dünnen Burschen und ging planlos in die Küche. Wenigstens die Katzen mussten gefüttert werden.

Der Zenit des Tages war vermutlich schon überschritten, Salomon zog sich gedankenverloren wieder winterfest an und trat aus dem warmen Haus an die eisige Luft. Prüfend betrachtete er die unfassbar kostbare und erfindungsreiche riesige Uhr am Turm des Sankt Peter, der sich gleich seinem Haus gegenüber am anderen Ufer der Lindmag befand. Ein Wunderwerk der Technik! Die Menschen wurden immer schlauer, es war wirklich zum Staunen. Heil und vertrauensvoll ging Salomon los, seiner Vergangenheit zu begegnen.

Als er ins Gericht zwischen dem Rat- und dem Schlachthaus trat, überkam ihn mit Macht die Sehnsucht nach einem Zuhause. Hier hatte er gerne als Gerichtsschreiber gewirkt, er vermisste es, bei Zwinglis krummer Nase! Im Korridor begegnete ihm einer der Gerichtsgesellen und blieb abwartend stehen. Auf Salomons grüssendes Nicken hin, begann er zu strahlen und nickte ebenfalls, ging weiter. Wärme füllte nun Salomons Brust. Wie sehr hoffte er, sie behalten zu können. Er trat vor eine Stube, aus der gedämpftes Murmeln drang. Noch niemals war er feige gewesen: auch diese Begegnung würde er meistern. Vor der Tür streckte er sich durch, hob den Kopf an und reckte das Kinn. Mit bezwingender Bestimmtheit trat er in das Zimmer.

Schlagartig verstummte jedes Gespräch und alle Augen richteten sich auf ihn.

Salomons Blick suchte den Anführer dieser Gruppe, er fand ihn instinktiv: «Meister Cuony, ich will meine Arbeit zurück. Es gibt keinen Grund, warum ich sie nicht verrichten sollte. Es existiert keine Anklage gegen mich. Ich will meine Arbeit zurück. Jetzt.»

Es würde nicht ohne Kampf gehen, Salomon lächelte, dass seine Zähne blitzten und seine Augen begannen zu funkeln, als er auf die Entgegnung vom Richter wartete, der sich erhoben hatte.

«Das Regiment kann es sich nicht erlauben, einen Mann in seiner Mitte zu dulden, dessen Ruf schlecht ist.»

Wenn er etwas beherrschte, dann das zürcherische Macht-Spiel. Ah! Salomon genoss es, Leben pumpte durch seinen Körper, er grinste verschlagen und senkte die Stimme zu einem leisen Konversationstonfall. Jeder der Männer in der Stube begann, die Gefahr ernstzunehmen.

«Nun, das höre ich gerne. Ich bin sicher, unsere Untertanen mögen es nicht, von Dieben und Betrügern geführt zu werden. Ich finde es wichtig, dass niemals bekannt wird, wie sich der letzte Bürgermeister in der Sache mit den Brunnen verhalten hat. Da schiebt er seinen besten Freunden, seinen Paten, das Recht zu, private Brunnen zu besitzen. Mitten in der Stadt, während alle anderen an die öffentlichen Brunnen müssen. Hm, hm. Und dann der zweite Bürgermeister des letzten Halbjahres: dessen Leidenschaft für Frauen ist bekannt, aber die schamlose Ausnützung der Frauenhäuser sollte nun wirklich nicht publik werden. Nicht, dass er an den käuflichen Frauen verdient, weil das Haus ihm gehört. Nicht, wenn er als strenger Zuchtmeister bekannt ist, der viele schon ins Halseisen gebracht hat, weil sie sich nicht anständig verhalten haben. Das könnte ihm glatt als Heuchelei ausgelegt werden. Und sein Hetzen gegen Hexen aus der Zürcher Landschaft könnte dann irgendwie nicht mehr so glaubwürdig wirken. Das wiederum könnte die Bauern der Landschaft ein klein wenig erzürnen. Die Landschaft ist ja schon äusserst schlecht auf uns Städter zu sprechen, Bauernaufstände könnten wir uns gar nicht leisten. Man stelle sich vor, wenn einer von uns – und sei es aus verletztem Stolz oder aus einem Gefühl des Betruges heraus – sich an die

Spitze einer Untertanenrevolte stellen würde! Einer, der womöglich nicht nur um sämtliche Verfehlungen der Obrigkeit wüsste. Sondern diese Schwäche auch ausnützen würde. Einer, der entschlossen genug wäre. Ein starker Spross einer angesehenen Zürcher Familie. Einer, der jung und unabhängig ist. Einer wie ich.»

In der bedeutungsvollen Pause wischte Salomon ein unsichtbares Stäubchen von seinem linken Ärmel und liess seine Worte wirken, er summte ein freundliches Liedchen. Die atemlose Entgegnung seines momentanen Feindes schliesslich war zu hastig, zu entlarvend; kraftlos. Natürlich hatte der als brandneuer Besitzer eines privaten Brunnens viel zu verlieren: einer, der Recht sprach, sollte einfach nicht erwischt werden, wenn er allzu sehr von Gefälligkeiten profitierte.

Etwas enttäuscht schüttelte Salomon kurz den Kopf, er hätte gerne einmal einen echten würdigen Gegner getroffen. Er war zu kampferprobt, um sich vom unerwarteten Bild einer kleinen kriegerischen Rothaarigen mit in die geschwungene Taille gestemmten Fäusten in seinem Geist ablenken zu lassen, runzelte nur kurz überrascht die Stirne. Unterdrückte das besitzerstolze vorfreudige Lächeln.

Konzentriert liess von Wyss keinen Blick von Richter Cuony, das war einfach zu einfach. Um die Niederlage des anderen zu verdeutlichen, liess er die Schwerthand an den Degenknauf gleiten. Des Richters Körperspannung liess nach, er ergab sich sichtbar: ein weiterer leichter Sieg für Salomon. Er musste verdeutlicht werden, Salomon liess niemals Gnade walten, wenn es um seinen Stolz, seine Ehre ging: «Man stelle sich vor, wie durch einen Krieg mit der Landschaft der Handel mit Zürich zusammenbrechen würde. Ein weiterer Bauernkrieg, tststs. Viel zu verlieren. Gar nicht hilfreich, kein bisschen ehrenvoll. So ein Gemetzel. Man stelle sich vor, wie die Zünfte dadurch gegenüber den Zünften anderer Städte in Verruf kommen würden. Die Händler würden uns meiden und ach! all der Reichtum würde sich einfach in einer anderen Stadt ansammeln. Zu schade aber auch. So unnötig. So vollkommen unnötig.»

27. Kapitel.

In dem Johanns Vision sich endlich Macht verschafft.

SCHWÄCHE. STÄRKE. Johann richtete sich auf der Bank auf, mit geschlossenen Augen horchte er tief in den Raum, in seinen Wangen begann es zu ziehen, sein Scheitel schien sich zu öffnen. Es war nicht zu vermeiden. Hier kam sie, eine Erleuchtung. Sie hatte schon lange nach ihm gerufen. Jetzt war die Zeit reif. Sie nützte es aus, dass sein Harnisch löchrig war. Johann wappnete sich so gut es ging, atmete konzentriert ein. Er hob die Hand, die Handfläche abwehrend gegen das Eindringen und hiess die Bilder, einen Moment noch zu warten. Seine Brust hob sich, als er Stärke einatmete, er wollte nicht überrollt werden.
Er liess die Rüstung fallen.
Entschieden, bereit nickte er, senkte den Arm und liess die Bilder kommen.
Mit unerwarteter Klarheit fühlte er, wie seine Augen sich hinter den geschlossenen Lidern rasch bewegten, fühlte die altbekannten Wellen der Kopfkrone, empfand die lebendige Vollheit seiner Lippen. Spürte sein Herz, seine Mitte. Ohne sein Zutun öffneten sich seine Hände, die auf den Knien ruhten und er liess die Bedeutung in sie hineinfallen. Unverzüglich füllten sich seine zugänglichen Handflächen mit ... etwas Rundem?
Ein glatter Ball, aber lebendig; heftig bewegten sich die Energiebündel in jeder Hand, waren kraftvoll, brannten, hatten einen eigenen Willen, wogen schwer mit Bedeutung. Johann hielt sie zunächst fest, rang mit ihnen. Und schliesslich wusste er, dass es unmöglich war, er liess das Züngeln zu. Platzierte seine Füsse fest auf den Boden, füllte seinen Unterleib mit erdiger Schwere. Er durfte nicht weggeschwemmt werden, sein Körper zuckte auf der Bank. Es war nicht richtig, das Ankämpfen dagegen, Johann entspannte die Muskeln und begab sich nun ganz in die Macht einer weiseren Grösse. Er spürte die Unverrückbarkeit der kristallenen Essenz, die in der Mitte seiner Brust wohnte. Ewig. Unzerstörbar. Die Kraftkugeln in seinen Händen verschwanden. Bilder flossen in ihn und öffneten sich im Kopf.
Röte. Weisse langsame Blitze, die sich wanden wie Schlangen. Ein Geruch von Veilchen?
Ausgestossenheit, Leere, Einsamkeit. Verzweiflung, langjährig. Und dann die Hoffnung auf Hilfe. Gelblich Bernstein Glänzendes, das über Verkrümmtes tropfte und floss. Zerfloss zu Papier.
Und unvermittelt schmerzhafte, grausam gellende Gequältheit, so rein, so gleissend und scharf, dass Johann die Augen aufreissen musste.
«Nein!»
Die kreischende Pein löste sich widerwillig in Rauch auf.

Neue Bilder.

Weiche Kissen. Lachen. Dann sprudelnde Stummheit. Ein Zimmer, das in blutrotes Metall getaucht war. Wärme, klebrig. Entsetzen. Nicht vom Opfer, der Tote verschwand ohne eine Spur zu hinterlassen, löste sich auf. Zurück blieb Lauwarmes und Schrecken. Das habe ich nicht gewollt. Es kann sich nicht wiederholen. Aber ... eigensinniger gleichmütiger Wahnsinn. Alles war gut, es war geplant. Kalkuliert. Gekauft.

Johann zog den Kopf zurück, distanzierte sich erneut, indem er heftig ruckartig einatmete: «Nein. Nein, dies will ich nicht.»

Gehorsam kamen neue Bilder. Starkes Interesse. Neugierde.

«Selbstgefälligkeit. Sicherheit», murmelte Johann und erschrak über den Klang seiner Stimme in der stillen Stube. Etwas flatterte zu Boden, ein Mensch, ausgestreckt, Johann sah durch ihn hindurch. Neben dem Kraftlosen strahlte eine Krone, pulsierend. Sie gewann an Grösse.

Die Haustür klappte zu, jemand trat zu ihm in den Raum. Unwirsch winkte er die Person weg, wies ihr die Türe. Sie aber setzte sich wortlos in eine Ecke. Johann erfasste grosses Selbstvertrauen und Genugtuung von ihr.

«Salomon.»

Sein Gegenüber nickte, das wusste Johann auch mit geschlossenen Augen. Er nickte selbst zur Bestätigung. Und ging zurück.

‹Komm›, lockte er und die Ahnung kehrte wieder. Sein eigenes Lächeln auf bebenden Lippen spürend, brachte er den neuen Erkenntnissen alle Aufmerksamkeit entgegen, aber die Bilder waren schon dabei, halb zu verblassen. Johann hielt sie fest, noch ein wenig, nur noch ein wenig.

Der durchsichtige König am Boden, ausgestreckt. Jemand stieg über ihn, ein Zirkel vermass ihn. Schwarzer Tod trat ins Zimmer, aber niemand war entsetzt. Der König war schon lange tot, der Mann, der über ihm stand, beschützte ihn. Er stritt mit dem Tod und ... siegte! Die dunkle Gestalt mit der Sense glitt aus dem Zimmer. Der König blieb zurück, sein Skelett begann zu glänzen, sandte Gold aus. Und der Mann mit dem langen Bart nickte befriedigt.

Mit einem violetten Windhauch löste sich das Gesehene auf. Johann atmete ein, kehrte zurück, widerwillig, erst. Dann mit immer grösserer Sehnsucht, denn die Last wog schwer auf seinen mageren Schultern, seine Hände zitterten. Er war losgelöst von allem, schwebend, gefährdet. Wuchtige Sehnsucht nach Wurzeln zeigte ihm den Weg. Sehnsucht nach Erde, Sehnsucht nach der Welt, in der er lebte.

Nun endlich fühlte der Heiler wieder die Schwere seines Körpers auf der Bank, den Druck seiner nun leeren Hände auf den Knien, seine Füsse auf dem Holzboden. Die Gegenwart. Mit einem Schütteln des Kopfes wischte er die visionären lastenden Gefühle, die klebrigen bedeutungsvollen Spinnweben aus sich heraus.

Sein Blick war rein, als er die Augen öffnete. Cleophea sah es mit Erleichterung. Er schäumte nicht bei seinen Visionen, seine mystische Verwirrung war keine. Er war so klar und vernünftig wie immer. Schüttelte die Begegnung mit der Anderswelt mit einer Drehung des Kopfes ab.

———

Lächelnd sah Johann, wie Cleophea nahe beim sitzenden Salomon stand, die Hand auf seine Schulter gelegt. Ja, auch das war richtig. Johann erkannte es jetzt mit Gewissheit.
«Du musst durstig sein», Salomon wusste nicht, was es mit den unheimlichen Begegnungen Johanns auf sich hatte. Er akzeptierte diese Seltsamkeit. Vorstellen konnte er sich nicht, was da vor sich ging, so liess er es bleiben. Eine Welt, zu der er nie gehören würde, er verspürte keine Sehnsucht danach, war nicht neugierig. Er zweifelte auch nicht.
Johann bejahte die Feststellung, nicht, weil er tatsächlich durstig war, sondern weil er die Geste der Freundlichkeit nicht abwerten mochte. Tief atmete er ein und fuhr mit der Rechten über die Bank. Nahm jede Rille, jeden Kratzer in sich auf, fühlte das Leben des Holzes. Die Bewegung aus ferner Vergangenheit. Aus naher Zukunft. Zweisamkeit, Freude, Verbundenheit. Ein blaues Band, das ein bindendes Versprechen trug …
Nein! Genug jetzt. Er befahl seinem Geist, jetzt nicht mehr mit ihm zu sprechen. Für heute war es genug.

28. Kapitel.

In dem Cleophea vergeblich auszubrechen versucht.

ER SAGTE IHNEN NICHTS, mochte Gott ihn dafür strafen! Cleophea war fuchsteufelswütend. Deutlich waren die Erkenntnisse gewesen, nahe. Fast hatte sie in Johanns Kopf hineinhören können, fast hatte sie seine Ahnung erspüren können, die Bilder unter seinen geschlossenen Lidern ablesen. Und dann hatte er die Augen geöffnet und sie mit zittrigen Lippen angelächelt. Und war stumm geblieben. Dazu kam, dass Salomon seine Stillschweigen respektierte, Pest und Hagel über ihn!

«Was hast du gesehen?», fragte sie Johann schon zum wiederholten Mal, aber er wehrte ihre Forderung ab. Wenn sie gerecht sein wollte – das wollte sie nicht! –, dann sah man Johann deutlich an, wie erschöpft er war. Bleich, irgendwie ausgezehrt. Was hatte er heute alles schon geleistet? Cleophea kannte den Cousin als niemals müde werdender Arbeiter, der von Sonnen- bis Mondaufgang krampfte; zäh, tapfer, kraftvoll. Es ging nicht an, dass er nun plötzlich schwach wurde. Sie musste ihn kräftig haben. Wer würde sie sonst beschützen? An wen konnte sie sich wenden? Es war niemand da, ausser ihm. Niemand. Niemand! Sie ballte die Faust und hieb sie krachend auf die Tischplatte.

«Was hast du gesehen?! Du sagst es mir. Sofort!»

«Was versprichst du dir davon? Lass ihn zufrieden. Er wird es uns sagen, wenn es richtig ist», mit selbstverständlicher Gelassenheit nahm Salomon die Stummheit Johanns auf.

«Wie bitte?!», ihre Stimme schrillte in höchstem Alarm durch das Zimmer: «Du glaubst tatsächlich, dich in unsere Angelegenheiten einmischen zu dürfen?»

«Diese Angelegenheit ist nicht die Eure, wenn ich dich erinnern darf.»

«Er gehört mir», schon war es aus ihrem Mund gerutscht, sie war selbst überrascht über die Aussage.

«Was?», Salomon starrte sie an: «Du bist eifersüchtig?»

Johann mischte sich energisch ein: «L-lasst das! Ich werde m-mir erst selbst klar werden müssen, was … g-genau … ich sah, Cleo. Ich kann es dir nicht sagen. Noch nicht. Also. Erzählt, was ihr herausgefunden habt.» Es kostete ihn sichtbar grösste Mühe, seine Gedanken zu sammeln und auszusprechen: «Cleo-o, du warst … irgend…wo. Darüber rede ich noch mit dir. Salomon, du gingst … wohin? It-t-em: es gab s-sicher neue Erk-Erkenntnisse. Erzählt-t … b…bitte … dav-davon.»

Johanns Körper schwankte auf der Bank und mit beiden Hände musste er an der Tischkante Halt fassen. Die schwarze Enge in seiner Brust japste keuchend nach Luft, rote Splitter flogen in die Augen, in den Kopf bohrten sich weissglühende Kreise. Die Ohnmacht war schon beinahe da.

«Rotwelsch.»

Johanns Augen rissen auf und die Dumpfheit verschwand. Mit der völlig unverständlichen Verquertheit kam die hilfreiche Ablenkung, die der Ohnmacht die Macht nahm. Cleophea lächelte selbstgefällig und nickte ihm zu. Oft hatte sie bei ihrer Grossmutter diese komischen besessenen Anzeichen gesehen, kurz nachdem diese jemanden wieder heil gemacht hatte. Die Verrückte Lisette war dann von ihrer cleveren Enkelin jeweils wieder schnell in die Gegenwart gebracht worden, wenn jene etwas völlig Unerwartetes gesagt oder getan hatte. Offenbar half dies auch ihrem Cousin, dem Heiler.

Als wäre nichts weiter geschehen, fesselte sie seine Aufmerksamkeit, zwang ihn, im Hier und Jetzt zu verweilen – es konnte nicht schaden, dass Salomon sie ebenfalls mit neugierigen Blicken betrachtete. Sie strich sich die Zöpfe glatt und begann wieder: «Rotwelsch sprechen die Gassenjungen, wenn sie von den Zürchern nicht verstanden werden wollen. Sie haben es von durchfahrenden Räubern und Bettlern aufgeschnappt. Es ist ja bekanntlich die Gaunersprache schlechthin. Es hat heute ziemlich geholfen, dass ich ein paar Worte davon kann. Wusstet ihr, dass sie mindestens hundert Bezeichnungen für falsche Bettler haben? Schön sortiert nach der Art des Betrugs.»

Johann wagte nicht zu fragen, warum Cleophea glaubte, sich in der Gaunergeheimsprache verständigen zu müssen. Er wandte seinen Blick hilfesuchend auf Salomon, der aber damit beschäftigt war, schwarzweisse Kätzchen aus diversen Gewandfalten zu fischen, ihren immer schärfer werdenden Krallen auszuweichen und ihre runden Bäuche zu kraulen. Keine Hilfe für Johann und jetzt klang Cleopheas Stimme wieder zu ihm, als sie von ihren Abenteuern erzählte, sie zählte an den Fingern auf, welche Bezeichnungen sie aufgeschnappt hatte – so als müsste sie sich in eine neue Welt hineinleben. Zu allem Überfluss blieben die Worte in Johanns Gedächtnis haften, ganz gegen seinen Willen. Eine ‹Vopperin› war demnach offenbar eine Bettlerin, die Geisteskrankheit vortäuschte, ‹küsche Narunge› behaupteten, vertriebene Adlige zu sein, ‹Badune› gaben sich als ausgeraubte Kaufleute aus und ‹Joner› waren professionelle Falschspieler, die mit gezinkten Karten und präparierten Würfeln braven Leuten Geld aus dem Sack zogen. So plapperte Cleophea weiter und weiter von den spannenden Erlebnissen mit den jungen Strolchen Zürichs. Von den Abenteuern weit weg von Johann und seinem überwachenden Schutz.

Dessen Kopf wurde heiss: verlor ein Hausvater dermassen die Kontrolle über seine Schutzbefohlenen, dann wurde ihm von der Dorfgemeinschaft zum Zeichen, wie sehr er seine Pflichten vernachlässigte, das Hausdach abgedeckt. Diese deutliche Entblössung liess den Mann an den Rand der Ehrlosigkeit geraten. Er musste alles unternehmen, um die Ordnung der Verantwortung wiederherzustellen. So wie Gott sie gewollt hatte. Vielleicht würde Johann Cleophea einfach binden und sie bei Wasser und Brot in eine Kammer sperren.

«Ich bin bereits ihre Königin. Sie haben Freude gehabt, von mir herumkommandiert zu werden. Ich könnte dort ein gutes Leben beginnen.»
Den letzten Gedanken hatte sie eigentlich nicht aussprechen wollen. Und wie erwartet wies Salomon, der arrogante Mächtige, sie zurecht, vergass alle pelzigen Vierbeiner auf seinen Knien, als er aufsprang: «Leben? Das ist doch kein Leben! Das ist ein Dahinvegetieren, am Rande des Hungers. Am Rande des Elendes, am Rande der Gesellschaft. Weit weg von Ehre und Schutz.»
«Aber in Freiheit.»
«Fall doch auf den Quatsch nicht herein, da bist du doch nicht frei!» Grausam lachte er: «In dieser Freiheit kann es dir nur passieren, dass du von einer Gruppe Männer vergewaltigt wirst, zum Krüppel geschlagen, in die Prostitution verkauft. Wer, glaubst du, käme dir zu Hilfe, dort? Warum sollte jemand sich die Hände schmutzig machen an einem solchen Gesindel? Wie kommst du überhaupt auf solche abstrusen Gedanken? Ist es dir nicht bequem genug in meinem Haus?»
Der blöde Kerl brachte Cleopheas Fluchtpläne zum Zerschellen, mochten ihn die Maden bei lebendigem Leib auffressen!
«Können wir zum Thema zurückkehren? Cleophea erzähle endlich, was du über unsere Vermissten herausgefunden hast», Johann zog es vor, von einfacheren Dingen zu sprechen.
«Kaspar der Langhaarige ist bestimmt nicht mehr unter den Lebenden. Niemand hat ihn seit Tagen gesehen, ich bezweifle sogar, dass sein Weib uns die Wahrheit gesagt hat. Am Sonntag war es das letzte Mal, als er gesehen wurde. Nicht am Montag. Warum hat sie uns bei so einer unwichtigen Sache angelogen? Die Gassenjungen – meine Gassenflicken! – sind der Meinung, dass Kaspar zu jenen gehört, die am Hexensabbat teilgenommen haben.»
Überrascht starrten die beiden Männer sie an.
«Ja, es soll offenbar bei Albisrieden einen Hexensabbat gegeben haben. In der Nähe des Galgens, ist ja klar. Die Nacht von Mariae Lichtmess scheint ein gutes Datum für solche Zaubereien zu sein, 40 Tage nach der Geburt von Gottes Sohn. Meine Burschen sind sicher, dass dort viele Knechte dabei gewesen sind. Und wie wir wissen, war der Spielmann Gnepf auch in Hexereien verwickelt, er hatte die Tochter des Schuhmachers in der Hand. Er kann da also auch dabeigewesen sein.»
«Aber jeder weiss, dass vor allem Frauen Hexensabbate veranstalten. Keine kräftigen Männer.»
«Und warum?»
«Wegen Adams Eva. Die Frauen ergeben sich dem Teufel schneller. Es ist ihm einfacher, sie zu verführen. Schliesslich will er auch seine Lust an ihnen stillen, das geht nicht so gut mit Männern. Bekanntlich ist er der Organisator der Hexenfeste und fordert von den Anhängerinnen dort seinen fleischlichen und verderbenden Lohn. Es gibt Gelehrte, die be-

haupten, dass sogar die Bezeichnung ‹Frau› schon alles Wissenswerte beinhalte: Femina. ‹Fe› gleich ‹fides›, lateinisch für Glaube und ‹minus› gleich ‹weniger›. Also ist die ‹femina› eine, die weniger Glauben hat. Das Weib sei also von Natur aus schlechter und erliege dem Bösen schneller, weil ihr christlicher Glaube weniger stark sei. Sie ist dadurch leichtsinniger.»

Das war Johann zu viel: «Woher hast du denn diese haarsträubenden Interpretationen?»

Salomon grinste vieldeutig: «Aus dem ‹Hexenhammer›. Viele von uns bei Gericht besitzen dieses Buch, es gelesen zu haben, ist ein Muss für Gerichtsleute. Das Buch zeigt auf, wie man Hexen erkennt und behandeln muss. Äusserst informativ.»

Cleophea spuckte auf den Boden, mehr Energie wollte sie nicht aufwenden, um Salomon zu verdeutlichen, wie wenig sie von seinen Ausführungen hielt. Um keinen Preis mochte sich Johann auf eine theoretische Diskussion zum Wesen von Hexen und zwangsläufig Frauen einlassen. Er beschloss, Salomon wieder in die Gegenwart zu holen und ihn mit seinem eigenen Problem zu konfrontieren: «Wir werden zum Galgen gehen müssen.»

Cleophea bekreuzigte sich aus Vorsicht, zum Schutz. Zur Richtstätte zu gehen, war ein ungeheures Wagnis. Eine Berührung mit dem Blutgerüst machte unehrlich. Sogar der Schatten des Galgens durfte einen nicht streifen. Da war jedes Gespräch über Hexenbücher gerade noch gemütlich, vollkommen ungefährlich.

«Ich werde nicht wegen ein paar Pöbelsprüchen meine Ehre gefährden», auch Salomon schauderte schon beim Gedanken an die verdammende Stätte. Seine Neugierde reichte nicht aus, an einem Hexensabbat teilnehmen zu wollen.

Sein verabscheuungswürdiges Reden über Frauen musste bestraft werden: «Welche Ehre?», forderte ihn Cleophea heraus.

«Meinen Guten Ruf. Ich bin wieder Gerichtsschreiber, ich kann nicht beim Galgen gesehen werden.»

«Ich befürchte, du unterliegst einem Irrtum.» Johann wählte die Worte mit Bedacht. «Nur, weil du dir wieder Zugang zum Gericht – ich befürchte – erpresst hast, darfst du nicht glauben, dass das Blut von deinen Händen gewaschen ist. Lass dich von der Macht des Gerichts nicht blenden. Jeder Zürcher Bürger betrachtet dich weiterhin mit Misstrauen. Dein Guter Ruf ist noch lange nicht vollständig wiederhergestellt oder auf Dauer gesichert. Wir müssen weiterhin das Rätsel lösen. Da gibt es keine Abkürzung.» Er hielt einen Herzschlag lang inne und meinte es ernst: «Es tut mir sehr leid.»

29. Kapitel.

In dem der Mörder Gevatter Tod besiegt.

UNERWARTETES KONNTE AUCH von Salomon kommen, mit einer bedeutungsvollen Geste zog er ein Bündel Papier aus den Tiefen seines Gewandes und schüttelte es triumphierend in der Luft. Die beiden Gäste waren nicht annähernd so beeindruckt, wie sie es hätten sein müssen.

«Das hier», Salomon legte eine kunstvolle Pause ein, «das hier sind die Protokollblätter der Vernehmungen von Owes. Und dieses hier», er hielt ein paar weitere Blätter hoch, «dieses hier sind die Gerichtsbeschlüsse in seinem Fall. Wenn wir schon nach Rieden am Berg Albis zum Galgengerüst gehen müssen, dann können wir dies ja zusammen mit Bartholomäus von Owe tun. Er kennt ja den Weg.»

Erneut bekreuzigte sich Cleophea und murmelte ein paar abwehrende Sprüche; es war nicht gesund, Schlechtes heraufzubeschwören, Bilder von absonderlicher Schlechtigkeit. Aber ein weiteres Mal besiegte ihr Tatendrang alle Vorsicht.

«Was hat das alles mit dem Blut in deinem Schlafzimmer zu tun?», fragte sie. Aber Johann unterbrach: «Wir rennen doch Traumfetzen nach. Wir sollten herausfinden, was der Bäcker gewusst hat. Er war schliesslich dem Gnepf am nächsten. Dieser hat hier gewohnt, als das Blutbad ausgeschüttet worden ist. Warum den Umweg über jahrealte Protokolle machen?»

«Weil die eben hier sind und Gnepf nicht. Wir wollen ja wissen, ob von Owe das letzte Mal auch Knechte ermordet hat. Ausserdem: was glaubst du, wie lange es dauert, den herumstreunenden Kerl ausfindig zu machen?»

«Wenn man Gauner sucht, sollte man mit Gaunern unterwegs sein.» Cleopheas kryptische Bemerkung zog bedeutungsbefrachtete Stille nach sich, Johann war nun mehr als unzufrieden: «Soll das heissen, du hast die Strassemeute nach Gnepf gefragt?»

Seine Stimme war gefährlich leise. Sie wandte sich ihm zu und begegnete seinem Zorn mit selbstgefälliger Impertinenz: «Natürlich. Jemand von uns dreien muss ja etwas Sinnvolles vollbringen. Über die Wege von Gnepf wissen die Jungen Bescheid. Sie leben wie er am Ende der guten Gesellschaft, sie erfahren Neues von zig Leuten. Sie haben mir einiges verraten können.»

«Ich werde dich einsperren müssen.»

«Versuch's doch!»

«Keine Sorge, das werde ich. Das werde ich. Zu deinem Besten. Es wird nicht mehr mit Strolchen herumgestrolcht!»

Salomon dämpfte den aufkommenden Kampf, indem er die zwei hiess, für einen Moment stillzusitzen. Dann ging er zur Küche, holte einen seiner guten Festweinflaschen, schenkte die Gläser randvoll und setzte sich erwartungsvoll hin. Nachdem er noch ein paar in Wein getunkte, in Butter gebackene, mit Zimt bestreute Brotschnitten über die Tischplatte geschoben hatte. Er war bereit.

Salomons Gäste hatten die Auseinandersetzung für eine Weile verschoben und knabberten an den Brotstreifen, bis Johann Cleophea ungnädig anknurrte: «Also, wenn wir schon hier herumsitzen, erzähl schon endlich! Damit du dich immer daran erinnern kannst. Denn es war das letzte Mal, dass du dich so ungebührlich verhalten hast.»
Nun fragte sich Cleophea erst recht, ob sie sich aus Trotz zieren sollte, aber dann sah sie die erwartungsfreudige Miene Salomons. Er zählte mehr, schliesslich war sein Haus geschändet worden, schliesslich stand sein Ruf auf dem Spiel. Und schliesslich hatte nur er diese unglaublich tiefblauen Augen, diese faszinierend feingliedrigen, kräftig zupackenden Hände und diesen wunderbaren weichen und warmen …
Mit einem sehnsuchtsvollen Seufzer begann Cleophea zu erzählen: Das Leben auf der Strasse war hart. Schutz bot das Rudel. Besser stehlen als Hungers sterben. Loyalität unter Schelmen war eine unsichere Sache.
Dies waren die Regeln, die Cleophea rasch erfasst hatte, solange sie als Führerin mit der Gaunermeute unterwegs war. Die Kerle – und Mädchen – waren noch sehr jung, manche bestimmt noch keine zehn Jahre alt. Aber fluchen, klauen, kämpfen, saufen konnten sie schon so gut wie jeder Söldner, den Cleophea getroffen hatte. Ausgestossensein brachte auch viele Vorteile mit sich: das Mieder der Konventionen war lockerer geschnürt. Die anständigen Bürger wichen vor den Gaunerkindern zurück, zügellos rannte die wilde Schar durch die engen Gassen Zürichs. Es gab keine Zukunft, nur Gegenwart.
«Komm endlich zum Punkt», fuhr Johann sie an, «und später reden wir darüber, wem ich alles erzählen werde, was du in Zürych getrieben hast.»
Die Warnung tat ihren Dienst, kalt lief es Cleophea über den Rücken, als sie daran dachte, vor der Inquisition der Frauen im heimatlichen Dorf zu stehen. War sie tatsächlich zu weit gegangen? Sie hatte sich so gebunden gefühlt, sie hatte die Enge, die Ausweglosigkeit nicht ertragen. Sie hatte doch nur frei sein wollen. War jene Freiheit nur eine Illusion, wie Salomon gemeint hatte?
Salomon …
Sie sollte vielleicht versuchen, ihm zu zeigen, dass sie sich so richtig angepasst verhalten konnte, damit er sah, dass sie doch hierbleiben konnte. Sollte der blöde Vetter doch alleine zurück ins erstickende Glarnerland! Etwas beruhigt ob der sich abzeichnenden, heftig ersehnten Lösung berichtete Cleophea in nüchternen Worten, was sie von den Burschen

erfahren hatte, sobald sie deren – wenn nicht Vertrauen, so doch – Neugierde gewonnen hatte.

Hans Gnepf war offenbar kein Gaukler, träumte aber, seit er ein paar spanische Strassenkünstler bei Aufführungen gesehen hatte, davon, einer zu werden. Seit damals kleidete er sich wie ein Spanier: nur oberschenkellange, mit Rosshaar gefüllte Pumphosen, farbige Strümpfe, lustige Schuhe mit Spitzen. Ein ärmelloses Wams mit kreuzundquer Schlitzen – farbig unterlegt –, ein weisser, dicht gefältelter, weit abstehender Kragen, auf dem sein fussliger Bart auflag; ein hoher Hut mit Federn. Manchmal trug er eine Maske, die das Gesicht bedeckte, und nicht einen Augenblick zu früh: er war der allerallerhässlichste Mensch, den Gottes Erde je gesehen hatte. Dies war die einstimmige Meinung der Gassenkinder. Höllenhässlich, grottenhässlich, spässlich, nässlich, grässlich, fässlich … die Burschen hatten sich vor Lachen gekugelt und nach immer neuen Worten gesucht, den Spanischen Gnepf zu beschreiben. Nur mit grosser Mühe war es Cleophea gelungen, das Gespräch nicht aus den Händen zu verlieren, sie bat die Bande inständig, ihr Meldung zu machen, sobald der falsche Gaukler wieder in Zürich verweilen würde. Worauf die Bettelräuberbande vor Lachen gekreischt hatte: dieses ‹verweilen› war ja ein urkomisches Wort! Seltsam, meltsam, keltsam, schmelzam … Cleophea lächelte beim Gedanken an die Spielereien der Kinder.

«Aber es sind keine», stellte Johann fest, der besserwisserische Sittenwächter. Er war ärger als die reformierten Nachgänger, die mittels Überwachungen und Ausfragungen kontrollierten, ob Sittenmandate von der Bevölkerung eingehalten wurden. Der Mulliser hob die Stimme, um seine Aussage zu verdeutlichen: «Kinder. Es sind keine Kinder. Es sind gefährliche Kreaturen, die vom Leben betrogen worden sind. Dies werden sie uns heimzahlen.»

Salomon stiess ins selbe Horn, als er der Ausreisserin vor Augen führte, dass fast sämtliche Kindereien ins Gätteri führten, in jene prangerähnliche Einrichtung für Nichterwachsene. Mit Sitzen im Gätteri wurde fluchen, schreien, lärmen bestraft, sowie Schmierereien, Schneeballschlachten, Baden unter dem Helmhaus und Springen von Mühlrädern.

«Ich vermute, dass deine Meute ausserdem klaut, betrügt und noch weitaus Schlimmeres verbricht. Das kann ihnen eine drastischere Strafe einbringen, als das Ausgestelltwerden im Gätteri.»

«Nur, wenn sie erwischt werden», wandte Cleophea ein, denn sie hatte gesehen, wie geschickt die Gruppe in ihrem Überlebenskampf agierte, ausserdem war ein Leben da nicht viel wert und sehr schnell ersetzbar. «Und überhaupt: sie sind meine Spielkameraden, sie nennen mich ‹kibige Diel›. Das heisst schönes Mädchen. Sie sagen ‹Flick› zu sich, das heisst Knabe, der Älteste besteht darauf, dass er ein ‹Baess› sei, das ist offenbar ein Mann.

In ihrer Sprache. Es ist eben diese Geheimsprache, dieses Rotwelsch, das nur sie verstehen können, das sie ...»

Mit einem verzweifelten Seufzer wandte sich Johann an Salomon und bat ihn, seiner Cousine klarzumachen, in welch grosser Gefahr sie schwebte, solange sie mit der Strassenbande herumging. Was, wenn man die Meute fasste und ihr als Mitläuferin ein Verbrechen nachweisen konnte? Mitgefangen, mitgehangen ... Ausserdem brachte die Marterbank noch jeden zum Gestehen.

«Nun, nicht jeden», wandte Salomon zerstreut ein. «Es gibt da die Geschichte eines Hexers, der hat alle Marterungen überstanden und immer noch seine Unschuld beteuerte. Ob der Teufel mit ihm im Bund war? Ich weiss nicht. Normalerweise lässt der Teufel seine Gespielen ja im Stich. Es ist noch keine Geschichte bekannt, dass der Teufel die Seinen vor Gericht und Strafe gerettet hat. Und er hätte doch die Macht dazu. Aber die Menschen sind dem Bösen Feind halt egal. Und er hat genügend weitere Sünder, die ihm helfen wollen. Warum also einzelne retten?» Er hielt inne. «Was?»

Cleophea lächelte, als sie seine Hand tätschelte, wie jene eines alten geifernden Greises: «Schon gut, erzähl nur weiter, Väterchen.»

Mit einem beleidigten ‹Pffh!› verschränkte Salomon die Arme vor der Brust und hob die Nase in die Luft. Johanns Interesse regte sich: «Item, das interessiert mich jetzt. Was ist mit dem Teufel?»

Salomon lachte aus vollem Hals. «Soll ich dir eine Biografie schreiben?»

«Nuuuun ...»

«Komm, komm, mach keine dummen Scherze. Du weisst, dass man über den Teufel nicht sprechen soll. Es lässt ihn aufhorchen.»

«Für jemanden, der nicht an Übersinnliches glaubt, bist du ganz schön gläubig.»

«Sei still, du dummer Bauer. Wir wissen, dass das Böse existiert. Was, glaubst du denn, ist in meinem Schlafzimmer geschehen?»

«Nein», wandte Johann gedankenverloren ein und fühlte ein wenig von dem Weiss, das in seiner Vision erschienen war. «Nein, es ist nicht böse Schlechtigkeit. Es ist ... Neugierde. Verwirrtheit. Handel.»

«Wie bitte? Neugierde? Aber warum?»

«Cleo, ich bitte dich. Du bist doch die erste, die alles über die Neugier weiss.»

«Sie mag wohl alles über Neugier wissen, ich jedoch nicht. Also erzähl uns endlich, was du in deiner ... was du vorhin gesehen hast.» Verschwörerisch zwinkerte Salomon Cleophea zu, sie errötete und senkte den Blick, mit Mühe konnte sie sich davon abhalten, die Hände ans Herz zu pressen und laut zu kichern. So begnügte sie sich mit einem stillen Lächeln.

«Es ist nicht einfach, dieses Sehen zu beschreiben. Ich versuche es. Es sind ungestaltete Bilder, manchmal erkenne ich ihren Sinn erst, wenn es eintrifft.»

Hastig redete Johann, er hatte sich noch keine weiteren Gedanken zu seinen Visionen gemacht, als diese: sie waren vermutlich unfromm. Sie hoben ihn von anderen Menschen ab. Puritanisch unkorrekt, ganz, ganz sündig, verboten. Bald würde er Lee aufsuchen müssen, um Rat bei ihm zu suchen. Eine Art Absolution zu erhalten. Der zwinglianische Gott möge ihm verzeihen, aber «absolvo te!» waren noch immer die schönsten zwei Worte der Christenheit. Warum in aller Welt hatte der protestantische Ketzer – ... Retter! – nur die Beichte abgeschafft? Sie war eine solch plausible Sache. Jemand anders versicherte einem, vor Gott wieder rein zu werden. Absolution war ein mächtiges Glaubensband.

Hier in Salomons Stube allerdings fühlte Johann sich ebenfalls genügend beschützt, dass er Worte ungeheuren Ausmasses aussprach. Worte seines gewiss sündigen Wissens. Worte, die ihn Seele und Kopf kosten mochten: «In deinem Zimmer gab es eine Raserei, ein heftiger Kampf und Wildheit in vielen Arten. ... Das werde ich nicht weiter ausführen.» Johanns Kopf glühte vor Verlegenheit. «Der Mörder war nicht entsetzt über das Blutbad – er war neugierig. Er besiegte den Tod.»

«Was meinst du damit?»

Johann verwarf die Hände: «Ich weiss es nicht. Der Tod kam ins Zimmer, um den Toten abzuholen. Der Mörder stritt mit dem Tod und ... der ging weg! Er war besiegt.»

«Dann lebt das Opfer noch?»

«Nein! Das ist ja das Verwirrende! Der Tote ist tot, aber der Tod kann ihn nicht abholen. Irgendwie überlebt der Tote seine eigene Ermordung.»

Schon beim Wiedergeben hob Johann entschuldigend die Schultern, er wusste auch nicht, was die Bilder ihm da tatsächlich gezeigt hatten.

«Ein Wiedergänger? Jemand, der nicht ruhig tot sein kann? Jemand, der in brennende Ketten gebunden zurückkommen muss, die Menschen zu quälen, bis er Erlösung findet?»

Cleopheas Mund wurde trocken, als sie an die Geschichten von Unerlösten dachte. Diese Geister hatten schon so manch redlichen Menschen das Leben gekostet. Sie konnten nur durch eine gute Tat, eine Wieder-Gutmachung endlich in Ewigkeit friedlich ruhen. Johanns Kopf füllten dieselben Sagen, dieselben Geschichten von Schrecken und Gefangenschaft im Zwischenreich. Selbst wenn sein Verstand wusste, dass der Protestantismus vermittelte, es gäbe keine wiederkehrende Verstorbene, sondern nur böse Geister.

Salomon votierte wie immer für Bodenfestes: «Gibt es Erkenntnisse über das Opfer?»

Dankbar nahm Johann ein paar Atemzüge und fand den Boden wieder. «Ich glaube schon: er erschien als König.» Auf den berechtigten unausgesprochenen Einwand Cleopheas hin redete er hastig weiter: «Ich sagte: erschien. Das Opfer war natürlich kein König. Ich glaube jedoch, dass sein Mörder ihn auf eine Weise so sah. Was soll es heissen? Ich habe nicht den leisesten Schimmer! Und abgesehen von meinem Sehen: es gab zwei Schichten Blut in dem Zimmer. Vergesst das nicht! Denn das habe ich mit meinen richtigen Augen gesehen. Darüber gab mein … Traum keine Auskunft. Es ist also vielschichtiger, als wir wohl denken.»

Diese Visionen strengten an; solange sie im Kopf, vor den geschlossenen Augen herumschwammen, waren sie klar und sinnig. Sobald man sie jemandem erzählen wollte, glitten sie weg wie flutschige Forellen und man konnte nichts klar machen, verharrte stumm wie ein Dorftrottel.

«Keine Sorge, wir finden es heraus», versicherten Cleophea und Salomon.

Endlich war der Lendenbraten durchgebraten, mit behaglichem Summen zog Salomon ihn vom Spiess, vollbrachte mit dem abgetropften Fett und zerbröseltem Roggenbrot – dem Brot der Armen, für Salomon gerade gut genug, die Tunke zu binden –, Zwiebeln, Nelken und Wacholderbeeren eine dicke Sauce, liess sie drei ‹Vater-unser› lang köcheln und prüfte mit dem Finger, ob sie warm genug war: ‹Lass warm werden, dass du einen Finger darin erleiden magst›, so hatte es seine Mutter stets ausgedrückt. Daneben rüttelte der Zünfter jetzt kräftig an der Pfanne mit dem Rübengemüse über dem Feuer, warf grosszügig noch mehr Schmalz und noch viel grosszügiger gestossenen Pfeffer darauf – er war ja so reich, da konnte das Gemüse vor lauter Pfeffer brennen –, richtete alles auf einer grossen Platte an, streute gezielt Weinbeeren dazu und tänzelte förmlich mit der Mahlzeit in die Kachelofenstube. Das Essen wurde in ruhiger Atmosphäre genossen. Es blieben lediglich ein paar hart-bittere Wacholderbeeren übrig.

Zur Ablenkung – er beherrschte eben den ganzen Kanon des Guten Benehmens – berichtete Salomon ein wenig von seiner neuen alten Arbeit und stellte befriedigt fest, dass er es sich durchaus wieder vorstellen konnte, den Rest seiner Tage bei Gericht zu sitzen. Natürlich nicht immer nur als Schreiber, er würde aufsteigen, sein Recht als Zünfter, als Junker einfordern, im Rat der Zweihundert sitzen und endlich selber sittliche Erlasse erlassen können. Er freute sich diebisch auf die Diskussionen mit seinen Ratskollegen. Er würde auch Bürgermeister werden, das war kein unerreichbares Ziel. … Erst aber musste er diese verdammenswürdige Geschichte mit dem Blut und dem Zauber lösen.

30. Kapitel.

In dem Salomon nicht errettet werden kann.

IN DER NACHT besuchten Johann wilde Träume, ständig war Cleophea ausserhalb seiner Reichweite, ständig war sie in Gefahr. Seine schützenden Finger konnten sie immer nur fast fassen. Aber sie hielt sich von ihm fern, wollte sich von ihm nicht helfen lassen. Es gefiel ihr in der Bedrohung!

Durchgeschwitzt trotz der eisigen Stubenluft erwachte er schliesslich an einem Geräusch, das unpassend war. Viele Stimmen murmelten leise. Hier im Haus. Cleophea in Gefahr! Blitzartig fuhr Johann auf, bereits gewappnet, verteidigungsbereit. Ohne auf die Kälte auf der Haut zu achten, hastete er zur Tür. Zog sie leise auf, nahm Kerzenschein wahr. Im unteren Stock sammelten sich Leute, ganz deutlich. Er fasste seinen Dolch fest und schlich in den Gang, achtete darauf, seine Anwesenheit nicht bekannt zu geben. Kein Jäger war so dumm, sich gleich zu zeigen. Erst musste die Gefahr genau abgeschätzt werden. Das war vernünftig.

Salomon war dumm und unvernünftig. Oder: schneller und unerschrockener. Mit dramatischem Gepolter schlug seine Tür auf, vollständig, prächtig bekleidet stand er im Türrahmen, die rechte Faust um ein mattglänzendes Messer mit langer Klinge geballt. Grimmig schritt er an Johann vorbei an den obersten Treppenstieg, seine Stiefelabsätze knallten herrisch auf den Bretterboden.

Er hob das Messer auf Augenhöhe. Zielte. Und warf. Vibrierend blieb der Stahl in einem Balken neben dem Kopf des auffälligsten Eindringlings stecken. Jetzt ging das Gekreische los! Johann wunderte sich einen Atemzug lang, warum die Leute empört waren, wenn in einem fremden Haus mitten in der Nacht eine Waffe nach ihnen geworfen wurde. Ein Teil seines Geistes stellte ebenfalls fest, dass zwar geschrien wurde, aber nicht geflucht. Das musste dann wohl ein gutes Zeichen sein.

«Beim Gütigen Gott! Salomon von Wyss, seid vorsichtig mit Euren Messern. Wir sind als Freunde hier. Wir retten Euch! Bereuet Eure Sünden und wir erlösen Euch. Wir erretten Eure Seele auf ewiglich. Bereuet, bereuet!»

Johann gelang es gerade noch, loszuspurten und ein weiteres Messer wegzuschlagen, bevor Salomon den Antistes erdolchte. Das heisse Eisen zitterte, als hätte es ein eigenes Leben. Salomon hielt sich mit Mühe fest, es schüttelte ihn am ganzen Körper. Jede Beherrschung verliess ihn, Wut, so alt, so ungehalten, so glänzend und kochend, riss an seinem Leib, dass er beinahe begann, das Treppengeländer in Einzelteile zu zerlegen.

«Retten?!», brüllte er Lee an und stürmte an Johann vorbei in den Eingang seines Heimes. Wildes Rot wechselte sich mit bleichem Weiss ab, beides loderte ungestüm über Gesicht und Nacken des Zünfters. Seine Zähne knirschten, als er heiser flüsterte: «Retten, Lee, retten? Meine Seele vor dem Teufel bewahren, meine Seele für die Wiederauferstehung tauglich machen. Retten?! Warst du damals in Schaffhausen zu retten? Weiss jeder in deiner Gemeinde, warum du dort warst? Hm? Soll ich davon erzählen? Du willst mich retten? Ausgerechnet du?»

Die abstehenden Ohren des Pfarrers leuchteten, als er hastig schluckte und dann erschreckt, aber nicht abgeschreckt, standhaft weitersprach, salbungsvoll: «Meine Wenigkeit ist ohne Bedeutung. Der Herr wachet über mir. Du aber, du brauchst unsere Fürsorge, unsere Hilfe. Lass uns dir helfen. Wir beten für dich.»

Uneingedenk der Folgen riss der Zünfter den Pfarrer am Kragen zu sich hoch, sein Gesicht nun nahe an dem seinen. «Wie kannst du es wagen, in mein Haus einzudringen? Um … mich … zu … retten. Retten?!»

«Von Wyss, sei doch kein Dummkopf, der Antistes will doch nur das Beste für dich. Er ist der einzige, der dich erretten kann. Bekenne deine Sünden. Lass dir helfen. Lasse dich erretten.»

Reflexartig liess Salomon das Messer polternd fallen, packte mit der Rechten den anderen Beleidiger an der Gurgel. Drückte zu, fühlte nicht, wie der andere zu hecheln begann, wie er blau im Gesicht wurde. Glühende Funken schossen in Salomons Augen, er konnte nicht mehr aufhören, beide seine Opfer brutal zu schütteln. Er wollte ihnen wehtun, er wollte ihnen Gewalt antun, oh, er wollte ihr Blut spritzen sehen!

«Wir wissen, was gut für Euch ist. Wir retten Euch! Ihr seid sündig. Aber Ihr könnt rein werden. Wir wissen, wie. Bereut Euer schlechtes Leben.»

Der Hals des Pfarrers wurde offensichtlich zu wenig gepresst, er hatte sprechen können – wenn auch heiser. Salomon änderte diese Tatsache mit verbissenem gefletschtem Grinsen. Alle Kraft floss in seine Arme, als er wieder zudrückte, seine Finger in das jeweilige Halsfleisch krallte, als ginge es um sein Leben. Als ginge es um seinen Seelenfrieden.

«Bereuet!»

Der letzte unbedeutend kleine Vernunftsfetzen explodierte in kaltem Feuer. Salomon knallte die Köpfe der beiden Angreifer gegeneinander, hörte mit grimmiger Befriedigung das Schmerzensstöhnen. Noch einmal schlug er die Köpfe zusammen, dieses Mal mit einer Drehung, in unbarmherziger Berechnung. Etwas Blut begann, aus geplatzten Augenbrauen zu tropfen.

Während weitere Hände ihn wegreissen wollten, flackerte leises Bedauern im Zünfter auf: er hatte sein Messer nicht mehr griffbereit. Zu schade aber auch. Er hätte die beiden Männer Stücke gehackt! Nun knurrte und fauchte er gotteslästerliche Flüche, als er den einen Mann wegstiess und den Pfarrer erneut am Kragen packte, den krachenden Stoff hart um seine beiden Fäuste wickelte. Als der Antistes ihn abwehrend an den Handgelenken umfasste, um die Gewalt abzufedern, klaubte Salomon sich dessen Finger und mit einem unmenschlichen Knurren bog er sie unerbittlich von sich weg. Erbarmungslos. Bis sie brachen. In höchster Not schrie der Gottesmann auf, Salomon verkrallte sich in seinen Hals, um ihn zum Schweigen zu bringen.

In seinem heissen Kopf machte sich weiche Klarheit breit, als er von weit her gedämpft energische Worte hörte. Worte, die schliesslich einen Weg in seinen flammenden Zorn fanden. Alle anderen Leiber rückten von ihm ab, der Pfarrer sank zu seinen Füssen nieder, die verbrochenen Hände stöhnend im Schoss haltend. Johann kniete an seiner Seite nieder.

Im Kreis stand Salomon allein. Mit Cleophea.

Sie redete mit ihm. Sie gab behutsame Geräusche von sich, als würde sie mit einer wild gewordenen Katze verhandeln. Ein kleiner Teil von Salomons Geist erfasste diese Verhaltensweise und stellte fest, dass sie funktionierte. Die Zornesglut begann zu verrauchen.

Nun drehte sich das unergründliche Weib von ihm weg, stellte sich – schützend! – vor ihn und redete die Eindringlinge an: «Aus diesem Haus! Lasst den Pfarrer verarzten. Ihr habt hier nichts zu suchen. Raus, sofort!»

Die hinterlistige Schlangenbrut wand sich in die Schatten zurück und verschwand wie von Hexenhand weggezaubert. Sanft nahm Johann den verletzten Pfarrer an der Schulter und ging mit ihm weg, murmelte dem guten Christen beruhigende Worte zu. Mit einem Nicken übergab er Cleophea die andere Aufgabe, die sie bereits übernommen hatte.

Stille legte sich über den Raum.

«Womit kann man den Pfarrer erpressen?» Das musste Salomons Retterin doch noch wissen. Auf seinen fragenden Blick verdeutlichte sie die Frage: «Was hat der Antistes in Schaffhausen gemacht?»

Fessellos geworden grinste von Wyss strahlend und ihm entging die Komik der Situation nicht. Leider hatte er nicht herausposaunt, was den sauberen Gottesmann nach Schaffhausen verschlagen hatte und damit die zürcherische Gemeinde schockiert.

«Eine Geschichte, die mir mein Vater erzählte; er war zwar ein eifriger Kirchengänger, aber für die Schwächen des Gottespersonals hatte er einen klaren Blick. Als der heutige Antistes jung war, musste er sich als Lehrer mit untersten Lateinklassen herumschlagen, nachdem er seine theologischen Studien in Marburg beendet hatte. Das ist ein Zeichen der Demütigung, ein studierter Theologe muss albernen Schülern Latein beibringen. Das ist als Disziplinierung gedacht, dies sollte ihn Demut lehren.» Auf Cleopheas völlig verdutztes Stirnrunzeln wurde er noch deutlicher: «Dass er nach einem Studium in die Provinz zum Schulgeben verbannt wurde, kann nur heissen, dass er wegen eines – mir leider unbekannten – Delikts in Zürich in Ungnade gefallen war.»

Es folgte eine kurze Stille, bis ein weiteres unangebrachtes Geräusch sie vertrieb. Cleophea begann zu kichern, bald bog sie sich vor Lachen, sie hielt sich die Seiten, den Kiefer. Bestimmt wurde sie von freudigen Qualen innerlich zerrissen, sie schnappte nach Luft, lachte weiter, schallend, hüpfend, hallend, klirrend, versuchte zu reden, stammelte und musste wieder lachen, schüttelte sich, bog, wand sich. Salomons Reaktion war langsames Erwachen, irritiertes Wahrnehmen und dann verständnisloses Mitlächeln.

«Komm», von Lachtränen gezeichnet zog Cleophea den grossen, starken, fremden, vertrauten Mann mit sich.

31. Kapitel.

In dem von Owes Laster dargelegt werden.

«ES SIND DIE HÄNDE.»
Es war zwei Tage später, die Wogen des kleinen Skandals hatten sich geglättet und die drei konnten wieder zu ihrem Rätsel zurückkehren. Niemand hatte Salomon verpfiffen, auch wenn jeder Zürcher Bürger verpflichtet war, Gewaltverbrechen, deren Zeuge er geworden war, anzuzeigen. Aber vermutlich scheuten die braven Zürcher vor einer Meldung zurück, denn sie hatten nicht eingegriffen. Das stand unter Strafe. Deswegen hatte von Wyss nichts zu befürchten. Natürlich war die vorsätzliche Gewalttat seinem Guten Ruf nicht dienlich, jedoch hatte der Antistes zuerst die Schwelle seines Hauses überschritten. Uneingeladen, mitten in der Nacht.

Jetzt kam Salomon endlich dazu, sein gesammeltes Wissen preiszugeben: «Es waren immer nur die Hände.»

Salomon betrachtete die Seinen, als könnte er darin das Echo der Worte Bartholomäus' sehen und sich zurückversetzen in die Geschichte von Verlangen und Gewalt: «Von Owe hat nach seiner Festnahme, bei seinem ersten Prozess gestanden, dass es immer die Hände waren, die ihn anzogen. Mächtige Hände, Hände mit Kraft, männliche Hände. Als Bader sah er Allerlei, auch viel nacktes Fleisch, aber nur Hände weckten seine Begierde. Sie seien Gott am nächsten, meinte er – das habe ich nicht verstanden. Ich denke, die Seele ist Gott am nächsten?»

Er formulierte die Feststellung wie eine Frage, suchte Verständnis bei seinen zwei Zuhörern. Cleophea konnte gerade nicht so richtig folgen, sie war noch versunken, gefangen!, im Goldenen Vorher. Sie konnte nur trottelig lächeln, während ihr Herz ausserhalb ihrer Brust zu schlagen schien und glänzende Wogen von Wohlsein ausrief. Johann übersah diese ihm wohlbekannte Dümmlichkeit seiner Schutzbefohlenen und konnte nur hoffen, dass Salomon sich wie ein Ehrenmann verhielt … verhalten hatte. Noch ging er nicht auf das ein, was er gesehen hatte; schimpfen konnte er später auch noch.

So wandte er sich der gegenwärtigen Diskussion zu: «Ich kann schon verstehen, was er vielleicht gemeint hat. Unsere Hände können Dinge schaffen, die kein anderes Lebewesen fertigbringt. Denkt an die ungeheuren Kathedralen, an die unglaublich filigranen technischen Dingelchen; Landwirtschaft, Kriegskunst, Buchdruckerei. Münzen, Zangen, Scheren, Uhren, Mühlen, Türme, Mauern. Dies alles können unsere Hände herstellen.»

«Zu schweigen von backen, nähen, sticken, weben, spinnen, kochen», musste Cleophea hinzufügen. Mit blitzenden Augen und einem unverschämten Lächeln fiel ihr Salomon ins Wort: «Ganz zu schweigen von liebkosen, necken, hätscheln, drücken, streicheln.»

Den Rest verbiss er sich, empfand Erbarmen mit dem armen Johann, dessen Gesicht feuerrot glühte und der nicht wusste, wohin mit den Blicken. Ebenfalls schien seine Cleophea sich bei diesen Aufzählungen nicht bis ins Letzte wohlzufühlen.

Salomon strahlte, voller Leben, und kehrte zur von Owe'schen Gerichtsverhandlung zurück, die er in den Protokollen aufgeführt gefunden hatte. Er hatte nicht nur den Eintrag im Rat- und Richtbuch gelesen, denn er wusste aus Erfahrung, dass dort generell nur ein grober Überblick über den Fall gegeben wurde, der in verknappten juristischen Termini beschrieben und schliesslich summarisch mit Urteil festgehalten wurde. Salomon aber wusste, dass die Protokolle der vorangegangenen Untersuchung viel detaillierter waren. Er liebte es, diesen schriftlichen Schritten zu folgen. Den Untersuchungen vor Ort, den Zeugenvernehmungen und den Gesprächen mit Angeschuldigten. Jedes Wort, alle Funde wurden von Protokollanten dienstfertig festgehalten. Dazu kamen die Aufzeichnungen von relevanten Schriftstücken, vielleicht sogar von Korrespondenzen der involvierten Personen. Man wurde selbst Beobachter vom Leben anderer. So lief eine Suche nach Verbrechern in Zürich ab. Salomon hatte dazu alles gelesen, was es zu lesen gab. Er mochte es, im Dreck zu wühlen. Vor allem, wenn es der Dreck anderer war. Er mochte es, wenn er selber aus zeitlicher Distanz Zeuge wurde, wie ein Fall sich aufklärte. Oder wenn er genau mitverfolgen konnte, wessen Schuld durch Geld bereinigt wurde. Wer fälschlicherweise – weil fremd in der Stadt und ohne Sippenschutz – in die Fänge von übereifrigen Staatsmännern geriet, weil die ihre Ruhe haben wollten. Genau deshalb war er am Gericht, genau deswegen hatte er all seinen Stolz geschluckt und war vor seine alten Kumpane getreten. In seiner Auffassung hatte er förmlich um die Rückgabe seiner Arbeit gebettelt. Aber es tat ihm nicht leid, er liebte seine Arbeit. Recht und Gerechtigkeit? Vielleicht. Auf jeden Fall war dort Leidenschaft, fundamentale Kämpfe. Leben und Tod.

❧

Die Schriftstücke zum Fall Bartholomäus' waren in unheiliger Unordnung gewesen, nur die Einträge im Richtbuch waren natürlich in reiner Förmlichkeit da gestanden. Aber die Protokolle hatte der Gerichtsschreiber lange suchen müssen. Er hätte zu gerne den Henker zu diesem ungewöhnlichen Fall befragt, leider konnte er sich dies momentan nicht leisten. Sein Ruf war noch nicht wieder ganz rein, da konnte er unmöglich mit dem Scharfrichter gesehen werden, dessen Händedruck allein schon unehrenhaft machen konnte. Beulenpest! Salomon hätte viel dafür gezahlt zu erfahren, warum der Sodomit mit dem Leben davongekommen war. Was war mit dem Galgenseil gewesen? Konnte die Rettung damit zu tun haben, dass der Strick neu gewesen war? Salomon glaubte nun einmal nicht an Gottesurteile und wenn Gott einen Plan mit von Owe haben sollte, dann konnte er nur ein besonders grausamer Gott sein. Ein Verdacht, den Salomon schon lange hegte ...

Unschuldig?! Salomon liess ein degoutiertes Zischen von der Zunge rollen. Die Protokolle hatten ohne jeden Zweifel gezeigt, dass Bartholomäus nicht nur die unnatürliche Ketzerei begangen hatte, er hatte auch vier jungen Männern das Leben genommen. Grausam, heimtückisch, hinterhältig. Sie waren förmlich an ihren eigenen von Gift aufgelösten Innereien verreckt. Eine verfluchte Sauerei hatten sie hinterlassen, blutend aus allen möglichen und unmöglichen Körperöffnungen, stöhnend, schreiend, gepeinigt schon vom Höllenfeuer – so jedenfalls hatten es die Zeugen ausgesagt.

Es klopfte. Salomon fuhr aus seinen Überlegungen auf. Und blickte in Cleopheas hässige Miene; aus ihm unerfindlichen Gründen schien sie stocksauer und hieb mit dem Messergriff auf die Tischplatte. Was war bloss mit den Frauen los? Wer würde es je schaffen, sie zu verstehen? Salomon schien seine Sache nicht zu verbessern, als er die Augen gegen den Himmel verdrehte, Cleophea raunzte ihn an: «Komm endlich zur Sache!»

Gottergeben fuhr Salomon fort: «Wo war ich? Ach ja, der Fall von Owe. Die Hände. Er sagte aus, dass er gerne Männer mit sich nahm, die starke Hände hatten. Nachdem er immer gesagt hatte, sie hätten ihn zuerst verführt. Wie auch immer: die Hände. Ich musste dabei unwillkürlich an Knechte denken, die mit ihrer Hände Arbeit Stärke erschaffen.»

«Die ersten Opfer Bartholomäus' waren also Knechte?», fiel Johann freudig ein. «Dann ist die Sache ja gelöst. Wer mordet, tut das immer wieder. Denke ich. Ahm – habe ich gehört.»

«Das mag sein, aber seine ersten vier Opfer waren von guter, sogar vornehmer, Herkunft. Deswegen konnte seine Familie ihn auch nicht freikaufen. Deswegen konnte sie nicht einmal eine ehrenvollere Hinrichtung durch das Schwert erzwingen. Immerhin wurden diese Sodomieakte beim Verlesen des Urteils nicht in den Vordergrund gestellt, so dass man ihn nicht als Ketzer verbrennen musste, was ja üblich ist. Schliesslich verleugnet er mit seinen unnatürlichen Taten die Gefolgschaft Gottes. Er wurde also lediglich als hinterhältiger Mörder gehenkt.»

Alle drei verharrten stumm, um das Unfassbare aufzunehmen. Dann sprach Salomon weiter: «Kein Wunder, ist von Owe jetzt auf die Zürcher Gesellschaft schlecht zu sprechen. Anscheinend führt er aufrührerische Reden in Winkelwirtschaften und hetzt mit den einfachen Leuten gegen die Herrschaft der Zünfte. Die Bewohner der Landschaft hören ihm gerne zu. Ob er vor seinem Todesurteil schon gegen das Regiment war? Ich glaube ja, dass er sich eher vorher gerne in diesen Kreisen bewegte und einer der Regierenden sein wollte. Dort hat er wohl nicht nur Opfer gesucht, sondern – so sagte er aus, wenn auch nicht in diesen klaren Worten – Liebhaber.» Salomon hielt ein und folgte dem Gedanken: «Er hat guten Geschmack bewiesen – offenbar, wenn man auf solches achtet, so sagte man auf jeden Fall.»

«Guten Geschmack?», Cleophea war sich nicht sicher, ob sie ihn richtig verstanden hatte.
«Die Opfer waren alle von auffälliger Schönheit.»
Nun gut, sie hatte ihn richtig verstanden.
«Hat ihnen von Owe wirklich … nun … Widernatürlichkeiten angetan? Sie gezwungen, vergewaltigt?»

Johann wurde nicht froh, dass ihm ausgerechnet ein solch verdorbener Fall vor die Füsse geworfen worden war. Warum hatte er nur gedacht, er könnte seinen männlichen Wert mit Rätsellösen beweisen? Er wusste jetzt in völliger Klarheit, dass sein Weg ihn noch viel weiter weg von der Glarner Normalität führen würde – Gott möge ihm helfen! Er hatte gefunden, wonach er immer schon gesucht hatte. Nein, sie hatte ihn gefunden. Seine Bestimmung. Er würde sogar aus diesen ungehörigen Rätseln hinauswachsen, sie waren nur ein erster befreiender Schritt gewesen. Er war ein Heiler, es war Gottes Wille. Feinde hatten ihn am Handeln hindern wollen, hatten einen Teil seiner Hand vernichtet. Aber dieser Heiler war nicht mehr aufzuhalten, keine Macht der Welt konnte ihm das Wirken, das Heilen untersagen. Es war seine Berufung, gottgegeben.
Dies war der Schritt in die nächste Freiheit. Die ihn ein weiteres Mal umfing, zu der er hinrannte. Und die ihn liess. Ihn fallenliess, gehenliess. Schmerzliche Leere, Unsicherheit und Verantwortung. Eine Geburtswehe sozusagen. Nun, in dem Fall war es wohl in Ordnung, dass Johann – wenn auch nur moralische – Schmerzen empfand. Das war gewiss ein kleiner Preis für die Geburt seiner selbst.
Salomons Antwort auf die Verhaltensweise von Owes war, was man sich von einem gerechten Richter erhoffen konnte. Fair: «Er sagte aus, er habe sie nicht unter Zwang genommen. Aber es gibt ja bekanntlich niemanden, der das bezeugen konnte. Die Opfer waren nun einmal tot. Ihre Familien behaupteten natürlich, dass er sie sicherlich widernatürlich benützt hatte. Niemand wollte den Sohn, Bruder, Cousin beschuldigt wissen, die Stumme Sünde begangen zu haben. Dies kam also straferschwerend dazu.»
«Das passt aber alles nicht!»
Johann sprang von der Bank auf und begann, auf und ab zu gehen, während er sich wie besessen die linke Hand im Lederhandschuh rieb. Sie tat ihm weh, manchmal juckten seine nicht existierenden Finger und die Narbe schien von Ameisen aufgefressen zu werden. Dass dieser Fall wie ein Haufen Ameisen herumrannte, machte seine Seele auch nicht gerade ruhig.

«Das alles passt nicht. Von Owe ermordet vier Adlige. Salomons Bett schwimmt im Blut. Es verschwinden Knechte. Verwachsenes Volk tanzt uns auf der Nase herum. Wo ist die Verbindung? Wo ist die gottverdammte Verbindung?!»

Vorsorglich bekreuzigte sich Cleophea, ihr war es nicht geheuer, wenn der ruhige Johann dermassen die Beherrschung verlor und Gottes Namen missbrauchte.

«Wir müssen zum Hexensabbat», wildentschlossen brachte Johann dies hervor. Cleophea kam gar nicht mehr nach mit Bekreuzigen. Ohne auf ihre Besorgnis zu achten, preschte Johann weiter: «Dort löst sich alles auf, oder nicht?»

«Kommt doch überhaupt nicht in Frage», Salomon sah sich nicht als Feigling, aber an einem Hexensabbat teilzunehmen, war nun doch eine Sünde zu viel. Aber Johann hörte ihn nicht, seine praktischen Überlegungen waren schon viel weiter weg: «Wir werden Lee fragen, der hat sicher Interesse, das zu untersuchen.»

«Da warten nur ein paar winzigkleine unbedeutende Hindernisse.» Salomon zählte sie an den Fingern auf: «Wir wissen nicht, wo ein solcher Frevel stattfindet. Wir wissen nicht, was wir dort erwarten sollen. Wir sind ungeschützt. Wir könnten aufgegriffen werden. Und verurteilt. Und verbrannt. Unsere Leben verlieren. Unsere Seelen.» Heftig begann er, seinen Kopf zu schütteln. «Nein, ich komme nicht mit. Was denkst du dir dabei? Hier geht es nur darum, meinen Ruf wiederherzustellen und du willst dich mit Hexen einlassen? Auf keinen Fall.»

Johann aber war weit weg, er sass versunken da und rieb sich seine verstümmelte Hand. Zischend murmelte er vor sich hin und sein Blick verschwand in düstere Weiten. Flink, Unheil ahnend, das Salomon nicht im Mindesten kommen sah, sprang nun Cleophea auf und fasste hart des Cousins Oberarm, sie schüttelte ihn, sein Körper wurde willenlos mitgerüttelt.

«Johann! Johann! Komm zurück! Lass dich nicht mitnehmen! Johann!»

Aber Johann reagierte nicht auf ihre eindringlichen Worte. Streifen von schaumigweisser Spucke begannen über sein Kinn zu laufen, unkontrolliert klapperten seine Zähne, bissen seine Zunge wund. Wellenartiges Zittern überfiel ihn, es lief in krankhaften Schüben über seinen Körper. Durch seine Haut hindurch.

Eine unbekannte Macht bekam ihn mächtig in die Faust und begann, ihn ungestüm zu schütteln, er zuckte willenlos auf der Bank, so dass seine Glieder ans Holz schlugen.

Seine Augen rollten in den Kopf.

Jetzt begann Cleophea verstört zu schluchzen, fürchterlichste Angst griff nach ihrer Kehle, sie krächzte Johanns Namen, schüttelte den abwesenden Cousin, zerrte an ihm. Sie konnte ihn nicht loslassen, wollte den Kontakt zu seinem nun still gewordenen Körper. Sie musste ihn schützen. Sie musste ihn doch schützen.

Salomon hatte nicht die geringste Ahnung, was da vor sich ging, warum wurde die Frau so aufgeregt? Offensichtlich war Johann etwas kränklich, eine späte Reaktion auf sein Sehen vermutlich. Da war doch nichts dabei. Er fasste seine Cleophea um die Taille und wollte sie von Johann wegziehen, der arme Kerl brauchte doch bestimmt nur etwas Luft. Betont beruhigend sprach er auf das Weib ein: «Ist in Ordnung, lass ihn nur. Er kommt schon wieder zu sich. Kein Grund, aufgeregt zu tun. Ganz ruhig. Ganz …»

Ihre Stimme war schrill, als sie ihren Angebeteten anfuhr: «Siehst du denn nicht? Er geht weg!»

Salomon verkniff sich ein ‹Wohin?›, dies war offenbar nicht angebracht. Er musste zusehen, dass er beide Besucher wieder in den Griff bekam. Aus völlig unerfindlichen Gründen schien hier gerade ein Erdbeben durch die Stube zu fegen. Was ging da vor? Reflexartig griff Salomon an seinen Dolch an der Seite. Aber das Eisen würde sich vermutlich als ohnmächtig erweisen, was hier passierte, war nicht mit dem lächerlichen Instrument zu besiegen. Ohne weiterzudenken, instinktiv, fasste Salomon zu einer Hilfe, die ihm logisch schien. Er lief aus der Stube, in die Küche und griff sich den Schürhaken. Legte ihn in die Glut und wartete, bis dieses Werkzeug glühend orange geworden war.

Mit dieser weitaus gefährlicheren Waffe hastete er in die Stube zurück, wo Johanns Körper starr dasass, kalkbleich, blutrote Streifen zogen sich von seiner Unterlippe übers Kinn, tropften schwer von seinem Kiefer. Cleophea weinte und schrie händeringend, krampfte ihre Faust um seinen Hemdsärmel und rief den Beistand aller Heiligen an, die sie kannte; wo waren die vierzehn Heiligen Nothelfer, wenn sie gebraucht wurden?

Zunächst wusste Salomon nicht, was er mit seiner Waffe anstellen sollte. Hexenzauber brach man mit Feuer, das wusste jedes Kind. Wo aber brannte man einen Freund? Er schluckte hart, liess den Schürhaken sinken und es war diese Bewegung, die Cleophea zu sich brachte. In einem Wimpernschlag erfasste sie seine Absicht und war in einem Satz bei ihm. Sie entriss ihm das glühende Instrument und drehte sich, still geworden, wieder zu Johann um. Dessen Augen waren halb geschlossen, er regte sich nicht, hätte gerade so gut tot sein können. Jedoch bewegten sich seine bleichen Lippen, stetig, wie im Gebet, Blut tropfte dabei von seinem Mund, seinen Zähnen und verdunkelte die unhörbaren Worte. Zähdüstere Wolken schienen sich um ihn zu sammeln, die Stube wirkte lichtloser als je zuvor, roher und von allen guten Mächten verlassen.

Jetzt schlug Johann die Augen auf und – bei Gottes fünf Wunden! – Salomon schwor noch Jahre später, dass sie in reinstem tiefstem Schwarz glänzten. So etwas wie ein Lächeln verzerrte sein Gesicht, wölfisch, gefährlich, bedrohlich. Entschlossen stellte sich jetzt Cleophea vor ihren Cousin hin, befahl der fremden Macht mit der offenen Hand Einhalt und sie sprach jene Worte aus, von denen sie niemals geglaubt hätte, sie würden je über ihre Lippen kommen: «Dämon! Lass von ihm!»

Ob die Heiligen nun endlich ein Einsehen hatten? Ob dieser energische Spruch einer kleinen Frau Dämonen bezwingen konnte? Niemand vermochte dies später zu entscheiden. Deutlich wurde jedoch, dass Johanns Seele wieder in seinen Körper fand. Die Glieder wurden weich, was immer ihn sonst hielt, fiel jetzt in sich zusammen. Sein beflecktes Kinn fiel kraftlos auf die Brust, sein Rückgrad gab nach und bewusstlos glitt der junge Heiler von der Bank.

Mit einem grossen Schritt war Salomon bei ihm, fasste nach Johanns Armen, verhinderte, dass er am Boden aufschlug, und zog den leblosen Körper auf die Bank zurück, wo er ihn sanft hinbettete. Langgestreckt lang Johann nun bleich da und in tiefen Schlaf verfallen. Cleophea versicherte sich, dass er atmete und warm zugedeckt war, dann schlich sie nach Salomon aus der Stube, um ihren Cousin nicht zu stören.

    Das grosse Glas Wein, das ihr Salomon in der Küche zuschob, war herzlich willkommen. In einem Zug trank sie es leer. Nicht nur dies gab ihr den Mut, gerade in Salomons himmlische Augen zu blicken und was sie dort an zärtlichem Interesse sah, liess ihr Herz wild hämmern. In einem Augenblick vergass sie ihren besessenen Cousin. Sie lächelte ihr Gegenüber an, der schöne Mann erwiderte das Lächeln, die Sonne hielt in der Küche Einzug. Und ohne grosse Worte wurden ihrer beiden Empfindungen deutlich, Träume wandelten sich zu Plänen und die unausgesprochene Übereinkunft wurde mit einem Geschenk besiegelt. Ein Band – grünblau –, das ein Versprechen festband und einem Treueeid gleichkam.

    Einige Zeit später hörten Salomon und Cleophea, wie Johann im oberen Zimmer wieder herumging, sie eilten los, nach ihm zu schauen. Als sie sich nach seinem Befinden erkundigten, sah er sie seltsam an, murmelte etwas von Glieder- und Kopfschmerzen und er wandte sich ab, gerade so, als ob er sich schämte. Energisch verlangte Salomon eine Erklärung für die seltsamen Vorkommnisse, er hatte sich ja schon an einiges gewöhnt, eigentlich war er die Grosszügigkeit in Person – wie er fand –, aber es gab Dinge, die sollten unter seinem Dach nicht vorkommen: «Was ist passiert?»

Abwehrend schüttelte Johann den Kopf, er würde die Antwort schuldig bleiben. Schuldig bleiben müssen. Er konnte nicht erklären, welche Macht die Herrschaft über seinen Körper übernommen hatte.

Unbefriedigt fasste jetzt Johanns Gastgeber nach seinem Kragen, um eine Antwort aus ihm herauszuschütteln und als er ihn anpackte, fühlte Salomon wie starre Eisigkeit im Glarner wuchs. Salomon hob das Kinn und wollte den Gast mit aller Deutlichkeit anblaffen, als er diesem Blick beggenete.

Wieder diesem Blick! Johanns Augen leuchteten abgrundtief tintenschwarz und erneut schien es, als verliesse seine heile Seele den wunden Körper. Sie begann, sich klanglos aus ihm zu schwinden, Salomon fühlte unter seiner Faust wie sich Johanns Haut kräuselte, die Wellen wuchsen erneut. Nur einen weiteren Blick warf Salomon auf die finster glänzenden Augen, die Blutstreifen am Kinn und die aggressive Steifheit und entschloss sich, praktisch zu handeln. Kurzenschlossen griff er den Oberarm des jungen Burschen fester und zerrte ihn grob aus der Stube, aus dem Haus, quer über den Platz.
Ohne Gnade stiess er ihn über die Böschung.

32. Kapitel.

In dem die Wissenschaft ihre Macht zeigt.

ER SCHRIE! Johann schrie, als tausend Nägel ihn durchbohrten. Und er tauchte aus den eisigen Wellen der Lindmag auf. Zeternd, keuchend, fluchend, jammernd, drohend, krächzend, hustend. Am Ufer beugte sich Salomon vornüber und lachte so hart, dass ihm Tränen übers Gesicht liefen, er hielt sich schützend die Seiten, die über der Anstrengung des Lachens protestierten.
«Ha! So viel zu den Dämonen. Sie mögen kein Wasser wie mir scheint!»
Ein paar Neugierige liefen herbei um zu sehen, was für ein Schauspiel hier geboten wurde. Sie stellten fest, dass der platschnasse schmale Bursche, der nun durch das dreckige Eiswasser zum Uferbord paddelte, über einen erstaunlichen Wortschatz verfügte. Mindestens, was wüste Flüche und fantasievolle Verwünschungen anging. Der reichgekleidete adlige von Wyss kringelte sich derweil am Ufer vor Verzückung und schien dabei Lust und Schmerz gleichermassen zu empfinden. Er konnte kaum Atem schöpfen und stammelte nur einzelne Worte wie ‹Dämonen›, ‹Hexensabbat› und ‹Teufel›. Was wiederum weitere Lachsalven hervorrief. Verwundert schüttelten die Zürcher ihre Köpfe und warfen sich wissende Blicke zu: dieser von Wyss war gewiss nicht ganz geheuer, sie hatten es ja schon immer geflüstert. Die Darbietung wurde noch interessanter, als der rothaarige Gast aus dem von Wyss'schen Haus gerannt kam, schimpfend und einen verglühenden Schürhaken schwingend. Beinahe hätte sie damit dem jüngsten Escher-Jungen, der zu nahe stand, das Auge genommen, sie aber achtete nicht weiter darauf, weil sie beschäftigt war, von Wyss Ohrfeigen zu verteilen, ihn zu treten und sie sah geradezu so aus, als wollte sie ein Stück Fleisch seines Unterarms aufessen. Von Wyss packte sie und hielt sie wie eine tolle Katze ein Stück von sich weg, während er noch immer kicherte wie ein kleines Mädchen. Der Glarner wiederum, der nun aussah wie der alte Flussgeist Haaggemaa, der bekanntlich mit einem Haken Menschen in die Tiefen seines wässrigen Reichs zieht, hatte es endlich geschafft, am Ufer hochzukrabbeln, er stand im kalten Wind und liess die Wasser von sich abfliessen. Ruhig geworden fasste er nach der um sich tretenden Rothaarigen und drückte sie fest an sich. Sie wurde ebenfalls still. Würdevoll nickte der Nasse von Wyss zu und ging ohne weiteres Wort ins «Störchli» zurück.

«Was war denn das?» Salomon konnte sich nur wundern. «Was ist denn da passiert?»
Weder Johann – unterdessen in trockene Kleidungsstücke gehüllt – noch Cleophea – unterdessen die komische Seite der Sache sehend – vermochten, ihm darauf eine befriedigende Antwort geben. Johanns noch immer blaue Lippen nuschelten etwas von Visionen und Reaktionen, Cleophea gab etwas von bösen Geistern und Exorzismus von sich. So, weiterhin uninformiert, begnügte sich Salomon mit einem Glas Wein und schüttelte stets aufs Neue feixend den Kopf. Es wurde nicht langweilig mit den zweien. Nein, das bestimmt nicht. Gütlich zurücklehnend besah er sich seine Situation: er hatte seine Arbeit wieder, er hatte ein Heim und Geld. Er hatte eine alte Fehde beendet, hatte seinen Schutz aufgegeben. Er hatte ein neues Leben. Und vermutlich auch eine Braut. Beim durchlöcherten Helm von Zwingli!: er wurde vermutlich noch ein respektables Mitglied der Zürcher Regierung! Hatte er damit nicht alles, was er je gewollt hatte?

«Wir lassen es einfach sein, ich will nicht wissen, was da mit dem Blut im Bett war. Wir überlassen die Untersuchung der Obrigkeit.»

«Du weisst doch genau», Johanns Aussprache war auf Grund der angebissenen geschwollenen Zunge etwas schwer verständlich, seine Gedankengänge jedoch klar, «dass die Obrigkeit nicht weiter eingreift. Nachdem du bei Hirzel ausgesagt hattest, war die Sache erledigt. Das Bett voller Blut zu haben, ist nicht einmal in Zürich ein Verbrechen. Aber hier ist etwas Spezielles passiert und es hat nichts mit dem blauen Band zu tun.»

Mit Genugtuung stellte Johann fest, dass Cleophea rot wurde, aber nicht nur vor Verlegenheit, auch vor Freude. Sie brummelte aufmüpfig: «Blaugrün. Das beisst sich nicht mit meiner Augenfarbe. Männer können einfach keine Farbe richtig erkennen.»

Dabei warf sie Salomon zärtliche Blicke zu, die dieser mit so etwas wie Besitzerstolz zurückgab. Beide sahen sich nachdrücklich in die Augen und lächelten Halbgescheite. Johann war sich nun sicher und beschloss, bei nächster Gelegenheit ein Manneswort mit Salomon zu sprechen.

«Also das blaue Band ist eine Sache, die bösen Geister eine andere.»

«Was hast du denn nun gerade gesehen?»

«Nun, gesehen … eigentlich nichts. Aber da war so eine spezielle Kälte, sie packte mich und liess mich zappeln wie ein Fisch im Netz. Es war reine Gemeinheit, die sich hinter Interesse versteckt hielt.» Konzentriert runzelte Johann seine Stirn, mochte aber nicht wieder ganz in das kräftezehrende Gefühl rutschen: «Ich kann's nicht beschreiben. Ich weiss nicht, was da war. Ich weiss nur, dass die Geschichte nicht erledigt ist. Ich glaube, während wir sprechen, wird der Körper eines nächsten Knechtes verstümmelt.»

Und als er dies aussprach – er hatte nicht gewusst, dass dieser Gedanke in seinem Kopf war –, erkannte Johann mit umfassender Klarheit, dass es genau so war. Für eine kleine Zeitspanne, so klein wie ein Holzsplitter sah er es, genau dies.

«Wo?»

Ach, könnte man doch nur so praktisch denken wie Salomon. Dieser hatte bereits seinen Degen geschnappt und seinen Umhang umgelegt, er hob die Stimme: «Wo?!»

«Ich weiss es nicht», Johann wehrte sich gegen die Faust, die nach ihm griff. «Lass mich, ich weiss es nicht. Es … es ist dunkel. Aber nicht vollkommen. Wenig Licht. Es ist klamm. Feucht. Kalt. Verwesungsgeruch. Dicke Mauern. Schreie, Stöhnen.»

«Der Spital!»

Schon stürmte Salomon aus dem Haus. Nun würde er es der Teufelsbrut zeigen. Grimmig rannte er, so schnell es auf den matschigglatten Strassen ging, hügelan zum Predigerspital, glitt aus, landete halb in Dreck und Schnee, fluchte atemlos und rappelte sich hoch. Mit gezücktem Degen schlitterte er durch das Tor zum Spital des Heiligen Geistes und begegnete dem Menschenabfall im Schnee. Auch dieses Mal ignorierte er ihn, flitzte durch den Eingang. Im Gebäude angekommen, hielt er ein und horchte.

Weit hinter sich hörte er die hetzenden Schritte Johanns.

Salomon schloss die Augen und konzentrierte sein Gehör. Schliesslich hob er ruckartig den Kopf, als jener Geruch seine Nase umfasste. Jener Geruch … Tief sog er die Widerwärtigkeit ein und umfasste dezidiert seinen Degen. Links oder rechts?

Er spürte, dass Johann zu ihm getreten war, leise wie eine geschmeidige Waldkatze, da brauchte es sein mahnendes Handzeichen gar nicht. Johann verharrte ebenso still neben dem grossen Zürcher. ‹Zu spät, wir sind viel zu spät›, Johann wusste es.

Und doch war da noch Bewegung. Der rote Geruch zog ihn nach rechts, Salomon machte im selben Moment erste Schritte in dieselbe Richtung. Ja, rechts. Dorthin, dort hinunter.

Die schwere Holztür schien praktisch zu leuchten, so deutlich war es, dass dort hinter ihr Unfassbares geschah.

Salomon legte die offene Hand an die Tür und drückte sie entschieden auf. Sie schwang mit einem lauten Knarren auf und offenbarte …

«Wissenschaft!»

33. Kapitel.

Nein.

NEIN, Wissenschaft war es nicht, was Salomon und Johann sahen.

Sie sahen einen Schlachthof.

Sie sahen Blut, das an Wänden gerann. Sie sahen Knochen, die im fahlen Kerzenlicht glänzten. Sie sahen Innereien, die in Glasbehältern lagerten, über Topfränder quollen.

Auf einem dunkel befleckten Tisch lag lang ausgestreckt ein Mensch, kaum mehr erkennbar als solcher. Überall hingen Fleischfetzen, Körperteilstreifen herunter. Blaubraunrote Eingeweide waren entblösst. Gebeine lagen frei. Das Gesicht war ihm über den Kopf hochgezogen worden und wickelte sich grotesk um den Schädel, von dem noch das prächtig lange Haar wallte, als wollte die unberührte Pracht die Gräuel verspotten.

Kein Mensch. Ein Wesen zwischen Mensch und Gerippe.

Ob der Grausigkeit zu Eis erstarrt, starrten Johann und Salomon stumm auf die kleine Person in der Lederschürze hinter dem Tisch, die eine Säge in blutroter Hand hielt und strahlte, als wäre die Befreiung des Jüngsten Tages angebrochen. Triumphierend hob die Gestalt … etwas … in die Luft, Blutstropfen glitzerten träge und klatschten zu ihren Kollegen, die am Boden eine furchterregende Pfütze bildeten.

Gerade durch diese planschten die feinen Lederstiefel des Arztes, als er eifrig auf seine beiden Besucher zuging. Er hielt noch dieses … Dings … in der Hand, streckte es zuerst Salomon, dann Johann vors Gesicht, präsentierte ihnen beiden den Klumpen von verwirrenden, blutigen, sehnigen Knäueln.

«Das ist es!», strahlte Himmel. «Endlich habe ich es gefunden! Der Seh…»

Mit einem wütenden Fluch hieb ihm Salomon die flache Seite seines Degens an die Schläfe und, als dies zunächst nicht fruchtete, die geballte Faust mitten auf die Nase. Sie brach mit einem diskreten ‹Krck›.

Der Medicus ging zum blutigen Boden, zusammen mit seinem … Etwas, das er auch jetzt noch besitzergreifend umklammerte.

34. Kapitel.

In dem zwei Helden sich weigern, ihre Mannestat preiszugeben.

DIE MÜHLE WURDE ANGEKURBELT. Der Medicus wurde weggeschleppt, er war halb bei Sinnen und murmelte eins ums andere Mal: «Quis se fugit?» Grundsätzlich gab ihm Salomon Recht: ja, wer kann sich schon selber entgehen? Es wimmelte von vor Selbstgerechtigkeit strotzenden Männern, die sich den Verbrecher griffen, die ein- und ausmarschierten, den Raum untersuchten, blutige Klumpen, Gefässe, Töpfe betrachteten, die Studierstube des Medicus' auseinandernahmen, sich eifrig notierten, was sie sahen. Und die Neuigkeit untereinander und weiter verbreiteten. Johann und Salomon wurden von diesen geschäftigen Gewässern mitgerissen, trieben mit. Sie liessen sich mit Seligkeit mitnehmen. Liessen sich feiern.

Und dann war da Cleophea. Beim Kachelofen im «Störchli» sitzend, besah sie sich überinteressiert ihren verzottelten Zopf und schüttelte unbeeindruckt den Kopf: «Nein.»

«Da war Blut. Da war ein Körper. Der Körper des Knechtes. Des Langhaarigen Kaspars. Daneben der fuchsige Arzt mit der Säge in der bluttriefenden Hand. Wie viel Beweise brauchst du noch?»

«Zu viele Widersprüche.»

«Was!?», Johann ging hoch wie ein Pulverfass in der Glut. «Was für Widersprüche? Es ist vollkommen klar, was da passiert ist. Was willst du noch? Ein Geständnis?» Ironisch hob er ein Papier vom Tisch: «Ach ja: Da ist es!»

Der Arzt hatte alles zugegeben, der Folterknecht hatte ihm nicht einmal Daumen- oder Beinschrauben zeigen müssen, weder Zangen noch Seile, Feuersglut oder Hämmer: «Da hast du's schriftlich!»

Gelassen sah Cleophea über den wütenden Johann hinweg und tat unbeteiligt. Dann bannte sie ihn mit einem klaren Blick, hielt dramatisch ein und sagte.

«Nein.»

«Arrrg!»

Jetzt raufte sich Johann die hellen Haare und Salomon griff ein, seine offenbar fraulich verwirrte Cleophea zur Vernunft zu bringen: «Jetzt hör mal, es ist alles völlig klar.»

«Ja, genau. Es ist alles völlig klar. Der Arzt war es nicht.»

Der junge Zürcher griff auf ein Manöver zurück, das Cleophea gar nicht schätzte: er wurde geduldig. Er sprach mit ihr wie mit einem schwer begreifenden Kind. Ohne sichtbare Reaktion auf seine dummen Versuche hin, liess sie ihn in die Falle laufen, mit gesenktem Blick lauschte sie seinen langsamen, betont stillen, betont vernünftigen Worten. Beiden

Männern wurde nun doch etwas unwohl, als Cleophea nach dem Sermon Salomons die Augen hob und nur fragte: «Wo ist der Wärter?»

«Was?»

«Wo ist der Wärter, der den starken Knecht Kaspar gefangen hielt?»

«Es … gibt … keinen», Salomon begann zu überlegen. Was hatte er übersehen? Erkenntnis überkam Johann, aber er verweigerte sich ihr. Warum musste das Weib sich so einmischen? Alles war klar, er war ein Held, es gab nichts mehr zu besprechen. Und jetzt versuchte diese hartnäckige Frau, ihm dies zu nehmen. Aggressiv fuhr er seine Cousine an: «Es ist unwichtig! Es gibt keinen. Himmel war es, er hat den armen Kerl geschlachtet. Wir waren da. Hast du das vergessen?»

«Hast du gesehen, wie der Medicus das Messer schwang? Hast du das Todesröcheln Kaspars gehört?»

«Das war nicht nötig. Das Blut lief noch von den Wänden.»

«Und es lief dem Arzt über den Körper?»

«Nein! Bei Gottes Schweiss! Nein, der Arzt … Nur seine Hände. Aber. Nein, er war es. Nein, nein, nein!»

«Wie wurde der Knecht getötet?»

«Ist nicht mehr feststellbar.»

«Was sagte der Medicus aus?»

Nun mischte sich Salomon ein, er wollte genau so wenig wie Johann, dass die Geschichte weitergezogen wurde. Als wären sie ohne Bedeutung, wischte er die Überlegungen der Frau kaltschnäuzig weg, derweil er ihr gnädig abweisend antwortete: «Er sagte etwas über Wissenschaft. Irgendwas. Vesalius Bruxellensis. Was immer das auch heissen mag. Mit meinem Latein kann es nicht zum Besten stehen, ich kann nicht mal das übersetzen. Irgendwas mit einer Stadt, Brüssel heisst sie wohl. Oben im Norden.»

«Was sagt er über das Töten?»

Sie musste einfach insistieren. Johann erstickte ihren ungebührlichen Widerstand, sie hatte sich den Männern zu fügen. Er wurde laut: «Nichts! Wenn du's genau wissen willst. Nichts!»

«Ah! Und was für ein Geständnis haben wir denn damit?» Wieder eine Pause für den Effekt, Cleophea war einfach nicht zu dämpfen: «Was für ein Geständnis? Ach ja! Ein Geständnis, einen Kadaver ausgenommen zu haben. Kein! Geständnis für den Mord!»

Vollkommen empört schrie Johann: «Sei ruhig! Sei einfach ruhig! Die Sache ist abgeschlossen! Ich will nichts mehr hören!», und wie ein Kind hielt er sich die Ohren mit beiden Händen zu, wandte sich von Cleophea ab.

«Nein. Du willst die Wahrheit wissen. Immer nur die Wahrheit. Die ganze Wahrheit!»

Johann floh aus dem Zimmer.

Sie wurden gefeiert. Die Helden, die den mörderischen Arzt überführt hatten. Die zwei Tapferen, die Zürichs Knechte wieder ruhig schlafen liessen. Am Fest, von Magdalena Frymann zum Verdruss ihres Mannes ausgerichtet, floss Wein in Strömen. Lieder wurden gegröhlt, haufenweise Würste verschwanden in derben Mündern. Man feierte den auswärtigen Jungen und den einheimischen Junker.

Ihre puritanisch folgerichtige Strafe war ein dröhnender Kopf am jeweils nächsten Morgen, ein verdrehter Magen und zerrissene, stinkende, dreckige Kleidung. Ächzend dachte Salomon an seinen Vater, der jeweils aus Matthäus Friedrichs Traktat «Widder den saufteuffel» rezitiert hatte, sobald sein Sohn nur ein kleines bisschen angesäuselt nach Hause gekommen war. Johann wiederum dachte vielmehr an die schwerer wiegende Warnung des bekehrten Sünders Paulus, der Säufern mit dem Ausschluss aus dem Reiche Gottes gedroht hatte. Mit schwerer Zunge nuschelte er die Bibelworte als Warnung für Salomon – an sich selber mochte er gar nicht denken: «Wisst ihr nicht, dass Ungerechte das Reich Gottes nicht ererben werden? Weder Unzüchtige noch Götzendiener noch Ehebrecher noch Lustknaben noch Knabenschänder noch Diebe noch Habsüchtige noch Trunkenbolde noch Lästerer noch Räuber werden das Reich Gottes ererben.»

Glückselig stellte Salomon daraufhin fest – nach längerem Überlegen, denn Denken war so eine mühsame Sache: «Damit stehen wir noch nicht auf einer gleichen Stufe wie von Owe, der Männerschänder. Wir sind keine Trunkenbolde, wir sind nur besoffen.»

Er hickste und steckte Johann den Finger in die Rippen, um seine Worte klar und deutlich zu machen: «Hin und wieder stockbetrunken zu sein, ist eine männliche, eine gute Sache, ein Trinker hingegen ist einer, der gar nie mehr nüchtern ist. So ist das. Wo ist jetzt dieses Glas?»

    Cleophea hielt sich abseits. Die Männer beschlossen, es nicht zu bemerken. Sie waren zufrieden mit sich und der Umwelt. Sie waren schliesslich Helden. Selbstgefällig prosteten sie sich auch an diesem Morgen zu, um die klopfenden Kopfschmerzen zu lindern. Sie lachten und prahlten ihre Verdienste herum, sie liessen alle Fesseln gehen. Viele Tage und Nächte taten sie nichts anderes. Sie liessen sich von einem Fest in die nächste Zutrinkete fallen. Sie hatten es verdient. Sie hatten tapfer aller Gefahr getrotzt und den gefährlichsten Mann seit Menschengedenken eingefangen. Sie hatten seinem bösen Tun Einhalt geboten. Sie hatten sich verdient gemacht um den Staat. Sie waren Helden.

In die Stube trat ein ganz unwillkommener Gast. Auf ihn deutend, begann Cleophea mit einer Rede. Die tat den zwei Helden ganz schrecklich weh in den Ohren, im Kopf, im Magen. Johann hob die Hand, gebot dem Lärm Einhalt. Vergeblich fuhr er mit der Zunge über seine splittertrockenen Lippen und wunderte sich dumpf, wann wohl ein muffiges Murmeltier in seinem Mund eingezogen war. Aber selbst in seinem Elend sah er deutlich ein, dass es nun kein Davonkommen mehr gab. Mit alkoholschwachen Gliedern erhob er sich langsam und tappte in die Küche, sorgfältig hielt er sich dabei den dröhnenden Schädel. Er spürte einen grossen Teil jenes Schmerzes, den sein Märtyrer-Namensvetter ausgehalten hatte. Aber ja: sein armer Kopf fühlte sich zweifellos genau so an, wie das Haupt Johannes des Täufers auf Salomes Schüssel. Kein Wunder war jener der Schutzpatron der Kopfwehleidigen und half gegen Säufertum …

Johann Zwicki war ein Held. Dagegen war nichts einzuwenden und wagemutig wie Winkelried trat er nun vor sein Schicksal. Er hielt den sauren Atem an und steckte seinen Kopf in den Kessel mit Wasser. Ah! Das tat weh.
Den Weg zurück in die Stube fand der Mulliser trotz der geschwollenen Augen und der kreischenden Kopfschmerzen. Er betrachtete den Gast und liess sich vorsichtig neben Salomon nieder, der fürchterlich und unverdient frisch aussah. Johann wusste es: im zwinglianischen Glauben gibt es keine Freude. Jedes Glück musste bezahlt werden. Hier kam sie, seine Strafe. Seine rothaarige Strafe. Satan lachte sich gewiss krumm.
Wie zwei brave Lateinschüler sassen Salomon und er nun auf der Bank in der doch ein wenig zu warmen Stube, Johann konnte der anhänglichen Alkoholteufel wegen nur angestrengt atmen. Sein Magen würgte ihn in der Kehle. Er schluckte. Ergeben faltete er die Hände im Schoss und hob die roten Augen, blickte ins strenge Antlitz des Antistes'. Keine Strafe war offenbar hoch genug. Hingegen war Salomons arrogante Maske wieder am Platz, seine Miene gab nichts von ihm preis. Seine Seele war durch diese formidable Rüstung geschützt.

35. Kapitel.

In dem die Helden mit List und Tücke gebrochen werden.

«DER ANTISTES UND ICH, wir haben uns beraten. Es ist unrichtig. Unrichtig, dass der Arzt die fünf Knechte ermordet hat. Wir sind uns da ganz einig.»

«Und wie sollte der Pfaffe wissen, was in den irdischen Gefilden der Zwinglistadt vor sich geht?» Salomons Arroganz pfiff wie ein eisiger Wind durch die Stube, seinen Sieg würde er nicht kampflos aufgeben. Er erhob sich und nahm den Raum ein: «Eure Meinung hat nicht das geringste Gewicht. Sämtliche Beweise zeigen die Schuld des Medicus' an. Beweise, Geständnis, Augenzeugen. Soll ich dir's aufzählen? Wir, dein vertrauenswürdiger Cousin und ich, wir sahen das Blutbad und wir sind nicht leicht zu täuschen. Der Arzt hat gestanden, ohne Marter, freiwillig, flüssig, überzeugend. Und die Beweise, sie sprechen ebenfalls für seine Schuld. Berge von Menschenfleisch, -innereien, -knochen. In einem weiteren Raum des Spitalkellers. Dann in einer weiteren Studierstube: Aufzeichnungen von einer Deutlichkeit, die nicht zu leugnen sind. Der Arzt hat Menschen in Einzelteile zerlegt. Dazu gibt es nichts mehr zu sagen.»

Ach! Aber natürlich gab es da von Cleophea noch vieles zu sagen. Salomon fragte sich, welche Teufel ihn gezwickt hatten, als er sie geküsst hatte. Er hatte sich damit eine mächtige Schlange ins Haus geholt. Was war nur in ihn gefahren? Jetzt lächelte die Schlange, wohl wissend, dass sie ihn mit flüchtiger Leichtigkeit aus dem Heldenparadies hauchen konnte. Mit wenigen Worten. Sie waren in diesem Fall nicht einmal schmeichelnd, obwohl die Schlange lächelte: «Ich sage nicht, dass der Mediziner die Männer nicht auseinandergenommen hat.»

«Aber ...»

«Was ich bestreite, ist, dass er sie auch getötet hat.»

«Da waren Unmengen Blut in diesem Haus hier, hast du das vergessen?»

«Aha! Aber nur Blut. Ich denke, es gibt eine grössere Sauerei, wenn ein Mensch nach dem Getötetwerden zergliedert wird. Aber die Spuren hier im ‹Störchli› waren klar, es gab keine Spuren vom Zerlegen von Menschen, keine Fleischfetzen, keine Knochenstücke, nur Blut. Als hätte es jemand im Grunde sorgfältig verspritzt. Mit dem einzigen Grund, dir ein Verbrechen anzuhängen, ohne eine Spur zu den Getöteten, ohne dir die Möglichkeit zur Verteidigung zu geben. Nur gemeine, hinterhältige, rachsüchtige, üble Nachrede. Johann sagte mir, dass man sehen konnte, wie jemand im Blut stand. Fussabdrücke. Im Spital-Kloster hast du gesehen, wie es aussieht, wenn der Mensch entbeint wird. Glich diese Kammer dort in irgendeiner Weise deinem Schlafzimmer? Warum sollte der Arzt einmal bei sich, einmal bei dir im Haus morden? Er hat doch alle Instrumente im Spital, warum sollte er denn …?»

Widerspenstig gab Salomon nicht auf: «Das sind doch nun kleine Details, über die man während des Prozesses streiten kann.»

«Willst du bis dahin weitere Männer dem Tod ausliefern? Wenn ich Recht habe, dann geht ein Mörder noch frei herum und bringt wahllos Menschen um.»

«Knechte, es sind Knechte.»

«Menschen!»

«Lasset ab voneinander. Es möge keine Zwistigkeit zwischen den Menschenkindern sein. Lasset Friede und Harmonie …»

«Und du! Pfaffe! Schweig! Kein Wort mehr! Höre ich noch einmal ein ‹Lasset›, ‹Möget› oder ‹Bereuet› von dir, dann *tränket* dein Blut diese Wände hier. Oder *begehrest* du, deine restlichen Finger gebrochen zu bekommen?»

Ein unchristlich böser Blick traf Salomon, aber der Pfarrersmund verstummte. Nicht einmal des Antistes' zugeschwollenes Auge, die verbundene Hand oder die blauroten Fingerabdrücke am schlanken Hals gaben Salomon Frieden. Er wusste, er war im Unrecht, aber er wollte seine Ruhe, sein Stolz vertrug es schlecht, dass er nicht immer richtig lag, womöglich kein Held war. Hatte er es nicht verdient, seinen Ruf wieder ganz rein zu haben? Seinen Namen weiss gewaschen zu haben, so wie sein Name es vorgab? Hatte er nicht genug gelitten? Was mochte es ausmachen, dass ein paar Unwichtigkeiten unstimmig waren? Ja, sie waren es, die ganze Schlussfolgerung war falsch. Aber das wollte er nicht wissen. Er wollte seine Ruhe, wer begehrte schon Gerechtigkeit? Weiterhin verstockt wandte er sich an Cleophea und sprach in Juristensprache zu ihr: «Der Arzt ist schuldig. Diese Tatsache bleibt bestehen, da magst du zur Verstärkung mitbringen, wen du willst. Er ist schuldig.»

«Nicht des Mordes.»

«Und wenn schon! Sein Tun war gottlos genug. Leichenschändung ist ein Verbrechen. Der Rest ist Schweigen.»

«Nun, ich werde nicht schweigen. Und es gibt Mittel und Wege, um zu beweisen, dass du falsch liegst.»

«Die Jagd …»

«… ist nicht beendet. Ich mache mich weiter auf die Suche. Nach dem richtigen Mörder. Lasset», sie konnte es sich nicht verkneifen, ihre Grenzen bei Salomon zu testen, «lasset uns etwas trinken und uns ruhig beraten.»

Die Verteidigung war heldenhaft – wie nicht anders zu erwarten. Johann und Salomon wehrten sich schlau für ihre Sache, geschickt und in Salomons Fall unter zu Hilfenahme von höchsten rhetorischen Feinheiten. Es stellte sich heraus, dass sie zu zweit der geschliffenen Logik des Antistes' nicht gewachsen waren. Und noch viel weniger der unglaublichen Penetranz der entschlossenen Rothaarigen. Nach langen, hitzigen, unversöhnlichen, lauten, uneinsichtigen Diskussionen knirschten Johanns Zähne nur noch der Sturheit wegen und die arrogante Miene Salomons lag nur noch aus lauter Gewohnheit über seinem Gesicht. Sie wehrten sich mit Händen und Füssen gegen die Wahrheit. Sie wussten es schon lange, sie wussten es und konnten den sauren Mocken doch nicht schlucken. Unzugänglich hielten sie an der Darstellung fest, versuchten zu umgehen, zu täuschen, abzulenken. Die Betonung zu verlegen. Alles vergebens, vergebens.

Und schliesslich wusste Cleophea, dass sie gewonnen hatte. Es dunkelte vor den Glasscheiben ein, in der Abenddämmerung mahnte die Betglocke zur Andacht, als sie den zwei Starrköpfen einen eleganten Ausweg zeigte: «Hier ist mein Vorschlag: wir machen eine Liste, wo Widersprüche sind. Und gehen sie mit kalter Logik durch.»

Johanns Trotz wich beim Wort «Liste», Salomons Hochnäsigkeit bei «Logik», Cleophea lächelte leise und sagte dann: «Es gibt noch ein paar wenige, wirklich winzigkleine offene Frägelchen. Die werden wir beantworten. Dann kann der Arzt meinetwegen hängen. Salomon, denkst du, dass du Prozess und Urteil noch etwas hinauszögern kannst? Es wäre schade, dem Arzt vor seinem Tod nicht noch ein paar Fragen gestellt zu haben. Fragen von uns, nicht von der Zürcher Regierung. Klare Fragen, Fragen, die den wahren Schuldigen suchen und finden wollen.»

Stumm nickte der Gerichtsschreiber.

«Johann, geh doch einmal bei der Jungfrau Maria vorbei. Ich bin fast sicher, sie weiss etwas. Warum der Pfister sterben musste, ist doch nicht so richtig geklärt. Er hängt mit drin, dessen bin ich mir sicher.»

Johann nickte ebenfalls stumm sein Einverständnis.

«Antistes, du hast doch sicher Verbindungen zu den Gelehrten Zürichs. Könntest du in Erfahrung bringen, was genau der Arzt mit seiner ‹Wissenschaft› gemeint hat?»

Der protestantische Pfarrer nickte dem katholischen Weib zu und murmelte: «Selbstverständlich. Ich helfe gerne. Und», an Salomon gewandt fügte er ernst an, «ich vergebe dir, ich vergebe dir die Schmerzen, die du mir ...»

Die christliche Offerierung von Vergebung kam nicht gut an, der Pfarrer versteinerte sofort, als Salomon nichts weiter tat, als seine linke Augenbraue zu heben. Bleich wich Lee im Stuhl etwas zurück, als der Zünfter nur leise meinte: «Ich begehre weder deine Vergebung noch deine Hilfe. Wir kommen gut ohne dich zurecht. Ich werde mich selber um die Wissenschaft kümmern. Du wirst hier nicht gebraucht.»

Angesichts dieser Verstocktheit gab Lee auf. Diskret entfernte er sich aus der Stube, nachdem er sich ordentlich vor dem Zürcher Junker verbeugt hatte – oder vielleicht doch eher vor dem eifrigen glarnerischen Kirchengänger?

Lächelnd verschwand darauf Cleophea Richtung Schlafkammer und liess die zwei Helden in Ruhe an ihrem Stolz knabbern.

36. Kapitel.

In dem Johanns sündiger Stolz unverzüglich bestraft wird.

«UND SO BEGINNEN WIR WIEDER von vorne», Johann stand vor dem Haus, wischte sich die triefende Nase am Ärmel ab, die Nässe gefror sofort und machte den strapazierten Stoff steif. Gedankenverloren rieb sich Johann nun die Hände, damit die nicht vor Kälte blau wurden. Nun hatte er seine Liste, im Kopf, und auch auf Papier, wie ein Talisman in den Hosenbund geschoben. Eine Liste mit Fragen und Widersprüchen. Aber irgendwie war das alles nicht genug. Und es war einfach zu kalt draussen um zu denken. Es war trotz der Tageszeit dunkel wie in der Hölle – jedoch ohne das wärmende Fegfeuer –, der Wind heulte vom See her, Schneeflocken klirrten und hackten auf ungeschützte Haut ein. Feuchte Nässe drang durch die Nähte der Kleidung und der alten Schuhe, nagte stetig an den Ohren, kaute verächtlich kichernd an der Nase.
Johann suchte Trost. Er war so ein waghalsiger tüchtiger Held gewesen. Dieses Mal hatte er sich in der Bewunderung der anderen sonnen können und sich so richtig gefeiert gefühlt – nicht wie am Ende des letzten Rätsels, als er sang- und klanglos nach Hause zurückgekehrt war und gedacht hatte, nie wieder Helligkeit zu sehen.
Jetzt seufzte er laut in die kalten Winde und wandte seine Schritte zu jener kleinen Kirche, in der ihn das letzte Mal das Licht der Erkenntnis überkommen war. Das musste doch einfach ein gutes Omen sein. Auf jeden Fall wäre es dort windgeschützt und vielleicht sogar etwas warm. Zu seinem eigenen Erstaunen fand er die Kirche praktisch auf Anhieb – seine absolute Orientierungslosigkeit in der Stadt hatte ihm mehr als einmal spöttische herablassende Blicke beschert. Jetzt fand er sogar – meistens – jenen Ort, den er suchte. Darauf war er fast so stolz wie auf das Lösen des Rätsels. Nun: Fast-Lösen.
Und ausserdem: Stolz ist ja eben so eine Sünde. Seine grösste Sünde. Denn wer sich dieser ergab, der wird das Reich Gottes nicht ererben, wie Paulus schon den Galatern geschrieben hatte. Nun, immerhin war Johann nicht in Gefahr, allen Hauptsünden zu verfallen: mit Völlerei war's nicht weit her – Essen gab es in der Regel immer zu wenig. Für die anderen vier Todsünden fühlte er keine besondere Zuneigung, er konnte sie nicht einmal richtig aufzählen. Und Wollust ... allein beim Gedanken ans Wort errötete er – er nahm an, dass dies hiess ... ach, er wollte gar nicht daran denken. Auf jeden Fall blieb der Stolz. Der war seine grösste Sünde und Johann musste deswegen büssen. Wie von selber fiel er im Kirchlein auf die Knie und kasteite sich mit quälender Unversöhntheit, während Psalmworte in seinem Innern widerhallten: ‹Sei mir gnädig, o Gott, nach Deiner Güte, nach Deinem grossen Erbarmen tilge meine Verfehlung. Wasche mich rein von meiner Schuld, reinige mich von meiner Sünde!›

Nach langen Gedanken, Gebeten voller Selbstvorwürfe gab sich Johann etwas Frieden, wusste sich wieder sicher in Gottes ausgebreiteten Armen. Er begann, sich genauer in der Kirche umzusehen. Die Wände waren alle rauchgeschwärzt, die Bänke ziemlich grob gezimmert und an zahlreichen Stellen angekratzt. Wandbilder zeigten verblassend die Leiden Christi, sonst gab es nichts, was vom wahren Glanz der reformierten Religion ablenken konnte. Erhöht stand das Taufbecken und daneben besonders grosse und reich verzierte Abendmahlkerzen.

Hoffnungsvoll horchte der junge Heiler in den Ort hinein, atmete tief ein. Und ganz deutlich spürte er, dass hier in Stille und Vollkommenheit die Lösung des jetzigen Rätsels nicht verborgen war. Dieses Mal nicht. Nein, die Lösung dieses Falles würde sein wie der Fall selber: absolut grotesk. Und wirr. Der Wissenschafter Cuonrad war ein Teil davon, aber es ging weiter. Mehr Menschen waren involviert, mehr seltsame Geschöpfe. Johann war sich sicher, es war kein Zufall, dass ein Gaukler in Salomons Heim gewohnt hatte, dass von seltsamen Kreaturen erzählt wurde. Ah! Hagel und Kreuz: er war der Auflösung nahe, deutlich konnte er es fühlen! Aber die Logik entglitt ihm, er musste die Lösung zusammensetzen. Er musste das Geheimnis aufdecken. Aber nicht hier in der seelenvollen Stille der Kirche. Nein, womöglich im Spital. Im grausamen Spital, wo an jedem Tag das Jüngste Gericht gehalten wurde.

Bei Gottes Zeigfinger! Er zögerte. Aus Angst. Was für ein Feigling war er doch. Er hatte Angst, zu diesem elenden gottverlassenen Ort zu gehen. Schliesslich hatte wegen dieses Ortes sogar der unbezwingbare Salomon von Wyss Tränen vergossen. Als Johann ihm die Last genommen hatte, damals am See, da hatte er mit Erleuchtung gewusst, was da im Prediger Teuflisches vor sich ging. Aber nein: es war nicht teuflisch, es war menschlich. Und wenn es menschlich war, war es göttlich, denn der Mensch ist Abbild Gottes. Wie konnte es dann möglich sein, dass Böses …? Aber nein, in der Kirche blasphemische Gedanken, das ging nun gar nicht. Bestimmt würde er für sie büssen müssen.

❧

Jetzt gleich.

Ein kalter Dolch wurde unmissverständlich an seinen Hals gedrückt, eine ebenso kalte Hand legte sich über seinen Mund: «Wenn du weiterleben willst, dann siehst du dich nicht um. Und du hörst mir zu. Sonst wird es dir schlecht ergehen.»

Johann nickte kurz um anzudeuten, dass er verstanden hatte. Sein Kopf dröhnte vor Verwunderung und auch vor Entschlossenheit: dieses Mal würde er die Spur nicht einfach wieder verlieren wie damals im Wirtshaus. Über diesen schlauen Gedanken überhörte er, was der Bösewicht an sein Ohr zischte. Er schüttelte den Kopf: Nein, ich habe dich nicht verstanden.

«Ich sagte: lasst den Arzt hängen. Und gebt weiteres Suchen auf.»

Wäre die Lage nicht so ernst gewesen, Johann hätte beinahe gelacht: was für eine originelle Forderung. Er entschloss sich zum Trotz, die einzig mögliche Antwort darauf zu geben: «Ich weiss nicht, was du meinst.»

Auf diesen frechen Einfall war er recht stolz – sündig, sündig –, bis der Schlag ihn am Hinterkopf traf, er sich auf die Zunge biss und vornüber auf den Fussboden kippte.

※

Augen aufschlagen tat weh. Kopf drehen tat weh. Hände an den Kopf bringen war logisch, tat aber weh. Johann rappelte sich auf die Knie, hockte sich auf den kalten Kirchenboden und versteckte seine gotteslästerliche Meinung nicht. Die Flüche kamen etwas ungestalt daher, seine Zunge war geschwollen – der Allhörende Gott würde allerdings trotzdem über den Missbrauch seines Namens nicht begeistert sein. Mühsam zog sich der junge Suchende an einer dumpffeuchten blättrigen Wand hoch. Dies tat nicht nur weh, es verdrehte auch den Magen. Würgend keuchte Johann, schliesslich taumelte er aus dem wieder ruhig gewordenen Ort. Draussen klaubte er eine Handvoll Schnee von einem Fenstersims – nur nicht bücken! – und rieb sie sich über den Hinterkopf. Die Beule dort fühlte sich massig an, der Schnee war jedoch kaum rot. Dafür war sein Mund blutig, ein Zahn wackelte bedenklich; bestimmt sah er aus wie ein ramponierter Werwolf; Johann war froh, dass die Leute ihn im Schneesturm kaum beachteten und mit gesenkten Köpfen an ihm vorbeihasteten.

Es war gut, fand er das «Störchli» unbewohnt vor, so konnte er ohne weiteres Erklären in die warme Stube strauchelten und sich auf der Bank ausstrecken, ein seidenes Kissen unter dem malträtierten Kopf drapiert. Johann kannte Schmerzen, natürlich. Das Leben war rau, der Alltag grausam, er konnte nicht aufzählen, wie häufig er schon geschnitten, gestossen, gequetscht worden war. Es gab fast keine Stelle an seinem Körper, die nicht schon einmal mehr oder weniger tief Einblick in sein verletzliches Inneres gegeben hätte. Trotzdem: dass ihm von anderen Menschen in voller Absicht qualvolle Verletzungen zugefügt wurden, war eine neue Erfahrung. Er hatte nicht einmal mehr genügend Kräfte, dies zu verdammen oder zu bedauern. Er schlief ein. Vielleicht fiel er auch in Ohnmacht.

37. Kapitel.

In dem die Vielschichtigkeit des Rätsels nochmals deutlich wird.

KAMILLENDUFT ERWECKTE IHN und er wusste, alles war gut. Cleophea hatte das Heilen begonnen und dabei zum allerbesten Kraut gegriffen, das es dafür gab: Kamille half ganz einfach bei allem. Schwindlig setzte Johann sich auf, würgte etwas sauren Schleim aus der krächzigen Kehle über die wunde Zunge, tastete nach dem wohltuenden Umschlag am Hinterkopf und betrachtete seine Cousine. Sie sass wie ein braves Weib auf der Ofenbank bei ihm und säumte – noch immer! Kam die eigentlich nicht vorwärts mit dem Ding? – sein Hemd. Stumm nickten sich die zwei unverwüstlichen glarnerischen Bauernnachkommen zu und die Angelegenheit war schon vergessen.
«Wo ist denn Salomon?»
«Warum, was gibt es zu berichten?»
«Nichts, ich habe nur Hunger.»
Cleophea verstand den Wink und begab sich in die Küche, wo die Vorräte niemals ausgingen. Es war ein reines Wunder. Cleophea konnte es nach wie vor nicht begreifen, dass es Menschen gab, deren Krüge und Truhen stets voller Nahrungsmittel waren. Und wenn die halb leer waren, dann wurden sie zum Markt gebracht und einfach so, mir nichts dir nichts, wieder aufgefüllt. Durfte sie hoffen, dereinst die Herrin dieser Reichtümer zu sein? Cleophea würde nach wirksamen Mitteln greifen, um sie wahr zu machen. Cleophea würde Anna, die Mutter Marias anflehen, ihr zu einer glücklichen dauerhaften Verbindung zu verhelfen. Schliesslich war Anna nicht nur die Grossmutter des Heilandes und Schutzpatronin der Ehe, sondern war auch mit drei Männern verheiratet gewesen. Die dürfte dann also Bescheid wissen; unter diesem Schutz mussten Cleopheas Pläne gelingen und Salomon würde sie, Cleophea, nicht beschmutzen. Ihr Salomon würde seinem Versprechen treu bleiben; als Beweis, als Grundlage für den Handel besass sie jenes grünblaues Band. Sie vertraute dem zwar stummen, deswegen aber nicht weniger bindenden Eid, der hitzig in seiner kalten Küche geleistet worden war.

※

«Warum dauert das denn so lange?», es war einfacher, die Cousine anzuknurren, als sich wegen der eigenen Dummheit zu hintersinnen. Dass diese keine Widerworte gab, war äusserst unbefriedigend. Jetzt war Johann erst recht verlegen, vergoss gar beim Schöpfen einen Teil seiner währschaften Suppe. Der Lärm des Heimkehrenden und eine Ahnung von Kälte drangen in die Stube. Die Türe wurde aufgerissen und Salomon stand im Rahmen,

Schnee flockte von seinem prächtigen Mantel, das pelzverzierte Berett flog im weiten Bogen auf eine Truhe. Triumphierend schwang er etwas und knallte es dramatisch auf den Tisch, Johann konnte gerade noch seinen Teller in Sicherheit ziehen. Die gute Laune des Zünfters war unerträglich, fast noch schlimmer war seine kräftige Stimme.

«Was gibt's denn da? Üärk! Schleimsuppe. Kommt mir nicht in die Kehle. Gut, habe ich schon bei Mathis gegessen. Über deine Kochkünste werden wir uns einmal noch ernsthaft unterhalten müssen, Cleophea.» Er zwinkerte seiner Praktisch-schon-Braut übermütig zu und wandte sich Wichtigerem zu. Des Effektes wegen – und weil er die Nase hochziehen musste – hielt er ein: «Hier ist es.» Und als ihm keiner den Gefallen tat, das Offensichtliche zu fragen, redete er dröhnend weiter: «Hier ist das Buch der Lösungen. Schaut mal!»

Er klappte das Werk auf und tatsächlich! Johann erkannte es sofort wieder: «Der entbeinte Mensch! Bei allen Heiligen, das könnte Kaspar, der Knecht auf dem Tisch des Medicus' sein.»

«Genau! Und genau dieses Buch haben wir sogar schon einmal gesehen. Kannst du dich erinnern?»

Betreten schwieg Johann, es lag bestimmt nur an der Beule am Hinterkopf, dass er so etwas Offensichtliches übersah. Salomon war ausser sich vor Freude: «Wir haben es gesehen. Bei Bartholomäus von Owe! In der Studierstube im Spital zum Heiligen Geist. Er fragte dich damals, ob du dich für Anatomie interessierst.»

Daran konnte sich Johann beim besten Willen nicht mehr erinnern, von dieser Begegnung wusste er nur noch, dass er gegen die Dämonen, die aus den toten Augen des Mannes geschleudert worden waren, gekämpft hatte.

⁂

«Warum bringst du dieses Buch hierher?»

«Ist doch klar: der Mensch in diesem Buch sieht fast so aus wie der Fleischhaufen, na ja: der Knecht Kaspar, auf dem Tisch des Medicus'. Das hast du gerade selbst gesagt. Dieses Buch beschreibt etwas, das sich Anatomie nennt, eine ganz neue Sache in der Chirurgie. In Italien – wo sonst? – haben sie begonnen, Leichen aufzuschneiden, um herauszufinden, wie der Mensch funktioniert.»

Verblüfftes Schweigen antwortete Salomon, der sich jetzt gemütlich hinsetzte. Er prahlte mit seinem Wissen, hörte sich gerne monologisieren: «Die alten Griechen haben uns bekanntlich in der Medizin das Wissen hinterlassen, wie Menschen funktionieren, wie sie von innen aussehen. Jetzt zeigt es sich aber, dass dies nicht alles ganz richtig war. Denn sie haben offenbar nur Hunde auseinandergesäbelt und von deren Körperbau und Innenfunktionen auf Menschliches geschlossen. Nun sind aber Hunde anders gestaltet als wir, stellt

sich heraus. Deswegen hat ein Mediziner – Andreas Vesalius Bruxellensis mit Namen, eben jener von Brüssel – Tote aufgeschnitten und ein Buch darüber verfasst. Das hier ist es!»
Mühevoll hielt Salomon das unhandliche Bündel gebundenen Papiers mit den grausigen Abbildungen von Männern ohne Haut hoch. Sie zeigten Gucklöcher zum Inneren. Muskeln einzeln aufgezeichnet, Knochen freigelegt, Sehnen aufgedröselt. Und ein paar schwangere geöffnete Frauenkörper, welche die Ungeborenen zeigten. Schauderlich, bestimmt gottlos. Salomon hatte keine Angst vor Erkenntnissen der Medizin, er deutete in wilder Aufgeregtheit auf die Bilder: «Seht ihr? Vesalius benennt jeden Knochen und jeden Muskel und erklärt, wie sie funktionieren. Das hat der fuchsige Arzt auch gemacht! Das bringt Himmel in die Hölle.» Laut lachte Salomon über sein grandioses Wortspiel. Er war guter Laune. Alles war schön und hell. «Was ist denn mit euch? Versteht ihr nicht? Wir haben es gefunden! Das Warum. Wir wissen, warum der Arzt Männer tötete: er wollte forschen. Forschen! Wie er sagte: Wissenschaft.»
«Halt, halt! Wir sind uns einig geworden, dass der Arzt die Menschen vielleicht auseinandergenommen hat, getötet jedoch hat sie jemand anders.»
Cleophea verstand nicht alles, was dieses Menschenaufschneiden anging; warum aufschneiden, wenn man heilen kann? Aber sie war sich sicher, dass der Arzt kein Mörder war. Es sprach so vieles dagegen: er konnte diese mächtigen Männer niemals unter Kontrolle gehalten haben. Sein Operationszimmer war – den Berichten nach – recht sorgfältig hergerichtet gewesen, Blut floss ziemlich ordentlich zu Boden. Dies zeigte, dass er seine Opfer nicht ermordet hatte. Dass er an ihren Leichen geforscht hatte, stand natürlich ausser Zweifel. Cleophea verdeutlichte nochmals ganz energisch: «Der Arzt hat nicht getötet.»
Das Licht in den Augen Salomons erlöschte: «Ach, ja. Stimmt. Genau. Wir waren uns ja einig ...»
«Sei nicht traurig, immerhin hat Johann einen übleren Tag als du erwischt. Man hat ihn niedergeschlagen.»
«Wer, was, wann, wo?»
«Ist nicht weiter tragisch», Johann zog ein Märtyrergesicht. «Jemand wurde beauftragt, uns zu sagen, wir sollten die Sache auf sich beruhen lassen. Warum warst du bei Hirzel?»
«Hirzel? Ach, kein bestimmter Grund. Ich dachte halt ... Nun, gesellschaftlich gesehen ist er alles, was ich an Familie noch habe. Er ... ich ... na ja. Item.»
Misstrauisch besah Cleophea den schönen Zünfter und ihr wurde etwas mulmig angesichts der wiedergefundenen Vertrautheit Salomons mit seinem Schwager. Wenn der Zünfter wieder zu seiner ursprünglichen Familie fand, wo sollte sie darin Platz haben? Die Hirzels mussten ziemlich schlecht auf sie zu sprechen sein – schliesslich hatte sie zusammen mit Johann im Herbst im Kloster Vaar an deren altes Familiengeheimnis getastet. Die Brandwunden an ihren Händen zeugten noch von der heimtückischen Rache, auch wenn sie nie

hatte bewiesen werden können. Cleophea mochte gar nicht darüber nachdenken, was es für ihre Zukunft bedeuten mochte, wenn sich Salomon mit Mathis versöhnte. So war es ihr gerade recht, dass Johann auf seine Schlussfolgerung zu reden kam: «Mein Schläger hat ausgesprochen gefällig gerochen und vornehm gesprochen. Ich befürchte, Hirzel hat ihn geschickt.»

Altbekannter Schmerz riss an von Wyss: ein weiterer Vertrauensmissbrauch, das würde er nicht dulden. Seine Stimme war düster, als er sich an seinen verletzten Gast wandte: «Warum behauptest du so etwas? Ausgerechnet jetzt? Gerade habe ich die Fehde mit Mathis beendet, musst du nun daherkommen und ihn beschuldigen?»

«Der Schläger roch nach Rosen. Ihr wisst beide, dass sich Hirzel ständig ein kleines Tuch vor die Nase hält, das mit Rosenessenz getränkt ist.»

Cleophea wollte etwas beifügen, aber die zwei Männer beachteten sie nicht. Nachdrücklich meinte sie: «Aber dieser Rosen…», kam aber nicht weiter, wurde übertönt von der männlichen Lösung.

«Ich zerreisse ihn in Stücke!», Salomon stürzte aus der Stube. Wieder hatte er vertraut. Wieder war er in die Knie gezwungen worden. Er würde Hirzel töten. Dieses Mal gab es keine Gnade. Durch den dumpfen Nebel, der seine Empfindungen bis auf das heisse Brodeln in der Leibmitte verhüllte, konnte der junge Zünfter hören, wie seine Gäste hinter ihm im hohen Schnee herkeuchten, vermutlich, um ihn abzuhalten, den Schwager zu erschlagen. Ha! Sollten sie es probieren! Sollten sie es nur …

Das unerträgliche Weib stellte ihm hinterrücks ein Bein. So behindert tauchte sein Gesicht in den Schnee, seine Zähne schlugen schmerzhaft auf der hartgefrorenen Unterlage auf. Überflüssigerweise hockte sich Johann nun noch auf seinen Rücken, Salomon wand sich vergeblich, nicht wenig wütend. Johann rief etwas und Cleophea antwortete gelassen. Gleich darauf wurde dem Junker ein Arm hinter den Rücken verdreht und ihm damit alle Bewegungsfreiheit genommen. Empört riss er den Mund auf, um zu fluchen, verfluchen, schreien, toben – eine handvoll Schnee stopfte ihm das Maul. Er wurde auf die Füsse gezerrt und grob durch die Strassen gestossen und geschleppt. Heim.

⸙

«Setzen!»

Johann war nicht geduldig und als der wütende Zünfter einen neuen Schwall wüster Verwünschungen auszuspucken versuchte, stiess er ihn vor die Brust, so dass dieser gegen die Wand stolperte und den Wandbehang zum Wellen brachte.

«Das war unglaublich dumm. Immer gehst du wie ein Stier durchs Gatter! Was hättest du bei Hirzel gemacht? Ich kann doch nicht sicher sagen, ob wirklich er mich überfallen hat.

Ich hätte doch seine Stimme erkannt. Es kann ein ganz anderer gewesen sein. Und wegen dieses möglichen Irrtums hättest du alles, was du an Familie hast, zerstört? Sei dankbar, haben wir dich daran gehindert. Ruhe! Jetzt rede ich.»

Hart hieb Johann Salomon gegen die Schulter.

«Setzen! Setz dich hin! Ich sag's nicht noch einmal. Das Rätselsende ist nahe, wir werden es zuerst zusammensetzen und danach die Leute konfrontieren. Hier wird nichts mit Hitzigkeit erreicht. So können wir dieses Mal die Schuldigen vielleicht vor Gericht bringen. Sitz!»

Im Stolz schmerzlich verletzt, taumelte Salomon auf seine eigene Bank neben dem Kachelofen. Er wollte nicht hören, was der Gast zu sagen hatte, trotzdem folgte er schliesslich Johanns Ausführungen mit grimmigem Interesse.

«Folgendes also: wir wissen mit Sicherheit, dass der Arzt Leichen seziert hat, was ihm den Vorwurf der Gotteslästerei einbringen mag – ich glaube, an Leichen darf man nicht einfach herumschnitzen. Leichenschändung? Ja, so heisst das wohl. Jedoch ist der Medicus kein Mörder. Sein Vertrauter ist von Owe, der sündig mit Männern verkehrt und ein Interesse an Anto…, Anatono…, an Leichenschneiden hat. Er besitzt einen offenbar kostbaren Druck mit dem Thema. Hans Gnepf spielt eine Rolle: hat er nur in deinem Haus gewohnt und gezaubert? Wessen Blut wurde in Salomons Zimmer vergossen? Warum musste der Pfister sterben, der wusste, dass des Schuhmachers Tochter mit Gnepf hexte? War es ein Fieber, wie der Arzt behauptete? Denn der Pfister starb im Spital, wo Meister Cuonrad arbeitet und auch von Owe ein Zimmer hat. Am Bäcker haben sie nicht herumexperimentiert, dessen Leiche wurde zu Hause aufgebahrt, das hat mir Anna berichtet. Schliesslich überfällt mich ein vornehmer Handlanger, dessen Sprache gepflegt ist und der nach Rosen riecht: er kann nicht Hirzel gewesen sein, denn Salomon war zur selben Zeit mit Hirzel am Essen, ausserdem hätte ich ihn an der Stimme erkannt. Der Dolchhalter warnt uns, weiter zu suchen. Der Arzt soll hängen, das soll das Ende der Geschichte sein. Wen deckt dieser noble Gauner? Das ist der mögliche Kreis der Verdächtigen: von Owe, der mit dem Tod bekannt ist. Der aber kaum Verbindungen zur Nobilität Zürichs hat, schliesslich hat er vier Adlige ermordet. Wer hat mich also gewarnt? Und wie passt ein Strassengaukler dazu? Wie ein Bäcker, der von einer verführten Tochter weiss?»

Johann holte drei Atemzüge, um seine ausfernden Gedanken zu einer Erkenntnis zu fassen: «Ich bin der Meinung, dass an den Morden schuldig nur von Owe sein kann. Er ist vertraut mit dem Arzt, der offenbar – wie unsere gescheite Frau hier immer behauptet hat – die Morde nicht verübt hat. Der hat nicht die Kraft, käche Knechte zu überwältigen und gefangen zu halten. Es hätte sich ziemlich schnell herumgesprochen, wenn ständig Knechte zu ihm gegangen und nicht zu ihren Verwandten oder Meistern zurückgekommen wären. Andererseits ist da von Owe, der sehr wohl in der Menge des Marktes untertauchen oder in

einer Schenke sitzen und ungezwungen mit Knechten in Kontakt kommen kann. Er kann sie sehr wohl zu irgendetwas überreden, mit ihm würden sie mitgehen. Selbst wenn er als Sodomiter bekannt ist, sie fühlten sich sicher, denn sie sind gross und stark, sie könnten sich schon wehren. Allerdings: hat von Owe seine Opfer nicht das letzte Mal vergiftet? Er könnte den Knechten etwas eingeflösst haben, das einen tiefen Schlaf zur Folge gehabt hätte. So hätte er sie überwältigen können. Das ist alles furchtbar schlüssig. Ja! Ja: es muss einfach von Owe sein. Dieses Mal würde ich der Zürcher Obrigkeit vorschlagen, ihn zu köpfen und zu verbrennen: sonst kommt der immer wieder lebendig davon.»
Leise hüstelte Cleophea in der Ecke und nahm sich das Wort: «Damit sind aber noch nicht alle Beteiligten aufgezählt: Kaspars Weib Susann verhielt sich verdächtig. Sie behauptete, sie hätte ihren Mann am Montag noch gesehen – dabei war er seit Sonntag weg – und sie hat etwas von einem Geschäft mit dem kranken Frymann gemurmelt. Was hat sie mit dem reichen Zünfter zu tun? Er hat deutlich gemacht, dass er es nicht goutiert, wenn seine Frau mit diesem Weib Kontakt hat, er kann ja nicht einmal seine eigene leise Magd ausstehen. Warum lässt er sich mit Susann ein? Warum überwindet er seine Angst vor Krankheiten gerade bei ihr? Sie und ihre Umgebung scheinen mir ziemliche Krankheitshöhlen zu sein, da müsste es Frymann doch grausen.»
Es war die Sehnsucht nach einem Ende, Salomon wollte einfach nicht, dass die Geschichte nochmals weiter ging. Alles löste sich doch in Wohlgefallen auf, da musste die fürchterlich aufdringliche Frau nicht noch mal alles aufwärmen, jedes Detail hervorkramen. Das brachte alles nichts. Eine einfache Lösung: das war es, was er wollte. Deswegen fuhr er sie nun spöttisch an: «Dann haben wir da ja noch die Jungfrau Maria, die den Pfister pflegte und seine letzten Wort hörte oder auch nicht hörte. Wir haben die Frymannin und nicht zu vergessen: den Antistes!» Höhnisch lachte er auf: «Warum nicht gleich jeden verdächtigen, den wir je getroffen haben? Da passen diese drei auch dazu.»
Was fiel dem Zünfter ein? Wie konnte er sich es erlauben, seine Cousine zu beleidigen? Johanns Magen zerknüllte sich vor Wut, mit der einzigen Absicht zu verletzen, zischte er: «Ja genau, warum nicht die Fryfrau verdächtigen? Sie hat unbotmässiges Interesse an deiner Geschichte gezeigt. Sie wollte sicher erfahren, wie viel wir schon wissen. Sie ist mächtig genug, sie kann Gerüchte streuen. Deine Ehre beschmutzen. Leute anheuern, die uns bedrohen.»
«Lass sie ja aus dem Spiel! Sie war mir immer wohlgesonnen, warum sollte sie mich der Ehrlosigkeit preisgeben wollen?»
Salomons Empörung war tief, wie konnte sein Gast es wagen, diesen Verdacht zu äussern? Und Johann fuhr sogar noch fort, verdeutlichte Magdalenas Prioritäten: «Vielleicht war sie dir einst wohlgesonnen, ihr Mann ist es jedenfalls nicht. Und sie würde seine Interessen

jederzeit über dein Wohl stellen. Jederzeit! Sie hat ihre Loyalität deutlich genug gezeigt: sie gilt nur ihrem Mann.»

«Sei bloss still! Kein Wort mehr. Wie wäre es, wenn ich Cleophea verdächtigte?»

Ebendiese hob nun ihre Stimme, um Vernunft in das Gespräch zu bringen: «In Ordnung, schon gut, ganz ruhig.»

«Behandle uns nicht wie missgeborene Welpen!», spuckte Salomon und Cleophea zeigte ihm ihre Zunge, bevor sie dezidiert befahl: «Hört auf herumzustreiten. Wenn es euch beruhigt, wenn es nötig ist, gehen wir halt zu jedem, den wir je getroffen haben und fragen ihn, was er in der Nacht, bevor wir von Basell heimkamen, getan hat.»

So absurd war dieser Vorschlag, dass alle im Raum lächeln mussten – auch wenn dabei die Mimik der Männer etwas verkniffen ausfiel. Cleophea fuhr fort, sie hatte gerade das Heft so mächtig in der Hand, das wollte sie nicht einfach so weglegen: «Gut, ein anderer Vorschlag. Wir befragen den Arzt. Er ist das Zentrum des Ganzen. Er wird doch wohl wissen, wer ihm die Leichen geliefert hat. Wir werden ja sehen, ob er diesen schützen will. Nach allem, was ihr erzählt habt, wird er gern von seiner Mission als entdeckender Leichenchirurg prahlen, da wird er den Mörder schon preisgeben, wenn ihr's richtig anpackt. Salomon: morgen Früh wirst du ihn befragen und Johann wird mit dir gehen.»

Manchmal hasste es Cleophea wirklich, nur eine Frau zu sein. Aber ihr war es unmöglich, in den Wellenbergturm zu gehen und den Arzt zu befragen. Das gehörte sich einfach nicht und nicht einmal Cleophea trat über diese gottbefohlene Grenze.

38. Kapitel.

In dem sich der Scharfrichter über seinen Gefangenen wundert.

ES MUSSTE EINFACH ein gutes Vorzeichen sein, dass am nächsten Morgen endlich einmal wieder ein Stück Sonne zu sehen war. Sie warf scheues Licht auf den klammen Schnee, der in der Gasse neben und auf dem Platz vor Salomons Haus lag. Etwas blauer Himmel spiegelte sich unschuldig in der für einmal nicht aufgewühlten Lindmag, die beiden Wasserschöpfräder an Gemüse- und Münsterbrücke rasten zur Abwechslung nicht mit wildem Klappern, sondern gaben einen gemütlichen Takt vor. Zwar war es noch frostkalt, aber die beiden männlichen Bewohner des «Störchli»-Hauses gingen mit viel Elan erst zum Richthaus, wo Salomon seine offiziellen Insignien abholte und damit die Erlaubnis, den Gefangenen zu befragen, und dann zum nahe gelegenen Bootssteg.

Laut schlug Johanns Herz gegen seinen Hals, als er in das prekäre Schiffchen zum Stadtknecht stieg, der sie zum Kerker im Wellenbergturm lotsen würde. Der krumme Rücken des Mannes hinderte ihn nicht daran, das Boot geschickt fortzubewegen, sein einziges Auge im entstellten Gesicht schien trotz allem das Ziel nicht zu übersehen. Johann nahm an, dass er dankbar sein musste, dem undeutlichen Geschwätz des Mannes nicht folgen zu können. Denn sogar Salomon, der ihn offenbar verstand, wurde eins ums andere Mal schamrot im Gesicht.

Schlotternd richtete Johann seine Konzentration auf den trutzigen Turm, der mitten im Wasser stand; die Anlegestelle war etwas erhöht, damit Boote auch bei beträchtlichem Wasserstand angebunden werden konnten. Der Steinturm mit dem spitzen Dach war dreistöckig, durch seine Lage und Bestimmung stellte er eine seltsame Mischung zwischen dem Dies- und Jenseits dar: auf der Lindmag spielte sich der Alltag ab. Schiffe kamen und gingen, Rufen und Zetern zeugten von den gewöhnlichen Dingen. Menschen und Waren wurden transportiert, man handelte, verbreitete Neuigkeiten und Klatsch, lachte und scherzte, fluchte. Und nur ein paar Ellen weiter, doch gänzlich ausser Reichweite, stand dieser Turm, wo sich Gesindel und Nachrichter begegneten, wo Strafe und Gerechtigkeit geübt wurden, Schmerz und Erlösung. Ein Wunder eigentlich, war der Turm nicht ständig von ominösen Wolken oder vieldeutigem Nebel umhüllt, so widerwärtig war das Geschäft, das er beherbergte. Aber natürlich war auch Verbrechen Alltag, so war es treffend, dass Bösewichte ihre Zeit bis zur letzten Strafe inmitten der Stadt fristeten.

Noch ein Stück tiefer versenkte Johann seinen Kopf in den geliehenen Fuchspelzkragen und wandte seine Aufmerksamkeit sogar lieber wieder auf das derbe Geplänkel des Bootsmannes. Dieses wurde nicht vornehmer, als die beiden Männer am Wellenbergturm von weiteren rauen Gesellen empfangen wurden. Sie betraten Gefängnisboden. Johann erfasste sogleich, dass er in eine andere Weltregion verstossen worden war, in eine Art Vorhölle. Vielleicht existierte das Fegefeuer ja doch, genau so wie die Katholischen das behaupteten! Nur in einem Detail hatten sie sich geirrt: es war kein Feuer, da, wo die Hölle begann; es war feucht und kalt und die Lindmag schlug in trägen Wellen an den Kerker.

<hr>

Die beiden Suchenden konnten die Begegnung mit dem Scharfrichter nicht vermeiden. Der war gerade dabei, den Teil seines Handwerkes, der aus der ‹peinlichen Befragung› bestand, an einem Zuverurteilenden auszuüben. Pein empfand dabei nur der Verdächtige, die stöhnenden Schreie aus geschlossenen Kammern waren nicht zu überhören. Johanns schwacher Magen verknotete sich, aber seine Sturheit liess nicht zu, dass er mehr von sich preisgab als eine tödliche Blässe – die er leider nicht unter Kontrolle hatte. Auch sein ihn begleitender Zünfter schien etwas bleich um die noble Nase, die er jedoch hochmütig in die Luft streckte.
Johann musste seine Gedanken ablenken, er sah sich im feuchten Turm um. Hier also passierten so schreckliche Dinge wie Auspeitschen, Brandmarken, Blenden. Keine sinnvolle Ablenkung …
Johanns ängstliche Sinne beruhigten sich, als seine Augen auf so etwas Ordentliches wie Fässer fielen. Wein, das war doch etwas Alltägliches und hatte nichts mit Tod und Verderbnis …
Ach, gerade fiel es ihm siedendheiss ein, dass diese Fässer dazu dienen würden, Leichen von Selbstmördern in die Lindmag zu werfen. Bekanntlich konnten ob der Untat beim Beerdigen von Selbstmördern verheerende Unwetter heraufbeschworen werden, deswegen musste der Körper möglichst weit weggebracht werden. Hier in Zürich wurden besonders abscheuliche tote Sünder in Fässer gesteckt und dem Strom übergeben. Üblich war andernorts auch das Verbrennen der ketzerischen Menschenhülle. Ein Begräbnis mit allen kirchlichen Ehren war unmöglich. Man wollte Gott nicht unnötig herausfordern. Schliesslich hatte der Sünder die ihm von Gott höchstselbst gesetzte Zeit nicht voll gelebt und ketzerisch selber bestimmt, wann die Zeit seines Todes gekommen war. Ein ungeheurer Affront gegenüber dem Höchsten, dessen Pläne damit durchkreuzt wurden.

  Einer der groben Helfer kam an ihnen vorbei, rot gefleckte … ach, Johann wollte gar nicht wissen, was er da in den Händen hielt! Jedenfalls hiess der sie weiter warten, bis Meister Paulus seine Arbeit getan haben würde. Das würde nicht lange dauern, der Meister verstand schliesslich sein schmerzvolles Handwerk. Und dann war eine wesentliche Hilfe der Folter ja die Zeit des Wartens. Alle möglichen Schmerzen wurden dem störrischen Verbrecher zugefügt und ihm dann Zeit gelassen zu heilen. Zeit zu denken. Zeit, sich vorzustellen, was das nächste Mal wohl geschehen würde. Und ob es vielleicht nicht doch viel richtiger wäre, seine Verbrechen zu gestehen. Damit es ein Ende hatte. Einfach nur ein Ende.

※

Um das ersterbende Stöhnen aus der zweifelsohne schrecklichen Zelle zu übertönen, begann Salomon, Konversation zu machen. Er hatte nicht daran gedacht, dass sein Murmeln geradezu unheilvoll von den feuchten Wänden zurückgetragen werden würde: «Auf dem Henkerschwert steht: ‹Gewalt mit Gewalt zu brechen ist erlaubt›.»
Johann schluckte schwer, höflich meinte er: «Ach, tatsächlich?»
«Mhm. Vim Veire Pelere Leicit. So ähnlich wie ‹Auge um Auge›, nicht wahr?»
Weiteres Schweigen der beiden. Johann musste es brechen. Er fragte. Fragte irgendetwas: «Was weisst du über Zürichs Henker?»
«Sein Name ist Paulus Volmar. Er soll Sohn eines Konstanzer Arztes sein, das einzig missratene Kind dieses Vaters.» Salomon grinste. «Er soll Hab und Gut verspielt und einen liederlichen Lebenswandel geführt haben. Kam schliesslich nach Zürich, um das Seilerhandwerk zu lernen. Zu dieser Zeit war Hans Grossholz Nachrichter, Nachkomme einer langen Dynastie von Henkern. So wie es üblich ist. Sie können ja nur untereinander heiraten, die Henker und Schinder. Wegen ihrer Ehrlosigkeit. Wer würde ohne Not seine Tochter in eine solche Familie geben? Deswegen heiraten sie nur untereinander, da ist nichts mehr zu verlieren. Item: Meister Hans' Tochter Kristine soll wunderschön gewesen sein, so dass sich der Seilergeselle von Konstanz in sie verliebte und sie dann auch heiratete. Deswegen bekam Paulus anno Christi 1587 von seinem Schwiegervater das Amt des Henkers vererbt. Bestimmt werden seine Söhne Hans Jakob und Hans Rudolf dereinst auch Nachrichter in Zürich.»
«Klingt wie eine interessante Sage.»
Jetzt lachte Salomon, allerdings leise: «Du hast Recht, vermutlich war der Vater von Meister Paul auch nur ein ärztlich tätiger Henker. Die Volmars wohnen in einem Haus im Chratz, das von der Stadt gestellt wird, immerhin muss er nicht wie der Schinder ausserhalb der Stadtmauern wohnen. Man sagt, dass Meister Paulus nach dem Tod seiner ersten Frau jetzt ein Auge auf Anna Zeyner geworfen hat. Ist ja schon eine interessante Sache, diese Dynastien von Henkern. Wer weiss, vielleicht ist Meister Paul sogar wieder der erste einer langen Reihe von Nachrichtern.»
Hastig verschluckte Salomon den Rest der Geschichte, als der besprochene Scharfrichter aus einer dunkel gefleckten Tür trat, begleitet von zwei Gerichtsschreibern, die ein Geständnis aufgezeichnet haben mochten. Diese gaben dem Marterknecht zum Abschied nicht

die Hand – das hätte ihre Ehre aufs Spiel gesetzt – verbeugten sich jedoch beim Gehen kurz vor Salomon und gingen aus der Tür, von wo der kalte Zug der trüben Lindmag her wehte. Während Salomon mit ersten Begrüssungshöflichkeiten beschäftigt war, warf Johann vorsichtige Blicke auf Meister Paulus. Dieser war ein im Grunde unauffälliger blonder Mann, gross gewachsen und stark gebaut. Und seine Augen blickten ernst. Er war kein wildes Tier, kein geifernder Schurke, der seine Gelüste an Todgeweihten ausliess. Sollte er in seiner Jugend ungezähmt gewesen sein, so schien er nun geläutert; der traurige, aber notwendige Umgang mit tagtäglichem Tod und willentlich zugefügten Leiden mochte ihn zu einem frommen und standfesten Mann gewandelt haben. Er war ein Handwerksmeister, der seine Aufgabe ernstnahm, seinen Berufsstolz trotz des unauslöschbaren Makels hochhielt.

Johann hatte noch selten einen Scharfrichter von Nahem gesehen, in Mullis gab es keinen – dafür war das Dorf zu klein. Nur grössere Städte benötigten Nachrichter. In Glarus, der nächsten Stadt von Johanns Heimat, gab es hin und wieder Hinrichtungen. Sie waren aber nicht besonders häufig. Selbst im grossen Zürich wurden pro Jahr nur etwa zehn Menschen durch Gerichtsbeschluss vom Leben zum Tod gebracht. So hatte der Glarner noch nicht viele Hinrichtungen gesehen und bei den wenigen hatte er noch weniger auf den Henker geachtet. Seine Aufmerksamkeit hatte stets dem Armen Sünder gegolten, der seinen letzten Gang tat. Es war essentiell, dass dieser gut starb. Das bedeutete: er musste ruhig und aufrecht gehen, musste seine Taten öffentlich echt bereuen, seinen Richtern und dem Henker vergeben und dann seinen Taten gemäss gerecht gerichtet von dieser Erde abtreten. Nur so konnte er mit Gott versöhnt werden. Nur so konnte seine Seele vor ewigen Qualen bewahrt werden. Und nur so konnte der Staat seine Macht aufrechterhalten.

Jetzt atmete Johann dieselbe stickig-feuchte Luft wie ein Nachrichter, das hätte er gerne vermieden, aber offenbar blieb ihm auf seiner Reise in neue Welten nichts erspart. Etwas abergläubische Furcht vor den mächtigen Kräften des Henkers schien auch Salomon zu empfinden, seine Stimme klang nicht ganz so arrogant wie sonst, als er nach einem Räuspern zum Scharfrichter meinte: «Wir möchten Meister Cuonrad sprechen. Kann er noch sprechen?»

«Zünfter, ich verstehe mein Handwerk, selbstverständlich kann er noch sprechen. Das ist schliesslich das Ziel der Marter, der Peinlichen Befragung. Da stimmt Ihr mir doch zu?»

«Ahm, ja, natürlich, entschuldige. Können wir mit ihm … Ich meine: wir werden jetzt gleich mit ihm reden.»

Mit einem wissenden Grinsen ging der in die Standesfarben Blau-Weiss gekleidete Meister Paulus voraus zu den Zellen; er blieb vor einer der neun Zellentüren stehen und als alle vor der niederen Tür standen, nickte der Handwerker und meinte: «Der Mann hat nicht alle Sinne beisammen. Das könnt ihr mir glauben. Es war nicht meine Marterung, die den Mann verrückt machte. Davon brauchte es nur wenig. Nicht eine Beinschiene oder Daumenschraube habe ich angesetzt, ich habe ihm gerade einmal meine Werkzeuge gezeigt. Da hat er schon zu weinen begonnen. Beim nächsten Mal hat er angefangen, mir einen Vortrag über Frauenleiden zu halten und dann über verkreuzte Sehstränge. Weiss der Teufel, was das sein soll. Beim dritten Mal hat er gefragt, ob er den Namen des Schmiedes haben könnte, der meine Zangen hergestellt hat, er wäre höchst unzufrieden mit den Seinen.»

Ungläubig schüttelte der grosse Nachrichter den Kopf, so ein Wirrkopf war ihm seines Lebtags noch nicht begegnet und er hatte gedacht, schon alles gesehen zu haben. Dass einer der Ausgelieferten mit ihm über Frauenblutungen oder korrekt geschmiedete Zangen sprechen wollte, war vollkommen unerhört, nie da gewesen. Noch immer kopfschüttelnd meinte er mit seiner kräftigen Bassstimme: «Bei dem ist einiges ziemlich durcheinander. Aber ich habe damit nichts zu tun. Vermutlich war er schon immer so. Gott möge ihm beistehen.»

Salomon, den das alles nicht erstaunen konnte, brummte nur «Hm» und trat in die Zelle; Johann folgte ihm, nachdem der Henker ihm ein Licht in die Hände gedrückt hatte. Er erfuhr auch gleich, warum. Im Loch war es eiskalt und dunkel. Johann hob die Laterne. Der kleine Arzt kauerte mit dem Rücken gegen eine Wand, war kaum wiederzuerkennen. Jetzt sah er aus, wie einige der Menschen, die unter seinem Schutz im Spital gelebt hatten. Grausame Fäulnis stank aus seiner zerrissenen Kleidung, sein Körper war in sichtbar schlechter Verfassung, wenn auch nicht sinnlos misshandelt. Verirrte Augen blickten stumpf aus tiefen Höhlen in dem bärtigen Gesicht.

Salomons Stimme war kalt: «Cuonrad. Sag' uns ...», er verstummte grunzend, als Johann ihm den Ellenbogen warnend in die Rippen stiess. Der junge Glarner übernahm die Führung, er kauerte nieder und blickte den Arzt ernst an, er redete sanft: «Medicus. Wie geht es dir?»

Ein Wimmern gab immerhin Zeichen, dass das Menschenbündel noch lebendig war, auch wenn das Leben aus den Augen geflohen war.

⚜

Auf die ernst gemeinte Aufmunterung Johanns hin, begann die zarte Stimme zu reden und hörte nicht mehr auf, Johann kam kaum dazu, sich jedes Wort zu merken, er hoffte inständig auf Salomons gutes Gedächtnis.

Die Geschichte hätte spannender und verwirrender nicht sein können. Bericht von Taten so abscheulich, dass einem das Blut in den Blutbahnen gefror. Taten so innig gewünscht, dass widerwilliges Verständnis aufkam. Zunehmend wirr wurde die Erzählung und Johann hatte Mühe, den Gedankengängen zu folgen, es schien, als geriete der Arzt immer tiefer in eine taumelnde Eigensinnigkeit. Einmal heulte er vor Schmerzen, dann weinte er über seine eigene Sünde, über die Dummheit, sich erwischen zu lassen. Bibelzitate mischten sich mit profanen Bitten und demütiger Reue – immer wieder wurden Verwünschungen gegen den gefallenen Engel ausgestossen, es wurde immer unklarer, ob damit Satan oder Bartholomäus von Owe gemeint war.

Das Verhältnis der zwei im Spital schien ein verzwicktes, verrücktes, unauflösliches gewesen zu sein: «Poena, Poena, Strafe, ja. Ja. Ich hätte wissen müssen … hat nicht Gott selber? … Item, Petrus sagte ja auch: ‹Die Männer entbrannten gegeneinander in ihrer Begierde, so dass Männer mit Männern Schande trieben.› Das kann nicht natürlich sein … Gott hat es verboten. Es kann nicht gut sein. Das alles ist unnatürlich. Der Mann, der solches treibt, kann nicht, … er darf nicht … Es war ja klar, dass … Nichts Gutes …, ganz sündig …»

Schaum tropfte von den verrissenen Lippen des verbrecherischen Arztes. Erschöpft liess er den Kopf zwischen die Knie sinken. Johann erhob sich mit steifen Gliedern, es gab nichts, was er für den Arzt jetzt noch tun konnte. Während er sich zum Gehen wandte, murmelte Cuonrad weiter: «Sündig, oh! Busse! Ich werde meine Strafe annehmen. Das ist der einzige Weg, mit Gott mich zu versöhnen. Sühne tun. Busse, Busse, Busse.»

Der Arzt begann, seine Stirne gegen die geballten Fäuste, die auf seinen Knien lagen, zu schlagen und wiegte sich hin und her, verloren in Gedanken und Bedauern. Mit jedem Schlag des Kopfes sagte er dumpf ein Wort, so dass seine Litanei der Trostsuche sich im Dickicht der Psalmen verlor: «Ich liebe den Herren, denn Er erhört mein flehentlich Rufen; ja, Er hat Sein Ohr zu mir geneigt – ich will Ihn anrufen mein Leben lang. Gnädig ist der Herr und gerecht und unser Gott ist barmherzig.»

Und zu spät kam seine Erkenntnis: «Herr, ich habe mehr gelernt als meine Lehrer, denn all mein Forschen fragt nach Deiner Weisung.»

Während Salomon voll bitterer Teilnahme auf das menschähnliche Wesen blickte und ein für einmal ernsthaftes ‹Amen› murmelte, senkte Johann den Kopf und betete zum Liebenden Gott. Eine letzte Linderung versprach er dem Sünder: «Ich schicke Euch den Antistes. Er wird Euch Trost spenden. Euer Leib mag sterben, aber Eure Seele soll leben. Für ewig.»

Bei der Nennung des höchsten Zürcher Geistlichen kam etwas Hoffnung wie helle Funken in Cuonrads Augen und er nickte dankbar. Dann nahm er sein Sich-Wiegen wieder auf und murmelte unerkennbare Worte zu sich.

Stumm verliessen die zwei Besucher den Verbrecherarzt, sie würden ihn auf dieser Welt nicht wieder sehen.

«Niemals!»

Entsetzt riss Johann den Kopf hoch und blickte den kirchlichen Tröster an, jenen, dem er mit ganzer Seele vertraute. Aber seine Augen mussten blind sein, sein Gehör funktionierte nicht richtig. Es konnte nicht wahr sein. Durfte nicht sein, dass er den Antistes reden hörte: «Niemals werde ich zu dem Sünder gehen! Ich könnte gesehen werden, ginge ich zum Wellenbergturm. Ich würde mich beschmutzen, ich könnte aus Versehen den Henker berühren und ehrlos werden. Ich könnte ... argh! Kcchhh.»

Bodenlose gleissende Wut warf sich verzehrend auf Johann und lüstern liess er ihr freien Lauf, er war schliesslich seines jähzornigen Vaters Sohn, nicht wahr? Mitleidlos ballte er seine Faust um die gebrochenen Finger des Antistes' und drückte ohne zu zögern zu. Grausam, bitter, wild entschlossen. Kreischend schrie der Pfarrer auf, wand sich in Johanns mitleidlosem Griff und Schmerzenstränen sammelten sich in seinen Augen, seine bleich gewordenen Lippen bewegten sich in stummem Erstaunen. Kurz bevor Johann in seinem roten Wutrausch noch den Dolch zog und ihn dem Seelenhirten in den Bauch stiess, liess er Lee los und knallte ihm eine befriedigende Ohrfeige an die rechte Wange.

«Halt auch die linke hin!», befahl er und legte alle Kraft in den nächsten Schlag. Einen Atemzug später zersprang seine Wut zu nichts; grellleuchtende Teilchen klirrten vor seinen Augen und fielen zu Boden. Vibrierend zog Johann Atemluft in seinen engen Hals, in seine verkrampfte Brust ein, beherrschte sich nur mit allergrösster Mühe, seine Stimme war so ehern, dass er sie selbst kaum wiedererkannte: «Edler Antistes. Ihr werdet den Todgeweihten besuchen. Ihr werdet ihm Trost spenden. Genau so wird es sein. Wagt es nicht, mir nicht zu gehorchen. Dem Ruf Gottes nicht zu gehorchen.»

Johann wurde nicht laut, aber eine bluternste Drohung lag in seiner Aussage und in seinem Sinn. Als der junge Glarner sich abwandte, schüttelte ihn graue Enttäuschung, klamme Trauer über den unvorstellbaren Verrat machte seine Knie so schwach, dass er torkelte. Und als zähe Müdigkeit ihn fasste, wurde ihm auch das klare Denken geraubt. Steif trat er vor das Grosse Münster, das von Menschenhand zum ewigen Ruhme des einzigen Gottes gebaut worden war. Ihn begleitete stark und unzerstörbar Salomon; beinahe hätte Johann zu seiner Schande zu schluchzen begonnen. Er hielt inne, legte beide Hände an die kalten Wände des Gotteshauses und liess seinen Kopf zwischen den hoch gehobenen Schultern hängen; er drückte seine Stirne an die raue Oberfläche des Münsters und schloss abwehrend die Augen. Es konnte doch nicht sein! Es durfte nicht wahr sein, dass der verehrte Pfarrer – ein Auserwählter Gottes! – ein selbstsüchtiger Feigling war. Ein Heuchler, der sich nur um hochgestellte Schäfchen kümmerte und Todgeweihte feige ohne Trost vom kommenden Himmelreich der Düsternis überliess.

Neben ihm lehnte Salomon mit dem Rücken gegen die grosse Kirche und sprach eindringlich zu ihm: «Du machst einen Fehler. Du kannst nicht erwarten, dass der Pfarrer ein besserer Mensch ist als andere. Menschen sind sündig, sie lassen einen im Stich. Sie sind, was sie sind. Eben nur Menschen. Das ist ja die Crux. Jeder ist nur ein Mensch. Jeder. Lediglich ein Mensch. Auch der Pfarrer. Das hat Zwingli ja gemeint: keiner ist besser als der letzte Sünder, das Heil liegt ausschliesslich im Wort Gottes, allein im Glauben an den gemarterten Sohn Gottes, der für unsere Sünden gestorben ist. Für alle, nicht für die Pfarrer, nicht für uns Reiche. Für alle. Zwingli hat es uns gezeigt: Gottes Wort kann jederzeit von jedem vernommen werden. Durch die Bibel. Das Wahre Wort des Alleinigen Gottes. Daran glaubst du doch, nicht wahr?»

Irritiert blinzelte Johann, hob den Kopf vom Gestein und drehte das Gesicht zu seinem Gastgeber. Das fehlte noch: der zynische Kaumgläubige erklärte ihm die Reformation inklusive der Ziele Zwinglis? Das Heil des Christentums? Das Wesen des einzig Wahren Gottes? Etwas heimliche Belustigung und samtener Trost schlichen sich in seine Seele.

Dennoch blieb diese Traurigkeit in ihm. Er schüttelte den Kopf, als könnte er damit die Enttäuschung wegweisen und den Diener Gottes wieder auf das Podest stellen, wo er doch hin gehörte.

39. Kapitel.

In dem Gottes Mutter nichts gegen die männliche Wissenschaft ausrichten kann.

KÄRGLICHE RESTE eines hervorragenden Essens erkalteten im Fett, als die Runde der Drei in der von Kerzenlicht erhellten und erwärmten Kachelofenstube sass. Salomon schaffte sich eine Bühne, als er begann, für Cleophea die Aussage des Arztes nachzuerzählen. Selten nur musste Johann eingreifen, weil die Rede ungenau war, denn das Gedächtnis des schönen Zünfters war fantastisch. Der Mann selber grossspurig – er hatte offenbar zu oft dem Medicus gelauscht: «Vivitur ingenio, caetera mortis erunt!»
Cleophea gähnte demonstrativ und glättete mit bemüht leerem Blick ihre roten Zöpfe, schürzte die Lippen. Johann musste grinsen, die zwei waren schon ein eigenartiges Paar; er nickte dem Dramatiker kooperativ zu und fragte dann folgsam: «Was heisst denn das?»
«Aha! Einer, der willig ist!»
Salomons tiefblaue Augen glühten vor Vergnügen: «Der Spruch stand auf mehreren Zetteln, die man in der Stube des Medicus' fand. Das war sein Wahlspruch. Na ja: einer von vielen. Aber nur dieser Spruch steht auch – und jetzt haltet euch fest – in jenem Anatomiebuch! Wir fanden es in Bartholomäus von Owes Studierstube, er selbst ist verschwunden.»
«Und als Wahlspruch steht dieses Lateingedingse in dem Buch vorne drin gedruckt», vermutete Johann kühn, aber offensichtlich unzutreffend.
«Nein! Viel besser: der Spruch steht auf einem Sockel, an den sich ein Skelett lehnt! Natürlich auf dem Bild eines Podestes, an dem ein Bild eines Skelettes steht. Schauerlich, nicht wahr?» Salomon liess die Augenbrauen hüpfen. «Und, mein lieber Freund, und ‹vivitur ingenio, caetera mortis erunt› heisst ins vulgäre Deutsch übersetzt: ‹Genie lebt weiter, während alles andere stirbt›. Und genau dies ist die Schlechtigkeit des Arztes.»
«Erklärung!», Cleophea realisierte gerade jetzt wieder einmal, wie weit ihre Welt von jener Salomons weg lag. Wie würde sie mit seiner Gelehrtheit, die für Adlige normal war, mithalten können? Wie würde sie sich und vor allem ihn nicht blamieren? Es war schon vorgezeichnet: die vornehme Gesellschaft würde sich zwangsläufig lustig über sie machen. Über den dummen Söldnerspross aus dem schattigen Glarner Unterland, der zu allem Elend auch noch katholisch geboren war. Wann würde Salomon beginnen, sie mit den Augen seiner Zünfterfreunde anzuschauen und zu bereuen, was er getan hatte? Es wäre ganz bestimmt nur eine Frage der sich nahenden Zeit. Vielleicht war diese ihre gemeinsame Geschichte keine Sage, die in Wohlgefallen und unendlicher Glückseligkeit enden würde. Dieses Gefühl, das einem Flügel verlieh und die Welt in warmen Farben zeichnete, würde nicht anhalten. Sie vergass diese zweifelnden Gedanken, sobald sich Salomon mit strahlenden Augen an sie wandte. Seine Worte trieben ihr die Röte in die Wangen: «Dies, mein

Herz, ist alles, was der Arzt je wollte: das Geheimnis der menschlichen Zusammensetzung ergründen und dabei unsterblich werden. Er wollte Ruhm, Ehre, Ansehen. Sein wissenschaftliches Genie sollte weiterleben, während die Werke von anderen Medizinern zu Staub und Asche zerfallen würden. Er wollte etwas so unerhört Grosses vollbringen, dass sein Name unsterblich werden würde. Dabei ging er über Leichen.»

Salomon kicherte über seine raffinierte Wortspielerei, trank einen grossen Schluck besten Elsässer Wein und fuhr sich für einmal nicht mit der Serviette über die Lippen, sondern benutzte so wie jeweils Johann und Cleophea dafür den Ärmel seines reinweissen Hemdes. Heftig gestikulierte er mit den Händen, als er weiterfuhr: «Unsterblichkeit! Dafür lohnt es sich, Leichen aufzuschneiden. Ach, die Toten wurden ihm übrigens vom Sodomisten von Owe geliefert. Ha! Hab ich es nicht immer gewusst?! Aber bleiben wir beim Arzt. Als Johann und ich ihn mit hochgekrempelten Ärmeln in Leichen herumwühlend fanden, war er nicht erschrocken. Im Gegenteil: er hielt etwas hoch und rief: ‹Ich hab's gefunden!›. Ich habe nicht wirklich darauf geachtet, ich glaube, ich habe ihn niedergeschlagen. Ich war ja überzeugt, dass er ein Mörder ist, die Szenerie war auch deutlich genug, es war dort einfach widernatürlich. Der Raum voller Blut, Knochen, Gekröse. Nun, jetzt hat es sich ja herausgestellt, dass er kein Mörder ist, ihm kann noch nicht einmal einfacher Totschlag nachgewiesen werden. Ob er die Leichen tatsächlich bestellt hat, ist offen. Er konnte oder wollte es uns nicht sagen. Aber Tatsache ist: von Owe tötete die Knechte und übergab deren Leichen dem Arzt. So dass dieser an ihnen Sektionen durchführen konnte. Himmels Verhältnis zu von Owe wurde nie ganz klar. Er sagt, der schöne Sünder habe ihm den Wunsch von den Augen abgelesen und eines Tages sei er mit einer Leiche angekommen. Sagt er. Mit einer Leiche eines ursprünglich starken gesunden Mannes. Ein Traum für den Forscher. Er habe deswegen gar nicht nachgefragt, woher von Owe den Körper hatte. Sagt er. Nun wie auch immer: sein Urteil wird die Todesstrafe sein, es gibt keine mildernden Umstände. Johann hier hat zwar gesagt, dass der Arzt nicht alle Sinne beisammen haben kann, aber diese Ausrede wird das Gericht sicher ablehnen. Er ist ja oft genug richtig im Kopf und kann logisch sprechen: keine abgeschwächte Strafe also. Aber – wie gesagt – er hat die Morde nicht begangen, er hat niemanden direkt getötet. An seinen Händen klebte nur Blut, das schon nicht mehr warm war. Und diese Erkenntnis ist allein meiner Hartnäckigkeit zu verdanken.»

«He!», jetzt sprang Cleophea auf und schob wütend einen Zinnteller von sich weg, er fiel scheppernd von der Tischkante zu Boden. «He! Ich, ich habe euch immer wieder gesagt, dass der Arzt nicht der Mörder sein könne. Ich, ich habe gesagt, dass er nicht getötet hat. Ich, nur ich!»

Grinsend murmelte Salomon mit unschuldigem Gesicht: «Ach ja? Muss mir aus dem Gedächtnis gefallen sein. Setz dich, schöne Frau. Natürlich habe ich das nicht vergessen. Setz dich wieder hin. Bitte, ja? Sei so gut.»

Die Romantik im Raum wurde etwas stickig, Johann verdrehte die Augen und zog den Hemdkragen übertrieben von der Kehle weg, so als würde er dringend Luft benötigen: «Können wir jetzt zum Thema zurückkehren?»

«Als Johann und ich den Arzt in seiner Stube stellten, hielt er also etwas in den Händen und wollte es uns dringend zeigen. Es stellte sich heraus, dass der Arzt nicht ein Etwas in den Händen hielt, sondern zwei Etwas. Zwei blaue Etwas, um genau zu sein.» Wieder grinste der Junker ausgelassen – wenn auch ziemlich unangebracht –, das war einfach zu schön, man konnte direkt Gefallen finden an diesen Rätsellösungen. «Zwei blaue Augen des letzten Opfers. Komm, komm: das ist kein Grund, eine angewiderte Schnute zu ziehen. Das ist alles Wissenschaft. Sagt der Medicus. Er hat den einzigen Weg gefunden, sogar den bekanntesten Anatomen, nämlich diesen Vesalius, zu übertrumpfen: Cuonrad Himmel hat einen Fehler in dessen Beschreibungen gefunden. Dieser hat behauptet, dass die Sehnerven gerade ins Hirn laufen, richtig?»

Salomon sah hilfesuchend zu Johann, der die Aussage mit einem vagen Schulterzucken und Kopfnicken bestätigte. So etwas in der Art hatte er auch verstanden.

«Beim Aufschneiden des letzten Opfers hat sich Cuonrad auf diese eine Sache konzentriert und herausgefunden, dass die Sehnerven sich überkreuzen. Irgendwie, so ähnlich. Das rechte Auge wird vom linken Hirnteil gehalten und das linke von der rechten. Gehalten, hm, ich glaube, er sagte: ‹kontrolliert›. Das hat er uns im Wellenbergturm erzählt. Fast wurde er dabei wieder wie früher: Wissenschaft ist seine Leidenschaft. Schade, hat er sich dafür einen verbrecherischen Weg ausgesucht. Er wäre sicher ein grossartiger Wissenschafter gewesen. Hätte er nicht gegen Gottes und Zwinglis Gebote verstossen.»

Salomons Hände fanden wieder Ruhe: «Er hat also dem grossen Vesalius einen Fehler nachgewiesen. Muss besonders befriedigend sein, weil jener wiederum grosses Vergnügen daran gefunden hat, anderen Ignoranten Fehler nachzuweisen und sie damit zu verspotten. Ein Galenus wird oft erwähnt, er soll vor langer Zeit in Griechenland und Rom geforscht haben. Einer, der eben nur Hunde oder Affen sezierte. Aber niemals einen Menschen. Der dabei aber Werke über die Beschaffenheit des Menschenkörpers schrieb, die zu Standardwerken für die gesamte Medizin wurden. Diese Wahrheiten haben jahrhundertelang Bestand gehabt. Bis Vesalius 1543 offenbar manches widerlegte. Und einen neuen Forschungszweig anpflanzte. Die Anatomie. Sie wird nun anscheinend an einigen Universitäten durchgeführt. Nur verwenden sie dort natürlich Körper von Toten, die rechtens starben. Es sind immer Hingerichtete. Andere Körper bekommen sie für dieses gottlose Schnipseln ja nicht. Genau das war die Verführung des Medicus', er hatte einen Weg gefunden, stets frische Körper zu bekommen, ohne Mangel an Nachschub. So weit, so klar.»

«Wie bist du zu den Informationen über Vesalius gekommen?»

Cleophea war noch nicht ganz überzeugt, warum man in Leichen herumfuhrwerkte – sich praktisch ehrenlos machte, denn stand damit nicht jeder Arzt auf derselben Stufe wie ein Schinder, ein Totengräber? –, um etwas über Muskeln, Knochen und Innereien herauszufinden. Wie wichtig konnte es schon sein, ob ein Sehnerv – was war das eigentlich? – gerade oder überkreuzt in den Kopf lief? Das war einfach absurd. Einleuchtend war, dass man bei Augenleiden einen Aufguss aus den weissen und blassvioletten Blüten von Augentrost, auch Hirnkraut oder Wiesenwolf genannt, machte. Dazu betete man um Gottes Hilfe und rief auch gerne noch den einen oder anderen Heiligen an. Und schon setzte die Heilung ein. Wenn es Gottes Wille war. Logisch: Man musste nur etwas über die Wirkung von Kräutern wissen, ebenfalls uraltes Wissen. Und dieses Wissen bekam man von Zuhause mit, irgendeine Verwandte, irgendeine Hebamme des Dorfes sagte es einem schon. Alles andere war Gottvertrauen und Akzeptieren des uneinsehbaren Planes, von göttlicher Fürsorge gezeichnet. Hier aber wurde das alles auf den Kopf gestellt: man nahm nicht altes Wissen, sondern erarbeitete sich neues, das man sündig aus verfallenden Körpern sammelte. Merkwürdig, was die Männer so alles unternahmen. Sogar beim Heilen hatten sie Messer, Zangen und Sägen in der Hand ... Höchst bemerkenswert.

Das Buch des Anstosses zu des Medicus' Untaten, der wunderbare Druck aus von Owes Besitz, lag unheilverkündend auf dem dunkelbraunen Tisch; Johann konnte es sich trotzdem nicht verkneifen, ihn anzufassen, ehrfürchtig über das gelehrte Ding zu streichen und schliesslich zu öffnen, um darin zu lesen. Ein Buch war an und für sich einfach unwiderstehlich! Johann kniff das linke Auge zusammen, um besser sehen zu können. Er entzifferte den Titel des Anatomiebuches, mühselig, langsam und schliesslich ohne Erfolg, weil er kein Latein verstand: «De Humani Corporis Fabrica Libri Septem». Johann schöpfte Atem und Salomon fiel mit seiner Erklärung ein: «‹Sieben Bücher vom Aufbau des menschlichen Körpers›. Andreas Vesalius war ein bekannter Chirurg. Schon im Studium, beim Operieren fiel ihm auf, dass gewisse etablierte Lehrmeinungen über den Menschenkörper nicht stimmen konnten. Er begann, Leichen aufzuschneiden, damit er mit eigenen Augen sehen konnte, was da geschieht. Wie gesagt. Vielleicht aber ist das die Zukunft der Medizin, wer weiss das schon?»

Ein seltsames Konzept, in der Tat. Johann verstand etwas Wesentliches nicht: «Aber bitte: wie sollte er die Funktion des Menschen sehen? Das Blut eines Toten fliesst ja nicht mehr, das Herz schlägt nicht mehr. Was kann man dann da noch sehen? Ausser sündiges Fleisch. Das ebenfalls schnell verrottet. Ausserdem sollte man sich auf die unsterbliche Seele konzentrieren, Fleischliches ist sündig, es zerfällt innert weniger Tage.»

«Mein zwinglianischer Freund, es ist einfach: betrachtest du das Innere eines Toten, dann ist das, als würdest du ... na ja, beispielsweise eine stehende Mühle ansehen. Du bist doch da auch in der Lage, etwas über die Funktion des Mühlrades zu erfahren, auch wenn es sich nicht dreht. Und du siehst unter Umständen etwas, das abgebrochen ist und wie es wieder angeflickt werden muss. Und das siehst du besser, weil sie eben steht. Und beim nächsten Mühlrad, das an derselben Stelle gebrochen ist, wirst du es nun reparieren können, du wirst so vorgehen, wie beim ersten defekten. Weil es um einen einzigen gleichen Grundplan geht, um einen universellen Plan. Und dieser Vesalius hat einfach einen Bauplan des Menschen gezeichnet. Er hat Gottes Plan nachgezeichnet, das ist schon eine erstaunliche Sache. Und unser Meister Cuonrad hat dies mit Begeisterung aufgenommen, sogar weitergeführt. Offenbar ist dies wirklich der neueste Trend in der Medizin. Das Theater der Sektion. Dies ist Geist, meine Freunde! Dies ist Fortschritt. Dies ist das Genie, das alles überleben wird.»

«Die Mutter Gottes möge uns beschützen!»

40. Kapitel.

In dem die Jungfrau Maria im «Störchli» zu Gast ist und Johanns Herz bricht.

MIT CLEOPHEAS AUSSPRUCH im Ohr ging Johann am Abend aus dem Haus. Er musste seinen Kopf kühlen, er musste seine Enttäuschung über den unrichtigen Pfarrer schlucken, er musste diese seltsame Wissenschaft der Menschenaufschneiderei verdauen. Item: der Kopf war kühl, sobald der Mulliser ein paar Schrittchen im eisigen Schneefall gegangen war. Um neun Uhr abends war die offizielle Sperrstunde schon lange erreicht, Zürichs Gassen lagen stockdunkel. Von weitem hörte Johann das übliche Jauchzen, das Gelächter und die Schmählieder, mit denen Zürichs Jugendliche sich in der Nacht vergnügten. Er selber hatte nie den Drang gespürt, sich Seinesgleichen anzuschliessen und seinen Platz in der Meute zu finden. Er wäre in einem solchen Zürcher Strolchenhaufen sowieso nicht willkommen gewesen: wie er von Salomon vernahm, waren es vor allem die männlichen Nachkommen alter Zürcher Geschlechter – die Holzhalbs, Kellers, Steiners zum Blawen Himmel, Eschers, Bürckljs und so weiter –, die für Raufereien, Sachbeschädigungen, Lärmbelästigungen sorgten und damit männlich demonstrierten, dass ihnen heute die Strasse und später die Stadt gehörte. Und sie würden ihre Söhne wie ihre Väter sie jetzt zu disziplinieren suchen: Verbote über Sittengebote erlassen. Und auch ihre Söhne würden des Nachts in der Stadt herumstreichen, Lärm und Schaden anrichten, exzessiv bechern, auch wenn sie in keiner Wirtschaft einkehren durften. Auch sie würden sich in Winkelwirtschaften, also Gaststätten ohne Wirtsrecht, für die keine Sperrstunde galt, treffen und versuchen, sich gegenseitig unter die Tische zu saufen und die gut meinend ausgeschriebenen «christenlich ordnung vnnd satzung» bis zum Erbrechen verspotten. Bestimmt wurde auch heute Nacht wieder irgendwo ein Seil quer über die Gassen gespannt, damit jemand im Finsteren darüberfiel. Irgendwo würden Scheiben eingeschlagen. Irgendwo würde durch die Gassen geschlittelt. Alles gegen die Verbote der Obrigkeit, die sich väterlich darum bemühte, Ruhe und Ordnung ins Nest zu bringen.

Die verbrecherischen Leichenschändung trieben Johanns Gedanken um. Soweit er es beurteilen konnte, gab es dabei einige Konflikte. Ein Grunddilemma, das er nicht lösen konnte: warum war das Handwerk des Schinders, der toten Tieren das Fell über die Ohren zog, so verrufen, wenn es gelehrte Herren gab, die genau dasselbe mit Menschen taten? Auch der Scharfrichter war wohlbekannt für seine medizinischen Kenntnisse und Johann hatte erfahren, dass gar mancher Patient lieber für eine Arznei zum ehrlosen Hinrichter ging als zu einem Bader oder Apotheker. Es war bekannt, dass die Scharfrichter meist auch zuverlässige Heiler waren. Denn natürlich wusste der Scharfrichter so vieles mehr als andere Menschen, er stand schliesslich stets an jener bestimmten Schwelle zwischen Tod

und Leben, kannte Menschen in all ihren Ausformungen, kannte unsägliche Schmerzen. Er war für die Heilung der Folterspuren zuständig, die er selbst geschlagen hatte. Er war der einzige, der leblose Körper von Mördern und Selbstmördern anfassen musste. Also handelte er mit Menschenblut, Menschenhaut und Menschenfett, seine Zaubersprüche wurden gerne angenommen. Folglich verfügte er über beste Kenntnisse der Beschaffenheit des Menschen. Warum also taten sich Universitätsgelehrte nicht mit Scharfrichtern und Marterknechten zusammen und erforschten gemeinsam das Innere des Menschen? Wenn es denn schon sein musste. Immer mehr verlor sich Johann in diesen Gedanken, es wäre doch eine sinnvolle Angelegenheit, wenn Heiler und Totschläger sich zusammentun würden. Sie könnten zum Wohl von Kranken lernen. Dies waren ganz andere Arten des Heilens, als er es sich gewohnt war. Dies hatte nichts mit wohlriechenden Kräuterhütten zu tun, nichts mit dem Pulsschlag von Mutter Erde, nichts mit vertrauensvollen Gesprächen über Leiden und Linderung. Dies war ein logisches, wenn auch kaltes, Tauschgeschäft: Heilung oder Tod. Dies wurde mit klammen Zangen, scharfen Scheren vollbracht. Dies wurde mit der Macht des Arztes über den Patienten vollbracht, nicht im gegenseitigen Einvernehmen. Und dies hiess offenbar auch, dem toten Menschen die Ehre nicht lassen, unversehrt ins Himmelreich einzukehren. Johann schüttelte den Kopf, ziemlich ratlos.
War alles, was möglich war, auch erlaubt? Durfte der Mensch sich erdreisten, in die Pläne Gottes zu schauen? Dieses so genannte Heilen wurde mit abstrusen und unheilvollen Mitteln vollbracht.

Bei diesen Gedanken lief Johann schon wieder gegen ein Hindernis, instinktiv griff er nach dem Schatten, seine Hände fassten knochige Ellenbogen, als er Halt gab – und gleichzeitig das Gefahrenpotential abschätzte. Denn auch dieses Mal sah er sein Gegenüber kaum, nicht nur weil es Nacht war, sondern auch weil der Schnee einen dicken Vorhang zog. Als ihm klar wurde, dass diese Begegnung harmlos war, begann der höfliche Glarner sogleich, sich hastig zu entschuldigen: «Es tut mir leid, ich habe nicht aufgepasst. Ich hoffe, ich habe Euch nicht wehgetan.»
Eine lächelnde, wunderbar leichte Stimme entgegnete durch die Blindheit: «Noch nie hat mir jemand ‹Euch› gesagt.»
«Bestimmt habe ich ... Euch wehgetan mit meinem viehischen Stoss.»
Erneut hörte Johann das Lächeln und die Sanftheit: «Keineswegs. Ich wünsche Euch einen sicheren Weg. Möge Gott Seine schützende Hand über Euch halten.»
Das unsichtbare Wesen drehte sich offenbar ab und wollte seines Weges gehen, Johann versuchte verzweifelt, es zum Bleiben zu veranlassen. Er wollte unbedingt wissen, wie diese Fee aussah: «Meisterin! Bitte lasst mich Euch wenigstens sicher nach Hause geleiten.» Und etwas indigniert, selbstgerecht, in seiner Rolle als ewiger Beschützer: «Was macht Ihr ganz alleine auf der Strasse?»

«Niemand würde mich angreifen. Unter Gottes Schutz stehe ich.»

Johann bezweifelte dies, auch einer Person, die Gottes Beistand genoss, konnte des Nachts Schlimmes zugefügt werden, gerade, wenn sie so hübsch war wie diese Jungfrau hier. Denn ansehnlich war sie zweifelsohne, das konnte Johann an der Stimme erkennen. Er plapperte: «Könnte ich Euch dazu bewegen, zu einer warmen Mahlzeit zu Zünfter von Wyss zu kommen? Ich bin sein Gast, er würde Euch gerne bewirten.»

Alarmiert sah Johann sich nun im Dunkeln um, als zahlreiche Glöckchen anzuschlagen begannen, die junge Frau legte ihre durch Schnee und Nacht unsichtbare Hand auf seinen Ärmel, als er sich bereitmachte, loszustürmen; ruhig stellte sie klar: «Beunruhige dich nicht, das sind die Jungen, sie läuten gerade alle Hausglocken der Strelgass.»

Johann grinste, mit vielfachem Gejohle wurde jeweils ein ganzer Strassenzug in der Nacht geweckt, indem alle Hausglocken gezogen wurden. Er konnte sehr gut nachvollziehen, was für ein Spass das für die Läutenden sein musste.

Erst als Johann mit seiner Begleiterin ins «Störchli» eintrat, konnte er sie richtig sehen. Sie war schweigend neben ihm her gegangen und hatte nicht einmal höflich auf seine Fragen geantwortet. Manchmal war er nicht sicher gewesen, ob sie überhaupt neben ihm ging. Schwebte sie nicht eher? Sie war – auch beim Kerzenlicht im von Wyss'schen Hauseingang – das wunderbarste Geschöpf, das er jemals erblickt hatte. Prächtig, kostbar, unerreichbar. Offensichtlich war ihr Leben äusserst karg, was sie aber nicht zu bemerken schien. Wie eine Zünfterin hielt sie sich aufrecht, jedoch bescheiden wie eine demütige Christin und dabei sprachen ihr Körper und ihre armseligen Kleider von äusserster Armut und bitterster Entbehrung. Er führte sie in die Stube mit dem wärmenden Kachelofen, den herrschaftlichen Wappenbildern und zweifellos der Gesellschaft von Cleophea und Salomon.

«Die Jungfrau Maria!»

Johann wünschte sich, dass jetzt nicht auch noch Salomon mit diesen Katholischheiten anfangen würde, gereizt wandte er sich an seinen auf der Ofenbank sitzenden Gastgeber und öffnete den Mund für eine scharfe Entgegnung, als die junge Frau neben ihm höflich den Kopf senkte und einen leisen Gruss aussprach. Ach, dieses also war jene Frau, die Salomon so verängstigt hatte. Er hatte nie präzis darüber berichtet, aber Johann hatte den Eindruck gewonnen, dass Salomon sich vor dieser speziellen Person fürchtete. Seltsam. Was mochte den Zürcher so erschreckt haben? An ihr war so gar nichts Furchterregendes. Im Gegenteil!

«Komm, Maria, wärm dich bei uns auf. Sicher wird dir Salomon etwas kochen.»

Cleophea war aufgesprungen und zog den neuen Gast mit sich ins Zimmer, dieser protestierte leise, aber Cleophea mochte keinen Widerspruch hören. Salomon schien erleichtert und er brummte nur aus Gewohnheit: «Ein Zünfter bekocht ein Chratzweib. Wo gibt's denn so etwas?»

Hastig schüttelte Johann derweil seine Schaube aus, den geliehenen Pelz ebenso und liess beides ganz gegen seine übliche Gewohnheit achtlos auf den Boden fallen, kein Wort durfte ihm von der Jungfer entgehen. Sie sassen schon auf der Bank: die flammende Rothaarige und die durchsichtige Schwarze. Sorgfältig – er wollte sie ja nicht zerbrechen – nahm Johann die rotrissige Hand der jungen Frau und begrüsste sie nun anständig. Er hatte ausserdem wissen wollen, ob sich die Hand echt anfühlte. Und ja: sie war zweifelsohne lebendig. Trotz dieses Beweises setzte sich Johann sorgfältig vis-à-vis, um das zarte Wesen nicht zu erschrecken. Er hatte den Eindruck, dass sie sich jederzeit wie dünner Nebel im Spätsommer verflüchtigen könnte. Erschaudernd dachte er an die alte Sage, die daheim erzählt wurde. Das «Nachtfräuli» schwebte über Felder und Wiesen und hielt in den weissen Händen einen mächtigen Schlüsselbund, der dem Vernehmen nach zu einem grandiosen Schatz führen würde. Aber so sehr sich junge Männer darum bemühten, sie mit Händen und Netzen einfangen zu wollen, es gelang niemals. Erst nachdem der Allerseelentag auf christliche Weise gefeiert worden war, fand das Nachtfräulein seine ewige Ruhe und ward nie mehr gesehen.

Dieses Fräulein der Nacht aber war real, Maria legte ihre Hände brav gefaltet in den Schoss und sprach mit niedergeschlagenen Lidern: «Gott hat es gefügt, dass ich euch begegne. Es war lange schon mein Wunsch, euch alle zu sehen. Ihr seid bekannt.»

Das fand Cleophea aufregend und ihre Wangen begannen zu glühen: «Tatsächlich? Wie wunderbar! Hast du gehört, Johann? Wir sind berühmt!»

Johann konnte nur hart schlucken und seine Augen nicht von Maria abwenden, er röchelte belämmert ‹Schön, schön› und zog sich damit die Aufmerksamkeit seiner Cousine zu. Sie grinste und wandte sich wieder dem wunderlichen Besuch zu, ihre Fragen sprudelten wie Quellwasser: «Du kennst uns? Wie kommt das? Ich meine, Salomons Ruf war nicht gerade gut. Auch wenn er Zünfter ist. Erzählt man sich etwa Sachen von Johann und mir? Wie hast du zu uns gefunden? Ich weiss, dass Salomon bei dir war, um herauszufinden, ob der Pfister vor seinem Tod noch etwas sagte. Du hast ihm damals gesagt, du wüsstest nichts über den Bäcker.»

«Das ist wahr.»

«Und trotzdem musst du mit uns reden. Warum? Sprich doch! Nein … iss zuerst etwas.»

Cleophea hatte ihre Ungeduld gerade noch einzäumen können, sie dachte an ihren keifenden Rat, den sie Salomon damals um die Ohren gehauen hatte: er hätte die Jungfrau zum Essen einladen sollen, dann hätte sie schon geredet. Das würde sie probieren. Ausserdem war die junge Frau unfassbar mager, die Augen lagen in tiefen Höhlen, was von ihrem Körper sichtbar war, Hände und Hals, bestand nur aus Knochen und Sehnen.

‹Bestimmt hört sie mein Herz jagen›, schamvolle Röte bedeckte Johanns Gesicht, aber er wusste mit absoluter Gewissheit, dass er da jemandem begegnet war, der dasselbe Sehen hatte wie er. Jemand, dessen Welt ebenfalls nicht aus der Erde bestand, jemand, der ebenfalls durch die dünnen Schleier sehen konnte, welche die Konturen der schroffen Realität verbargen. Bei ihr war diese Gabe – dieser Fluch – sogar am Äusseren zu sehen. Sie war nicht schwarzhaarig und dunkeläugig. Sie war nicht bleich. Sie war nicht arm und elend. Sie war durchsichtig. Entrückt. Sie war kein Teil dieser Welt.

Er hatte es gespürt, genau dieses, damals am Seeufer, als Salomon ihm von ihr erzählt hatte: sie war heil.

Sie war vollkommen. Heilig.

Vorsichtig versuchte nun der Heiler, seinen Atem zu fassen. Sie war kein Teil dieser Welt. Wo gehst du hin?, frage er in Gedanken und tauchte in diese tiefschwarzen Augen. Die blättrig eingerissenen, trockenen Lippen lächelten, als sie ihm antwortete: «Ich wandle nur auf den Wegen Gottes.»

Als wäre es etwas Selbstverständliches, die Gedanken anderer zu hören. Oder hatte Johann gar laut gesprochen? Das wollte er jetzt wissen. Er dachte: ‹mit welcher Aufgabe?› und achtete dabei darauf, dass sein Mund geschlossen blieb. Sie hatte ihn durchschaut und mochte das Spiel nicht mitspielen, sie legte den schmalen Kopf schräg und lächelte ihn an. Etwas mitleidig? Etwas überlegen?

Salomon polterte mit einer Platte voller fetttriefender Nahrung herein und platzierte sie mit übertriebenem Schwung auf den Tisch. Während des Essens wurde nicht gesprochen, denn keiner der drei mochte die dürre junge Frau am Essen hindern. Sie müsste bestimmt Jahre und Jahre von qualvollem Hunger aufzuholen haben. Aber trotz der unbestreitbaren Entbehrung ass die Heilige am Tisch nur ganz kleine, ganz wenige Bissen und liess das Fleisch liegen. Sie erbat Wasser, trank keinen Wein. Den wunderbaren Dessert – die mit den kostbaren Gewürzen Zimt, Nelken, Weinbeeren und Zucker gefüllte Quittenpastete – rührte sie nicht an. Dabei hätte die Süssspeise ihrem Leib gut getan, ihr Wesen aber schien keine Nahrung zu benötigen. Keine Nahrung dieser Art.

Johanns Empfindsamkeit geriet mehr und mehr in Schwingung, als sie so selbstverständlich bei ihm sass. Er konnte die Augen nicht von ihr wenden. Mit der Selbstverständlichkeit, wie sie da sass. Wie sie einfach nur *war*.

Wie hielt sie es aus, auf dieser schrecklichen, ungerechten, zuweilen bösartigen Welt zu existieren und doch nicht dazu zu gehören? Nicht von den Widrigkeiten des Lebens beschmutzt zu werden? Wie schlug sie eine Brücke zwischen dem, was war und dem, was sie als wahr sah?

Im Gegensatz zu Johann schienen sie keine Ängste zu schütteln. Keine erdrückende Furcht vor dem vorgezeichneten Weg. Kein verzweifeltes Sträuben gegen den Lauf, den Gott ihr vorgegeben hatte.

⚜

«Ich habe die Wahrheit gesprochen.»
Jeder der suchenden Drei lächelte, es war ja sonnenklar, dass die Jungfrau Maria auf jedem Fall und selbst unter Zwang und Marter die Wahrheit sprechen würde.
«Ich hatte tatsächlich kein Wissen über des Pfisters Leben. Das war die Frage von Euch, edler Zünfter: ‹Was weisst du über den Pfister?› Ich dachte damals schon, dass Ihr wohl etwas anderes hattet fragen wollen. Aber es ist nicht meine Aufgabe, Euch zu sagen, was Ihr zu wissen begehrt.»
Die andere Frau im Raum – so überhaupt nicht wie die Entrückte – verteilte ihrem Angehimmelten eine Kopfnuss und redete böse mit ihm: «Du hast nicht nachgehakt. Nachdem du auch noch eine falsche Frage gestellt hast. Deswegen haben wir die ganze Zeit gedacht, diese Spur führe uns nicht weiter! Du hast uns die Aufgabe erschwert, du Ochse!»
Salomon zog den Kopf ein, fasste nach Cleopheas narbiger Hand und küsste sie schmatzend. Letzteres brachte die freche Näfelserin immer zum Schweigen. Er grinste verschlagen.
«Vergangenes soll man ruhen lassen. Wir können uns nicht anmassen zu ermessen, was Gottes Wille gewesen sein mag.»
Johann fragte sich, ob die Jungfrau schon als Kind in diesen gesetzten Worten, in diesen bedeutungsvollen Tönen, in dieser biblischen Würde gesprochen hatte.
«Des Pfisters Seele war belastet. Er war verstrickt in zutiefst Böses. Es gierte ihn nach Macht. Ich weiss, er war an Schadenszauber beteiligt.»
«Warum?»
«Die Tochter des Schuhmachers hatte sein Kind geboren. Die Geburt war sehr schwer. Ihre Schreie hallten durch viele Strassen. Das Kind wurde nie gesehen.»
«Man hätte sie des Kindsmordes wegen anzeigen müssen.»
Natürlich gab Cleophea Salomon Recht. Was die Jungfrau Maria andeutete, war ein Verbrechen. Die Geburt eines unehelichen Kindes, das danach niemand je sah. Die sündige Mutter hatte einen schlimmen Ausweg aus dem Dilemma genommen, das sie vollkommen alleine zu tragen hatte. Aber es war nun einmal so – und bei allem Verständnis für Verzweiflung sah Cleophea ein, warum die Strafe hart sein musste. Eine Kindsmörderin gehörte ertränkt, weil sie einer kleinen Seele die Möglichkeit genommen hatte, sich der einstigen Wiederauferstehung zu erfreuen. Das winzige Menschlein würde für immer in der

Vorhölle verbleiben müssen, schliesslich war es mit der Erbsünde befleckt, auch wenn es keine Zeit gehabt hatte, andere Sünden zu begehen. Die neu geborene Seele hatte ohne das Sakrament der Taufe sterben müssen und war an jenen unsäglich tristen Ort gelangt, von dem sogar Cleophea den lateinischen Namen kannte: Limbus Infantium, die Vorhölle der Kinder.

«Sie hätte es der Güte der Kirche übergeben sollen. Die ledige Mutter hat nicht die geringste Chance, ein würdiges Überleben zu führen. Keine Möglichkeit zum Verdienst. Der Pfister hatte schon eine Familie. Und auch wenn in Zürich Scheidungen nun erlaubt sind, so wird dies doch selten praktiziert. Der Bäcker hätte sich niemals scheiden lassen. Denn er wäre als Ehebrecher schuldig geschieden worden, hätte damit finanzielle Einbussen gehabt. Niemals hätte er seinen Ruf als Geschäftsmann riskiert. Nein, die Verführte muss die Schuld alleine tragen.»

Cleophea wusste genug vom realen Leben, um sich dieser Tatsachen sicher zu sein. Ungeduldig beendete Johann ihre Überlegungen, er wedelte ungeduldig mit der Hand und hob seine Stimme: «Lasst uns nicht über ‹hätte› oder ‹wäre› sprechen. Wir wissen jetzt also, dass der Bäcker etwas zu verbergen hatte und dieses verbindet ihn mit Gnepf, der nach Mathis' Aussage in diesem Haus, mit der verzweifelten Tochter des Schuhmachers hexte. Wir haben die Zeichen gesehen, das Blut, das in Salomons Zimmer See bildete. Schuhmachers Tochter und Gnepf hexen also, der Pfister, dessen Kind die Schuhmachertochter getötet hatte, weiss davon. Blut wird hier im Haus vergossen. Knechtblut? Aber wie wir wissen, ist von Owe der Mörder der Knechte, das sagte mindestens der Medicus. Ist von Owe Teil des hiesigen Hexenkreises? Und offen bleibt noch, warum Salomon entehrt werden sollte. Das passt so gar nicht in diese Hexensabbatstheorie. Salomon hat nichts mit all den Vorkommnissen zu tun. Alles wird nochmals rätselhafter.»

«Schade», Cleophea streichelte liebevoll das blaugrüne Haarband voller Erinnerungen und Versprechen, das sie sich in den Zopf geflochten hatte und dort für immer und ewig behalten würde. «Jetzt müssen wir sogar das Ende des Rätsels nochmals aufrollen. Offenbar gibt es hier drei Rätsel zu lösen. Eines, das mit Salomons Ehre zu tun hat, eines, das mit Hexerei zu tun hat und eines, das mit diesem wissenschaftlichen Kram zu tun hat.»

«Genau», stimmte ihr Salomon zu und schien darüber nicht allzu unglücklich: «Wir werden schön sauber eines nach dem anderen lösen.»

‹Oder wie üblich von einem Zufall in den nächsten fallen›; so sehr Johann auch Listen und Übersichten liebte, es war offensichtlich, dass manches erst wachsen musste. Und diese Rätsel waren bald reif, gepflückt zu werden. Aber um der guten Freundschaft willen widersprach er seinem Gastgeber nicht, der offenbar glaubte, mit Planung zum Ziel zu kommen. Hilfreich warf er sogar noch ein: «Sauber: gut, in Ordnung. Wir werden als nächstes von

Owe aufsuchen und ihn mit den Vorwürfen des Arztes konfrontieren. Aber als allererstes werde ich unseren Besuch nach Hause bringen.»

Maria hatte wortlos zugehört, als die drei Suchenden sich über das weitere Vorgehen besprochen hatten. Sie hatte nichts mehr zu sagen gehabt, hatte keine Meinung geäussert und war unauffällig auf der Bank gesessen, ohne auch nur eine Wimper zu bewegen. Jetzt, bei Johanns Worten, erhob sie sich grazil, sprach ein ruhiges Dankeswort an den ängstlich zurückweichenden Salomon und verliess die warme Stube. Johanns Herz schmerzte heftig drückend, als er daran dachte, in was für ein schäbiges widerwärtiges Zuhause er sie zurückbringen würde.

«Es ist gottgewollt. Ich nehme gerne dieses an für ein Leben im Licht Gottes.»

Diese einfachen überzeugten Trostworte mussten ihm genügen, als er die kostbare Frau in ihrem erbärmlichen Heim zurückliess. Gleichwohl strahlte Gottes barmherziges Licht nicht gerade trostreich über dem Glarner, als er von dunkler Traurigkeit erfüllt in die glänzende Pracht von Salomons edlem Haus zurückkehrte.

41. Kapitel.

In dem kein Recht gesprochen und Gerechtigkeit geübt wird.

«ES WAREN JA NUR KNECHTE. Sie sind ersetzbar, das ist euch doch klar. Warum sonst setzt sich das zürcherische Heer stets nur aus Knechten und Bauern zusammen? Diese Masse ist nicht so viel wert wie ein Zürcher Bürger oder gar ein Adliger. Trotzdem ganz nützlich und austauschbar. Aber damit konnten sie endlich etwas Wunderbares schaffen. Mehr, als sie in ihrem Leben je leisten konnten, oder leisten würden. Damit wurden sie durch ein wissenschaftliches Werk der ewigen Unvergessenheit übergeben! Ein so hervorragender Arzt wie Himmel kann ja nicht genug Leichen zum Forschen haben. Ich wollte nicht, dass er wie Vesal, Begründer der Anatomie, mit wenigen Kadavern auskommen musste. Wusstet ihr, dass sogar der grossartige Vesalius seine ersten Studien seinerzeit auf Friedhöfen und Hinrichtungsplätzen treiben musste? Er hat bis zur Vollendung seines bahnbrechenden Buches gerade einmal sechs Frauenkörper seziert; die wenigen Leichen, die er damals bekam, hat er manchmal wochenlang im eigenen Schlafzimmer beherbergt, weil er keine weiteren Lieferungen bekommen konnte. Ich hingegen – ich! – habe es der Wissenschaft ermöglicht, immer neue frische Leichen zu haben. Ich habe die Knechte gut behandelt. Ihr Tod diente der hohen Wissenschaft.»

Als der wohlgestaltete Mann begann, seine Argumentation jener des Medicus' anzugleichen, platzte Johann der nicht blütenreine Kragen: «Hör doch auf! Du hast doch keine Wissenschaft getrieben. Du hast diese Menschen aus Lust getötet. Du hast ihnen doch widernatürliche Gewalt angetan! Du hast sie zur Sodomie gezwungen!», für Johann bestand da nicht der geringste Zweifel und er wich bestürzt zurück, als Bartholomäus fröhlich lachte.

«Oh, aber sie haben mich mit ihren starken Körpern verführt, sie haben es gewollt. Diese Kerle waren so stark und schön. Sie müssen es gewollt haben. Sie haben mich verführt. Und ich habe sie geliebt. Geliebt! Wie kann Liebe sündig sein? Diese Liebe sei falsch, ein jeder sagt das. Deswegen darf nichts davon in die Öffentlichkeit gelangen. Nichts, man muss stillhalten. Aber wenn man …, wenn jemand schreit …, wenn sie jeweils schreien, weil sie sich's anders überlegt haben … Meister Cuonrad war gar nicht begeistert, als der erste ohne Zunge abgeliefert wurde.»

Die Entdecker sahen sich voller böser Ahnungen an, alle drei griffen vergeblich schutzsuchend zu ihren Messern, als der gefesselte Engel seine Aussage verdeutlichte: «Ihre Schönheit hat mich verführt, ich habe sie einfach haben müssen. Ich liebte sie doch. Ich habe sie gefügig haben müssen. Ich liebte sie, der erste hat ziemlich geschrien dabei. Ich habe ihm die Zunge entfernt. Dann hat er nicht mehr geschrien.» Von Owes Gesicht verfiel etwas, als er sich erinnerte: «Ich muss etwas falsch gemacht haben, er ist an seinem Blut erstickt. Schade, er war wunderschön. Sein Gemächt ...»

«Genug!», brülle Salomon, dieses wollte er nicht hören, mit angewiderter Miene spuckte er aus.

Es war nach dem Gespräch mit dem Medicus einfach genug gewesen, Bartholomäus von Owe zu finden, ihn zu überwältigen, auf Johanns Geheiss sogar zu binden und in den Keller des Richthauses zu überbringen. Die Ehre des Überwältigens gebührte im Grunde ausschliesslich Cleophea, auch wenn weder Johann noch Salomon dies später zugeben mochten. Sie hatte dem schönen Mann kurzentschlossen – aber heftig – zwischen die Beine getreten, worauf er umgehend zusammengeklappt war. Weil ihre beiden Begleiter, von Mitgefühl überwältigt, sich auch dann nicht gerührt hatten, hatte sie es auch noch übernommen, die genässten Lederbänder um die Handgelenke des Mörders zu zerren und mit Vehemenz zu verknüpfen. Nur der Teufel selbst würde diese Knoten wieder lösen können. Cleophea hielt nichts von falsch angebrachter Galanterie.

So waren sie von einer Winkelknelle in den Keller des Richthauses gekommen. Der Mörder schien keinerlei Furcht vor den dreien zu haben oder vor einer Entdeckung seiner Taten durch die Obrigkeit. Der Tod konnte ihm ja nichts anhaben. So gab er jedes Detail preis, prahlte mit allen möglichen Kleinigkeiten und genoss sein Publikum.

«Weil mein Latein zu dürftig ist, habe ich die deutsche Ausgabe des Vesal-Buches genommen, von Basel anno 1543. Es liegt in meiner Kammer im Spital, es heisst ‹Von des menschen Cörpers Anatomey›. Ich bin ja selber ein Bewunderer der Anatomie. Siehst du! Ich bin wirklich ein Wissenschafter. Ich untersuche gerne. Ich habe mich von den Deckenbemalungen im Schmidenzunfthaus inspirieren lassen. Als Bader hatte ich dort ja praktisch mein zweites Heim. Deswegen habe ich begonnen, selber ein paar Untersuchungen zu machen. Untersuchungen, die jene von Vesalius und von Himmel bei Weitem übertreffen. Ihr werdet sehen. Die Wissenschaft wird kopfstehen! Da geht es nicht nur um den Verlauf von Sehnerven, ob die Leber fünf Lappen hat oder der Kiefer zweigeteilt ist. Ich zeige Engel und Teufel, ich zeige Wunder, Monster, Sphinxen, Chimären, Ungeheuer. Ich werde an jeder Universität reden, Bücher werden mein Bildnis zeigen. Gelehrte aus aller Herren Länder werden gefährliche Reisen auf sich nehmen, um mich sprechen zu hören. Die gefragtesten und begabtesten Künstler werden sich darum reissen, Bilder von meinen Präparaten zu zeichnen. Mein Buch wird sogar noch schöner und noch teurer als das von Vesalius. Ich werde sie alle übertrumpfen. Und ich werde sie alle überleben, ich bin wertvoller, als jeder schnöselige Zünfter. Ich bin König über die Toten und König über den Tod!»

Mit Schaudern wurde Johann klar, wovon der Mann sprach. Er hatte nicht nur die fünf missbrauchten Knechte als Wissenschaftspräparate an Cuonrad Himmel geliefert wie Schlachtvieh an den Wurstmacher, offenbar hatte er nun auch forschen wollen und weitere Opfer gesucht, die der Arzt nicht hätte haben wollen. Hier war die Verbindung zu den Verwachsenen! Die Knechte hatte von Owe seiner Wollust und seiner Geltungssucht geopfert, die Missgebildeten der Fantasie seiner Wissenschaft.

«Du hast die Verwachsenen getötet. Wie viele waren es? Wer waren sie? Was hast du ihnen angetan?»

«Verwachsen!», spöttisch schüttelte von Owe den Kopf. «Sei doch nicht so höflich, beim Hintern des Teufels! Es sind Missgeburten! Wertlos! Wertloser als die Zünfter, die das Regiment so missbräuchlich führen. Diese Kreaturen sind absolut minderwertig. Das weisst du doch selber. Sie gehören ausgerottet. Ihr Blut war gerade gut genug, es in einem bestimmten Zünfterhaus verspritzen zu lassen. Und wenn es nur auf fremde Anweisung genau dort geschah.»

Listig warf Bartholomäus einen Blick auf Salomon, der sich nicht rührte, als der Mann zugab, in seinem Haus Blutorgien veranstaltet zu haben. Jedoch bevor jemand dieser Spur weiter folgen konnte, wurde der Gefesselte rege, er begann, sich für sein Lieblingsthema zu erwärmen, als er über die speziellen Menschen redete, deren Lebensfaden er brutal gekappt hatte: «Sie werden als Zeichen geboren. Aber nicht als Zeichen für den Zorn Gottes oder für kommende Unwetter oder Pestzüge. Das ist die falsche Interpretation dieser Zeichen. Nein, sie sind Zeichen dafür, wie wir Menschen geschaffen sind. Als Abbild Gottes! Gott sendet mir diese Krüppel als Zeichen, dass ich sie untersuchen soll, sie sind die Abweichung von der Regel, sie gehören untersucht und dann beseitigt. Es ist meine gottgegebene Aufgabe, diese Zeichen zu entschlüsseln. Wenn ein Kind mit einem Kopf geboren wird, so gross wie ein Kürbis, so wie der uneheliche Sohn der Schuhmachertochter, dann muss das etwas bedeuten. Das war Gottes Wille, ich habe ihn ergründet. So schneide ich den Kopf auf und finde die Antwort.»

Er streckte den Zeigefinger aus den gebundenen Händen und bedeutete Johann damit, näher zu kommen, flüsternd erklärte er: «In dem Kopf sind zu viele Gedanken, zu viele alte Gedanken. Der Vater hat während der Zeugung zu viel gedacht. Deswegen schwillt der Kopf des Kindes an. Wenn man den aufschneidet, dann quillt Wasser heraus. Gedanken bestehen also aus Wasser. Das hättest du niemals gewusst, wenn ich nicht diese Forschung unternommen hätte.»

Voller Ekel wich Johann zurück, an dem Kerl war wahrlich nichts Menschliches mehr. Er hatte sämtliche Gesetze Gottes übertreten und fühlte sich dazu gar noch berechtigt. Er war eine Warnung an alle Heilende, immerhin gab es Mysterien, die nicht angetastet werden durften! Auch nicht für den Preis des Fortschrittes, der menschlichen Erkenntnis. Hatte nicht gerade dieser Hunger nach Wissen Eva und Adam aus dem Paradies gezwungen? Wer konnte sich erdreisten, die Beschaffenheit von Gedanken zu sezieren? Als nächstes würde man die Seele gar lokalisieren wollen. Johann schauderte unkontrolliert, als er daran dachte, was daraufhin passieren konnte. Würde man beginnen, Unbequemen die Seele aus dem Körper zu schneiden, wenn man der Meinung war, sie wäre zu wenig schön?

Johann versuchte zu flüchten, sich wegzudrücken, weg von der Schlechtigkeit, hart an die kalte Wand des momentanen Gefängnisses von Bartholomäus. Aber auch sein Gefängnis, denn es gab kein Entkommen vor den Worten und ihren Bedeutungen, hier war auch Johanns Kerker, das Gefängnis seiner Gedanken ... aus ... Wasser ...?

Bevor Johann sich in ein Mauseloch verkriechen konnte, fühlte er die starke warme Hand Cleopheas, die sich ihm ans Kreuz legte und ihn stützte. Ihn schützte. Sie trug das Kinn hoch und war augenscheinlich unbeeindruckt von den Worten. Ihre Einschätzung war einfacher. Und klarer. Der Kerl war verrückt. Er würde sterben müssen. Mit seinem Tod würde das Böse für einen Moment aus der Welt weichen. Er würde für seine Schlechtigkeit sühnen. Die ersehnt göttliche Balance würde wieder hergestellt werden.

«Du bist ganz einfach wirr im Kopf. Deine Seele wurde dir bei der letzten Hinrichtung genommen. Und seither läufst du ohne sie durchs Leben. Du bist ein Wiedergänger, nur sieht man dir das nicht an glühenden Augen oder rasselnden Ketten an. Als Wiedergänger musst du erlöst werden. Du wirst Frieden finden, wenn dein Körper deiner Seele gefolgt sein wird. Wir werden dafür sorgen.»

«Du blödes Weibsstück. Niemand kann mich töten! Gevatter Tod gehorcht nur mir! Ich habe ihn bezwungen. Ich bin der einzige, der das je geschafft hat. Ich bin ...», der verkappte Wissenschafter wollte weitersprechen, als ihm die junge Frau ins Wort fiel, ihn beschnitt, höhnisch: «Weil das frische Seil dich nicht hängen konnte, bist du Herr über den Tod? Deswegen glaubst du, Gott nahe zu sein?» Cleopheas vernichtendes Lachen hallte durch den feuchten Raum. «Was bist du nur für eine erbärmliche Kreatur! Man ist Gott nur in Zuneigung, Güte, Grosszügigkeit nahe. Dein Überleben war reiner Zufall. Hör gut hin: jede Frau, die ein Kind gebärt, ist der Sense des Todes eleganter ausgewichen. Jedes Leben, das neu wird, hat den Tod heroischer besiegt. Und du bildest dir ein, etwas Besonderes zu sein? Jämmerlich! Du bist ein Nichts.»

Indignierte Wut bildete einen kraftvollen Sturm in Bartholomäus' Brust, wie konnte dieses niedrige Weib es wagen, seine Bedeutung zu schmälern? Ihn auszulachen? Er zerrte an seinen ledernen Fesseln, der Stuhl knarrte gefährlich, er bäumte sich auf und rüttelte mit allem, was er hatte an seinem Gefängnis. Bis kalte Worte begannen, in seinen Zorn zu dringen: «Oh ja, bitte: führe mich in Versuchung.»

Für einen Augenblick hielt der Gefangene inne und blickte auf den Zürcher. Der eisigharte Zünfter stand, mit gespreizten Beinen, beide Hände auf das Heft eines langen schweren Schwertes gestützt, leicht vornüber gebeugt vor ihm, so dass ihre Gesichter fast auf gleicher Höhe waren. Salomons Antlitz spiegelte nur Interesse wider, Wachsamkeit. Langsam liess er die Hände am Heft des Schwertes hinabgleiten und nahm es fest in beide Hände, ballte die Finger entschlossen darum. Die scharfblitzende Schneide drehte sich ein wenig im spärlichen Licht und die darauf eingeritzten Worte leuchteten auf.

Vim Veire Pelere Leicit. Gewalt darf mit Gewalt gebrochen werden.

Unbeeindruckt bäumte sich Bartholomäus wieder auf, Spucke bildete Schaum vor seinem Mund, Adern verdickten sich auf seinen Unterarmen, sein Hals schien explodieren zu wollen. Er krallte sich mit den Händen an der Stuhllehne fest und stemmte sich gegen das Hindernis. Er war völlig von Sinnen, tobte, raste und schäumte. Alles wurde nur noch schlimmer, weil die kühle Berechnung Salomons ihm so höhnisch gegenüberstand. Und trotz seiner rauschhaft entfesselten Wut wusste von Owe, dass der Zünfter keinen Augenblick zögern und ihm mit Genugtuung den Kopf von den Schultern trennen würde.

Sollte er es doch versuchen. Sollte er es doch nur versuchen! Von Owe hatte seit jeher gegen Dämonen gekämpft – gegen seine Sehn-Sucht nach Männern. Dann hatte ihm Gottvater höchstpersönlich gezeigt, dass er nichts dagegen hatte. Dass Bartholomäus sogar noch zu Höherem bestimmt war! Zu Wissenschaft, Erkenntnis. Dazu, ein Entdecker nicht von neuen Welten auf der Erde zu werden, sondern Entdecker von Neuem im Menschen! Bartholomäus genoss Gottes Segen für sein Tun, war dadurch auf ewig geschützt. Heiligenähnlich, Apostelgleich! Er war tatsächlich jener Engel, den seine Mutter stets in ihm gesehen hatte. Er war mächtiger als der Tod!

Die Szene, die sich den Mitarbeitern des Gerichts bot, als sie infolge des ungewohnten Lärms in den Keller liefen, hätte wuchtiger nicht sein können. An einen Stuhl gebunden wütete ein Mann, schrie, knurrte, schäumte, spuckte und kämpfte mit übermenschlichen Kräften gegen seine Fesseln. Gesicht und Körper so verzerrt, dass er einem Dämonen glich; vollkommen ausser sich.

Ein junges Paar war an eine Wand zurückgewichen und sah mit grossen Augen dem Schauspiel zu. Der Mann hatte der Frau beschützend den Arm um die Schultern gelegt. Die Frau hielt ihn beschützend um die Taille. Beide standen wachsam, regungslos verharrt. Die Hände umsichtig am Griff ihrer Dolche.

Und mitten im Chaos, in Tobsucht, Zorneshitze, Geifer, Raserei und Wahnsinn stand der von Wyss'sche Zünfter. Äusserlich gelassen auf das Scharfrichterschwert gelehnt, abwartend, kampfbereit, arrogant. Als seine Kollegen in den Richthauskeller stürzten, hob er lässig den Kopf, fasste dann mit beiden Händen bekräftigend das Heft und hob das Schwert elegant hüfthoch an, in gewaltsamer Absicht, ernst: «Ihr seht doch auch, dass er mich und meine Freunde bedroht, nicht wahr?»

Scheinbar mühelos wurde das grausame Schwert über die linke Schulter angehoben, gewann an tödlicher Macht und Schwung, dann wurde es kraftvoll, bestimmt, in einem einzigen klirrenden geschliffenen Halbkreis zielgenau nach vorne gezogen.

Ein Hieb.

42. Kapitel.

In dem sämtliche zünftischen Geheimnisse offenbart werden.

SALOMONS ARME waren bis zu den Schultern blutbesudelt, seine ganze Vorderseite mit Rot bespritzt. Er hielt seine Hände etwas steif von sich weg und spuckte mehrere Male aus; griff in den schwernassen Schnee vor dem Richthaus und rieb sich damit Hände und Unterarme, bis sie sauber waren. Diese Kleidung war zweifelsohne ruiniert, Blutflecken gingen bei der Wäsche einfach nicht richtig aus. Ausserdem: wer mochte sich schon später wieder in der Nähe einer solchen Erinnerung befinden? Der Ofen musste mit diesen Seidentaftdingern geheizt werden. Gerade hatte der so kalt sich gebärdende Zünfter sein Gesicht gereinigt, als Cleophea vor ihn trat und sich auf die Zehenspitzen stellte. Sie hatte etwas in der Hand, das sie nun an seine Stirn führte. Er neigte sich leicht herab und sie malte mit einer Heilwurzel das Zeichen des Kreuzes auf seine Stirn. Mit dieser zauberhaften Geste fühlte sich Salomon mit einem Mal wirklich gereinigt, es würde gut sein, diese Zauberin stets bei sich zu haben. Sein gegenwärtiger Lebensstil schien das immer heftiger zu fordern. «Die Knechte Zürichs können wieder ruhig schlafen. Ebenso auffällig verformte Krüppel. Von Owe kann sich nun wirklich mit dem Tod unterhalten.» Mit leichtem Schaudern wandte Johann seine Aufmerksamkeit auf das, was gewinnbringend war.
«Vermutlich eher mit dem Teufel. Er wird einige Jahrhunderte in der Hölle verbringen müssen. Ich glaube nicht, dass es am Tag des Jüngsten Gerichtes für ihn Erlösung geben wird, er hat seine frevelhaften Schandtaten nicht bereut. Die Ewigkeit in Feuer und Gischt ist nicht genug für seine Sünden. Ich hoffe, dass er kein tatsächlicher Wiedergänger wird, so widerstrebend wie der gegangen ist.»
Und er dachte: ‹Und so nahe er mit dem Tod befreundet war. Wer weiss: vielleicht hatte der engelsgleiche Bader es geschafft, den Tod zu einem weiteren Geschäftchen zu überreden.› Johann würde sich den Keller später nochmals ansehen und sich von den Nachbarn sagen lassen, ob sich Unerklärliches ereignen würde. Hörte man des Nachts Schreie und seltsames Gestöhn? Er würde mit allen Mitteln versuchen, den Tatort zu reinigen. Die unerlöste Seele von weiterem bösen Tun abzuhalten.

Es war kein alltäglicher Anblick gewesen, auch wenn Johann an Gewalt und Tod so gewöhnt war wie jeder Mensch seiner Zeit. Just in dem Augenblick, als das gewaltige Richterschwert haarscharf am Hals von Owes vorbeigeflitzt war, hatte jener seine Fesseln in übermenschlicher Verzweiflung zerrissen und sich in tödlicher Absicht auf Salomon geworfen. Alle im Keller hatten sich für den Zünfter in die Bresche gestürzt, Messer und Dolche von sämtlichen anwesenden Männern waren dem Tobenden in vielfacher Weise in den Rumpf gestossen worden. Der engelhafte Leib von Owes war durchlöchert worden. Es gab nicht die geringste Überlebenschance für seinen Körper, ungetröstet und ungeführt musste seine vielleicht noch vorhandene Seele den Weg in die Hölle antreten.

Jetzt vor dem Richthaus, in der kühlenden Luft konnte Cleophea nicht aufhören zu zittern; zum Schutz, als Trost, bekreuzigte sie sich immer wieder, neben ihr glühte Salomon. Eine Art Ehrfurcht schlich sich in ihre Seele. Eine Art Furcht? Hatte er mit seinem Hieb absichtlich daneben gezielt? Hatte er nur zufälligerweise den Hals des Sünders verfehlt? Sie verspürte unsagbare Angst, dies zu erfahren, ihren Angebeteten zu fragen, ob er es gerade bereute, einem Menschen *nicht* das Leben genommen zu haben. Tatsächlich waren sie und Salomon die einzigen, die keine Mitschuld am Blutvergiessen trugen. Sogar Johann hatte in der Verteidigung Salomons von seiner Waffe Gebrauch gemacht und trug nun fremdes Blut wie ein Mahnmal an seinem Körper; seine Gedanken verharrten trotzdem nicht in Schrecken, für einmal war sich Johann sicher, keine Sünde getan zu haben. Er hatte ein Leben verteidigt. Er hatte ein anderes dafür genommen, auch wenn es nicht sein Dolch gewesen war, der die Kehle aufgestochen hatte. Seine Gedanken jedoch eilten schon an die nächste Frage, er konnte die vertrackten Geheimnisse nicht loslassen: ‹Das hätte nicht zu explodieren brauchen. Wir hätten von Owe gebraucht, um ihn noch mehr zu fragen. Wir wissen, dass er die Knechte umbrachte und an Himmel lieferte. Wir wissen, dass er Missgeburten tötete für seinen eigenen Ruhm als Wissenschafter. Aber eine Frage ist noch unbeantwortet. Die wichtigste.› Johann mochte Salomon jetzt gerade nicht für die Eskalation kritisieren, das wäre nicht hilfreich gewesen. So wie der noch vom Kampf brannte, so wie seine Sinne noch entflammt waren. Deswegen sprach Johann nur die letzte Folgerung seines Gedankenganges aus: «Wer will, dass du entehrt wirst, Salomon?»

«Lass uns in Ruhe, Wicht. Für heute ist genug geschehen.»

Wahr genug. Ein paar Tage lang ruhte das Rätsel. Männer gingen in Salomons Haus ein und aus. Salomon ging aus und ein, er war mit den Gedanken stets weit weg. Cleophea fragte sich besorgt, wo. Er sinnierte stundenlang über seinen geliebten Büchern, aber die Seiten wurden nie umgeblättert. Was beschäftigte den Zünfter? Cleophea fragte ihn. Johann fragte nach. Aber Salomon gab keine Antwort, nestelte gedankenverloren an den weissen Seidenbändern, die seinen Hemdkragen zusammenhalten sollten. Fingerte an seinen nachtschwarzen Haaren herum. Triezte die Katzen, bis sie unleidig, die Ohren flach angelegt, mit ausgefahrenen Krallen nach seinen Händen schlugen.

Derweil wurden zahllose goldene Worte gesprochen. Die Stadt senkte ihren Glanz wiederum über den letzten Spross des von Wyss'schen Geschlechts. Der Gerichtsschreiber hatte seine Macht wiedergewonnen. Er hatte sein Ansehen wieder erlangt und seine Arbeit. Sein Stand war so solide wie nie zuvor. Man hatte von seinem tapferen männlichen Betragen Kunde und seine Heldentaten wurden umso kühner, je mehr davon geredet wurde.

Ein weiteres Mal also feierte die mutmasslich feine Gesellschaft Zürichs Salomon als Helden. Das konnte sich sehen lassen. Beinahe unbedeutend war der letzte Rest des Rätsels. Für Zürich.

Aber die drei spürten, dass die Geschichte für sie noch nicht zu Ende war. Der letzte Faden der Wolle war noch nicht aufgerollt. Es gab noch jemanden, der im Hintergrund Gegenmacht in den Händen hielt. Das konnte Salomon nicht hinnehmen. Ebenso wenig Cleophea, die nun wieder tätig werden wollte. Sie schlug vor, zu Mathis Hirzel zu gehen, um etwas über eine mögliche Entehrung Salomons in Erfahrung zu bringen.

«Warum gerade Hirzel?»

«Ist doch logisch», dies schien eine ihrer Standardsätze zu werden. «Er hat vielleicht sogar Johann niederschlagen lassen. Dir war er lange übelgesonnen. Aus gutem Grund. Deswegen wird er Geschichten über deinen Kampf mit der Ehrerhaltung gerne gehört haben. Jetzt, da ihr wieder versöhnt seid, könnte er dir verraten, wer dir an die Ehre will.»

«Vielleicht ist ‹versöhnt› ein zu bedeutungsvolles Wort.»

«Heilige, gebt mir Geduld! Sag mir nicht, dass ihr bereits wieder Streit habt.»

Salomon druckste herum und kam schliesslich mit der Sprache heraus: «Er verhält sich verdächtig. Als ob er etwas zu verbergen hätte, etwas Wichtiges. Wenn ich zu ihm komme, muss er stets etwas unter dem Tisch versorgen oder ich werde lange nicht eingelassen. Dabei höre ich Gerenne im Haus. Er verheimlicht etwas. Ich komme nicht darauf, was es ist. Hat er am Ende doch meine Familie zu Tode gebracht?»

Cleophea konnte nur den Kopf schütteln über so viel Ignoranz: «Sag mir nicht, du wüsstest nichts davon?»

Ihr Angebeteter stierte sie an: «Wovon?»

Sie gab keine Antwort und überlegte kurz, ob sie Hirzel wirklich preisgeben wollte. Das Geheimnis war so schlimm ja nicht. Sie selber war daran beteiligt, deswegen hatte sie es auch erkannt. Nein, sie mochte den armen Schwager Salomons nicht noch weiter belasten. Er hatte es verdient, für einmal seine Ruhe vor Salomon zu haben. Sie würde ihn nicht verr…

Leider war sie nicht stark genug, den hingehauchten nachdrücklichen Küssen von Salomons prächtigen Lippen lange zu widerstehen. Sollte sie je wieder denken können, würde sie ihm alles gestehen. Ausnahmslos alles.

Das war ganz und gar die falsche Strategie, überlegte Salomon schwach, als er widerwillig wieder aus dem süssen Nebel auftauchte. Jetzt war sie unfähig zu sprechen – und ihn interessierte seine eigene Frage auch nicht. Oder war's eine Frage von ihr gewesen? Wo war noch unten und oben?

⚜

«Johann!», Cleopheas Ruf schallte wie gewünscht durchs ganze Haus. «Johann, komm her!»
Der Angesprochene verharrte kurz und fuhr dann fort, sich Hände und Gesicht zu waschen. Das gehörte sich so vor dem Essen und er hoffte, dass es bald etwas Speiseähnliches gab. Salomon hatte wirklich begonnen, diese Gabe etwas zu vernachlässigen. Johann mochte gar nicht daran denken, was den prächtigen Zünfter von seiner Lieblingsbeschäftigung abhalten mochte. Wer ihn von seinen Pflichten abhalten könnte. Womit.
«Johann!»
Er verzog das Gesicht zu einer Grimasse, danach benetzte er seine Augen noch einmal mit speziell kaltem Wasser, denn er hatte gehört, dass dies die Sehstärke erhielt. In der Stube war es warm, Johann liess sich auf einen Stuhl nieder, am Tisch, vis-à-vis von Salomon und Cleophea, die beide etwas derangiert aussahen. Und zufrieden. Jetzt löste sie ihre Hand von derjenigen Salomons und lächelte Johann strahlend an: «Sag mal, weisst du auch nichts davon?»
«Ich bin ziemlich gut im Gedankenlesen, aber ein paar winzige Hinweise mehr wären schon sehr hilfreich.»
«Nun, das mit Mathis Hirzel, hast du das auch nicht gewusst?»
«Das was?»
«Sei nicht stur: du weisst schon! Dass Mathis katholisch ist.»
Schockiert fiel Salomon fast von der Bank: «Was?! Das ist unmöglich!»
«Ist es nicht. Beim Wanderstab vom Heiligen Fridolin, das habt ihr wirklich nicht gemerkt? Aber es ist doch offensichtlich.» Die Zauberin begann zu lachen und konnte sich nicht genug lustig machen über die dummen Gesichter ihrer Männer. «Das habt ihr tatsächlich nicht gesehen?! In der ganzen Zeit? Ha!»
Sie wischte sich die Lachtränen von den Wangen und schüttelte bei ihren folgenden Ausführungen stets wieder den Kopf: wie konnten die zwei nur so taub und blind sein? Sie zählte auf, was doch so klar und deutlich war: «Hirzel geht in keine Kirche Zürichs, er kennt die korrekte Amtsbezeichnung des Antistes' erst nach langer Überlegung. Ausserdem bekreuzigt Mathis sich und flucht beim Namen des gegenwärtigen Papstes, Clemens des Achten, redet vom Fegefeuer. Er misst der unbefleckten Maria viel Bedeutung bei. Sein

ständiger Begleiter, das rosengetränkte Tuch soll doch den Weihrauchgeruch überdecken. Ausserdem – denkt doch etwas mit! – ist seine Schwester Novizin im Kloster Vaar gewesen. Das habt ihr alles nicht bemerkt?»

Zu seiner Verteidigung brummte Salomon, noch immer etwas ungläubig: «Wir haben ja nicht eine Nacht mit ihm verbracht.»

Cleophea begann errötend, sich zu verteidigen: «Ich bin deinetwegen dorthin gegangen.»

Plötzlich überlief es Salomon heiss und kalt, er hatte selbstverständlich schon Geschichten von heimlichen Katholiken gehört. In reformierten Gebieten praktizierten sie ihren Glauben verdeckt und es ging sogar die Sage um, dass es testamentarische Wünsche gab, die befahlen, die Verstorbenen nicht in reformierten Friedhöfen zu begraben. Dem Gerücht nach rotteten etliche adlige Gräber in Zürich leer vor sich hin und dafür füllte sich bei Nacht und Nebel der Friedhof vom Kloster Vaar. Hatte Mathis es etwa gewagt, Aurelia und Regina katholisch zu begraben? Ekel, Angst und Wut verkrampften sich in Salomon, als er versuchte, den Gedanken an das Unmögliche zu ertragen. Aber nein, er war doch bei der Beerdigung dabei gewesen. Er war an der grausamen Grube gekniet, hatte seine Tränen in das höhnisch grinsende Loch tropfen lassen. Danach war er wochenlang jeden Tag wieder dahin gegangen; er hätte eine Veränderung am Grab mit Sicherheit bemerkt. Hatte es sein unsäglicher Schwager etwa gewagt, sich ebenfalls an Leichen zu vergehen, gerade so wie die selbsterklärten Anatomen Himmel und von Owe? Hatte er die Totenruhe von Salomons Liebsten gestört? Sie umplatzieren lassen? Stöhnend legte Salomon seinen gequälten Kopf in den Nacken: «Hört das denn nie auf?!»

Er selbst war ein Wiedergänger, der stets immer um seinen eigenen Kummer kreisen musste und der nicht erlöst werden konnte. Er war ein bösartiger Kettenhund, der sich in seinem Leid, in seiner hilflosen Wut immer nur gegen sich selbst wandte und sich wund biss. Weder mit Zorn noch mit Gewalt war es ihm bisher gelungen, diesen seinen Fluch zu lösen. Je mehr er sich in dieses Elend verbiss, umso heftiger schien es zurückzubeissen. Warum nur hatte er den Schwager nicht getötet, als er die Möglichkeit dazu gehabt hatte? Warum hatte seine Hand eingehalten, als sie sich mehr als einmal schon um den Degen geballt hatte? Feuer musste mit Feuer bekämpft werden. Musste da nicht Blut mit Blut gereinigt werden? Vim Veire Pelere Leicit!

«Stärke beweist sich manchmal mehr im Verzeihenkönnen, als im Kampf.»

«Heiler, lies nicht in meinem Kopf! Und wenn du beginnst, wie Lee zu klingen, kann ich dich nicht leiden.»

Mit einem leisen Lachen hob Johann das düstere Sinnieren auf: «Das fechtet mich nicht an, denn wahrlich ich sage dir: dein wird das Himmelreich, wenn du Hirzel verzeihen mögest.»

«Falls du je Arbeit als Prediger suchst, werde ich dich empfehlen.» Der Entschluss war schnell gefasst: «Ich werde zu Hirzel gehen, er wird das erklären.»

Als Salomon ein weiteres Mal zum Haus an der Kylchgass marschierte, bemerkte er zum ersten Mal so richtig, wie nahe es an Häusern, wo einst Priester und andere Mitarbeiter der katholischen Kirche gewohnt hatten, gelegen war. Hatte die Hirzel-Familie absichtlich diese Umgebung gesucht? Hingen noch alle Sippenmitglieder diesem überholten Glauben an? Andererseits: in dieser Stadt war alles nahe an einem ehemaligen katholischen Irgendwas gelegen, schliesslich war die Stadt jahrhundertelang katholisch gewesen. All das alte nutzlose Zeugs war wiederverwendet worden, so wie die Predigerkirche beim heutigen Spital. Nur noch im Chor wurde die Predigt gehalten, der Rest der Kirche wurde als Weintrotte benützt.

War Mathis Hirzels Religion tatsächlich die katholische? Warum war dies Salomon nie aufgefallen? Es war ja sogar der hinterwäldlerischen Cleophea deutlich gewesen. Es kam Salomon gar nicht in den Sinn, die Wahrnehmung Cleopheas in Frage zu stellen. Es war sonnenklar, dass sie vollkommen Recht hatte. Sie war einfach zu scharfsinnig. Und so freundlich. So streitsüchtig. Und so unabhängig, so seltsam. Und so weich …

Und dann war sie auch gefährlich: denn es ängstigte Salomon ernsthaft, dass sich ihr Bild immer häufiger und schärfer über jenes seiner Familie legte. Schon begannen die Züge seiner Schwester Aurelia vor seinen geistigen Augen zu verschwimmen. Wie hatte ihre Stimme noch geklungen? Scheussliche hilflose Furcht, seine Toten endgültig an das ewige Vergessen zu verlieren, rüttelte an ihm. Und es gab kein Gegenmittel. Warum nur sprang immer Cleopheas lebendige Weiblichkeit in seinen Kopf, wenn er sich auf Verlorenes besinnen wollte? Welcher grausame Gott nahm ihm erst nicht nur die Familie, sondern nun auch die Erinnerung an sie? Jetzt würde von Wyss sich rächen, dafür, dass Hirzel sie ihm genommen hatte. Ach. Nein, das war ja vorbei; ganz schön schwierig, von Vergangenem zu lassen! Jetzt gab es ja nur etwas zu ergründen: von Wyss musste wissen, ob die Leichen in ihren richtigen Gräbern lagen. In reformierten Gräbern. Genau, das war seine Aufgabe. Nicht vergessen!

Geziemend wurde Salomon in eine hell erleuchtete Stube geführt. Es fiel immer zuerst auf, wie viel Licht da brannte; dass Hirzel möglichst viel Helligkeit um sich haben musste. Offensichtlich war er kein Freund dunkler Ecken. War das schon immer so gewesen? Salomon konnte sich nicht erinnern. Etwas weiteres Verdächtiges.

Sein Schwager sass am Tisch und las, den geschorenen Kopf tief auf die Seiten gesenkt, konzentriert, in einem Buch. Bei den Eintrittsgeräuschen sah er zu Salomon hoch, hiess ihn, sich ihm gegenüber niederzulassen, schenkte ihm ein Glas Rotwein ein und schloss sorgfäl-

tig, fast zärtlich sein Buch; unwillkürlich legte Salomon den Kopf schräg, um den Titel zu lesen.
«Die Utopia!», rief er spontan aus.
«Du kennst das Buch?»
«Ich wollte es vor kurzem erstehen, aber der Drucker meinte, er hätte gerade das letzte Exemplar verkauft.»
«Das muss dann wohl ich gewesen sein. Du kannst es dir ausleihen, wenn du willst.» Verhalten lächelte Hirzel und meinte dann: «Dir als Umwälzer könnte der Grundgedanke gefallen: es wird die Abschaffung des Privateigentums gefordert. Tja, dieser Thomas Morus hatte ein paar interessante Ideen.»
«Und er war katholisch.»
«Ja.» Hirzel zögerte lange und meinte dann etwas erstickt: «Ein verdammter Katholik.»
Dieses Manöver brachte Salomon zum Grinsen, er begann, die Sache zu geniessen. Er war eben kein guter Christ. Er musste den vieljährigen Schmerz, der ihm von Hirzel zugemutet worden war, an jenen zurückgeben. Deswegen nickte er jetzt ernst und bekräftigend: «Ja genau. Verdammter Katholik. Man sollte sie alle verbrennen. Verdammenswerte Ketzer. Sie gehören alle ausgerottet.»
Wurde Hirzel etwas blasser? Teuflische Hinterhältigkeit trieb Salomon weiter, er wollte Zeuge der Entblössung des anderen sein. «Jawohl, ausgerottet, ausgemerzt, ertränkt wie die Täufer. Ihr lächerlicher Glaube an die Mutter Gottes, ich bitte dich! Lachhaft. Wann sollte eine Frau schon heilig sein? Ave Maria, unglücklichstes aller Weiber. Und überhaupt die Heiligen! Ein Haufen verrotteter Knochen und die Katholischen küssen sie. Und nur die Klöster fahren damit Gewinn ein. Wo ist da die Bescheidenheit, die unser Heiland predigte? Und die erzstupiden Katholiken glauben daran, glauben daran, dass sich Wein tatsächlich in Jesu Blut verwandelt beim Bimmeln eines Glöckchens. Und der alte Mann in Rom, der so heilig sein soll. Korrupt und hintertrieben, das ist er und bereichert sich auf Kosten der Ärmsten, die von der Religion eigentlich geschützt werden sollten. Peinlich. Zum Lachen, wirklich …»
«Es ist nicht zum Lachen! Unser Papst ist der Vertreter Gottes auf Erden! Er ist der Bischof von Rom, Nachfolger Petri. Und wir benötigen ihn. Jeder Glanz ist nicht genug zum Ruhme Gottes. Seit Jahrhunderten steht fest, dass sich die römische Kirche niemals geirrt hat und sich auch in Zukunft niemals irren wird. Das steht seit 1075 so geschrieben. Alle Macht gehört nur der römischen Kirche, nur ihr. Und Ablass ist eine gute Sache: warum soll man nicht versuchen, für seine Seele zu bezahlen, damit sie dereinst nicht im Fegefeuer schmoren wird?»
«Hast du Regina und Aurelia in ein anderes, in ein katholisches Grab bringen lassen?»
«Nein!»

Jeder ängstlich angestaute Atemzug löste sich mit einem befreiten Seufzer aus Salomons Herz. Ruhig hob er sein Glas und blickte seinem bleich gewordenen Schwager gerade in die Augen. «Mich interessieren keine Diskussionen über Simonie, Zölibat oder den Status des Bischofs von Rom. Ich will mir selber eine Meinung bilden über die Worte des Herren, das finde ich einsichtig. Wenn du Weihrauch schnuppern willst, ist das deine Sache. Mir ist es egal, ob du den Papst oder die nächste Linde anhimmelst. Hauptsache ist, dass die Totenruhe meiner Familie nicht gestört wurde. Sie ruht in Frieden.»

Verstört befingerte Mathis sein Glas, als er atemlos fragte: «Wirst du mich verraten?»

«Nö, wie gesagt, von mir aus kannst du die Mäuse in deinem Vorratskeller anbeten. Katholischsein ist ja kein offizielles Verbrechen. Es könnte dir nur passieren, dass du plötzlich keine Geschäfte mehr machen kannst, dass deine Zunft dich ausstösst.»

Salomon bemerkte beim Bleichwerden seines Gegenübers, dass jener sich das schon oft vor Augen geführt haben musste. Also war er für einmal freundlich und versicherte seinem alten Freund: «Nein, ich werde mit niemandem ausserhalb meines Hauses darüber reden. Cleophea weiss es schon, sie hat es entdeckt. Johann wird schweigen. Ich werde schweigen. Wer bin ich schon, den ersten Stein zu werfen? Und schliesslich habe ich noch einiges an Abbitte zu leisten für meine jahrelange unrichtige Fehde. Ich habe auch ...»

Er überlegte, ob er es wagen konnte und kam zu dem einzig möglichen Schluss: er musste sein eigenes Geheimnis loswerden. Und wer eignete sich da besser als ein alter treuer Jugendfreund? Ausserdem glaubte Salomon widerwillig, dass er Mathis etwas schuldete. Ein Geheimnis gegen ein Geheimnis. Und zu guter Letzt: so hilfreich die zwei Glarner waren, sie konnten doch nicht alle zürcherischen Gepflogenheiten, Feinheiten erfassen, dafür war nur ein Mitzünfter geeignet. Also offenbarte er Hirzel sein Verheimlichtes, das ihn bedrückte, das ihm wie ein Joch im Nacken sass und ihn niederdrückte. Dessen verführerischer Leuchtkraft er sich jedoch nicht entziehen konnte. Und sein vertrauter langjähriger, kurzzeitig ehemaliger, Freund verstand. Und er riet ihm, was zu tun wäre. Eine praktikable Lösung. Mit Erleichterung dachte Salomon daran, wie einfach es sein würde. Und mit wohliger Lust dachte er daran, wie prächtig es sein würde. Endlich würde er es hervorholen können.

Das Buch Cuonrad Himmels.

In den Tagen nach der Entdeckung des leichenfleddernden Arztes hatte Salomon dessen Studierstube untersucht, auf den Kopf gestellt, jeden Fetzen hinterfragt. Er hatte es als seine Pflicht gesehen, hatte auch gehofft, auf geständnisreiche Hinterlassenschaften zu stossen. Er hatte gehandelt wie ein gewissenhaftes tüchtiges Mitglied der Führungsschicht. Die

Frauentraktate des Medicus' hatte er für Cleophea an sich genommen – wer wusste, wofür sie einmal gut sein würden? Aufzeichnungen zu den Fällen des Spitals hatte er der Regierung übergeben. Sie würde sich darum kümmern müssen, sie kompetenten Händen anzuvertrauen. Aber da waren diese speziell schönen Pergamente gewesen, in dieser speziell gesicherten Truhe. Und Salomon hatte verstanden, worum es da ging.
Um die Aufzeichnungen von Verbrechen. Um die Aufzeichnung von medizinischen Untersuchungen. Um die Aufzeichnungen – ganz einfach – von Wissenschaft.
Kälte hatte von ihm Besitz genommen, als er fasziniert auf die Seiten gestarrt hatte. Er hatte verstanden. Hatte den Wahn, die Gefangennahme, das Wunder verstanden. Und dies hatte ihm einen gewaltigen Schrecken eingejagt: wenn er so genau erfasste, warum der Arzt über sämtliche Grenzen getreten war, musste das heissen, dass er, Salomon von Wyss, dem ebenfalls erliegen könnte. Dennoch hatte er es nicht übers Herz gebracht, diese Pergamente dem Feuer zu übergeben. Er hatte sie unter seinem kostbaren Wams nach Hause getragen, hatte die Hitze des Verbrechens an seiner Brust pulsieren gespürt. Zuhause hatte er die Papiere hastig in seiner Schlafzimmertruhe verschlossen und trug seitdem den Schlüssel immer bei sich. Hin und wieder nahm er die Aufzeichnungen hervor und bestaunte sie voller Bewunderung. Würde er deswegen zu einem Monster verwandelt werden? Trugen diese Aufzeichnungen die Schuld ihres Schöpfers in sich?
Dieses Geheimnis hatte ihn viele schlaflose Stunden gekostet. Seine Besucher hatten ihn gefragt, hatten sich gewundert, was mit ihm los war. Nichts hatte er ihnen sagen können. Wie hätte er ausdrücken können, was er bei diesen Aufzeichnungen empfand? Sie würden in ihm bestimmt einen zweiten Medicus sehen, einen zweiten Forscher, der vom Weg abgekommen war, einen künftigen Mörder ohne Ehre und Gewissen. Aber es war gewiss: diese Papiere waren unschuldig. Sie konnten nichts für die Verschrobenheit ihres Erschaffers. Und es wäre ein grosser Verlust, sie zu vernichten.
Salomons Jugendfreund hatte pragmatisch auf die Enthüllung reagiert. Seine offensichtliche Liebe zu Büchern half ihm wohl dabei; in seinem Heim gab es unzählige von den wertvollen griechischen und lateinischen Werken. Einige Truhen voller neuerer und älterer Drucke und Flugblätter standen in Kammern. Aufgereiht lagen umfangreiche Predigtsammlungen Bullingers auf, Salomon vermutete darin eine Täuschung für mögliche protestantische Besucher. Von Wyss selber besass auch eines dieser mächtigen Folios, fünfzig Predigten des Nachfolgers Zwingli. Jedoch öffnete er äusserst selten dieses «Haussbuch Darinn Fünfftzig Predigten Heinrich Bullingers / dieners der Kirchen zu Zürych.», mit seinen Eisenbeschlägen, seinen durch Leder geschützten Holzdeckeln.

Mathis Hirzel hatte Salomon geraten, die verbrecherischen Papiere stillschweigend eine Weile zu verwahren: «Behalte das alles, warum etwas wegwerfen, das mit so viel Eifer und offenbar mit viel Können und Geschick aufgezeichnet worden ist? Immerhin hat der

Medicus diese Augennerven korrekt beschrieben. Denn auch wenn die Zeichnungen auf Grund von Verbrechen zustande kamen, so sind sie doch wahr in ihrem Wesen. Warum veröffentlichst du sie nicht – wenn Vergessen über die Geschichte gefallen ist – unter einem Pseudonym? Wer weiss: vielleicht kann die Menschheit noch davon profitieren. Dann wäre den Opfern der Knechte vielleicht noch irgendwie Sinn verliehen worden.»

«Aber was ist mit der biblischen Warnung: ‹Das Blendwerk des Lasters verfälscht das Gute›? Es ist zweifellos meine Eitelkeit, die das Buch haben wollte. Die Sucht nach Wissen. Dieselbe Falle, in die Himmel getappt ist.»

«Du argumentierst tatsächlich mit Gottesworten?!»

Mit dem Wissen um die Komik der Situation verteidigte sich Salomon mit dem einzigen schlagenden Argument: «Immerhin ist es eine alttestamentarische Weisheit des biblischen Salomons.»

«Nun, ich denke, ein Gott, der Weisheit so hoch einschätzt, kann nicht vor Erkenntnis zurückschrecken: ‹Strahlend und unverwelklich ist die Weisheit; leicht wird sie erschaut von denen, die sie lieben, und gefunden von denen, die sie suchen.› Ebenfalls Zitat aus den Sprüchen Salomons. Es sagt ganz deutlich, dass du das Buch behalten sollst.»

Sie grinsten sich an, die Sprösslinge der Zürcher Aristokratie, es fiel ihnen leicht, aus der Luft die obskursten Bibelzitate hervorzuzaubern. Und endlich befreit, konnte Salomon wieder atmen. Aus vollem Herzen dankte er Mathis und versicherte ein weiteres Mal, dass er alles daran setzen würde, seine ungerechte Fehde wiedergutzumachen. Darauf meinte der offensichtlich sanftmütige duldsame Zünfter nur: «Wir sind quitt.»

43. Kapitel.

In dem letzte Rätselfäden sich entwirren.

«WENN WIR QUITT SIND, dann will ich von dir noch wissen, warum ich verleumdet werden soll. Das bleibt noch offen. Als mein ehemaliger Feind musst du etwas darüber wissen. Wer streut Gerüchte über Blut und Hexerei in meinem Haus? Von Owe gestand, dass die Schande auf fremden Befehl hin erfolgte.»

«Drück dich genauer aus», Hirzel riss die Augen auf. Sein fragender Ausdruck konnte unschuldiger nicht sein. Ein bisschen zu unschuldig, Salomon runzelte die Stirne und fragte daraufhin, von plötzlichem erneutem Misstrauen getrieben: «Warum brennen bei dir eigentlich jetzt immer so viele Kerzen? Warum brauchst du so viel Helligkeit? Was liegt noch im Dunkeln? Was hast du noch zu verbergen?»

Dieser Tag hatte langsam genug Geheimnisse gesehen. Salomon war es müde, immer neue Heimlichkeiten zu entdecken – von der Enthüllung der eigenen gar nicht zu sprechen. Der feste Mund Mathis' wurde schmaler, er wandte das Gesicht zum dunklen Fenster hin, weg von Salomon. Lange hielt die Stille im Zimmer an, nur die Dochte der besagten Kerzen zischten. Als Mathis aufgab, klang seine Stimme so leise, dass Salomon sich vorbeugen musste, um die Worte zu verstehen.

«Ich werde erblinden.»

Salomon rührte sich nicht, Mitleid stieg trotz Gegenwehr in sein Herz, als Mathis ruhig weitersprach: «Ich erblinde. Es gibt kein Mittel dagegen. Ich habe alles versucht. Ich war bei der Kräuterlise, beim Bader, beim Apotheker. Ich kaufte widerwärtige Kräuter, Säfte, Ratschläge, Alraunewurzeln. Ich gebe zu, dass ich sogar beim Henker übertreuerte Zaubersprüche und Kerzen aus Menschenfett erwarb. Dass ich mir in den Schädel schneiden liess. Mich kahl scheren liess. Dass ich täglich dreimal zur Heiligen Messe ging, in jede katholische Kirche der weiteren Umgebung. Dass ich Clara von Assisi, die lilientragende Patronin, die gegen Augenleiden hilft, anrief. Dass ich betete, betete, betete. Dass ich mich meiner Sünden wegen mit Lederriemen geisselte und Gottvater um Gnade anflehte. Dass ich auf Knien zum Kloster Einsiedeln kroch. Dass ich … gegen den Höchsten selbst wütete und gegen das Schicksal. Aber alles nützt nichts! Es nützt nichts, alles vergeblich! Ich werde erblinden, genauso wie mein Vater und der Vater vor ihm. Ich sehe kaum noch Buchstaben, halte ich ein Buch auch noch so dicht vor meine verdammten Augen. Ich lese noch alles, was ich kann, bevor mein Leben in Schwärze stürzt. Es wird sehr bald passieren. Ich stelle mich ans Fenster und sehe … gerade noch den Schatten des nächsten Hauses.»

Lang anhaltende Stille dehnte sich erneut aus, kaum wagte Salomon zu atmen.

«Hast du es deswegen jetzt eilig zu heiraten?»

«Ja, meine Familie drängt mich überhaupt nicht. Natürlich wäre es ihr recht, wenn ich den Namen weitergeben würde. Ich aber möchte eine Braut haben, die ich noch sehen kann. Es eilt.»

Nur leise traute sich Salomon nachzufragen: «Woran leidest du denn genau?»

«Ach, es nützt doch nichts. Es ist Gottes Wille. Meine Familie ist damit geschlagen. Du kannst dich doch noch an meinen Vater erinnern? Blind geworden, allerdings erst als er alt war. Bei mir geht es schon früher los. Gott bestraft meine Sünden.»

Heftig fuhr Salomon auf: «Welche Sünden denn? Du hast dich doch bestens benommen, gottgefälliger geht's ja nicht. Hast sogar meine Fehde ertragen wie ein Märtyrer. Was soll da Gott noch bestrafen? Schliesslich hat Er dir schon Frau und Kind genommen!»

«Schht! Versündige dich nicht, es ist Gottes Wille, ich werde es annehmen.» Mathis senkte den Kopf und bekreuzigte sich. Innerlich zeterte Salomon weiter: nein! So etwas konnte man doch nicht einfach hinnehmen: «Hast du den Stadtarzt aufgesucht? Er operiert ständig wegen Augenleiden. Du weisst doch, dass er weiterum bekannt ist dafür.»

Als Mathis nun bei Salomons Worten den Blick hob, kam es diesem so vor, als sähe er tatsächlich zum ersten Mal den grauen Schleier, der über den bernsteinbraunen Augen seines Jugendfreundes schwebte. Hirzel wies Salomons Rat von sich: «Nein, ich gehe nicht auch noch zum Stadtarzt. Ich akzeptiere mein Schicksal. So ist es gedacht.»

«Wie siehst du denn jetzt? Was genau siehst du noch?»

«Es ist nicht wichtig.»

«Ich will es wissen!»

Seufzend gab Mathis seinem Schwager nach: «Es ist, als läge ständig ein Schatten auf allem, als sähe ich durch einen Wasserfall hindurch. Ich brauche lange, bis ich mich an veränderte Lichtverhältnisse gewöhnt habe: trete ich vom Hellen ins Dunkle dauert es ewig, bis ich mich überhaupt orientieren kann. Manchmal sehe ich bei Lichtern sogar Heiligenscheine.»

Als Salomon weiterfragen wollte, schüttelte Hirzel ergeben den Kopf: «Lass es gut sein. So ist es nun einmal.» Und ohne erkennbare Bitterkeit fuhr er fort: «Deine Fehde hat mir mehr geschadet, als du denken kannst. Keine Familie wollte mich als Schwiegersohn. Der Verdacht, dass ich meine Frau und mein Kind ermordet haben könnte, lastete auf jeder einzelnen Hochzeitsverhandlung. Sogar verarmte Adelsfamilien weigerten sich, mir eine Tochter zum Weib zu geben.»

Das schlechte Gewissen traf Salomon wie ein Blitz aus helllichtem Himmel, aber darin würde er sich nicht suhlen. Als Mann der Tat sprang er auf und rief energisch: «Ich werde dir eine Braut suchen. Ich werde dir eine finden. Und damit den Schaden wieder gut machen. Das verspreche ich bei Regines Seelenruhe.»

Wenn er den noch immer so vertrauten Freund nicht dazu bringen konnte, sich gegen seine Krankheit zu wehren, dann wollte er wenigstens etwas Kleines wiedergutmachen. Und schon besuchte ihn eine bestechende Idee: letzthin hatte ihm eine Witwe von der interessierten Suche eines verzweifelten Vaters berichtet. Offenbar gehörte der zu jenem neuen Handelsadel, der ein beträchtliches Vermögen mit Seide gemacht hatte. Auf der Zürcher Landschaft. Was ein gerissener Schachzug war, denn das Berufsverbot innerhalb der Stadt untersagte jedem, der nicht einer Zunft angehörte, die Ausübung seines Handwerks. Clever wie die Geschäftemacher nun einmal waren, hatten sie ihre Produktionsstätten einfach in die nahe Landschaft verlegt und verdienten dickes Geld mit ihren Textilien und neuen Produktionsarten. Aber eben, sie gehörten nicht zu den ganz alten Familien, deren Name seit Jahrhunderten in den Ratsbüchern standen, die in einem engen Zunftsklüngel verwoben waren. Warum aber nicht einen alten Namen mit neuem Geld vermählen? Beide hatten ihre Makel, aber gemeinsam balancierten sie diese aus. Mathis Hirzel würde bald blind sein, bot aber die Sicherheit eines alten Namens. Die Braut wies keine nennenswerte Herkunft vor, dafür würde sie keine Widerworte gegen einen behinderten Mann geben und möglicherweise brachte sie eine beträchtliche Mitgift mit. Von Wyss notierte es sich im Gedächtnis, nach dem Vater jener Jungfrau zu fragen, ihn baldmöglichst für Verhandlungen im Namen seines Schwagers zu treffen.

Bei dem Angebot Salomons, sich um eine Braut zu kümmern, lächelte Hirzel und meinte dann: «Eine Heirat, das würde ich gerne sehen. ... Das würde ich gerne noch sehen.»

Sie reichten sich die Hände zur Abmachung. Das zähe Zerwürfnis wurde nun endlich mit dem Anvertrauen von Geheimnissen und Angeboten zur Lösung begraben.

Als Salomon schon auf der Schwelle zum Ausgang stand, rief ihm Mathis noch nach: «Der Angriff auf deine Ehre. Ich glaube, ich weiss, woher er kam.»

«Wer?!»

«Ein anderer Siecher. Auch wenn seine Krankheiten stets eingebildeter Art ist.»

«Frymann!»

Die Kreise, die Johann in der Stube ging, würden sich sicher bald deutlich auf dem dunklen Tannenholzboden abzeichnen. Aber dies fiel nur Cleophea auf. Es war ausserordentlich befriedigend, dass alle drei Rätsel nun gelöst waren und brav nebeneinander aufgereiht lagen wie frisch gesponnene Fäden, die sich ordentlich um die Spule legten. Cleophea würde sich sodann ihrem nächsten Ziel widmen: Ehefrau zu sein. Nun, Ehefrau zu werden.

«Nicht zu fassen: Cleophea hatte Recht!» Gereizt rubbelte sich Johann mit der Rechten seine beissende Narbe an der Wange und konnte trotz allen Widerwillens nicht aufhören aufzuzählen, womit sie Recht gehabt hatte: «Susann hat uns tatsächlich angelogen, als sie behauptete, sie habe ihren Mann noch am Montag gesehen. Dabei war er schon seit Sonntag verschwunden. Cleophea hatte Recht.»

«Mein lieber Freund, damit müssen wir wohl leben.», Salomon konnte diese bestimmte Schande gut annehmen. Wenn er genauer hingehorcht hätte, hätte er in seiner Aussage sogar den Anflug von Stolz deswegen hören können. Stolz auf die schlaue Glarnerin. Seine schlaue Glarnerin.

«Susann hat uns mit ihrer blöden Lüge an der Nase herumgeführt. Kaspar war nicht nur schon einen Tag länger weg, als sie zugab, sie hatte auch tatsächlich Geschäfte mit Frymann. Düstere Geschäfte.»

Wie die wohlgenährte, sich hinter den Ohren waschende Jungkatze auf ihrem Schoss schien Cleophea zu schnurren. Für einmal brauchte sie kein Salz in die schwärenden Wunden der Männlichkeit zu streuen, das taten ihr Cousin und ihr Gastgeber schon selber. Sie summte leise eine schlichte Melodie, da sie ausserordentlich zufrieden mit sich war. Dabei hörte sie dem Dialog der beiden geliebten Männer schweigsam zu.

Salomon mochte es nicht wahrhaben: «Aber nein. Nein! Der Schwächling kann sich doch nicht so etwas ausgedacht haben, er kann es nicht gewagt haben, eine Verschwörung gegen mich anzuzetteln. Er ist dafür nicht stark genug.»

«Aber sicher! Er ist genau deswegen ein guter Verdächtiger: er ist schwach, er arbeitet hinter deinem Rücken gegen dich, das passt. Er begegnet dir doch nicht mit offenem Visier. Er hat nicht den Mut, dich unverblümt in die Schranken zu weisen. Was hätte er zu gewinnen, griffe er dich direkt an? Nein, das riskiert er nicht. Und ausserdem: die einzige Alternative zu ihm als Ehrenschänder wäre seine Frau als Täterin. Sie wusste genau so viel. Sie ist gar Gotte von Susanns Kindern. Magst du sie eher verdächtigen?»

«Gott, nein!»

«Eben. Frymann hat in deinem Haus Blut vergiessen lassen. Blut, das von Owe aus Verwachsenen fliessen liess, denn die Knechte hat er sicher im Spital ermordet. Frymann hat ihn für das Blutbad hier bezahlt, nachdem Susann die Verbindung hergestellt hat und daraufhin liess Frymann die Leute wissen, dass dein Bett voller Blut ist. Als du zurückgekommen bist, hat er nicht nur auf das vorgängige Gerücht in der Nachbarschaft zurückgegriffen, sondern auch Hirzel darauf aufmerksam gemacht. Der hat die Gelegenheit beim Schopf gepackt, dich öffentlich abzuführen, was einer Verurteilung gleichkam. Es war ein dummer Schachzug, denn wir waren erst gerade von der Reise zurückgekehrt. Weswegen wir simpel beweisen konnten, dass du niemals für das Blutbad verantwortlich warst.»

«Das hat die Leute aber nicht davon abgehalten zu glauben, ich hätte meine Ehre beschmutzt.»

«Wie Mathis schon vor nicht langer Zeit so treffend bemerkt hat: die Leute glauben immer nur das Schlechteste von jedem anderen.»

«Was hat sich Frymann davon versprochen? Ich habe nichts gegen ihn.» Auf Cleopheas zweifelnd verzogene Miene hin berichtigte sich der Zürcher: «Nun, ich finde ihn lediglich absolut abstossend. Schwächlich. Einfältig. Schwach. Schwach. Schwach.»

«Das scheint ein recht guter Grund, dir schaden zu wollen.»

«Hä?»

«Mein schöner, aber begriffsstutziger Zünfter: Eifersucht.»

Salomon begann, aus voller Kehle zu lachen, bis das Lachen in Kopfschütteln überging: «Nein, nein. Das kann nicht sein. Warum sollte Frymann auf mich eifersüchtig sein? Etwa, weil seine Frau mit mir spricht? Ich will doch nichts von ihr. Magdalena ist doch mindestens doppelt so alt wie ich, was sollte ich mit so einem alten Weib? Sie kann ja nicht einmal Kinder gebären, ihrer Ehe blieb der Kindersegen versagt.»

«Aber», fiel Cleophea ein, «alle wissen, dass Kinderlosigkeit eine Strafe Gottes ist. Es zeugt von früheren Sünden. Das kannst du doch nicht abstreiten.»

Als Salomon den Mund für eine zweifellos blasphemische Antwort öffnete, fiel Johann ungeduldig in das Zwiegespräch ein: «Das interessiert doch niemanden. Wichtig ist doch nur die Frage, wie wir Frymann das Handwerk legen. Wenn wir uns jetzt nicht wehren, wird er andere Wege finden, Salomons Ehre in Frage zu stellen. Das müssen wir verhindern. Wie weisen wir ihm nach, dass er Schuld an diesen Verleumdungen trägt? Würde Susann bei einem Gerichtsverfahren beschwören, er hätte das angestiftet?»

Der Gerichtsschreiber kannte sich am besten aus: «Sie ist nur eine Frau. Und dazu noch die eines Knechts, eines toten Knechts, ihr Wort hat vor Gericht keinerlei Gewicht. Auch Hirzel hat nur vom Hörensagen Kenntnis von der Diffamierung. Frymann würde sicher mit vielen gutbeleumundeten Geschäftsfreunden ankommen, die für seinen guten Ruf einstehen, ob wahrheitsgetreu oder nicht. Nein, die Anzettelung der Verleumdung kann nicht in einem Gerichtsverfahren geklärt und gesühnt werden. Dafür habe ich weder Leidenschaft noch Zeit.» Wie ein geschmeidiger Jagdhund knurrte Salomon: «Ich bin ein grosser Freund der Gewalt geworden. Ich werde ihn etwas verprügeln, etwas bluten lassen. Dann wird er schon gestehen. Das ist alles, was wir brauchen. Ein Geständnis.»

«Kommt nicht in Frage», Cleopheas Aussage war bestimmt, duldete keine Widerworte.

«Warum nicht? Sag nur, deine Katholischheit hindert dich daran.»

«Damit hat das nichts zu tun. Mich hindert die simple Vernunft. Wenn wir Frymann verletzen, wird diese Geschichte unendlich werden. Er wird sich immer wieder neu auf dich stürzen und gegen Hinterhältigkeit ist noch kein Kraut gewachsen.»

«Du bist eine Zauberin: ich bin sicher, du hättest da einen Gegenzauber.»

«Nicht, wenn es sich anders regeln lässt. Johann, was meinst du?»

«Wie zuvorkommend, dass ich auch noch gefragt werde: natürlich gehen wir zunächst zu den Frymann'schen Geschäftsleuten, um zu sehen, ob sie schuldig sind. Bestimmt werden wir dort nichts erfahren, warum sollten sie ihre Tat auch zugeben? Aber diese Chance zum Geständnis sollten wir ihm oder ihr freundlicherweise geben. Danach werden wir Susann die Hölle heiss machen. Sie ist das noch schwächere Glied in dieser Kette, auch wenn es einiges an Überzeugung brauchen wird. Die ist zäh, die ist sich Widrigkeiten gewöhnt. Aber ihr Lebensstil wird von Vorteil sein: für etwas Geld wird sie sicher gegen Frymann aussagen und wir können auch erfahren, ob die Fryfrau darinhängt.»

«Niemals ist sie Teil davon.»

«Dein Vertrauen in die Kauffrau in Ehren, aber das wollen wir schon sicher wissen.»

※

Also trotteten die drei durch Zürich und achteten darauf, einander im dichten Gedränge vom Markt nicht zu verlieren. Beim Rathaus gingen sie bergan, überquerten die Münstergasse, kamen an Adelstürmen vorbei, danach bogen sie in eine gebeugte Gasse ein, in die «Oberen Zäune» mit seinen Gärten und imposanten Häusern. Schliesslich klopften sie an Magdalena Frymanns «Weissem Bild» an, wo ihnen allerdings von der dezenten Magd beschieden wurde, die Besitzer seien beide ausser Haus.

«Und wo sind deine Meistersleute?», fragte Cleophea, denn das junge Ding schrumpfte vor den Männern in die Dunkelheit des Eingangs zurück.

«Das kann ich nicht sagen», die Antwort war kaum verständlich, so leise waren die Worte ausgesprochen worden. Deswegen wollte Cleophea nun Klarheit: «Du kannst nicht oder du willst nicht?»

Das verstand die Magd nicht, sie blinzelte die Fragende an, ihr Blick zuckte zu dem schönen Zünfter hinüber, dann zu dem Schmalen mit den gefährlich aussehenden Narben. Schliesslich hob sie unsicher die Schultern. Cleopheas Geduld erschöpfte sich.

«Willst du uns nicht sagen, wo sie sind?», fragte sie nun scharf, worauf die Magd womöglich noch bleicher wurde und hastig ausrief: «Doch, doch! Ich kann nicht!»

Die Schultern nach vorne gerollt, den Kopf eingezogen, gab die junge Dienstbotin einen erbärmlichen Anschein und es bestanden keine Zweifel über ihre Verzweiflung. An Salomons Schulter murmelte Johann überlegend: «Sie ist verstört», worauf sich Cleophea wieder einmischte und das dünne Mädchen weiter befragte: «Was ist hier los?»

«Nichts!»

Die Tür wurde ihnen vor der Nase zugeschoben. Ein paar zaghafte Sonnenstrählchen beschienen die drei, die verwirrt vor der prächtigen Haustür des Weissen-Bild-Hauses herumstanden. Schon wurde sie wieder aufgezogen und die kleine Magd schrie mit allen

Kräften, die ihr ausgezehrter Körper in sich hatte: «Er ist ein böser, böser Mann! Ich habe gar nichts getan. Er sagt, es ist üblich. Ich mag es aber nicht!»

Sie schlug die Türe wieder zu und hinterliess drei Staunende, die sich fragend ansahen, ernsthafte Verblüffung auf allen Mienen, bis Salomon verächtlich zischte: «Es ist also wahr.»

Die zwei vom Land wandten sich an ihn, weil sie nicht wussten, woher er wusste, was wahr war.

«Hä?»

Erneut wurde die Tür aufgerissen, knallte gegen die Wand; die Magd stand ein weiteres Mal im dunklen Türbogen, sie war nun vollkommen ausser sich, ihr winziger Leib wurde von wilden Schluchzern geschüttelt, Tränen flossen über ihre Wangen, ununterbrochen zog sie die Nase hoch, hickste und wimmerte, als sie die Hände hochhob, damit die drei es sahen. Johanns Innereien verzogen sich vor Mitgefühl, als er die wunden Handgelenke sah: das junge Mädchen hatte oft schon scheuernde Fesseln getragen. Die ganze Nachbarschaft konnte es wohl hören, wenn sie nur wollte, so heftigverzweifelt schrie nun die Angestellte der Kaufleute in die Gasse: «Er sagt, wenn ich nicht tue, was er will, stellt er mich an den Pranger. Das ist viel schlimmer, als von ihm gefesselt und ausgestrichen zu werden.»

«Ausgestrichen?!»

Die Magd ging nicht auf die entsetzte Nachfrage Salomons ein, sie heulte: «Ich will hier nicht bleiben. Ich will Rache! Auch wenn den Sanftmütigen der Himmel gehört. Das ist mir gleich. Findet ihn und bestraft ihn!»

«Wo ist Frymann?»

«Am Hexensabbat.»

Die Tür wurde schon wieder ins strapazierte Schloss geworfen und dieses Mal blieb sie auch zu.

44. Kapitel.

In dem endlich der Hexensabbat besucht wird.

«ES HAT KEINEN SINN, hier in der Kälte zu diskutieren. Lasst uns nach Hause gehen. Die Befragung Susanns muss warten.» Salomon wandte sich weg und führte seine zwei Gäste heim. Dort steuerte er sofort die Stube an und liess für einmal Getränke und Essen ausser Acht.
«Ich nehme an, ihr habt da nicht alles verstanden.»
Auf das bestätigende Nicken der zwei fuhr Salomon fort, die Aussagen der Frymann'schen Magd auszudeuten. «Sie wird offenbar von Frymann für die Befriedigung seiner körperlichen Gelüste gebraucht: er vergewaltigt sie.»
Auf das entsetzte Einatmen Cleopheas konnte er jetzt nicht weiter eingehen, wütend fuhr Salomon fort: «Natürlich hat er nicht das Recht, sie an den Pranger stellen zu lassen, wenn sie sich ihm nicht fügt, aber die Androhung dieser öffentlichen Schande hält sie ruhig. Sie weiss ja nicht, ob es wahr ist, was er sagt. Wen sollte sie schon um Rat fragen? Diese jungen Mägde können zu allem missbraucht werden, sie schweigen, weil sie annehmen, dass es üblich sei oder dass man ihnen nicht glauben wird, was ja meistens auch stimmt. So lässt sie sich demütigen und schweigt. Denn wenn herauskommt, dass sie nicht mehr unberührt ist, wird sie es schwer haben, einen guten Ehemann, ein Auskommen zu finden und muss befürchten, später als Bettlerin auf der Strasse zu enden. Oder im Spital. Wir alle haben gesehen, wie es dort aussieht. Jeder zieht ein anderes Schicksal vor und wenn nur eine kleine Chance besteht.»
Johanns Ohren leuchteten vor Empörtheit, Cleopheas Augen brannten vor Wut, als sie den Zürcher mit zitternder Stimme fragte: «Was hat sie mit streichen gemeint?»
Der Gerichtschreiber lächelte grimmig, aber seine Abfälligkeit galt nicht der naiven Frage seiner Cleophea; von Herzschlag zu Herzschlag sank sein sowieso schon kläglichkleines Ansehen von Magdalena Frymanns Ehemann. Er erklärte den Vorgang: «Ausstreichen, so heisst das. Ausgestrichen wird man in Zürych üblicherweise vom Henker: es ist eine der recht gebräuchlichen Leibstrafen für Männer. Bei dieser Strafe wird der Übeltäter ausgezogen und unter Staudenschlägen auf den Rücken öffentlichen durch die Stadt getrieben. Äusserst demütigend, es greift direkt die Ehre an, auch wenn es noch nicht in die Kategorie der Brandmarkung gelangt. Dies ist eine Verschärfung des Stehens im Halseisen. Hier jedoch liegt der Fall ganz anders, hier geht es nicht um den Vollzug einer gerichtlich angeordneten Strafe. Hier geht es um persönliche Perversion. Frymann findet offenbar Gefallen daran, seine Magd zu fesseln, zu schlagen und ihr auf vielartige Weise Gewalt anzutun. Seine so genannte Strafe gegen die Magd hat nichts mit Recht zu tun. Oder gar

Gerechtigkeit. Als Hausherr wäre er bekanntlich für ihr Wohlbefinden zuständig, als Mann des Hauses sollte er sie beschützen. Stattdessen nutzt er ihre Jugend und ihre Hilflosigkeit grausam aus. Der hundsgemeine Schuft!»

Salomon holte tief Atem, er war – zu seinem Leid – nicht besonders überrascht über die Misshandlung einer Magd; ähnliches Verhalten war weit verbreitet und auch wenn er selbst an einer solchen Handlung keinen Gefallen fände, so gab es genügend Meistermänner, die Befriedigung in gewalttätiger Macht suchten. Mysterien über Mysterien – und sie gaben Johann keine Seelenruhe, kopfschüttelnd frage er in den Raum: «Was ist denn mit der Ehefrau? Warum unternimmt sie nichts dagegen? Sie muss das doch wissen. Warum greift sie nicht ein?»

Auf diese Frage wusste niemand eine Antwort, das Verhalten der Gattin blieb ein Rätsel. Und bis anhin hatte die junge Magd duldend geschwiegen. Aber heute hatte die Wut der jungen Frau endlich über Scham und Loyalität ihren Arbeitgebern gegenüber gesiegt und sie hatte ihr berechtigtes lastendes Leid herausgeschrien. Sie hatte den Suchenden etwas verraten, das …

«Wahr sein kann, aber nicht muss.»

Irritiert hob Salomon die Augenbrauen, als Cleophea den Gedanken, den er zu denken begonnen hatte, so einfach laut fortsetzte. Damit er das Heft wieder in die Hände bekam, wollte Salomon fortfahren, aber Johann fiel ihm nachdenklich ins Wort, als er die Motive darzulegen versuchte: «Vielleicht will sie ihre Meistersleute aus Rache verleumden, es gibt keinen Grund, ihr zu glauben, dass die Frymanns an einem Hexensabbat teilnehmen. Für eine Diffamierung ist nichts geeigneter als ein Gerücht über Hexerei. Das haben wir alle schon erfahren.»

Im Studieren legte er den Kopf schräg und redete langsam, sprach mehr zu sich selbst, als zu seinen beiden Freunden in der warmen Stube: «Hm. Seltsam: solchen Hexensabbaten sind wir jetzt – mindestens in Gesprächen – schon häufig begegnet. Obwohl offenbar noch nie eine Hexe aus der Stadt Zürych überführt worden ist, immer stammten diese von der Landschaft. Jetzt soll ausgerechnet Frymann ein Hexer sein? Schwer zu glauben, schliesslich gibt es immer und überall Hexengerüchte. Und es wäre ein ganz schön dicker Zufall, wenn sich Frymann ausgerechnet heute Nacht mit Hexen vergnügen würde.»

Salomons Entschluss jedoch stand fest, er hatte seine Ehre bewiesen, hatte zwei gefährliche Verbrecher überführt, war ein stolzer Held, ein echter Haudegeneidgenoss. Da konnte es wirklich nicht angehen, dass dieser lächerliche Frymann ihm weiter auf der Nase herumtanzte. Und gelänge es dem Gerichtschreiber, nun auch noch einen Hexenring auszuheben, dann konnten seine Kindeskindeskinder noch von seinem strahlenden Ruhm zehren. Ausserdem würde er persönlich das Scheiterholz für den Haufen spendieren, auf dem der fette Hinterhältige zu Asche verwandelt werden würde. Deswegen zögerte Salomon nun keinen Moment länger: «Ich will endlich wissen, wie sich so etwas abspielt. Meine Ehre ist gesichert, selbst wenn mich nun jemand da am Sabbat sehen würde, könnte ich leicht erklären, warum ich da bin. Jetzt, da ich nun wieder ehrenvoll in der Gemeinschaft lebe – einer ihrer Führer bin –, wird mir wieder geglaubt und mein Wort hat bedeutendes Gewicht.»

Salomons Abenteuertrieb führte ihn nun endlich weg von dem ewigen Sichernwollen seiner Ehre, seine Neugierde war zu gross geworden, als dass er es sich hätte entgehen lassen, endlich einmal einen Hexensabbat zu sehen. Und Frymann zu überführen. Diabolisch amüsiert rieb er sich in gemeiner Vorfreude die Hände: das würde ein Heidenspass werden.

«Wie wohl der Teufel aussieht?», sinnierte er laut und übersah das hastige Sich-Bekreuzigen Cleopheas und den schutzsuchenden Griff Johanns an die Allermannsharnischwurzel in seinem Wams. Aber bei aller Vorsicht, Cleophea war ebenfalls abenteuerlich genug, um endlich einmal bei solch einer Angelegenheit dabeisein zu wollen. Auch wenn sie entfesselte Menschenmassen aus erwiesen guten Gründen scheute, so wollte sie doch – aus sicherer Distanz und unter dem Schutze Salomons – einmal sehen, wie ein Hexentanz vor sich ging. Deswegen sträubte sie sich nicht gegen das Vorhaben, wichtig würde nur sein, im Versteckten zu verharren und nur zu beobachten. Johanns Einwand, dass sie aus Sicherheitsgründen bei dem Wagnis daheim bleiben müsste, überhörte sie in glänzender Souveränität, als sie begann, sogleich konkrete Pläne zu schmieden.

«Wie stellen wir es an, an den Sabbat zu kommen? Wo findet der üblicherweise in Zürich statt? Wir sollten uns beeilen, denn die Nacht steht schon über der Mitte.»

Cleopheas Denken bezog sich auf Praktisches und sie blickte hilfesuchend zu Salomon, als ob der wissen müsste, wo schändliches Treiben stattfand – nun ja: schändliches Treiben ausserhalb von Zünfterhäusern. Noch konnte Cleophea es nicht überwinden, dass einem Mädchen solche Ungemach zugefügt wurde und dieses die Schande, den Schmerz erduldete aus Angst, keine andere Stelle zu bekommen. Entschlossen machte es sich Cleophea zur Aufgabe, die Frymann'sche Magd aus dieser Situation zu retten. Leise murmelte sie das Versprechen und bekreuzigte sich. Heute war leider dagegen nicht vorzugehen, morgen allerdings würde Cleophea Drastisches unternehmen, das Mägdchen zu erlösen. Im Hier und Jetzt jedoch drehte sich alles noch um den nächtlichen Hexensabbat und die Frage, wie man ihn finden konnte.

«Sinnvollerweise gehen wir zu jenen Plätzen, die am wahrscheinlichsten sind.» Salomon zählte sie auf: «Es müssen verrufene Orte sein, Orte, wo generell Übles vor sich geht, ausserhalb der Stadtmauern. Es sind solche schaurigen Plätze, an denen sich Hexen treffen, das weiss ja jedermann. Hier in Zürych sind es jene drei Gegenden: bei der Sihl, wo der Wasenmeister sein Haus hat; bei Albis, wo der Galgen steht oder bei Sankt Jakob, auf dem Friedhof, wo Missetäter, Malefikanten begraben werden, Hingerichtete, Selbstmörder. Ich schlage vor, wir beginnen bei der Sihl ausserhalb des Rennwegtors und arbeiten uns durch den Landstrich. Mit etwas Glück und Zufall sollten wir die Hexenversammlung finden. Auch wenn heute kein so recht bedeutsames Datum ist, aber Hexen treffen sich sicher auch sonst einmal, da muss es nicht immer die Walpurgisnacht sein. Auf eine Vollmondnacht Anfang Mai zu warten, dauert zu lange.» Ernsthaft wandte sich Salomon an Cleophea: «Kennst du einen Zauber, der uns führen könnte?»

Die Näfelserin war entsetzt, dass ihr Zünfter so etwas vorschlug: «Bei allen Heiligen! Natürlich nicht! Meiner Grossmutter hat man nur nachgesagt, sie sei eine Hexe. Das wurde nie bewiesen! Und ich bin mir sicher: ich bin keine Hexe, ich habe den Teufel nie gesehen und Dämonen bekämpfe ich mit Feldthymian oder – wenn man mich lässt – mit glühendem Eisen. Niemals jedoch würde ich schwarze Magie betreiben, nie! Nicht einmal für dich!»

Unberührt von diesem Ausbruch wandte sich der Zünfter an Johann, der sogleich die Hände abwehrend hob und verneinend den Kopf schüttelte: «Frag mich erst gar nicht! Ich bin ein Heiler, diese Kräfte stammen nicht vom Teufel. Sie sind gottgegeben und gut. Nur vollkommen verzweifelt, für meine Familie, würde ich versuchen, schwarze Magie anzuwenden.»

Bemerkenswerter Unterschied, Salomon war sich wohl bewusst, wie viel die zwei ihm verraten hatten. Er war Cleophea nicht böse, dass sie ihn nicht wert genug fand, sich für ihn an schwarzer Magie zu versuchen. Er hätte es gar nicht geschätzt, wenn sie gegen ihre Überzeugung gehandelt hätte, um ihm zu gefallen. Er verachtete Schwäche.

❦

Als die drei schliesslich das Haus verliessen, waren sie dunkel und warm angezogen und eilten zügig durch die Stadt, die trotz der nächtlichen Stunde nicht menschenleer war. Brav führten sie, wie vom Gesetz verlangt, eine Laterne mit sich. Sie begegneten Stundenrufern und ausgelassenen Gruppen junger Unverheirateter. Hin und wieder liefen sie auch Nachtwächtern über den Weg, die ihre Laternen sofort wieder senkten, sobald sie den von Wyss'schen Zünfter erkannten. Brunnenkontrolleure, Gesindel, Pfarrer kreuzten ihren Weg. Nicht wenige Betrunkene torkelten fröhlich über die schneedunkelweiss bedeckten Trampelpfade, einige waren auch streitsüchtig. Wachsam behielt Salomon stets seine Faust um das Degenheft geballt.

Die drei überquerten die Brücke beim Rathaus, wichen der Nässe des Wasserschöpfrads aus, das mit lautem Geratter seine Arbeit tat; sie zogen am Kornhaus vorbei und gelangten über die Strehlgasse und den Rennweg zum Rennwegbollwerk. Ein paar glitzernde Münzen wechselten den Besitzer und schon öffnete sich das Tor wie durch Bestechungshand und die drei schlüpften hindurch, rannten dröhnend laut über die Holzstege, die über die zwei

Wassergräben der Stadtbefestigung führten. Hinter ihnen wurde das Tor zu laut geschlossen.

Sie standen in der ungeschützten Freiheit. Ausgeschlossen aus der sicheren Stadt mit ihren Mauern, Schwirren, Türmen und Verteidigungsgeschützen. Cleophea zog den Mantel enger um sich, sie blickte zurück. Sie hatte bisher nichts anderes als unbeständige, wilde harte Natur gekannt, aber seit sie nach Zürich gekommen war, hatte sie sich recht geborgen gefühlt in diesen Mauern, bei den vielen Menschen, von denen niemand sie kannte; mit keinem war sie verwandt, keinem Rechenschaft schuldig – und da lebte auch der allerschönste aller Männer! Nun sah sie die zürcherischen Befestigungen der minderen Stadthälfte in der Dunkelheit verschwinden – den Neuen Turm, das Augustinerbollwerk, den Hartmannsturm, den Wollishofenturm und wie sie alle hiessen. So entfernte sie sich also aus diesem sichtbaren Schutz und begab sich in dunkle Ungewissheit. In der Gesellschaft jedoch von jenen zwei Menschen, denen sie mit ihrem Leben vertraute. Ebenfalls bewaffnet mit Mut, Schlagfertigkeit, Selbstvertrauen und einer riesigen Portion Neugier.

Die drei Suchenden hatten sich nach rechts gewandt und eilten dem Gebiet zu, wo der Abdecker hauste, wo Sihl und Lindmag zusammentrafen. Es stellte sich heraus, dass dunkle Kleidung im Schnee doch recht offensichtlich auffiel, sie konnten nur hoffen, die Hexen würden zu beschäftigt sein, um sie zu bemerken. Die drei öffneten sicherheitshalber schon einmal alle Sinne und sahen, horchten, rochen nach lodernden Feuern, Musiktreiben und Gelage. Das waren, wie jedes Kind wusste, die typischen Begleiterscheinungen von Hexentänzen.

Gleichwohl blieb das Land dunkel, nicht einmal im Haus des Schinders, das sie durch Lage und Geruch identifizierten, brannte eine Kerze oder ein Herdfeuer. Die drei tasteten sich beim Schein der Laterne, die Johann hielt, weiter. Sie würden zum Galgengebiet gehen müssen. Der Wald, in den sie eintauchten, schluckte wieder etwas von ihren dunklen Mänteln, hüllte sie sorgfältig ein, sie fühlten sich dadurch einigermassen sicher. Für Johann war das dichte Grün, Mutter Erde – auch wenn sie momentan weiss und schlafend war – sowieso eine altbekannte Freundin, seine Füsse gingen in sicheren Schritten über die Unebenheiten des Geländes. Unverzüglich füllte sich sein Bauch wohlig mit Wärme, als seine Seele die freundliche Vertrautheit der allmächtigen Natur in sich aufnahm.

⁂

Als die ersten Geräusche zu ihnen drangen, löschte Johann hastig die Laterne und stellte sie an einer Baumwurzel ab. Die Lampe war kostbar, aber hinderlich. Und ohne Licht sinnlos. Deswegen würde er sie zurücklassen. Er konnte sie am Morgen suchen gehen. Wenn es für ihn ein Morgen geben würde. Nun nagte doch abergläubische Angst unüberhörbar an ihm und er murmelte ein lautloses, aber nicht wenig inständiges Schutzgebet.

Sie näherten sich den Klängen und Johann spürte, wie sich seine Cousine enger an ihn drückte, mit der Linken umfasste sie Salomons Hand, so dass die drei wie ein enger Haufen die letzten Schritte taten. Sobald sie das flackernde Licht zu sehen bekamen, lösten sie sich voneinander und schlichen einzeln, geduckt von Baum zu Baum weiter. Furcht vor dem erwarteten Unbekannten, dem möglicherweise Gottlosen verengte Johanns Brust, heftig klopfte sein Herz sogar in seinen Schläfen, seine Augen schienen unfähig zu fokussieren, er blinzelte hastig, schob seine honigfarbenen Fransen aus der klammen Stirn. Seine Handinnenflächen liefen trotz der Kälte schweissfeucht an, er hoffte, dass man sein krampfhaftes Schlucken nicht hören würde. Er atmete oberflächlich, fast konnte er spüren, wie sich seine Ohren flach anlegten wie jene einer Katze auf der Lauer. Es den anderen zwei gleichtuend, glitt er nun leise auf die Erde, bewegte sich auf Ellenbogen und Knien weiter, drückte sich tief auf den verschneiten Boden.

«Es klingt wie ein Hochzeitsfest.» Und obwohl Salomon nur flüsterte, konnte Johann das basse Erstaunen hören, das aus den fünf Worten klang. «Wie ein hundsnormales Hochzeitsfest.»

Die Musik kam jetzt zu einem Ende; die drei hatten Sackpfeiffen und Flöten ausgemacht, die ein flottes Lied vorgegeben hatten. Lachen und munteres Reden klangen durch die Bäume, Zusammenklicken von Tonbechern war zu hören; Knacken und Wärme, Helligkeit verrieten die Gegenwart eines lodernden Feuers. Erneut wurde ein Lied laut, ein Tanz begann. Mit nachdenklich zusammengekniffenen Augen betrachtete Salomon das Treiben und grinste. Das hier war noch ein richtiger Tanz, nicht diese neumodische Tapserei der Adligen, bei der man die Frau kaum berühren durfte, sich gerade halten musste, die Dame weit von sich weg. Wo man sich steif zu seichter Musik bewegte, stumm, aufrecht und edel. Langweilig.

Dieser Tanz vor dem unbändigen Feuer richtete sich gar nicht nach den Benimmregeln eines Erasmus von Rotterdam, das konnte Salomon gefallen. Dies war unpuritanisch. Hier stampfte die Gesellschaft ausgelassen mit den Füssen im Takt der lustigen Musik, Arme verschlangen sich, Körper wurden aneinandergepresst und liefen wieder auseinander. Frauen wurden hochgehoben und herumgeschwungen, sie liessen die Haare frei fliegen und die Röcke ebenfalls, offenbar scherte sich hier niemand darum, dass ‹Tanzen unziemlich war und den Zorn Gottes hervorrief›, wie das ein Sittenmandat der Zürcher Regierung so trefflich formulierte. Lachen und Klatschen begleiteten das ganz und gar unzwinglianische Treiben.

Bevor sich Salomon jedoch für die Situation erwärmen konnte, brach die Musik ab und es wurde leiser, nur noch geschwatzt wurde in fröhlicher Ungezwungenheit. Jetzt hämmerte es einige Male, auf dieses Zeichen hin fiel Stille über den Wald, die Rede einer einzelnen Männerstimme setzte ein. Es begann, worauf alle Anwesenden gewartet hatten. Erwartungen wurden erfüllt: man befand sich schliesslich an einem Hexenfest.

Johann, der platt auf dem Bauch lag, drückte sein Gesicht in die schützenden Handflächen, seine Nackenhaare stellten sich auf, als er bemerkte, was geredet wurde. Die männliche Stimme predigte, sie betete. Langsam, gewaltig, gewichtig. Sie sprach von Verwünschungen, von Schäden, von Tod, Pest, Verderbnis und von dem, was man anderen Lebewesen antun würde. Die Predigt war keine: hier wurde Gott gehöhnt! Gott abgeschworen!

Beim ersten erbärmlichen Quietschen riss Johann gegen jedes bessere Wissen den Kopf aus seinen Händen und er sah gerade noch, wie Stösse frischen Blutes aus der Kehle einer erschlaffenden Katze in einem Gefäss aufgefangen wurden. Der Becher wurde an die Lippen des Sprechenden gehoben und er trank, darauf wurde die ganze Runde mit dem Saft beglückt. Das Blut einer Katze war zu wenig, eine nächste wurde aus einem Korb geholt, das grauenhafte Schreien begann von neuem.

Hilflos tastete Johann an seinen Gürtel, an seinen Dolch. Was würde er ausrichten können? Er durfte nicht durch ein Eingreifen seine Cousine in Gefahr bringen, nur wegen ein paar Katzen. Fast atmete er auf, als die Rede wieder aufgenommen wurde, aber jetzt fühlten sich die Worte von den blutroten Lippen noch unheilvoller an. Schwarze hässliche Bedeutungen hallten in den Wald. Wellen von Unwohlsein und lähmende Gänsehaut schwappten über Johann und er bemerkte, dass sich seine Cousine neben ihm am Waldboden zu einem kleinen Ball zusammenkauerte und sich die Ohren mit beiden Händen fest verschloss.

Ja, sie hatte Recht, das durften sie nicht hören, sie würden deswegen zur Rechenschaft gezogen werden. Sie durften nicht hören, wie die Werke Gottes, die Opfer Christi und die Glückseligkeit des Heiligen Geistes durch Dreck und Pech gezogen wurden. Auf den Knien kroch Johann näher zu seinem Schützling hin, umschlang Cleophea fest mit beiden Armen, kniff konzentriert die Augen zusammen und versiegelte sein Gehör. Entschlossen richtete er seine Gedanken auf die Güte Gottes, auf die lichte Ewigkeit, die versprochene Erlösung, das unvergleichlich edle Werk Christi. Er entfernte seine Wirklichkeit vom Bösen, es konnte ihm nichts anhaben, wenn er sich die Liebe des Allmächtigen vergegenwärtigte, denn diese überstrahlte alles. Johann zog sich vollständig von den niederträchtigen Worten, von den abscheulichen Taten zurück, die seine Seele nun nicht mehr beschmutzten. Ohne es zu wissen, legte der Heiler einen mächtigen Schutzzauber über sich und seine Seelenverwandte, das Böse prallte von ihnen ab. In dieser geistigen und körperlichen Sicherheit fiel es dem Heiler nicht sofort auf, dass sich ein Teil von ihnen entfernte. Und als Johann bemerkte, dass der dritte im Bunde fehlte, war es zu spät.

Zu spät für eine Warnung.

Zu spät für Vernunft.

Viel zu spät.

Die grässliche Rede im Hexenkreis brach abrupt ab. Völlige Stille trat ein. Nicht ein Zweigchen bewegte sich. Nur die Flammen des Feuers züngelten gierig, leckten an den nahen Bäumen, bleckten ihre blutorangen Zungen.

Alle spürten, wie Mächte sich bewegten.

45. Kapitel.

In dem Zürych eine neue Teufels-Sage erhält.

«PUTZIG. Kann da jeder mitspielen?»
Mit einem Streich war Johanns Zauberkugel zerstört, entgeistert riss er den Kopf hoch, als Salomons Stimme selbstsicher durch den Wald vibrierte. Bei der Nachsicht Gottes!, er hätte es ja wissen müssen: der Zünfter verfügte ganz offensichtlich über einen anderen mächtigen Schutzzauber: er hiess grenzenlose Arroganz.
«Nun, ich sehe, Anton Frymann, dass du zur Abwechslung einmal gesund bist. Gesund genug auf jeden Fall, dich in einer seltsamen ... was soll das denn sein? ... einer Mönchskutte im Wald mit ein paar verrufenen Frauen und gebannten Männern zu vergnügen und ein bisschen Tierblut zu schlürfen. Hier hast du endlich die Macht, die du zu Hause nicht hast, nicht wahr? Ausser du vergewaltigst deine Magd, aber das zählen wir nicht. Ich bin etwas enttäuscht: du hast das übliche Datum für den Hexensabbat verpasst, du solltest doch wissen, dass die Nacht vor dem Lichtmessfest am günstigsten ist. Tststs.»
Seine verächtliche Rede fiel in das festgebannte Schweigen der am Tanz Beteiligten. Nie hätten sie sich träumen lassen, dass jemand so kühn war, ihr tolles Treiben zu unterbrechen. Ihre Leben waren voller Demütigungen und Gewalt, da war es gerecht, endlich einmal an einem ausgelassenen Fest teilzunehmen. Die Fesseln der mitleidlosen Unterdrückung, des trüben Alltags abzustreifen, schmerzvolle Normalität hinter sich zu lassen. Befreit endlich auch einmal eine Festlichkeit zu geniessen. Und sei es jene eines Hexers. Wer wusste es schon, er mochte ihnen auch übermässige Kräfte geben. Mochte ihnen Rachemittel gegen die Ungerechtigkeiten in die Hand geben. Und jetzt wurde dieses Fest so fatal gestört. Wer nur wagte das? Der so selbstsicher vor ihnen stand, ein schöner Zünfter, der konnte eigentlich nur ... Er wusste so vieles von ihrem Anführer, er kannte sogar das Geheimnis um dessen Magd. War es möglich, dass ausgerechnet heute Nacht ...? Hatte man nicht immer gehört, dass der Böse Feind sich als Edelmann zeigte? ...

Zur vollkommenen Bestürzung Frymanns, Johanns, Cleopheas – und Salomons – warfen sich die zwölf Lehrlingshexen und -hexer vor von Wyss in den aufgewühlten Schnee und baten um Gnade. Baten um Führung. Baten um Linderung von Leiden, um Reichtum, um Verzauberung von bösen Nachbarn, um Vernichtung von Widersachern.
Cleophea sah mit entsetzter Faszination, wie das Gesicht des Zünfters sich im Begreifen dämonisch erhellte, ein machtvolles Strahlen ging von ihm aus, nachdem er zunächst einen Atemstoss lang ungläubig auf die stupiden Menschen zu seinen Füssen gestarrt hatte. Wölfisches Grinsen breitete sich auf seiner Miene aus, triumphierende Überlegenheit, als seine Augen hart leuchtend jenen Frymanns begegneten. Jener hatte nicht die Geistesge-

genwart, die Anwesenheit des Zünfters zu erklären, weswegen Salomon seine Stellung ohne ein Zögern festbaute. Als zünftiger Zürcher wusste er stets die Schwäche der anderen aufs Natürlichste auszunutzen. Nicht ein einziges Aschestäubchen würde vom Gegner übrigbleiben.

«Ich bin es», dröhnte er mit fester Stimme und breitete die Arme aus, so dass sein schwarzer Umhang im Licht der Flammen flackerte und finster widerschien. «Ich werde all eure Wünsche erfüllen. Wir schliessen einen Pakt, der euch Wunder über Wunder bringen wird, alles Leiden wird vergessen sein, jeder Schmerz wird klein. Als Gegenleistung fordere ich nur einen kleinen Preis.»

Wieder hob er den Blick über die gebeugten Rücken der Gemeinschaft hinweg auf Frymann und es steckte tatsächlich etwas wie ein Teufel in ihm, als er grausam fortfuhr: «Ich fordere Frymanns Kopf.»

Die Gruppe protestierte nicht, stumm nahm sie seine Bedingung an, aber hinter sich nahm Salomon verstörendes Aufkeuchen wahr. Beim durchlöcherten Zwingli! Jetzt mussten seine Gastfreunde ihn an den richtigen Weg erinnern. Ausgerechnet jetzt! Da seine Rache so nahe war. Sie waren überzeugender als der Antistes – und so erfreulich wortkarg. Stimmlos seufzend lenkte der Gerichtschreiber ein: «Ich fordere seinen Kopf, folgendermassen.»

Jetzt wurde der Zünfter etwas unsicher, er musste einen Ausweg aus der Forderung finden, die Frymann für immer aus Salomons Umgebung entfernte, aber des Kaufmanns Körper unversehrt liess. Etwas anderes würden die Glarner dem momentanen Luzifer nicht verzeihen. Salomon musste schnell denken und sich auf alle Seiten absichern. Vertraut mit Niederungen und Umgang in der hohen Zürcher Politik fielen ihm die Worte zur gesellschaftlichen Vernichtung Frymanns ohne grössere Anstrengung ein. Bedenklich für sein Seelenheil war, dass er dabei lustvolles Vergnügen empfand.

※

In den folgenden Jahren hörte man oft die Sage des grausigschönen Teufels, der in der Gestalt eines makellosen jungen Junkers an einem von Gott verfluchten Ort, ganz in der Nähe einer glanzvollen Stadt, Zürich mit Namen, seine Rache an einem armen Sünder genommen hatte. Der Sünder musste alle Krankheiten auf Gottes schöner Erde erdulden und war dennoch ein guter, ein standhafter Christ geblieben. Er hatte ein tüchtiges Weib, das treu an seiner Seite stand, ihn liebte und ehrte. Ganz ohne sein Verschulden war der Sünder in ein böses Netz von Verstrickungen geraten, als er selbstlos am Spital zum Heiligen Geist wandelte. Dort traf er einen Menschen, der engelsgleicher nicht hätten sein können. Ein guter Mensch, der uneigennützig andere Menschen heilte und sich für die Gemeinschaft einsetzte. Ein Mann in gefälliger Gestalt, mit goldenem Haar, der sich besonders rührend um Knechte kümmerte, ihnen Freude schenkte. Und ihnen schliesslich die Lasten des irdischen Daseins abnahm.

Der arme Mann erduldete wie Hiob die Prüfungen, die seinem Leib auferlegt wurden. Aber auch der stärkste aufrechteste Christ unterliegt teuflischen Versuchungen und so geschah es, dass der Sünder, von seinen schlimmen Gebresten geplagt, Hilfe bei einer Hexe suchte. Sie stellten einen Vertrag aus, der sie beide durch das Blut band. Er wurde behext und war deswegen für seine Taten nicht mehr verantwortlich. Der Pakt lautete so: die Hexe würde ihn auf ewig gesund machen. Sie verwies ihn an einen weiteren Getreuen, den engelsgleichen Mann des Spitals. Für des Sünders Heilung wurde Folgendes verlangt: Er müsste Menschen suchen, die ungestalt waren, Gottes Antlitz befleckten. Deren Blut würde seine Krankheiten heilen und der engelähnliche Mann sowie die Hexe würden als Lohn des Sünders Reichtum bekommen, denn der Sünder war sehr reich. Und so geschah es.

Verzweifelt über die Not, die seine Leiden mit sich brachte, liess der Arme Sünder missgeborene Menschen vom Leben zum Tod bringen. Er bezahlte gutes Geld dafür. Manche sagen, es war eine Erlösung für die Krüppel. Die Hexe machte aus dem Blut der Getöteten Salben, die der Sünder sich auftrug. Und wahrlich: er gesundete.

Der Sünder freute sich seiner neuen Gesundheit und als er so wohlgestalt in der Welt war, vergass er seinen Pakt mit der Hexe und behielt seinen Reichtum.

Er wusste aber nicht, dass ein Dämon die Gestalt der Hexe angenommen hatte. Der verlangte seinen Lohn und lockte den rechtschaffenen, aber verwirrten Mann eines kalten Winterabends in den tiefen Wald. Dort hielt eine Versammlung von Dämonen Gericht über den Armen Menschen. Als Richter sass der Teufel selbst auf einer schauerlichen Ansammlung von Feuer und Schwefel, er hatte die Gestalt eines Junkers angenommen, ganz in schwarz gewandet, mit einem blitzenden Degen und von auffallender Schönheit. Nicht einmal ein Hinken entlarvte ihn als den, der er war; nur die unzähmbaren schwarzen Haare zeugten von dem wahren Wesen des Bösen Feindes.

Da der Sünder nun gesund war, Luzifer aber den Lohn verweigert hatte, wurde der Arme dazu verurteilt, sofort in die endlosen Feuer der Hölle zu fahren. Denn er hatte den Vertrag gebrochen. Ängstlich flehte der Sünder und bettelte um seiner hilflosen Gattin Willen um Hilfe und siehe da: der Herrgott hatte ein Erbarmen mit ihm. Denn da die Ehefrau des Menschen eine tüchtige, edle und gute Person war und nie in ihrer Christlichkeit wankte, konnte der Teufel den Mann nicht mit Verbannung in die Unterwelt bestrafen. Denn Gott selbst, der Mitleid mit der guten Frau hatte, errettete den Mann vor dieser schlimmen Strafe. Aber auch ein Vertrag mit dem Teufel ist ein Vertrag, der eingehalten werden muss, selbst Gott konnte den Mann nicht vor aller Strafe bewahren. So wurde dem Sünder befohlen, die glänzende Stadt, die Zürich geheissen, zu verlassen und niemals mehr wieder zu kehren.

Und so geschah es.

Der Mann nahm all sein Hab und Gut und flüchtete aus der Stadt, seine tränenreiche, aber gehorsame Frau mit sich nehmend.

Der Teufel aber, wütend wegen des Eingreifen Gottes, nahm dem Mann seine Gesundheit wieder und verlängerte sein Leiden in alle Ewigkeiten. Und so muss der Arme Sünder bis zum heutigen Tage auf der Erde wandeln, unerlöst und von ständigem Siechtum geplagt, heulend und klönend, sein Schicksal beweinend.

Noch heute kann man in jenem Wald in stillen Nächten um Lichtmess herum den Geruch eines nie erlöschenden Feuers riechen; dabei hört man das Jammern des Unerlösten im Knacken der brennenden Äste und im Wind, der durch der Bäume Laubwerk weht.

Es gibt Leute, die erzählen, sie seien gerade dann einem dämonisch schönen Junker begegnet, dessen Augen übernatürlich blau geleuchtet hätten.

46. Kapitel.

In dem Salomons Haus neu und dauerhaft besetzt wird.

NEUN JUNGE KATZEN kamen von ihren Schlaf- oder Jagdplätzen gerast, rieben ihre Köpfe an den Beinen der aus der Nacht Heimkehrenden, die Dreifarbige mit den Luchsohren kletterte elegant auf Johanns Schulter, der sich deswegen wenig elegant krümmte, während sich Cleophea niederbeugte, um je die vertrauensvoll entblössten Bäuche einer Gestreiften zu rubbeln. Salomon hatte sich eine weissschwarze auf den Arm gehoben und kraulte sie hinter den Ohren. So umhüllt waren alle in diesem Wohlbehagen, dass es ihnen zunächst nicht auffiel, dass hier etwas anders war. Ein Duft lag in der Luft, der vorher eindeutig nicht da gewesen war. Hier wurde gekocht. Schnellen Schrittes ging Cleophea voran, Johanns Hand haltend, Richtung Küche. Deswegen sahen sie Salomons selbstgefälliges Grinsen nicht. In der Küche stand eine magere Magd und schwitzte beim Herdfeuer, sie drehte am Spiess, wo ein grosses Fleischstück kräftig brutzelte und wunderbarste Wohlgerüche von sich gab.
«Die Magd Frymanns», Cleophea wusste augenblicklich, was Salomon getan hatte, voller Freude ging ihr Herz über, sie lief zu ihm und umarmte ihn, drückte sich mit aller Kraft an seine Brust. Er schlang seine Arme fest um sie und zeigte Johann – und aller Welt –, dass sie Sein war. Der sittenwächterische Glarner Cousin verdrehte die Augen, sagte aber nichts und wandte sich freundlich an die Magd: «Du arbeitest hier?»
«Ja, Meister. Seit heute. Zünfter Hirzel hat mich abgeholt. Er sitzt in der Stube. Er hat mich angestellt. Im Namen von Meister Salomon. Der zahlt mir viel Geld.»
Sie verbeugte sich linkisch vor ihrem neuen Arbeitgeber und die Hände, die sie unter der Schürze versteckt hielt, zitterten, obwohl sie sie zusammenballte. Besänftigend sprach Johann sie an: «Wir freuen uns, dich hier zu haben. Du wirst sehen, Salomon wird ein guter Meister sein. Dafür wird Cleophea sorgen.»
Und zur völligen Verblüffung der jungen Frau zwinkerte er ihr zu. Sie lächelte zaghaft, unsicher und senkte die Augen, rote Flecken waberten vom Hals in die Wangen.
«Nun, wir erwarten das Essen in Kürze. Du weisst, wie du aufzutragen hast?» Salomons Umgang mit Bediensteten war von wenig Sentimentalität geprägt. Die Magd nickte stumm und drehte sich dann gehorsam zum Herd um, wo sie weiteres Fett über den Fleischkloss am Spiess goss. Das Feuer zischte und nährte bei den Durchfrorenen ein kräftiges Hungergefühl. Ein Festessen zum Frühstück, das konnte wirklich nur einem Zürcher einfallen!

47. Kapitel.

In dem dreifache Bestimmung sich erfüllt.

DER ERWARTETE BRIEF VON CLEOPHEAS VATER war angekommen, er beinhaltete auch ein paar energische Zeilen vom Älteren Johann Zwicki. Balthasar Heftis Verhandlungen mit Salomon waren positiv verlaufen, man war sich über die Grundsätze einig geworden und die Zukunft für die katholische Söldnertochter strahlte wie das freundliche Morgenrot über dem Kerenzerberg.

Der ältere Johann wiederum war weniger entzückt über die Zukunftspläne seines Sohnes, er hatte strenge Worte in Tinte gefasst, aber der Junge Johann blieb hart. Sein schlechtes Gewissen, kein absolut gehorsamer Sohn zu sein, würde ihn lange begleiten, oft zerknirschen, aber dieses Mal würde er es sich nicht mehr verbieten lassen, in seine Zukunft zu ziehen. Er wusste, er konnte dabei auf die – zwar reichlich stachelige – Hilfestellung seiner Mutter zählen. Auf jene von der alten Lisette musste er verzichten, sie würde nun leider nicht mehr erleben, wie der stille Junge, der stets bei ihr in der Hütte gesessen war, seiner Bestimmung folgte. Aber Johann träumte klar, wie sie ihm bestimmend zunickte und ihm mit den abgearbeiteten wohlwollenden Händen ihren Segen gab. Ihr Wissen besass er schon in Ansätzen. Was immer seine Zukunft ihm bringen mochte, er würde es mit demütiger Gottergebenheit annehmen, das Geschenk seiner Gabe. Er würde nie wanken. Er würde aufrecht stehen.

Eines Morgens wachte Johann mit dem vielstimmigen Frühlingsgezwitscher der Vögel in der vertrauten Umgebung des «Störchlis» auf und erkannte, dass die Zeit gekommen war. Er hatte es gesehen, heute Nacht, viele Nächte schon. So würde es sein.
Tief und mit ruhigem Bewusstsein atmete er ein, fühlte ein letztes Mal mit ganzer genüsslicher Seele die warmen weichen Kissen, die üppigen Decken, den glänzenden Samtschutz der Katzen, die Geborgenheit dieses reichen Hauses.
Als er sich erhob, aufrechter stand als jemals zuvor, schloss er nickend, annehmend die Augen und sah, was sein würde.
Er ging einem umfangenden allwissenden Wald zu. Natürliche Wildheit und uraltes Wissen umgaben ihn mit schützender gewisser Dunkelheit.
Und alles war rein und klar. Er sah den leitenden glänzenden Lichtstrahl in naher Ferne, die Fussspuren vor sich.
Lange sichere Schritte waren vor ihm gegangen.

Es waren seine Spuren.

Er folgte ihnen mit den Augen bis zur heiligen, zur heilen Umfassung des grünsatten Waldes. Die freie Fremde, sie war da und sie öffnete bereitwillig ihre grosszügigen Arme für ihn. Die Zukunft. Er musste ihr nur folgen, sie war vorgezeichnet, lange schon. Schon immer.

Blind blickte er auf seine Hände, die alt und fleckig waren: lebendige alte Weisheiten leuchteten aus ihnen, sanfte volle Kräfte des Heilens. Erneut nickte er leise bestätigend. Es war gut.

Lichtblau hob Johann den Blick und sah seinen festen Schritten nach. Sie gingen selbstsicher, gerade, ohne ein Zögern.

Geradewegs hinein ins Dunkle.

Hinein ins Helle.

Er wurde, wer er war.

Notizen der Autorin zum geschichtlichen Hintergrund

Anatomie

Andreas Vesalius (ca. 1514-1564) gilt als Begründer der modernen Anatomie. Auf Grund eigener Sektionsbefunde korrigierte er alt hergebrachte, jedoch falsche Überlieferungen zur menschlichen Anatomie. Damit schuf er ein neues Bild des menschlichen Körpers, von dessen Funktionen man nur rudimentärste Vorstellungen gehabt hatte. Vesalius deckte viele Irrtümer des als Koryphäe betrachteten Galen von Pergamon (ca. 129-199), der seine Erkenntnisse hauptsächlich auf Tieranatomie gestützt hatte, auf. Mit 30 Jahren beendete Vesalius seine Universitätskarriere, wurde Leibarzt von Habsburger Herrschern. Er starb wohl 1564 auf der Rückreise von Jerusalem.

Vesalius' Hauptwerk «De Humani Corporis Fabrica Libri Septem» von 1543 (gedruckt in Basel) wird als Wendepunkt in der Anatomiegeschichte gesehen. Vesal offenbarte bedeutende anatomische Erkenntnisse; seine Befunde gewann er durch Sezierungen von menschlichen Leichen, was damals noch höchst umstritten war. Die Theologie ging davon aus, dass der Körper des Menschen nach dessen Tod unversehrt auf den Jüngsten Tag zu warten hatte. Deswegen musste der Forscher Vesal sich Leichen unter widrigsten Umständen beschaffen, manchmal gelang es ihm, einen hingerichteten Straftäter mit Bewilligung der Obrigkeit auf seinen Seziertisch zu bekommen. Bisweilen sollen seine Studenten Leichname aus frischen Gräbern geklaut haben.

Almosenwesen & Spital

Ulrich Zwingli brachte 1525 seine neue Almosenverordnung im Kleinen und Grossen Rat von Zürich durch: Die Klöster waren von da an nicht mehr für die Armen- und Krankenversorgung zuständig; der Staat begann, die Armenpolitik straff zu organisieren. Beim ehemaligen Predigerkloster wurde täglich nach dem Morgenläuten ein grosser Mushafen (ein Topf mit Brei) bereitgestellt, aus dem die Armen Zürichs mit einer warmen Mahlzeit versorgt wurde. Man teilte die Bedürftigen ein: einerseits die so genannt richtigen Armen, die Waisen, Witwen, Kranken, die es verdienten, versorgt zu werden, und die anderen Armen, die wegen ihres Lebenswandels keinen Anspruch auf Hilfe hatten (dazu gehörten Huren, Kuppler und andere mit anrüchigem Leben; Trinker und Spieler).

Das von Dominikanern bewohnte Predigerkloster wurde nach der Reformation aufgehoben, die Gebäude dem Spital zum Heiligen Geist zugeschlagen; andere Teile wurden als Weintrotte oder Kornschütte verwendet.

Recht in Zürich

Im 16. Jh. richtete man durch spiegelnde Strafen. Einem Meineidigen beispielsweise wurden die Schwurfinger abgehackt oder die Zunge gespalten. Leibstrafen waren üblich und hart. Vielfach wurde für Einheimische auch die Strafe der Verbannung ausgesprochen. Gefängnisstrafen waren weitgehend unbekannt. Todesurteile waren für viele Delikte (Tötung, Diebstahl, Blasphemie etc.) üblich. Gehängtwerden war schändlicher, als Geköpftwerden, denn beim Enthaupten wurde man im Idealfall vom als ehrlos betrachteten Scharfrichter nicht berührt. Verbrennen wurde praktisch nur für Ketzer und Hexen angeordnet. Verräter wurden gerädert. Frauen wurden in der Regel lebendig begraben oder ertränkt.

Das Geständnis war der einzig wichtige Beweis einer Schuld, Folteranwendung das Mittel, dieses zu erreichen. Jedoch sollten die TäterInnen das Geständnis nach der Marter, «peinliche Befragung» genannt, noch einmal wiederholen; man hatte offenbar erkannt, dass Folter eher dazu führte, dass die Unglücklichen alles Mögliche gestanden.

Im Reich, zu dem die Freie Reichsstadt Zürich rechtlich gesehen bis zum Westfälischen Frieden (1648) gehörte, war das Gesetzbuch der «Constitutia Carolina Criminalis» massgebend. Bei einer Gerichtsverhandlung kam kein Verteidiger zu Wort, das Geständnis wurde verlesen und man fällte das Urteil. Dieses wurde bald darauf vollstreckt. Rekursmöglichkeiten gab es nicht.

Als «Sodomie» galten viele so genannte abweichende Sexualpraktiken, wie Homosexualität, Zoophilie etc. Im 16. Jh. gab es in Zürich etwa gleich viele Hinrichtungen wegen Sodomie wie wegen Tötungsdelikten.

Die Stadtzürcher Hinrichtungsstätten befanden sich weit ausserhalb der Stadtmauern: in Albisrieden, wo sich heute das Letzibad befindet, stand eine dreieckige Plattform auf gemauerten Pfeilern, wo gehängt, geköpft etc. wurde. Ertränkungen wurden in der Limmat oder der Sihl vollstreckt. Der erwähnte Scharfrichter Paulus Volmar ist eine historisch belegte Person, er amtete von 1587-1622 in Zürich und wurde in der Tat Begründer einer langen Dynastie von Zürcher Henkern.

«Vim Veire Pelere Leicit» zierte tatsächlich das Scharfrichterschwert – allerdings jenes von München.

Namen, Orte, Häuser

Schriftlichkeit setzte im 16. Jh. noch keineswegs voraus, dass Ausdrücke allgemein gültig bzw. fest fixiert waren. Private Rechtschreibung war üblich, dies habe ich durch verschiedene Schreibweisen von Orten oder Plätzen angedeutet. Basell und zürych mochten sich noch unbefangen neben Basel und Zürich behaupten – Hauptsache war ja, dass man sich verstand.

Die flüssige Lebensader Zürichs wurde erstmals im 9. Jh. schriftlich als «Lindimacus» erwähnt, nach dem Ausdruck für «grosse Schlange». Mit der Zeit änderte sich der Name stets wieder – im 16. Jh. war «Lindmag» neben anderen üblich – und der Name wurde immer mehr abgeschliffen. Unser Fluss heisst nun Limmat. Zu Johanns Zeiten diente der Fluss als Kloake, Wasserschöpfvorrat, Waschzuber, Fischereigrund und Gerbereinutzwasser diente, ebenso zur Abführung vom Blut des Schlachthauses, das sich praktischerweise direkt über dem Fluss befand. Der Fluss war selbstverständlich auch Strasse, auf der Zürich mit kaiserlicher Erlaubnis ab 1447 zollfrei Schifffahrt betreiben durfte.

Jene Häuser, die namentlich in vorangehenden Krimi erwähnt sind, können im heutigen Zürich besichtigt werden:

❋ Salomons «Störchli» hat die heutige Adresse: Limmatquai 48. Der «Storchen» wurde 1417 zum ersten Mal urkundlich erwähnt. 1590 kaufte der Krämer Felix Hartmann das «Störchli». 1982 wurde das Haus abgebrochen und rekonstruiert.

❋ Das Haus «Zur Kerzen» am Rüdenplatz 2 – Witwe Duryschs Haus – wird auch heute noch durch das Hausbild der Kerze geziert. Erbaut wurde es 1284. Mitte des 16. Jh.s wurde das Haus umgebaut; Andreas Gessner wurde der neue Hausmeister, sein Name wird im beschriebenen Memento mori aufgeführt. 1559 verkaufte Gessner das Haus an Peter Hirzel, Tuchhändler, der 1575 starb. Seine Tochter Barbara Hirzel und ihr Mann, der Wundarzt Jakob Baumann, übernahmen das Haus. 1589 kam es an den Krämer Konrad Reutlinger.

❋ Das Heim des unglückseligen Mathis Hirzel – wir können ihm für seine Roman-Zukunft nur die besten Wünsche mitgeben, vielleicht lacht ihm Fortuna ja endlich einmal wieder herzlich zu – heisst heute «Zum Wolkenstein» und befindet sich an der Kirchgasse 31. Es wird erstmals 1265 erwähnt.

❋ Das Frymann'sche Haus befindet sich an den Oberen Zäunen 12. Im Mittelalter waren vier Häuser zu dreien zusammengefasst worden, diese drei vor 1576 wiederum zu einem einzigen. Das «Weisse Fräulein», tatsächlich wegen einer oberitalienischen weissen Madonnenstatue so genannt, wurde nach der Reformation «Zum wyssen Bild» umgetauft; 1591 ist auch der Name «Zur wyssen frowen» nachgewiesen. Die Statue befindet sich im Schweizerischen Landesmuseum.

Personen

Diesen Krimi bevölkern frei erfundene Figuren. Selbst wenn ihre Namen auf bekannte Geschlechter hinzuweisen scheinen, so sind ihre Charaktere reine Schöpfung meiner Fantasie. Eine Übereinstimmung mit lebenden Individuen wäre ein unfassbar reizvoller Zufall und es würde mich freuen, diese Personen kennen zu lernen!

Ein paar historische Persönlichkeiten gaben einen Rahmen für diesen oder jenen Nebendarsteller, jedoch auch deren Romanpersönlichkeiten sind fiktiv:

Der Theologe BURKHARD LEEMANN (1531-1613) fiel auf Grund eines unüberlieferten Deliktes in Zürich in Ungnade, worauf man ihn nach Schaffhausen versetzte (1556). Dort lehrte er Latein, was als Übung der Demut angesehen werden muss. Ein Jahr später wurde er ins Zürcher Gebiet zurückgerufen. Er amtete zunächst als Pfarrer in Dietikon, später war er Diakon am Grossmünster, sowie Hebräischprofessor am Collegium Carolinum. 1571 wurde er Pfarrer der Predigerkirche, 1584 am Fraumünster. 1592 schliesslich wurde Leemann Antistes – höchster Pfarrer – am Grossmünster Zürichs. Leemann verfasste mehrere Bücher und beschäftigte sich intensiv mit Astronomie und Mathematik.

JOHANN JACOB WICK (1522-1588) war ein eifrig sammelnder Chronist. Gab es Bemerkenswertes, Seltsames, Bedeutsames, Kurioses, dann schrieb er es auf – diese Schriften können in der Zentralbibliothek (ZH) eingesehen werden. Ob es um Kriege, Hexenprozesse, Monstergeburten usw. ging, alles fand seinen Weg in die so genannte «Wickiana».

GEORG VON GHESE (?-1559) wird als evangelischer Märtyrer gesehen. Der Italiener kam um 1555 nach Zürich, um seinen reformierten Glauben zu leben, später verlegte er sein Geschäft nach Genf. Bei einem Besuch in Milano wurde er verraten und auf dem Scheiterhaufen exekutiert.

Rezepte

Salomon zeigt deutlich, dass Liebe auch durch den Magen geht. Das vom Historiker Albert Hauser zugänglich gemachte Kochbuch aus dem 16. Jh. lässt uns ahnen, was reiche Menschen im 16. Jh. gegessen haben. Der grosse Rest hat sich mit sättigenden Bohnen und Breien begnügt. Die meisten meiner beschriebenen Menus stammen aus eben diesem Kochbuch: Hauser, Albert. ‹Gebts uber tisch warm für gest›. Das Kochbuch von 1581 aus dem Stockalparchiv. Brig, 2001.

Man versuche die mit Schinken, Zimt und Ingwer gefüllten Fleischvögel. Wer danach noch nicht satt ist, dem empfehle ich die Safranküchlein mit Apfelmus.

Ausführlichere historische Hintergrundinformationen finden sich auf:
www.historisch.ch

© 2009 Nicole Billeter:
Text & Umschlaggestaltung
ISBN: 978-3-033-02151-8
Druck: Zürcher Werbedruck AG, Richterswil